HEYNE

Das Buch

Nach einem Aufenthalt im Ausland kehrt die Profilerin Sasza Załuska zurück in ihre Heimatstadt Danzig. Sie hat beruflich und privat viel durchgemacht. Eine verdeckte Ermittlung endete in einer Katastrophe. Verbrennungen und das Trauma einer Geiselnahme blieben zurück. Nun soll Schluss sein mit Verbrechen und unstetem Leben. Sasza erhofft sich ein ruhiges Dasein an der Seite ihrer kleinen Tochter. Doch kaum in Danzig angekommen, erhält sie einen lukrativen Auftrag: Der Inhaber eines Musikclubs bittet sie, die Hintergründe von wiederholten Erpressungen und Morddrohungen aufzudecken. Für die Ermittlerin eine vermeintlich leichte Aufgabe. Kurz darauf gibt es einen Anschlag auf den Club, bei dem ein Mensch stirbt. Sasza Załuska beschließt, sich der Sache anzunehmen. Eine Entscheidung, die sie bald bereut.

Die Autorin

Katarzyna Bonda, 1977 in Białystok geboren, arbeitete nach ihrem Studium der Publizistik an der Universität Warschau mehrere Jahre als Journalistin und Dokumentarfilmerin, bevor sie sich dem Schreiben zuwandte. 2007 debütierte sie mit dem Roman *Sprawa Niny Frank (Der Fall Nina Frank)*, für den sie mehrfach ausgezeichnet wurde. Weitere Romane sowie zwei Sachbücher folgten. Katarzyna Bonda zählt heute zu den meist verkauften Autorinnen Polens. Sie lebt mit ihrem Mann und ihrer Tochter in Warschau.

KATARZYNA BONDA

DAS MÄDCHEN AUS DEM NORDEN

THRILLER

Aus dem Polnischen von Paulina Schulz

WILHELM HEYNE VERLAG
MÜNCHEN

Die Originalausgabe erschien unter dem Titel
Pochłaniacz bei Muza, Warschau

Sollte diese Publikation Links auf Webseiten Dritter enthalten,
so übernehmen wir für deren Inhalte keine Haftung, da wir uns
diese nicht zu eigen machen, sondern lediglich auf deren Stand
zum Zeitpunkt der Erstveröffentlichung verweisen.

Verlagsgruppe Random House FSC® N001967

Vollständige deutsche Taschenbuchausgabe 07/2018
Copyright © 2014 by Katarzyna Bonda
Copyright © 2017 der deutschsprachigen Ausgabe
by Wilhelm Heyne Verlag, München
in der Verlagsgruppe Random House GmbH,
Neumarkter Straße 28, 81673 München
Redaktion: Leena Flegler
Umschlaggestaltung © Nele Schütz Design, München,
unter Verwendung eines Motivs von shutterstock/Velishchuk Yevhen
Satz: Leingärtner, Nabburg
Druck und Bindung: GGP Media GmbH, Pößneck
Printed in Germany

ISBN 978-3-453-43926-9
www.heyne.de

Nach Empedokles besteht die Schöpfung aus vier Wurzeln aller Dinge, auch Urstoffe, Grundsubstanzen oder Elemente genannt: Feuer, Wasser, Erde, Luft.
Diese Elemente sind ewig existierend, unentstanden und unveränderlich, denn das, was ist, vergeht nicht. Andererseits existiert die Wandlung, der ewige Kreislauf, denn es entsteht nichts, das anfangs sterblich wäre, und der Tod ist kein Ende aller Dinge. Es gibt lediglich das Vermischen und den Austausch dessen, was vermischt ist. Durch die Mischung entsteht die Vielfalt der Stoffe.

Most things may never happen: this one will.
　　　　　　　　　PHILIP LARKIN, AUBADE

Denn die Menschen konnten die Augen zumachen vor
der Größe, vor dem Schrecklichen, vor der Schönheit
und die Ohren verschließen vor Melodien oder betörenden
Worten. Aber sie konnten sich nicht dem Duft entziehen.
Denn der Duft war ein Bruder des Atems.
　　　　　　　　　　　PATRICK SÜSKIND, DAS PARFUM

Prolog

Winter 2013, Huddersfield

»Sasza?«

Die Stimme – rau, herrisch – gehörte einem Mann. Sie durchforstete ihre Erinnerungen nach Gesichtern, die zu der Stimme passen könnten, als der Mann beschloss, ihr auf die Sprünge zu helfen.

»Sasza Załuska? Hast du dir das selbst ausgedacht?«

Vor ihren Augen flackerte eine Bildersequenz auf. Sie sah das Gesicht eines Offiziers vor sich.

»Das ist mein richtiger Name.«

»Schade. Dabei bist du so ein feines Mädchen.«

Sie hörte, wie er an einer Zigarette zog.

»Ich arbeite nicht mehr«, sagte sie entschieden. »Weder für dich noch für sonst jemanden.«

»Du hast vor, bei einer polnischen Bank anzufangen.« Der Mann lachte kurz auf. »Du gehst im Frühling nach Polen zurück. Ich weiß alles über dich.«

»Ganz sicher nicht.«

Sie hätte auflegen sollen, doch er hatte ihre Neugier geweckt, und sie ließ sich auf das Spielchen ein. Wie immer.

»Was stört dich daran? Ich will nur auf ehrliche Art und Weise meinen Lebensunterhalt verdienen.«

»Oh, so kämpferisch? Und? Glaubst du allen Ernstes, dass dein Gehalt für eine Wohnung in der Nähe des Grand Hôtel ausreicht? Was musst du dafür hinlegen? Zweitausend? Woher willst du denn die Kohle nehmen?«

»Geht dich nichts an.«

Sie spürte, wie sich ihr die Nackenhaare aufstellten. Woher konnte er das alles wissen? Abgesehen von ihrer Familie hatte sie niemandem davon erzählt.

»Außerdem – nachdem du ja offensichtlich meine Nummer kennst, weißt du bestimmt sowieso, wo ich wohne und wo ich demnächst hinziehe. Mir war klar, dass irgendjemand das rausfinden würde. Wie auch immer, meine Antwort lautet Nein.«

»Und wovon willst du deine Tochter ernähren?« Er hatte offenbar vor, sie zu provozieren. »Was für eine Überraschung! Unser Däumelinchen ist Mutter geworden – wer hätte das gedacht! Und wer ist der Vater? Dieser Professor? Aber was die Bank angeht: Ich wär mir nicht so sicher, dass sie dich tatsächlich nehmen. Kommt drauf an, ob du mit uns zusammenarbeitest …«

Sasza biss die Zähne zusammen und zwang sich zur Ruhe.

»Was willst du?«

»Bei uns ist eine Stelle frei.«

»Ich hab's doch gerade gesagt: Ich arbeite nicht mehr für euch.«

»Wir sind größer geworden. Die Ansprüche sind jetzt höher. Und die Arbeit ist sauberer. Bei uns musst du keine Bankkunden bedienen.« Dann wurde er wieder ernst. »Ein Kollege hat mich gebeten, ihm jemanden mit Erfahrung und mit Englischkenntnissen zu empfehlen, und da musste ich an dich denken …«

»Ein Kollege?« Sie holte tief Luft, zählte bis zehn – und hatte urplötzlich Lust auf einen Wodka. Sie scheuchte den Gedanken beiseite. »Unser Kollege … oder deiner?«

»Keine Sorge, du wirst zufrieden sein.«

Sasza legte das Handy beiseite und trat an die angelehnte Kinderzimmertür. Karolina lag bis zum Hals unter der Decke, hatte die Arme ausgebreitet und atmete durch den Mund. Jetzt würde nicht einmal mehr laute Musik sie aufwecken.

Sachte zog Sasza die Tür wieder zu. Dann griff sie nach der Zigarettenschachtel und machte das Wohnzimmerfenster auf. Mit der Zigarette in der Hand nahm sie die menschenleere Straße in Augenschein, konnte aber niemanden entdecken. Nur die Katze der Nachbarn huschte durch das offene Tor in den Garten.

Sie ließ die Jalousie herunter und stellte sich mit dem Rücken ans Fenster, griff wieder zum Telefon und blies den Rauch direkt in den Hörer. Der Mann am anderen Ende schwieg, doch insgeheim war sie davon überzeugt, dass er selbstgerecht grinste.

»Du stehst natürlich unter Schutz, nicht so wie damals«, versicherte er ihr.

Eine Weile herrschte Stille. Als Sasza endlich weitersprach, war ihre Stimme scharf und ließ keinen Raum für Zweifel.

»Sag dem Kollegen schönen Dank, aber ich bin nicht interessiert.«

»Bist du dir sicher? Weißt du, was das für dich bedeutet?«

Sasza schwieg. Dann gab sie sich einen Ruck.

»Ruf mich nie wieder an.«

Sie wollte schon auflegen, als der Mann erneut das Wort ergriff. Diesmal klang er beinahe sanft.

»Du weißt, dass ich jetzt bei der Mordkommission bin?«

»Wie kommt's? Dafür hast du dich doch wohl kaum selbst gemeldet. Wurdest du degradiert?« Sie konnte ihre Genugtuung nicht verhehlen.

»Spielt keine Rolle«, erwiderte er ausweichend. »Noch zwei Jahre, und ich gehe in Pension.«

»Das hast du doch schon mal gesagt. Ich weiß nicht mal mehr, wann das war – irgendwann. Ewig her.«

»Du hast wie immer recht, Milena.«

»Vergiss Milena. Eine Milena hat es nie gegeben.«

»Däumelinchen ist am Ende bei ihrem Maulwurf gelandet – und du? Wie auch immer ... Ich würd mich freuen, wenn du zurückkämst. Es gibt hier Leute, die dich echt vermissen. Sogar ich hab ein paar Tränchen vergossen. Aber ich hab drauf gewettet, dass du wiederkommst.«

»Und was war dein Wetteinsatz? Wie viel war ich dir wert? Eine Flasche Whisky? Oder mehr als das?«

Sie schluckte. Sie sollte schleunigst etwas essen. Hunger, Wut, Überarbeitung. Das musste sie vermeiden.

»Einen ganzen Kasten. Wodka.«

»Du hast Frauen noch nie zu schätzen gewusst«, sagte sie, obwohl es ihr in Wahrheit schmeichelte. »Ich geh jetzt schlafen. Diese Telefonnummer gibt es ab sofort nicht mehr.«

»Das Vaterland wird bittere Tränen vergießen, Kaiserin.«

»Pech für das Vaterland. Ich nicht.«

Winter 1993

Als der Wasserdampf sich allmählich verzog, tauchten nach und nach die Körper der Turnerinnen auf. Oberschenkel, Hintern. Hier und da konnten sie sogar einen Blick auf knospende Brüste erhaschen. Allerdings würden sie nicht lange auf dem Mauervorsprung stehen bleiben können: Die Beine schliefen ihnen ein, und es gab dort nichts, woran sie sich hätten festhalten können. Deswegen unternahmen sie diese Ausflüge auch immer zu zweit: um einander abzustützen.

Heute hatten sie ausnahmsweise einen Dritten dabei. Nadel. Wie immer er in Wahrheit hieß. Allerdings durfte er nicht mitgucken. Er musste Schmiere stehen und konnte sich freuen, dass er überhaupt mit ihnen herumziehen durfte. Immerhin war Nadel ein Jahr jünger.

Jedes Mal zogen sie Streichhölzer, wer als Erster schauen durfte. Dann suchten sie sich eine Favoritin aus und schwiegen anschließend die halbe Nacht darüber, während Marcin nebenher Gitarre spielte, nicht sonderlich gut und eigentlich auch nur eine Handvoll Songs: »Rape me«, »In Bloom«, »Smells Like Teen Spirit« von Nirvana oder eine Ballade von My Dying Bride. Nach einer Weile legte er das Instrument zur Seite und summte irgendetwas vor sich hin, eine eigene Komposition, eine Mischung aus Gedicht und Lied. Die Pillen mit dem Asterix-Bild und ein bisschen Gras halfen ihm dabei, kreativ zu sein.

Heute waren sie zum genau richtigen Zeitpunkt aufgetaucht. Bevor die Turnerinnen in der Tür zum Duschraum erschienen waren, hatten die Jungs draußen schon das vergnügte Kichern hören können. Marcin hatte einen Kloß im Hals gehabt. In die Erregung hatte sich die Befürchtung gemischt, dass jemand sein Gesicht im Fenster hinter dem löchrigen Fliegengitter erkennen könnte. Die Scheibe hatten sie bereits vor Wochen ausgeschlagen, und bisher hatte noch niemand ihr Fehlen bemerkt. Nicht mal die Hausmeisterin, die sie in der vergangenen Woche vom Sportplatz gescheucht hatte, weil sie dort geraucht hatten. Die Schläge mit dem Besen spürte er noch immer. Aber es hätte deutlich schlimmer kommen können. Sie hatten es geschafft, über den Stacheldraht zu klettern und das Weite zu suchen, dabei hätten sie ebenso gut im Büro des Direktors des Conradi-Gymnasiums oder sogar auf dem Revier landen können. Die Löcher in ihren Jacken trugen sie wie Wunden nach einer Schlacht stolz zur Schau.

Aufgeregt plappernd strömten die Mädchen in den Duschraum. Ihr Geschnatter füllte die Luft wie das eines ganzen Vogelschwarms. Ihre Stirnen waren feucht vom anstrengenden Training, die Wangen gerötet, die Augen glänzten. Sie lachten, riefen durcheinander. Die meisten zogen sich bereits im Gehen aus, warfen die verschwitzten Trikots auf die Bänke oder auf den Boden vor den Duschen. Träge zogen sie die Haargummis von den Zöpfen.

Zu zweit oder zu dritt gingen sie unter die Dusche, seiften sich gegenseitig ein, zeigten ihre jungen Brüste oder griffen einander zum Spaß an den Po.

Nur eine von ihnen – fast noch ein Kind – stand nach wie vor vollständig bekleidet an der Tür. Als Einzige aus der Gruppe trug sie lange Leggings. Die Arme hatte sie vor dem Bauch überkreuzt. Sie wirkte unsicher, fluchtbereit. Auch sie hatte sich das Haar zu einem Zopf gebunden, nur ein paar lose Strähnen klebten auf den Wangen. Marcin hatte sie noch nie gesehen.

»Komm jetzt runter!«

Przemek schlug ihm so heftig gegens Bein, dass Marcin auf dem Mauervorsprung ins Taumeln geriet.

»Hör auf, du Penner«, raunte Marcin in Przemeks Richtung.

»Eh, Staroń, was ist? Ich bin dran!«

Als Przemek losließ, stand Marcin plötzlich ohne Stütze da. Er wankte kurz, ging leicht in die Knie. Noch ein letzter Blick durchs Fenster. Gierig nahm er die letzten Momente in sich auf.

Sie duschte mit geschlossenen Augen, hatte sich von den anderen abgewandt. Sie hatte zwar das Trikot abgelegt, war aber nicht vollständig nackt. Die weiße Unterhose klebte nass auf ihren Pobacken. Sie war einfach perfekt: dünn, der Bauch beinahe eingefallen, mit deutlich hervorstehenden Rippen. Sie sah aus, als würde sie gleich auseinanderbrechen, als sie sich vorbeugte, um nach der Seife zu tasten. Ihr Becken allerdings war breit: Die Knochen ragten über dem Rand des Slips hervor. Er fand sie großartig. Auch wenn Przemek ihn losgelassen hatte – nein, im Gegenteil: jetzt zerrte er an ihm, um ihn zum Absteigen zu bewegen –, stand Marcin wie vom Donner gerührt da, konnte sich nicht bewegen.

Plötzlich drehte sich das Mädchen zu ihm um. Sah ihn. Aus einem Reflex heraus hob sie die Arme vor den Körper und machte in der Duschkabine einen Schritt zurück. Doch es nutzte nichts – er konnte sie immer noch sehen. Und er war sich sicher, dass er diesen Anblick nie mehr vergessen würde. Den Schwung ihres Arms. Die knochigen Füße. Die langen Zehen. Die schmalen Knöchel. Sie sah verunsichert zu ihm hinauf – und machte dann einen fast tänzelnden Schritt nach vorn. Schloss die Augen, öffnete die Lippen und fuhr sich mit dem eingeseiften Schwamm über den Körper.

Przemek hatte inzwischen vollends die Geduld verloren. Er schlug Marcin so hart gegen die Kniekehlen, dass der

Mühe hatte, richtig aufzukommen. Er stolperte, verdreckte sich im Schlamm die neuen Schuhe, die ihm sein Onkel Czesiek aus Hamburg geschickt hatte, dachte aber keinen Augenblick darüber nach, dachte nur noch daran, dass Przemek seine Erektion nicht sehen durfte.

Sein Freund war kaum auf die Mauer geklettert und hatte durchs Fenster gespäht, als er auch schon wie von der Tarantel gestochen heruntersprang.

»Weg hier!« Er war bereits ein Stück gelaufen, als er sich noch einmal umdrehte, und als er sah, dass Marcin immer noch wie angewurzelt dastand, zischte er: »Los jetzt, Mann!«

»Und Nadel?«

»Der kommt alleine klar.«

Przemek lief mit gesenktem Kopf weiter. Erst nachdem sie sich am Ende der ulica Liczmańskiego in Sicherheit gebracht hatten, fragte Marcin: »Was war denn auf einmal los?«

Doch Przemek schüttelte bloß den Kopf.

»Haben sie dich gesehen?«

»Wir gehen da nicht mehr hin.«

Er angelte mit zitternden Händen eine zerknautschte Zigarettenschachtel aus der Hosentasche, und Marcin kicherte nervös.

»Komm, wir holen die Gitarre und machen ein bisschen Musik. Ich hab da noch was Nettes für den Abend.« Er gab seinem Kumpel einen freundschaftlichen Klaps auf den Arm. »Mach, was du willst, aber ich geh definitiv wieder dort hin. Ich hab da ein Schätzchen entdeckt – Tittchen wie kleine Äpfel, dunkle Haare … Voll mein Typ, die Kleine. In die könnt ich mich glatt verlieben, glaub ich zumindest.«

»Du Arschloch, das ist meine Schwester!«

Mit einem groben Stoß holte Przemek Marcin beinahe von den Füßen.

Er war größer und kräftiger als Marcin, viel besser gebaut,

und trotzdem himmelten die Mädchen nicht ihn an, sondern Marcin Staroń, den Blonden mit dem verträumten Blick und der Gitarre.

»Sie ist erst sechzehn! Wenn ich dich noch ein einziges Mal bei den Duschen sehe, Mann, dann bist du tot! Komm ihr nicht zu nahe, sonst …«

Er hielt inne, als Marcin zurück in Richtung Turnhalle wies. Auf ihrem Geheimposten, auf dem Mauervorsprung, stand Nadel und beobachtete die Mädchen.

»Verdammt!«, brüllte Przemek. »Der sollte doch bloß Schmiere stehen!«

Sie sahen einander für einen Moment an, dann sprinteten sie zurück, kletterten über den Zaun und liefen direkt auf das Kabuff der Hausmeisterin zu. Beim Anblick der beiden griff die Frau nach ihrem Besen, wetzte dann aber, nachdem die Jungs sie auf den Spanner hingewiesen hatten, sofort erbost in Nadels Richtung. Er klebte immer noch am Fenster der Turnhalle. In Erwartung eines größeren Spektakels ließen Marcin und Przemek sich auf einem Haufen alter Holzbretter nieder.

Nadel versuchte noch wegzulaufen, doch die Hausmeisterin war schneller. Sie packte ihn am Kragen und schleifte ihn davon. Garantiert zum Direktor. Sie wollten lieber gar nicht wissen, in was sie ihn hineingeritten hatten.

»Armes Schwein«, brummte Marcin und kramte seine Blättchen aus der Jackentasche, drehte sich einen Joint und reichte ihn einen Augenblick später an Przemek weiter, doch der Kumpel lehnte ab.

»Wir wären dort sowieso nicht noch mal hingegangen«, meinte Przemek. Dann zog er seine Walther – eine Holzattrappe, an der er seit geraumer Zeit schnitzte. Marcin fand, dass das Ding längst wie eine echte Pistole aussah, aber Przemek arbeitete wie besessen an immer weiteren Details.

Gerade brachte er irgendwelche Zahlen an, bestimmt die Modellnummer.

»Wie heißt sie überhaupt?«, fragte Marcin bemüht gleichgültig.

Przemek sah für einen Moment verwirrt von seiner Schnitzarbeit auf.

»Wer?«

»Deine Mutter! Na, wer schon?«

»He, lass meine Mutter aus dem Spiel!«, zischte Przemek, hielt Marcin die Holzpistole an die Schläfe, und Marcin hob gespielt entsetzt die Hände. Dann ließ er die Rechte wieder sinken und tippte auf die Waffe.

»Mein Alter hat in seiner Werkstatt alle möglichen Farben. Wenn du willst, bearbeite ich die Knarre mit der Spritzpistole, dann kannst du damit die Bullen ärgern.«

Przemek dachte kurz darüber nach. Dann stand er auf und sagte nüchtern: »Monika. Ich hab meinem Vater versprochen, dass ich auf sie aufpasse. Diese Idioten sind doch alle scharf auf sie ...«

»Ich helf dir«, bot Marcin ihm an. »Ich lass nicht zu, dass einem solchen Engel was passiert.«

»Jepp. Und jetzt komm, du Penner.«

Przemek warf ihm die Walther zu.

»Schwarz oder Chrom?«, fragte Marcin.

Über den Strand liefen sie zurück in Richtung Brzeźno. Der Wind hatte merklich aufgefrischt.

Als Marcin zu Hause ankam, fielen bereits die ersten Schneeflocken. Er zog einen Handschuh aus und fing mit der bloßen Hand einige Flocken auf. Es war etwa null Grad. Ganz gleich wie stark es schneien würde, der Schnee würde nicht liegen bleiben, erst recht nicht bis Weihnachten.

Über die ulica Zbyszka z Bogdańca hatte sich bereits die

Nacht gelegt. Nur hinter ein paar wenigen Fenstern konnte Marcin das bläuliche Flackern von Fernsehern erkennen. Über den meisten Balkongeländern und Gartentoren hingen blinkende bunte Lämpchen – die neueste Mode aus dem Westen. Manche hatten die Nadelbäume in ihren Vorgärten mit Weihnachtsbaumschmuck dekoriert; bestimmt hatten sie so was in irgendeiner amerikanischen Serie gesehen. Marcin selbst war kein bisschen festlich zumute.

Die Straßen waren nass und schmutzig, und der Himmel über ihm glich dem ausgebreiteten Flügel eines schwarzen Vogels. Kein einziger Stern weit und breit – allerdings hatte er in den vergangenen Stunden im Rausch genügend Sterne gesehen, redete er sich ein. Er lief um den Kohlenhaufen herum, den der Nachbar immer noch nicht in den Keller geschafft hatte, und blieb vor der Hausnummer siebzehn stehen: vor dem einzigen Gebäude entlang der ulica Zbyszka z Bogdańca, über dem keine schwarze Wolke schwebte. Überall sonst wurde noch mit Kohle geheizt.

Den alten Schuppen mit Grundstück hatten Marcins Eltern vor Jahren der Gemeinde abgekauft. Den Schuppen hatten sie abgerissen und stattdessen eine regelrechte Hazienda angelegt. Die Kachelöfen, die sie stehen gelassen hatten, dienten ausschließlich der Dekoration. Für Marcin und seinen Zwillingsbruder Wojtek waren es Tresore. Darin bewahrten sie ihre Schätze auf.

Der Vater hatte den Hof gepflastert, die Auffahrt zur Garage mit Beton ausgegossen und um das Haus herum eine Hecke aus Nadelhölzern angepflanzt, die ihnen der Onkel aus Deutschland besorgt hatte.

Marcin schob einen Zweig zur Seite. In der Werkstatt brannte Licht, und augenblicklich war er wieder klar im Kopf. Er klopfte sich den Schmutz von der Jacke und schob den Gitarrengurt auf seiner Schulter zurecht. Die Wirkung der Droge war verflogen. Niemand würde ihm noch etwas anmerken. Allerdings hatte er mit einem Mal einen Bärenhunger.

Er drückte die Klinke des Gartentors nach unten und schlich so leise wie möglich auf das Haus zu, um nicht bemerkt zu werden. Hoffentlich schlief seine Mutter schon; sie fürchtete er am meisten. Wann immer er in ihrer Reichweite war, suchte sie seinen Blick, checkte die Pupillen. Sie wusste, dass er Drogen nahm, auch wenn sie ihn nie darauf ansprach.

Noch im Gehen zog Marcin seine Daunenjacke aus, damit sie nicht raschelte, während er am Schlafzimmer der Eltern vorbeilief. Er fröstelte leicht in der kalten Winterluft, als er an der Werkstatt mit der Neonaufschrift »Sławomir Staroń – Automechaniker« vorbeimarschierte.

»Dreizehntausendvierhundert Dollar!«, hörte er eine derbe Stimme hinter der Tür. »Nein, knapp vierzehntausend! Kannst du nicht rechnen? Bernstein ist wirklich eine feine Sache ... Waldemar, du magst vielleicht ein passabler Chauffeur sein, aber ein Mathematiker wird aus dir nicht.«

Marcin atmete erleichtert auf. Der Vater hatte Besuch, womöglich Interessenten für den Audi, der seit einer Woche in der Werkstatt stand. Oder für den schwarzen 6er BMW. Was der schluckte! Marcin war ein einziges Mal damit gefahren. Von null auf hundert in nicht einmal sieben Sekunden – ein Traum! Allerdings importierte sein Vater solche Wagen nicht offiziell. Irgendwelche Leute brachten sie vorbei, meistens mitten in der Nacht. Dann werkelte Sławomir Staroń bis zum Morgengrauen daran herum, und wenn Marcin aufstand, war das Auto wieder weg. Ganz gleich wer diese Leute heute Abend waren: Auf keinen Fall durfte er sie stören. Der Vater war beschäftigt – und damit war Marcin auf der sicheren Seite.

Er betrat das Haus, zog im Flur die Schuhe aus und wandte

sich in Richtung Treppe. Er und sein Bruder hatten ihr Zimmer unterm Dach.

»Marysia?«, hörte er plötzlich eine tiefe, angenehme Stimme aus der Küche, dann das Zufallen der Kühlschranktür. »Das Hühnchen in Aspik ist wirklich klasse! Da konnte ich nicht widerstehen.«

Die Stimme kam näher. Marcin war die Treppe schon halb hochgesprungen, schaffte es dann aber doch nicht ganz, ehe ein dicker, glatzköpfiger Mann im Rollstuhl in den Flur fuhr und erfreut rief: »Wojtek?«

Der Junge gähnte, legte behutsam Jacke und Gitarre ab und tat so, als würde er gerade von oben kommen.

»Nein, ich bin's, Marcin. Guten Abend, Onkel«, begrüßte er ihn, artig wie ein kleines Kind. »Ich bin eingenickt und dann vom Hunger wach geworden.«

»Es ist kaum noch was da, mein Großer. Deine Mutter macht wirklich das weltbeste Hühnchen in Aspik.«

»Schläft sie schon?«

Der Mann zuckte mit den Schultern.

»Keine Ahnung. Und hör auf, mich ›Onkel‹ zu nennen – ich bin Jerzy. Oder nenn mich Elefant, wie alle anderen auch.« Er streckte dem Jungen die Pranke hin. Marcin trat auf den Rollstuhl zu und gab dem Mann die Hand. Sein Griff war eisern.

»Groß bist du geworden!«

»Ja …«

Marcin trat an den Kühlschrank, angelte mehrere Behälter daraus hervor und stellte sie auf den Tisch. Erst nachdem er den schlimmsten Hunger gestillt hatte, bemerkte er, dass an seiner Schuluniform einer der Ankerknöpfe fehlte. Stumm verfluchte er seinen nächtlichen Ausflug. Seine Mutter würde ihm den Kopf abreißen. Es würde ihm nichts anderes übrig bleiben, als sich Wojteks Jacke auszuleihen. Er zog erst Sakko, dann Krawatte und Hemd aus und streckte auf dem Küchenstuhl die Beine aus. Unter dem Schuluniformhemd war ein T-Shirt mit einem Kurt-Cobain-Porträt zum Vorschein gekommen.

Das halblange blonde Haar fiel Marcin ins Gesicht. Vergnügt betrachtete der Elefant den Neffen, und als der Junge sich gerade Nachschlag nehmen wollte, sagte er: »Hau rein, Junge – du hast den richtigen Appetit aufs Leben, wie ich sehe.«

Sie saßen eine Weile schweigend da und aßen. In der Küche war es dämmrig, nur das Kontrolllämpchen der Dunstabzugshaube leuchtete rot.

»Wie können eure Eltern euch eigentlich unterscheiden?«

Neugierig sah der Onkel Marcin ins Gesicht.

»Na ja, wie ... Normal halt.« Marcin zuckte mit den Schultern und nickte auf das Hühnchen hinab. »So was würde Wojtek zum Beispiel niemals anfassen. Er ekelt sich vor Fleisch. Außerdem bin ich der Einzige, der hin und wieder mal den Mund aufmacht. Das vereinfacht die Sache, nehm ich an.«

»In drei Tagen werdet ihr achtzehn. Wer von euch ist gleich wieder der Ältere?«

»Ich. Um eine Minute dreißig. Aber eine Party gibt's erst nach Neujahr. Mama will erst noch zum Elternabend gehen.«

»Gibt's einen über den Schädel?«

Marcin schüttelte erstaunt den Kopf. Er war noch nie geschlagen worden.

»Eigentlich gibt's bloß Probleme in Chemie. Die Mathenote konnte ich verbessern. Allerdings hat Wojtek die Arbeit für mich geschrieben ... Mathe ist sozusagen sein Hobby.«

Der Elefant lachte.

»Aber du sagst Mama nicht, dass Wojtek mir geholfen hat, oder?«

»Quatsch!« Der Elefant hielt kurz inne. »Dabei wäre Chemie gar nicht so schlecht ... Halt dich da mal ran, ich könnte in der Firma was für dich organisieren. Wir wollen eine neue Produktion eröffnen, eine Marktnische …«

Marcin nickte, allerdings eher aus Höflichkeit. Bei allem Respekt, aber mit Chemie würde er sich in diesem Leben nicht mehr beschäftigen.

»Und, hast du eine Freundin?«

Marcin spürte selbst, wie er rot wurde.

»Ha, klar hast du eine!« Der Elefant legte den Kopf schief. »Bestimmt hübsch, was?«

»Und wie!«

»Lass bloß nicht zu, dass sie dich rumkommandiert. Sie muss dich respektieren.«

»Na ja, wir kennen uns noch nicht besonders lange …« Marcin zögerte. »Eigentlich haben wir uns gerade erst kennengelernt.«

»Aus Frauen wirst du niemals schlau, das sag ich dir. Versuch es gar nicht erst.«

»Okay, Onkel, klar. Ich meine, Jerzy.«

Der Elefant sah ihn nachdenklich an.

»Schön, dass wir uns mal wieder sehen. Eure Mutter hat euch ja regelrecht vor mir versteckt. Komm doch mal bei mir vorbei – bring deinen Bruder mit, lass uns bei Gelegenheit über die Zukunft reden. Ich weiß nicht, wie lange ich noch lebe. Die Ärzte machen mir nicht mehr viel Hoffnung. Marysia und ihr Jungs seid alles, was von meiner Familie noch übrig ist.«

Der Elefant drückte auf einen Knopf am Rollstuhl, fuhr zum Kühlschrank und holte eine Flasche Essig heraus, schraubte sie auf und schnupperte daran.

»Onkel, du sollst doch nicht so reden«, stammelte Marcin. Er wusste nicht, was er sonst darauf hätte erwidern sollen.

Jerzy rollte zurück, kippte einen ordentlichen Schuss Essig auf das Hühnchen, schnitt ein großes Stück ab und schob es sich in den Mund.

»Eines Tages wirst du mich verstehen – komm erst mal in mein Alter«, erwiderte er. »Wir haben nicht unendlich Zeit. Jeder von uns wird sich früher oder später die Radieschen von unten ansehen.« Er kicherte. »Und? Kommst du mal vorbei?«

Marcin nickte, auch wenn er nicht vollends überzeugt war. Immerhin hatte die Mutter ihnen verboten, Onkel Jerzy zu besuchen. Aber mal sehen, vielleicht machten sie es eines Tages trotzdem.

Der Elefant legte das Besteck zur Seite.

»Bringst du mich in die Werkstatt? Dein Alter hat hier wirklich alles andere als behindertengerecht gebaut ...«

»Jetzt gleich?«

Der Onkel nickte. Marcin sprang sofort auf, auch wenn er mittlerweile müde war. Er würde den Onkel in die Werkstatt bringen und sich dann aufs Ohr hauen. Am Morgen stand eine Mechanikklausur an, und die Note war entscheidend. Er hoffte inständig, dass er erneut mit seinem Bruder würde tauschen können. Wojtek konnte so etwas mit links, und er würde ihm schon aushelfen. Alles eine Frage des Geldes. Für lau machte Wojtek keinen Finger krumm. Von wegen Geschwisterliebe. Bei ihm hatte alles seinen Preis. Das Geld wanderte in eine Dose, die unter Wojteks Bett stand. Im Juni hatte Marcin sich daraus ein kleines Sümmchen »geliehen«, doch der Bruder hatte es gemerkt und schrieb seitdem die Seriennummern der Geldscheine in ein Notizbuch. Zwar hatte Marcin seine Schulden bis zum letzten Groszy abbezahlt, aber Wojtek hatte ihm einen saftigen Zins mit draufgepackt und außerdem verkündet, dass er den Zinssatz im neuen Jahr würde anpassen müssen. »Inflation«, hatte er mit seinem üblichen Pokerface gesagt.

Marcin hatte keine Ahnung, worauf sein Bruder sparte. Mit Wojtek zu reden fiel ihm alles andere als leicht; um ehrlich zu sein, wusste er kaum etwas über seinen Zwillingsbruder. Bestimmt war es irgendwas Praktisches, eine neue Uhr oder ein Motorroller. Wojtek rauchte nicht, trank nicht, war grässlich ordentlich – und es nervte kolossal, dass ihre Eltern und die Lehrer Marcin in einem fort vorhielten, er solle sich an seinem Bruder doch ein Beispiel nehmen. Allerdings konnte man sich auf ihn verlassen, auch wenn man ihn nicht mochte ... Marcin war sich sicher, dass Wojtek die Mechanikarbeit für ihn schreiben würde, ohne ein Wort darüber zu verlieren – da würden sie ihn schon foltern müssen.

Er würde nur dann ablehnen, wenn Marcin ihn nicht dafür bezahlte. Zwar würde Wojtek ihm einen Kredit einräumen, aber seine Dienste waren nicht billig. Dass sie Brüder waren, spielte für ihn keine Rolle. Allerdings war Marcin gerade pleite. Wie gut, dass ihnen schon bald Weihnachtsgeld ins Haus stand. Seit ein paar Jahren brachte der Nikolaus statt Geschenken Umschläge mit Bargeld. Ihr Vater Sławomir war in ärmlichen Verhältnissen aufgewachsen und wollte, dass seine Söhne von klein auf lernten, mit Geld umzugehen. Wojtek hatte das offenbar von Anfang an gekonnt, war überhaupt immer schon die Kopie des Vaters gewesen: ein zuverlässiger, kleinlicher Langweiler. Marcin konnte mit Geld kein bisschen umgehen, wusste aber immerhin, wie man an welches rankam.

»Charmeur«, zog ihn der Vater manchmal auf und fügte dann nicht ohne Spott hinzu: »Du wirst immer irgendein Mädchen finden, das dich aus deinen Schwierigkeiten rettet.«

»Oder ihn in welche bringt«, fügte die Mutter gern hinzu.

Marcin war ihr Liebling, obwohl sie stets beteuerte, beide Söhne gleichermaßen lieb zu haben. Ihr Mann ging mit den Zwillingen eher nüchtern um; seine väterliche Zuneigung war von Strenge und Konsequenz geprägt. Er ließ ihnen nichts durchgehen. Mitunter warf er Marcin vor, er sei ein Muttersöhnchen; anfangs hatte der Junge dagegen rebelliert, irgendwann jedoch hatte er gelernt, daraus Profit zu schlagen.

Wie zum Beispiel jetzt gerade: Sein Dealer war hinter ihm her, weil er sich die letzten Pillen auf Kredit geholt hatte und der Zahlungstermin bereits vergangene Woche verstrichen war. In ein paar Tagen würde Marcin von seiner Mutter Geld für die Nachhilfe bekommen. Den Nachhilfelehrer hatte er zuletzt vor einem halben Jahr gesehen. Das Geld investierte er stattdessen in Pillen und Dope. Ein Junkie war er trotzdem nicht – er mochte einfach den veränderten Bewusstseinszustand, wie er es nannte. Die Drogen machten ihn kreativ. Wenn er breit war, fielen ihm die besten Songs ein. Nur schade, dass er dann meistens nicht geistesgegenwärtig genug war, um sie auch aufzuschreiben.

All das wäre an sich kein Problem, wenn sein Dealer Waldemar vor einer Weile nicht vor seiner Schule aufgetaucht wäre und Wojtek für Marcin gehalten hätte. Erst nachdem Wojtek ihm seinen Schülerausweis gezeigt und glaubwürdig beteuert hatte, nicht Marcin, sondern dessen Zwillingsbruder zu sein, hatte sich der Typ halbwegs beruhigt. Trotzdem hatte Wojtek zahlen müssen. Deshalb hatte Marcin jetzt umso größere Schulden bei seinem Bruder, und die Zinsen wuchsen von Tag zu Tag. Was allerdings dann doch ganz witzig gewesen war: Wojtek hatte bei dieser Gelegenheit von Waldemar erfahren, wie man mit dem Dealen Geld verdienen konnte. Er hatte sich nur deswegen nicht anwerben lassen, weil das Fälschen von Schecks, mit dem er sich über Wasser hielt, letztendlich mehr einbrachte.

»Außerdem ist Dealen das größere Risiko. Man ist draußen unterwegs und hat mit Leuten zu tun«, hatte er Marcin in seiner typisch einschläfernden Art erzählt, währenddessen den Polizeifunk abgehört und dann schon bald wieder das Interesse an seinem Bruder verloren, als über Funk ein Streit zwischen zwei Streifenbeamten ausgebrochen war. Wojtek hatte sich deren Namen und Spitznamen notiert.

Marcin war klar, dass der Bruder Höllenqualen leiden würde, wenn er Kunden bedienen müsste. Konversation zu betreiben lag ihm nicht, er war alles andere als gesellig. Er ging einsam seiner Wege und brauchte niemanden zu seinem Glück. Erstaunlich, dass er überhaupt eine Handvoll Freunde hatte.

Es war tatsächlich Wojtek gewesen, der Marcin eines Tages Nadel vorgestellt hatte. Der Bruder hatte den um ein Jahr jüngeren Berufsschüler als Boten für seine Scheckgeschäfte engagiert. Er selbst hatte nicht riskieren wollen, damit aufgegriffen zu werden. Wojtek zahlte Nadel einen Hungerlohn, aber offenbar war das für den Jungen schon in Ordnung. Er musste aus ziemlich üblen Verhältnissen stammen: Marcin hatte ihn schon öfter gesehen, wie er spätabends durch die Stadt gestreift war. Hin und wieder hatte er ihm ein bisschen was von seinem Gras abgegeben.

Marcin wusste, dass Nadel ihn als Musiker bewunderte; er selbst war weder an der Zuneigung des Jungen noch an den Geschäften seines Bruders interessiert – obwohl er seinen Zwilling insgeheim um dessen zahlreiche Begabungen beneidete und jedes Mal schier explodierte, wenn ihr Vater davon faselte, welch großartiger Geschäftsmann Wojtek eines Tages werden würde.

»Und du, du wirst als Obdachloser enden«, hatte er seinem anderen Sohn prophezeit. »Es sei denn, dein Bruder erbarmt sich und stellt dich in seinem Unternehmen ein.«

Genau deshalb sah man die Zwillinge auch nur selten zusammen. Sie sahen einander ähnlich wie Klone; die Leute verwechselten sie andauernd. Doch auch wenn sie das mitunter irritierte – sie wussten es doch clever einzusetzen. Vor allem in der Kirche: Der Charmeur Marcin zog die Aufmerksamkeit der Gottesdienstbesucher auf sich, und Wojtek räumte das Geld vom Kollektenteller ab. Nach der Messe machten sie dann halbe-halbe, auch wenn Wojtek in Anbetracht von Marcins Schulden meist die gesamten Einnahmen einsackte.

Als der Elefant sah, dass sein Neffe sofort aufgesprungen war, ließ er sich bequem in seinen Rollstuhl zurückfallen, sodass die Lehne quietschte. Dann hob er sein lebloses Bein auf die Stütze. Mit dem anderen ging es nicht ganz so leicht; da musste Marcin mit anpacken.

»Ach, gib mir doch noch ein bisschen was von dem Gemüsesalat mit«, bat der Onkel. »Der Geschmack meiner Kindheit, Junge!«

Als Marcin erneut an den Kühlschrank trat, fischte der Mann die Lederbörse aus der Innentasche seines Jacketts; sie war abgewetzt, mit eingerissenen Kanten, kaputtem Reißverschluss – und zum Bersten voll mit Geldscheinen.

Als Marcin sich wieder zu ihm umdrehte, blieb er mit der Salatschüssel in der Hand wie angewurzelt stehen. Der Elefant leckte sich kurz über die Fingerkuppen und zog dann erst einen, dann weitere vier Geldscheine heraus und schob dem Jungen ganze fünfhundert Dollar zu. Marcin spürte, wie Hitze in ihm aufstieg und sich ihm die Kehle zuschnürte.

»Onkel, ich …«

»Doch, doch, nimm! Und gib deinem Bruder was davon ab. Am besten die Hälfte.«

Der Elefant grinste. Kurz hatte Marcin den Eindruck, als würde der Mund des Onkels von einem Ohr zum anderen reichen. Dem Charme des hässlichen alten Kauzes konnte man sich einfach nicht entziehen.

»Nimm schon, als Geschenk zum Achtzehnten. Nur gib es nicht für Drogen aus! Das ist das Einzige, was ich nicht durchgehen lasse.« Er hob zur Warnung den Zeigefinger. »Und kein Wort zu deinem Vater oder zu deiner Mutter – sonst musst du es am Ende zurückgeben.«

Marcin rollte seinen Onkel hinaus. Sie hatten in der Küche heilloses Chaos hinterlassen, und Marcin nahm sich vor, gleich noch ein bisschen aufzuräumen – wenigstens das wollte er seiner Mutter ersparen. Er war sich sicher, dass sie noch nicht schlief. Bestimmt wollte sie warten, bis die Gäste gegangen waren, oder hatte aus irgendeinem anderen Grund das Schlafzimmer nicht verlassen.

Maria sprach seit Jahren nicht mehr mit ihrem Bruder. Er sei in zwielichtige Geschäfte verwickelt, behauptete sie, und der familieneigene Juwelierladen sei bloß ein Deckmäntelchen für seine üblen Machenschaften. Wenn es stimmte, was sie sagte, dann hatte Jerzy das Familienunternehmen zugrunde gerichtet. Hätte sie sich mit Juwelierarbeit und mit Bernstein ausgekannt, hätte sie das Geschäft übernommen. Nur hatten in ihrer Familie die Frauen keine Ausbildung genießen dürfen. Stattdessen hatten sie gut geheiratet, Kinder bekommen und sich um Heim und Herd gekümmert. So war das Leben sämtlicher Popławski-Schwestern verlaufen. Eine von ihnen lebte seit Jahren in Deutschland – sie hatte zu Zeiten des kommunistischen Regimes hin und wieder Päckchen mit Lebensmitteln, Kleidung und Reinigungsmitteln geschickt.

Früher hatte Maria sich redlich Mühe gegeben, zu ihrem Bruder Kontakt zu halten. Sie hatte gehofft, er würde sich irgendwann ändern und auf den rechten Weg zurückkehren, doch irgendwann hatte sie die Hoffnung aufgegeben. All ihre Bemühungen hatten ja doch nur zur Folge gehabt, dass er mit Sławomir einen neuen Sklaven rekrutiert hatte – denn so nannte Maria die Rolle des Automechanikers in der Organisation. Als sie erfahren hatte, dass ihr Mann im Auftrag des Elefanten unterwegs gewesen war, um auf dem Gelände einer neu eröffneten Raffinerie Erdöl abzuzweigen, und später dann überdies losgezogen war, um in den Wäldern illegal Bernstein zu fördern, hatte sie ihm sogar mit der Scheidung gedroht. Sie hatte Sławomir ausdrücklich verboten, sich weiter mit der »Bernsteinmafia« abzugeben, wie die Clique des Elefanten von der Polizei genannt wurde, und hatte sich gegenüber seinen Argumenten taub gestellt, dass das kostbare Mineral allen, nicht nur dem Staat gehöre. Maria war sich im Klaren darüber gewesen, dass er gerade Wort für Wort Jerzys Argumente wiederholte.

Marcin war davon überzeugt, dass seine Mutter genau wusste, welche Rolle ihr Mann in der Organisation des Elefanten spielte. Aus irgendeinem Grund drückte sie mittlerweile allerdings ein Auge zu, und beide taten so, als wäre nichts – so war es wohl am einfachsten. Womöglich hatte sie gespürt, dass sie keine Wahl hatte, und ihren Mann am Ende einfach machen lassen. Außerdem wusste sie den Komfort, den das Geld mit sich brachte, durchaus zu schätzen.

Erst in der vergangenen Woche hatte sie sich einen neuen Silberfuchs beim Kürschner bestellt.

Marcin indes wollte doch bloß seinen Spaß haben. Er wollte sich keine Gedanken darüber machen müssen, was mit seiner Familie passierte, wenn irgendwer jemals genauer hinsähe. Er wollte ein schönes Leben haben, Gitarre spielen und ein nettes Mädchen kennenlernen. Sein Onkel hatte ihm immer schon gewaltig imponiert. Als er noch klein war, hatten seine Eltern immer Schauergeschichten von Onkel Jerzy erzählt: wie böse und unberechenbar er sei. Und genau so galt er in der ganzen Stadt. Für die beiden Brüder war er allerdings immer nur der behinderte, mitleiderregende, hässliche Kauz mit den abstehenden Elefantenohren gewesen. Das hatte ihm auch seinen Spitznamen eingebracht. Und obwohl jeder in Danzig wusste, was der Juwelier in Wahrheit trieb, hatte ihm nie jemand etwas nachweisen können. Der Elefant war einfach immer allen entschlüpft. Mal ums Mal waren Leute aus seiner Organisation im Knast gelandet, doch Jerzy selbst schien stets eine weiße Weste gehabt zu haben. Zumindest nach außen hin.

»Nicht klopfen! Ich will wissen, wie wachsam sie sind«, erklärte der Onkel leise und rief dann ohne Vorwarnung: »Überraschung!« Im selben Moment riss Marcin die Garagentür auf.

Drei Männer sprangen von ihren Stühlen auf. Einer von ihnen, ein Glatzkopf in Jogginganzug und mit einer schweren Goldkette um den Hals, griff sofort an seine Hosentasche.

»Bully, du dämlicher Affe, das ist doch nur ein Kind!«, krächzte der Elefant und lachte.

Paweł Bławicki, Bully genannt, gab einem kleinen, dicken Typen in einem bunt gemusterten Pullover ein Zeichen, woraufhin der begann, irgendwelche Gegenstände in eine Sporttasche zu werfen.

»Scheiße, verdammt!«, brüllte er auf Russisch, als ihm eine Pistole aus der Tasche rutschte.

Die Männer fingen an, einander anzuschreien, doch Marcin hörte nicht einmal mehr hin. Wie hypnotisiert starrte er einen orangefarbenen Lamborghini mit deutschem Kennzeichen an. Die Motorhaube des Wagens war eingedrückt, rechts baumelte der Scheinwerfer an Kabeln, und statt der Frontscheibe war Plastikfolie eingesetzt worden. Doch die Schäden ließen Marcin kalt. Er hatte auf einen Blick erkannt, was für ein Schmuckstück er da vor sich hatte. Bisher hatte sein Vater nur ein einziges Mal so einen Wagen in der Werkstatt gehabt – aber da hatte Marcin ihn nicht anfassen, geschweige denn fahren dürfen. Diesmal, schwor er sich, würde er alles tun, um einmal hinter dem Steuer dieser Rakete zu sitzen.

Erst als er sich wieder halbwegs eingekriegt hatte, warf er einen Blick auf den von einer Lampe beleuchteten Drechseltisch, um den die Gäste gerade noch gesessen hatten. Darauf lagen ungeschliffene Brocken Bernstein – einer so groß wie ein halber Laib Brot – und daneben bogenweise nicht zugeschnittenes Falschgeld: Dollar und Rubel. Sein Vater versuchte noch, Marcin den Blick zu versperren, doch es war bereits zu spät. Er lief rot an, und auf der Stirn pulsierte eine Vene.

»Marcin, sofort in dein Zimmer!«

Der Elefant hob eine Hand.

»Er kann bleiben, wenn er will. Er ist erwachsen.«

Marcin hatte seinen Vater noch nie so wütend erlebt.

»Erst in drei Tagen! Dann kann er selbst entscheiden.«

Der Vater und der Elefant starrten einander für einen Moment an, bis der Invalide zu guter Letzt den Kopf senkte. Er fuhr zum Werkzeugschrank, vor dem ein halb voller Kasten Wodka stand, zog eine Flasche heraus, schlug kurz gegen den Boden, schraubte sie auf und goss eine Handvoll Gläser ein. Sie waren zwar nicht sauber, doch das schien niemanden zu stören. Jeder bekam eins – nur Sławomir und ein untersetzter Dunkelhaariger in einem hellen Sakko nicht. Obwohl er schick angezogen und gepflegt aussah wie ein italienisches Model, schien ihm die Dummheit regelrecht ins Gesicht geschrieben. Er war ein paar Jahre älter als Marcin, aber einen Kopf kleiner.

»Du kriegst nichts, Waldemar. Umso mehr bleibt für uns übrig. Wenigstens dafür bist du zu gebrauchen«, gluckste der Elefant.

Der Mann im Sakko schluckte die Beleidigung ohne Widerworte hinunter.

»Sie wissen doch, Chef, dass mein Arzt mir das sowieso verboten hat«, erwiderte er nur, woraufhin alle lachten.

Er warf Marcin einen Blick zu und verzog den Mund zu einem halben Grinsen. Er hatte dem jungen Staroń regelmäßig Marihuana und Acid verkauft, manchmal sogar stärkere Sachen, ließ sich hier vor den anderen jedoch nichts anmerken.

»Ich fahre gerne – das ist das Einzige, was ich gut kann«, fuhr er dann fort. »Und ich fahre besser als jeder andere.«

»Das stimmt nicht, Kleiner – noch besser kannst du Weiber aufreißen. Und sie werden immer jünger. Das hast du von mir.« Der Elefant prostete in die Runde und leerte sein Glas in einem Zug.

»Einen feinen Sohn hast du«, wandte er sich wieder an seinen Schwager. »Er wird es noch weit bringen.«

»Hoffentlich nicht so weit wie deine Söhne«, gab Sławomir bissig zurück.

Die Stille, die daraufhin einsetzte, hätte man fast mit dem Messer zerschneiden können. Niemand traute sich, etwas zu sagen, ehe der Boss selbst auf die Attacke reagierte. Doch der saß bloß eine gefühlte Ewigkeit reglos und schweigend da.

Drei Jahre zuvor waren Jerzy Popławskis Frau und beide Söhne ums Leben gekommen. Ihr Auto war explodiert, kaum dass der Elefant den Motor angelassen hatte. Angeblich war es ein Anschlag gewesen, doch es waren nirgends Spuren von Sprengstoff gefunden worden. Die offizielle Erklärung hatte gelautet: Fehlfunktion der Zündung. Seitdem saß Jerzy im Rollstuhl. Er war von der Taille abwärts gelähmt und litt seit jenem Tag an posttraumatischer Epilepsie. Nur deswegen war ihm das Gefängnis erspart geblieben, obwohl er wegen Bildung einer kriminellen Vereinigung angeklagt worden war. Allerdings hatte ein gewiefter Arzt ihm ein Attest ausgestellt, das besagte, dass Jerzy Popławski weder in Untersuchungshaft einsitzen noch beim Prozess anwesend sein dürfe. Monate später war das Verfahren aus Mangel an Beweisen eingestellt worden.

Der Elefant hatte einen jungen Fahrer eingestellt, Waldemar, der von da an immer als Erstes in den Wagen steigen und den Motor noch bei offener Tür anlassen musste, während Popławski in sicherer Entfernung wartete. Nicht selten witzelte er, er zahle eigens einen dressierten Hund, um selbst nicht in Stücke gerissen zu werden.

Er bedachte Marcins Vater aus halb geschlossenen Augen mit einem langen Blick und grinste schief.

»Beim nächsten Mal, wenn du dir so was erlaubst, Schwager, schlepp ich dich in den Wald. Reiß die Fresse nie wieder so weit auf!«

Doch Staroń hatte nicht vor zurückzurudern. »Die Wahrheit tut weh, nicht wahr?« Dann kletterte er in die Grube, um weiter an dem orangefarbenen Lamborghini zu schrauben.

Der Elefant presste die Lippen zusammen.

»Du hast Glück, dass wir verwandt sind. Aber auch deine Zeit wird kommen.«

Die anderen schwiegen. Die Luft sirrte regelrecht vor Spannung.

»Kennt ihr den?«, ergriff Bully schließlich das Wort, um von dem schwelenden Konflikt abzulenken. »Ein Kumpel fragt den anderen: Was ist denn bitte schön passiert, dass dich deine Alte heute in die Kneipe gelassen hat? – Ich hab ihr ein bisschen Schaum in die Wanne gelassen. – Badeschaum? – Nee, Bauschaum.«

Der Elefant brüllte vor Lachen, und die anderen stimmten mit ein. Die Erleichterung der Männer war förmlich greifbar.

Marcin sah zu dem Lamborghini hinüber. »Geiles Teil ... Was ist das für ein Motor?«

»Egal, der wird sowieso umgebaut. Hast du schon ein eigenes Auto?«

Der Junge schüttelte den Kopf.

»Hättest du gern eins?«

Ein Lächeln breitete sich auf Marcins Gesicht aus.

»So eins vielleicht? Könntest damit Mädels rumkutschieren.« Die Perspektive war verlockend, doch der Onkel machte sie sofort zunichte. »Es ist sein Auto«, meinte der Elefant und nickte hinüber zu Waldemar. »Würd dein Alter dich lieb haben, würd er dir genau so einen Wagen schenken. Aber wie auch immer. Dein lieber Onkel wird schon dafür sorgen, dass Waldemar dir seinen Lamborghini leiht. Aber erst in einer Woche, wegen der Reparaturen. Auch wenn dein Herr Papa ein Spießer ist – er ist und bleibt der beste Schrauber in der ganzen Stadt. Nur müssen wir das Schätzchen erst noch offiziell anmelden, damit es keinen unnötigen Ärger gibt.«

Dann befahl er Waldemar, ihm Papiere und Autoschlüssel auszuhändigen. Marcin wollte schon protestieren, doch erneut hielt ihn der Onkel zurück.

»Wenn du willst, nimm deine Freundin am Freitag mit auf eine kleine Spritztour durch Danzig. Mach dir mal keine Gedanken wegen des Führerscheins – ich sag jemandem bei der Polizei Bescheid. Allerdings musst du im Stadtbereich bleiben, verstanden?«

Wenn Blicke töten könnten, wäre Marcin im selben Moment tot umgefallen, so scharf sah Waldemar ihn mit seinen blitzblauen Augen an.

»Wenn ich auch nur einen einzigen Kratzer sehe, bist du dran«, zischte er und marschierte raus zum Rauchen.

Amüsiert hatte der Elefant die Szene mit angesehen.

»Aus dir wird noch mal etwas, lieber Neffe. Du isst ja gerne – und Menschen, die gern essen, haben auch einen großen Appetit aufs Leben.«

Dann rief er den muskelbepackten Glatzkopf mit der Halskette zu sich, flüsterte ihm etwas ins Ohr, und Bully nickte.

»So, jetzt reicht's allmählich.« Sławomirs Kopf war an der Kante zur Grube aufgetaucht. »Der Junge muss morgen in die Schule. Ihr hattet euren Spaß.«

»Entspann dich, Staroń!« Dann wandte sich der Invalide lachend an Marcin: »Geh schlafen, Kleiner. Und wenn die Bullen dich rauswinken, rufst du nicht deinen Papa, sondern diesen Herrn hier an.« Er nickte hinüber zu Bully. »Der gute Herr Bławicki boxt dich aus jeder blöden Lage raus. Das ist mein Mann! Und du bist mein Neffe – mein Fleisch und Blut!«

Marcins Vater kletterte aus der Grube.

»Wo wollt ihr ihn reinreiten?«

»Geh nur«, sagte der Onkel ungerührt. »Das Sandmännchen ruft.«

Als Marcin die Tür hinter sich zuzog, konnte er hören, wie sein Vater und der Onkel miteinander stritten, aber es war ihm egal. Mit einem Mal kam ihm der Tag wie der glücklichste seines gesamten Lebens vor. Er war noch zu jung, um zu begreifen, dass er gerade einen Pakt mit dem Teufel geschlossen hatte. So großes Glück war nun einmal nicht umsonst.

Er träumte von einem Elefanten, der am Strand von Heubude tot im Sand lag. Würmer hatten sich in dem Kadaver breitgemacht, und darüber kreisten Möwen. Die Strandbesucher bedachten ihn mit keinem Blick, legten achtlos ihre Handtücher aus, stellten Liegestühle und Sonnenschirme neben ihm auf. Der Eismann kam, platzierte sich mit seinem Wagen direkt neben dem toten Vieh und bemerkte nicht einmal, dass Schmeißfliegen in seine Eisbehälter krochen, während die Kinder vor seinem Wagen Schlange standen. Er verkaufte beinahe die gesamte Ware und zog dann ein Stück weiter.

Erst da bemerkte Marcin das dunkelhaarige Mädchen, das

ihm schon im Duschraum aufgefallen war. Sie stand bis zur Taille im Wasser, lief tiefer hinein, versank darin nach einer Weile bis zum Hals. Marcin spurtete los, hielt auf sie Kurs – doch die Wellen waren zu hoch. Er rief nach ihr, aber sie hörte ihn nicht. Dann verschwand sie unter Wasser.

Und mit einem Mal war auch der Elefant verschwunden. Am Strand waren nur mehr die Sonnenanbeter und der Eismann zurückgeblieben, der seine Ware feilbot.

Marcin wachte schweißgebadet auf und sprang sofort aus dem Bett. Er hatte verschlafen – wie so oft – und zog sich eilig an. Das Bett seines Bruders war wie immer vorbildlich gemacht. Marcins Schuluniform hing über dem Kleiderhaken am Spiegel, das frisch gewaschene Hemd war ordentlich gebügelt. Offenbar hatte die Mutter ihnen noch in der vergangenen Nacht die Klamotten hochgebracht. Der Knopf fehlte noch immer.

Er schob die Erinnerung an den Albtraum beiseite und stellte sich vor, wie er Monika mit dem orangefarbenen Lamborghini beeindrucken würde. Zudem hatte er fünfhundert Dollar in der Tasche – die würde er in einer Wechselstube umtauschen und endlich seine Schulden bei Waldemar begleichen. In Danzig wusste selbst der letzte Junkie, dass dieser Lackaffe nun mal den besten Stoff hatte. Wer offenbar nicht wusste, welcher Nebentätigkeit sein Fahrer nachging, war Jerzy Popławski. Marcin fand das sogar halbwegs amüsant.

Noch ehe er zur Schule aufbrach, holte er Przemeks Waffenattrappe hervor und lackierte das Holz. Er hatte sich für Schwarz entschieden, Chrom wäre zu sehr aufgefallen. Dann legte er die Holzpistole zum Trocknen beiseite. Sie sah täuschend echt aus, wie die Waffe eines echten Geheimagenten. Er konnte es kaum erwarten, sie Przemek zu überreichen.

Auf der Treppe kehrte er noch einmal um, lief zurück ins Zimmer und versteckte die Waffe im Kachelofen hinter Wojteks

Bett. Hier würde ihr Vater sie nicht finden. Sonst hätte er womöglich angenommen, dass Marcin sich heimlich der Organisation des Elefanten angeschlossen hätte. Bei Wojtek, dem Mustersöhnchen, würde er gar nicht erst auf die Idee kommen, nach etwas Illegalem zu suchen.

Monika Mazurkiewicz packte die Bücher der Größe nach in ihre Schultasche, daneben das Mäppchen, die Tüte mit den Frühstücksbroten, Mädchenkram. Der Erdkundelehrer hatte gerade noch irgendetwas ins Klassenbuch geschrieben, dann war sein Blick über die Brille hinweg zu dem Mädchen gewandert. Als Monika sich vorbeugte, rutschte ihr Rock ein Stück nach oben. Er schlug die Augen nieder.

»Wiedersehen«, rief Monika und wandte sich zum Gehen.

Die kleine Mazurkiewicz ging meistens als Letzte. Während der Tests und Klassenarbeiten beobachtete er sie immer: Sie überlegte lange, ehe sie auch nur ein einziges Wort zu Papier brachte. Sie lutschte an ihrem Bleistift, spielte mit den Haarspitzen, biss sich auf die Lippen. Ihre Handschrift hätte er unter Tausenden wiedererkannt – diese runden Buchstaben, das volle »a«, das »g« mit der fantasievollen Schleife. Monika Mazurkiewicz kam ihm deutlich reifer vor als sechzehn, keine Ahnung, warum. Nie hatte sie es eilig, sie war keine Streberin, saß in der letzten Reihe und sah manchmal die ganze Stunde über aus dem Fenster. Anfangs hatte er gedacht, sie würde nicht aufpassen, aber wann immer er sie aufrief, konnte sie ausführlich Antwort geben. Sie sprach zwar langsam, beinahe phlegmatisch, doch ihre Antworten waren korrekt, wenn auch nicht jedes Mal brillant.

Manche Lehrer hielten Monika für dümmlich, aber der Erdkundelehrer wusste, dass sie einfach jemand war, an den man schwer herankam. Sie lebte in ihrer eigenen Welt, wie hinter einer Glasscheibe, doch dumm war sie keineswegs. Im Gegensatz zu ihren zahlreichen Geschwistern, den Brüdern vor allem.

»Monika – auf ein Wort?«, rief er ihr nach.

Sie kam zurück, atmete schnell, war offenbar nervös. Stumm sah sie ihn an.

»Ich würde gerne …«, hob er an und wusste dann auf einmal nicht mehr, wie er fortfahren sollte. Er hatte nicht darüber nachgedacht, es war einfach ein Impuls gewesen. Winzige Brüste zeichneten sich unter ihrem Oberteil ab. Er räusperte sich und fuhr fort: »Es geht um Arek. In der Schule läuft es nicht besonders gut für ihn … Könntest du ihm vielleicht helfen? Ihr seid sechs Kinder, oder?«

»Sieben«, korrigierte sie ihn. »Mein ältester Bruder, Przemek, ist allerdings schon auf der Schifffahrtsschule.«

»Ach ja, jetzt erinnere ich mich wieder … Ich hab ihn damals in der Grundschule unterrichtet.« Er sah den muskelbepackten Jungen mit dem Spatzenhirn noch immer vor sich. Unwillkürlich fragte er sich, wie Przemek es auf eine so renommierte, traditionsreiche Bildungsstätte wie das Conradinum geschafft hatte. Damals hatte er ihn nur aus Mitleid in die nächsthöhere Klassenstufe versetzt, ähnlich wie Arek heute. »Hilf Arek, wenn du kannst, lies mit ihm Texte, macht gemeinsam seine Hausaufgaben, frag ihn ab. Eure Mutter hat sicher viel zu tun – du solltest sie entlasten.«

»Ich kann's versuchen.«

Sie klang erschöpft.

»Du weißt wahrscheinlich, dass Areks Versetzung gefährdet ist. Wenn es auf Dauer nicht besser wird, muss er die Klasse wiederholen. Ich sag es lieber dir, bevor ich deine Eltern herbestelle. Ich verstehe natürlich, dass sie sich keine Nachhilfestunden leisten können. Aber wenn es irgendwelche Probleme geben sollte, egal welcher Art« – er räusperte sich wieder –, »wende dich an mich, ja? Jederzeit.«

Er spürte, wie seine Ohren heiß wurden, und schob sich die Brille auf der Nase zurecht. Das Mädchen hatte seine Anspielung offenbar nicht verstanden, starrte ihn lediglich verwirrt an.

»Kann ich jetzt gehen?«

Mit rundem Rücken marschierte sie davon. Der Mann blickte ihr nach, bis sie hinter der Tür verschwand. Dann stand er auf, trat ans Fenster und sah auf den Schulhof hinab. In wenigen Minuten müsste sie unten ankommen. Erdkunde war ihre letzte Stunde gewesen.

Sein Blick fiel auf einen Sportwagen, der gegenüber der Schule parkte. Er war orange und stank förmlich nach Illegalität. Als Monika das Schultor erreichte, schob der Fahrer die Tür auf und lief ihr entgegen. Der Lehrer kniff die Augen zusammen – er kannte diesen Typen. Er hatte ihn vor Jahren unterrichtet. Einer der Staroń-Zwillinge – Söhne dieses Automechanikers ...

Monika wollte zunächst wortlos an dem blonden Jungen vorbeigehen, doch der packte sie am Arm und hielt sie auf. Sie sah ihm streng ins Gesicht, und er ließ los. Fasziniert beobachtete der Erdkundelehrer die beiden und fragte sich, was sie wohl verband. Zumindest sahen sie nicht wie ein Pärchen aus.

Sie unterhielten sich eine Weile, dann öffnete der Junge die Beifahrertür, und Monika stieg ein. Der Motor dröhnte auf, und dann verschwand das Auto um die Ecke. Eifersucht loderte in dem Mann auf. Ob wegen des Autos oder wegen des Mädchens, war ihm nicht klar. Irgendwann war auch er jung gewesen, hatte Träume gehabt. Allerdings hatte er keinen Vater gehabt, der mit kriminellen Banden zusammenarbeitete und gestohlene Autos frisierte.

Monika faltete die Hände und presste die knochigen Knie fest zusammen. Zwischen ihren Schenkeln bildete sich ein halbmondförmiger Spalt. Marcin überlegte fieberhaft, wie er das Gespräch eröffnen sollte, doch vor allem war er darauf konzentriert, den Lamborghini auf der Spur zu halten. Gleichzeitig produzierte er sich vor dem Mädchen, drückte wahllos Knöpfe auf dem Armaturenbrett, drehte am Lautstärkeregler des Radios und schaltete versehentlich die Sitzheizung ein. Monika musste die Wärme gespürt haben, enthielt sich aber jeden Kommentars. Eine Weile saßen sie schweigend nebeneinander.

»Wohin fahren wir überhaupt?«, fragte sie schließlich.
»Das ist eine Überraschung.«
»Ich mag keine Überraschungen.«
»Genauso siehst du auch aus.«
»Hast du überhaupt einen Führerschein?«, wollte sie wissen.
Um seine Nervosität zu kaschieren, lachte er nur.
»Bist du immer so?«, gab er zurück.
»Wie denn?«
»Ich weiß nicht. So ... stachelig, so sperrig.«
Sie sah ihn von der Seite an.
»Der Wagen ist von meinem Onkel, mach dir also keine Gedanken. Ich hab ihn mir geliehen, nicht gestohlen.«
Er bog von der Hauptstraße auf eine schmale, asphaltierte Seitenstraße ab, die parallel zu den Bahngleisen verlief. Jenseits davon tauchte der Wald vor ihnen auf wie eine grüne Wand.

»Ich weiß, wohin du mich bringst. Nach Heubude, zum Strand«, verkündete sie. »Das ist *unser* Strand!«

»Euer Strand?«

»Ja, unser Familienstrand! Dort haben meine Eltern sich kennengelernt. Przemek hat dich dort hingebracht, nicht wahr? Aber bestimmt hat er dir nicht von ihrer Romanze erzählt.« Zum ersten Mal lächelte sie, ein aufrichtiges, offenes Lächeln. »Als Papa aus dem Wasser auftauchte, hat Mama sich auf den ersten Blick in ihn verliebt. Aus dieser Liebe sind sieben Kinder entstanden: Przemek, Arek, ich und unsere vier Schwestern.«

»Das werden wir unseren Kindern auch erzählen – dass wir uns am Strand von Heubude kennengelernt haben. Obwohl es eigentlich ja genau umgekehrt war: Du bist aus dem Wasser aufgetaucht, und ich ...« Marcin grinste verlegen. »Du hast mich neulich gesehen, oder?«

Sie wurde rot. Verlegen sah sie gleich noch süßer aus.

»Aber ich will gar keine Kinder.«

»Ich eigentlich auch nicht.« Kinder zu haben kam ihm noch abstrakter vor als sterben.

»Ich weiß genau, was du im Sinn hast«, sagte sie unvermittelt. »Komm nie wieder an meine Schule!«

»Werde ich schon nicht.«

Wojtek – er musste sich vor ihrer Schule herumgetrieben haben. Das würde später Dresche geben, das war mal sicher. Nur konnte er sich überhaupt nicht daran erinnern, dem Bruder von Monika erzählt zu haben. Woher hatte er es also gewusst? Przemek hatte ihm sicher nichts gesagt.

»Fahr mich jetzt zurück«, bat Monika.

Er gab Gas, der Motor heulte auf.

»Halt sofort an!«

Sie hatte die Stimme nicht einmal gehoben, doch ihr Tonfall war so unmissverständlich, dass er sofort auf die Bremse stieg. Die Reifen quietschten, und nur mit Mühe bekam er den Wagen unter Kontrolle. Hektisch lenkte er auf einen Waldweg, dann starb der Motor ab.

»Es sind nur noch ein paar Minuten, bis wir da sind«, versuchte Marcin, das Mädchen zu überzeugen, gab dann aber auf.

Sie hatte ja recht. Er wollte ohnehin nur das eine. Es war das Erste gewesen, woran er heute früh gedacht hatte. Allerdings war es jetzt anders; er spürte, dass ihm wirklich etwas an ihr lag, dass er sie mochte. Sie imponierte ihm – die Ruhe, diese innere Kraft. Er wünschte sich, mit Monika zusammen zu sein. Allerdings war ihm klar, dass er ihr das nicht würde sagen können. Sie würde es ihm ohnehin nicht glauben. Gerade erst wenige Tage zuvor hatte er sie erstmals zu Gesicht bekommen, er hatte sie dort in der Umkleide nackt gesehen – und heute wollte er ihr ewige Liebe schwören? Das würde peinlich klingen. Dumm gelaufen, dachte Marcin.

»Ich werd dir nichts tun«, stammelte er unbeholfen.

Monika schnaubte verächtlich, und dann starrte sie eine Weile vor sich hin.

Sie hatte das perfekt symmetrische Gesicht einer Puppe. Er betrachtete ihre halb geöffneten Lippen und die langen, ungetuschten Wimpern. Dann drehte er den Zündschlüssel im Schloss herum. Der Motor sprang augenblicklich an, grollte gleichmäßig und rhythmisch, und dieser Rhythmus gab Marcin neuen Mut. Er versuchte zu wenden, bemerkte aber erst im letzten Moment einen Lkw, der sich in hohem Tempo näherte. Der Fahrer hupte, und Marcin schaffte es in letzter Sekunde, das Auto herumzureißen. Für einen Augenblick stand er förmlich unter Schock, fragte sich, was geschehen wäre, wenn sie gerade einen Unfall gehabt hätten. Er hatte allen Ernstes Angst um Monika – und sie musste das gespürt haben. Denn im nächsten Moment drehte sie sich zu ihm um und sah ihm sanft ins Gesicht.

»Ich hab keine Angst«, sagte sie ganz ruhig. »Vor nichts und niemandem.«

Wieder saßen sie schweigend nebeneinander. Marcin hätte in diesem Moment alles für einen Joint gegeben, aber er traute sich nicht, sich vor dem Mädchen einen zu drehen.

Dann fragte sie in schärferem Ton: »Fährst du mich jetzt nach Hause, oder muss ich trampen?«

»Wir fahren gleich los«, erwiderte er. »Gib mir nur noch eine Minute.«

Das Mädchen drehte sich wieder zum Fenster und schien leicht in sich zusammenzusinken.

»Die Minute ist um«, sagte sie nach einer Weile. Dann schüttelte sie den Kopf und lachte auf. »Du bist echt sonderbar.«

Marcin sollte sich später nicht mehr daran erinnern können, warum er es getan hatte. Wären sie direkt losgefahren, wäre es niemals so weit gekommen. Alles wäre anders verlaufen – nicht nur sein Leben, sondern auch das vieler anderer Menschen.

Doch in diesem Augenblick hatte er nur noch einen Gedanken: dass er das Leben auskosten wollte. Er durfte diese einmalige Gelegenheit nicht verstreichen lassen. Der Elefant hatte recht gehabt – er liebte das Leben, hatte einen wilden Appetit darauf. Er saß in dieser unfassbar geilen Karre – wie irgend so ein reicher Typ –, hatte ein tolles Mädchen neben sich – was hatte er denn zu verlieren? Er streckte die Hand aus und berührte den Ringfinger ihrer linken Hand. Sie sah ihn nicht mal an, sondern blieb reglos sitzen. Dann berührte er die restlichen Finger, griff danach. Ihre Haut war unfassbar zart, die Finger lang und schlank.

»Mein Vater findet es nicht gut, dass Przemek mit dir befreundet ist«, sagte sie leise, machte sich aber nicht von ihm los.

Marcin runzelte die Stirn, wartete auf eine Fortsetzung.

»Er sagt, dass du ein Junkie bist und der Sohn eines Verbrechers. Stimmt das?«

Sie sah ihn von der Seite an, als wollte sie überprüfen, ob er sich provozieren ließe. Statt zu antworten, gab er ihr einen Kuss. Er hatte den Verdacht, dass sie ganz und gar jungfräulich war – dass sie zuvor nicht mal geküsst hatte. Der Gedanke, dass er ihr erster Mann sein könnte, gefiel ihm außerordentlich. Mit der Zungenspitze berührte er ihre zusammengepressten Lippen, hielt sich dann aber zurück, um nicht zu weit zu gehen. Sie saß bloß da, mit geschlossenen Augen. Als er die Hand hob, um ihr übers Gesicht zu streicheln, rutschte sie ein Stück von ihm weg.

»Meine Eltern suchen bestimmt schon nach mir«, sagte sie und entzog ihm die Hand.

»Ich bin kein Junkie. Und kein Verbrecher«, versicherte er ihr. »Und ich werd mir alle Mühe geben, dass dein Vater seine Meinung über mich ändert. Erst dann frag ich dich nach einem Date. Aber jetzt bring ich dich erst einmal nach Hause. Willst du mich denn wiedersehen?«

»Mein Vater wird es nicht erlauben. Er meint, dass ich erst achtzehn sein muss, bevor wir das Thema Jungs überhaupt anschneiden.«

»Ich kann warten«, verkündete Marcin feierlich. »Wenn ich dich nicht haben kann, will ich auch kein anderes Mädchen.«

»Du bist echt sonderbar«, wiederholte sie, diesmal allerdings mit einem Kichern.

Im Radio lief »Seide« von Róż Europy.

»Ich liebe dieses Lied«, flüsterte Monika.

»Ab heute werd ich dabei immer an dich denken«, gab er selig zurück.

Im nächsten Augenblick wurden sie von einem Klopfen an der Windschutzscheibe unterbrochen. Draußen stand ein uniformierter Polizist. Marcin ließ das Fenster runter, verwundert, dass er nicht gehört hatte, wie der Streifenwagen sich genähert hatte.

»Sergeant Robert Duchnowski, Kommissariat Danzig 22«, stellte der Mann sich vor und salutierte. »Die Fahrzeugpapiere und den Führerschein, bitte.«

Marcin holte aus dem Seitenfach ein Kunstlederetui heraus.

»Und der Führerschein?«

»Eigentlich ...«, hob Marcin an, doch mit einem Mal war sein Kopf wie leer gefegt. Er spürte Monikas verunsicherten Blick auf sich, und Wut auf den beschissenen Beamten stieg in ihm auf – der Mann hätte sich keinen schlechteren Zeitpunkt aussuchen können. Kurz entschlossen zückte er den Conradinum-Schülerausweis. »Mein Onkel hat mir den Wagen geliehen«, sagte er gespielt selbstbewusst.

»Dein Onkel, ja?« Im Mundwinkel des Beamten lauerte ein sarkastisches Lächeln, als er die Fahrzeugpapiere überprüfte. »Der Wagen gehört einem gewissen Arnold Meisner aus Berlin. Heißt so vielleicht dein Onkel?«

»Mein Onkel, Jerzy Popławski, hat gesagt, ich dürfte mich im Zweifel auf einen Ihrer Kollegen berufen, auf Paweł Bławicki, genannt Bully.«

Insgeheim war Marcin überzeugt, dass er sich nunmehr vollkommen zum Idioten gemacht hatte.

Doch der Beamte starrte ihn lediglich verdutzt an. Vor Nervosität brannte Marcin schier die Haut. Verdammt, warum hatte er vor seiner Abfahrt nicht die Papiere überprüft?

»Und deinen Schulausweis hätte ich auch gern«, wandte sich der Mann an Monika. Das Mädchen zupfte sich den Rock zurecht und zog dann ihren Ausweis aus einem Mäppchen.

»Weiß deine Mutter, dass du hier bist?«

Sie zögerte, dann schüttelte sie den Kopf.

»Du bleibst im Auto … und du – du kommst mit!«

Marcin stieg aus. Das einzig Gute daran war, dass Monika jetzt nicht mehr unmittelbar Zeugin seiner Niederlage würde.

In dem Streifenwagen saß ein weiterer Polizist, der sichtlich gelangweilt zu sein schien. Er hatte offenbar den höheren Rang, trug einen Stern auf seine Schulterklappe. Sowie sein Blick auf Marcin fiel, wurde er schlagartig lebhaft.

»Haben wir denn einen Führerschein?«, fragte er sichtlich vergnügt.

Marcin verneinte.

»Nein, aber ich bin volljährig.«

»Dann haben wir ein kleines Problem, Junge. Wir müssen erst den Wagen überprüfen, nicht dass er gestohlen wurde – denn falls doch, sitzt du die nächsten zehn Jahre ein. Jugendhaft trifft bei dir ja offensichtlich nicht mehr zu.«

Marcin spürte, wie ihm der Schweiß den Rücken hinabrann. Er sah seinen wütenden Vater und die weinende Mutter vor sich – noch mehr Probleme, die er ihnen bereiten würde. Warum passierte seinem Bruder so was nie? Tränen kitzelten ihn hinter den Augenlidern, und er musste sich zusammenreißen, um nicht loszuheulen.

»Mein Onkel hat mir erlaubt, das Auto zu nehmen … Er wollte sich um alles kümmern. Ich wollte nur mit meiner Freundin zum Strand fahren. Mein Onkel heißt Jerzy Popławski«, wiederholte er und spürte, wie ihm erste Tränen über die Wangen kullerten. Verdammt, jetzt heulte er doch allen Ernstes wie die allerletzte Memme!

Auch diesmal reagierten die Polizisten nicht im Geringsten auf den Namen. Sie gaben per Funk das Kennzeichen des Lamborghini sowie Marcins Daten durch, sprachen ihn jedoch nicht weiter an. Marcin kam es vor wie eine halbe Ewigkeit – und er konnte einfach nicht mehr aufhören zu heulen.

»Bitte, können Sie nicht Kommissar Bławicki kontaktieren?«, schluchzte er, doch die Polizisten ignorierten ihn. Stattdessen saßen sie reglos da und lauschten auf die Funkdurchsage. Dann angelte Duchnowski eine Schachtel Zigaretten hervor und zündete sich eine an, ehe der Ranghöhere ihm mit einem Nicken bedeutete, zum Rauchen das Auto zu verlassen.

»Sonst stinkt es hier wie auf einem Klo«, meinte er und wedelte mit seinem Notizbuch vor seiner Nase.

Duchnowski stieg fast schon beschämt aus.

»Du bist volljährig«, fuhr der andere Polizist fort. »Also bist du auch voll strafmündig. Du kriegst ein Verfahren und landest im Knast. Am besten informieren wir auch gleich die Eltern dieses Mädchens ... Bis dahin kommt sie in die Obhut der Behörden. Wenn du sie auch nur mit dem kleinen Finger angerührt hast, kriegst du zusätzlich ein Verfahren wegen Missbrauchs einer Minderjährigen an den Hals. Tja, sieht nicht gut aus ...«

»Ich hab ihr nichts getan«, flüsterte Marcin.

»Also, ich hab mehr als genug gesehen!«, rief Duchnowski von draußen.

»Duchno ... Lass ihn in Ruhe. Sie haben ein bisschen geschmust. Wir waren doch auch mal jung, oder? Die Kleine ist aber auch süß.«

Marcin war schleierhaft, warum der Polizist sich von einer Sekunde auf die andere urplötzlich für ihn einsetzte. Mit neu aufkeimender Hoffnung sah er ihn an, während Duchnowski schweigend zu Ende rauchte und dann die Tür auf Marcins Seite aufzog.

»Steig aus. Wenn der Wagen dem Elefanten gehört, finden wir darin ja vielleicht noch eine kleine Überraschung.«

Marcin starrte ihn vollkommen ratlos an. Jetzt verstand er überhaupt nichts mehr.

»Los, los, stell dich nicht so an!« Duchnowski zerrte ihn aus dem Streifenwagen und schubste ihn so brutal zur Seite, dass Marcin beinahe hingefallen wäre.

Monika saß immer noch auf dem Beifahrersitz des Lamborghini und sah ihnen erschrocken nach, als die beiden an ihr vorbeimarschierten. Marcin hatte keine Ahnung, wie der Kofferraum aufging; der Polizist musste ihm helfen. Der Junge atmete erleichtert durch, als sich herausstellte, dass der Kofferraum leer war: weit und breit nichts Verdächtiges, nur ein Warndreieck, ein Feuerlöscher und eine kleine Reiseapotheke. Duchnowski zog die Apothekentasche auf und überprüfte ihren Inhalt, dann hob er eine Ecke des Bodenteppichs an und befahl Marcin, das Ersatzrad rauszuholen. Allmählich dämmerte Marcin, dass der Mann die ganze Sache hinauszögern wollte – doch im selben Moment entdeckte er etwas in der Vertiefung für das Ersatzrad.

»Aufmachen«, sagte er und reichte Marcin den zerknitterten Umschlag.

Der Junge tat wie geheißen. In dem Kuvert befand sich ein winziges Plastiktütchen mit weißem Pulver. Der Polizist packte Marcin an den Schultern, presste ihn gegen die Karosserie, legte ihm Handschellen an und schob ihn dann zurück zum Streifenwagen.

»Wir brauchen Verstärkung. Illegale Substanzen«, rief er seinem Kollegen zu und fuhr dann fort: »Jetzt müssen wir nur noch die Kleine heimschaffen.« Dann wandte er sich wieder Marcin zu: »Schöner Scheiß, was, Staroń? Mann, du hast doch noch das ganze Leben vor dir – und statt es zu genießen, gehst du dem Elefanten auf den Leim! Aber keine Sorge, dein Papa wird dir ganz bestimmt Pakete in den Knast schicken.«

Während die Polizisten ein paar Formulare ausfüllten und auf Verstärkung warteten, die den Lamborghini abholen sollte, tauchte ein schwarzer BMW hinter ihnen auf dem Waldweg auf, hielt an, und zwei muskelbepackte Männer in engen

Lederjacken und schwarzen Wollmützen stiegen aus. Der Fahrer blieb sitzen, der Motor schnurrte immer noch. Durch die getönte Scheibe konnte man nicht sehen, um wen es sich handelte – doch in einem der anderen Männer erkannte Marcin Bully wieder und atmete erleichtert aus. Er war gerettet!

Bławicki marschierte auf die Polizisten zu und hielt ihnen seinen Ausweis hin.

»Unterkommissar Paweł Bławicki, Danzig-Mitte. Wir nehmen den Jungen mit … und den Wagen ebenfalls«, verkündete er und umrundete den Streifenwagen, riss die hintere Tür auf und zerrte Marcin am Arm raus.

Erbost verstellte Duchnowski ihm den Weg.

»Wie, Sie nehmen ihn mit? Der Wagen ist geklaut, und dieser Bursche hatte Betäubungsmittel im Gepäck – dafür allerdings weder einen Führerschein noch irgendwelche gültigen Papiere. Außerdem ist er in Begleitung einer Minderjährigen – Verdacht auf sexuelle Belästigung.«

Bully brach in schallendes Gelächter aus. Der zweite Fremde in Schwarz, der wie sein etwas zu klein geratener Klon aussah, spuckte verächtlich auf den Boden. Im selben Augenblick hörten sie, wie per Funk gemeldet wurde, dass der Wagen nicht als gestohlen gemeldet sei, sondern sich derzeit in der Registrierungsphase befinde. Der rechtmäßige Besitzer sei ein gewisser Jacek Waldemar, wohnhaft in Danzig-Langfuhr, ulica Hallera 33, Apartment 2.

»Hast du gehört, Duchno? Der Wagen ist sauber.« Bully baute sich vor ihm auf. »Handschellen auf!«

Duchnowski kochte sichtlich vor Wut.

»Ich wüsste nicht, dass wir zusammen in den Kindergarten gegangen wären. Für Sie immer noch Sergeant Duchnowski.«

»Duchno, mach ihm die Handschellen auf und halt den Rand. Du machst es nur noch schlimmer. Oder willst du im Archiv landen?«

Doch der Polizist machte sich nichts aus Bullys Drohung.

»Steig wieder ein«, befahl er Marcin und warf hinter ihm die Wagentür zu. »Wissen Sie, was? Spielen Sie sich in Ihrer eigenen Abteilung auf. Hier haben Sie nichts zu melden. Und jetzt verziehen Sie sich!«

»He, Bully, darf dieser Straßenfeger dir Befehle geben?«, wieherte der Klon.

Auf Bullys Oberlippe wurden Schweißtröpfchen sichtbar.

»Ich hoffe sehr, du weißt, was du da tust, Duchno. Das Kind gehört zum Elefanten.«

»Fahren Sie, hab ich gesagt.« Duchnowski kniff die Augen zusammen. »Und wenn der Junge zu Gott höchstpersönlich gehört – mir doch egal. Sie können froh sein, dass ich dieses Gespräch nicht aufgezeichnet habe.«

»Du bist raus!«, drohte ihm Bully und drehte sich zu seinem Klon um. »Majami, wir nehmen den Kleinen mit.«

Duchnowskis Kollege, der bislang augenscheinlich unbeteiligt dem Gespräch gelauscht hatte, stieg aus dem Streifenwagen, lief auf Bławicki zu und entschuldigte sich kriecherisch: »Meine Herren, alles gar kein Problem, betrachten Sie die Angelegenheit als erledigt. Ich bin hier der Einsatzleiter.« Er räusperte sich kurz und fuhr dann fort: »Sie müssen allerdings verstehen: Wir stehen wegen dieser Kinder bereits seit Stunden hier. Wir mussten es der Zentrale melden – nur wie sollen wir das Ganze jetzt wieder zurücknehmen? Wir können doch nicht einfach behaupten, dass wir in Wahrheit ein paar Nutten überprüft hätten«, lachte er gezwungen.

»Wie viel?«, fragte Bully.

Der Uniformierte zuckte mit den Schultern, legte Duchnowski die Hand auf den Arm und schob ihn zur Seite. Marcin konnte hören, wie er mit dem Kollegen diskutierte und ihm den Befehl erteilte, »den Jungen in Ruhe« zu lassen, sonst werde er Probleme kriegen.

»Konrad, ich *muss* das melden!«, protestierte Duchnowski.

»Tu, was du für richtig hältst«, erwiderte der Ranghöhere. »Aber du riskierst damit deinen Arsch – wenn du unbedingt den Helden spielen willst, dann bitte schön. Aber wenn du als Wachmann in irgendeiner Fabrik landest, dann soll mir das egal sein. Ich lass den Jungen jetzt frei, verstanden? Wenn du auch nur halbwegs clever bist, dann machst du mit und hältst die Klappe. Hier sind mit Sicherheit zwei Riesen pro Kopf drin. Was meinst du?«

»Lass mich!« Duchnowski drehte sich entschlossen von ihm weg, doch es war allen klar, dass damit die Entscheidung gefallen war.

Amüsiert hatte Bully die Szene beobachtet. Er zündete sich eine Zigarette an, lehnte sich gegen den Wagen und notierte sich das Kennzeichen des Streifenwagens. Zu guter Letzt bedeutete er dem Fahrer des BMW auszusteigen – es war Waldemar. Trotz des schlechten Wetters trug er ein sommerliches Tennisoutfit mit blauen Streifen und darüber einen Kurzmantel aus Kaschmirwolle. Er marschierte schnurstracks auf seinen Lamborghini zu und warf einen Blick hinein. Monika starrte zu ihm auf und rutschte verunsichert auf ihrem Sitz ein Stück zurück.

»Ciao, Prinzessin!«, rief er und schlüpfte hinters Lenkrad. Dann drehte er sich um und bedachte Marcin mit einem höhnischen Grinsen.

Im selben Moment fiel es ihm wie Schuppen von den Augen – das Ganze war ein abgekartetes Spiel gewesen. Egal wohin er gefahren wäre – sie hätten ihn ohnehin geschnappt. Die Bullen hatten ihn anhalten *sollen*, sie hatten das Koks im Kofferraum finden *sollen*, er selbst hatte Probleme kriegen *sollen*. Dass er gegenüber dem Elefanten sein Wort gebrochen und das Stadtgebiet hatte verlassen wollen, machte die Sache nur noch schlimmer. Doch offenbar gab es auch jemanden, der ihm aus diesem Schlamassel wieder heraushelfen wollte. Offenbar war diese ganze Sache ohne Zustimmung des Elefanten gelaufen.

Marcin war überzeugt davon, dass sein Onkel es nie zulassen würde, dass ihm etwas passierte. In seinen Adern floss das Blut der Popławski. Aber er wusste auch, welchen Preis er hierfür zahlen würde: Der Elefant und seine Leute würden ihm zwar helfen, doch dafür würde er für alle Zeiten in ihrer Schuld stehen. Sie würden ihn behandeln wie einen Hund, er würde laufen müssen, sobald sie pfiffen. Marcin tastete seine Taschen ab – nicht ganz einfach, nachdem er noch immer Handschellen trug. Aber er hatte nach wie vor die Dollar, die der Elefant ihm zugesteckt hatte – das war die Lösung! Binnen einer Sekunde hatte er eine Entscheidung gefällt. Während die Polizisten immer noch miteinander debattierten, marschierte er kurzerhand auf sie zu und drückte dem Ranghöheren das Geldbündel in die Hand. Die Männer verstummten augenblicklich. Nicht mal Bully und Majami wussten, was sie dazu sagen sollten.

»Mehr hab ich nicht«, erklärte Marcin. »Reicht das?«

Der Chef der Patrouille griff nach dem Geld und steckte es in die Hosentasche, ohne zu zählen. Dann marschierte er auf Bully zu und überreichte ihm sämtliche Dokumente.

»Nehmen Sie den Wagen mit. Einen angenehmen Tag noch, Unterkommissar Bławicki.« Er salutierte, schloss Marcins Handschellen auf und drückte ihm die beiden Schülerausweise in die Hand. Dann zerriss er seine Formulare und stopfte sich die Papierfetzen in die Tasche.

»Gute Entscheidung.« Bully bot ihm eine Zigarette an. Der Mann nahm sie an, und der Klon gab ihm Feuer. Der Polizist nahm ein paar tiefe Züge.

»Wie war Ihr Name gleich wieder?«, fragte Paweł Bławicki mit einem Grinsen. »Ich hab ihn leider nicht mitbekommen.«

»Konrad Waligóra.«

»Waligóra ... Niemand will sein gesamtes Leben bei der Streife verbringen, stimmt's? Wir sehen uns.«

Bully drillte Marcin die Finger so fest in den Arm, dass der sich nicht mal mehr nach Monika umdrehte, die immer noch im Lamborghini saß.

Dann schob er ihn zum BMW.

»Wenn ich nicht gewesen wäre, würdest du jetzt dein eigenes Grab im Wald schaufeln, Staroń. Ich hoffe, dass dir klar ist, wie viel du mir verdankst.«

Marcin antwortete nicht, sondern sah sich Hilfe suchend nach den Uniformierten um. Waligóra, der das Schmiergeld eingesteckt hatte, starrte ihnen nach, mit einem Blick, als hätte Bully ihm den Krieg erklärt. Er hatte diese eine Schlacht verloren, aber das war noch lange nicht das Ende des Feldzugs. Waligóra würde Stress machen, das war Marcin klar. So jemand vergaß eine Demütigung nicht.

Doch noch viel mehr schmerzte ihn etwas ganz anderes: Er würde sein Mädchen diesem Ganoven überlassen müssen und konnte nichts dagegen tun. Dabei hätte er sie beschützen müssen! Tatenlos musste er zusehen, wie der orangefarbene Lamborghini auf dem schlammigen Weg wendete und davonfuhr. Durchs Fenster starrte Monika ihm verzweifelt hinterher. Offenbar hatte sie bis zuletzt gehofft, dass er sie zu sich holen würde – vergebens.

Bully drückte ihn auf den Rücksitz des BMW wie einen Verbrecher. Erst da bemerkte Marcin seinen Bruder Wojtek, der ebenfalls auf der Rückbank saß und gerade auf Polizeifunk umschaltete. Im nächsten Augenblick konnten sie mit anhören, dass die Streife jetzt von Heubude zurück nach Danzig fahre. Konrad Waligóras Stimme war durch den Lautsprecher verzerrt. »Wójcik soll schon mal ein bisschen Brot holen, ich hab Hunger.«

Bully lachte. »Lass sie nur feiern – sie haben es sich verdient! Bestimmt bleibt es nicht bei Brot. Du bist echt großzügig, Staroń – ein Scheinchen hätte es doch auch getan! Bedank dich bei deinem Bruder – wenn er nicht gewesen wäre, hätt ich Probleme gehabt, dich rauszuholen. Wir sind wirklich im letzten Augenblick gekommen.«

Wojtek hob die Hand zum Zeichen, dass er das selbst mit Marcin klären würde.

»Bist du immer so redselig?«, lachte Bully und wandte sich wieder an Marcin: »Seit dein Zwilling eingestiegen ist, hat er vielleicht drei Worte gesagt.«

Wojteks Augen blitzten, als hätte er soeben ein Kompliment erhalten.

»Was wird mit dem Mädchen?«, stammelte Marcin.

»Waldemar wird sich um sie kümmern. Er wird ihr kein Haar krümmen. Hauptsache, sein Wagen ist heil geblieben.«

Als sie losfuhren, starrte Marcin dem sich rasend schnell entfernenden Sportwagen hinterher – es sah nicht aus, als würde er auf die Chaussee nach Danzig abbiegen. Schon bald war aus dem Lamborghini nur mehr ein orangefarbener Fleck vor grünem Hintergrund geworden.

»Sei froh, dass diese Kleine ihm gefällt – so hat er wenigstens gute Laune. Vorhin war er nämlich drauf und dran, dich in Stücke zu reißen. Du hast echt Glück, Marcin.« Er drehte sich nach hinten um und warf Marcin die Plastiktüte in den Schoß, die der Polizist zuvor im Kofferraum gefunden hatte. »Guter Stoff. Kommt gerade erst auf den Markt. Der Elefant wird vor Glück heulen. Natürlich werd ich ihm nicht jedes Detail über die Aktion verraten.«

Wojtek griff nach der Tüte und steckte sie sich in die Innentasche.

»Fehlt noch die Kohle«, brummte er.

Bully blickte nach hinten zu den Brüdern und seufzte.

»Also kann er sprechen, wenn er will ... Mann, hab ich nicht schon genug Probleme? Bin ich jetzt auch noch euer Kindermädchen?« Dann winkte er ab, wandte sich an seinen Klon und erzählte einen Witz. Die Männer lachten, beachteten die Zwillinge nicht weiter.

Wojtek lehnte sich zu seinem Bruder. »Du schuldest mir zweihundertfünfzig Dollar. Plus Zinsen. Die Hälfte von Onkel Jerzys Geld gehörte mir. Wie immer hast du echt schlecht investiert, Brüderchen.«

Der Weihnachtsbaum ging bis zur Zimmerdecke. Es war eine echte Tanne, kein Plastikbaum, mit Lebkuchen und Papierschmuck dekoriert, den die Kinder der Familie Mazurkiewicz in den vergangenen Jahren gebastelt hatten: Przemek, Monika, Arek, Aneta, Iwona, Ola und Lilka. Das Haus roch nach frischen Tannennadeln, gebratenem Karpfen und Piroggen.

Elżbieta, die Mutter, war soeben mit dem Tischdecken fertig geworden. Der Tisch nahm fast das ganze Wohnzimmer ein. Die Töchter hatten ihr beim Kochen geholfen, in einem fort geplappert und gelacht. Auf den Tisch kamen nur sechs statt der traditionellen zwölf Gerichte, trotzdem würde genug Essen für die nächsten Tage da sein, dachte Elżbieta. Sie zog ihr bestes Jackett an, das lilafarbene – die einzig schicke Jacke, die ihr immer noch passte. Nach dem dritten Kind hatte sie mächtig zugenommen, und jedes weitere Kind hatte ihr mehr Kilos beschert. Sie gähnte. Um sieben Uhr früh war sie von der Nachtschicht im Seniorenheim nach Hause gekommen. Sie arbeitete dort gleichzeitig als Pflegerin und Putzfrau. Zu einem Hungerlohn – allerdings mit Überstundenzuschlag. Es kam nicht viel zusammen, aber zumindest wusste Elżbieta, dass sie ihren Pflichten gewissenhaft nachging. Seit Generationen lebte ihre Familie von der Arbeit ihrer Hände, und darauf war Elżbieta stolz. Sie hatte nie den Ehrgeiz gehabt, sich weiterzubilden. Ihr Traum war immer schon gewesen, eine glückliche Familie zu haben. Dieses Ziel hatte sie erreicht, und mehr wollte sie nicht.

Allerdings war die vergangene Nacht anstrengend gewesen. Eine ihrer Patientinnen hatte einen Anfall gehabt, und nachts war auf der Station kein Arzt. Als sie das Pflegeheim verließ, hatte die alte Frau bereits im Koma gelegen. Doch als Elżbieta die Wohnung betreten und ihre Töchter in der Küche angetroffen hatte – die Schürzen angelegt, bereit, mit anzupacken –, hatte sie neue Energie verspürt. Die Mädchen hatten schon das meiste vorbereitet, die Männer gezwungen, den großen Tisch aufzustellen, den Baum zu schlagen und einzukaufen.

Sowie sie in die Küche getreten war, hatte Lilka, die Jüngste, Elżbieta auf einen Stuhl gedrückt und ihre müden Füße von den Schuhen befreit. Monika hatte wie ein General über die Schwestern gewacht.

»Mama, du bleibst jetzt wie eine Königin dort sitzen und ruhst dich aus. Denk nicht mal drüber nach, den kleinen Finger zu rühren! Du sagst uns einfach nur, was wir tun sollen, in Ordnung?« Die älteste Tochter lächelte. »Dann legst du dich hin, und wenn du ausgeschlafen hast, ist alles fertig.«

Und so war es gekommen. Als Elżbieta aufstand, blieb ihr nur noch, das feine Erbporzellan einzudecken. Aus dem Zimmer der Mädchen konnte sie Lachen und vergnügtes Quietschen hören. Sie machten sich für das traditionelle Familienfoto schick. Jahr für Jahr gab es von den Mazurkiewicz ein Foto vor ihrem geschmückten Weihnachtsbaum, das Elżbieta später in ein Album einklebte. Wenn sie es sich später anschaute und sah, wie ihre Kinder größer und erwachsener wurden, musste sie manchmal vor Glück weinen.

Sie warf einen Blick aus dem Fenster. Der Himmel war düster, es hatte kaum geschneit. In einer Viertelstunde würden sie sich an den Esstisch setzen. Ihr Mann Edward packte gerade die Geschenke in einen großen Sack und würde sich anschließend als Weihnachtsmann verkleiden. Elżbieta hatte das Kostüm vor ein paar Tagen erst gebügelt, die Löcher gestopft und die Nähte verstärkt. An den Seiten hatte sie über die Jahre Stoff einsetzen müssen, denn auch ihr Mann war in die Breite gegangen. Der Weihnachtsmannanzug stammte noch aus dem Jahr, als Przemek, ihr Erstgeborener, auf die Welt gekommen war. Der Junge war ihr ganzer Stolz. Obwohl es anfangs nicht danach ausgesehen hatte, hatte er tatsächlich einen Platz an der prestigeträchtigen Conradinum-Schifffahrtsschule ergattert.

»Edward!« Bevor sie die Klinke nach unten drückte, klopfte sie dreimal an die Schlafzimmertür, damit er wusste, dass nicht eins der Kinder hereinkam. Sie lebten zu neunt in der Siebzig-Quadratmeter-Wohnung in einem lang gezogenen Plattenbau an der ulica Obrońców Wybrzeża, da war es schwierig, Geheimnisse zu hüten oder eine Überraschung vorzubereiten.

»Es ist offen«, rief er.

Elżbieta trat ein und sah ihn entzückt an. Auch wenn er zugenommen hatte und älter geworden war, fand sie ihn immer noch genauso attraktiv wie damals, als er in Heubude am Strand aus dem Wasser gewatet war. Er hatte sich einen Troyer mit Rautenmuster und ein frisches kariertes Hemd angezogen – seiner Ansicht nach ein hinreichend festlicher Aufzug. Er nahm sie in den Arm.

»Was ist los, Ela?« Edward küsste sie auf den toupierten Dutt. Als sie ihm das Gesicht entgegenhob, konnte er ihr ansehen, dass sie geweint hatte.

»Heulst du schon wieder?«, fragte er zärtlich.

»Gott hat uns so viel Gnade zukommen lassen. Immer hab ich Angst, dass sich das Glück wenden und etwas Schlimmes passieren könnte.«

»Ach, was soll schon passieren.« Er winkte ab, ließ sie los und wuchtete den Geschenkesack aus dem Schrank. »Hilf mir lieber packen.«

Das Weihnachtsessen verlief wie jedes Jahr – bescheiden,

aber festlich. Sie machten ihr alljährliches Foto, dann kam der Weihnachtsmann und verteilte Geschenke, die weder teuer gewesen waren noch üppig ausfielen, doch jedes Kind bekam etwas, was es sich gewünscht hatte. Am Ende sangen sie mit dem Fernsehchor einige Weihnachtslieder. Später holte Edward eine Flasche Kirschlikör aus dem Wandschrank und schenkte sich und Przemek ein – der Sohn war bereits volljährig und durfte inzwischen ein Gläschen mit dem Vater trinken.

»Ich bin sehr stolz auf euch«, verkündete Edward feierlich. »Lernt schön weiter und bringt euren Eltern und einander Respekt entgegen. Ihr seid so viele, dass ihr immer jemanden haben werdet, der euch zur Seite steht – auch wenn wir Alten eines Tages nicht mehr da sein werden.«

Die Kleinen stopften sich mit Süßigkeiten voll und strahlten. Nur Monika machte ein bekümmertes Gesicht und wechselte verstohlene Blicke mit Przemek. Die Jüngste, Lilka, schmiegte sich an ihre große Schwester und nickte irgendwann ein. Sie kannten diesen Toast des Vaters: So was Ähnliches sagte er jedes Jahr.

Doch anders als in den Jahren zuvor klingelte es plötzlich an der Tür. Elżbieta sah sich erstaunt um. Ein Überraschungsgast? Sofort lief sie in die Küche, um ein zusätzliches Gedeck zu holen.

»Monika«, forderte der Vater sie auf, »mach auf.« Sie saß ohnehin gleich neben der Zimmertür.

Das Mädchen stand bedächtig auf und strich sich übers Haar. Die anderen Kinder sahen sie erwartungsvoll an. Einen kurzen Moment später hörten sie, wie jemand »Guten Abend« sagte, dann die Tür, die wieder ins Schloss fiel. Doch statt den Gast ins Wohnzimmer zu bringen, verschwand Monika im Mädchenzimmer und schloss sich ein.

Mit dem zusätzlichen Gedeck in der Hand schaute Elżbieta verwundert aus der Küche.

»Schatz?« Sie klopfte an die Tür des Mädchenzimmers.

»Gleich.«

Im nächsten Augenblick sprang Przemek von seinem Stuhl auf und lief zur Tür. Draußen im Treppenhaus stand Marcin Staroń, sein bester Freund. Seit drei Wochen hatten sie sich nicht gesehen. Marcin griff in seinen Rucksack und zog die Pistolenattrappe daraus hervor. Sie war großartig geworden – die Waffe sah tatsächlich echt aus. Przemek zögerte kurz, doch dann nahm er sie entgegen und steckte sie sich in den Bund der feinen Hose, die er von seinem Vater geerbt hatte.

»Was willst du?«

Marcin überreichte ihm ein kleines Päckchen.

»Kannst du das Monika geben?«

»Hau bloß ab«, zischte Przemek, »bevor mein Vater dich zwischen die Finger kriegt.«

»Was ist denn überhaupt passiert? Sag's mir!«

»Egal. Passiert ist passiert«, murmelte Przemek. »Und du, komm nie wieder hierher.«

Von der Wohnzimmertür war ein Geräusch zu hören. Edward Mazurkiewicz kam in den Flur. Im letzten Moment konnte Marcin um die Ecke flüchten.

»Przemek, wer war das?«, fragte der Vater beunruhigt.

»Schon in Ordnung, Papa. Geh wieder rein.«

Edward bedachte ihn mit einem nachdenklichen Blick, dann nickte er und verschwand wieder in der Wohnung.

Przemek stürzte um die Ecke des Treppenhauses, wo Marcin gegen die Wand lehnte und auf ihn wartete. Er presste die Lippen zusammen, seine Augen waren glasig. Eine Weile standen sie einander wortlos gegenüber. Sie wussten beide, dass sie es nicht würden ungeschehen machen können.

Irgendwann machte sich Marcin los, doch ehe er über die Treppe verschwand, drehte er sich noch einmal um. »Wenn ich irgendetwas tun kann ... Wenn du sie rächen willst ...« Seine Stimme brach. »Es ist alles meine Schuld.«

Przemeks Blick flackerte.

»Morgen gegen fünf. Wo wir uns immer getroffen haben. Warte bei den Ständen, bis ich da bin. Und organisier uns eine Waffe. Eine echte.«

»Wo soll ich die denn hernehmen?« Marcin zögerte. »Vielleicht sollten wir lieber zur Polizei gehen?«

»Was? Bist du bescheuert? Nachdem der Elefant selbst bei den Bullen seine Leute hat?«, röchelte Przemek. »Die werden Monika vorladen, und dann erfahren es alle. Die Leute reden über so etwas! Unsere Mutter würde das nicht überleben. Nein, Marcin, niemand darf erfahren, was dieser Typ mit ihr gemacht hat. Aber er wird dafür bezahlen. Ich hab mir alles genau überlegt. Alles, was du tust, kehrt dreimal zu dir zurück, so lautet das Gesetz. Und es ist nicht einmal Sünde. Steht im Alten Testament.«

»Ich kümmere mich darum«, versprach Marcin und drückte dem Freund das Geschenk in die Hand. »Gibst du es ihr?«

Przemek drehte den kleinen Gegenstand ein wenig unbeholfen hin und her. Buntes Papier, Schleife.

»Was ist das?«

Marcin zuckte mit den Schultern.

»Eine Kassette. Mit einem Lied, das sie mag.«

Jacek Waldemar war der Meinung, dass die polnische Ostsee im Winter am schönsten war: undurchdringlich, schwer und totenblau in der Nacht, tagsüber nur ein paar Nuancen heller. Wenn die Sonne schien, leuchtete sie türkisfarben. Nur im Winter konnte es geschehen, dass der Horizont verschwand, dass Meer und Himmel verschmolzen und eins wurden. Dahinter waren dann nur mehr die Drachen. Alles, was war und je sein würde, war in jenem dreckigen Blau enthalten, sobald der Winterwind wütete.

Die Postkartenansichten, nach denen alle anderen so verrückt waren und in die sie sommers eintauchen wollten, sprachen ihn nicht an. Waldemar war in Teremiski aufgewachsen, einem Dorf, das mitten im ostpolnischen Urwald lag. Seine Lieblingsfarbe war Grün: wie die Wälder, die Hoffnung, wie ein stabiles Leben. In seiner Heimat waren Bisons immer noch ein alltäglicher Anblick. Sie liefen über die Chaussee von Hajnówka nach Białowieża. Wildschweine zerpflügten die Felder. Sein Vater hatte dort Kartoffeln angebaut, viel mehr wuchs auf den von riesigen Bäumen beschatteten Feldern nicht.

Das Meer hatte Jacek zum ersten Mal gesehen, als er sechsundzwanzig gewesen war – also vor drei Jahren. Allerdings hatte er das nie jemandem erzählt. Stattdessen hatte er seine Wurzeln verleugnet, seinen alten Namen abgelegt. Binnen zwei Monaten hatte er eine neue Identität angenommen. Eine Benimmlehrerin hatte ihm beigebracht, wie man sich anzog und anständig aß, eine alternde Schauspielerin den Singsang aus dem Osten korrigiert. Zuvor war er ein stinknormaler Absolvent der Polizeischule in Piła gewesen. Dann war er in Szczytno auf die Offiziersschule gekommen, wo er allerdings nach zwei Semestern das Handtuch geworfen hatte, weil sich eine günstige Gelegenheit ergeben hatte, gutes Geld zu machen.

Sein Vater war ein Säufer gewesen, der in seinem Werkzeugschuppen in großem Stil Schnaps schwarzgebrannt hatte. Den Korn, der sich »Weißrussland-Whisky« nannte, hatte er an Einheimische und Touristen verkauft. Irgendwann hatte er sich zu Tode gesoffen und die Mutter mit einer Bande Kindern allein zurückgelassen: ohne Geld, dafür mit einem Haufen Schulden. Seit seinem dreizehnten Lebensjahr war Jacek der Ernährer der Familie gewesen. Er hatte sich schon bald an den Gedanken gewöhnt, dass er selbst nie die großen Taten vollbringen und die Gesellschaft von Unrat befreien, sondern dass stattdessen andere Männer seine Träume erfüllen würden: Jungs, deren familiäre Situation sich weniger kompliziert darstellte, die vermögender waren oder vielleicht auch einfach nur aus größeren Orten stammten.

Also saß er im Streifenwagen und kassierte Schmiergelder von Leuten, die zu schnell gefahren waren. Einen Strafzettel stellte er nur jedem Fünften aus. Auf seinem Revier verdienten sich alle auf diese Weise etwas dazu.

Er hatte unfassbares Glück gehabt. Seine Kollegen hatten nebenher als Nachtwächter auf privaten Parkplätzen oder als Türsteher in Nachtclubs gearbeitet, als ein neuer, ehrgeiziger Chef das Heft in die Hand nahm und sie alle gründlich durchleuchtet wurden. Für den Mann kam es einem politischen Auftrag gleich. Er wollte unbedingt, dass sein Revier als eins der besten in die Statistik eingeht. Es war von Korruption gemunkelt worden, und so setzte er einige Spitzel ein. Im

Handumdrehen stellte sich heraus, dass Waldemar und sein Partner am meisten eingesteckt hatten – sie sollten suspendiert und sogar angeklagt werden. Korrumpierte Polizisten gab es in der Einheit zwar mehr als genug, doch die meisten kamen glimpflich davon. Sie saßen bis heute auf verantwortungsvollen Posten, manche machten sogar richtiggehend Karriere. Andere wechselten die Seiten. Gangs nahmen aufgrund hilfreicher Kontakte nur zu gerne Polizisten auf.

Bei der Befragung hatte Waldemar den Helden spielen wollen. Er hatte der Untersuchungskommission die Wahrheit gesagt: Ja, er hatte pro Nase fünftausend genommen, aber selbstredend hätte er sich lieber anders verhalten, er würde ganz grundsätzlich lieber etwas anderes tun: sein Leben riskieren, Ganoven festsetzen, lieber sterben, als weiter am Straßenrand zu stehen und Autos wegen überhöhter Geschwindigkeit anzuhalten. Denn wozu sollte das gut sein? Die kleinen Leute, denen er Bußgelder aufbrummte, hatten doch innerhalb des Systems keine Bedeutung. Sie zahlten, waren dankbar, dass sie mit einem blauen Auge davonkamen, und machten einfach weiter wie zuvor. Die echten Verbrecher kamen mit allem davon.

Obwohl Waldemar immer behauptete, im Leben niemals Glück gehabt zu haben, hatte der dort oben an jenem Tag offenbar Mitleid mit ihm gehabt. Einem ranghohen Offizier hatte der naive Idealismus gefallen – und wohl auch die Tatsache, dass Waldemar schlicht dümmlich aussah mit seinen eins dreiundsiebzig und den riesigen Muskelpaketen, mit denen er daherkam wie Rambo persönlich. Er hatte Kraft wie ein Bison, und er wusste sie auch einzusetzen.

Anstatt gefeuert zu werden, wurde er befördert und in die Hauptkommandantur der Woiwodschaft Białystok versetzt, wo er undercover arbeiten sollte. In der Kommandantur hatten sie zuvor eine Gang aus Danzig-Heubude aufs Korn genommen: Bernsteinschmuggel, Autoschieberei, Schutzgelder, Drogen. Zu jener Zeit waren gerade neue Drogen auf den Markt gekommen: Acid, Amphetamine, LSD. Die Nachfrage hatte das Angebot bei Weitem überstiegen, und natürlich hatten die Verbrecher erkannt, welches Potenzial im Drogenhandel steckte. Es gab diverse, die für so viel Geld getötet hätten.

Die Ermittlungsbehörden in Danzig und den Nachbarstädten Gdingen und Zoppot galten als derart korrupt, dass eine fremde Einheit die operative Tätigkeit übernehmen sollte. Die Kommandantur in Białystok wurde mit dem Auftrag betraut; ausgerechnet dort war Jerzy Popławski, auch Elefant genannt, erstmals in jemandes Visier geraten, damals noch als ganz kleiner Soldat.

Der Elefant hatte sich kein zweites Mal schnappen lassen. Er hatte seine Kumpels verpfiffen und sich fürs Erste nur mehr mit dem Zigaretten- und Alkoholschmuggel aus dem Osten beschäftigt. Zwar konnte man damit viel Geld verdienen, aber es war nun mal nichts Spektakuläres, worüber die Medien berichtet hätten. Die beschäftigten sich lieber mit den Bandenkriegen in Warschau. Wenn dort nicht wenigstens einmal die Woche eine Bombe hochging oder irgendein Verbrecher exekutiert wurde, gähnte jeder vor Langeweile. Journalisten feierten die Bosse der Unterwelt und machten aus ihnen Prominente. Nicht wenige von ihnen ließen sich sogar auf der Terrasse des Grand Hôtel in Gesellschaft von Lokalpolitikern oder Geschäftsmännern fotografieren.

Über den kleinen Juwelier Popławski schrieb niemand. Dabei verwandelte sich sein bescheidenes Geschäft sukzessive in ein international operierendes Unternehmen mit Filialen von Kaliningrad bis nach Berlin, während die Warschauer ihre Zeit damit verschwendeten, Autos, Waffen und Drogen zu schmuggeln und sich zwischendurch gegenseitig umzubringen. Als Popławski irgendwann spürte, dass die Lage allmählich heiß zu werden drohte und er es allein nicht mehr lange schaffen würde, ging er mit einem jungen Russen eine Allianz ein. Zusammen machten sie in Warschau sauber, um den Rest kümmerte sich die Polizei. Der Nachwuchs arbeitete ab jetzt nur noch für den Elefanten – während die Reporter immer noch hinter den Ganoven aus Pruszków und Wołomin her waren. Dem invaliden Juwelier war das gleichgültig. Er zog lieber im Verborgenen die Strippen. Mit dem Diebstahl von Benzin auf einem Raffineriegelände und mit dem illegalen Fördern von Bernstein in den Wäldern um den Nordhafen herum fing es an. Dann installierte er einen Schmugglerring von Kaliningrad nach Danzig. Beinahe die gesamte Bevölkerung entlang der Küste arbeitete für ihn – normale, rechtschaffene Leute. Der Elefant wusste genau, wo in Deutschland er den Bernstein verkaufen konnte. Den Erlös investierte er in Autos – die er mit siebenfachem Gewinn in Russland wieder loswurde. Es war ein irrer Absatzmarkt: Einfach jeder vermögende Russe wollte einen Westwagen besitzen und war bereit, gutes Geld dafür zu zahlen.

Waldemar kam schnell dahinter, dass der Elefant zwar primitiv daherkam, aber keineswegs dumm war. Er war der geborene Geschäftsmann, ein Visionär und obendrein hervorragend vernetzt. Und gleichzeitig ein Verrückter, der soff wie ein Loch, Mädchen in Puffs vergewaltigte, manche von ihnen sogar getötet und im Waldboden verscharrt hatte. Dabei blieb er stets straffrei, immer gedeckt von seinen Freunden aus Ermittlerkreisen. Selbst diejenigen, die glaubten, sauber zu sein, arbeiteten auf die eine oder andere Weise für ihn. Um seine Leute kümmerte sich der Elefant wie der sprichwörtliche Pate.

Doch der Gangster-Kodex war nur so lange verpflichtend, bis jemand Strafe verdiente. Mit all denjenigen, die ihm gegenüber illoyal wurden und im Gefängnis sangen, kannte der Mann keine Gnade.

Nachdem klar war, dass Białystok die Sache übernehmen würde, hatten sich die dortigen Verantwortlichen mehr als hundert Leute angesehen und sich zu guter Letzt für einen Grünschnabel aus der Provinz entschieden, der die Mafia in Heubude infiltrieren sollte: Waldemar – ein kleiner Streifenpolizist von der schwarzen Liste. Er war ein hervorragender Schütze, hatte weder Frau noch Kinder, keinerlei Verpflichtungen. Und er stammte aus den ostpolnischen Wäldern, hatte also quasi keine Vergangenheit. Er sprach passabel Russisch und ein bisschen Deutsch, hatte eine rasche Auffassungsgabe, und manche behaupteten sogar, er habe schauspielerische Fähigkeiten. Er war perfekt. Und er brannte darauf, sein Leben für das Vaterland zu riskieren. Sie brauchten ihn – mehr als er sie.

Allerdings wusste er das damals nicht. Er dachte, er hätte seine große Chance bekommen. Er sollte sich in Popławskis Netzwerk einschleusen, dessen Vertrauen gewinnen und alles so weit vorantreiben, dass der Elefant am Ende verhaftet und verurteilt werden konnte. Dann sollte er selbst wieder verschwinden, am besten genauso unauffällig, wie er aufgetaucht war. Der Elefant bekam indes eine andere Version aufgetischt: Es wäre Waldemar gewesen, der ihn damals aus dem brennenden Auto gerettet hatte.

Der Elefant hatte Leute in Polen, Deutschland und in Russland. Niemandem lag etwas daran, dass er ins Gefängnis wanderte und womöglich heikle Informationen preisgab. Angeblich hatte er sogar Kontakte zum Geheimdienst, der immer wieder gern auf seine Informationen zurückgriff. Es hieß, Popławski sei schon vor der Wende angeworben worden, und so konnte Waldemar sich auch erklären, warum er niemals eingesessen hatte. Irgendjemand hielt seine schützende Hand über den Invaliden, nur dass der Undercoverermittler keine Details kannte. Offiziell war er lediglich der

Fahrer des Gangsters und spielte gern den hirnlosen Lackaffen. Dass ihn niemand so recht ernst nahm, half ihm, an Informationen ranzukommen.

Seine Mission würde alsbald vorbei sein. Bis dahin wollte er einfach nur mit dem Leben davonkommen.

Waldemar war der Ansicht, dass er während der gesamten Operation lediglich zwei Fehler gemacht hatte. Der eine waren die Drogen: Er hatte dealen müssen, um vollends glaubwürdig zu sein. Der Elefant saß auf dem besten Stoff der Stadt – wie gut er war und wie erfolgreich er selbst damit sein würde, hatte Waldemar schnell erkannt. Der zweite Fehler war das Mädchen gewesen. Dabei hatte er wirklich keine bösen Absichten gehabt. Sie war ihm so verloren vorgekommen. Er hatte sich doch nur ein bisschen um sie kümmern wollen ... Dann stellte sich heraus, dass sie Probleme machte. Als ihr Bruder Przemek anfing, ihm aufzulauern, hatte Waldemar noch darüber gelacht. Doch seit diesem Morgen war die Sache komplizierter. Der aufgebrachte Junge hätte ihn beinahe auffliegen lassen. Waldemar hatte eine Entscheidung treffen und den Elefanten bitten müssen, die Sache mit dem kleinen Mazurkiewicz ein für alle Mal zu klären. Er hatte es mit keinem Wort begründet. Außerdem war es nicht das erste Mal, dass sie ein Problem auf eine solche Weise bereinigten.

Trotzdem durften seine wahren Vorgesetzten nichts von dem Mädchen erfahren. Niemals. In der kommenden Woche würde sein nächster Bericht fällig sein, aber es sah ganz danach aus, als könnte ihn sein Verbindungsmann schon eher kontaktieren. Vielleicht sogar schon heute.

Die Organisation war drauf und dran, eine Ladung Metamphetamin auf den Markt zu werfen, eine Substanz, die brandneu und verhältnismäßig teuer war. Es sollte zunächst eine Art Experiment werden, ein Versuchsballon, aber es roch schon jetzt nach großer Kohle. Genau das würde er den Kollegen aus

Białystok mitteilen, und er würde sie gleichzeitig bitten, ihn schon eher abzuziehen als geplant. Am besten, sie simulierten einen Unfall, irgendetwas Endgültiges. Er durfte jetzt kein Risiko mehr eingehen. Aber die Kleine und ihr Bruder konnten ihn – wenn auch unwissentlich – abgrundtief in die Scheiße reiten.

Er hatte angefangen, Fehler zu machen, und gefährdete so den ganzen Einsatz. Im Grunde glaubte er, dass er noch immer auf der richtigen Seite stand. Eine Sache wie die mit dem Mädchen, das er in dem Lamborghini gevögelt hatte, würde nie wieder vorkommen. Es war das erste und das letzte Mal gewesen.

Er sah auf die Uhr. Genug davon, er durfte sich darüber jetzt nicht den Kopf zerbrechen. Er knöpfte seinen Kaschmirmantel zu und ging zum Auto. Daneben auf dem Parkplatz des Hotel Marina standen noch weitere Wagen. In einer Viertelstunde würde er im Roza sein. In dem Nachtclub warteten neben Popławskis Leuten auch ein paar Undercoverkollegen auf ihn. Wenn es gut liefe, würden sie heute Nacht die Bande sprengen, und dann würde es Belobigungen und Beförderungen regnen. Schon morgen könnte seine Welt ganz anders aussehen. Ein Urlaub würde ihm guttun, irgendwo in einem fernen Land.

Ehe er dem Strand den Rücken kehrte, blickte er noch mal zurück aufs Meer. Es war wütend, gefährlich, unberechenbar, wie immer vor einem Sturm. So wie er es am liebsten mochte.

Marcin saß schon seit über einer Stunde auf den alten Brettern vor der Turnhalle. Gleich würden ihm die Füße in den Schuhen festfrieren. Der Frost war völlig unerwartet gekommen. Die alten Fischer hatten prophezeit, dass es in wenigen Tagen anfangen würde zu schneien, die Schneefälle würden heftig sein und bis März anhalten.

Allmählich hatte der Junge lange genug gewartet. Ein paarmal hatte er schon überlegt, ob Przemek ihn vielleicht nur hatte austricksen wollen. Er würde dem Freund noch zehn Minuten geben und dann zurück nach Hause laufen, um sich aufzuwärmen. Im selben Moment entdeckte er eine Gestalt, die über den Zaun kletterte. Sie war noch zu weit weg, als dass er sich hätte sicher sein können, dass es sich dabei um Przemek handelte – doch dann tauchte gleich dahinter jemand Zweites auf. Die beiden kamen näher. Der Vordere war hundertprozentig Przemek.

»Was macht der denn hier?« Marcin wies auf Nadel.

»Könnt uns nützlich sein«, brummte Przemek nur und wollte sich eine Zigarette anzünden, doch das Feuerzeug war eingefroren. Die Flamme wollte einfach nicht zünden. Im Nu hatte Nadel eine Schachtel Streichhölzer hervorgeangelt und gab Przemek dienstbeflissen Feuer. »Hast du sie?«, fragte er dann.

Marcin schüttelte den Kopf.

»Ich hab's versucht, aber ich komm nicht in die Werkstatt. Es ist abgeschlossen. Entweder feiern sie dort Weihnachten, oder sie bereiten einen großen Deal vor.«

»Und jetzt?« Schwer ließ sich Przemek auf die Bretter fallen.

Marcin griff in seine Daunenjacke und holte einen Radschlüssel heraus. Dann legte er eine Metallfeile, Plastiktüten, Klebeband und Pfefferspray daneben.

»Was ist das?«, flüsterte Nadel erschrocken.

Marcin sah ihn herablassend an.

»Das ist ein Radschlüssel. Der größte, den es gibt. Aus Deutschland.«

Przemek stemmte sich hoch, nahm den schweren Metallgegenstand in die Hand und schlug damit probeweise in die Luft.

»Guckst du keine Filme, Nadel?« Er grinste verächtlich. Als die Zigarette ihm die Lippe zu verbrennen drohte, warf er sie beiseite. »Jemanden zu töten ist ganz einfach. Das Problem ist, anschließend die Leiche zu beseitigen. Wir müssen unseren Plan ein bisschen abändern, aber das schaffen wir.«

Nadel blinzelte nervös und zog sich die Kapuze tiefer ins Gesicht. Seine Nase war inzwischen feuerrot, die Lippen liefen bläulich an. Dass seine Jacke kein Innenfutter hatte, hatte Marcin auf einen Blick gesehen.

»Was hast du denn bitte an? Du sollst doch Schmiere stehen – in diesen Klamotten frierst du dich zu Tode! Und wenn du erfroren bist, wer soll uns dann warnen?« Marcin riss ihm die Mütze vom Kopf. »Und so 'ne dünne Mütze – hat Mami dich nicht mehr lieb?«

»He, Prinz Staroń« – Przemek drehte sich jäh zu ihm um –, »lass ihn in Ruhe. Im Heim haben sie nun mal keine Markenklamotten.«

Marcin sah Nadel verblüfft an.

»Kinderheim?«

Nadel nickte.

»Echt?« Dann sanfter: »Mensch, du hast nie was gesagt.«

»Jetzt weißt du's.« Przemek war offenbar fest entschlossen, Nadel unter seine Fittiche zu nehmen. »Ich kann ihm meine Jacke geben, falls es zu kalt wird.«

Marcin zögerte kurz und zog dann seine Daunenjacke aus. Jetzt trug er nur noch eine Fleecejacke.

»Uns wird sowieso heiß werden.«

Dann zog er ein Briefchen Acid aus der Tasche, und sie rieben sich das Pulver ins Zahnfleisch.

»So, meine Herren. Los geht's!«, verkündete Przemek.

Sechs Tage später.

Als Maria Staroń aufmachte, standen ihr Bruder Jerzy und ein Mann mit einem Kopfverband, der offenbar verprügelt worden war, vor der Tür – und hinter ihnen drei uniformierte Beamte. Einer von ihnen war breit wie ein Schrank und trug trotz frostiger Temperaturen keine Mütze über der glänzenden Glatze. Seine Nase war gerötet, die Lippen aufgesprungen. In seiner weißen Daunenjacke sah er aus wie ein Schneemann. Maria kannte den Mann nur vom Sehen. Allmählich dämmerte ihr, warum seine Kumpels ihn Bully nannten.

Es war zehn Uhr morgens. Abends würden sie zur Silvesterfeier ins Grand Hôtel gehen. Maria hatte gerade ihren neuen Pelz anprobiert und vor dem Spiegel einen neuen Lippenstift getestet. Beim Geräusch der Türklingel hatte ihre Hand gezuckt, und sie hatte sich die Zähne karottenrot verschmiert. Ein schlechtes Omen, hatte sie noch gedacht.

Niemand sagte etwas, und langsam, aber sicher wurde es ihr in ihrem Pelz zu warm. Wortlos drehte sie sich um und klopfte an die Badezimmertür.

»Bin gleich da!«, hörte sie ihren Mann rufen.

Dann eine Reihe von Geräuschen: erst das Rauschen des Wassers im Waschbecken, anschließend das Ratschen des Wäschekorbs. Hinter dem Glaseinsatz der Badezimmertür huschte die Silhouette ihres Mannes hin und her, und unwillkürlich ahnte Maria, dass Sławomir gerade etwas im Wäschekorb versteckt hatte. Sie würde darin nachsehen, sobald er das Bad verlassen hätte.

»Ich komme!«

Maria warf einen Blick über die Schulter. Wojtek saß auf einem Stuhl neben der Tür und hörte auf seinem Walkman Musik, starrte zum Fernseher und schien auf irgendwas zu warten. Darauf, dass Sławomir sie beide in die Kirche fuhr? Marcin würde nicht mitkommen. Er war noch nicht mal aufgestanden.

Seit Jahren war er nicht mehr zur Beichte gegangen, aber in diesem Jahr hatte er sich zum ersten Mal nicht einmal mehr an den Weihnachtstisch setzen wollen. Er war den ganzen Abend durch die Stadt gestromert. Sławomir hätte fast die Polizei gerufen. Als Marcin endlich nach Hause gekommen war, hatte er verkündet: »Es gibt keinen Gott.«

Noch Jahre später sollte Maria bedauern, dass sie an jenem Tag nicht schon ein bisschen eher zur Kirche aufgebrochen waren. Dann hätten sie nicht ihr gesamtes Vermögen eingebüßt, Sławomir wäre nicht im Gefängnis gelandet, und sie hätte sich nicht bis ans Ende ihrer Tage für einen Bruder schämen müssen, der nicht mal der eigenen Familie gegenüber Mitleid zeigte.

Sie hätte, bevor sie an die Tür gegangen war, durch den Spion schauen müssen. Dann hätte sie Sławomir Bescheid geben müssen, damit er durch die Hintertür verschwand. Sie selbst hätte der Kinder wegen nicht verschwinden können – keine Mutter ließ ihre Söhne zurück.

»Polizeianwärter Konrad Waligóra, Regionalkommandantur Danzig 34, Operative Abteilung. Erkennen Sie diesen Gegenstand?«

Einer der Funktionäre hielt ihr ein Metallobjekt in einem Asservatenbeutel unter die Nase. Die Frau wich einen Schritt zurück. Angst hatte sie keine – noch nicht –, aber sie war schlagartig beunruhigt.

»Nein … aber vielleicht mein Mann. Er kennt sich mit solchen Sachen aus.«

»Dürfen wir …?« Bully drückte die Eingangstür auf und machte einen Schritt über die Schwelle. Die zwei anderen folgten ihm. »Drinnen redet es sich angenehmer.«

Maria bat die Besucher in die Küche.

»Möchten Sie vielleicht Tee oder Kaffee?« Sie gab sich alle Mühe, freundlich zu sein, doch außer Jerzy antwortete niemand.

»Ich nehm gern einen Tee. Wir haben schon seit Jahren nicht mehr miteinander Tee getrunken, Schwesterherz.«

Wortlos setzte Maria Wasser auf, während Wojtek den Ankömmlingen Platz machte. Nach einer Weile kam Sławomir endlich aus dem Bad, ging auf Bully zu, um ihn zu begrüßen, doch der wich vor ihm zurück. Verwundert hielt Staroń inne und warf einen argwöhnischen Blick auf den Verband um Waldemars Kopf.

»Setz dich. Es wird eine Weile dauern.« Bully wies Sławomir auf einen Stuhl. Dann zog er seine Jacke aus, hängte sie über die Lehne und strich über das Leder, als wäre die Jacke ein lebendiges Wesen. Unter der Jacke war ein schwarzer Rollkragenpullover zum Vorschein gekommen. An den Füßen trug er schwarze Militärstiefel. »Möchten Sie in der Zwischenzeit vielleicht einen Ausflug in die Stadt machen? Zum Friseur, zur Kosmetikerin?«, wandte er sich an Maria.

»Wie bitte?«, erwiderte sie verwundert. »Wir haben den 31. Dezember …«

»Ich würde an deiner Stelle ernsthaft darüber nachdenken«, warf Jerzy ein und lachte auf. »Nimm Wojtek mit. Wär besser.«

Der Junge hob den Kopf, sagte aber nichts.

»Los, fahrt schon«, sagte Sławomir betont ruhig. »Und nimm ihn mit, Marysia. Es wird schon alles gut.«

Maria warf ihrem Ehemann einen ratlosen Blick zu. Dann richtete sie sich gerade auf und wandte sich an ihren Bruder: »Das hier ist mein Haus. Hier befiehlt mir niemand, was ich zu tun oder zu lassen habe.« Sie zog den Pelz wieder aus und setzte sich zu ihnen an den Tisch, gab Wojtek allerdings ein Zeichen, er möge nach oben gehen.

Langsam schlich er hoch, blieb aber auf halber Treppe stehen, von wo aus er noch immer Wohnzimmer und Küche einsehen konnte. Er nahm die Kopfhörer ab und lehnte sich gegen das Treppengeländer.

Dann ging auf einmal alles rasend schnell: Ohne jede Vorwarnung spurtete Sławomir los, und unwillkürlich schrie Maria auf. Der Elefant stemmte sich aus seinem Rollstuhl, zog seine Schwester an sich und presste ihr die Hand vor den Mund. Sie wehrte sich nach Leibeskräften, versuchte, nach ihm zu treten, doch als ihr dämmerte, was diese Verbrecher mit ihrem Mann zu tun gedachten, gab sie augenblicklich auf. Wenn diese Typen sie beide töteten, würden ihre Söhne als Waisen zurückbleiben.

Sławomir hatte es nicht einmal geschafft, zur Tür zu kommen. Die zwei Uniformierten hatten ihn an den Armen gepackt, und jetzt schlug Bully mit einem Schlagring auf ihn ein. Dann mit einem Metallgegenstand ... demselben Gegenstand, den die Jungs in Waldemars Wohnung zurückgelassen hatten, ehe sie vor der Drogenfahndung Reißaus genommen hatten. Seit dem frühen Morgen war in den Nachrichten verkündet worden, dass die Aktion ein voller Erfolg gewesen sei: Dreizehn Bosse seien inhaftiert worden. Nur offenbar hatte sich niemand an den Elefanten rangetraut, der jetzt im Haus seiner Schwester saß, sie im Klammergriff hielt und ohne jede Regung mit ansah, was sich vor seinen Augen abspielte. Mittlerweile war der Boden voller Blut. Und Sławomir Staroń bewegte sich nicht mehr.

Der Lärm hatte Marcin aufgeweckt, doch eine innere Stimme riet ihm, besser nicht nachzusehen, was los war, sondern erst mal abzuwarten. Als er schließlich nur mit seiner Schlafanzughose am Leib nach unten lief, lag sein Vater schwer verletzt am Boden. Geschockt blieb Marcin neben seinem Bruder stehen und starrte zu seinem Onkel hinüber, der sich urplötzlich problemlos auf den eigenen Beinen hin und her bewegte, leichtfüßig geradezu – von einer Behinderung keine Spur.

Aus der Kehle des Vaters drang ein entsetzliches Röcheln. Marcin nahm Sławomirs Kopf in die Hände und drehte ihn zur Seite, damit der Vater nicht an seinem eigenen Blut erstickte.

»Sieht nicht so aus, als würde er heut noch zu diesem Silvesterball gehen«, kommentierte der Elefant und ließ endlich von Maria ab.

Doch niemand lachte. Die Uniformierten atmeten immer noch schwer, Bully massierte sich die aufgeschürfte Hand. Nur Waldemar hatte sich bei dem Blutbad im Hintergrund gehalten. Er saß vollkommen reglos da.

Sowie Maria freigekommen war, war sie auf ihren Mann zugestürzt und versuchte jetzt, ihn wach zu rütteln. Sein Gesicht sah aus wie Hackfleisch, die Nase war gebrochen, die Augen blutüberströmt. Aber er lebte. Sein Atem ging schwer, aber er atmete.

»Tja, Schwager, nicht mit mir. Hast du es jetzt begriffen?«, höhnte der Elefant und wandte sich dann wieder an seine Leute: »Ihr habt mitbekommen, wie der gute Herr Staroń einen Beamten tätlich angegriffen hat, sowie er hörte, was ihm zur Last gelegt wurde?«

»Zum Glück konnte ich den Angriff abwehren«, gab Bully eisig zurück.

Dann wandte sich der Onkel an Marcin: »Hast du irgendwas gesehen, Söhnchen? Oder warst du mit deiner Mama in der Kirche, als dein Vater auf uns losgegangen ist?«

Marcin schwieg und starrte auf die Beine des Mannes.

»Hast du mir etwas zu sagen, Junge?«

»Wir waren in der Kirche«, flüsterte Marcin, und Maria atmete fast schon erleichtert auf. »Ich war mit Mama in der Kirche. Ich hab nichts mitgekriegt.«

»Guter Junge.« Der Elefant ließ sich wieder in seinen Rollstuhl fallen und rückte die Beine zurecht, angelte einen Flachmann aus der Innentasche seiner Jacke und nahm einen großen Schluck. »An diese Lektion wirst du dich hoffentlich dein Leben lang erinnern. Dein Vater hat uns verraten, und jetzt wird er dafür in den Knast wandern. Wenn er wieder rauskommt, bist du längst ein erwachsener Mann. Sofern meine Leute ihn überhaupt am Leben lassen ... Waldemar ist gerade erst aus dem Krankenhaus entlassen worden. Ihm ist nichts Schlimmeres passiert – zumindest nicht mehr als deinem Alten. Trotzdem muss ich mir jetzt einen neuen Fahrer suchen. Waldemar sieht nicht mehr allzu gut ...«

Erst jetzt begriff Marcin, warum Waldemar so apathisch dasaß. Er konnte nichts mehr sehen.

»Was habt ihr mit ihm gemacht?«, flüsterte der Junge.

»Das passiert, wenn jemand mich verpfeift«, erwiderte der Elefant, drückte einen Knopf an seinem Rollstuhl und fuhr in Richtung Haustür. »Entweder du bist für mich oder gegen mich. Ganz einfach.«

Sławomir Staroń war nicht mal mehr imstande, den Kopf zu heben, doch als der Elefant an ihm vorbeifuhr, sah er mit letzter Kraft auf und spuckte dem Schwager auf die Schuhe.

»Schmor in der Hölle, du Antichrist!«, röchelte er. Die Polizisten lachten gehässig. »Und nur damit du's weißt: Du hast einen Maulwurf in deiner verdammten Bande! Nicht ich hab dich verraten! Diesmal werden sie dich kriegen!«

In aller Seelenruhe stand der Elefant aus seinem Rollstuhl auf, trat auf Sławomir zu und drillte ihm einen Finger ins Auge. Das Kreischen war markerschütternd. Marcin presste die Lider zusammen. Zu weinen gestattete er sich nicht.

»So, Schluss mit lustig.« Der Elefant wandte sich wieder an seinen Neffen: »Wo wohnt der Kleine?«

Im ersten Moment wusste Marcin nicht, auf wen sein Onkel anspielte. Schier gelähmt vor Angst, starrte er auf seinen Vater hinab. Seine Mutter schluchzte verzweifelt und zitterte am ganzen Leib.

»Wer?«, flüsterte er.

»Der Bruder dieses Mädchens. Der Junge, der Waldemar angegriffen hat.«

»Angegriffen?«

»Und der Waldemar die Pistole geklaut hat. Stell dich nicht dümmer, als du bist – die Waffe gehört uns.«

»Ich weiß von nichts«, stammelte Marcin.

»Wenn du lernen willst zu lügen, musst du es öfter tun. Auch in dieser Hinsicht macht Übung den Meister. Du kannst es nicht«, schnaubte der Elefant verächtlich. »Glaubst du allen Ernstes, dass wir es nicht herausfinden? Es ist einer der Wohnblöcke am Strand, aber welcher?«

Im nächsten Moment trat Wojtek auf Jerzy zu. In der Hand hielt er die hölzerne Attrappe, die Marcin hinter dessen Bett versteckt hatte.

»Ich hab sie genommen«, sagte er mit klarer, selbstsicherer Stimme, in der nicht der geringste Hauch von Furcht mitschwang.

Dem Elefanten verschlug es regelrecht die Sprache. Eine Weile starrte er wortlos auf das Stück Holz hinab. Dann legte er dem Neffen die Hand auf die Schulter und lachte wie bei einem guten Witz.

»Ach, Marcin, du weißt ja gar nicht, wie lieb ich dich hab. Du Knallerbse!«

»Ich bin Wojtek«, sagte der Junge mit Nachdruck. »Es kann doch nicht so schwer sein, uns auseinanderzuhalten.«

Sanft schob der Elefant die Hand mit dem Stück Holz zurück. Er wusste den Mut des Jungen zu schätzen.

»Komm mit, Witzbold. Wenn du keinen Blödsinn anstellst, bleiben deine Eltern und dein Brüderchen noch eine Weile am Leben. Sag deinem Kumpel, dass er die Waffe zurückgeben soll, dann wird ihm nichts passieren. Es wäre allerdings besser, wenn die Pistole nicht in falsche Hände geriete.«

Marcin packte den Onkel am Ärmel. »Bitte, tu den Kindern nichts! Das Mädchen ... hat doch schon genug gelitten! Die Mutter würde das nicht überleben!«

Der Elefant maß seinen Neffen mit eiskaltem Blick. »Schau, schau, ein edler Ritter, der seiner Holden zu Hilfe eilt!« Dann schlug er Marcin mit der flachen Hand ins Gesicht. »Entspann dich! Und mach endlich Schluss mit den Drogen, dann wird vielleicht noch was aus dir.«

Die Uniformierten rissen Sławomir vom Boden hoch und schleppten ihn, begleitet vom Jammern seiner Ehefrau, zur Tür. Sie verfluchte ihren Bruder, flehte ihn an, Wojtek dazulassen, packte ihn an der Jacke, doch er schlug ihre Hand weg wie ein lästiges Insekt. Der Sohn drehte sich noch einmal um und umarmte seine Mutter.

»Ich komme wieder«, versprach er.

Dann warf er Marcin seinen Walkman zu. Als das Gerät zu Boden schepperte, rutschte die Kassette raus. Wojtek schüttelte bloß kaum merklich den Kopf und marschierte an Bullys Seite davon.

Marcin wusste, dass ihm nur noch wenig Zeit blieb, um

Przemek zu warnen. Er war wie gelähmt vor Entsetzen und felsenfest davon überzeugt, dass er seinen Bruder gerade zum letzten Mal gesehen hatte.

Als er quer durch die Siedlung zum Wohnblock der Mazurkiewicz lief, wanderten seine Gedanken zum ersten Mal seit langer Zeit wieder zu Gott. Er hatte nie zuvor ernsthaft geglaubt – und sollte es auch später nie mehr tun –, dass nur Gott allein ihnen jetzt noch würde helfen können.

Mittlerweile wohnte Marcin schon seit vier Monaten bei Tante Hanka in Matemblewo. Beinahe täglich kam Wildfleisch auf den Tisch. Der Onkel war Oberförster und ging oft jagen. Seine Zeit verbrachte Marcin meist mit Waldspaziergängen; manchmal saß er auch einfach nur auf der Terrasse und beobachtete die Wildschweine, die sich den umliegenden Gebäuden näherten. Trotz des gefrorenen Bodens waren die meisten Gärten zerpflügt wie frisch bestellte Felder. Die Tiere suchten nach Futter und hatten nicht die geringste Scheu vor den Menschen.

Von früh bis spät hörte er nur eine einzige Kassette: *The Best of The Doors*. Sie hatte an jenem Tag in Wojteks Walkman gesteckt. Bei »The End« zog das seit dem Aufprall auf dem Boden beschädigte Gerät jedes Mal das Band ein, und Marcin musste die Kassette immer neu aufspulen. Er hatte mittlerweile sämtliche Bücher gelesen, die es im Haus gab und die ihn auch nur ansatzweise interessiert hatten; geblieben waren nur noch die religiösen Schriften, die sein Onkel und die Tante horteten: Papstbiografien, Geschichten aus der Bibel, Kirchenblätter aus dem Sanktuarium der Muttergottes von Matemblewo. Das Zeug rührte er nicht an.

Am Tag nach der Verhaftung des Vaters hatten Maria Staroń und ihre Söhne Danzig verlassen. Sie hatten eine Handvoll Sachen in einen Koffer gepackt und waren mit dem Linienbus aus der Stadt geflohen. Der Staatsanwalt hatte Sławomir Staroń wegen Mitgliedschaft in einer kriminellen Organisation angeklagt, außerdem wegen Handels mit gestohlenen Fahrzeugen, tätlichen Angriffs auf einen Polizeibeamten während der Festnahme und Körperverletzung an Jerzy Popławski. Der Besitz der Familie war beschlagnahmt worden, ein Gerichtsvollzieher hatte sich des Dollarkontos bemächtigt, es war ihnen alles genommen worden. Sławomir Staroń wurde wie ein Schwerverbrecher behandelt. Mehrere Dutzend Zeugen sagten während des Verfahrens gegen ihn aus und belasteten ihn schwer.

Maria hatte Wojtek so schnell wie möglich zu ihrer jüngeren Schwester nach Hamburg geschickt, aus Angst, dass sich Jerzys Rache als Nächstes gegen ihn wenden könnte. Außerdem würde Wojtek ohne Familie besser über die Runden kommen als sein Bruder Marcin. Die Hamburger Verwandtschaft versicherte ihr regelmäßig, dass der Junge sich anständig benehme, erstaunlich schnell die deutsche Sprache lerne und ihnen in der Firma aushelfe, vor allem bei der Buchhaltung. Wojtek beschwerte sich nicht und machte keine Probleme, genau wie es zu erwarten gewesen war. Anfangs hatte er noch zwei höfliche Briefe an die Mutter geschrieben. Später hörte sie dann kaum mehr von ihm direkt. Wann immer Maria in Hamburg anrief, unterhielt er sich mit ihr nur widerwillig.

Marcin hätte kurze Zeit später nach Deutschland nachziehen sollen, allerdings hatte sich der Mann der Tante geweigert, noch jemanden bei sich durchzufüttern, und Maria hätte auch kein Geld gehabt, das sie ihnen für den zweiten Sohn hätte schicken können. Was den Starońs anfänglich noch geblieben war, war für Anwälte draufgegangen. Maria war sogar gezwungen gewesen, ihre Juwelen, Pelze, das ganze Silber und das Porzellan weit unter Wert zu verscherbeln; sie hatte alles verkauft, was man zu Geld machen konnte, ehe es der Gerichtsvollzieher beanspruchte.

Nach einer Weile fand sie eine Anstellung als Putzfrau in einem Krankenhaus. Ohne Ausbildung hätte sie ohnehin nichts anderes bekommen. Sie hatte jung geheiratet und war davor nie arbeiten gegangen. Inzwischen ging sie nachts putzen, schrubbte Böden, leerte Bettpfannen. Die Nachtschicht gefiel ihr eigentlich ganz gut – da begegnete sie weniger Leuten, vor denen sie sich schämen musste.

Wann immer sie nach Matemblewo fuhr, um Marcin zu besuchen, schlief sie die meiste Zeit. Sie war erschöpft, niedergeschlagen, grau im Gesicht, und von Mal zu Mal wurde sie dünner. Eines Tages belauschte Marcin ein Gespräch zwischen Maria und ihrer Schwester – die eine vertraute der anderen an, dass der Hamburger Onkel Marcin in Wahrheit nur wegen dessen Drogengeschichten nicht bei sich habe aufnehmen wollen. Es versetzte ihm einen heftigen Schock.

Die Hälfte seines Gepäcks hatte aus Büchern bestanden. Er nahm sich fest vor, bald wieder nach Danzig zurückzukehren und dort ein neues Leben zu beginnen. Er würde das vergangene Schuljahr nachholen und dann sämtliche Prüfungen am Conradinum bestehen. Bei einem ihrer letzten Besuche hatte die Mutter seine Gitarre mitgebracht. Angerührt hatte er sie kein einziges Mal.

Tante Hanka kümmerte sich um ihn wie um das Opfer einer Katastrophe. Sie bemutterte ihn, fütterte ihn, reagierte auf die kleinste Geste, womöglich weil sie keine eigenen Kinder hatte. Sonntags betete sie im Sanktuarium zur Muttergottes und kehrte mit rosigen Wangen nach Hause zurück. Dass jetzt ein Kind unter ihrem Dach lebte, schien ihr aufrichtig Freude zu bereiten, auch wenn dieses Kind inzwischen volljährig war. Sie hatte ihrer Schwester versprochen, dass Marcin so lange bei ihnen wohnen dürfte, bis die familiäre Situation geklärt wäre. Gegebenenfalls sogar für immer. Außerdem hatte sie Maria vorgeschlagen, ebenfalls zu ihnen zu ziehen, doch das hatte die Schwester weit von sich gewiesen. Tatsächlich hatte Maria Angst, Danzig auch nur vorübergehend zu verlassen. Sobald sie weg wäre, würden sie ihnen garantiert auch noch das Haus wegnehmen. Sie glaubte immer noch daran, dass eines Tages alles wieder so werden würde wie zuvor ... wenn Sławomir nun erst aus dem Gefängnis entlassen würde. Doch die Monate vergingen, und es leuchtete noch immer kein Silberstreif.

Tante Hanka machte sich zusehends Sorgen um ihre Schwester. Maria magerte immer mehr ab und sah bald aus wie das Opfer einer Hungerkatastrophe. Es war, als hätte eine tödliche Krankheit ihre Krallen in sie geschlagen und würde sie von innen auffressen. Hanna redete in einem fort auf ihre Schwester ein, bat Maria, sich endlich keine Sorgen mehr zu machen und stattdessen daran zu glauben, dass alles gut würde, doch Maria erwiderte nur, Hanka habe es in dieser Hinsicht so viel leichter, nachdem ihr Glaube derart tief und bedingungslos sei. Sie selbst könne nicht mehr glauben, sie könne zu keinem Gott mehr aufsehen, der zugelassen hatte, was ihrer Familie zugestoßen war. Irgendwann kam Maria nicht mehr zu Besuch.

Es war die Tante, mit der Marcin die meiste Zeit verbrachte. Tag für Tag erzählte sie ihm von ihrem Bruder Jerzy, Tag für Tag betete sie für ihn und flehte ihren Gott um Gnade an. Sie versuchte, die Taten ihres Bruders zu rechtfertigen – er sei von einem Dämon besessen. Irgendwann hatte sie eine Idee, die sie prompt ihrem Ehemann unterbreitete: »Vielleicht sollten wir einen Exorzisten für Jerzy kommen lassen?«

Doch der Onkel zuckte lediglich mit den Schultern.

»Jerzy ist krank«, redete sie weiter auf ihn ein, während sie Marcin nebenbei etwas zu essen zubereitete. »Seine Seele ist vom Bösen besessen. Gott hat ihn bestraft, indem er ihm die Frau und die zwei Kinder und obendrein die Kraft in seinen

Beinen genommen hat. Und was macht er? Statt wie Hiob sein Schicksal anzunehmen, macht er mit den Dämonen gemeinsame Sache!«

Marcin konnte sich während solcher Reden kaum beherrschen. Schließlich hatte er mit eigenen Augen gesehen, dass der Elefant vollkommen gesund war. Seine Behinderung war eine reine Schimäre.

»Tante, er ist schlicht und einfach böse – das hat rein gar nichts mit Dämonen zu tun! Er ist ein Psychopath. Er liebt es, anderen wehzutun. Ich hab mit angesehen, wie er einem Mann, den er angeblich wie seinen eigenen Sohn geliebt hat, die Augen ausstach – und warum? Es ist schlicht unerklärlich. Vielleicht ist es ihm tatsächlich ja völlig egal, wem er wehtut und warum. Auf jeden Fall kann dieser Mann jetzt nicht mehr sehen, weil der Elefant – und nicht Gott – es so gewollt hat.«

Die Tante bekreuzigte sich eilig und warf Marcin einen fromm strafenden Blick zu.

»Gott schickt uns nur, was wir ertragen können. Sei froh, dass er dich verschont hat. Und sei froh, dass du Sławek und nicht Jerzy zum Vater hast. Wäre es anders gekommen, weiß ich wirklich nicht, was für ein Mensch du heute wärst.«

»Aber ich bin nicht sein Sohn – und dieser Waldemar genauso wenig! Man kann sich seine Eltern nun mal nicht aussuchen. Sind Jerzys Kinder etwa schuld daran, dass sie ausgerechnet ihn zum Vater hatten? Sie sind verbrannt, verdammt – wo war da dein Gott? War er da taub und blind?«

Die Tante sah ihn finster an und wollte schon etwas erwidern, riss sich dann aber zusammen, und Marcin spürte, wie es ihm eiskalt den Rücken runterlief.

»Jesus sagt«, fuhr sie fast tonlos fort: »Ich habe Wohlgefallen an Barmherzigkeit und nicht am Opfer. Er hat deine Cousins zu sich genommen, weil es ihnen nun mal so vorherbestimmt gewesen ist. Jeder Mensch hat sein Kreuz zu tragen. Aber du mach dir keine Gedanken um derlei Dinge, denk nicht an das Böse, sonst wird der Teufel dich heimsuchen. Er nutzt jede Gelegenheit, Menschenseelen zu erobern.«

Marcin hörte nur noch mit halbem Ohr hin. Als die Tante endlich fertig gepredigt hatte, verzog er sich ins Wohnzimmer, um seiner Wut Herr zu werden. Er schaltete den Fernseher an. Gerade liefen Nachrichten. Die Sprecherin berichtete von der Restaurierung alter Häuser in der Danziger Innenstadt und einem Preis für Umweltschützer. Ein Politiker produzierte sich vor laufender Kamera in Sachen Polizeireform. Marcin wollte gerade umschalten, als er die Fassade eines Gebäudes wiedererkannte: die Front des Roza-Clubs in Zoppot.

»... der geheimnisvolle Fall um den Tod der Geschwister M.«, sagte die Nachrichtensprecherin. »Vorgestern wurde die sechzehnjährige Monika M. in der Badewanne eines Hotels tot aufgefunden. An ihrem Körper fanden sich keinerlei Spuren, die auf Fremdeinwirkung hinweisen. Der Leichenbeschauer schließt daher die Beteiligung Dritter aus. Die Todesursache, wurde verlautbart, sei Herzversagen aufgrund einer Überdosis Ecstasy. Am selben Tag war auch die Leiche ihres Bruders, des achtzehnjährigen Przemysław M., aufgefunden worden, der die Conradinum-Schifffahrtsschule besucht hatte. Die ersten Ermittlungsergebnisse weisen darauf hin, dass der junge Mann bei einem Unfall ums Leben kam. Die Polizei bittet derzeit alle Fahrer, die zwischen sechzehn und achtzehn Uhr entlang der Umgehungsstraße Danzig-Elbing unterwegs waren und womöglich etwas zur Aufklärung des Falls beitragen könnten, bei den Behörden vorstellig zu werden. Und natürlich stellt sich auch die Frage, ob die beiden Todesfälle zusammenhängen.«

Als seine Tante das Wohnzimmer betrat, machte Marcin sofort den Ton leiser.

»Ist alles in Ordnung?«, fragte sie besorgt und stellte einen vollen Teller vor ihn hin.

Er nickte nur, und die Tante verschwand wieder in der Küche.

Eine Weile saß Marcin reglos da. Bisher hatte er angenommen, dass das Schlimmste, was ihm je hätte passieren können, bereits passiert wäre. Dass ihn nichts mehr würde erschüttern können. Dass ihm nichts mehr Angst einjagen könnte. Seit seiner letzten Begegnung mit den Leuten des Elefanten waren seine Gefühle regelrecht erkaltet. Als wäre er im Innern eingefroren.

Doch diese Nachrichtensendung hatte ihn aus seiner Lethargie gerissen. Eine Welle der Wut rollte über ihn hinweg. Die Wut war so überwältigend, dass sie ihn ausfüllte, sodass er kaum mehr atmen konnte. Er riss den Mund weit auf, um überhaupt noch Luft zu kriegen. Das Herz stolperte in seiner Brust. Er starrte auf den Bildschirm, sah Monikas weinende Mutter, Przemeks Vater, der Drohungen gegen die korrupte Polizei ausstieß. Zwar konnte Marcin ihre Worte nicht hören, aber ihm war, als würden sie ihn direkt ansprechen. Denn er war schuld am Tod der beiden. Es kam ihm vor, als hätte er sie eigenhändig umgebracht. Am liebsten hätte er sich auf der Stelle in Luft aufgelöst, sodass nur noch die Spur seines Geruchs zurückgeblieben wäre ...

Er sprang auf und schnappte sich seinen olivgrünen Parka von der Garderobe.

»Willst du gar nichts essen?«, rief die Tante alarmiert.

»Ich muss an die frische Luft«, antwortete er betont ruhig und zwang sich zu einem Lächeln, als sie auf ihn zukam und ihm über die Wange strich.

»Das wird dir guttun. Ich kann das Essen später für dich aufwärmen.«

Stundenlang lief Marcin durch den Wald, bis er sich mit einem Mal an einer Bushaltestelle wiederfand, ohne zu wissen, wie er hierhergekommen war. Mit einem Blick auf den Fahrplan stellte er fest, dass der Bus nach Danzig in einer Viertelstunde fahren würde. Er fummelte ein paar Münzen aus der Hosentasche und kaufte in dem Gemischtwarenladen gegenüber einen ermäßigten Fahrschein. Er würde zu ihrem Haus fahren, sich die Waffe aus dem Ofenversteck holen und sie alle abknallen: den Elefanten, Waldemar, all die korrupten Bullen. Alle, von denen er wusste, dass sie dazu beigetragen hatten, dass Przemek und Monika tot waren.

Denn es waren nicht Marcin und seine Freunde gewesen, die Waldemar damals derart verprügelt hatten. Sie hatten nicht mal seine Wohnung betreten. Schlimmstenfalls hatten sie die Leute des Elefanten so sehr provoziert, dass diese prompt aufeinander eingeprügelt hatten, sowie das Einsatzkommando vorgefahren war. Womöglich hatte auch einer von Jerzys Handlangern ihr Gespräch belauscht. Marcin wusste es nicht. Trotzdem war er fest davon überzeugt, dass alles seine Schuld war. Seinetwegen hatten seine Freunde sterben müssen. Ob Nadel noch lebte? Ihn hatte Marcin vor der Abreise gebeten, Jerzys Leuten die Pistole zurückzubringen. Persönlich hätte er dem Onkel nicht mehr unter die Augen treten können.

Waldemars Waffe hatten sie in einen Putzlappen gewickelt und dann in eine Plastiktüte gesteckt, das Päckchen in einen Schuhkarton gelegt und den Karton schließlich in ihren »Tresor« geschoben – den ungenutzten Kachelofen im Schlafzimmer der Eltern. Für den Freundschaftsdienst hatte Marcin Nadel seine Daunenjacke, ein paar Gramm Koks sowie die Schlüssel zum Haus überlassen.

Tage später – Marcin war überzeugt gewesen, dass die Sache mittlerweile geklärt war – hatte Nadel ihm über einen befreundeten Taxifahrer ein Päckchen zukommen lassen.

Darin hatte eine Musikkassette von Róż Europy gelegen – und in der Hülle hatte ein Briefchen gesteckt, in dem Nadel ihm mitteilte, dass er es nicht geschafft habe und jetzt die Stadt verlassen werde. Er hatte Marcin darum gebeten, dann und wann im Lebensmittelladen gegenüber dem Kinderheim anzurufen, Nadel werde dort auf seinen Anruf warten. Tatsächlich war es ihnen einmal gelungen, ein paar Minuten lang zu sprechen, länger war nicht möglich gewesen, und Nadel hatte atemlos berichtet, dass er bereits ein paarmal ins Haus der Starońs eingedrungen sei, und einmal sei es ihm beinahe gelungen, die Waffe aus dem Ofen zu holen, doch dann sei er gestört worden. »Deine Mutter hat mich auf frischer Tat ertappt. Sie hat den Heimdirektor angerufen und den Einbruch gemeldet. Sie hat wirklich geglaubt, ich hätte sie ausrauben wollen. Ich will's kein zweites Mal versuchen, verstehst du? Ich hab ihr und mir geschworen, dass ich mich von eurem Haus fernhalte.«

Daraufhin sagte niemand mehr etwas.

»In ein paar Tagen komm ich in die Jugendstrafvollzugsanstalt. Ich bin zwar noch nicht volljährig, aber in sieben Monaten schon ... Das halbe Jahr pack ich schon irgendwie, und danach können sie mich mal. Ich geh nach Warschau. Ein Bekannter hat mir eine alte Gitarre geschenkt. Ich will als Straßenmusiker arbeiten. Ich schaff das schon, die Leute des Elefanten finden mich dort nicht. Wenn du ihnen wirklich ihre Knarre wiedergeben willst, musst du es schon selber tun«, hatte Nadel zu ihm gesagt.

Dann hatten sie vereinbart, sich eine Weile nicht mehr beieinander zu melden. Doch jetzt, seit er vom Tod der Geschwister erfahren hatte, wusste Marcin nicht mehr, was er sonst tun sollte. War es Nadel tatsächlich gelungen, aus Danzig abzuhauen? Oder war auch er Opfer eines »Unfalls« geworden? Würde im Fernsehen als Nächstes über ihn berichtet werden? Und in all der Zeit hatte er selbst sich in den Wäldern versteckt wie der allerletzte Feigling. Dass der Elefant ihn und Wojtek verschont hatte, ließ sich wohl wirklich nur mit ihrer Verwandtschaft erklären. Außerdem hatte der Onkel ihn persönlich wahrscheinlich nie verdächtigt; Marcin war für ihn schon immer bloß ein Loser und Schwächling gewesen.

Zuletzt hatte sich Marcin mit seinen Freunden unten am Strand getroffen. Sie waren davon ausgegangen, dass sie den Gangstern und der Polizei entkommen waren. Jeder von ihnen hatte Angst gehabt, was als Nächstes passieren würde, doch voreinander hatten sie auf cool gemacht. Marcin hatte Joints gedreht und ein bisschen Gitarre gespielt, und Nadel hatte dazu gesungen. Przemek hatte eine Zigarette nach der anderen geraucht.

»Du bist gut«, hatte Marcin Nadels Gesang gelobt. »Du hast echt eine starke Stimme. Vielleicht nicht ganz so markant wie Cobain, aber sie hat dieses gewisse Etwas.«

»Ich würd gern eine Band gründen«, vertraute Nadel ihm an.

Sie waren berauscht von Cannabis und Alkohol. Jeder von ihnen hatte mehrere Biere getrunken. Leere Dosen kullerten über den Sand.

»Jetzt drehst du komplett durch, Alter«, quittierte Przemek das Geständnis ihres Kumpels. »Du willst eine Band gründen? Was redest du denn da?«

»Na ja, eine Rockband halt. Du, ich und Staroń.« Nadel zuckte mit den Schultern.

Niemand erwiderte etwas darauf, lange schwiegen sie nur, rauchten, starrten aufs Wasser.

»Wie heißt du eigentlich mit Vornamen?«, wollte Marcin unvermittelt wissen. »Wenn ich mit dir eine Band gründen soll, muss ich schon ein bisschen mehr von dir erfahren.«

»Janek.« Nadel grinste. »Mein Name ist Jan Wiśniewski, und ich komme aus dem Kinderheim. Ich war bisher bei drei

Pflegefamilien, aber mit keiner hat es funktioniert. Mehr gibt es über mich nicht zu erzählen.«

Marcin wollte sich noch einen Joint drehen, stellte dann allerdings fest, dass er kein Gras mehr hatte.

»Tja, da sind wir jetzt ... haben es nicht geschafft«, sagte er langsam und versuchte, die Worte zu einem sinnvollen Satz zusammenzufügen. Die Zeit schien sich auszudehnen, alles kam ihm ewig vor. »Mann, bin ich breit!«, lallte er zu guter Letzt und kicherte.

»Immerhin sind wir nicht im Knast gelandet, also können wir doch wirklich eine Band gründen«, sagte Nadel ernst.

»Irgendwann versuchen wir es noch mal«, murmelte Przemek und zog Waldemars Pistole aus der Jacke. Auf dem Lauf prangten Kratzspuren, die von einem Schalldämpfer stammten. Der Schalldämpfer selbst war nicht dabei gewesen, als sie Waldemar die Waffe geklaut hatten. Keiner von ihnen kannte sich mit Feuerwaffen aus, aber sie hatten den Chauffeur des Elefanten früher schon dabei beobachtet, wie er sie geladen hatte. So schwer konnte es nicht sein. Es war ihnen gelungen, noch eine Packung Munition abzustauben, wenn auch keine volle.

Dann zückte Przemek die Holzattrappe und hielt sie Marcin hin.

»Das Spielzeug gehört dir. Ich will die echte Pistole.«

»Du bist der Chef«, gab Marcin mit einem Lächeln zurück. Er freute sich über das Geschenk.

Irgendwann machten sie sich wieder auf den Heimweg, jeder in seine Richtung.

Es war das letzte Mal, dass sie einander gesehen hatten.

Mittlerweile war ihm klar, wie unendlich naiv sie gewesen waren. Mit einem Mal schien sich in ihm alles zu verkrampfen. Er krümmte sich und übergab sich auf den Gehweg. Erst danach konnte er wieder normal atmen.

»Soll ich einen Arzt rufen?«, erkundigte sich eine alte Frau mit Kopftuch und einer Stofftasche in der Hand. Sie war geradewegs aus dem Nichts vor der Haltestelle aufgetaucht und sah aus, als stammte sie aus einer anderen Epoche.

»Haben Sie vielleicht einen Zettel und einen Stift?«, keuchte er. »Mir ist gerade etwas eingefallen.«

Die Frau sah ihn erstaunt an.

»Ach, egal«, winkte er ab.

Sie sah ihm noch eine Weile hinterher, als er die Straße überquerte, um seinen Fahrschein zurückzugeben. Allerdings weigerte sich die Verkäuferin, ihm den Fahrpreis zu erstatten; er sei nicht rechtzeitig damit zurückgekommen, draußen fahre der Bus gerade an der Haltestelle vor. Ohne nachzudenken, stürzte Marcin aus dem Geschäft – und hielt dann unwillkürlich inne, als das Fahrzeug sich wieder in den fließenden Verkehr einfädeln wollte. Ohne zu wissen, warum, blieb Marcin stocksteif stehen, lauschte auf den rhythmisch arbeitenden Motor, der ihn entfernt an das Dröhnen des orangefarbenen Lamborghini erinnerte. Mit der verdammten Karre hatte alles angefangen. Der Bus fuhr wieder an, und als er fast auf Marcins Höhe war, machte der Junge einen Schritt auf die Fahrbahn.

Das Letzte, was er vor sich sah, war Monika. Die Kontur ihres Arms. Die langen Zehen. Dann zog vor seinen Augen Nebel auf.

Frühling 2013

Jäh schreckte sie aus dem Schlaf, wie jeden Morgen. Wie bei einem Filmschnitt: Cut, und sie war wach. Und wie jedes Mal hatte sie eine traumlose Nacht hinter sich. Für einen Augenblick dachte sie, sie hätte verschlafen, hätte den Wecker nicht gehört, würde zu spät zur Arbeit kommen, weil sie erst noch ihre Tochter zur Schwiegermutter bringen müsste. Dann dachte sie gar nichts mehr.

Sie sah nichts mehr. Milchiger Nebel umhüllte alles.

Sie kniff die Augenlider zu.

Sie war nicht allein. Da war ein Rascheln, als würde jemand Plastikfolie zerdrücken, im Hintergrund leise Stimmen, dann ein regelmäßig wiederkehrendes Geräusch. Piep-piep-piep. Die Worte waren unverständlich. Mehr spürte sie, als dass sie hörte, dass sich mehrere Personen in ihrem Zimmer aufhielten. Eine war ganz sicher eine Frau. Ein billiges Parfüm kitzelte sie in der Nase. Der Duft blieb in der Luft hängen, als die Frau den Raum wieder verließ. Es schien beinahe, als würde sie hinken. Ihre Holzschuhe holperten übers Linoleum. Das Geräusch war unerträglich, aber zum Glück schon bald wieder vorbei.

Später kam nichts mehr. Wie jeden Tag. Sie war nicht mehr imstande, die Augen aufzuschlagen. Konnte ihren Körper nicht mehr spüren. Nur noch ein Gedanke: Wo bin ich? Dann weitere Fragen. Bin ich tot? Bin ich im Jenseits? Gibt es überhaupt ein Jenseits?

Statt einer Antwort hörte sie die eilig dahinstolpernden Schritte in Holzpantinen wieder, diesmal in Gesellschaft anderer Schuhe: weiche Sohlen, harte Sohlen, unterschiedliche Schritte, unterschiedliche Gangarten, unterschiedliche Gewichts- und Altersklassen.

Die Leute blieben um sie herum stehen. Sie wusste nicht, wie viele es waren. Die Luft schien dichter zu werden, sie schaffte es, die Hand zu bewegen. Ein Stich. Sie erschrak, zog reflexartig die Hand zurück. Der Schmerz war kurz und scharf, brennend, aber auszuhalten. Ein Lied hallte in ihrem Kopf wider.

Es sollte doch so schön werden
Obwohl es im Himmel viel schöner ist
In dieser Geschichte ist noch jemand
Der in der Hölle schmoren soll
Zwei Leben, zwei Gräber
Ich weiß, dass sie zurückkommen wird
In meinem Leben sein wird
Bis wir auf ewig verschwinden
Auf ewig
Von hier bis ewig
Ewig

Sie wollte etwas sagen, doch ihre Zunge fühlte sich an wie ein Stück Holz. Sie versuchte, sie zu bewegen, und es gelang ihr, wenn auch nur mit Mühe. Endlich schaffte sie es, mit der Zungenspitze die Lippen zu berühren. Ihr Mund war trocken, tat weh.

»Langsam ...«, vernahm sie eine sanfte, tröstliche Frauenstimme. Sie hätte das Alter der Person nicht schätzen können, trotzdem vertraute sie ihr. Die Frau beugte sich zu ihr herunter – sie war es, die nach billigem Jasmin duftete. »Ich befeuchte Ihre Lippen, ja? Momentan dürfen Sie noch nichts trinken.«

Sie spürte etwas Nasses, Kaltes um den Mund. Für etwas zu trinken hätte sie alles gegeben. Ihre Augenlider kamen ihr wie eingerostet vor, doch als sie es versuchte, konnte sie tatsächlich ein wenig blinzeln. In den Augenwinkeln spürte sie brennende Tränen, obwohl sie gar nicht hatte weinen wollen. Die Tränen kullerten ihr übers Gesicht, rannen ihr unangenehm über die Haut. Sie wollte sie wegwischen, konnte jedoch ihre Hand nicht bewegen. Ihr war angst und bange. War sie gelähmt? Oder hatte sie am Ende gar keine Hände mehr? Womöglich war sie auch nur vom Kopf bis zu den Füßen bandagiert. Hatte sie überhaupt noch ein Gesicht? Mit einem Mal wollte sie nichts lieber, als schön zu sein, obwohl sie es niemals gewesen war.

»Ruhig … Langsam …« Wieder diese Stimme. Wohl um die fünfzig.

Sie spürte einen leichten Druck am Arm, dann eine kalte Hand am Ellbogen. Ein plötzlicher Stich, ganz ohne Vorwarnung. Eine Nadel. Es tat nur für einen kurzen Moment weh. Dann – Erleichterung. Sie seufzte.

»Ich musste Ihnen einen neuen Venenzugang legen.«

»Gebt ihr Magnesium und Kalium, sie scheint immer noch sehr schlapp zu sein«, sagte eine weitere, eine müde, männliche Stimme. Ein Mann um die vierzig. Unter Garantie würde er älter aussehen. Bestimmt trug er einen Bart und rauchte zu viel. Ein Pessimist.

Fremde Hände machten sich an ihrem Körper zu schaffen. Die Tränen flossen jetzt ungehindert, spülten den Rost aus den Augen.

»Wir warten noch«, sagte der Mann und berührte ihre Wange. Seine Finger rochen nach Zigaretten. Bestimmt hatte er gerade erst geraucht.

Sie schlug die Augen auf. Wieder milchiger Nebel. Nichts weiter. Dann wurde der Nebel feiner, schien sich allmählich zu lichten, als blickte sie durch eine verregnete Fensterscheibe.

Endlich sah sie etwas. Den Knauf eines Nachtschränkchens. Rund, aus Metall, von häufiger Benutzung abgegriffen. Ihr war, als hätte sie den Knauf schon mal gesehen.

Dann sah sie den Arzt – einen braun gebrannten Mann in einem zerknitterten Kittel, mit einem grauen, schief gestutzten Schnurrbart. Neben ihm zwei Frauen mit Schwesternhauben, die um ihr Bett huschten. Eine von ihnen trug altmodische orthopädische Schuhe. Daher stammte also dieses komische Geräusch.

Sie blickte zur Seite.

In der Tür standen zwei Männer. Ansonsten war der Raum leer. Nicht einmal Blumen. Die Jalousien waren heruntergelassen worden. Dunkelheit. Nur ein paar Lichtflecke auf dem leeren, frisch bezogenen Nachbarbett. Und dieser kleine weiße Nachtschrank ... Stand so einer nicht bei ihr zu Hause? Oder woher kannte sie ihn sonst? Sie konnte sich nicht mehr erinnern. Panik stieg in ihr auf – war sie in ihrem eigenen Albtraum gelandet?

Die Leute starrten sie wortlos an. Sie hätte nur zu gern mit ihnen gesprochen, doch ihre Zunge wollte nicht mitspielen. Es war, als hätte sie Teig im Mund. Gut, also langsam – wie die Frau es ihr geraten hatte. Keine heftigen Bewegungen. Alles wird gut. Alles ist gut. Ich bin am Leben.

Schließlich gelang es ihr, mit der Zungenspitze die Schneidezähne zu berühren.

»Wie fühlen Sie sich?«

Der Arzt beugte sich über sie, bereit, ihr die Worte von den Lippen abzulesen. Er war nicht wirklich bärtig, hatte bloß diesen schiefen Schnäuzer, aber er sah in der Tat alt aus. Dunkle

Schatten unter den Augen. Ein Pessimist. Sie hatte richtiggelegen. Sie wollte lächeln, etwas sagen, stattdessen öffnete und schloss sie bloß die Lippen wie ein gestrandeter Fisch. Sie war nicht in der Lage, auch nur ein einziges Wort zu bilden. Nur ein Röcheln brachte sie zustande.

»Wie heißen Sie?«

Sie war unendlich müde, wollte am liebsten sofort wieder einschlafen. Sie machte die Augen zu.

»Können Sie mich hören?«

Er berührte sie, und sie zwang sich, die Augen wieder aufzuschlagen.

»Wie heißen Sie?«, fragte der Arzt jetzt etwas lauter.

»Iiiii…« Sie schien eine Ewigkeit zu brauchen, um einen einzigen Laut zu bilden. Es dämmerte ihr, dass sie nicht mal mehr fähig war, ihren eigenen Namen auszusprechen. »Iiiii… Iiiiiz… za…« Sie gab sich alle Mühe, doch es war nicht ihre Stimme – dieser krächzende, tiefe Alt … Sie konzentrierte sich, zwang ihre Zunge, die richtigen Bewegungen auszuführen. Endlich gelang es ihr. »Iza… be… la. Iza… be… la. Ko… zak.«

Dem Gesichtsausdruck des Arztes konnte sie keine Reaktion entnehmen, doch die Pflegerin lächelte, als wäre sie zeitgleich mit Iza zum Leben erwacht.

»Wie alt sind Sie?«

»Neununddreißig«, hätte sie sagen wollen, doch es wäre einer übermenschlichen Leistung gleichgekommen. Wieder schnappte sie nach Luft. Neununddreißig. Hatte irgendjemand je darüber nachgedacht, wie schwer polnische Zahlworte auszusprechen waren? Warum war sie nicht schon vierzig? Oder hundert? Das wäre einfacher gewesen.

»Neunnnnn…« Sie bekam kaum mehr Luft, ihr Hals brannte. Sprechen war so unendlich anstrengend! Sie begann zu husten. Erst da spürte sie einen entsetzlichen Schmerz im Unterleib.

Schlimmer noch als bei der Geburt ihres Kindes. Als klaffte dort ein Loch, wo ihre Eingeweide gewesen waren.

»Wo wohnen Sie?«

Sie atmete tief durch. Atmen war gut.

»Czar… now… skie… go«, antwortete sie in einem Atemzug. Czarnowskiego. Ihre Stimme klang heiser, und doch schwang jetzt ein Gefühl von Triumph mit.

Der Arzt wusste ihre Mühen offenbar zu schätzen. Auf seinem Schnäuzer bemerkte sie etwas Weißes, wie Puderzucker.

»Wissen Sie, wo Sie sich befinden?«

Sie sah sich um. Überall weiß, ein Metallbett, ein Gerät, an das sie offensichtlich angeschlossen war. Sie zögerte.

»Kran… ken… haus?«

»Woran erinnern Sie sich noch?«

Vor ihren Augen stieg wieder Nebel auf. Doch diesmal formte sich daraus das Gesicht einer Frau. Sie mussten Freundinnen gewesen sein. Ihr schnürte sich die Kehle zu, als würde sie im nächsten Moment ersticken. Sie kannte dieses Gefühl. Entsetzen. Es war das Letzte, woran sie sich erinnerte. Sie spürte es genau.

In dieser Geschichte ist noch jemand
Der in der Hölle schmoren soll

Ihre Zunge fühlte sich schlagartig wieder hölzern an. Sie brachte kein Wort mehr heraus.

»Tachykardie hundertvierzig, unregelmäßig!«, rief der Arzt den Schwestern zu und wies zur Linie auf dem Monitor. »Blutdruck hundertachtzig zu hundertzehn!«

Verzweifelt griff Iza nach seiner Hand. Sie musste sich dabei die Kanüle herausgerissen haben, denn sie spürte einen Stich, aber es war ihr gleich, sie rang nach Luft, versuchte, ihm um jeden Preis etwas mitzuteilen.

»Lu... cja ...«, röchelte sie, »... hat ... auf mich ... geschossen. Lucja Lange. Lange. Sie hatte ... einen Revolver.«

Dann fiel Izabela zurück in die Kissen und schloss die Augen. Das Gerät an ihrem Bett piepste wie wahnsinnig. Ihr Herz raste, sie spürte den Puls in ihrem Schädel. Und dann die Angst, die irgendwo hinter dem Brustbein immer mächtiger wurde. Sie versuchte inständig, wieder ruhiger zu atmen.

»Vierziger Isoptin!«, brüllte der Arzt jetzt.

Irgendwann beruhigte sich ihr Puls, die Angst schwand.

»Hundertsechzig zu hundert. Puls hundert.«

Ihre Augen waren offen. Wieder starrte sie den Griff des Nachtschränkchens an. Der Arzt wischte sich Schweiß von der Stirn. Der Puderzucker auf seinem Schnäuzer war verschwunden.

»Ruhen Sie sich aus«, sagte er und streichelte ihr über die Wange. »Sie dürfen sich nicht aufregen.«

An der Tür standen zwei Uniformierte. An ihren Gürteln baumelten Holster. Sie sahen albern aus in ihren grünen Mänteln und den Plastikschonern über den Schuhen.

An der Wand saß ein dritter Mann – zivil gekleidet, mit gebeugtem Rücken, dicklich, bebrillt. Eine abgetragene Jeansjacke, billige Turnschuhe an den Füßen. Man konnte ihm förmlich ansehen, dass er der Chef der Uniformierten war. Er hatte sich dem Arzt mit Rangbezeichnung und namentlich vorgestellt – irgendwas mit Góra. An mehr konnte er sich nicht erinnern. Der Mann hatte tiefe Falten auf der Stirn, doch seine Wangen waren glatt und ordentlich rasiert. Er hob zu einer Frage an, doch der Arzt hob abwehrend die Hand und bat die Männer zu gehen.

»Morgen«, sagte er entschieden. »Ihr Zustand ist noch nicht wieder stabil. Sie kämpft nach wie vor ums Überleben.« Er wusste zwar, wie wichtig ihre Aussage sein würde, doch als

Mediziner waren ihm die Hände gebunden. Nach einem kurzen Blickduell mit dem Kommissar wiederholte er: »Eine Vernehmung wird erst morgen möglich sein. Sofern ihr Zustand sich bis dahin nicht wieder verschlechtert.«

Eine Krankenschwester kam zu ihm und hielt ihm ein Formular zur Unterschrift hin. Er zog einen Kugelschreiber aus der Brusttasche und zeichnete an den gewünschten Stellen ab.

»Neurologische Defizite, Bewegungsaphasie. Ziehen Sie bitte einen Neurologen hinzu. Er soll sie schnellstmöglich untersuchen«, trug er der Schwester auf.

Die Frau machte sofort kehrt und ging über den Korridor davon. Die Polizisten standen immer noch da und starrten den Arzt an, als hofften sie, dass er seine Meinung ändern würde.

»Die Patientin hat Schwierigkeiten, sich zu artikulieren. Womöglich hat sie auch eine posttraumatische Amnesie«, erklärte er. »Aber die Erinnerung wird zurückkehren. Mit der Zeit wird sie sich wieder an alles erinnern können.«

»Was hat sie bisher gesagt?«

Der Mann in Zivil beugte sich vor. Seine Jacke klaffte auf, und der Arzt kam nicht umhin zu bemerken, wie der Bauch über den Hosenbund hing. Er sah die Waffe im Holster, und im selben Augenblick fiel ihm der Name wieder ein: Konrad Waligóra, Leiter der Danziger Kommandantur. Er hatte ihn ein paarmal im Fernsehen gesehen. In Uniform sah er beeindruckender aus.

»Hat sie den Namen des Täters genannt?«

Es klang eher wie ein Befehl denn wie eine Frage.

Aus der Tasche seines Kittels angelte der Arzt einen Zettel, von dem er einen Namen ablas: »Wenn ich es richtig verstanden habe: Lucja Lange. Sagt Ihnen das was? Und dann war da noch etwas über einen Revolver ...«

»Vielen Dank, Herr Doktor.« Kommandant Waligóra nickte und vermerkte den Namen in einem Notizbuch. »Gute Arbeit.«

Der Chefarzt schlug die Augen nieder, streifte mit dem Blick die unsauberen Turnschuhe des Polizisten, enthielt sich aber eines Kommentars. Eigentlich war es verboten, die Intensivstation ohne Schutzüberzüge an den Schuhen zu betreten.

»Es wäre gut, wenn sie immer denselben Ansprechpartner hätte«, fügte der Mediziner hinzu. »Sofern das möglich wäre.«

Dann machte er sich auf den Weg, um die Telefonnummer der Neurologischen Abteilung herauszusuchen.

»Wir haben eine Patientin mit Schusswunde«, erklärte er der Kollegin am Telefon. »Sie ist wieder wach, spricht aber nur mit großer Mühe, und mir scheint, das liegt nicht nur an der Intubation. Ihr rechter Mundwinkel hängt ein bisschen … Vielen Dank!«

Erst als er wieder auflegte, spürte er, wie zutiefst erschöpft er war. Eigentlich hätte er schon vor elf Stunden Feierabend gehabt, doch dann war die schwer verletzte Frau eingeliefert worden, und er hatte darauf bestanden, sie selbst zu operieren. Es war denkbar knapp gewesen, aber sie hatte überlebt. Inzwischen verflüchtigte sich das Adrenalin, und er konnte kaum mehr die Augen offen halten.

Eine Woche zuvor

Sieben Holzkisten mit Aufklebern und Barcodes der britischen Air Mail standen auf dem weiß gestrichenen Fußboden. Der Schnee, der sich auf den letzten Metern bis zur Haustür daraufgelegt hatte, taute jetzt zu einer dreckigen Pfütze.

Sasza schnitt die Schutzfolie auf, riss sie herunter und verstaute sie im Müll. Endlich konnte sie die schiefen Buchstaben erkennen, mit Kinderhand geschrieben, die sie auf Englisch davon in Kenntnis setzten, was sich in der jeweiligen Kiste befand: »Bücher«, »Klamotten«, »Glas«, »Krempel«, »Mamas Papierkram«, »Lüster«. Sasza zündete sich eine Zigarette an und setzte sich im Schneidersitz auf den Boden. Die Pakete sahen aus, als hätte irgendein früherer Mieter sie in der Eile seines Auszugs hier vergessen. Dabei waren diese sieben Kisten alles, was sie besaß.

Ich werde alt, dachte sie, allmählich sammelt sich Besitz an. Noch vor zehn Jahren hatte alles, was sie ihr Eigen nennen konnte, in den Kofferraum eines Volvo 740 gepasst, manchmal sogar in einen einzigen Rucksack. Hin und wieder hatte sie sich nur mit einer Kreditkarte bewaffnet auf den Weg gemacht. Mittlerweile war sie sechsunddreißig und besaß sieben vollgestopfte Kisten. War darüber hinaus noch irgendwas in Sheffield geblieben? Säuberlich gekennzeichnet und mit Luftpolsterfolie verpackt?

Mit zu viel Ballast konnte man nicht annähernd so leicht wieder verschwinden.

Die Schlüssel für die Wohnung hatte sie am Morgen in einem Geschäft am Danziger Flughafen entgegengenommen. Ein Anfahrtsplan und ein Briefchen hatten dabeigelegen: *Ich wünsche ein schönes neues Leben! D.*

Den Mann, der ihr die Wohnung vermietet hatte, hatte Sasza nie gesehen. Die Wohnung hatte sie auf Gumtree gefunden: ein Jugendstilgebäude an der ulica Królowej Jadwigi, gerade mal dreihundert Meter vom Strand entfernt. Die Räume befanden sich im zweiten Stock auf zwei Ebenen. Der Mann hatte ihr vier Fotos geschickt: hundertzwanzig Quadratmeter Weiß, mit einer Fensterfront, die auf eine ruhige Gasse hinausging. Alte, gut erhaltene Dielen am Fußboden, freigelegte Backsteinziegel, ebenfalls geweißelt. Zur Seebrücke waren es zu Fuß drei Minuten, da rechnete sie sogar den Weg durchs Treppenhaus mit ein. Sie konnte es nicht fassen, dass es in Polen solche Wohnungen überhaupt gab. Womöglich hätte sie die Miete noch verhandeln können, aber dann hatte sie spontan Ja gesagt. Der Mann hatte sich merklich gefreut und bereitwillig den Kontakt zu seinem Halbbruder hergestellt.

Von dem Bruder hatte Sasza ein klein wenig mehr über den Besitzer erfahren: angeblich ein renommierter Fotograf und offenbar jemand, der ebenfalls gerne verschwand. Vielleicht hatte er Schulden. Sein Hab und Gut hatte er wohl an Freunde und Bekannte verschenkt, nachdem er Sasza per E-Mail gefragt hatte, ob sie womöglich irgendetwas davon behalten wolle. Sasza hatte sich für die Einbauküche entschieden, für ein helles IKEA-Sofa, einen alten Tisch aus unlackiertem Holz und eine rote Schubladenkommode.

In der Kommode würde sie den »Krempel« ihrer Tochter aufbewahren: Karolinas Barbiepuppen, Einhörner in sämtlichen Farben des Regenbogens, verzierte Kästchen, Schneekugeln aus verschiedenen Städten, religiöser Kitsch. Aus unerfindlichen

Gründen war ihre Tochter auf derlei Dinge regelrecht versessen: neonfarbene Figürchen der Muttergottes, die zusammen mit den Einhörnern und bunten Ponys spielten, und ein Jesulein aus Gips, an dessen Seite Barbie und Ken wilde Abenteuer bestanden. Die Medaillons mit den Heiligenbildchen trug Karolina als Schmuck. Anfangs war Sasza deshalb irritiert gewesen; mittlerweile war sie diesbezüglich viel entspannter.

»Für Karolina ist Gott jemand völlig Normales, jemand, der ihr nahesteht«, hatte ihr einer der polnischen Priester in Sheffield erklärt.

Der Karton mit den Sachen ihrer Tochter war der größte, doch Sasza hätte es nicht übers Herz gebracht, auch nur einen Gegenstand wegzuwerfen. Die Schätze der mittlerweile Sechsjährigen wanderten von einer Wohnung in die nächste. Im Gegensatz zu ihrer Mutter fand Karolina Gefallen daran, Dinge anzuhäufen.

Als sie endlich im zweiten Stock standen, hatte es Sasza schier den Atem verschlagen. Keinerlei Firlefanz, kein pseudomoderner Designmist, mit dem sie bislang von Maklern belästigt worden war. Der Fotograf musste die Wohnung selbst eingerichtet haben, doch aus irgendeinem Grund hatte er kürzlich Reißaus genommen. Vielleicht hatte ihn hier auch nichts mehr gehalten. Aber im Grunde wollte sie es gar nicht wissen.

Sie war einfach nur froh, dass sie in diese Wohnung einziehen durfte: Sie war wirklich wie für sie gemacht. Räume wie ein Loft – sechs Meter hoch. Das Kinderzimmer im Zwischengeschoss. Karolina drehte hellauf begeistert eine kleine Pirouette, als sie die Wohnung in Augenschein nahmen, und beanspruchte das Zimmer oben gleich für sich. Endlich würde sie ein Baumhaus haben, rief sie, und Sasza sah ihr dabei zu, wie die Kleine über die geländerlose Treppe hinaufraste. Für einen Augenblick stolperte ihr Herz vor Angst, aber da war das Kind schon oben angelangt. Dann hörte sie, wie die Kleine oben auf- und ablief und sich das Zimmer quasi schon zu eigen machte.

Gemeinsam hängten sie Karos Kleider in den Schrank, sortierten Bücher und Malutensilien ins Regal. Noch ehe Sasza Abendessen machen konnte, war Karolina vor Müdigkeit eingeschlafen. Die regelmäßigen Atemzüge drangen zu Sasza herüber. Ich hab ein echtes Globetrotterkind, dachte sie bei sich. Das Mädchen wird überall klarkommen – an jedem Ort der Welt. Allerdings wird sie vielleicht nie fähig dazu sein, Wurzeln zu schlagen. Sasza hatte deswegen ein schlechtes Gewissen, doch im Moment ließ sich das nun mal leider nicht ändern.

Obwohl es erst zwanzig Uhr war, war es draußen bereits dunkel. Die Frau hatte die nackten Füße aufs Sofa gezogen und betrachtete das kalligrafierte Büffelhorn – ein Geschenk des Wohnungsbesitzers, das er ihr überlassen hatte. Er hatte es selbst einmal geschenkt bekommen, aber es hatte ihm nicht mehr gefallen. Sasza fand die Geste nett, und die Kalligrafie passte hervorragend ins Wohnzimmer.

Ein Zimmer in der Wohnung war verriegelt gewesen. Sasza hatte eine Weile nach dem Schlüssel gesucht und ihn schließlich auf dem Stromzähler gefunden. Sie schloss auf, trat ein und wusste intuitiv, dass dies das perfekte Arbeitszimmer darstellen würde. Drinnen standen letzte Besitztümer des Fotografen: zwei Stative, ein kabelloser Drucker, eine Kiste mit CDs (womöglich ein provisorisches Fotoarchiv) sowie Negative in nummerierten Ordnern. Angeblich würde alsbald jemand kommen, um die Sachen abzuholen.

Als sie die Vorhänge aufzog, erstarrte sie. In die Front des Hauses gegenüber hatte jemand auf Höhe der dritten Etage eine Art Kapelle eingebaut – mit einem brennenden Grablicht. Sasza konnte sich nicht erklären, wie dieser Jemand dort hinaufgekommen war. Diese Häuserfront würde von nun an ihre Klagemauer sein.

Sie nahm ihr zerschrammtes, mit bunten Stickern beklebtes MacBook und verkabelte es. Mit der freien Hand öffnete sie den Verschluss ihres BHs und angelte ihn unter dem Karohemd hervor. Sie zog das Haargummi von ihrem Zopf und schob es sich wie ein Armband übers Handgelenk. Ihr schulterlanges rotes Haar fiel ihr über den Rücken. Während das MacBook sich updatete, wanderte ihr Blick zum schwarzen Himmel über der Klagemauer, und sie lauschte der Stille. Dann marschierte sie kurz entschlossen zu der Kiste mit der Aufschrift »Mamas Papierkram« und zog einen Stapel Blätter hervor, die mit Textmarker bearbeitet worden waren. Noch hatte sie keine Sekunde darüber nachgedacht, wie es in Danzig werden würde, wie lang sie bleiben würden. Aber an sich war der Plan einfach: Sie wollte hier die Lebensläufe diverser verurteilter Verbrecher zu Ende untersuchen. Über den Rest würde sie später nachdenken. Was derzeit zählte, war nur der jetzige Tag. Schön eins nach dem anderen.

Den spontanen Entschluss, nach Polen zurückzukehren, hatte sie bislang noch nicht bereut, obwohl ihr Doktorvater Tom Abrams sie heftig dafür kritisiert hatte. Er arbeitete als Professor für Psychologie am International Research Centre for Investigative Psychology an der Huddersfield University und stand Sasza von allen Menschen wohl am nächsten. Anfangs, als sie sich gerade für die Promotion angemeldet hatte, hatten sie einander nicht ausstehen können. Er hatte sie für eine Kampflesbe gehalten, sie ihn für einen verbitterten Spießer. Sie waren wie Hund und Katze gewesen, sowohl hinsichtlich akademischer Themen als auch auf zwischenmenschlicher Ebene. Abrams hatte sie Mal ums Mal fertiggemacht, bei jeder Besprechung hatte er sich an einzelnen Formulierungen festgebissen, hatte ihre Ergebnisse hinterfragt und ihren polnischen Akzent belächelt. Nach derlei Besprechungen hatte sie nicht selten darüber nachgedacht, die Promotion abzubrechen, bis sie eines Tages bei einem Termin regelrecht explodiert war und ihm mitteilte, dass sie kein gesteigertes Interesse mehr an Geo-Profiling habe und sich lieber mit den Lebensläufen von Kriminellen befassen wolle. Sie werde England verlassen und nach Polen zurückkehren und dort anfangen, sich mit den Werdegängen ausgewählter Gefängnisinsassinnen zu beschäftigen. Erst da begann er, ihr Respekt zu zollen.

»Allerdings ist Geo-Profiling die Zukunft der Kriminalpsychologie«, sagte er zu ihr. »Sich auf diesem Gebiet auszukennen wird Ihnen an jedem Ort der Welt einen Arbeitsplatz garantieren. Perspektivisch betrachtet wird sich die biografische Analyse natürlich ebenfalls als halbwegs nützlich erweisen. Aber entscheiden Sie selbst. Ist Ihnen Ihre Mission wichtiger – oder Ruhm und Ehre?«

Schließlich äußerte auch David Canter, der Profiling-Guru, ihr zweiter Doktorvater und formell gesehen Abrams' Chef, seine Meinung. Gemeinsam hatten sie das Institut gegründet und traten oft wie zweieiige Zwillinge auf. Unterschiedlich wie Feuer und Wasser, und doch ergänzten sie einander perfekt. Canter war der Wissenschaftler mit dem Promistatus, Abrams der stille Mann im Hintergrund, der kaum je Interviews gab. Die Studentinnen waren Canter samt und sonders für seinen Stil und seine Art verfallen, während Abrams für seine besserwisserische Art gehasst und wegen seiner Klamotten verspottet wurde. Er trug Socken in Sandalen, Jeans mit Bügelfalte und gemusterte Hemden zu Anglerwesten.

»Manchmal muss man ganz einfach sein Ding durchziehen«, hatte Canter Sasza mit auf den Weg gegeben und gelächelt. Er war knapp siebzig, hatte aber allen Ernstes vor Kurzem erst ein Musikstudium begonnen, komponierte nebenbei Sinfonien und quälte seine Studenten mit Streichkonzerten. Der Respekt, den die Studenten ihm entgegenbrachten, erlaubte es ihnen schlichtweg nicht, seine Werke zu kritisieren. Nur Abrams hatte es gewagt, eine von Canters Kompositionen öffentlich als »Katzenmusik« zu bezeichnen. Aber da war er auch der Einzige, der so was durfte.

»Soll das heißen, Sie sind einverstanden, dass ich nach anderthalb Jahren das Thema wechsle?«, hatte Sasza fast schon zittrig nachgehakt.

Statt eine Antwort zu erhalten, hatte sie in Canters strahlendes Gesicht geblickt, und Abrams hatte in gebrochenem Polnisch angemerkt: »Aus einem Sklaven wird nie ein guter Arbeiter.«

Mit weichen Knien hatte sie die Besprechung verlassen. Noch nie waren die beiden Professoren sich einig gewesen. Wenig später hatte sie sich auf den Weg nach Polen gemacht und angefangen, in Gefängnissen Material zu sammeln. Wenn sie Insassinnen befragte, blieb Karolina bei ihrer Oma Laura. Dabei kamen sich die Enkelin und die Großmutter immer näher. Sasza skypte zweimal die Woche mit Abrams und musste schon bald feststellen, dass der alte Spießer aus einer gewissen Distanz alles andere als unerträglich war. Allmählich beschlich sie sogar der Verdacht, dass er sie und ihre Forschungen tatsächlich ernst nahm. Nicht dass er sie je loben würde – aber zumindest hatte er inzwischen aufgehört zu meckern. Einmal war ihm sogar ein aufrichtiges »Wow!« entschlüpft, was er umgehend spöttisch korrigiert hatte, damit sie nicht auf dumme Gedanken kam.

Mit der Zeit lernte Sasza, ihn zu mögen und seine scharfzüngigen Bemerkungen zu schätzen. Irgendwann bot er ihr sogar das Du an. Es stellte sich heraus, dass er ihre Arbeit wirklich guthieß – er verschaffte ihr Einladungen zu ein paar wichtigen Konferenzen, obwohl sie immer noch keinen Doktortitel trug, und organisierte für sie Publikationen in renommierten Fachzeitschriften, sodass sie nach einer Weile sogar von weithin anerkannten Koryphäen der Forensik zitiert wurde. Freunde berichteten ihr – er selbst hätte es nie zugegeben –, dass Tom Abrams immer wieder von ihr sprach und seinen Masterstudenten Sasza Załuska als Vorbild empfahl. An ihrer Methode der *lives narratives* schien er aufrichtig interessiert zu sein.

»Bisher hat niemand dieses Thema so umfassend behandelt wie du«, betonte er immer wieder. »Egal was du herausbringst – du wirst Wege ebnen, und in der Wissenschaft ist jede Art von Innovation nun mal von enormer Bedeutung.«

Zuletzt hatten sie mindestens zweimal täglich Kontakt gehabt, und inzwischen würde ihr einstmals größter Kritiker jedem die Augen auskratzen, der es wagte, sich gegen Sasza zu stellen. Er, der ihr einst wegen ihrer angeblich so schlechten Englischkenntnisse zugesetzt hatte, liebte es, an ihr sein Polnisch auszutesten. Zwar sprach er immer noch sehr wenig, gab sich aber alle Mühe, um sie damit zu beeindrucken. Das Wort, das ihm am besten zu gefallen schien, war *gruszka* – Birne. Immer wieder und völlig ohne Zusammenhang warf er es in ihre Unterhaltungen ein, am liebsten dann, wenn Sasza sich mal wieder aufregte. Und jedes Mal gelang es ihm damit, die Stimmung aufzulockern: Sasza konnte darüber lachen wie ein Kind.

In seinen Adern, behauptete er, fließe polnisches Blut, allerdings habe er nie polnischen Boden betreten. Die Großeltern hatten wohl aus der Nähe von Posen gestammt, doch Abrams war nicht einmal imstande, den Dorfnamen richtig auszusprechen. Einmal hatte er ihr eine Landkarte gezeigt: Kołatka Kolonia. Angeblich war seine Familie – damals noch mit Namen Abramczyk – von dort nach Großbritannien emigriert.

Bereits Toms Vater und später dann er selbst und seine drei Schwestern waren in London zur Welt gekommen. Sasza glaubte zu ahnen, dass Tom gegenüber dem Heimatland seiner Großeltern eine abstrakte Sentimentalität verspürte, die aber jegliche persönliche Erfahrung missen ließ – und sie hatte ihm geraten, an seiner idealisierten Vorstellung von dem Land festzuhalten.

»Wenn du hierherkommen würdest, würden dir die Polen bei lebendigem Leib die Haut abziehen«, hatte sie ihm erklärt. »Du würdest es hier nicht aushalten – ohne die feinen englischen Manieren und die sozialen Annehmlichkeiten, dafür mit all dem Schmutz, dem Bürokratenschwachsinn … Maximal die polnischen Frauen und die Krakauer Wurst würden dir gefallen.«

»Die Haut abziehen? Im physischen Sinne?«, hatte Abrams interessiert nachgehakt. Englischer als After Eight, war es ihr spontan durch den Kopf geschossen. Als sie ihm schließlich verkündet hatte, dass sie für immer nach Polen zurückzugehen gedachte, war er aufrichtig traurig gewesen und hatte angefangen, ihr die Vorteile eines Lebens in Großbritannien aufzuzählen.

»Aber ich bin hier so allein«, hatte sie versucht, ihm ihre Entscheidung zu erklären, als er eine Woche vor ihrer Abreise zum Abschiedsessen zu ihr zu Besuch gekommen war.

»Für einen Wissenschaftler ist das allerdings von Vorteil«, antwortete er wenig überzeugend.

»Ich weiß einfach nicht, ob ich an der Uni bleiben will«, gestand sie ein. »Ist es das wirklich wert?«

Um sich und ihre Tochter durchzubringen, jobbte sie nachts in einer psychiatrischen Klinik, und zwar nicht als Therapeutin.

»Das Geld ist nicht mal schlecht, aber ich will hier nicht als Putzfrau enden. Außerdem geht die Hälfte dessen, was ich dort verdiene, für den Babysitter drauf. In Polen könnte ich in der Personalabteilung irgendeiner Bank arbeiten – dort würden sie mich mit Kusshand nehmen. Ein anständiges Gehalt, geregelte Arbeitszeiten und Respekt … Ich hab schon erste Termine für Vorstellungsgespräche.«

Er starrte sie ungläubig an, sagte allerdings kein Wort.

»Und meine Tochter würde endlich ihre Familie kennenlernen: die Oma, die Cousinen«, fuhr sie dort. »Das ist wichtig, Tom – die Familie ist nun mal das Fundament …«

»Na ja, wir werden ja sehen«, erwiderte er, aber sie wusste, dass er insgeheim pessimistisch war. Hätte er jetzt, da sie ernst zu machen schien, die Möglichkeit gehabt, sie zum Bleiben zu zwingen, hätte er es getan, das war ihr klar. Doch sie hatte bereits alles vorbereitet: Der Fragebogen stand, und sie hatte Gespräche mit fast zweihundert Gefängnisinsassinnen unterschiedlicher Altersstufen und aus unterschiedlichen Milieus vereinbart. Jetzt musste sie sich nur noch sklavisch an ihre Methodik halten, die Datenbank mit Zahlen füttern, ihre Ergebnisse auswerten – und dann die Doktorarbeit schreiben. Kein Zweifel, dass Sasza sie anschließend erfolgreich würde verteidigen können. Denn auch wenn sie keine belastbaren Ergebnisse vorzuweisen hätte, wäre sie doch die Erste, die sich auf dieses Gebiet vorwagte.

Trotzdem gab es noch einen weiteren Aspekt – nur würde sie darüber nicht mit Tom sprechen. In Wahrheit wollte sie nämlich auch seinetwegen weg, brauchte einen Grund zu gehen. Zwar hatte sie ihm nie einen Anlass gegeben zu glauben, dass sie an mehr als einem kollegialen Verhältnis interessiert wäre, und auch er hatte gewisse Grenzen niemals überschritten. Trotzdem war ihnen beiden klar, dass etwas in der Luft lag. Dass an der Universität erste Gerüchte kursierten, machte es nicht gerade besser. Der talentierte Tom Abrams galt als eingefleischter Junggeselle, die Wissenschaft war sein Ein und Alles. Es hatte in seinem Leben nur zwei Frauen gegeben, und mit keiner von ihnen hatte er zusammengelebt. Die erste war mit der Begründung gegangen, nicht länger mit seiner Arbeit konkurrieren zu wollen. Die zweite – seine große Liebe – hatte er selbst verlassen. »Sie hat sich einfach zu oft verspätet«, antwortete er, wann immer er nach dem Grund für die Trennung gefragt wurde.

Seine gesamte Zeit widmete er der Folter seiner Studenten. Besonders die Doktoranden ließ er Blut schwitzen. Und doch war es Sasza gelungen, seine Zuneigung zu gewinnen. Nicht einmal sie war sich im Klaren darüber, wie das hatte geschehen können.

Die Psychologie in Huddersfield war eine verhältnismäßig kleine Fakultät, in der Gerüchte schnell die Runde machten. Und was sie betraf, brodelte die Gerüchteküche seit geraumer Zeit. Irgendwann hatte sie die Blicke und das Getuschel nicht mehr ertragen können, die Anspielungen, wann immer sie mit Kommilitonen sprach.

Gleichzeitig war ihr klar geworden, wie weit sie Tom Abrams in ihr Leben gelassen hatte. Sie mochte ihn, so einfach war das, und sie wollte nicht mehr spielen, niemandem mehr etwas vormachen. Sollten sie doch reden, dachte sie. Sie brauchte einen Freund wie Tom, und Karolina brauchte eine männliche Bezugsperson in ihrem Leben. Das Mädchen behandelte Abrams wie einen liebevollen Onkel.

Doch als Tom eines Tages ein zweisames Dinner vorschlug – der Geizhals wollte sie tatsächlich in ein teures Restaurant ausführen –, wusste Sasza intuitiv, was die Stunde geschlagen hatte und dass damit alles anders würde, und sagte unter einem Vorwand ab. Ihre Kameradschaft war ihr wichtiger. Er war der einzige ihr nahestehende Mensch in England – der einzige, dem sie vertraute. Sie hatte immer auf ihn zählen können. Das schlechte Gewissen nagte an ihr; jede Äußerung könnte von nun an falsch verstanden werden, und sie fühlte sich, als könnte sie nunmehr weder den Schritt nach vorn noch den Schritt zurück wagen. Tom wollte keine Freundschaft; er wollte eine Beziehung. Wenn sie ihm geradeheraus sagte, dass sie seine Gefühle nicht erwiderte, würde sie ihn womöglich für immer verlieren.

Sie selbst war noch nicht wieder bereit für eine feste Beziehung – auch wenn die Vorstellung, womöglich bis ans Lebensende allein zu bleiben, unerträglich für sie war. Dabei war sie nicht einmal unglücklich. Sie war allein, aber nicht einsam: Sie hatte ihr Kind, einen bezahlten Job, ihr Leben war voll durchorganisiert. Und das Alleinsein hatte durchaus Vorteile. Sie war finanziell unabhängig, solange sie ihrer Arbeit nachging, und niemand schrieb ihr vor, was sie wie und wann zu tun oder zu unterlassen hatte. Im Großen und Ganzen gefiel ihr, wie sie lebte. Lediglich an Feiertagen und in den Ferien fühlte sie sich als Single gebrandmarkt. All ihre Bekannten hatten Familien, da passte sie nun mal nicht rein. Bei solchen Gelegenheiten musste sie sich selbst daran erinnern, dass das Alleinsein ihr ansonsten gut gefiel und dass sie so an Feiertagen wenigstens in Ruhe arbeiten konnte.

Trotzdem: Wenn sie nachts in ihrem Bett über ihr Leben nachdachte, verspürte sie bisweilen Selbstmitleid. Ihre Fähigkeit, Gefühle für eine andere Person zu entwickeln, war womöglich schlechter, schwächer ausgeprägt als bei ihren Mitmenschen … doch das würde sie nie laut eingestehen. Außerdem wollte sie sich nie wieder an jemanden binden, nur um nicht allein bleiben zu müssen. Lieber ertrug sie die Einsamkeit als eine Partnerschaft, die bloß auf Vernunft oder einem trügerischen Wunsch nach Sicherheit basierte. Dennoch träumte sie manchmal davon, ihre elterlichen Pflichten mit jemandem zu teilen, etwas von der Last abzugeben, die sie als alleinerziehende Mutter hin und wieder schier zu

Boden drückte. Nur war das momentan nicht machbar. Derzeit hatte niemand außer Karolina Platz in ihrem Herzen.

Ein Skype-Anruf riss sie aus den Gedanken. Es war Tom Abrams. Reflexartig knöpfte Sasza sich die Bluse bis zum obersten Knopf zu und nahm dann mit einem Mausklick das Gespräch entgegen. Sie hatte zwar keine große Lust, sich mit ihm zu unterhalten, aber Tom zu ignorieren war keine gute Idee. Außerdem hatte er bestimmt gesehen, dass sie online war. Sicher wollte er sie fragen, ob sie gut angekommen seien, und insgeheim freute sie sich auch ein bisschen darauf, seine Stimme zu hören.

Das Gesicht des rüstigen Fünfzigjährigen füllte fast den ganzen Bildschirm aus. Er hatte grobporige, ungesund rote Haut, dafür aber ein umwerfend charmantes Lächeln. Sasza hatte Fotos aus seiner Studienzeit gesehen und nicht fassen können, dass der Professor in jungen Jahren ein regelrechter Dandy gewesen zu sein schien. Andererseits stammte seine derzeitige Garderobe immer noch aus genau jener Epoche – aus den Achtzigern –, auch wenn er nicht mehr annähernd die Figur dafür hatte. Seine große Schwäche war die Völlerei. Sasza wusste, dass Tom nachts gern an den Kühlschrank ging. Dabei achtete er sonst durchaus auf sein Äußeres und pflegte ein gewisses Image. Zwar fiel die markante, wohlgeformte Nase in seinem rundlichen Gesicht kaum auf, und wie immer hatte sich das üppige graue Haar sämtlichen Versuchen widersetzt, es mit dem Kamm zu bändigen, doch letztlich war es genau das, was bei den Leuten den Eindruck verstärkte, einen leicht verschrobenen Wissenschaftler vor sich zu haben, die Personifizierung eines genialen Profilers.

»Du warst beim Friseur«, stellte sie höflich fest. »Deine Frisur ist ... interessant.«

»Und sehr praktisch.« Er fuhr sich mit der Hand durchs

Haar. »Ich hab eine neue Friseurin gefunden. Sie sieht ein bisschen aus wie du.«

»Willst du etwa mit mir flirten?«

Sie lachte, und Tom strahlte regelrecht.

»Ich hab mir Sorgen um dich und um die Kleine gemacht. Habt ihr schon ein *wersalik*?«

»Bitte, Tom, sprich Englisch mit mir!«, flehte sie ihn an.

»Sofa heißt *wersalka*, nicht *wersalik*. Wobei man das so kaum noch sagt. Es heißt einfach *sofa*.«

»Ich frage mich die ganze Zeit, ob du die richtige Entscheidung getroffen hast. Du hast noch so viel Arbeit vor dir!«, sagte er und seufzte theatralisch. »Hier wäre alles einfacher – alles direkt vor Ort, was du brauchst: deine Seminargruppe, David, ich …«

»Tom, bitte«, fiel sie ihm ins Wort, und zu ihrer großen Verwunderung verstummte er sofort. »Ich schaff das schon, außerdem mach ich das Ganze ja nur noch wegen des Doktortitels. Ich hab mich entschieden. Ich wollte weg … Ich hab die Nase voll von Verbrechern und Leichen. Es geht mir nur noch um den Abschluss, verstehst du? Mit dem Titel kann ich mehr verdienen.«

Was er als Nächstes sagte, konnte sie nicht hören, und sie regulierte den Lautsprecher.

»Du hast mich gerade verstanden, oder?«

Er winkte ab.

»Mach einfach, was du willst.«

Sie lächelte schief.

»Tom, du bist mein Meister, das weißt du genau. Also hör jetzt auf. Du weißt genau, warum ich gehen musste.«

»Bist du dir wirklich sicher?«

»Absolut.« Sie gähnte. »Tut mir leid, ich bin völlig am Ende. Lass uns morgen weitersprechen, okay?«

Abrams schien enttäuscht.

»Ich habe mit David gesprochen. Wir sind beide immer noch der Meinung, dass Geo-Profiling die perfekte Ergänzung für dich wäre. Hättest du nicht doch Lust, dich nach der Promotion wieder daran zu versuchen?«

»Tom, hör auf, du weißt, dass ich das hasse! Ich hab schon anderthalb Jahre darauf vergeudet, über Landkarten und sonstigem Kram zu hocken, und das nur euretwegen! Begreif es endlich, das ist einfach nicht mein Ding. Aber du willst mir hoffentlich jetzt nicht gleich sagen, dass ich mir einen neuen Doktorvater suchen muss?«

Sie stand auf und griff nach ihren Zigaretten. Als sie vor ihr MacBook zurückkehrte, saß er eingeschnappt vorm Bildschirm.

»Wir haben doch schon darüber gesprochen«, sagte sie in dem Versuch, die Situation zu entschärfen. »Sei mir nicht böse.«

»Diese Verbrecherlebensläufe in allen Ehren ... Aber wir brauchen mehr Geo-Spezialisten, Praktiker! Kim Rossmo hält ein Seminar bei uns, du weißt schon, der Begründer des Geo-Profilings, der den Algorithmus zur geografischen Lokalisierung von Straftätern entworfen hat.«

»Ich weiß, wer Rossmo ist«, ächzte sie.

»Es wären noch Plätze frei.« Tom ließ sich offensichtlich nicht entmutigen. »Ich kann einen für dich frei halten. Mit so einer Zusatzausbildung würdest du überall Arbeit finden: in Polen, hier in England, wo auch immer. Das ist wirklich gerade der große Trend, wir können uns vor Anfragen kaum retten. Du würdest zu jeder Konferenz eingeladen werden. Dieser dicke irische Widerling, du weißt schon, Jeffrey Timberland, ist pausenlos unterwegs, obwohl er als Wissenschaftler eine Niete ist. Aber außer ihm haben wir niemanden mit geografischen Spezialkenntnissen. Wir sichern uns Drittmittel, das steht alles schon fest ... Außerdem hat sich die Krakauer Jagiellonen-Universität nach dir erkundigt. Die würden dich doch mit Handkuss nehmen – die Leute wollen dich, Sasza!«

»Canter soll dafür jemand anderen finden. Ihr habt doch diese Griechen in der Fakultät – die könnten ein ordentliches Gehalt bestimmt gut brauchen. Ich muss erst meine Doktorarbeit fertig schreiben. Wenn ihr mich daran hindern wollt, dann mach ich das eben in Eigenregie.«

»Gut, gut.« Tom hob abwehrend die Hände. »Ich hab doch nur gedacht, du hättest vielleicht Lust, nach Huddersfield zurückzukommen.«

»*Po prostu tęsknisz, stary dziadygo* – du vermisst mich doch einfach nur, du alter Sack«, sagte sie auf Polnisch.

»*Dziadygo*? Was soll das heißen? Das hab ich nicht verstanden.«

»Ich mag dich auch, Tom«, fuhr sie wieder auf Englisch fort. »Wir reden darüber, wenn die Zeit reif ist. Ich will es ja gar nicht ausschließen, aber im Augenblick geht es noch nicht. Ich kann nur eine Sache auf einmal gut machen. Außerdem ist es inzwischen spät, und du musst um acht wieder im Institut sein. Du solltest ins Bett gehen.«

»Na dann, schlaf schön, meine Liebe. Und vergiss nicht, du kannst immer auf mich zählen. Zu jeder Zeit an jedem Ort der Welt.«

»Ich weiß. Gute Nacht.« Sie loggte sich aus und schickte ihm dann noch eine Nachricht hinterher: »Pass auf dich auf und iss nicht so viel Brot. Iss Suppe. Suppe ist wie Medizin.«

»*Ziurek*«, schrieb er zurück. »Ich warte, bis du wiederkommst und *ziurek* für mich kochst.« Womit er *żurek* meinte, eine deftige Suppe aus vergorenem Roggenschrot und Wurst.

Sie tippte noch ein Küsschen-Symbol und fuhr dann das MacBook herunter.

Sie war drauf und dran einzuschlafen, als die Frau zu stöhnen begann. Sasza schlug die Augen auf und sah zum Wecker. Es war kurz vor elf Uhr in der Nacht. Das Stöhnen – es wurde regelmäßiger – hallte von den Wänden in dem brunnenschachtartigen Hof wider. Erst musste Sasza schmunzeln. Wie süß – zwei, die sich liebten. Doch als die Frau irgendwann lauthals »Ja, ja, ja!« brüllte und gar nicht mehr aufhören wollte, stand Sasza kurzerhand auf und knallte das Fenster zu. Inzwischen war sie nur noch wütend. Sie griff sich ein Zierkissen, rollte sich seitlich im Bett zusammen und presste sich das Kissen aufs Ohr, um nicht mehr zuhören zu müssen. Doch es half nichts: Das Geschrei der Nachbarin dauerte minutenlang an, und es gab nichts, womit Sasza den Lärm noch hätte dämpfen können. Einen Fernseher besaß sie nicht, und sie hatte auch keine Lust, noch einmal aufzustehen und Musik anzumachen.

Je länger sie dem Stöhnen der Frau lauschte, umso mehr erregte es sie allerdings, und sie ertappte sich dabei, wie sie ihre Brust berührte und die Nippel hart wurden. Sie stand auf und trat nackt vor den Schlafzimmerspiegel, um sich selbst wie eine Fremde zu betrachten. Eine rothaarige, sommersprossige Frau Ende dreißig. Zugegeben, so schlecht stand es nicht um sie. Sie konnte immer noch gefallen – wenn schon nicht sich selbst, dann gewiss einem Mann. Tom Abrams zum Beispiel. Guter Witz, dachte sie bei sich. Zwar hatte sie nicht mehr dieselbe Topfigur wie früher, doch die Proportionen stimmten immer noch. Sie hatte eine deutlich ausgeprägte Taille und kleine Brüste, die zum Glück nicht nach unten hingen. *Gruszka*, dachte sie und musste grinsen. Tom Abrams' Lieblingswort, das irgendwie perfekt zu ihrer Figur passte.

Sie drehte sich um, und mit einem Mal war das Licht unschmeichelhaft. Ihr linker Rücken war vom Schulterblatt bis zur Hüfte von Brandnarben übersät. Hier ähnelte ihre Haut beinahe schon Pappmaschee: Es war die Erinnerung an einen brennenden Polyestervorhang, der an ihrem Körper geklebt hatte. Erneut drehte sie sich um: Vorn war ihre Haut vollkommen, glatt und weiß wie Milch, von vereinzelten Sommersprossen einmal abgesehen. Wegen ihres empfindlichen Teints war sie noch nie gern an den Strand gegangen; seit dem Unfall ging sie nicht einmal mehr schwimmen und trug auch keine ausgeschnittenen Kleider. Sie hob die Haare hoch – und das Ohr mit dem abgerissenen Ohrläppchen wurde sichtbar. Wenn man es nicht wusste, sah man es kaum, sodass sie sich auch im Alltag gern die Haare hochsteckte, doch hin und wieder fiel es doch jemandem auf. Wenn die Leute dann fragten, antwortete sie, sie sei schon so zur Welt gekommen, auch wenn das nicht der Wahrheit entsprach, und jedes Mal, wenn sie es sagte, überkam sie Trauer. Ich hab mein Leben weggeworfen. Nichts wartet mehr auf mich.

Sie lebte nur mehr für ihre Tochter. Doch wäre der Brand nicht gewesen, gäbe es die Tochter heute nicht. Ehe sie schwanger geworden war, war sie eine gnadenlose Egoistin gewesen, hatte nicht vorgehabt, sich fortzupflanzen.

Urplötzlich schämte sie sich ihrer Nacktheit und schlüpfte wieder in das schwarze T-Shirt mit dem Logo der University of Huddersfield und in die ausgeleierte Jogginghose.

Die Nachbarin hatte mittlerweile ihr Orgasmendutzend hinter sich gebracht und musste vor Erschöpfung umgefallen sein, denn inzwischen waren nur noch das Rauschen eines Fernsehers, leises Gläserklirren und Gemurmel aus der Bar gegenüber zu hören. Als wäre die gesamte Nachbarschaft nach dieser Sexmesse wieder zur Normalität übergegangen. Sasza beschloss, noch mal unter die Dusche zu steigen.

Sie suchte immer noch nach der angenehmsten Wassertemperatur, als irgendwo ein Telefon zu klingeln begann. Ein altmodisches Klingeln, wie aus der Kindheit: *Drrr-drrr*, kurze Pause, *drrr-drrr*. Erst dachte sie, es käme aus der Nachbarwohnung, und reagierte nicht, ließ nur weiter Wasser auf ihren Kopf prasseln. Doch als es immer weiterklingelte, fluchte sie in sich hinein, stieg aus der Dusche, wickelte sich in ein Badetuch und lief mit nassen Haaren aus dem Bad, um dem Geräusch nachzugehen. Sie trat an die Wohnungstür. Die Hausklingel war es ganz sicher nicht. Stille. Ihr iPhone lag neben dem MacBook, das Display hatte sich abgeschaltet.

Schließlich fand sie unter der Treppe zum Zwischengeschoss ein altmodisches Telefon – so eingestaubt, dass sie nicht einmal mehr die Ziffern sehen konnte. Statt abzuheben, zog sie den Stecker aus der Dose. Dann trat sie langsam ans Fenster. Über dem Grablicht vor der Marienfigur in der Klagemauer loderte eine winzige Flamme. Sasza schloss die Augen und bekreuzigte sich unwillkürlich.

»Tu mir das nicht an«, wandte sie sich an die bunt bemalte Figur. »Beschütze mich und meine Tochter, vor allem jetzt, da mein Leben endlich wieder in ruhigeren Bahnen verläuft.«

Im nächsten Augenblick fing das Telefon erneut an zu klingeln. Erschrocken zuckte Sasza zusammen. Erst bei genauerem Hinsehen dämmerte ihr, dass sie das falsche Kabel ausgesteckt hatte. Zögerlich hob sie den Hörer ans Ohr. Die Person am anderen Ende sagte kein Wort, doch Sasza konnte ihren ruhigen Atem hören. Vor ihren Augen flackerte das Gesicht des Offiziers auf. Konnte er sie nicht einmal an ihrem ersten Tag in der Stadt in Ruhe lassen?

»Hallo?« Sie ahnte, dass man die Furcht in ihrer Stimme hören konnte.

»Frau Załuska?«

Es war nicht ihr Bekannter. Die Stimme klang anders, höher, beinahe piepsig. In ihrer Vorstellung gehörte sie einem schmächtigen, fuchsgesichtigen Mann.

»Wer ist denn da?« Jetzt war ihre Stimme wieder die alte: kühl, professionell.

»Mein Name ist Bully ... Paweł Bławicki. Ich bin der Besitzer des Musikclubs Nadel. Vielleicht haben Sie schon mal davon gehört. Bin ich bei Ihnen richtig? Ich hab gehört, dass Sie gewisse Aufträge annehmen ...«

»Von wem haben Sie die Nummer?«

»Aus einem alten Telefonbuch. Ihre Handynummer hab ich von einem Kollegen bei der Polizei. Ich hab Sie auch schon auf dem Handy angerufen, aber da sind Sie nicht rangegangen, deshalb hab ich's jetzt auf diesem Weg versucht. Wenn ich mich geirrt haben sollte, tut es mir leid.«

»Einen Moment bitte.« Sie legte den Hörer auf den Fußboden und ging hinüber zu dem Tisch, auf dem ihr iPhone lag. In der Tat: Seit sie das Telefon auf stumm gestellt hatte, waren sieben Anrufe von einem unbekannten Anschluss eingegangen. »Von welcher Nummer rufen Sie an?«

Er nannte ihr den Anschluss. Die Nummern stimmten überein.

»Tja, also, ja, Sie sprechen mit Sasza Załuska. Worum geht es denn?«

»Können wir uns treffen? Es ist ein wenig eilig.«

»Sagen Sie mir erst, worum es geht. Ohne die Details zu kennen, kann ich Ihnen leider gar nichts sagen. Sie kennen meine Honorarsätze, nehme ich an?«

»Nicht ganz ...« Der Mann zögerte kurz und fuhr dann gehetzt fort: »Ich brauche eine Analyse. Ich verdächtige ein paar Leute des Diebstahls und der Erpressung. Aber ehe ich Sie darauf ansetze, brauche ich Klarheit. Es gibt da noch einige andere Dinge ... Aber das sollten wir nicht am Telefon besprechen. Sofern Sie überhaupt interessiert sind.«

»Kommt darauf an, was Sie mir anbieten.«

»Ich hab bei so was keine Erfahrung ... Es ist das erste Mal, dass ich ein solches Gutachten in Auftrag geben möchte.«

»Anzahlung siebeneinhalbtausend, die restlichen zweieinhalb nach Ablieferung der Analyse. Das Doppelte, wenn es sich um einen Eilauftrag handeln sollte. Und wir reden selbstverständlich von Nettobeträgen. Ich kann Ihnen natürlich eine Rechnung ausstellen.«

»Das ist teuer«, murmelte er. »Kann ich Sie vielleicht zurückrufen?«

»Heute nicht mehr. Wissen Sie überhaupt, wie spät es ist?«

Der Mann seufzte schwer.

»Okay. Das Doppelte. Es wird ein Eilauftrag.«

»Also zwanzigtausend. Wir treffen uns morgen Abend um achtzehn Uhr in dem Bistro an der BP-Tankstelle in der uleja Grunwaldzka. Früher schaffe ich es leider nicht.«

»Ich werde da sein. Gute Nacht.«

»Und bringen Sie bitte die Anzahlung in bar mit. Ich stelle Ihnen auch eine Quittung aus.«

»Ich will keine Unterlagen darüber.«

Der Mann legte auf.

Sasza lächelte zufrieden. Kaum hier, und schon der erste Auftrag. Nicht schlecht. Das Geld konnte sie gut brauchen. Bevor sie ins Bad zurückkehrte, um sich endlich ordentlich abzutrocknen, zog sie das Telefonkabel aus der Buchse und trug den Apparat ins Arbeitszimmer, damit er zusammen mit den restlichen Sachen des Wohnungsbesitzers abgeholt werden konnte.

Das Bistro war beinahe komplett verwaist, nur ein einziger Hocker war besetzt: ein Mann, zierlich gebaut, womöglich um die vierzig, auch wenn er durchaus älter sein mochte. Er sah gepflegt aus, geradezu herausgeputzt, wie ein Teenager vor seinem ersten Date. Sein Haar war zu einem modernen Undercut gestutzt. Auf der Nase hatte er eine Horn-Ray-Ban, und er trug ein gut geschnittenes Jackett zu Designerjeans und italienischen Schuhen, an denen nicht der geringste Schnee klebte. Über der Lehne seines Hockers hing ein Regenschirm mit Bambusgriff.

Sicheren Schritts marschierte sie auf ihn zu und setzte sich neben ihn. Er nickte nur – kein Wort, kein Lächeln. Sie behielt Mütze und Mantel an, legte lediglich die Tasche auf dem Stuhl neben sich ab.

»Danke, dass Sie bereit waren zu kommen«, hob er an und sah nervös auf seine Uhr. Das billige Plagiat war das Einzige, was nicht zu seiner ansonsten teuren Erscheinung passte.

»Ich habe mich noch nicht endgültig entschieden«, rief sie ihm in Erinnerung.

Die Kellnerin brachte zwei Pappbecher mit Kaffee. Sasza zog sich die Mütze vom Kopf und schüttelte den Schnee ab.

»Und so was an Ostern«, kommentierte er mit einem schiefen Grinsen. »Ich werd das Wetter nutzen und morgen Ski fahren gehen.«

Statt etwas darauf zu erwidern, drehte sie sich nach der Bedienung um.

»Möchten Sie vielleicht ein Stück Kuchen dazu? Oder ein belegtes Baguette?«, rief er sofort und sprang auf.

Sie schüttelte den Kopf.

»Nur Zucker und ein bisschen Milch.«

Der Mann schob ihr sein Zuckertütchen zu. Sie bedankte sich mit einem Nicken. Er selbst trank seinen Kaffee schwarz, wartete nicht einmal, bis er ein wenig abgekühlt war, sondern schlürfte ihn in winzigen Schlucken und verbrannte sich prompt den Mund.

»Hier sind Fotos und die entsprechenden Vollmachten. Zeitlich unbegrenzt.«

Er hatte einen Umschlag aus seiner ledernen Aktentasche gezogen und schob ihn zu Sasza hinüber. Sie überprüfte den Inhalt: Neben den Unterlagen steckte ein Bündel Geldscheine in einer Plastikhülle.

»Fünfzehntausend Anzahlung. Wollen Sie es noch durchzählen?«

Sie schüttelte den Kopf. Er würde es nicht wagen, sie übers Ohr zu hauen.

»Ich höre«, sagte sie.

Zum ersten Mal schien der Mann fast schon verlegen zu sein; er schwieg und knackste nervös mit den Fingern.

»Vor fünf Monaten haben wir einen toten Fisch – ohne Kopf – geschickt bekommen. In einem Schuhkarton, mit einer Schleife drum herum. Danach kamen weitere *Geschenke* ... natürlich ohne Absender ... und nicht nur per Post. Hinter dem Scheibenwischer meines Wagens hab ich eine vertrocknete Rose gefunden, Fotos meiner Frau, die mit einem Teleobjektiv aufgenommen worden sein müssen. Sie hat früher als Prostituierte gearbeitet – aber das ist lange her. Die Fotos stammen noch aus jener Zeit. Viele davon waren peinliche Fotomontagen, trotzdem war es nicht besonders angenehm. Dann kamen weitere tote Fische und am Ende sogar menschliche

Exkremente.« Er zögerte. »Und dann die Bombe. Na ja, eine Attrappe. Ich ärgere mich immer noch darüber, dass ich damit nicht sofort zur Polizei gegangen bin.«

Sasza nahm die Brille ab. Aus irgendeinem Grund mochte sie den Typen nicht. Er war ... schmierig. Womöglich spürte er, dass sie ihn unsympathisch fand.

»Wann haben Sie die Bombe entdeckt? Und warum haben Sie es nicht gemeldet?«

»Ich war früher selbst bei der Polizei.« Er hob den Kopf und sah sie direkt an. »Ich weiß, wer dort inzwischen Chef ist und woran es liegt, dass er jetzt auf dem Thron sitzt ... und ich weiß auch, wer mich auf Teufel komm raus aus der Welt schaffen will. Aber ich brauche Beweise.«

Sasza enthielt sich einer Reaktion, ließ sich Zeit zum Nachdenken.

»Ich bin keine Privatdetektivin, Herr Bławicki. Sie sollten sich mit diesem Anliegen besser an den Kollegen Rutkowski wenden.«

Er grinste schief.

»Es ist nur so ... Janek – mein Geschäftspartner – versucht, mich einzuschüchtern. Und ich weiß auch, warum. Er hofft, eines Tages wieder auf die Bühne zurückkehren zu können. Aber das ist Unsinn. Er war ein One-Hit-Wonder, mehr nicht. Er kann froh sein, überhaupt so einen Erfolg gelandet zu haben. ›Das Mädchen aus dem Norden‹ ... Es sei ihm ja gegönnt, er hatte wirklich großes Glück. Aber auch ich hatte meinen Anteil daran ... hab natürlich auch ein bisschen was verdient. Das waren tolle Partys damals ... Aber jetzt zählt nur noch Business. Er hat doch keine Chance mehr, auf die Bühne zurückzukehren – nicht in Zeiten von ›Polen sucht den Superstar‹ und so weiter. Aber zur Sache. Mein Geschäftspartner hat sich mit jemandem zusammengetan, einem dicken Fisch, und er sägt an meinem Stuhl, weil ...«

Er verfiel abrupt in Schweigen und griff nach seinem Kaffeebecher. Irritiert stellte er fest, dass der Becher leer war.

»Weil?«

»Entweder hat er Angst vor dem Elefanten. Oder der Elefant hat ihm den Auftrag erteilt.«

»Der Elefant?«

»Jerzy Popławski. Ein Juwelier. Teilhaber des Finanzkonzerns SEIF. Ist an der Börse notiert. Der Elefant kontrolliert auch noch diverse andere Geschäfte in der Stadt, Kneipen, ein Hotel in Zoppot ... außerdem einen privaten Fernsehsender. Und er hält Anteile an einer Raffinerie. Wenn Sie Popławski googeln, finden Sie alles. Soweit ich weiß, waren Sie eine Weile außer Landes?«

»Ich weiß trotzdem, um wen es sich handelt. Jeder aus der Abteilung für Organisierte Kriminalität kennt den Namen. In dieser Stadt hatten nach der Wende nicht gerade wenige ach so ehrbare Geschäftsleute ihre Finger im Alkoholschmuggel, nur dass sich heute keiner mehr daran erinnern will.«

Der Mann sah Sasza von der Seite an und versteckte seine knochigen Hände unterm Tisch.

»Im Grunde sind auch die beiden Clubs Nadel und Heuhaufen Unternehmen des Elefanten. Er hat mir damals finanziell unter die Arme gegriffen, um die Läden zum Laufen zu bringen, sodass jetzt weder Janek noch ich selbst ohne seine Zustimmung einfach das Handtuch werfen kann. Es sei denn, einer von uns verschwindet ...«

»Im Sinne von: wird umgebracht?«

Er nickte.

»Was genau erwarten Sie von mir? Ich darf weder Abhöranlagen installieren, noch bin ich Bodyguard. Ich kann niemanden *retten*, der in Schwierigkeiten steckt.«

»Ich weiß, dass ich abgehört werde. Wahrscheinlich auch beschattet. Deswegen hab ich mich an meine alten Freunde bei der Polizei gewandt – und die haben mir Sie empfohlen, Frau Załuska. Der Elefant und seine Leute wissen ganz bestimmt, dass wir in Kontakt stehen. Das Einzige, was ich von Ihnen will, ist ein präzises Profil. Das objektive Profil eines unbekannten Täters. Harte Fakten. Das benötige ich, um wieder in meiner alten Firma Fuß zu fassen. Den Rest werden andere für mich erledigen. Keine Angst – ich will nicht, dass Sie jemanden für mich umlegen!«

Er lachte nervös.

Sasza runzelte die Stirn. Dann gab sie ihm den Umschlag zurück.

»Ich fürchte, dafür bin ich die Falsche. Ich halte mich an geltende Gesetze. Und ich bin auch keine Hellseherin. Ich spreche mit Menschen, analysiere die entsprechenden Informationen, sammle Daten und ziehe Schlüsse daraus. Genauso arbeite ich auch für die Staatsanwaltschaft oder für Gerichte. Ich verfasse Gutachten, mehr nicht. Was sie damit machen, ist mir egal. Sie können damit tun, was sie wollen. In Ihrem Fall könnten Sie beispielsweise meine Analyse den Ermittlungsbehörden übergeben, wo sie dann als Beweis in einem Prozess dient. Aber um ein solches Profil zu erstellen, benötige ich nicht nur einen Auftrag und ein Bündel Scheine: Ich brauche auch Menschen, mit denen ich mich unterhalten kann. Wie stellen Sie sich das vor?«

»Da gäbe es jemanden …« Er wies auf den Umschlag. »Lucja Lange. Ich hab alles für Sie zusammengestellt. Lange arbeitet bei uns an der Bar, sie ist meine beste Kraft. Sie weiß alles – sogar mehr als die derzeitige Managerin, Izabela Kozak, Janeks Vertraute. Über den Elefanten wird niemand ein Wort verlieren, da brauchen Sie sich keine Hoffnungen zu machen. Befragen Sie die Leute diskret, in aller Ruhe. Ich gebe im Club Bescheid. Wie heißt gleich wieder die Wissenschaft der Opfer? Viktimologie?«

Er verzog den Mund zu einem gezwungenen Lächeln.

»So in etwa. Ein Profil zu erstellen würde mir allerdings viel leichter fallen, wenn ich ein Opfer hätte. Dann wüsste ich besser, wonach ich suche.« Mit einem Mal hatte Sasza das dringende Bedürfnis nach einer Zigarette. »Also, warum ich? Worum genau geht es hier?«

Der Mann zuckte mit den Schultern und lehnte sich nach hinten.

»Und woher stammt Ihr Spitzname Bully? Ich hab das vage Gefühl, dass ich diesen Namen noch von früher kenne. Dabei hatten wir bislang nicht das Vergnügen, oder doch, Herr Bławicki?«

»Ich hab Ihnen doch schon gesagt, dass ich mal Bulle war.« Er hielt kurz inne. »Mir wäre es lieber, wenn das hier unter uns bliebe. Absolute Diskretion, keine Verbindung zwischen Ihnen und mir, keine Anrufe, E-Mails, Quittungen – nichts. Ich will nicht, dass mein Name irgendwo auftaucht oder erwähnt wird. Natürlich stehe ich Ihnen zur Verfügung, wann immer Sie mich brauchen sollten. Lassen Sie uns genau in einer Woche wieder hier treffen. Selber Ort, gleiche Zeit. Vielleicht ist bis dahin sogar endlich Frühling …«

»Passt«, sagte sie und stand auf, griff nach den Unterlagen und dem Geld und verstaute beides in ihrer Tasche. Dann wandte sie sich zum Ausgang; ihr war nicht danach, ihm zum Abschied die Hand zu geben. »Wenn Sie zwischenzeitlich … *verschwinden* sollten, ist alles vergessen, und ich behalte die Anzahlung. Die Diskretion, von der Sie sprachen, ist für uns beide verbindlich.«

»Selbstverständlich!« Er sprang von seinem Hocker auf. Erst da stellte sie fest, dass er einen Kopf kleiner war als sie. Jetzt, da sie sich einander gegenüberstanden, fühlte Sasza sich schlagartig unwohl.

»Ich sehe zu, was sich machen lässt«, sagte sie. »Und es wär mir lieb, wenn wir es so schnell wie möglich hinter uns brächten. Ich hoffe wirklich, dass ich Ihnen helfen kann. Allerdings könnte dieses Mistwetter da draußen die Abläufe verzögern. Die Leute gehen kaum noch vor die Tür. Ich nehme an, dass der Club während der Feiertage geschlossen bleibt?«

»Lucja wird morgen da sein. Und die Sicherheitskräfte. Ich kann auch noch ein paar mehr Kellnerinnen kommen lassen. Übermorgen machen wir allerdings zu, das ist richtig. In Polen wird an Feiertagen nun mal daheim gebetet und gesoffen. Erst nach den Feiertagen geht es bei uns wieder richtig los. Da steht ein Konzert an. Ach so, und Nadel, also, mein Partner Janek, und Iza Kozak werden morgen auch da sein. Die Einnahmen müssen abgerechnet und die Schutzleute bezahlt werden.«

»Schutzleute oder Schutzgelder?«

»Schutzgelder?« Bully schien ehrlich erstaunt. »Die Nadel ist eine Kultlocation, wir nehmen wöchentlich eine halbe Million ein. Ohne Security wären wir längst erledigt. Teilweise legal, teilweise ... Sie wissen schon. Es ist doch allen lieber, wenn weniger Geld in den Taschen der Beamten landet, oder? Wer will schon unnötig Geld ausgeben?«

»Schon klar.«

Sasza verließ das Bistro und verschwand an der Tankstelle um die nächste Ecke. Dort wartete sie, bis Bławicki herauskam. Wie sie bereits geargwöhnt hatte, stieg er in den nagelneuen mitternachtsblauen Saab, der unter dem Vordach gestanden hatte. Nur so hatten seine Schuhe trotz des Schneefalls draußen trocken bleiben können. Sasza notierte sich das Kennzeichen und lief dann weiter zur nächsten Bushaltestelle. Ich muss mir endlich ein Auto besorgen, dachte sie. Für den Anfang müsste es der alte Uno ihrer Mutter tun. Daran hätte sie viel eher denken müssen! Stattdessen stand sie jetzt an der Haltestelle und wurde von Kopf bis Fuß klatschnass.

Im dichten Schneetreiben sahen die Bäume aus, als hätten sie dicke weiße Mützen auf. Die Verwehungen am Straßenrand reichten teilweise bis zu den Oberschenkeln. Es sah kein bisschen aus, als würde es in absehbarer Zeit Frühling werden – eher würde es noch heftigeren Frost geben, der die Straßen in spiegelglatte Rutschbahnen verwandelte. Sie konnte sich nicht erinnern, je ein solches Osterfest erlebt zu haben.

Als sich auf der Straße ein Taxi näherte, riss sie spontan den Arm hoch, und sie hatte Glück: Der Wagen war frei. Erleichtert ließ sich Sasza auf die Rückbank fallen und zog die Unterlagen aus der Tasche. Es waren Dossiers über einzelne Club-Mitarbeiter. Das erste Foto zeigte eine junge Frau, vielleicht Mitte zwanzig, mit halblangem schwarzem Haar, das über einem Ohr ausrasiert war. Auf der anderen Kopfseite war eine breite Strähne pink gefärbt. Tätowierungen, ein Piercing in der Nase, Goth-Make-up. Hübsch, wenn auch zu stark geschminkt, alles irgendwie zu übertrieben – eine empfindsame Exzentrikerin, schoss es Sasza durch den Kopf. Bei der Frau handelte es sich um Lucja Lange, sechsundzwanzig Jahre alt, geschieden. Wegen Körperverletzung und versuchten Totschlags angeklagt. Sie hatte ihrem Mann und seiner Geliebten einen Salat mit Fliegenpilzen vorgesetzt. Das Verfahren war aus nicht ersichtlichen Gründen eingestellt worden. Darunter stand eine Liste besonderer Kennzeichen und Interessen – der ganze Lebenslauf.

Sasza blätterte weiter. Der Sänger, der Bully angeblich am Zeug flickte, sah alles andere als gefährlich aus. Typ blondierter Surfer – ein kleiner Lackaffe. Jan Wiśniewski.

Dann Izabela Kozak: eine attraktive Brünette, leicht übergewichtig. Ihr Ausschnitt offenbarte mehr von ihrem Dekolleté, als notwendig gewesen wäre. Verheiratet, ein zweijähriger Sohn. Wohnhaft in, aber nicht gebürtig aus Danzig.

Das gesamte Material schien hochprofessionell aufbereitet

worden zu sein. Auf einem einzigen Dokument stand die Adresse ihres Auftraggebers. Ansonsten waren zu Paweł Bławicki selbst nirgends Angaben zu finden. Wie wohl seine Polizeikarriere verlaufen war?

Der Taxifahrer summte vor sich hin.

Fangen wir doch damit an, werter Herr Bully, dass wir erst mal überprüfen, wer Sie sind, überlegte Sasza. Erst will ich sehen, was Sie wirklich von mir wollen. Und woher wir uns womöglich kennen.

Das Taxi hielt vor ihrem Haus. Sie gab dem Fahrer einen Fünfzig-Złoty-Schein, auch wenn der Taxameter bei zwölf stehen geblieben war.

»Gott segne Sie!«, rief der Mann ihr nach und fuhr dann eilig weiter. Hinter dem Wagen stob eine Schneewolke auf.

Zygmunt Gabryś klappte die Klobrille nach oben, beugte sich vor und nahm die WC-Schüssel in Augenschein. Sie war makellos sauber. Trotzdem zog er erneut an der Kette, wie immer dreimal hintereinander, wie er es auch mit dem Gong in der Messe tat. Nachdem das Wasser abgeflossen war, setzte er sich auf den Klodeckel und schloss die Augen.

Der Fernseher dröhnte. Als er das Zimmer verlassen hatte, hatte er seine Tante gebeten, lauter zu machen, damit er von der Toilette aus mithören konnte. Sogar dort wollte er beten. Sofern jemand ihm je vorwerfen sollte, dass so was blasphemisch wäre, würde Zygmunt mit Gottes Zorn drohen.

»Ich aber, Herr, hoffe auf dich und spreche: Du bist mein Gott! Meine Zeit steht in deinen Händen. Errette mich von der Hand meiner Feinde und von denen, die mich verfolgen«, murmelte er feierlich.

Wie immer zur Fastenzeit hatte er sich schnell und laut erleichtert. Seit vierzig Tagen schon befolgte er die Gebote, die sein Glaube ihm vorgab: Er aß kein Fleisch, hörte keine Musik und trug die schlichte Kleidung, die nur der Fastenzeit vorbehalten war. Zusätzlich verbrachte er täglich drei Stunden in der Stern-des-Meeres-Kirche und half bei den Vorbereitungen zum großen Fest. Vor allem ging es darum, das Gebäude vom Schnee zu befreien. Als er früher am Tag heimgekommen war, hatte er vor Anstrengung gezittert. Zuvor hatte er das Kirchendach und sämtliche Fenstersimse von Schnee befreit und die Alleen rund um das Pfarrhaus freigeschaufelt.

Solche Schneemassen hatte er noch nie gesehen. Für einen Moment war er sich sicher gewesen, dass ihnen die Apokalypse bevorstand.

»So spricht Gott zu uns«, hatte er sich an die Mitglieder der Franziskanergruppe und die Besucher der Besinnungstage gewandt: »Gott spricht zu uns durch diesen Schnee, der nicht aufhören will zu fallen. Diese Plage, diese Flut aus Schnee und Frost, so direkt vor der Auferstehung unseres Herrn Jesu Christi, ist ein Zeichen dafür, dass das Ende der Welt naht. Nur die Edelsten der Edlen werden überleben, denn dieser Schnee ist der Anfang vom Ende aller Sünder.«

Er hatte die Ehrfurcht in den Gesichtern seiner Zuhörer gesehen. Manche hatten sich sofort bekreuzigt, andere hatten sich verstohlen an die Stirn getippt. Es hatte aber auch solche gegeben, die sich zu einer Reaktion aufgefordert gefühlt hatten.

»Ich kann mich wirklich nicht an so ein Ostern erinnern«, hatte einer laut gesagt. »Irgendetwas ist da sicher dran … Könnte es sein, dass der Schwarze Ritter der Apokalypse nahe ist?«

»Ein kopfloser Ritter«, hatte Zygmunt Gabryś geflüstert.

Es funktionierte jedes Mal. Wie eine Sprengladung lösten derlei Worte allgemeines Entsetzen aus. Im Handumdrehen zerstreute sich die Versammlung, und alle eilten heim, immer noch in der Hoffnung, dass sich der Frühling doch noch zeigte. Gabryś hoffte nicht mehr darauf. Lange hatte er auf diesen Augenblick gewartet, auf die große Abrechnung, und ehrlich gestanden freute er sich darauf, auch wenn er das niemandem sagen würde, schon gar nicht dem Pfarrer. Denn wer wusste schon, wie es weitergehen würde – ob die Apokalypse nicht tatsächlich mit einer Schneeplage begann. In Zygmunts Augen wies alles darauf hin.

Sein Lieblingssender, das Katholische Fernsehen, hatte die

Plage schon oft thematisiert; dann waren jedes Mal Debatten gefolgt, in denen Experten, Geistliche, jüngst sogar ein Meteorologe, vom Ende der Welt gesprochen hatten. Auf den normalen Sendern würde natürlich keiner zugeben, was wirklich los war – obwohl sie selbstverständlich auch dort daran glaubten. Die Sünder hatten ihre Seelen an den Teufel verkauft – es reichte allein schon, wenn man sich die Nachrichten, Spielfilme oder auch nur die Werbung ansah. Gabryś wurde jedes Mal beinahe schlecht, wenn er den Fernseher anmachte und überall nackte Weiber gezeigt wurden. Dann sah er hin – und spuckte aus. Das Böse! Das Böse, Sex und Gewalt, Gottlosigkeit überall! Aber er, Zygmunt Gabryś, er war stark.

Selbst wenn Gott ihm wie Hiob alles nähme, würde er nicht zweifeln. Und genau deswegen würde Gott auch zu ihm sprechen. Ihn auserwählen. Vielleicht gerade jetzt – in diesem Moment, da er den Menschen eine Schneeplage sandte.

»Vater unser im Himmel, geheiligt werde dein Name. Dein Reich komme. Dein Wille geschehe, wie im Himmel, so auf Erden«, flüsterte er und war seltsam ergriffen. Dann tastete er nach der Klopapierrolle, riss sechs Blätter ab. Zweimal drei. Als er fertig war, spülte er, indem er erneut dreimal an der Kette zog, wusch sich ordentlich die Hände, griff nach dem Lufterfrischer und versprühte Kieferndurft in drei Richtungen. Drei war seine Lieblingszahl: jene Zahl, die Gott für all seine Erscheinungsformen gewählt hatte.

Als er ins Zimmer zurückkehrte, war seine Tante eingeschlafen. Ihr Kopf war zur Seite gekippt, aus dem Mundwinkel hing ein dünner Speichelfaden. Mit einem Taschentuch wischte er ihr fürsorglich über den Mund. Dann nahm er ihr die Fernbedienung aus der Hand und schaltete das Gerät ab, schob das Kissen für die alte Frau zurecht, deckte sie ordentlich zu und fuhr dann die Lehne des Sessels nach hinten, damit sie es bequem hatte. Sie musste ausruhen, damit sie später am Abend die Kraft hatte, zur Anbetung des Jesugrabs in die Kirche zu gehen.

Aus dem Regal zog er den Ordner mit der Aufschrift »Wohnungsgenossenschaft ulica Pułaskiego 10« heraus, rückte die Brille zurecht und suchte nach den Unterlagen, die er für die Besprechung brauchen würde. Er stapelte sie nebeneinander, bis auf der Tischplatte kein Platz mehr war. Ein wenig konsterniert sah er sich um und legte resigniert den Rest auf den Boden. Er stöhnte unwillkürlich, als ihm klar wurde, was für ein Aufwand die Abrechnung sein würde.

Zygmunt Gabryś war der Vorsitzende der Wohnungsgenossenschaft. Jeder, der hier wohnte, wusste, dass das Haus ohne ihn niemals so ordentlich aussähe. Es war sein Verdienst, dass die Elektrik und die Wasserleitungen ausgetauscht und die Wände gedämmt worden waren, dass die Fassade und das Treppenhaus neu gestrichen und das Dach und die Fenster ausgebessert worden waren. Doch das war nur ein Teil seiner Errungenschaften. Ganz gleich welches Problem aufkam – ob ein Stromausfall, ein kaputtes Einfahrtstor oder Leute, die im Treppenhaus rauchten –, die Bewohner wandten sich an ihn. Und er kämpfte für Gerechtigkeit, ob an Werk- oder an Feiertagen. Wer sonst sollte es auch machen? Niemand sonst brachte die Zeit und das Engagement auf. Zwar mussten pro forma sämtliche zweiundvierzig Mietparteien an den Treffen teilnehmen, doch es hatte nicht lange gedauert, ehe ihm achtundzwanzig von ihnen Vollmachten erteilt hatten, denen zufolge er berechtigt war, für sie zu entscheiden; sie selbst hatten entweder keine Zeit oder keine Lust darauf, stundenlang in dem engen Versammlungsraum zu sitzen, und somit verfügte Gabryś über die Stimmenmehrheit in der Gemeinschaft und konnte tun und lassen, was er wollte.

Entsprechend war das Haus knallgelb gestrichen – mit orangefarbenen Streifen –, und im Treppenhaus waren ringsum

Holzpaneele montiert worden, damit die Putzfrau die Wände nicht mit dem Mopp verdreckte. Zwar hatte das Walnussholz die Farbe von Entenschiss, aber es war praktisch. Gegenüber seiner Wohnungstür hatte Gabryś eine Kamera installiert, um sehen zu können, wer wann mit wem wohin ging. Auch der Parkplatz wurde videoüberwacht.

Der Herr Vorsitzende hatte es außerdem geschafft, dass sämtlichen Mietern der Sozialwohnungen gekündigt worden war, allen voran jenen, die nicht in die Kirche gingen. Auf die Auswahl derjenigen, die im Haus Eigentumswohnungen erwarben, hatte er bedauerlicherweise keinen Einfluss ausüben können, aber zumindest waren die Säufer – die Katzentante und der Schizophrene – nach Danzig-Ohra ausgesiedelt worden. Der Behinderte aus Nummer fünf war mittlerweile obdachlos und hing am Bahnhof rum. An dessen Stelle hatte Zygmunt Gabryś eine gläubige Familie mit sieben Kindern einquartiert, neun Leute insgesamt. Dreimal drei. Außer ihm selbst konnte die Neuankömmlinge niemand leiden, sie verhielten sich eigenartig, grüßten nicht, stellten ihre Schuhe im Treppenhaus ab und veranstalteten einen Höllenlärm, wenn sie sich mit der ganzen Bande zum Gottesdienst aufmachten. Von ihnen abgesehen hatte Gabryś mit den Hausparteien immer großes Glück gehabt. Vor Jahren schon hatte er der Gemeinschaft verkündet, dass in der ulica Pułaskiego 10, solange er lebe, nur ordentliche, anständige Leute einziehen würden. Er hatte Wort gehalten.

Bis in das leer stehende Gebäude gegenüber, in dem früher eine Sprachschule untergebracht gewesen war, der Sänger Jan Wiśniewski mit seiner Band eingezogen war ... Gabryś hatte von der Neuvermietung nicht das Geringste mitbekommen, obwohl er sonst immer über alles auf dem Laufenden war, was entlang der Straße vor sich ging. Er hatte sofort Lunte gerochen und Ermittlungen aufgenommen, sonderbarerweise jedoch so gut wie nichts zutage gebracht, obwohl offensichtlich währenddessen Tatsachen geschaffen wurden. Gegenüber würde ein Club eröffnen, und er konnte nichts dagegen tun. Schon bald begannen die neuen Inhaber, Equipment anzuschleppen, und eine Baufirma dämmte die Wände.

Doch das war erst der Anfang von Zygmunt Gabryś' Gehinnom: Lärm, Teufelsmusik, halb nackte Weiber auf der Straße, Alkohol und Drogen – und er konnte wirklich nichts dagegen unternehmen, obwohl er mit ganzer Energie gegen diesen Hort des Bösen ankämpfte. Er rief bei der Stadtverwaltung und bei der Feuerwehr an, lief tagaus, tagein zum Polizeirevier und brummte Wiśniewski sechs Verfahren auf (dreimal zwei), erstattete anonym Anzeige bei der Gemeinde und entsandte Gläubige in den Club, um die Unseligen zu retten. Es nützte alles nichts. Nicht nur blieb die Nadel in Betrieb, nein, die Besitzer erhielten sogar die Genehmigung, eine Zweitniederlassung in der ulica Pułaskiego 6 zu eröffnen, eine Art Bistro, in dem schon morgens früh um sieben Katzenmusik lief, während sie dort für die Nachtschwärmer Frühstück zubereiteten. Gabryś wusste irgendwann nicht mal mehr, welcher Laden schlimmer war. Die Nadel war zumindest noch im Keller untergebracht, doch der Heuhaufen lag genau vor seinen Fenstern. Die gefallenen Frauen und ihre Kunden (es mussten ihre Kunden sein!) wanderten Tag für Tag vor seiner Wohnung auf und ab und lachten ihm ins Gesicht.

Zum Glück wurden die Clubs zumindest vor hohen Feiertagen weniger frequentiert oder machten komplett zu. Nicht dass die Satansanbeter urplötzlich bekehrt worden wären. Wahrscheinlich verdienten sie dort an den Festtagen einfach zu wenig, als dass es sich lohnen würde, den Laden aufzumachen.

Gabryś beschloss, die Zeit bis zur Auferstehung des Herrn

zu nutzen, um die Bilanz für das neue Müllhäuschen zu erstellen, um die ihn Pfarrer Staroń gebeten hatte.

Plötzlich kullerte der Kugelschreiber von der Tischplatte, und das Teeglas begann, auf der Untertasse auf- und abzuhüpfen. Gabryś blieb vor Wut schier die Luft weg. Er wusste nur zu gut, was das bedeutete. In der Nadel lief Musik. Er bekreuzigte sich, nahm seine Brille ab, strich sich über das zur Seite gekämmte schüttere Haar und atmete tief durch. »Ich halt das nicht mehr aus!« Er blickte gen Himmel. »Verzeih mir, o Herr, aber heute ist Karfreitag – es ist eine Sünde zu feiern, während dein Sohn so sehr leiden muss.«

Dann stand er auf, marschierte entschlossen auf das Büfett zu, das noch aus Vorkriegszeiten stammte, griff nach Gartenschere, Taschenlampe und einer Metallsäge und kramte noch einen Schraubenschlüssel sowie Handschuhe hervor, stopfte alles in einen Leinenbeutel und verließ die Wohnung. Er stieg die Treppe runter in den Keller, wo sich der Durchgang zum Nachbarhaus befand. Die Teufelsmusik wurde immer lauter. Im Keller des Nachbargebäudes drehte er die Sicherungen raus. Die Musik verstummte augenblicklich, doch das reichte ihm nicht. Er knipste die Taschenlampe an, richtete den Lichtkegel auf den Sicherungskasten. Mit der Schere schnitt er sämtliche Kabel durch. Ihm war natürlich klar, dass er so die Stromzufuhr nicht nur im Nachbarhaus, sondern in der gesamten Straße – einschließlich der eigenen Wohnung – unterbrochen hatte, aber das war ihm gleichgültig. Das Kreuz würde er tragen. Mit dem guten Gefühl, seine Pflicht erfüllt zu haben, kehrte er in seine Wohnung zurück. »Ich will noch heute zur Beichte gehen«, versprach er Gott, zündete eine Kerze an und kehrte wieder an seine Abrechnung zurück.

Sasza hatte den Club ohne Schwierigkeiten gefunden: Vor dem Eingang rannten Menschen aufgeregt auf und ab. Das ganze Osterfest hindurch würden sie keinen Strom haben, lamentierte eine Frau lautstark, und müssten in der Dunkelheit sitzen.

Neugierig betrat die Profilerin den Hof. In einem großen Stahltor entdeckte sie ein Shiva-Auge statt eines Spions. Neben der Tür prangte ein kleiner Aufkleber mit dem Namen und dem Logo des Clubs – nirgends große, bunte Hinweisschilder, keine Neonschriftzüge, nichts, was weithin sichtbar darauf hingedeutet hätte, dass sich hier eine beliebte Feierlocation befand. Trotzdem wusste sie, dass sie hier richtig war: Sie hatte die Facebook-Seite des Clubs besucht. Die Zahl der Likes hatte für sich gesprochen: über vierzigtausend.

Sasza sah an dem Gebäude empor. Ein hübsches Haus, allerdings bei Weitem nicht das schönste an der Straße. Ein wenig ungepflegt, mit einer hölzernen Veranda und einem verzierten Dach. Drum herum Wohnungen. Auf dem Weg hierher war sie an der Stern-des-Meeres-Kirche vorbeigekommen. Unweit davon befand sich auch die große Garnisonskirche. Sonderbar, dass es Jan Wiśniewski und seinen Leuten gelungen war, in einer solchen Gegend die Betriebserlaubnis für einen Club zu bekommen … mit Alkoholausschank!

Im nächsten Moment ging die Tür auf. Eine attraktive Blondine, kaum älter als zwanzig, spähte durch den Spalt.

»Kommen Sie von den Stadtwerken?«

Es genügte, dass Sasza kurz zögerte: Die Tür knallte wieder zu, doch die Blondine hatte es nicht rechtzeitig geschafft, die Kette vorzulegen. Sasza griff nach der Klinke, und kurz zerrten sie beide an der Tür.

»Es ist geschlossen!«, rief die junge Frau.

»Ich habe einen Auftrag. Von Paweł Bławicki.«

Augenblicklich ließ der Widerstand nach.

»Ich bin Profilerin. Ich möchte mit Lucja Lange sprechen.«

Die Blondine runzelte die Stirn und kicherte nervös.

»Sie ist nicht da.«

»Und Izabela Kozak? Jan Wiśniewski?«

Die junge Frau blickte immer noch misstrauisch drein, machte dann aber die Tür auf und ließ Sasza herein.

»Die Sicherungen sind rausgeknallt.«

Wieder ein Kichern. Sasza war sich nicht sicher, warum sie so nervös war.

»Das sehe ich«, murmelte sie, zog eine Maglite aus der Tasche und schaltete sie ein. Eine Treppe führte hinunter in den Keller. Der Club schien tatsächlich geschlossen zu haben, aber das Mädchen war gewiss nicht allein unten gewesen. An der Garderobe hinter dem Eingang konnte Sasza ein paar Jacken und Mäntel sehen.

Der Kellerraum war größer als gedacht, weitläufig – und frisch gestrichen, was man von der Fassade nicht behaupten konnte. Am Fuß der Treppe stand eine Reihe brennender Grablichter. Die Blondine zwitscherte in die Tiefen des Lokals hinein: »Ihr habt Besuch!«

Sasza machte ein paar Schritte in den Raum hinein. Im Zwielicht konnte sie zwar nicht viel sehen, hatte aber den Eindruck, dass der Laden halbwegs geschmackvoll eingerichtet war. Schwere Stoffe hingen an den Wänden, an denen sich ein paar fast schon barocke Sofas mit Brokatbezug reihten. Der lange, stylishe Tresen bestand aus warmem Kirschholz. Sie nahm die langen Flaschenreihen darüber in Augenschein. Würde sie hier jede Sorte Alkohol probieren wollen, würde sie wohl Wochen brauchen. Und auch die Retro-Bühne sah fantastisch aus – darauf hätte ein ganzes Sinfonieorchester Platz gefunden. Hier passten tausend, wenn nicht fünfzehnhundert Leute rein, überschlug Sasza und verstand jetzt auch, woher die halbe Million Einnahmen stammte, von der Bully gesprochen hatte.

»Wollen Sie zu mir?«

Sie drehte sich nach der tiefen, knarzenden Stimme um. Neben ihr war ein mittelgroßer Mann um die vierzig aufgetaucht. Er sah dem Foto aus dem Dossier kein bisschen ähnlich. Offenbar hatte er sich einen neuen Stil zugelegt, der seinem Alter besser entsprach. Und er war deutlich attraktiver als auf dem Foto: schmale, dunkle Augen, draufgängerischer Blick, Dreitagebart, zerzauste, dezent blondierte Haare. Er trug ein weißes T-Shirt, weiße Jeans, eine schicke Lederjacke und an den Füßen Leder-Converse.

Sasza starrte den Mann fast schon entgeistert an. Gab es Déjà-vus nicht nur in Filmen? Trotzdem sah dieser Mann aus wie jemand, den sie vor langer Zeit gekannt hatte. Der ihr einmal sehr wichtig gewesen war. Und der seit sieben Jahren tot war. Sie spürte, wie sie rot anlief.

Er hielt ihr die Hand entgegen. Über dem Handgelenk trug er ein geflochtenes Armband, und am Ringfinger steckte ein Siegelring mit einem blauen Stein.

»Nadel«, stellte er sich vor und lächelte.

Sogar das Grinsen kannte sie.

»Sasza Załuska. Haben Sie womöglich einen Zwillingsbruder?«

»Nicht dass ich wüsste.«

Jetzt tauchte auch die Blondine wieder auf und legte ihren

Arm um den Sänger, als wollte sie mit dieser Geste ihr Revier markieren ... nur dass sein Körper plötzlich wie erstarrt wirkte, als würde er nur eine Rolle spielen.

Sasza brauchte einen Moment, um sich wieder zu sammeln.

»Hat Herr Bławicki Ihnen denn nicht Bescheid gesagt, dass ich komme?«

Nadel sah sie überrascht an.

»Keine Sorge, ich bin nicht von der Polizei. Aber ich soll all Ihre Mitarbeiter befragen«, erklärte sie. »Und vor allem muss ich mit Ihnen sprechen: Wie Sie wissen, hat es irgendjemand auf Herrn Bławicki abgesehen, und meine Aufgabe ist jetzt, den Täter zu charakterisieren und sein Motiv zu eruieren ... Bławicki ist davon überzeugt, dass es niemand von außerhalb sein kann.«

Nadel lachte auf.

»Und da glaubt er, dass ich es bin?« Er schob das Mädchen von sich weg und gab ihr einen fast schon väterlichen Kuss auf die Stirn. »Lass uns alleine, Klara.«

Widerwillig schlich die Kleine davon, drehte sich dann aber noch mal um und schob demonstrativ schmollend die Unterlippe vor. Jan warf ihr ein Küsschen zu.

»Sag den anderen, dass sie bleiben sollen, bis die Befragung durch ist ... wird bestimmt nicht lange dauern«, rief er ihr nach, ehe sie durch eine Tür mit der Aufschrift »Personal« schlüpfte und außer Sicht verschwand.

Die Kleine war offensichtlich schwer in ihn verliebt, während Jan selbst sich aus ihr nicht allzu viel zu machen schien.

»Wollen Sie vielleicht was trinken?«

Er wies auf einen Plüschsessel und ließ sich selbst auf dem Sofa daneben nieder. Sasza schüttelte den Kopf.

»Okay, aber ich nehm was, wenn Sie nichts dagegen einzuwenden haben. Iza, bring mir einen Gin!«, rief er in Richtung Tresen.

Sekunden später tauchte eine hübsche Brünette aus der Dunkelheit auf. Ihr Oberteil war so tief ausgeschnitten, dass man den Spalt zwischen ihren Brüsten sehen konnte. Sasza erkannte Izabela Kozak vom Foto aus dem Dossier wieder. Sie maß die Besucherin mit einem aufmerksamen Blick, dann stellte sie eine Flasche in einem Eiskübel und zwei Gläser vor Jan ab. Unwillkürlich fragte sich Sasza, wie diese Leute hier immer noch Eis kühlen konnten, obwohl doch der Strom ausgefallen war.

»Wir haben zwei Notgeneratoren«, kam Nadel ihrer Frage zuvor. »Darf ich vorstellen: Iza Kozak, die Chefin aller Chefs. Sie weiß alles über diesen Club.«

»Fast alles.« Iza gab Sasza die Hand und hatte sich schon wieder zum Gehen gewandt, als Wiśniewski ihr mit einer Geste Einhalt gebot.

»Komm, setz dich zu uns.« Er drehte sich wieder zu Sasza um. »Wir haben keine Geheimnisse voreinander.«

Aus einem angrenzenden Raum drang Gelächter und vergnügtes Kreischen zu ihnen herüber.

»Sie sind mitten in eine Party reingeraten.« Vielsagend zwinkerte Jan ihr zu. »Wir haben Gäste von außerhalb. Die Mädels aus dem Klub Disko und DJ Stary. Sie treten am zweiten Feiertag hier auf. Kennen Sie sie? Magda Kowalczyk und Marta Sobczak. Ganz obenauf drüben am Balkan. Sie haben extra einen Umweg eingelegt, um hier aufzutreten.«

Sasza schüttelte den Kopf. »Mit aktuellen Bands kenne ich mich nicht gut aus. Aber kommen wir bitte zur Sache.«

»Zur Sache, klar.« Nadel schlug sich auf die Oberschenkel. »Was genau wollen Sie wissen, worum geht es überhaupt?«

Sasza erläuterte ihm ihren Auftrag und führte knapp aus, wie sie sich ihre Zusammenarbeit vorstellte.

»Ich werde mit all Ihren Mitarbeitern reden müssen, und zwar mit jedem einzeln«, betonte sie. »Das muss nicht zwingend hier stattfinden. Ich bin gern dazu bereit, sie daheim zu besuchen oder wo auch immer. Je schneller und unkomplizierter wir die Sache abwickeln, umso besser.«

»Wonach suchen Sie genau?«, warf Iza wachsam ein. »Ich verstehe ehrlich gesagt nicht, was das alles soll.«

Angesichts ihrer offensiven Art bestand kein Zweifel, dass Izabela Kozak diesen Laden hier am Laufen hielt. Bei ihr liefen die Fäden zusammen. Ohne sie würden die restlichen Mitarbeiter das ganze Lager leer saufen und die Einnahmen verjubeln. Sie schien genau zu wissen, was sie tat.

Sasza zuckte mit den Schultern, was Nadel aus irgendeinem Grund zu amüsieren schien. Er hob sein Glas und fragte erneut, ob sie nicht doch irgendwas trinken wolle. Sie starrte wie hypnotisiert die Ginflasche an.

»Ich weiß selbst nicht genau, wonach ich suche«, gab sie nach einer Weile zu. »Normalerweise erstelle ich Täterprofile … also sozusagen Verbrecherporträts. Ich helfe der Polizei, Gerichten, manchmal auch privaten Firmen oder auch Privatpersonen, kurz gesagt, ich versuche festzustellen, welche Eigenschaften eine bestimmte Person besitzt, die ein Verbrechen begangen hat. Wie alt diese Person ist, welchen Geschlechts, wo sie wohnt, womit sie womöglich ihren Lebensunterhalt verdient. Ich kreise ein Motiv ein und mache Vorschläge, wo die Person zu finden sein könnte. Derlei Profile sind sehr hilfreich, wenn es darum geht, den Kreis der Verdächtigen klein zu halten. Ich könnte niemals sagen, ob Sie es sind, Herr Wiśniewski, oder Sie, Frau Kozak, die Herrn Bławicki am Zeug flicken wollen – aber ich kann eine Liste von Eigenschaften des Täters erstellen, und diejenigen, die den Fall bearbeiten, entscheiden dann, zu welchem ihrer Verdächtigen die Eigenschaften passen und wen die Polizei letztlich vorlädt. Allerdings muss ich zugeben, dass dies mein erster Auftrag dieser Art ist.«

Die beiden sahen sie erstaunt an.

»Und diese ... *Eigenschaften* können Sie aufgrund von Gesprächen benennen?« Nadel konnte es kaum glauben.

»Den Hintergrund des Opfers zu beleuchten – falls es sich denn um ein Tötungsdelikt handelt – erleichtert die Aufgabe enorm. Aber auch die Art der Verletzungen und die Wahl des Tatorts sind wichtige Anhaltspunkte für die forensische Arbeit.«

Iza griff nach einer Serviette und begann, nervös daran herumzufingern.

»Aber es gibt doch gar kein Opfer«, lachte Nadel auf, griff nach seinem Glas und lehnte sich dann wieder bequem zurück. »Vielleicht warten wir erst einmal ab, bis jemand tot ist? Warum sollten Sie sich ganz umsonst die Mühe machen?«

Die Profilerin antwortete nicht. Am liebsten hätte sie das Gespräch an dieser Stelle abgebrochen. Sie wollte so schnell wie nur möglich von hier verschwinden – ehe sie einknickte und doch um einen Drink bat. Ein Schluck Alkohol ... würde einfach alles wieder kaputt machen. Bestimmt würde sie heute Abend nicht einschlafen können. Sie spürte, wie Wut in ihr hochkochte.

»Darf ich?«, fragte sie und hielt ihr Feuerzeug hoch.

»Zigarette oder lieber etwas anderes?«, wollte Wiśniewski wissen.

»Zigarette.«

»Was immer Sie wollen. Wir haben alles da – nicht nur zum Rauchen ...« Er zwinkerte Iza zu. Der Managerin schien das nicht zu gefallen. »Was denn? Das kann ich ihr doch sagen? Wie bei der Beichte. Frau Załuska gefällt mir. Sie kann sogar das Geschlecht eines Täters bestimmen. Wow!«

Das war der Fehdehandschuh, dachte Sasza und zog betont gleichgültig an ihrer Zigarette.

»Machen Sie sich über mich lustig? Tja, vielleicht können

Sie sich ja nicht vorstellen, dass das Geschlecht den Kreis der potenziell Verdächtigen in etwa um die Hälfte einschränkt ...«

»Iza«, wandte Nadel sich an seine Managerin, »die Dame muss Bully ein Heidengeld gekostet haben. Ich bin gespannt, ob er Frau Załuskas Honorar in die Betriebsausgaben packen will ... Egal, ich bin ohnehin bald über alle Berge.«

»Wo soll's denn hingehen?«

»Das hat Bully Ihnen nicht erzählt?«, fragte Wiśniewski ehrlich verwundert. »Das ist es, was ich meine: Er hat Angst, dass ich den Club verlasse. Dann hätte er nämlich kein Aushängeschild mehr. Haben Sie eine Ahnung, was das alles hier kostet? Wir mussten einen Kredit für diesen Laden aufnehmen, dabei kommt von Jahr zu Jahr weniger rein. Allein die Heizkosten ... und die Beleuchtung ... Wir können uns noch nicht mal eine ordentliche Security leisten. Bully beschäftigt irgendwelche Typen, mit denen er mal bei der Polizei zusammengearbeitet hat. Die kenn ich gar nicht richtig. Proleten, samt und sonders! Und das Tonstudio ist seit Jahren eine Baustelle, dabei hab ich ausgerechnet dort die meiste Kohle reingesteckt. Die seh ich nie wieder ...«

Sasza lag es fern, ihn zu unterbrechen; es war gut, wenn Leute von allein redeten. Auch wenn sich ihr dabei zusehends Fragen stellten.

»Ich hab echt genug von dem Mist – und dann auch noch dieses Scheißwetter!«

Nadel schenkte sich ein weiteres Glas ein. Er trank zu schnell. Sasza konnte natürlich nicht wissen, wie viel er bereits vor ihrem Gespräch getrunken hatte, aber alles in allem schien er einiges zu vertragen. Iza hingegen trank nur Cola. Sie hatte den Gin mit der Begründung abgelehnt, noch fahren zu müssen. Nadel hatte nicht einmal versucht, sie zu überreden. Doch er selbst schien sich jetzt nur mehr den Frust von der Seele reden zu wollen.

»Ehrlich jetzt – ich muss wieder auf die Bühne, sonst werd ich noch verrückt! Ich werd langsam zum Spießer, dabei bin ich längst bei einem amerikanischen Agenten unter Vertrag. Das ist Weltliga! Hier in Polen gibt es keinen Markt für das, was ich in Wahrheit machen will. Hier hören sie bloß traurige Balladen. Und ›Mädchen aus dem Norden‹ – ich meine, wen interessiert das heute noch?«

»Mich zum Beispiel«, sagte Iza. »Und Tausende polnischer Fans, die immer noch zu deinen Konzerten kommen.«

Nadel winkte genervt ab.

»Nur wegen dieses einen Hits funktionieren wir überhaupt noch. Wir haben Schulden – bei der Mafia! Verstehen Sie? Und dieser Idiot Bully will den Laden checken lassen? Mich wundert es überhaupt nicht, dass jemand ihn kaltmachen will. Er hat sich über all die Jahre viele Feinde gemacht.«

»Janek, du hast zu viel getrunken«, warf Iza ein. »Vielleicht erkläre ich es Ihnen: Nadel hat früher mal am Bahnhof gespielt. Er war Straßenmusiker, Sie wissen schon: Peace-Button, Akustikgitarre, Grunge-Klamotten und ein Hut für Kleingeld. Bully hat ihn dort entdeckt und dann den richtigen Leuten vorgestellt, die in ihn investiert haben.«

»Genauso war es«, bestätigte Nadel. »Und ich bin ihm dafür dankbar, ohne jeden Zweifel. Es ist sein Verdienst, dass ich mir jeglichen Stoff aus aller Welt reinpfeifen kann, bis ich irgendeines Tages eine künstliche Nase brauche.« Diesmal lachte er nicht. Er goss sein Glas erneut voll, trank aber nicht.

Iza warf ihm einen warnenden Blick zu.

»Sie haben dieses Lied aufgenommen und dann das Album rausgebracht«, fuhr die Managerin fort, »sämtliche wichtigen polnischen Musikpreise abgesahnt, in allen Kategorien. Allein an Tantiemen hat Janek zwei Millionen verdient – damals eine Menge Geld. Bully hat ihn dazu überredet zu investieren, hat ihm von diesem Club erzählt, von einer Plattenfirma, einem Aufnahmestudio ... solche Sachen. Und Nadel musste nur noch Ja sagen.«

»Ich hab mir diesen ganzen Mist hier aufgehalst, statt mich als Produzent neu zu positionieren. Mir war das Geld damals egal. Ich wollte nicht nach Newcomern suchen, ich wollte keine Verträge aushandeln – so was hat mich nie interessiert. Ich wollte schon immer eine eigene Band haben, und Bully meinte, in meinem eigenen Laden könnte ich so viel spielen, wie ich wollte. Das würde unser Club sein – mit einem angeschlossenen Studio ... das bis heute nicht fertig ist. Die Zeiten hätten sich geändert, sagt Bully – keiner würde heutzutage mehr in so was investieren. Die Konkurrenz wäre zu groß. Dabei sollte der Club das Sahnehäubchen werden. Das Wesentliche ist doch zu komponieren, die Musik aufzunehmen, auf Tour zu gehen. Tja, und hier sind wir jetzt, verstehst du, was ich meine?«

Ohne um Erlaubnis gebeten zu haben, war er zum Du übergegangen.

Als Sasza nickte, fuhr Nadel zusehends aufgebracht fort: »Das ist alles, was mir noch geblieben ist – dieser goldene Käfig hier, am Arsch der Welt, in einem beschissenen Städtchen an der Ostsee. Ich komm her, spiel ein einziges Lied – weil die Leute eben nur das eine hören wollen – und geh wieder nach Hause. Derweil sind bei Bullys Label eine ganze Reihe von Stars unter Vertrag, er hat eigene Talentshows, Wettbewerbe, ist sogar an einem Fernsehsender beteiligt. Und zwar nicht bei einem Internetsender – bei einer richtigen Sendeanstalt mit sechsunddreißig Kanälen! Und währenddessen haben sie mich gefickt ...«

»Welcher Sender ist das?«, wollte Sasza wissen.

Nadel sprang auf und fing an, auf und ab zu laufen.

»Drittes. Du weißt schon. Also hab ich erst mal abgewartet.

Ich dachte, ich würde das aushalten – es würde sich schon irgendwas ergeben. Irgendwann wollte ich den Club verkaufen, aber da hat er sich geweigert, mich auszuzahlen, sprach nur von irgendwelchen Raten … Später wollte ich nur noch das zurückhaben, was ich anfangs investiert hatte – meine zwei Millionen. Aber auch darauf wollte er nicht eingehen, erfand immer neue Ausreden. Jetzt will ich einfach nur noch weg von hier. Ich hab keine Lust mehr, weiter mitzumachen. Meinetwegen soll er mich in Raten auszahlen, dann hab ich wenigstens Monat für Monat eine feste Summe auf dem Konto. Von mir aus geh ich sogar dorthin zurück, wo ich schon mal gestanden habe – zum Bahnhof. Ich brauche dieses Loch hier nicht. Und was macht Bully? Fängt an mit diesen toten Fischen, behauptet steif und fest, dass ich ihm diese Drohungen schicken würde – dabei ist er es, der das alles inszeniert, wenn du meine Meinung hören willst. Und jetzt bist du Teil dieser Inszenierung.«

»Das stimmt«, bestätigte Iza. »Alles, was Nadel gesagt hat, entspricht der Wahrheit. Aber wir helfen dir gerne bei diesem Profiling. Frag, was immer du wissen willst.«

»Ich möchte mit Lucja Lange sprechen. Ist sie hier?«

Nadel und Iza sahen einander an.

»Ich hab sie gestern gefeuert. Im Streit«, gab die Managerin zögerlich zu. »Sie hat sich dreißigtausend aus der Kasse genommen. Sie hat auch früher schon geklaut, nur dachte sie wohl, wir würden es nicht mitbekommen. Wir haben uns darauf geeinigt, dass sie postwendend geht und dass wir dafür von einer Anzeige absehen. Es handelte sich um … nicht offiziell verbuchte Einnahmen.«

Die beiden warteten auf Saszas Reaktion, doch die wand sich bloß unbehaglich auf ihrem Sitz. Irgendetwas war doch faul an dieser Sache. Irgendwer versuchte, sie in irgendwas hineinzuziehen – nur wusste sie nicht, wer und wohinein. Sie würde noch mal über diesen Auftrag nachdenken müssen, würde mehr Hintergrundrecherche betreiben müssen.

»Vielleicht ist es besser, wenn wir uns nach Ostern weiter unterhalten.« Sasza stand auf, und Iza und Nadel sahen sie verwundert an. »Ich stelle eine Liste mit Leuten zusammen, mit denen ich gern sprechen will. Und mir wäre es lieb, wenn ihr sie nicht vorwarnen würdet. So ist es einfacher.«

»Du bist echt in Ordnung«, sagte Nadel und gab ihr die Hand. »Wir sehen uns in Kalifornien.«

»Na, dann viel Glück. Pass auf dich auf. Es gibt da einen chinesischen Fluch: Auf dass all deine Wünsche wahr werden.«

Er kniff die Augen zusammen und grinste schief.

»Entweder werd ich widerlich berühmt, oder ich sterbe früh, wie Jim Morrison oder Amy Winehouse. Dann legen dumme Tussis Blumen auf mein Grab. Ich bin die Kerze, die an beiden Enden brennt.«

»Wenn ich dir was raten dürfte: So redet nur jemand, der keine Kinder hat«, murmelte Sasza in sich hinein und griff nach ihrer Tasche. Als sie sich ihren Schal um den Hals geschlungen und den Mantel zugeknöpft hatte, wandte sie sich noch mal an die beiden: »Nur eins verstehe ich nicht: Warum gehst du nicht einfach? Wenn das Lied so erfolgreich war, dann kannst du doch von den Tantiemen leben?«

Nadel machte ein langes Gesicht.

»Das ist ja das Problem«, gab er zerknirscht zurück. »›Das Mädchen aus dem Norden‹ ist nicht von mir. Nicht ich habe das Lied geschrieben ...«

»Wer dann?«, fragte Sasza erstaunt.

Nadel setzte sich wieder und nahm einen Schluck von seinem Gin.

»Wer hat es denn geschrieben?«, fragte Sasza noch einmal.

»Wir wissen es nicht«, antwortete Iza an Jans Stelle. »Die Rechte liegen beim Produzenten, also bei Bully. Das ist normalerweise nie der Fall. Wenn sich der Komponist je bei ihm meldet, ist er ein reicher Mann.«

Sasza ahnte intuitiv, dass das gelogen war, hatte aber keine Lust mehr, Druck zu machen. Schon bald würde sie die Beteiligten unter vier Augen befragen, da würde sich die Wahrheit schon offenbaren. Sie warf einen letzten Blick auf die Ginflasche. Der Inhalt würde noch für vier Drinks reichen. Sie mochte diese Sorte Gin.

»Ich finde allein raus«, murmelte sie schließlich. »Frohe Ostern.«

Ein Korb voller bunter Eier stand mitten auf dem Tisch. Laura Załuska holte gerade den Osterquark aus dem Kühlschrank, als es klopfte. Sie stellte die Schüssel beiseite und machte die Tür auf.

»Omi!«

Ein Mädchen in einem rosa Kunstfellmantel und mit Katzenohrenmütze fiel ihr um den Hals. Lachend ließen sie sich gemeinsam auf den Boden fallen.

»Oh, wie hübsch!«, kommentierte die Kleine die glitzernden Diamantohrringe der Großmutter, die sie prompt abnahm und ihrer Enkelin in die Hand drückte.

»Mama, das ist übertrieben!«, stöhnte Sasza und hielt sich demonstrativ die Ohren zu, als Karolina vor Begeisterung laut aufkreischte.

Im nächsten Moment tauchte hinter ihnen ein fast zwei Meter großer Mann auf. In seiner schwarzen Bomberjacke sah er beinahe bedrohlich aus, doch seine Augen blitzten fröhlich. Es war Karol Załuski, Saszas Bruder.

»Was ist denn hier los?«, dröhnte er mit seiner tiefen Bassstimme.

»*Uncle Karol!*« Karolina sprang ihm in die Arme. »*What have you got for me? What? What?*«

Karol zog ein Kuscheltier unter der Jacke hervor. Mit dem Geschenk im Arm schmiegte das Mädchen sich an seinen Onkel.

»Karolina, sprich Polnisch«, ermahnte Sasza sie, dann erst begrüßte sie die Mutter und den Bruder.

»Du siehst fabelhaft aus, Aleksandra«, sagte Laura anerkennend, und Sasza starrte sie misstrauisch an. Wollte ihre Mutter wie so oft nur gute Stimmung machen? Sie wartete schon auf das Aber, das fast zwangsläufig auf jedes Kompliment folgte – und auch wenn Laura sich diesmal Zeit ließ, kam schließlich das Unvermeidliche: »Aber du bist ein wenig blass. Warum schminkst du dich nicht ein bisschen? Wirklich, du bist so eine schöne Frau, und trotzdem machst du nichts aus dir.«

Saszas Antwort wurde vom Quietschen ihrer Tochter übertönt: »Das ist ja Zinzi!« Begeistert hielt das Mädchen das Spielzeug in die Höhe und tanzte um Karol herum, der sich die Kleine kurzerhand packte und über die Schulter warf.

Sasza ging hinter ihnen her ins Wohnzimmer. Sie hatte sich fest vorgenommen, sich heute von niemandem provozieren zu lassen. Sie wollte sich nicht streiten müssen – nicht heute. Sobald sie sich auf eine Diskussion einließe, würde ihre Mutter sie im Handumdrehen aus der Fassung bringen.

Laura Załuska war jahrelang Chefvisagistin beim Danziger Regionalfernsehen gewesen. Als Einsparungen unausweichlich geworden waren und die Visagistinnen dazu genötigt wurden, sich selbstständig zu machen, hatte sie angefangen, auch für Zeitschriften und Werbeagenturen zu arbeiten. Selbst jetzt, da sie offiziell in Rente war, ging sie noch vereinzelten Aufträgen nach. Finanzielle Probleme hatte sie nie gekannt.

Laura war in Gołąb zur Welt gekommen, einem winzigen Dorf bei Puławy, und hatte zeitlebens behauptet, dass ihre Familie verarmter Landadel gewesen sei – nur war sie sich nie sicher gewesen, ob sie nun von den Lubomirski oder den Gołąbiewski abstammte. Alle hatten darüber gelacht, und niemand hatte ihre Erzählungen ernst genommen, bis sie sich vor einigen Jahren in einem langwierigen Verfahren tatsächlich den Familiensitz in der Nähe von Puławy zurückerstritt. Für den Verkaufserlös hatte sie sich eine zweigeschossige Wohnung in einem jener gleichförmigen Einfamilienhäuschen in der Danziger Siedlung Nowiec kaufen können – den Maklern zufolge ein »Luxus-Estate«. Sasza hatte ihr das nie verziehen. Wie viel lieber hätte sie gesehen, dass ihre Mutter irgendeine schöne, alte Villa in Oliva, eins der wunderschönen alten Häuser in der Nähe der ulica Polanki oder zumindest eine Wohnung in Laufnähe zur ulica Sobótki erstanden hätte. Doch die alte Frau war stur geblieben: Sie sei selbst zu alt, beharrte sie, um sich auch noch eine alte Wohnung aufzuhalsen.

Die Komplexe bezüglich ihrer Herkunft stammten wohl noch aus jener Zeit, da ihr Ehemann, Saszas Vater, noch gelebt hatte – er war ein »echter« Załuski gewesen, was Laura auch jedes Mal ungefragt den Promis erzählte, die sie schminkte.

»Aleksandra, in deinen Adern fließt blaues Blut«, betonte sie immer wieder und streckte dabei den Hals, als wollte sie verhindern, dass sich dort Falten bildeten. »Du solltest dich wirklich endlich wie eine Dame benehmen – stattdessen wieherst du wie ein Pferd!«

Sasza selbst hatte sich für ihren Stammbaum nie interessiert. Ihre Mutter hatte selbstredend einen erstellen lassen, sowie der Erlös aus dem Verkauf des Landsitzes auf ihrem Konto gelandet war. Allerdings hatten sich darin weder die Lubomirski noch die Gołąbiewski gefunden ...

Sasza war der Snobismus der Mutter immer schon peinlich gewesen. Bis sie dreißig wurde, hatte sie gegen deren aufgeblasenes Gehabe rebelliert und am liebsten Springerstiefel, Zigeunerröcke und eine abgerissene Jacke mit einem »Punk's not dead«-Aufnäher getragen. Unmittelbar vor dem Abitur hatte sie sich überdies den Kopf kahl rasiert. Laura hätte beinahe der Schlag getroffen. Nur mit Mühe hatte sie durchsetzen können, dass ihre Tochter überhaupt zum Abitur zugelassen worden war.

Laura Załuska selbst war immer gut gekleidet und gepflegt. Nicht mal um Brötchen zu holen, verließ sie ungeschminkt das Haus. Ihrer Ansicht nach gab es keine hässlichen, sondern nur ungepflegte Frauen. Insofern war sie die perfekte Ehefrau erst für einen Konsul, später dann für einen zwanzig Jahre älteren Unternehmer gewesen, die sie alle beide überlebt hatte. Auch wenn sie selbst nicht mehr die Jüngste war, hatte sie noch immer Klasse. Selbstkritik war ihr ein Fremdwort.

Tochter Aleksandra war das genaue Gegenteil von ihr: Weder schminkte sie sich, noch trug sie gern modische Kleidung. Nicht mal im Scherz würde sie ein Kleid anziehen, wie Laura es gerade trug: leuchtend violett und schimmernd, mit einer abgesetzten silberfarbenen Stickerei. Sasza trug ausschließlich gedeckte Farben, und man sah sie im Großen und Ganzen nur in Jeans, zu denen sie entweder ein schlichtes T-Shirt oder ein kariertes Holzfällerhemd trug. Wenn sie schon ein Kleid tragen musste, dann in Schwarz, Khaki oder Beige, und selbst zu Kleidern trug sie Bikerboots. Ihre Mutter lamentierte dann immer, sie sehe aus wie ein Kartoffelsack – was mitnichten der Wahrheit entsprach. Sasza hatte eine fantastische Figur und wusste ihre Vorzüge durchaus zu betonen, allerdings war sie der Meinung, dass bei ihren leuchtend roten Locken jede andere Farbe zu grell aussah.

Nur ein einziges Mal im Leben hatte sie für alle sichtbar sein wollen. Für ihre Hochzeit hatte sie bei einer Pariser Boutique ein grasgrünes Seidenkleid bestellt. Allerdings hatte die Trauung nie stattgefunden, sodass Sasza das Kleid erst wieder zur Taufe ihrer Tochter hatte tragen können. Später hatte sie es auf eBay verkauft, für einen eher symbolischen Preis von zehn Dollar. Für gewöhnlich sortierte sie die Dinge, die sie nicht mehr brauchte, schleunigst aus.

Auch heute – obwohl der Anlass ein feierlicher war – trug sie ein dezent olivfarbenes Karen-Millen-Kleid, für das sie einen verächtlichen Blick von ihrer Mutter erntete. Fast schon reflexartig steuerte Sasza den am weitesten entfernten Stuhl an, während Karol an der Stirnseite des Tischs Platz nahm. Unter der Lederjacke trug er Hemd und Krawatte, was Sasza überraschte. Er kleidete sich sonst eher sportlich.

»Du hast abgenommen«, bemerkte sie. »Bestimmt zwanzig Kilo. Hast du eine neue Freundin?«

»Neunzehn«, erwiderte er mit einem schelmischen Grinsen.

»Kilos oder das Alter deiner neuen Flamme?«

»Sie wird tatsächlich erst in ein paar Tagen neunzehn«, feixte er. »Ihr Name ist Olga.«

Sasza schüttelte lachend den Kopf. »Und was ist aus der Stewardess geworden?«

Karol winkte ab.

»Die wusste einfach nicht, was sie wollte.«

»Weißt du es denn?«

Sein Mund verspannte sich.

»Hauptsache, du weißt es«, gab er zurück.

Für eine Weile herrschte Schweigen. Laura verschwand in der Küche. Wie ein Kätzchen schlich Karolina ihr nach und kam dann mit Besteck und kleinen Schüsselchen zurück, die sie auf den Tisch stellte. Sasza zählte die Gedecke. Vier. Offenbar würden sie das Osterfrühstück im kleinen Kreis einnehmen, nicht mit der erweiterten Familie, wie sie angenommen hatte.

»Was ist denn mit den Tanten und Cousinen? Kommen sie diesmal gar nicht?«, erkundigte sich Sasza.

Statt zu antworten, räusperte sich Laura bloß und schnitt ein Ei in Scheiben.

»Besser so«, verkündete Karol und setzte sich bequem zurecht. »Eine Bande Langweiler!« Dann zog er sein brandneues

Handy aus der Tasche und begann, darauf herumzuspielen. Nur wenige Augenblicke später ging eine Nachricht ein.

»Kommen sie meinetwegen nicht?« Sasza spürte, wie Wut in ihr hochkochte, und diesmal konnte sie sich nicht beherrschen. »Es liegt also an mir?«, platzte es aus ihr heraus. »Sie können meine Anwesenheit wohl nicht ertragen?«

»Aber, aber. Lass uns bitte nicht streiten«, kam es beschwichtigend von Laura.

»Ich streite gar nicht«, gab Sasza zurück. »Das ist genau der Punkt: Ich wollte mich nie streiten. Mit niemandem.«

Karol steckte das Telefon wieder ein und tat so, als würde er den Wortwechsel zwischen Mutter und Tochter gar nicht mitbekommen, häufte eine große Portion Hering und eine nicht minder große Portion Pastete auf seinen Teller und begann zu essen, ohne auf die anderen Familienmitglieder zu warten.

»Onkel, nein, wir müssen erst die Eier essen!«, maßregelte ihn Karolina.

Betreten warf er der Kleinen einen Blick zu und legte die Gabel wieder aus der Hand.

»Du hast ja recht, Karo. Sollen die beiden doch weiterplappern – wir teilen uns erst mal ein Ei. Du bist ein klasse Mädchen, weißt du das? Und dann machen wir ein Wettessen – wer mehr schafft, in Ordnung?«

»Aber Vorsicht: Ich hab einen Bärenhunger!«

Wie auf Kommando verschlang das Mädchen ihr Stück Ei und gab Karol ein Küsschen auf die Wange.

»Onkel, du kratzt«, rief sie und lachte. Dann schnappte sie sich den Rest Ei und lief zu ihrer Mutter und zur Großmutter, um es mit ihnen zu teilen. »Auf eure Gesundheit!«, rief sie enthusiastisch, und Laura war entzückt.

»Gott, wie süß sie ist, unsere Kleine!«

Sasza warf ihrer Tochter und dem Bruder einen bekümmerten

Blick zu. Sie war sich sicher, dass der Rest der Familie ihretwegen nicht zum Festtagsfrühstück erschienen war. An Ostern trafen sie sich normalerweise alle hier bei Laura, weil sie nun mal die größte Wohnung hatte. Als Sasza aus dem Ausland zurückgekehrt war, hatte Laura anfangs sogar angeboten, die beiden dürften gern bei ihr einziehen. Doch ohne auch nur darüber nachzudenken, hatte Sasza abgelehnt. Sie war zwar gern bei ihrer Mutter zu Besuch, würde es mit ihr aber keine Woche unter einem Dach aushalten. Gerade erst kurz vor Ostern hatte sie darüber nachgedacht, was sie tun könnte, damit die ganze Großfamilie wieder zusammenkäme. Sie wollte ihre Verwandtschaft wirklich gerne wiedersehen – und zwar auf Augenhöhe. Deren stillschweigende Verachtung machte sie allmählich wahnsinnig. Für die anderen war Aleksandra immer noch eine Persona non grata. War sie tatsächlich daran schuld, dass die Familie sich zerstritten hatte? Tränen traten ihr in die Augen.

»Wann hast du gleich wieder dieses Vorstellungsgespräch?«, riss Laura sie aus den Gedanken.

»Nächsten Mittwoch.«

»Das war die Bank, nicht wahr? Ich hab die Werbung im Fernsehen gesehen. Großartig, dass sie dich gleich einstellen wollen. Du weißt selbst, wie schwer es heutzutage ist, hierzulande einen Job zu finden. Nicht mal mehr hochgebildete Akademiker finden Arbeit.«

»Mit meiner Qualifikation finde ich überall Arbeit«, murmelte Sasza.

»Wie wär's mit ein bisschen Bescheidenheit?«, warf Karol ein, dabei wusste in der Familie jeder, dass ausgerechnet er auf keiner seiner Arbeitsstellen länger als drei, vier Monate geblieben war. Obwohl er schon dreiunddreißig war, lieh er sich noch immer Geld von seiner Mutter. Wovon er darüber hinaus lebte – wie er es über die Runden schaffte –, war und blieb für Sasza ein Rätsel. Sie wusste nur, dass er das geliehene Geld nie zurückgab.

Urplötzlich schnürte sich ihr die Kehle zu, als würde ihr jeden Moment das Essen im Hals stecken bleiben. So hatte sie es sich gewiss nicht vorgestellt. Wie viel angenehmer war ihr und Karolinas Leben in Sheffield gewesen – obwohl sie dort außer einander niemanden gehabt hatten. Aber zumindest war Sasza dort nicht von ihrer Familie gedemütigt worden. Ganz gewiss hatte sie ihre Mutter nicht verletzen wollen, aber sie konnte den abweisenden Snobismus nun mal nicht ertragen, in den sich Laura jedes Mal zu hüllen schien, sobald es schwierig wurde. Viel lieber hätte Sasza sich klare, deutliche Worte angehört, die brutale Wahrheit, anstatt ständig so zu tun, als wäre jene Angelegenheit nicht länger wichtig, vergeben und vergessen. Denn das war schlicht und ergreifend unwahr. Sie wusste genau, dass Laura es für wesentlich beschämender hielt als Saszas Krankheit, dass der Rest der Familie sich von ihr abgewandt hatte.

Die Familie des Vaters hatte Sasza quasi verstoßen, sowie ihr wegen der Alkoholsucht bei der Polizei gekündigt worden war. Das war jetzt fast auf den Tag sieben Jahre her. Niemand hatte ihr Hilfe angeboten, sie hatten sich einfach von ihr abgewandt. Die Schlimmste von allen war Tante Adrianna gewesen, die Schwester des Vaters, Chefärztin im Danziger Städtischen Krankenhaus. Sie hätte der Nichte leicht einen Platz im dortigen Entzugsprogramm organisieren können. Stattdessen hatte sie Sasza auf eine Bekannte in Sheffield verwiesen. Große Kerls um die vierzig, alte Jungfern, die sich nie von ihrer Mutter abgenabelt hatten, drogensüchtige Teenager und selbst eine bekennende Lesbe, die von zu Hause weggelaufen war, um mit einer ehemaligen Nonne zusammenzuleben, wurden in der Familie toleriert. Doch eine Alkoholikerin war offensichtlich schlimmer als alles andere zusammengenommen – zumal sie die Frechheit besessen hatte, ihre Krankheit öffentlich zu machen und um Hilfe zu bitten.

Als Sasza zum ersten Mal in die Entzugsklinik gekommen war, hatte Adrianna partout nicht eingestehen wollen, dass sie miteinander verwandt waren. Unter dem Vorwand der ärztlichen Visite kam die Tante eines Nachts kurz zu Besuch, und zwar einzig und allein, um Sasza zu beleidigen, um ihr mitzuteilen, dass sie den Familiennamen in den Dreck gezogen habe, und um ihr zu verbieten, sich Adriannas Kindern und dem Rest der Verwandtschaft je wieder zu nähern. Doch Sasza ließ sich so was nicht gefallen. Trotz aller Entzugserscheinungen verspürte sie vor allem Wut und beschimpfte ihre Tante lauthals als Heuchlerin. Später bedauerte sie es – wie vieles andere, wozu sie sich hatte hinreißen lassen. Immer wenn sie alkoholisiert gewesen war, hatte sie sich auf eine Art und Weise aufgeführt, die sie im Nachhinein nie hatte erklären können.

Adrianna hatte ihr den Ausbruch nie verziehen. Sie hatte die gesamte restliche Familie gegen Aleksandra aufgehetzt, und so waren ihr über die Jahre nur die Mutter und der Bruder geblieben.

Nach all den Jahren der Abstinenz wollte Sasza endlich das Kriegsbeil begraben. Sie hatte sich schließlich verändert. Alles hatte sich verändert. Doch offensichtlich nur für sie.

»Wollt ihr denn jetzt für immer in Polen bleiben?«, fragte Laura, um das Thema zu wechseln. Hoffnungsvoll sah Karolina ihre Mutter an. Wie oft hatte sie ihr schon versprochen, dass sie eines Tages Wurzeln schlagen würden. Sasza selbst fühlte sich als Nomadin wohl. Als Kind eines Diplomaten war sie daran gewöhnt, ständig neue Städte, Schulen und Freunde kennenzulernen. Doch Karolina war anders – sie wünschte sich nichts sehnlicher als ein stabiles Leben, und allmählich verspürte auch Sasza das Bedürfnis, sich niederzulassen. Allerdings noch nicht jetzt. Nicht hier.

»Mal sehen«, antwortete sie ausweichend. »Um wie viel Uhr geht ihr zur Messe?«

Laura und Karol sahen einander erstaunt an, und die Mutter warf einen Blick auf ihre Armbanduhr.

»Die derzeitige ist fast vorbei. Bis wir dort sind, ist die Kirche leer. Wir könnten höchstens noch einen kleinen Spaziergang zur Schwangeren Jungfrau machen.«

»Früher gab es in St. Jerzy mehr Messen«, stellte Sasza fest. »Es ist doch gerade erst neun Uhr?«

Laura legte ihr Besteck zur Seite und tupfte sich den Mund mit einer Stoffserviette ab.

»Willst du wirklich hingehen? Es werden alle dort sein«, gab Karol zu bedenken.

»Ich hab nicht vor, mich im Schrank zu verkriechen«, gab Sasza barsch zurück. »Sollen sie mich doch sehen! Wenn unser Vater noch am Leben wäre, hätten sie sich nie getraut, mich so zu behandeln. Außerdem darf jeder in die Kirche gehen, oder nicht? Sogar ich. Und ich bin ehrlich gestanden gespannt darauf, ob sie es ertragen können – all die ach so guten Christen.« Saszas Stimme triefte förmlich vor Spott. »Keine Angst, ich werde euch schon nicht blamieren. Ich bin seit sieben Jahren trocken und hab nicht vor, etwas daran zu ändern.«

Laura lächelte sie dankbar an. Die Vorstellung, gemeinsam in die Kirche zu gehen, schien ihr zu gefallen. »Ich ruf kurz Adrianna an«, verkündete sie und legte die Serviette zur Seite, stand auf und lief in den Flur hinaus.

Sasza sah ihr verwundert nach. Eine so euphorische Reaktion hätte sie niemals erwartet. Womöglich wünschte ihre Mutter sich ja ebenfalls das alte familiäre Osterfest zurück?

»Es gibt gute und schlechte, mutige und feige, edle und verachtenswerte Menschen«, tönte Marcin Staroń von der Kanzel. Seine Gastpredigt in der Garnisonskirche St. Jerzy zu Zoppot wurde von sämtlichen großen katholischen Radio- und Fernsehsendern übertragen. Gemeindemitglieder nahmen den Auftritt mit ihren Handys und Tablets auf, und die Filme wanderten umgehend ins Netz, um anschließend über sogenannte »Ketten des Glaubens« verbreitet zu werden.

Pfarrer Staroń war kein normaler Geistlicher. Er engagierte sich für Gefängnisinsassen, hielt Messen in Strafvollzugsanstalten und war an Untersuchungen zur Wirksamkeit von Resozialisierungsmaßnahmen beteiligt. Außerdem war er einer der wenigen polnischen Exorzisten. Er hatte einige Jahre in einer kolumbianischen Mission gearbeitet, wo er Schmuggler und Mörder auf den rechten Weg gebracht hatte. Einmal wäre er beinahe gestorben, während er einem der Gefangenen dort Blut gespendet hatte.

Nachdem er nach Polen zurückgekehrt war, war er schon bald zu einem regelrechten Kirchenstar aufgestiegen – zu einem Geistlichen, der sich viel mehr als alle anderen erlauben durfte. Und es gab nicht wenige, die alles dafür getan hätten zu erfahren, wie es dazu hatte kommen können.

Es hatte ganz unschuldig angefangen – indem er einen abtrünnigen Katholiken im Internet bekehrt hatte. Mit Engelsgeduld hatte Staroń schon seit geraumer Zeit versucht, die Obrigkeit von der Bedeutung des Internets zu überzeugen: Sie dürften es nicht gering achten und erst recht nicht verteufeln, sondern müssten das Netz bewusst als Werkzeug zum Wohl der Kirche nutzen.

Marcin Staroń hatte sogar ein eigenes Profil auf Facebook und in anderen sozialen Netzwerken, die in seiner Überzeugung hervorragende Plattformen darstellten, um den Glauben zu verbreiten. Er bemühte sich, regelmäßig aktuelle Posts einzustellen und damit seine Follower zum Nachdenken anzuregen. Und das Feedback war stets überwältigend. Pfarrer Staroń ging grundsätzlich davon aus, dass der Mensch gut war und dass selbst jene, die irgendwann gestrauchelt waren, auf den Pfad der Tugend zurückzukehren vermochten.

»Es sind keine guten Zeiten für die Kirche«, redete er auf seine skeptischen Kollegen ein. »Machen wir es nicht noch schlimmer, indem wir an alten Prinzipien festhalten, die in der heutigen Welt keine Relevanz mehr haben? Wir können den Fortschritt nicht aufhalten, und es wäre leichtsinnig, daran zu glauben. Nicht die Welt dort draußen muss sich ändern – *wir* müssen uns ändern! Wir müssen den jungen Menschen entgegengehen und ihre Erwartungen erfüllen. Wir müssen für sie da sein und nicht umgekehrt. Sonst werden sie sich ein für alle Mal von unserer Kirche abwenden, in einigen Jahren wird keiner mehr ein Gotteshaus besuchen, und das wird einzig und allein unsere Schuld sein. Eine Sünde, die wir uns aufgeladen haben.«

Er scheute sich auch nicht, öffentlichkeitswirksam diejenigen Kirchenoberen zu kritisieren, die sich gegen einen Sexualkundeunterricht an Schulen aussprachen oder das Internet zu einer Brutstätte des Teufels machen wollten. Jüngst war er sogar noch einen Schritt weiter gegangen: Nicht nur hatte er öffentlich der Pädophilie angeklagte Kollegen angeprangert, sondern auch die Kurie im Allgemeinen kritisiert, die derlei Vorfälle zu vertuschen suchte.

Außerdem hatte er gegenüber einer der größten polnischen Zeitungen in einem Interview geschildert, wie das Leben junger Männer in Priesterseminaren tatsächlich aussah: »Ich schätze, dass etwa siebzig Prozent dieser Jungs nicht die wahre Berufung verspürt haben. Sie haben sich für dieses Studium entschieden, weil sie nun mal homosexuell sind und sich in den Seminaren die perfekte Gelegenheit bietet, einen intelligenten, empfindsamen Partner kennenzulernen, der ihre eigene Verlorenheit nachvollziehen kann. Die meisten von ihnen stammen aus kleinen Ortschaften und wurden von

Kindesbeinen an auf ein Leben als Geistlicher vorbereitet. Doch sie leben wie unter einer Glasglocke, die in dem Moment zerbirst, in dem sie das Tor zum Seminar hinter sich zuziehen. Die allermeisten von ihnen sind unendlich weltfremd, doch das Seminar kommt ihnen vor wie das Paradies: junge Männer allenthalben. Es gibt aber auch solche, die wirklich keine Ahnung haben, wie es um ihre Sexualität tatsächlich bestellt ist, und die mit einem entsprechend großen Defizit das Seminar antreten. Sowohl die einen als auch die anderen haben hier zum ersten Mal die Möglichkeit, wahrhafte zwischenmenschliche Beziehungen einzugehen. Leider geraten auch die, die sich aus reinen Motiven für ein solches Leben entschieden haben, im Seminar unter den Einfluss jener, die aus Berechnung hier sind. Die sich kein bisschen um den Zölibat oder um Monogamie scheren. Die hier sind, um Abenteuer zu erleben. Glauben Sie mir, Sodom und Gomorrha waren sittsame Partys im Vergleich zu den Orgien, die in Seminarhäusern stattfinden. Oft schraubt sich dann die Spirale immer schneller und immer höher – und es wird immer schlimmer.«

Unverblümt erzählte er, wie ihm immer wieder höhere kirchliche Positionen als Gegenleistung für sexuelle Dienste in Aussicht gestellt worden waren. Er nannte die genauen Begebenheiten, Orte, Namen, und damit zog er so viele Zivilklagen auf sich, dass er sie inzwischen nicht einmal mehr an den Fingern beider Hände abzählen konnte. Dann begannen die ersten Verteidiger, sich bei ihm zu melden und dem Pfarrer ihre Hilfe anzubieten – Staroń vor Gericht zu vertreten kam für sie einem Werbefeldzug gleich. Bei jedem neuen Prozess tauchten unzählige Journalisten auf. Die Medien liebten Pfarrer Staroń für seine kontroversen Äußerungen, für seinen Mut und nicht zuletzt für seine Bescheidenheit. Konsequent lehnte er die ihm angebotenen Stellen ab und betonte bei derlei

Gelegenheiten immer seinen Glauben an eine Kirche der Armut.

»Ich brauche keine brokatbestickten Soutanen. Ich habe es nicht nötig, dass jemand mich als Erzbischof tituliert. Das wäre geradezu erzdämlich«, sagte er. »Ich bin Pastor geworden, weil ich nach einem intensiven Kontakt zu Gott gesucht habe. Dabei sollte mir die Kirche helfen und mich nicht behindern. Sobald ich mich auf die herrschenden institutionellen Strukturen einlasse, verliere ich meine Unabhängigkeit und damit auch das Recht zu sagen, was ich wirklich denke. Und ich lasse mir nichts vorbeten.«

Obwohl er keine tausend Złoty verdiente, spendete er den Großteil seiner Einkünfte an Bedürftige. Er organisierte Benefizveranstaltungen und stellte sich persönlich mit der Spendendose auf die Straße. Und im Nu war er der Liebling der Randgruppen: Gefängnisinsassen, Prostituierte und die Problemjugend scharten sich um Marcin Staroń wie um einen gütigen Vater.

Jeder konnte Pfarrer Staroń kontaktieren und um Hilfe bitten – persönlich, telefonisch, per E-Mail oder über Facebook. Ein Beichtstuhl stehe überall, war sein Credo.

Hin und wieder führte er auch Exorzismen durch. Und er war erfolgreich. Gewisse Institutionen rissen sich um ihn, denn seine Teilnahme garantierte große mediale Aufmerksamkeit. Er war beliebter Gast bei Podiumsdiskussionen, Konferenzen, philosophischen Diskussionen und religiösen, aber auch weltlichen Seminaren. Doch den wahren Ruhm hatten ihm nicht seine revolutionären Ansichten, sondern die Übernahme der kleinen Pfarrei Danzig-Heubude eingebracht. Und seine Predigten.

Er bereitete sie nicht einmal mehr vor – er improvisierte, ging aufs Ganze. Seine Predigten waren geistreich, kontrovers und bewegend, und zu jeder versammelten sich Tausende

Gläubige, darunter auch diverse fast schon hysterische Fans, die seine Predigten nicht nur aufzeichneten, sondern mitunter sogar Wort für Wort transkribierten. Die ersten hundert Texte erschienen als Broschüre und wurden zu Tausenden verkauft. Die Einnahmen kamen einem Kinderheim und mehreren Opfervereinen zugute. Die Menschen glaubten Marcin Staroń, weil er von sich selbst sprach, von seinen eigenen Sünden und seinem langen Weg zurück zum Glauben: von seiner Drogensucht, von einem Selbstmordversuch. Als Jugendlicher hatte er sich vor einen Bus geworfen und anschließend mehrere Monate lang im Koma gelegen. Er sprach von den Versuchungen, denen er im Seminar hatte widerstehen müssen, und von seiner Wiedererweckung. Ein paar religiöse Fanatiker hielten ihn schon jetzt für einen Heiligen. Und genau das war auch der Spitzname, den ihm die Presse gab.

Wenn der Heilige Marcin im Nationalstadion aufgetreten wäre, wäre die Veranstaltung ausverkauft gewesen. Aber ganz gleich, wie populär der Pfarrer war: Seine Kirche selbst tolerierte ihn nur.

Tolerieren ... Das Wort gefiel ihm, und er benutzte es gern. Er wusste, dass er ein solches mediales Standing niemals hätte, würde er sein Dasein immer noch in irgendeiner Mission fristen. Und er war sich darüber im Klaren, dass er unter dauerhafter Beobachtung stand. Es genügte schon, dass er ein einziges Mal stolperte, und sie würden ihn sofort in die Wüste schicken. Doch er hatte nicht vor, sein Verhalten zu ändern. Siebzehn Jahre zuvor, als er gerade zum Priester geweiht worden war, hatte er sich geschworen, dass er alles, was Gott ihm zuzumuten gedachte, mit Demut annehmen würde. Er brauchte keinen Ruhm und nicht die Macht, die der Ruhm mit sich brachte. Es war ihm wichtiger, Menschen zu helfen. Man konnte nicht alle erlösen – aber selbst wenn es nur einige wenige waren, dann hatte es sich schon gelohnt.

Sasza und ihre Familie schafften es erst gegen Ende der Predigt in die Kirche. Das Gotteshaus war bis auf den allerletzten Platz besetzt.

»Und das Wundersame ist: All diese Eigenschaften stecken in einem einzigen Menschen. Und nur deshalb ist er eine Ganzheit – eine Ganzheit, die zugleich stark ist und schwach, die zugleich bewunderungswürdig ist und mitleiderregend. So ist der Mensch. Groß und klein zur selben Zeit.«

Die Menschen erhoben sich von den Bänken, um miteinander das Glaubensbekenntnis zu sprechen. Sasza schloss die Augen und verspürte Ruhe. Dass sie sich gestern erst nach einem Drink gesehnt hatte, war Vergangenheit. Seligkeit und Entspannung breiteten sich in ihrem Körper aus. Sie hatte nicht das geringste Bedürfnis mehr, ihren Tanten und Cousinen irgendetwas zu beweisen. Sasza war froh, dass sie die letzten vierundzwanzig Stunden glimpflich überstanden hatte. Genauso würde sie die nächsten Stunden durchhalten. Und die nächsten Tage. Nur noch das zählte.

Nach der Messe unterhielt Laura sich vergnügt mit der Familie, und die Tanten waren allesamt entzückt von Karo, die sich von ihnen herzen und küssen ließ. Sasza zog sich vors Kirchenportal zurück und betrachtete die Devotionalienauslage an einem kleinen Stand. Kurz entschlossen kaufte sie sich ein winziges Blechkreuz und fädelte es auf ihre Silberkette, gleich neben das Dromedar, das sie stets um den Hals trug: ihr Symbol für Demut, das sie immer daran erinnern sollte, dass man auf Lebenszeit Alkoholiker blieb.

Inmitten eines Pulks weiblicher Fans stand Pfarrer Staroń im Seitenflügel. Eine der Frauen etwa in Saszas Alter fiel besonders auf: Obwohl sie im Halbdunkel stand, trug sie eine Sonnenbrille und ein seidenes Kopftuch, mit dem sie aussah, als wäre sie den Fünfzigern entsprungen. Bestimmt keine

Polin, dachte Sasza, hörte dann aber vereinzelte Gesprächsfetzen. Die Frau sprach akzentfrei Polnisch.

»Ich schaff es nicht – nur deshalb bin ich hier. Ich will es endlich hinter mich bringen.«

Irgendetwas schien der Frau schwer auf der Seele zu lasten. Es sah aus, als wollte sie dem Pfarrer danken: Sie faltete die Hände wie zum Gebet und begann dann plötzlich zu weinen. Staroń nahm sie in den Arm, drückte sie an sich und streichelte ihr über den Kopf, flüsterte ihr etwas ins Ohr und lachte dann. Mit der Andeutung eines Lächelns im Gesicht wischte sich die Frau über die Wangen.

Fasziniert hatte Sasza die Szene beobachtet, bis der Pfarrer auf einmal den Blick hob und sie – nur für einen kurzen Moment – direkt ansah. Unwillkürlich bekam sie eine Gänsehaut. Vielleicht war dies der Grund, warum Sasza wartete, bis die anderen gegangen waren, und dann Minuten später zögerlich auf ihn zuging. Doch ein junger Vikar schnitt ihr den Weg ab.

»Hochwürden, das Auto wartet«, sagte er mit geneigtem Kopf und fügte dann leise hinzu: »Alle warten.«

Der Pfarrer sah zu Sasza hinüber. Sie traute sich nicht, noch näher an ihn heranzugehen.

»Fahren Sie vor«, wandte er sich an den jungen Vikar.

Der Mann schien die Welt nicht mehr zu verstehen. Seine Unterlippe begann zu zittern.

»Aber der Erzbischof ...«, stammelte er. »Er hat darum gebeten, dass ... Es ist ein ganzes Stück, Hochwürden, bestimmt zwanzig Kilometer ...«

»Machen Sie sich keine Sorgen«, erwiderte Staroń und lächelte. »Ich habe zwei gesunde Beine. Sagen Sie Frau Krysia, sie soll sich um die Gäste kümmern und alles auftischen.«

Der Vikar warf Sasza noch einen misstrauischen Blick zu und marschierte dann eilig davon.

Sasza stand immer noch reglos da. Sie hatte keine Ahnung, was sie sagen sollte. Sie fühlte sich schuldig, weil der Pfarrer sich ihretwegen nicht nur verspäten würde, sondern nun offenbar auch keine Mitfahrgelegenheit mehr hatte. Sehe ich wirklich so hilfsbedürftig aus?, fragte sie sich. Doch auch der Geistliche stand da und schwieg. Er wartete darauf, dass sie zuerst das Wort ergriff. Die Kirche war inzwischen beinahe menschenleer.

Allmählich wurde die Stille zur Belastung. Sasza schluckte schwer, spürte, wie trocken ihr Hals war.

»Würden Sie eine Messe für jemanden lesen?«

Kaum war es aus ihr herausgeplatzt, kam ihr der Wunsch geradezu anmaßend vor. Statt einen berühmten Pfarrer mit so etwas zu belästigen, hätte sie einfach in die Sakristei gehen und mit dem Küster sprechen sollen.

»Die Person ist seit sieben Jahren tot«, fügte sie verschämt hinzu.

Staroń angelte ein kleines Notizbuch und einen billigen orangefarbenen Kugelschreiber aus der Tasche.

»Normalerweise bin ich in einer anderen Gemeinde tätig«, erklärte er mit einem sanften Lächeln, und im selben Moment begriff Sasza, warum ihm die Frauen zu Füßen lagen: Er war groß, hatte feine Züge, ein markantes Kinn, blondes Haar, helle Augen. Trüge er keine Soutane, hätte er die Hauptrolle in einem Hollywoodfilm spielen können.

»Es spielt keine Rolle, wo die Messe stattfindet«, erwiderte sie. »Aber ich wünsche mir, dass gerade Sie für diesen Menschen beten. Ich weiß, dass es schwer ist, einen Termin bei Ihnen zu bekommen ... aber ich kann warten.«

»Name?«

»Sasza.«

Er hob den Kopf.

»Wann genau ist sie gestorben?«

Sie errötete.

»Verzeihen Sie, Pater. Sasza ist mein Name. Die Person … ist ein Mann. Er starb am 23. Juni 2006.«

»Und wie hieß er?«

»Muss ich das wirklich angeben?«

Der Pfarrer musterte sie interessiert.

»Den Taufnamen müsste ich schon wissen.«

»Łukasz«, sagte sie leise. »Allerdings bin ich mir nicht sicher, ob das wirklich der Taufname war … Zumindest wurde er so genannt.«

»Wie wäre es am Donnerstag in vier Wochen?«, fragte er, und sie nickte. »Dort steht der Spendenstock. Geben Sie, so viel Sie können.«

Mit diesen Worten verließ der Pfarrer die Kirche. Im selben Augenblick brach die Sonne durch die Wolken. Seine Silhouette erstrahlte kurz im hellen Licht und verschwand dann wieder. Fast kam Sasza sich vor, als hätte sie geträumt.

Sie war mit hundertvierzig Sachen unterwegs. Erst jetzt nahm Tamara die Sonnenbrille ab. Ihre Augen waren immer noch gerötet, aber wenigstens weinte sie nicht mehr. Sie bog von der Grunwaldzka in die ulica Chopina ein und verlor auf der vereisten Straße fast die Kontrolle. Der Asphalt war spiegelglatt. Sie ging vom Gas, und die Nadel fiel langsam auf achtzig. Alles wird gut, redete sie sich ein. Die Grenzen sind nur in mir selbst. Stumm schickte sie ein Stoßgebet zum Himmel.

Bully wartete auf sie in ihrer Wohnung an der ulica Wypoczynkowa. Ihre Taschen lagen bereits fertig gepackt im Kofferraum. Paweł hatte selbst vorgeschlagen, dass sie vor ihrer Abfahrt noch in die Kirche gehen solle. Er hatte nicht mal mit der Wimper gezuckt, als sie ihm mitgeteilt hatte, sie wolle die Ostermesse in St. Jerzy zu Zoppot besuchen.

»Es wird schon nichts passieren, wenn wir eine Stunde später losfahren«, hatte er mit einem Schulterzucken angemerkt. »Immerhin machen wir Winterurlaub und gehen nicht auf Geschäftsreise.«

Dass er so nachgiebig gewesen war, war ihr verdächtig vorgekommen. So etwas sah ihm gar nicht ähnlich. Aber sie kannte ihren Platz: keine Fragen stellen, sich nicht für seine Angelegenheiten interessieren. Neugierde war der erste Schritt in Richtung Hölle. Bully selbst war zwar nicht gläubig, aber er respektierte ihr Bedürfnis nach Spiritualität. Außerdem war schließlich Ostern, das erste unter den christlichen Festen. Womöglich hatte er sie deswegen gehen lassen.

Dass sie konvertiert war, hatte tatsächlich zur Folge gehabt, dass sie gesund geworden war. Lange Jahre hatte sie mit Anfällen kämpfen müssen, die sie lediglich vage »die Krankheit« genannt hatten. Paweł hätte nie zugegeben, dass es eindeutig ein Fall von Besessenheit gewesen war. Ein solches Wort wäre ihm nie über die Lippen gekommen. Die Ärzte hatten sie mit Medikamenten vollgepumpt, Therapeuten Bekenntnisse von ihr verlangt. Mehr oder minder teilnahmslos hatte sie von der Ermordung ihrer jüngeren Geschwister durch kroatische Soldaten und einer Massenvergewaltigung erzählt, die letztlich zu ihrem Selbstmordversuch geführt hatte.

Jelena war in einer Tierklinik in Ovcara in der Nähe von Vukovar wieder zu sich gekommen: mit einer Narbe am Arm und ohne Hörvermögen im rechten Ohr. Seitdem war sie auf dem Ohr taub. Die Notoperation war zwar geglückt, und der Veterinär hatte für seine Hilfe auch nicht bezahlt werden wollen. Allerdings hatte das Mädchen auch nie zugegeben, dass sie sich selbst verletzt hatte.

In der Tierklinik hatten noch andere junge Frauen wie sie gelegen, insgesamt sechs, die panische Angst davor gehabt hatten, zu ihren Höfen zurückzukehren. Die Männer, die sie dort hätten beschützen können, waren entweder im Krieg oder längst tot, und allein wären die Frauen niemals klargekommen: Abgesehen vom Melken und der Feldarbeit hatten sie nie etwas gelernt. Während des Kriegs waren Kühe kostbarer gewesen als alles andere – vor allem wichtiger als Frauen.

Zwei Jahre zuvor war Jelenas Vater mit dem ältesten Bruder in die Berge gegangen, jeder mit einer Makarow in der Hand. Später hieß es, dass keiner der Aufständischen überlebt habe.

Ein paarmal die Woche kamen Soldaten in die Tierklinik. Sie brachten den Frauen Lebensmittel und Wodka, manchmal Seife und Kleidung. Die Kleidung stammte von Toten. Die

Mädchen fanden indes schnell heraus, wie sie an bessere Sachen kamen – an Feinstrümpfe oder ein Fläschchen Parfüm. Kaum war Jelenas Verletzung verheilt, musste auch sie sich für die kostbaren Gaben erkenntlich zeigen. Die Soldaten meinten sogar, sie sei ihrem Schicksal zu großem Dank verpflichtet: Zum Glück sei sie nicht dem Feind in die Hände gefallen. Nur dank ihrer jungen Körper hätten die Mädchen eine Chance, den Krieg zu überleben. Einige von ihnen seien schließlich immer noch hübsch anzusehen.

Jelena wusste, dass dies alles nur Gerede war. Ein Widerspruch, ein winziger Fehler seitens der Mädchen oder auch nur der Hauch von Missmut bei den Uniformierten, und sie alle würden mit einer Kugel im Kopf oder mit einer Schlinge um den Hals enden. In ihrer Lage konnte es leicht passieren, dass man wegen einer Kleinigkeit aus dem Gleichgewicht geriet.

Bei der ersten sich bietenden Gelegenheit nahm Jelena Reißaus. Ein Offizier, der kaum älter war als sie selbst, nahm sie mit zurück nach Vukovar. Dort wartete bereits ein Dutzend tapferer serbischer Kämpfer auf sie, die Jelena nacheinander vergewaltigten. Irgendwann verlor sie das Bewusstsein, doch das störte die Männer nicht. Als sie in den frühen Morgenstunden endlich einschliefen – vom Sex und Schnaps berauscht –, nutzte sie die Gelegenheit, klaute ein paar Granatwerfer und eine Flasche Rakia, mit denen sie einen Schlepper bezahlte, der sie nach Berlin bringen sollte.

Sie waren über eine Woche unterwegs, vor allem durch Wälder. Jelena und eine Gruppe zwielichtiger Männer. Während der Fahrt wurde sie erneut mehrmals vergewaltigt, zwang sich aber, keinen Widerstand zu leisten – so war die Wahrscheinlichkeit geringer, dass sie obendrein verprügelt würde. Sie ließ ganz einfach alles mit sich machen. Hauptsache, sie konnte ihr sogenanntes Vaterland hinter sich lassen und in Deutschland neu anfangen. Dass sie außer ihrem Körper nichts besaß, war ihr schnell klar gewesen.

Bis sie kurz vor Berlin auf die Straße gesetzt wurde, war auch der letzte Rest Gefühl in ihr abgestorben. Eine Woche lang streunte sie umher, klaubte Essen aus Mülltonnen und Lebensmittelcontainern, schlief unter Brücken und in Treppenhäusern. Sie hatte weder Papiere bei sich, noch beherrschte sie die Sprache, doch es genügte ihr, dass sie nicht mehr auf Bombenangriffe lauschen musste und keine Explosionen hörte. Wenn sie jetzt sterben sollte, dann wenigstens im Frieden. Irgendwann lernte sie ein paar Frauen kennen, die auf den Strich gingen. Die Prostituierten nahmen das entwurzelte Mädchen unter ihre Fittiche: lehrten sie, wie viel sie verdienen konnte und wie sie Kunden anlockte. Jelena war zu dem Zeitpunkt zwanzig Jahre alt.

Es dauerte nicht lange, ehe auch sie sich als Prostituierte verdingte. Viele ihrer Kunden nahmen an, sie wäre taubstumm. Dass sie auf dem rechten Ohr nichts hörte, spielte dabei sicher eine Rolle, hauptsächlich aber, dass sie nicht mit ihren Freiern sprach. Allerdings verstand sie die neue Sprache immer besser – was jedoch nicht immer von Vorteil war.

Aus dem Berliner Puff, in dem sie schließlich landete, holte sie ein Pole wieder raus. Waldemar. Ihr Zuhälter hatte sie dem Mann quasi als Bonus zu einem Autodeal geschenkt. Zweimal im Monat fuhr Waldemar nach Deutschland, um neue Autos zu beschaffen. Und er war anders als die anderen, nicht annähernd so brutal. Er fragte sie sogar, ob sie wirklich mit ihm mitkommen wolle. Jelena war es nicht gewohnt, dass sie die Wahl hatte. Sie hätte Nein sagen und in Deutschland bleiben können, und die Kolleginnen hatten ihr auch vehement davon abgeraten, nach Polen zu gehen – doch zu diesem Zeitpunkt glaubte Jelena, sich bereits in Waldemar verliebt zu haben.

Er versuchte, sich auf Russisch mit ihr zu verständigen, und versprach ihr eine Nähmaschine. Sie hatte früher gern genäht; vielleicht würde sie ja eines Tages bei einem Schneider arbeiten können.

Doch gleich nach ihrer Ankunft in Danzig übergab der Pole sie – zusammen mit dem gestohlenen Auto – an einen fetten Typen in einem Jogginganzug. Sie landete in einer heruntergekommenen Plattenbausiedlung in einer Stadt namens Gdingen, wo sie mit sieben weiteren Mädchen anschaffen gehen musste. Seitdem wurde ihr allein bei dem Gedanken an eine Nähmaschine schlecht.

Für den fetten Mann arbeiteten Polinnen, Ukrainerinnen, hin und wieder eine Bulgarin. Es war ... auszuhalten. Jelena hatte ihre Stammkunden, vor allem Matrosen. Hin und wieder kam ein Asiat vorbei – mit denen ging es immer schnell, weil sie sofort betrunken waren. Ein norwegischer Kapitän kam eigens wegen Jelena nach Gdingen. Allerdings gab es unter ihren Freiern auch diverse Irre. Der Schlimmste von ihnen war ein Kerl mit riesigen Ohren. Der Elefant kam vor allem zum Saufen in den Puff. Seit einem Autounfall hatte er Probleme mit seiner Männlichkeit. Er saß am reich gedeckten Tisch, fraß und soff, und sie kauerte unter dem Tisch: Wenn sie nicht erfolgreich wäre, würde er ihr seine Knarre an die Schläfe halten und abdrücken. Angeblich hatte zuvor bereits das eine oder andere Mädchen sein Missfallen geweckt und lag jetzt irgendwo in den Wäldern, die die Straße zwischen Gdingen und Zoppot säumten. Doch Jelena hatte bislang noch jedes Mal Glück gehabt – und dafür hatte der Elefant sie großzügig mit Dollarnoten belohnt. Mit der Zeit, je mehr Vertrauen er zu ihr fasste, ging es sogar leichter. Jelena hatte ihn nie erniedrigt oder verhöhnt und ging bereitwillig auf jeden seiner Wünsche ein. Wenn er gute Laune hatte, spendierte er ihr eine Linie Koks und hätschelte sie – es gebe in der ganzen Stadt keine Bessere als sie, und er müsse es wissen, er habe schließlich sämtliche Nutten ausprobiert. Sie bedankte sich jedes Mal freundlich für das Kompliment.

Im Übrigen redeten ihre Kunden gern, und sie hörte ihnen aufmerksam zu. Sie hatte ein gutes Gedächtnis für Gesichter und Details. Ein Freier, den alle nur Frącek nannten – ein muskelbepackter Typ mit unmodernem Pony, unter Garantie Polizist oder beim Militär –, unterbreitete ihr tatsächlich irgendwann ein interessantes Angebot: Er werde ihr Papiere beschaffen, sofern sie mitmache. An Kleinkriminellen sei er nicht interessiert – er brauche Hinweise für den militärischen Geheimdienst. Er wolle die Spione.

Jelena ging auf den Deal ein.

Wenige Tage später brachten irgendwelche Typen eine Landsmännin von ihr mit ins Bordell. Nach wenigen Worten war klar, dass sie miteinander nicht warm werden würden. Die andere redete in einem fort vom Krieg. Und noch am selben Abend kamen Männer in billigen Fake-Adidas-Anzügen und befahlen Jelena, in ein Auto einzusteigen. Sie hörte noch, wie sie dem Elefanten meldeten, dass sie jetzt alles Notwendige dabeihätten: die Weiber, den Schnaps und Baseballschläger. Außer Jelena waren noch drei weitere Frauen ausgewählt worden – keine von ihnen besaß gültige Papiere. Für die Behörden existierten sie nicht.

Die Party dauerte die ganze Nacht. Jelenas Schenkel waren über und über mit getrocknetem Blut verschmiert, als sie am Morgen danach kopfüber in einen Baum geknüpft wurden. Der Bulgarin zündeten sie sogar die Haare an, weil sie zu heftig um sich trat. Sie schrie und flehte regelrecht um einen Gnadenschuss. Jelena selbst hatte Glück – sie hatte in der Nacht bloß drei Zähne verloren. Trotzdem sah sie bereits das Ende vor sich, als sie einen Schlag über den Kopf bekam. Doch der Film lief immer weiter, lief und lief und fühlte sich an, als würde er niemals zu Ende gehen.

Nachdem die Typen sie wieder zurück ins Bordell gebracht hatten, hörte sie zum zweiten Mal auf zu sprechen.

Frącek hatte alles gegeben, um seinen Teil des Deals einzuhalten. Doch dann war die Aktion aufgeflogen, und er hatte den Dienst quittieren müssen. Einmal waren sie sich noch mal begegnet, zufällig, in einem Einkaufszentrum. Da war er zum hiesigen Stellvertreter eines russischen Geschäftsmanns namens Rusow aus Kaliningrad aufgestiegen und hatte sich bei ihr darüber beklagt, wie undankbar jene Arbeit sei. Die Leute seien anders geworden, die Zeiten würden schwerer. Und er hatte von Gott gesprochen.

Jelena war bei seiner Erzählung beinahe schlecht geworden – doch dann erzählte Frącek, er sei aus seiner alten Wohnung in der Militärsiedlung ausgezogen und habe sich in Zoppot ein Apartment gekauft. Nachdem er mittlerweile geschieden war, bot er Jelena an, sie könne zu ihm in die neue Wohnung ziehen. Zu ihm als ihrem einzigen Kunden. Niemand sonst würde das Recht haben, sie auch nur anzurühren.

»Kein schlechter Vorschlag, oder?«

Dann erzählte er, er sei von Jesus gesandt worden, um sie zu retten. Für ihn werde sie auf ewig Maria Magdalena sein, weil sie anders sei als all die anderen verkommenen Huren aus dem Gdingener Puff. Wenn er könnte, würde er sie alle auf dem Scheiterhaufen verbrennen.

Jelena lehnte ab, aus Angst, die Bordellbetreiber könnten sie aufspüren und bestrafen, und Frącek lenkte ein. »Ich hab nicht länger die Macht, um dich vor ihnen zu beschützen. Alles, was ich dir anbieten kann, ist ein bisschen Erlösung«, fuhr er fort, als würde er ihr gerade ein Kilo Äpfel schmackhaft machen. Er respektiere sie, meinte er, ganz gleich was sie tue. Und wenn sie je Probleme bekäme, dürfe sie sich an ihn wenden. Jelena glaubte ihm kein Wort – und kehrte in ihre Welt zurück.

Irgendwann durfte sie im Roza tanzen – Pole Dancing, die einzige Aufgabe, die ihr tatsächlich Spaß machte. Beim Tanzen konnte sie die Augen schließen und sich vorstellen, dass alles nur ein Traum wäre. Ausgerechnet im Roza traf sie auch Waldemar wieder: Er kam hin und wieder vorbei, sie plauderten ein wenig miteinander, er ließ ihr ein bisschen was da. Sie müsse für den Stoff nicht zahlen, betonte er jedes Mal. Sie sei eingeladen. Mit ins Separee nahm er sie nie, dafür suchte er sich andere Mädchen aus. Möglicherweise war sie ihm zu alt, argwöhnte Jelena.

Zu dem Zeitpunkt war sie zweiundzwanzig.

Als eines Tages im Roza eine Razzia durchgeführt wurde, lag in ihrer Tasche ein halbes Kilo Kokain. Die Tasche hatte in der Nähe der Tür zum Personalraum gestanden – noch nie in ihrem ganzen Leben hatte sie eine derartige Menge Koks gesehen. Sie wurde zu drei Monaten Haft verurteilt. Der Polizist, der sie festgenommen hatte, war Stammgast im Club gewesen – und er arbeitete mit Waldemars Gang zusammen, da war sie sich ganz sicher. Sie hatte ihn im Roza immer wieder mit den Leuten des Elefanten beisammensitzen sehen. Und anscheinend fürchtete er, dass sie ihn auffliegen lassen würde, denn kaum hatte sie ihre Zelle bezogen, suchte er sie in der Untersuchungshaft auf.

Doch Jelena schwieg. Sie schwieg bei den Befragungen und während der Gerichtsverhandlung. Sie nahm alle Schuld auf sich und bat einzig und allein darum, nicht nach Serbien ausgewiesen zu werden. Sie wollte ihre Strafe in einem polnischen Gefängnis absitzen.

Der unverrückbare Tagesrhythmus, die Ruhe und die Tatsache, dass hier niemand etwas von ihr wollte, gefielen ihr. Im Gefängnis zog sie sich zurück, ging keinerlei Bekanntschaften ein. Stattdessen begann sie, polnische Bücher zu lesen, vor allem Liebesromane und Komödien. Studierte das Strafgesetzbuch und die Bibel. Und sie begann, regelmäßig die Gefängniskapelle zu besuchen.

Der Polizist, der sie inhaftiert hatte – Bławicki –, schickte ihr Pakete: Kaffee, Süßigkeiten, Kosmetikartikel, Zigaretten. Die Zigaretten tauschte sie gegen andere Annehmlichkeiten ein. Sie hatte nie geraucht.

Als sie Bully am Tag ihres ersten Freigangs vor den Toren des Gefängnisses entdeckte, war sie felsenfest davon überzeugt, dass er sie erschießen würde. Sie war wie vom Donner gerührt, als er ihr eröffnete, dass er für ihre vorzeitige Haftentlassung gesorgt habe. Noch ehe sie nach Serbien abgeschoben werden konnte, heirateten sie.

»Jetzt bist du legal in Polen und musst nicht mehr anschaffen gehen«, teilte er ihr mit und versicherte ihr, dass er wirklich keine Gegenleistung dafür wolle. Insgeheim glaubte sie ihm kein Wort, auch wenn er sie nie anrührte. Den Standesbeamten bat sie darum, statt Bławickis einen komplett neuen Namen annehmen zu dürfen: Tamara Socha. Seit der üblen Geschichte mit Waldemar hatte sie nie wieder zugelassen, dass jemand sie Jelena nannte, und hatte sich seit Jahren allen als Tamara vorgestellt. Den Familiennamen Socha hatte die Figur in einem der Liebesromane gehabt, die sie im Gefängnis gelesen hatte. Die Geschichte war unendlich banal und naiv gewesen, aber sie war gut ausgegangen, und so ein Leben hätte Jelena gern gehabt.

An ihrem sechsundzwanzigsten Geburtstag überreichte Paweł ihr einen Umschlag voller Banknoten. Mit dem Geld eröffnete sie ein Solarium. Das Geschäft lief gut, sie war zufrieden.

Eines Tages betrat Waldemar den Laden – in Begleitung eines jungen Mädchens. Die Kleine war sicher nicht älter als fünfzehn, und unwillkürlich sah Jelena sich selbst in ihr – nur dass Waldemar zu ihr niemals so nett wie zu dem Mädchen gewesen war. Am schlimmsten aber war, dass er sie nicht einmal mehr wiederzuerkennen schien. Aber natürlich – sie war für ihn nur eine von vielen gewesen, niemand Wichtiges. Unter einem Vorwand warf sie die beiden raus und schloss den Laden früher ab als sonst.

Zu Hause erklärte sie Bully, sie habe Kopfschmerzen, und legte sich ins Bett. Kaum hatte sie die Augen zugemacht, stiegen Bilder aus der Vergangenheit in ihr auf. Jelena hatte nie mit jemandem darüber gesprochen, was sie durchgemacht hatte, sie hatte sich nie jemandem anvertraut. Sie hatte hart an sich gearbeitet, um zu vergessen. Und mittlerweile besaß sie eine ganze Sonnenstudiokette.

Mit den Bildern aus der Vergangenheit regte sich auch eine leise Stimme, die nach Rache rief, und bald waren ihre Kopfschmerzen so heftig, dass sie die Stirn gegen die Wand donnerte. Obwohl sie ein eigenes Schlafzimmer hatte, bekam Bully alles mit. Als sie zu guter Letzt zu erzählen begann, war er ob ihrer Schilderungen schockiert. Doch je mehr sie erzählt hatte, umso schlimmer war es für sie geworden. Wie eine tödliche Flut hatte sich alles aus ihr Bahn gebrochen, was sie jahrelang für sich behalten und verdrängt hatte.

Die Psychologen meinten, das sei ganz normal: ein unverarbeitetes Kriegstrauma. Irgendwann war Bully Pfarrer Staroń in den Sinn gekommen. Bereits beim ersten Gebet verspürte sie eine gewisse Linderung. Von Monat zu Monat ging es ihr immer besser. Tagaus, tagein flehte sie zu Gott, er möge sie beschützen.

»Amen«, sagte Tamara laut und zog das Handy aus der Handtasche. Sieben verpasste Anrufe von Paweł. Als sie auf Rückruf drückte, ging ihr Mann nicht ran. Sie hörte die Nachrichten auf ihrer Mailbox ab. Bully war zu Nadel gefahren, sie könne ihn im Club antreffen.

Tamara bog in die ulica Puławskiego ab. Sie näherte sich dem Fußgängerüberweg an der Kreuzung zur Sobieskiego, als plötzlich ein Mann auf die Straße stürzte und sie jäh auf die Bremse stieg. Die Handtasche, die auf dem Beifahrersitz gelegen hatte, rutschte in den Fußraum.

Sie riss die Fahrertür auf. Der Mann lag reglos auf dem Asphalt.

»Lieber Gott, warum ich, warum muss immer mir so was passieren?«, lamentierte sie.

Im selben Moment stemmte sich der Verletzte ein Stück hoch und stützte sich auf den Ellbogen.

»Was machst du hier?«, stammelte sie.

»Alles gut«, ächzte er, dann stand er auf und nahm sie in den Arm, versuchte, sie wieder einigermaßen zu beruhigen.

Tamara zitterte am ganzen Leib. Ein leicht pfeffriges Eau de Toilette stieg ihr in die Nase. Er hatte zuvor nie Parfüm benutzt, aber es passte zu ihm.

Jekyll holte den Metallkoffer mit seinem Equipment aus dem Kofferraum. Der Anruf war gerade erst vor einer Viertelstunde eingegangen – sie hatten ihn mitten aus der Osterfeier abberufen.

Für den Bereitschaftsdienst an Ostern hatte er sich selbst eingetragen. »Sollen die Kollegen im Zweifel feiern«, hatte er bei der letzten Versammlung gesagt. »Jekyll übernimmt.«

Er hatte gewusst, dass er sich mit dieser Geste die Loyalität des Teams erkaufte. Buchwic war Chef der Abteilung für Kriminaltechnik der Danziger Kommandantur, und es hatte nie auch nur die kleinste Beschwerde über seine Arbeit gegeben.

Woher sein Spitzname stammte, wusste keiner mehr, und Jekyll gab sich alle Mühe, dass dies auch so blieb. Er hätte längst in Rente gehen können, doch weder er noch irgendjemand anders aus seiner Abteilung brachte es zur Sprache. Jekyll machte einfach weiter. Mit seiner Pensionierung würde bei der Danziger Polizei eine Ära zu Ende gehen. Alle gingen davon aus, dass er hundert Jahre alt werden und bis zu seinem Tod weiterarbeiten würde.

Auf dem Weg nach draußen hatte er sich aus dem Kosmetikregal seiner Ehefrau im Bad noch schnell eine Dose Haarlack geschnappt, sie in die Innentasche seiner Jacke geschoben und war in die Garage marschiert. Dort hatte er sich eine zusätzliche Packung Argentorat, ein Set Leittabs und eine REM-Mobilbox zum Fixieren von Schmauchspuren sowie Wattetupfer für Blutspuren genommen. Der Mann am Telefon hatte ihn vorgewarnt, dass am Tatort eine Menge Blut geflossen sei. Zwei Opfer – Schüsse aus nächster Nähe. Club Nadel. Jekylls jüngste Tochter ging dort jeden Samstagabend tanzen.

Obwohl er wusste, dass Eile geboten war, kehrte er noch einmal um und griff nach einem Einmachglas und einem Holzlöffel. Wenn dort Schnee läge, sagte er sich, könnte er womöglich Eindrucksspuren sichern – nach der kontroversen Trassologiemethode von Professorin Leonarda Rodowicz.

Eine Viertelstunde später fuhr er an der Polizeiabsperrung in der ulica Pułaskiego vorbei und stellte den vier Jahre alten Honda CR-V, den seine Frau bei einer Lotterie gewonnen hatte, an der Ecke zur Sobieskiego ab. Trotz der beißenden Kälte zog er seine Jacke aus, warf sie in den Kofferraum und zog stattdessen erst eine Panzerkombi über, die er von einem Kollegen bekommen hatte, und schlüpfte dann in einen Vlieskittel, den er zuvor nur ein einziges Mal getragen hatte. Die anderen Spezialmäntel wären in einem noch schlechteren Zustand gewesen, und die neue Lieferung sollte erst nach Weihnachten kommen. Mangels zugeteilter Mittel hatte Jacek nicht früher bestellen können und hätte derlei Luxusartikel ansonsten aus eigener Tasche finanzieren müssen. Die meisten polnischen Techniker kannten Einwegoveralls nur aus Fernsehserien wie *CSI*. Sie konnten schon zufrieden sein, wenn sie einen staatlich finanzierten Drillich bewilligt bekamen.

Dass sich die Vorgesetzten über die Kontaminierung der Tatorte keinerlei Gedanken machten, brachte Jekyll regelmäßig zur Weißglut, während die Chefs allein schon hektische Flecken bekamen, wenn sie das Wort Kontamination nur hörten. Dabei beeinträchtigte es die Arbeit der Kriminaltechnik kolossal, wenn eigene Spuren auf Tatorte übertragen wurden. Also kümmerte sich Jekyll selbst um seine Ausrüstung und achtete penibel darauf, vor seinen Vorgesetzten keine allzu verräterischen Fachausdrücke zu erwähnen.

Aus dem Seitenfach der Autotür zog er ein Päckchen Latexhandschuhe und versuchte ungelenk, es in den Koffer zu stopfen, aber es passte nicht hinein, sodass er kurzerhand die Petzl Duo Led 14 herausangelte und sich die Stirnlampe gleich draußen auf die Mütze schob. Die Morde hatten in einem Kellerlokal stattgefunden, und angeblich hatte der Täter zuvor die Elektrik manipuliert – vermutlich um den Leichenfund hinauszuzögern. Jekyll wusste, dass die Feuerwehr mit zwei Generatoren anrücken würde, um seinen Arbeitsplatz auszuleuchten, aber die punktuelle Lichtquelle würde er zusätzlich benötigen.

Es hatte wieder angefangen zu schneien, und Jacek ging ein wenig schneller, auch wenn die Leichen ihm schon nicht davonlaufen würden. Doch die Zeit war der Feind jedes Forensikers, und sollte es noch heftiger schneien, würde er Professorin Rodowicz' Methode nicht mehr anwenden können.

Seine Frau war bestimmt froh, dass er ihr für eine Weile nicht im Weg stand. Denn jenseits der schmutzigen Kriminaltechnikerarbeit war er notorischer Stubenhocker. Am liebsten würde er jede freie Minute mit ihr und den Kindern zu Hause verbringen. Ganz selten ging er mit Kollegen auf ein Bierchen aus. Seine Frau würde ihn sicher liebend gern mitunter auf einen anderen Planeten verbannen. Über den Doppelmord hatte sie sich insgeheim gefreut, da war er sich ganz sicher. So hatte sie für mindestens vierundzwanzig Stunden das Haus für sich allein. Bestimmt würde sie all ihre Freundinnen abtelefonieren und zu sich einladen. Diese Weiber hielten ihn für einen Freak – und ganz falsch lagen sie dabei ja nicht.

Es waren noch nicht allzu viele Ermittler vor Ort, doch Jekyll wusste, dass schon bald alles von Rang und Namen auftauchen würde. Als er vor dem Eingang einen Schuhabdruck im Schnee entdeckte, sprang er vor Freude beinahe in die Luft. Der Absatz, der sogenannte Gelenkbereich und das Sohlenprofil waren präzise zu erkennen. Er beglückwünschte sich insgeheim dafür, dass er an das Einmachglas gedacht hatte. Auf eine solche Gelegenheit wartete er bereits seit Jahren.

Er ging in die Hocke, holte das Glas aus dem Koffer und stellte es neben sich in den Schnee. Dann gab er ein wenig Wasser und einen Teelöffel Salz hinein und rührte mit dem Holzlöffel chirurgischen Gips an. Als die Flüssigkeit die Konsistenz von dickem Rahm angenommen hatte, löffelte er sie über den Schuhabdruck. Er nahm sich alle Zeit der Welt – die erste Schicht musste erst fest werden, bevor er mit weiteren Schichten den Abdruck fixieren konnte. Am Ende schnitt er den erkalteten Gips aus dem Schnee und legte ihn in einen Schuhkarton, den er einem Beamten mit der Bitte überreichte, das Beweismittel umgehend in die Kommandantur zu bringen. »Auf die Heizung in meinem Büro – aber vorsichtig!«, belehrte er den jungen Uniformierten, als hätte er ihm gerade ein Fabergé-Ei anvertraut.

Jekyll mochte seine Arbeit. Nach Meinung gewisser Leute vielleicht sogar zu sehr. Er war penibel, arbeitete gemächlich und routiniert. Wenn Jacek Buchwic die Spuren an einem Tatort sicherte, konnten die Ermittler davon ausgehen, dass sie alles fanden, was zu finden war. Buchwic registrierte schlichtweg alles – vieles davon mitunter umsonst –, aber er glaubte fest daran, dass es sich auszahlte. Keinen Tatort sollte man je ein zweites Mal begehen müssen. Zu jedem Einsatz brachte er alles mit, was man potenziell einsetzen konnte: Alufolie, sieben verschiedene Pinzettensorten, ein Set unterschiedlich großer Pinsel einschließlich jener aus Marabudaunen zum Sichern von Spuren auf glatten Oberflächen. Sprays, Pulver, Kleber, DNA-Träger, chirurgischen Gips für Abdrücke, Silikon, Zangen, Schaufeln und sogar einen Hammer. Man konnte schließlich nie wissen, was man vor Ort benötigte.

Es kam vor, dass sich die Kollegen über ihn beschwerten,

weil er die jungen Beamten regelrecht terrorisierte, wenn sie die Absperrung nicht ordentlich bewachten, innerhalb derer er gerade Blutspuren oder Duftpartikel sammelte. Jekyll konnte fies sein, aber im Grunde war er ein herzlicher Mensch. Er war einer der wenigen hochprofessionellen Kriminaltechniker in Polen, ackerte wie ein Ochse und konnte Tathergänge geradezu gespenstisch genau rekonstruieren. Er widersprach dem Staatsanwalt, sofern es nötig war. Mit Jacek zu diskutieren war nicht immer leicht, er wehrte sich mit Händen und Füßen gegen die geringste nicht zielführende Einmischung durch Vorgesetzte. Er konnte jederzeit eine Schimpftirade vom Stapel lassen, die vor saftigen Flüchen nur so strotzte. Er wusste einfach, dass auf ihn Verlass war – und Zuverlässigkeit war bei einem Techniker wichtiger als Schnelligkeit. »Wozu soll ich mich beeilen?«, fragte er gerne und wies zu seiner aktuellen Leiche hinüber. »Es ist ja nun nicht so, als würde der Reißaus nehmen.«

»Wie lange braucht man bitte schön für die Strecke von Danzig nach Zoppot?«, brüllte ihm Kommissar Robert Duchnowski entgegen, mit dem er seit Jahren zusammenarbeitete und fast genauso lang befreundet war. Der hagere Mann mit dem dunklen Zopf brodelte vor Wut. Im Gegensatz zu Jacek erwartete Robert sofortige Ergebnisse. In dieser Beziehung war Buchwic jedoch obenauf. Er hatte den höheren Rang und mehr Erfahrung als Duchnowski. Und nur deshalb hörte Duchno auf ihn, wenn auch auf sonst niemanden, was für alle Beteiligten von Vorteil war, wenn es wieder mal hoch herging und Robert jeden Einzelnen um sich herum anschrie und beleidigte. Duchnowski war in seiner gesamten Karriere genau drei Tage im Außeneinsatz gewesen – er fiel ganz einfach zu sehr auf mit seinem langen Haar, den leicht schräg stehenden Augen und dem dunklen Teint. Wann immer Jekyll ihn aufziehen wollte, schlug er ihm vor, sich eine Wildlederkluft überzuwerfen und Federschmuck aufzusetzen, und schon könne er die Rolle des Indianers in einem Western übernehmen.

»Dir auch einen schönen Tag, Duchno«, gab Buchwic gelassen zurück und sah auf seine Armbanduhr. »Dreizehn Minuten. Auf jeden Fall bin ich schneller als der Herr Staatsanwalt, vom Rest der Obrigkeit mal ganz zu schweigen. Sobald die Feuerwehr Licht macht, lege ich los.«

Jekyll sah sich aufmerksam um und begann dann, methodisch sein Equipment bereitzulegen.

»Wo bleibt der Junge? Ich brauche Hilfe – allein schon für das Blut benötigen wir sicher einen halben Tag. In rund zwölf Stunden leg ich mich dann eine Runde schlafen. Kümmer dich darum, dass bis dahin alles gesichert ist.«

»Leg erst mal los, mein Freund. Wir können auf den Staatsanwalt nicht warten«, teilte Duchnowski ihm halbwegs besänftigt mit. »Angeblich wollen sie uns Edyta schicken. Je mehr du schaffst, ehe die Ziege aufkreuzt, umso besser – zumindest für uns. Falls was ist, steh ich in der Verantwortung, verstanden?«

»Um Gottes willen, nicht die Ziółkowska!«, stöhnte Jacek. »Und wenn sie noch so gut aussieht!«

Im selben Moment tauchten die ersten schwer bepackten Feuerwehrleute auf. Jekyll lief ihnen entgegen und erklärte ihnen, wo und in welchem Winkel sie die Lampen aufstellen sollten. Dann reichte er Duchnowski ein Paar Überzieher für die Schuhe. In der Ferne war eine Sirene zu hören.

Jekyll rückte sich die Stirnlampe zurecht und betrachtete den Tatort. Überall war Blut – an den Wänden, am Fußboden. Er begann, die Duftspuren zu sichern, ehe gleich eine Menge Leute den Raum betreten und eigene Spuren hereinschleppen würde.

Er holte Päckchen mit Wattestäbchen, spezielle Umschläge

und Aqua-pro-injectione-Ampullen heraus, sprühte Spurensicherungspulver über Türflügel, Fensterbänke und Fenstergriffe. Als endlich der junge Kriminaltechniker auftauchte, zeigte Jacek ihm, wo er am besten weitermachte. Jacek selbst übernahm den Tresen- und Kassenbereich.

Der Körper des Toten lag bäuchlings hinter der DJ-Anlage. Am Torso wiesen lediglich vereinzelte Blutspritzer auf dem T-Shirt auf eine Verletzung hin. Vom Kopf allerdings war nur mehr Brei übrig – das Gehirn war teils aus dem Schädel ausgetreten und hatte sich auf dem Boden verteilt. Auch wenn klar war, dass der Schuss, der ihn getötet hatte, aus nächster Nähe abgefeuert worden war – wenn auch nicht aufgesetzt –, würde man ihn anhand gewisser Eigenschaften identifizieren können. Eine Patronenhülse war unter den Körper gekullert; Jekyll steckte sie in eine leere Filmdose. Anschließend untersuchte er die Hände des Toten auf Schmauchspuren, um einen potenziellen Selbstmord auszuschließen oder zu bestätigen.

Das zweite Opfer lag im Nachbarraum: eine junge, gut genährte Frau. Als Jacek sich der Leiche näherte, erstarrte er. Ihre rechte Hand hatte sich kaum merklich bewegt.

Sasza suchte das Weite, ehe die Familie des Vaters es sich am festlich gedeckten Tisch bequem machen konnte. Karol saß wie zuvor an der Stirnseite und übernahm die Rolle des Familienoberhaupts. Es würde nicht lange dauern, ehe sie alle in Erinnerungen an den Vater schwelgten. Es würde Rotwein ausgeschenkt werden, für die Männer härtere Sachen, und dann würden sie einmal mehr darüber schwadronieren, warum und wie genau der gute Lech gestorben war. Sie würden ihn wie immer auf ein Podest heben.

Bis vor Kurzem hatte auch Sasza selbst vorbehaltlos an all die Mythen geglaubt. Inzwischen wusste sie es besser. Ihr Vater – bis zu seinem Tod schwerster Alkoholiker – war der Grund dafür gewesen, warum auch sie angefangen hatte zu trinken.

Sasza hatte damals wieder einmal kurz vor einer Aufnahmeprüfung der Fakultät für Architektur gestanden, als ihre Mutter angerufen und ihr mitgeteilt hatte, dass der Vater erstochen neben einem Müllcontainer aufgefunden worden sei. Die Täter wurden nie gefasst. Lech hatte für sie alle eine Belastung dargestellt: Zwar hatte er auch gute Phasen gehabt – zwischen den Sauforgien, in denen er ein halbwegs normales Leben geführt hatte. Doch er hatte nie ärztliche Hilfe in Anspruch genommen und die ganze Familie zu Co-Abhängigen gemacht. Sie alle hatten nur noch nach seinem Rhythmus gelebt, fast schon entlang einer perfekten Sinuskurve: seinem permanenten Auf und Ab folgend, geradezu wie aus dem Lehrbuch.

Das Diplomatenleben hatte ihm einen hervorragenden Deckmantel für seine Sucht beschert: All die Empfänge, Geschäftsessen und Feiern waren stets ein willkommener Vorwand gewesen, um das eine oder andere Glas zu heben. Und wenn es keine derartigen Gelegenheiten gab, hatte Lech sie eben erfunden. Bei den Załuski hatte die Tür schon immer allen offen gestanden – sie hatten immer viel Besuch gehabt. Vor Gästen hatte Saszas Vater den Mann ohne jeden Makel gespielt. Noch heute sprach niemand je über seine Probleme. Über Tote durfte man schließlich nichts Schlechtes sagen.

Es war Sasza, die sich und die Familie mit Schande überzogen hatte, als sie sich zu ihrem Alkoholismus bekannte. Dass polnische Männer tranken, wurde für gewöhnlich toleriert, war fast schon normal. Doch wenn Frauen tranken, mussten sie mindestens aus einer Unterschichtfamilie stammen. So hatte auch sie selbst gedacht – bis sie in der Therapie diverse wohlsituierte Damen aus der Oberschicht kennengelernt hatte, die vergleichbare Probleme gehabt hatten. Mittlerweile erkannte sie eine Alkoholikerin binnen weniger Minuten – es waren der Blick und die Art, sich zu bewegen, auch wenn viele es hervorragend zu überspielen verstanden. Frauen tranken anders – und konnten es besser vertuschen als Männer, waren wahre Meisterinnen, wenn es darum ging, in der Öffentlichkeit kein Wort darüber zu verlieren, in Gesellschaft nur an einem Gläschen zu nippen, doch sobald sie wieder daheim waren und sich zu Hause einsam fühlten, kippten sie einen halben Liter Wodka in sich hinein. Die Flaschen versteckten sie gut: in der Bettwäschekommode, auf dem Speicher, in der Speise- oder Abstellkammer. Nur für alle Fälle. Keine Frau lief mitten in der Nacht zur Tankstelle, wenn sie Nachschub brauchte. Doch die Scham war nie stärker als die Sucht. In ihren schlimmsten Zeiten hatte Sasza fünfundzwanzig Liter Wodka zu Hause gebunkert. Nicht Flaschen – Liter.

Zum Ende hin hatte sie sich nur noch mit reinem Wodka betrunken. Bier hatte sie wie Limonade in sich reingekippt, über den Tag verteilt, nur um irgendwie über die Runden zu kommen. Lediglich an reinen Alkohol hatte sie sich nie herangewagt – aber wäre der Unfall nicht gewesen, hätte sie den wohl eines Tages ebenfalls getrunken.

Ihre Familie hatte kein Problem damit gehabt, dass sie abhängig gewesen war, sondern vielmehr damit, inwiefern sie sich verändert hatte, sowie sie endlich abstinent geworden war. Sie hatte damit angefangen, allen deutlich mitzuteilen, was sie wirklich über sie dachte, hatte ihnen Konformismus vorgeworfen, Feigheit und Spießigkeit. Am Ende hatte sie dann auch noch ihren Polizeijob hingeworfen und ein Kind bekommen. Bis heute wusste niemand, wer Karolinas Vater war. Sasza hatte nie geheiratet, und das machte die Familie ihr zum Vorwurf – neben der Tatsache, dass sie sich inzwischen obendrein beruflich mit etwas befasste, was schwer zu fassen war. Dabei war sie früher doch so umgänglich gewesen, so lustig, so gesellig …

Die Tanten hatten sich vor der Kirche sichtlich erleichtert von ihr verabschiedet, wenn auch Sasza hier und da eine Spur schlechten Gewissens in ihren Blicken erkannt hatte. In der schlimmsten Phase ihres Lebens hatten sie alle ihr den Rücken gekehrt. Und Sasza wusste auch genau, was passieren würde, sowie sie sie allein gelassen hatte: Tante Adrianna würde zum hundertsten Mal zum Besten geben, wie mutig Lech gewesen sei, als er sie damals als Kind im letzten Augenblick aus der Ostsee gerettet habe. Irgendwann würde sich das Gespräch dann ihr – Aleksandra – zuwenden, und sie würden darüber diskutieren, ob sie nicht besser in England geblieben wäre.

Karolina war noch zu klein, um das alles zu verstehen. Im Augenblick freute sie sich einfach nur, ihre Cousinen zu sehen und mit ihnen spielen zu können. Eines Tages würde sich das ändern. Sasza hoffte inständig, dass ihre Beziehung zur Familie bis dahin wieder halbwegs normal wäre. Die Familie sei ihr wichtig, betonte sie Mal ums Mal. Ohne Wurzeln komme man ganz einfach nicht zur Ruhe. Und obwohl sie selbst nicht das Gefühl hatte, überhaupt noch Wurzeln zu haben, wollte sie ihrer Tochter doch ein Familienleben ermöglichen und das Gefühl von Sicherheit, das damit einherging. Karolina war gerne unter Menschen – wahrscheinlich weil sie ausgerechnet ihre ersten Lebensjahre nicht im Kreis einer Familie verbracht hatte. Ihre Tochter fand immer einen Anlass, um mit anderen zu lachen und zu spielen. Wann immer Sasza Karolina ansah, verspürte sie schier unendliche Liebe und Stolz; kaum vorstellbar, dass tatsächlich sie dieses Wunderwesen zur Welt gebracht hatte. Und obwohl ihr immer noch gewisse sprachliche Wendungen im Polnischen fehlten, kam sie mit den anderen Kindern hier hervorragend zurecht.

Die Therapeutin, zu der sie hin und wieder gegangen waren, um gemeinsam Fragen nach dem abwesenden Vater zu beantworten, hatte mal zu ihr gesagt, Karolina habe ein »leichtes Naturell«, eine »vollkommen andere Energie« als Sasza. Damals hatte sie nicht verstanden, was die Psychologin ihr damit hatte sagen wollen.

»Karolina braucht eine Beschäftigung, geben Sie ihr mehr zu tun, am besten etwas Kreatives.« Und sie hatte Sasza geraten, einen neuen Mann in ihr Leben zu lassen. »Ihre Tochter braucht eine positiv besetzte männliche Bezugsperson. Sonst wird sie es später in Beziehungen schwer haben.«

Leichter gesagt als getan, hatte Sasza damals fast schon mit Wut im Bauch gedacht. Heute war sie darüber nur noch traurig.

Ohne zu protestieren, hatte Laura ihr das Auto überlassen. Es war vollgetankt und sogar frisch poliert. Sasza wollte so schnell wie möglich heimfahren und sich endlich wieder ihrer Arbeit widmen. An nichts anderes denken, nicht weiter grübeln. Und tags darauf womöglich eine ortsansässige AA-Gruppe finden und zu einem Treffen gehen.

Sasza wusste, dass ihr die Gruppe helfen würde. Veränderungen waren das Schlimmste, was einem trockenen Alkoholiker passieren konnte. Und in ihrer derzeitigen Lage merkte sie das auch: Auf Schritt und Schritt lauerten Versuchungen, Herausforderungen – und Stress. Sie befürchtete, sie könnte irgendwann einknicken. Aber sie konnte, sie wollte, sie *durfte* nicht wieder trinken. Sie war seit sieben Jahren trocken – das durfte sie nicht einfach so kaputt machen.

Sie schob eine CD in den Rekorder und fuhr los. »Jism« von den Tindersticks. Gerade als sie den Wagen vor ihrem Haus abgestellt hatte, ging eine SMS ein. Sie griff nach ihrem Handy. Offenbar hatte ihre Mutter versucht, sie zu erreichen. Sasza rief sofort zurück.

»Ich kann Musik hören, bist du in einem Club?«, fragte Laura beunruhigt. Im Hintergrund ertönte die aufgeregte Stimme ihrer Tante Adrianna. Das Familienfest war offenbar in vollem Gange, und vermutlich war ihre Mutter zum Telefonieren in die Küche gegangen. »Ist alles in Ordnung?«

»Ja, ich bin gerade zu Hause angekommen«, antwortete Sasza. »Ich hab nichts getrunken, wenn du darauf anspielen solltest.«

»Nein, das meinte ich nicht ... Im Radio ist gerade durchgesagt worden, dass es in deiner Nachbarschaft einen Schusswechsel gegeben hat. In irgendeinem Club ... Ich war nur besorgt, es könnte dir etwas passiert sein.«

»Mama, ich gehe seit Jahren nicht mehr in Clubs«, gab Sasza zurück.

»Gut, gut.« Laura atmete erleichtert aus. »Karo kann gern hier übernachten und morgen mit uns zu einem Ausflug mitkommen, wenn du einverstanden bist.«

Sasza konnte das fröhliche Lachen und Quietschen der Kinder im Hintergrund hören.

»Wenn Karo Lust darauf hat, gerne.«

»Ich bin froh, dass nichts passiert ist.«

»Nein, nein, alles gut«, versicherte Sasza erneut. Dann hielt sie abrupt inne. »Haben sie gesagt, wie der Club hieß?«

»Nadel ... glaub ich zumindest.«

Sofort legte Sasza den Gang ein und gab Gas.

»Küss die Kleine von mir! Ich melde mich morgen Nachmittag!«

Vor dem Club standen massenhaft Schaulustige. Zwei Feuerwehr- und einige Streifenwagen mit angeschaltetem Blaulicht parkten vor der Einfahrt. Sasza näherte sich dem Pressepulk und zückte ihr Notizbuch. Eine Reporterin sah zu ihr rüber.

»Weißt du, ob auch der andere Eingang blockiert ist?«

»Keine Ahnung, bin gerade erst gekommen«, antwortete Sasza mit einem Kopfschütteln. Sie wollte den Bereich für die Journalisten so schnell wie möglich wieder verlassen, konnte aber keinen Durchgang erkennen. »Es gibt einen zweiten Zugang?«

Die Frau sah sie an, als hätte sie nicht alle Tassen im Schrank.

»Da war mal einer, aber sie haben ihn zugemauert. Dieser Nachbar, der durchsetzen wollte, dass der Club dichtmacht, hat das bei der Verwaltung durchgekriegt. Jetzt liegt dort ein videoüberwachter Parkplatz. Hier sind fast überall Videokameras angebracht. Immerhin liegt keine zehn Schritte entfernt ein Polizeirevier. Bist du gar nicht von hier? Ich glaube, wir kennen uns noch nicht?« Die Journalistin gab ihr die Hand und stellte sich vor, doch Sasza hatte den Namen fast augenblicklich wieder vergessen.

Ein Notarztwagen fuhr vor, und die Reporterin drängelte sich ein Stück vor, um nichts zu verpassen.

»Nachbar. Zweiter Eingang. Videoüberwachung«, notierte Sasza.

»Angeblich handelt es sich bei dem Toten um Nadel, also um Jan Wiśniewski«, meinte die Journalistin, als sie wieder zurückkam. »Aber sie wollen es noch nicht bestätigen. Puh, was für ein Wind – der ist vielleicht eisig! Und ich hab meine Handschuhe vergessen, verdammt.«

»Der Sänger?« Unwillkürlich hatte Sasza einen Kloß im Hals.

»Es wurde gerade bestätigt«, mischte sich ein untersetzter Blonder mit Fellmütze ein. »Es ist Nadel. Wir bringen es gerade auf Radio Zet. Üble Geschichte. Wetten, dass ›Das Mädchen aus dem Norden‹ jetzt wieder in die Charts kommt?«

Mit einem Mal teilte sich die Menschenmenge, und zwei Sanitäter brachten eine schwer verletzte Frau auf einer Trage aus dem Club. Kurz bevor sie sie in den Rettungswagen schoben, rief einer von ihnen: »Verdacht auf Herzstillstand!«

Eine Ärztin stürzte auf den Wagen zu, rief nach einem Defibrillator, schlug die isolierende Decke zurück und setzte der Verletzten eine Spritze. Dann gab sie über Funk durch: »Schussverletzung, hämorrhagischer Schock. Muss sofort in den OP. Bereitet alles vor.«

Die Fotografen drängelten nach vorn und machten Aufnahmen von einem zweiten Arzt, der den Defibrillator auf die Brust der Frau presste. Dann kam er den Ansagen der Kollegin nach und setzte der Verletzten eine weitere Spritze, ehe die Türen des Wagens zuschlugen und der Rettungswagen davonraste.

»Unser Herr hat sie wieder zum Leben erweckt! Gott, dir sei gedankt!«, rief jemand aus der Menge und begann, laut zu beten. Sofort waren die Kameras auf ihn gerichtet. Es handelte sich um einen Mann mittleren Alters mit Norwegermütze und Daunenmantel.

Einer der Journalisten lachte höhnisch, und erste Pfiffe ertönten. »Gabryś, jetzt übertreibst du aber!« Andere schlossen sich dem Betenden an und stimmten gemeinsam einen Psalm an.

»Hoffentlich kommt sie durch«, hörte Sasza hinter sich. »Ich hab sie gekannt. Coole Frau.«

»Wer war sie?«, wollte Sasza wissen.

»Die Managerin«, erwiderte der Radio-Zet-Reporter. »Bestimmt wieder irgend so eine Mafiageschichte.«

»Und wer war dieser Typ?«

Sasza wies auf den Mann im Daunenmantel, der gerade durch die Tür verschwand.

»Irgend so ein Freak.« Er zuckte mit den Schultern.

»Das ist dieser frömmlerische Nachbar, Zygmunt Gabryś«, erklärte die Journalistin und tippte sich vielsagend an die Stirn. Dann stellte sie sich vor eine Kamera, um ein kurzes Live-Feature aufzunehmen. Lebhaft gestikulierend zeigte sie immer wieder hinüber zum Eingang des Clubs. Sasza fragte sich, woher die Medienleute schon jetzt über so viele Informationen verfügten.

Mit einem Schaudern wurde ihr bewusst, dass sie die beiden Menschen, auf die geschossen worden war, erst zwei Tage zuvor interviewt hatte. Wenn Izabela Kozak durchkommen sollte, würde sie den Angreifer womöglich benennen können. Die Reporter sprachen von Drohungen gegen die Club-Besitzer, von Drogen, die dort verkauft worden waren, und von Schutzgeldzahlungen an die Mafia. Die vermeintlich vertraulichen Informationen der Profilerin waren offensichtlich allgemein bekannt. Von wegen Diskretion – dieser Bławicki hatte sie offenbar für dumm verkaufen wollen. Und endlich wusste sie, wohin sie als Erstes gehen würde, sobald sie hier fertig wäre – und sie bedauerte es, nicht mehr bei der Polizei zu sein. Sie würde alles dafür geben, den Club betreten zu dürfen. Aber so konnte sie hier nicht mehr viel ausrichten.

Sie drehte sich um und wollte schon zurück zum Auto marschieren, als sie in der Menge vor dem Club-Eingang ihren

Exkollegen Robert Duchnowski entdeckte. Sie kannten sich noch von der Polizeischule. Duchno war grau geworden und hatte sichtlich abgenommen, aber er war es, ohne Zweifel. Der Zopf sah ein bisschen eigenartig aus – früher einmal war er eher der Fitnessstudiotyp gewesen, muskelbepackt, hatte sicher hundertzwanzig Kilo auf die Waage gebracht. Sasza schob sich durch die Menschenmenge.

»Sie können da nicht rein«, murmelte er und wies zum Eingang. »Wenn Sie ins Nachbarhaus wollen, dann bitte von der anderen Seite.«

»Erkennst du mich nicht mehr, Duchno?«

Der Kommissar warf ihr einen fast schon verächtlichen Blick zu. »Die Załuska … Schau an, bist du jetzt bei der Presse gelandet?«

Er war immer schon der ehrlichste, aber auch der misstrauischste aller Kollegen gewesen. Und er hatte immer schon eine gefährlich kurze Lunte gehabt. Nur unverblümte Offenheit würde ihn davon überzeugen können, dass sie keine bösen Absichten hegte.

»Ich arbeite als Profilerin. Und vor zwei Tagen hab ich vom Besitzer dieses Clubs einen Auftrag bekommen«, antwortete sie. »Er fühlte sich bedroht. Erst am vergangenen Freitag hab ich mit den zwei Opfern gesprochen.«

Er sah sie unbewegt an.

»Wer hat dir den Auftrag erteilt? Nadel oder der andere … *Besitzer?*«, hakte er nach einer Weile nach.

»Der andere.«

»Tja, dem geht's nach wie vor gut. Und jetzt verschwinde. Mit deinem *Auftraggeber* kannst du ja woanders reden, und zwar solange du willst«, gab er zurück und machte auf dem Absatz kehrt, marschierte zu seinen Kollegen hinüber und flüsterte einem kleinen Dicken in schwarzer Daunenjacke etwas zu. Sasza verspürte eine gewisse Irritation, als der Dicke mit dem Finger auf sie zeigte. Wie war gleich wieder sein Name? Irgendwoher kannte sie ihn ebenfalls. Richtig, Konrad Waligóra. Ein veritables Arschloch. Hatte sich offenbar ordentlich hochgearbeitet. Es war wirklich besser, wenn sie jetzt verschwand.

Doch sowie sie sich umdrehte, spürte sie eine starke Hand auf ihrer Schulter.

»Herr im Himmel – Sasza!«

Der Mann im Kriminaltechnikerkittel drückte sie spontan an sich und gab ihr einen Schmatzer auf die Wange.

»Jekyll!«

Sasza freute sich aufrichtig, den ehemaligen Kollegen wiederzusehen, auch wenn sie ihn kaum wiedererkannt hätte. Jacek Buchwic hatte gewaltig zugenommen, sah deutlich älter aus, als er tatsächlich war.

»Sag bloß, die ganze Schule ist inzwischen hier versammelt?«

Er lehnte sich zu ihr vor und flüsterte ihr zu: »Es ist zum Haareraufen, das kannst du dir nicht vorstellen! Seit geschlagenen fünf Stunden bin ich jetzt hier und hab rein gar nichts in der Hand! Wenn es je irgendwelche Spuren gab, dann haben diese bigotten Nachbarn oder die Notärzte sie zerlatscht. Wie es aussieht, muss ich bis übermorgen hierbleiben. Aber dann meld ich mich bei dir. Wie kann ich dich erreichen?«

Mit einem breiten Lächeln drückte Sasza ihm eine Visitenkarte in die Hand.

Buchwic riss die Augen auf. »Profiler? University of Huddersfield?« Er pfiff anerkennend durch die Zähne. »Schau einer an! Man erzählt sich ja so einiges – aber ich wusste, dass aus dir noch mal was werden würde.« Er zwinkerte ihr zu.

»Du hast dich aber auch ganz gut gemacht«, flunkerte sie.

»Unsinn! Du siehst fantastisch aus, Däumelinchen.« Er strich ihr über die Wange. »Ich bin immer noch derselbe alte Sack wie damals.«

»Ruf an, okay?«

»Na klar. Gleich nachdem ich die Duftproben gesichert habe – und zwar vom Safe«, sagte er mit einem schiefen Grinsen. »Eine Metalloberfläche – so was taugt doch nicht als Spurenträger! Aber der Vorschlag kam nun mal von unserer Prophetin. Damit überhaupt was haften bleibt, hätte der Täter schon einen ganzen Tag lang mit dem Safe unter dem T-Shirt herumlaufen müssen. Tja, die Meister der Kriminalistik … blöde Gänse, allesamt!«

»Meld dich, Jekyll. Und ich werde mit dir über das hier reden müssen«, fügte Sasza ernst hinzu.

»Gott bewahre – du willst doch wohl nicht etwa in deinen alten Job zurückkehren?«

»Nein, es hat nichts mit der Polizei zu tun.«

»Dann stell ich schon mal Wodka kalt. Und Tomatensaft. So wie du es magst.«

Sie lächelte. Sie würde ihm ein andermal erklären, dass sie das hinter sich gelassen hatte. Dass sie nie wieder trinken würde.

»Kaffee genügt vollkommen. Und wenn du nicht anrufst, spür ich dich auf!«

»Klar, dass du nicht lockerlassen wirst. Hast du noch nie.«

»Ganz genau.« Zum Abschied gab sie ihm ein Küsschen auf die Wange. »Das war schon immer mein Problem.«

Als sie zu ihrem Auto zurücklief, kam sie am Nachbarlokal vorbei – dem Heuhaufen. In einer der Scheiben waren Einschusslöcher zu erkennen; der Frost hatte sich in einem bizarren Muster drum herumgelegt. Sie machte ein paar Handyfotos, zog ein Maßband aus der Handtasche und vermaß die Löcher. Acht Millimeter. Ungewöhnliches Kaliber. Die Schüsse waren drinnen abgefeuert worden.

Als sie den Blick hob, sah sie hinter einem der entfernteren

Fenster im Nachbarhaus eine Gestalt. Dann wurde die Gardine zugeschoben.

Vorsorglich notierte Sasza sich, um welches Fenster es sich gehandelt hatte.

Tamara trat ans Fenster. Draußen stand eine ganze Horde Paparazzi, und unwillkürlich wich sie zurück.

»Hast du die gesehen?«

Bully nickte.

»Wir sind regelrecht umstellt.«

Tamara fragte sich, wie ihr Mann so ruhig bleiben konnte.

»Schade, dass wir nicht gleich heute früh gefahren sind. Es ist meine Schuld – es wäre für alle Beteiligten besser gewesen.«

»Du wolltest nun mal in die Kirche.«

»Ich musste …« Sie senkte den Blick. »Außerdem hattest du nichts dagegen.«

Er stand auf und ging zu ihr, streichelte ihr über das zarte Gesicht. Der schwarze, asymmetrisch geschnittene Pony fiel ihr über die Augenbrauen.

»Keine Ahnung, wann wir jetzt fahren können – ich muss mich bereithalten«, sagte Paweł.

Fast hätte sie gefragt, für wen, konnte sich aber gerade noch zurückhalten.

»Weißt du, wer es war?« Sie drehte sich weg, setzte sich aufs Sofa, zog die Beine an und legte sich die Decke über die Schultern. »Du weißt es, oder?«

»So was war zu erwarten«, erwiderte er seltsam ruhig. »Es tut mir leid um Iza – sie hätte nicht dort sein dürfen.«

Tamara sah ihn besorgt an.

»Sind wir in Gefahr?«

»Du nicht ...«

Sie wurden von der Klingel unterbrochen, und Bully legte den Finger an die Lippen.

Auf der Schwelle stand Sasza Załuska.

»Ich will zu Paweł Bławicki.«

»Ja bitte?«

Verblüfft starrte Sasza den Mann an. Das war nicht derselbe Bławicki, mit dem sie in dem Tankstellencafé gesprochen hatte – dieser hier war groß, athletisch gebaut, hatte sich den Schädel glatt rasiert und ein Schlangentattoo hinterm Ohr. Er trug einen Hoodie und eine Jogginghose, an den Füßen weiße Socken und um den Hals ein dünnes Goldkettchen. Mit dem Mann von der Tankstelle hatte er nicht die geringste Ähnlichkeit. Allerdings konnte Sasza sich an denjenigen Paweł Bławicki, der in diesem Moment vor ihr stand, vage erinnern: Als sie damals an die Polizeischule gekommen war, hatte er bereits die Abschlussklasse besucht und in Teilzeit als Ermittler gearbeitet. Die anderen Polizeischüler hatten samt und sonders zu ihm aufgeblickt.

»Sind Sie Bully? Paweł Bławicki?«

»Kennen wir uns?«

»Nicht persönlich. Aber ich muss mit Ihnen reden. Es gibt da ein Problem ... Könnten wir uns vielleicht unter vier Augen unterhalten?«

Bully gab Tamara ein Zeichen, und sie zog sich zurück. Sasza nahm die Mütze ab. Ihre Nase fühlte sich eisig an.

»Ich heiße Sasza Załuska und bin Profilerin. Ich erstelle psychologische Porträts von Tätern für Polizei und Staatsanwaltschaft.«

»Ich weiß, was ein Profiler ist«, blaffte Bully. »Arbeiten Sie an diesem Fall?«

»Bevor wir weiterreden, würde ich gern Ihren Ausweis sehen«, gab sie zurück und zeigte ihm im Gegenzug ihren eigenen

Ausweis. Bławicki zögerte, trat dann aber an eine Kommode und holte seinen Führerschein aus einer Schublade.

Sie musterte das Foto, überprüfte die persönlichen Daten und atmete tief ein.

»Vor ein paar Tagen hat sich ein Mann bei mir gemeldet und sich als Paweł Bławicki vorgestellt. Er meinte, dass er ... also dass Sie bedroht würden. Dass jemand Sie töten wollte. Das hier hab ich von ihm bekommen.«

Sie zog den Umschlag mit den Club-Unterlagen aus der Tasche. Der Mann nahm sie entgegen und blätterte darin herum.

»Außerdem hab ich fünfzehntausend Złoty Anzahlung bekommen«, fügte Sasza hinzu. »Er hat behauptet, Jan Wiśniewski – das Opfer von vorhin – habe Sie töten wollen.«

Bully starrte weiter auf die Unterlagen hinab – und brach dann in schallendes Gelächter aus.

Lucja Lange wachte mit entsetzlichen Kopfschmerzen auf und griff sich an die Stirn. Ihre Haut fühlte sich heiß an, so als bekäme sie eine Grippe. Doch anstatt aufzustehen und eine Schmerztablette zu nehmen, verkroch sie sich wieder unter der Decke. Sie sah einfach keinen Sinn mehr darin aufzustehen.

Schon gestern, nachdem sie ihrer Tante erzählt hatte, dass sie an Ostern würde arbeiten müssen und deshalb nicht zu Besuch kommen könnte, hatte sie die ersten Anzeichen einer Migräne verspürt. Seitdem war es immer schlimmer geworden. Hinter dem rechten Auge pulsierte es, ihr war speiübel und heiß am ganzen Körper. Dass sie am Vorabend zudem noch ein paar Bier getrunken hatte, hatte es nicht gerade besser gemacht. Allmählich wusste sie nicht mehr, was mit ihr los war: Grippe, Migräne – oder war es nur ein gewöhnlicher Kater?

Sie starrte auf ihre Nägel hinab. Der rechte kleine war angelaufen, violett wie eine Aubergine. Vor zwei Wochen hatte sie sich den Finger in der Tür eingeklemmt. Es hatte höllisch wehgetan, trotzdem hatte sie weitergearbeitet, den ganzen Abend lang hinter dem Tresen gestanden. Der alte Nagel würde sicher alsbald ausfallen; darunter kam bereits der neue zum Vorschein. Die einzige Konstante im Leben ist die Veränderung, dachte sie, und der Gedanke bescherte ihr für eine Weile bessere Laune. Sie kroch unter der Decke hervor und versuchte, sich gerade aufzurichten. Ihre Beine zitterten, sie hatte Schüttelfrost. Womöglich doch die Grippe. Sie hatte immer schon körperlich auf schlechte Nachrichten reagiert, und die Sache im Club war wohl das Schlimmste, was ihr bislang im Leben widerfahren war.

Iza, ihre Freundin – nein: ihre frühere Freundin –, hatte ihr gekündigt, sie vor versammelter Mannschaft als Diebin und als Lügnerin bezeichnet. Lucja hatte auf der Stelle den Schlüssel abgeben und ihre Sachen packen müssen. Als hätte Iza noch nie Geld aus der Kasse genommen! Sie alle hatten sich daraus bedient – in der Kasse steckte doch ohnehin bloß die Kohle, von der die Schutzgelder bezahlt wurden. Das wussten alle. Aber wer würde ihr das jetzt noch glauben? Als Iza sie wie einen Köter vom Hof gejagt hatte, hat Lucja sofort Bully angerufen, doch der hatte nichts damit zu tun haben wollen. Er hatte lediglich gefragt, wie viel in der Kasse gefehlt habe, aber das hätte sie nicht sagen können. Sie hatte nicht mal mehr die Zeit gehabt, die Abendeinnahmen zu zählen.

Das hatte Iza garantiert von langer Hand geplant. Schließlich hatte sie ihr angeboten, die nervige Pflicht für sie zu übernehmen. Und naiv, wie sie war, hatte Lucja noch gedacht, die Freundin wolle ihr bloß helfen, sie hatte sich sogar noch überschwänglich bei ihr bedankt. Inzwischen war sie überzeugt davon, dass Iza und Janek das Ganze eingefädelt hatten. Nadel einzuwickeln war schließlich ein Kinderspiel. Im Grunde wollte er doch nur in Ruhe gelassen werden.

Wie sie es angestellt hatten und warum, konnte ihr herzlich egal sein. Am Ende zählte das Ergebnis, ganz gleich wie man es drehte und wendete. Sie war arbeitslos. Wie würde sie jetzt ihre Miete und die Rechnungen bezahlen können? Wovon einkaufen gehen? Auf keinen Fall würde sie zu ihrer Tante zurückkehren. Wie sollte sie ihr das auch erklären? Sollte sie ihr allen Ernstes erzählen, dass sie gestohlen hatte?

Seit ihrem sechzehnten Lebensjahr hatte Lucja hart gearbeitet, meistens für einen Hungerlohn, aber ehrliche Arbeit war keine Schande, wie ihre Tante Krysia, die Schwester der Mutter, zu sagen pflegte. Sie war es auch, die das Mädchen großgezogen hatte. Der Vater war gleich nach der Geburt des Kindes auf Nimmerwiedersehen verschwunden, und auch die Mutter war kaum da gewesen – entweder war sie unterwegs gewesen oder hatte im Gefängnis gesessen. Ständig neue Freunde, einer schlimmer als der andere. Und ganz gleich in welche Geschäfte sie verwickelt gewesen waren: Immer hatten sich die Männer selbst zuerst in Sicherheit gebracht, und Lucjas Mutter war von Neuem in den Knast gewandert. Irgendwann hatte das Mädchen insgeheim sogar gehofft, sie würde niemals wieder auftauchen. Lucja war es besser gegangen, solange ihre Mutter weg gewesen war.

Hätte Lucja den Club bestehlen wollen, hätte sie genau gewusst, wie sie es hätte anstellen müssen: ohne Mitwisser, die sie auffliegen lassen konnten. Ein einfacher Einbruch. Und dabei hätte sie auch nicht die Einnahmen aus der Kasse mitgehen lassen – sondern das Mafiageld, das im immer noch unfertigen Tonstudio versteckt lag. Der Safe steckte in der alten Verpackung eines Radios aus den Fünfzigerjahren. Einmal in der Woche holte Bully das Geld ab und übergab den Großteil davon Leuten, die sich um den Laden kümmerten. Den kleineren Teil davon bekam Nadel, der es in Drogen investierte. Manchmal lagen auch Unterlagen oder Goldbarren im Safe. Einmal hatte Lucja für Bully eine Aktentasche mit Unterlagen aus dem Versteck holen müssen. Sie hätte natürlich hineinschauen können, aber sie hatte es nicht getan. Sie hatte gar nicht wissen wollen, was sie da in der Hand hielt. Bully hatte ihr für den Botendienst zweitausend zugesteckt. Anschließend war sie immer wieder an das Versteck gegangen – immer wenn sie im Club allein gewesen war – und hatte Gold darin vorgefunden, Juwelen, Bernstein und Schuldscheine.

Nach einer Weile hatten die Chefs den Zahlencode geändert, doch Lucja hatte ihn erraten. Hätte sie also allen Ernstes das bisschen Kleingeld aus der Kasse genommen – obwohl sie von dem Safe gewusst hatte? Wut kochte von Neuem in ihr auf, als sie sich die unselige Szene wieder ins Gedächtnis rief: »Hau einfach ab, du dreckige Diebin!«

Das hatte Lucja nicht auf sich sitzen lassen. »Ich bring dich um«, hatte sie sie angezischt, und zwar so laut, dass es jeder hatte hören können. Und niemand hatte daran gezweifelt, dass Lucja, die Tochter einer verurteilten Verbrecherin, es ernst gemeint hatte. In Izas Augen hatte Angst geflackert, sie war einen Schritt zurückgewichen und hatte sich Hilfe suchend nach einem Securitymann umgesehen. Doch der hatte Lucja bloß am Arm gepackt, und sie hatte sich nicht von ihm losreißen können, hatte gekämpft, um sich geschlagen, ihn getreten und gebissen.

Am Ende hatte Iza sie aus dem Club geworfen und auf die Straße gesetzt wie eine besoffene Nutte, und noch während sie sich aufgerappelt hatte, war Iza noch mal auf sie zugetreten und hatte auffordernd die Hand ausgestreckt: »Schlüssel!«

Lucja war aufgestanden, hatte sich ihre Sachen geschnappt und war losmarschiert. »Fick dich«, hatte sie noch über die Schulter gerufen. Wo der Securitymann sie am Arm gepackt hatte, prangten noch immer blaue Flecke. Er hatte ihr die Tasche aus der Hand gerissen und das Schlüsselband mit den Club-Schlüsseln herausgezogen, die Schlüssel abgezogen und das Band beiseite geschleudert.

»Komm nie wieder hierher, ich warne dich!«, hatte Iza ihr hinterhergerufen. »Wenn ich dich hier noch mal sehen sollte, rufe ich die Polizei. Erstick doch an dem Geld, das du geklaut hast, Schlampe!«

Genauso war es abgelaufen. So war ihre Freundin mit ihr umgesprungen – dieselbe Person, die ihr gerade erst wenige Wochen zuvor von ihrer postnatalen Depression und den Erektionsproblemen ihres Mannes erzählt hatte. Angeblich trank er auch und hatte im Suff ihr zweijähriges Kind geschlagen. Ja, der feine Herr Direktor! Izas Mann war Geschäftsführer eines großen, osteuropaweit agierenden Lebensmittelkonzerns. Nach außen hin waren sie das perfekte Paar: Urlaub auf Capri, Silvester in Venedig, den Hochzeitstag im Grand Hôtel. Trotzdem musste Iza im Club malochen, weil sie von ihm kein Haushaltsgeld bekam. Alles, was sie brauchte, musste sie sich selbst verdienen – ob Milchpulver und Brei für das gemeinsame Kind oder Kosmetik. Ihr reicher Ehemann hatte ihr auch nie eine Partnerkarte für sein Konto überlassen. Würde Iza ihn jemals verlassen, würde sie mit nichts weiter als einer Plastiktüte voller Habseligkeiten auf der Straße landen. Den Sohn würde er selbstredend bei sich behalten – nicht aus Liebe, sondern aus Prinzip. Wie würde das denn sonst nach außen aussehen? Regelmäßig war Iza häuslicher Gewalt ausgesetzt, und das Ausmaß hatte sogar Lucja entsetzt, die von zu Hause einiges gewohnt war.

Sie war am Boden zerstört. Sie hatte lange geglaubt, Iza und sie wären tatsächlich Freundinnen. Die beiden waren unzertrennlich gewesen: Iza und Lucja – die Managerin und deren rechte Hand. Die Bardame, die sämtliche Geheimnisse des Clubs kannte, und die Chefin, die sich jederzeit vor sie stellen würde, wie sie einmal versichert hatte. Von wegen! Wenn es drauf ankam, war jeder auf sich allein gestellt. Man wurde allein geboren und starb allein.

Das Allerschlimmste war, dass sie das Geld tatsächlich nicht gestohlen hatte – sie hatte schon lange nicht mehr in die Kasse gegriffen. Doch niemand hatte ihr noch glauben wollen. Lucja schnaubte in sich hinein. Das war wirklich das Lächerlichste an der ganzen Sache: Sie wurde des Diebstahls von dreißigtausend Złoty bezichtigt und konnte momentan nicht mal die Raten für ihr Auto begleichen. Sie würde es verkaufen müssen – aber wozu brauchte sie den Alfa jetzt auch noch? Letztendlich stand die Karre ohnehin mehr in der Werkstatt, als dass sie sie tatsächlich nutzte.

Was für ein Teufelskreis ... Sie spürte, wie ihr erneut die Knie weich wurden. Sie war sechsundzwanzig, geschieden, hatte kein Zuhause, keine Kinder, keine Familie. Sie hatte sich ein gutes Leben aufbauen wollen, doch offenbar war sie allen egal. Höchstens Tante Krysia machte sich noch was aus ihr – sie hatte zumindest wiederholt betont, dass sie an Lucja glaubte. Nur ihretwegen konnte sie den Kredit abstottern, den sie damals noch gemeinsam mit Jarek aufgenommen hatte. Doch was würde passieren, wenn die Tante erführe, warum sie gekündigt worden war? Natürlich würde sie annehmen, dass Lucja in die Fußstapfen der Mutter getreten war. Dabei war das Einzige, worum sie ihre Nichte stets gebeten hatte, ehrlich und aufrichtig im Leben zu sein.

Die Stille im Zimmer war schier ohrenbetäubend – und auf einmal verspürte Lucja den überwältigenden Drang, mit ihrer Tante zu sprechen. Doch, sie würde hinfahren, und dann würde alles besser werden. Sie würde sich in ihrem alten Kinderzimmer aufs Bett legen, die Tante würde Tee mit Honig kochen und ihr den Rücken mit Erkältungssalbe einreiben. Sie würde schlafen, endlich ausschlafen, und wenn sie aufwachte, würde sich alles als Albtraum entpuppen. Es würde alles wieder gut werden.

Lucja stand auf. Ihr Handy steckte in ihrer Handtasche – doch die war nicht mehr da. Womöglich hatte sie sie gestern Abend in dieser Spelunke verloren, wo sie ihren Frust in Alkohol ertränkt hatte. Verdammt, in ihrer Handtasche steckten all ihre Papiere, die Geldkarten, der Wohnungsschlüssel … Aber wie war sie dann in die Wohnung gekommen?

Sie zwang sich, ruhig durchzuatmen. Die Handtasche musste hier irgendwo sein. Allmählich ließ der Kopfschmerz nach – und endlich fand sie ihre Tasche. Sie stand neben den pinkfarbenen High Heels vom Vorabend; ein Absatz war lose. Das war bestimmt passiert, als sie nach dem Typen von der Security getreten hatte. Verdammt, der Schuster würde ihr dafür mindestens fünfzig Złoty abknöpfen.

Lucja kramte nach ihrem Handy. Der Akku hatte sich entladen. Sie verkabelte das Telefon und entsperrte es. Augenblicklich ging eine Flut aus Nachrichten ein. Die würde sie später lesen. Erst wollte sie nachsehen, ob sonst alles in der Tasche war.

Es schien nichts zu fehlen – außer einem ihrer blauen Nietenhandschuhe. Sie tastete auch die Taschen ihres knöchellangen schwarzen Goth-Mantels ab, den sie den ganzen Winter über trug. Dann suchte sie die ganze Wohnung ab – fünfundzwanzig Quadratmeter Fläche, in die lediglich eine klitzekleine Küchenzeile, ein Klappbett und ein Schreibtisch passten, auf dem sich Fotos und Notizen für ihr geplantes Online-Magazin stapelten. Außerdem sammelte sie Katzenfiguren, die überall herumlagen, als hätte ein Tornado in der Wohnung gewütet.

Sie neigte nicht dazu, Dinge zu verlieren … und Handschuhe waren ihr Fetisch. Sie hatte mehrere Paare in verschiedenen Farben, die sie auf ihre Schuhe abstimmte. Die blauen hatte sie von Tante Krysia zu Weihnachten bekommen. Meist trug Lucja schwarz: Tops, lange Röcke oder eng sitzende Lederhosen. Mit Schuhen und Handschuhen setzte sie bloß Farbakzente.

Sie suchte noch mal alles ab, doch der zweite blaue Handschuh war nirgends zu finden. Sie hätte heulen können.

Sie stellte den Wasserkocher an, und dann kramte sie aus der Küchenschublade eine Tütensuppe hervor. Sie gab das Pulver in eine Schüssel und goss siedendes Wasser darüber. Dann stellte sie sich unter die Dusche und blieb eine Weile einfach nur unter dem angenehm warmen Strahl stehen.

Erst nachdem sie die Suppe gegessen und sich angezogen hatte, griff sie wieder nach dem Telefon. Doch noch ehe sie Tante Krysias Nummer wählen konnte, klingelte das Handy in ihrer Hand. Bully. Mit einem leisen Keuchen nahm Lucja den Anruf entgegen.

»Bist du zu Hause? Wir müssen reden.«

»Ich wüsste nicht, worüber. Ich bin raus.«

Sie konnte und wollte nicht so tun, als wäre alles in Ordnung. Paweł sollte ruhig spüren, dass sie wütend auf ihn war. Er hätte ihr Rückendeckung geben müssen, doch er hatte sie nicht mal verteidigt. Und jetzt war es zu spät.

»Im Gegenteil. Leg auf und komm runter.«

Die Verbindung wurde unterbrochen.

Lucja zögerte für einen Moment, dann trat sie an den Kleiderschrank. Sie zwängte sich in eine knallenge schwarze Röhrenhose und suchte sich ein passendes Top – eins von denen, die ihre Tattoos hervorhoben, vor allem das Auge der Vorsehung in der Tribal-Umrandung. Darüber zog sie eine schwarze Wildlederweste und schlüpfte in fuchsiafarbene Stöckelschuhe sowie Handschuhe im selben Farbton. Dann legte sie noch violetten Lidschatten auf und tuschte sich die Wimpern. Sie nahm sich dafür alle Zeit der Welt. Wenn Bully eigens hergefahren war, um mit ihr zu reden, würde er auch auf sie warten. Offenbar hatte er etwas mit ihr vor. Bławicki war kein Mann, der seine Zeit gestohlen hatte. Womöglich wollte er die Angelegenheit bereinigen und sie wieder einstellen. Meinetwegen, sie würde darauf eingehen – aber nur um den Preis einer Gehaltserhöhung, schwor sie sich.

Das Telefon klingelte erneut, doch sie ging nicht mehr ran. Dann trudelte eine weitere Nachricht ein, wahrscheinlich Osterwünsche von Freunden oder Bekannten, die anlässlich des Feiertags ihr Adressbuch abarbeiteten. Sie persönlich war damit ganz sicher nicht gemeint. Und es war ihr auch egal; selbst verschickte sie nie Feiertagsgrüße. Trotzdem rief sie kurz die Inbox auf. Nur eine einzige Nachricht handelte weder von Jesus, Osterhasen noch von Eiern – und sie stammte von einer unbekannten Nummer.

Ich habe Ihre Nummer von Herrn Bławicki bekommen und bitte um baldigen Rückruf. Es ist dringend! Gruß, Sasza Załuska.

Lucja notierte die Nummer auf der leeren Suppentüte und steckte sie sich in die Hosentasche. Als sie das Haus verließ, saß Bully bei laufendem Motor hinter dem Steuer seines Wagens. Lucja stieg ein.

»Sag nichts!«, zischte er und fuhr los.

Sie fuhren an dem lang gezogenen Wohnblock entlang bis zum Asia-Imbiss in der Einkaufspassage. Lucja hatte schon ein paarmal hier gegessen, doch es hatte alles gleich geschmeckt, deswegen war sie nicht mehr hingegangen. Der Vietnamese, dem der Laden gehörte, war alles andere als ein guter Koch.

Sie stiegen aus, und Bully führte sie zur Rückseite des Imbisses, wo er an eine Tür klopfte. Ein alter Asiat machte ihnen auf. An den vorderen Speiseraum grenzte offensichtlich ein weiterer Gastraum ausschließlich für Vietnamesen. Der Raum war bis auf einen einzigen Zweiertisch voll besetzt. Bully gab einem jungen Mann hinter dem Tresen ein Signal.

»Lust auf Frühlingsrollen?«, fragte er und grinste Lucja an. »Bei so viel Chaos, wie du verursacht hast, musst du einen Bärenhunger haben.«

Sie nickte und zog den Mantel aus. Es war warm und stickig in dem Raum, das einzige Fenster war geschlossen.

»Gib mir dein Telefon.«

Sie legte ihm das Handy in die ausgestreckte Hand. Bully nahm die SIM-Karte heraus und zerbrach sie in zwei Teile, dann nahm er den Akku raus und legte ihn vor sich hin. Lucja war so baff, dass sie erst mal kein Wort herausbrachte. »Was soll das?«, protestierte sie schließlich. Ohne Handy besaß sie nicht mal mehr die Nummer ihrer Tante.

Statt zu antworten, zog er sein eigenes Telefon hervor und wiederholte das Ganze. Lucja starrte wortlos auf die über die Tischplatte verstreuten Teile.

»Ich kann dir ein Alibi besorgen«, sagte Bławicki nach einer Weile.

Lucja hob den Blick und spürte, wie sie rot anlief. Bully betrachtete sie aufmerksam.

»Iza hat überlebt.«

»Wovon redest du?« Allmählich stieg Panik in ihr auf.

Im nächsten Moment trat der junge Vietnamese an ihren Tisch und stellte zwei Teller mit Frühlingsrollen sowie zwei Dosen Cola vor ihnen ab. Es dauerte eine gefühlte Ewigkeit, ehe er Plastikbesteck, Servietten und Schüsselchen mit Soße zwischen ihnen platziert und anschließend auffordernd mit dem Kopf genickt hatte, um sich dann wieder zurückziehen.

»Worum geht es überhaupt?«

»Du bist wirklich eine gute Schauspielerin«, sagte er anerkennend und lachte kurz in sich hinein. »Nur weiter so.«

»Bully, was ist los?«

»Ich besorg dir einen guten Anwalt.«

Bully schnitt seine Frühlingsrolle entzwei, pustete kurz darüber und steckte sie sich in den Mund. Lucja blickte in den Dampf hinab, der von ihrem Teller aufstieg, und schluckte. Sie hatte tatsächlich Hunger, würde aber keinen Bissen runterkriegen, starrte nur blind vor sich hin. Erst ganz allmählich dämmerte ihr, was Bully gerade versucht hatte, ihr mitzuteilen.

»Zu niemandem ein Wort, hörst du?«

Er schob ihr einen dicken, fettfleckigen Umschlag zu.

»Was ist das?«

Sie streckte die Hand aus, überlegte es sich anders und widmete sich stattdessen nun doch den Frühlingsrollen.

»Steck's ein, oder bist du jetzt auch noch schwer von Begriff?« Bully verschlang einen Bissen nach dem anderen. Bald lag nur noch ein Rest Kohlsalat auf seinem Teller. »Und wenn dich jemand darauf anspricht, weißt du von nichts – du machst es ganz genau wie jetzt: Ich weiß von nichts, ich habe keine Ahnung, ich kann mich nicht erinnern. Das ist die beste Verteidigungsstrategie.«

»Aber ich hab doch gar nichts getan, wirklich nicht!«

Lucja legte die Gabel wieder weg und legte sich die Hand an die rasierte Schläfe.

Bully stand auf und legte einen Hundert-Złoty-Schein auf den Tisch. Er sah aus wie ein satt gefressener, zufriedener Kater, schoss es Lucja durch den Kopf.

»Ich auch nicht«, sagte er zu guter Letzt. »Aber wenn sie dich trotz allem kriegen sollten, dann hältst du den Mund, ist das klar? Ich hol dich da schon raus, versprochen. Vertraust du mir?«

»Keineswegs.«

»Sehr vernünftig.«

Dann verließ Paweł den Laden. Lucja aß in Ruhe ihren Teller leer, trank die letzten Schlucke Cola aus beiden Dosen, klaubte die Überbleibsel ihres Handys zusammen, um sie zu entsorgen, und legte auch gleich den Zettel aus ihrer Hosentasche dazu – die Nummer der Frau, die sich mit ihr hatte treffen wollen. Das Handy steckte sie in ihre Handtasche. Vielleicht ließ sich das ja noch zu Geld machen. Dann griff sie nach dem Hunderter, bezahlte und ließ sich das Wechselgeld bis auf den letzten Złoty rausgeben.

Draußen vor der Tür sah Lucja zum Himmel empor. Hier und da waren noch Wolken zu sehen, aber direkt über ihr funkelte der Große Wagen. Sie sah sich um und holte dann den Umschlag aus der Handtasche. Bestimmt zehntausend – womöglich sogar mehr, dachte sie und riskierte einen flüchtigen Blick.

Mit zitternden Händen verstaute sie den Umschlag wieder in der Tasche. Dafür würde sie die ausstehenden Raten für den Alfa begleichen und sich ein Flugticket nach Marokko kaufen können.

Lucja machte sich wieder auf den Heimweg. Je näher sie ihrem Zuhause kam, umso stärker wurde das Gefühl, dass sie es genau umgekehrt machen sollte: erst Urlaub, dann der Wagen. Oder sie verkaufte den Alfa und zog für immer dorthin, wo es warm war und wo niemand sie kannte.

Ein Hundebesitzer hielt ihr die Tür auf. Für einen Moment hatte sie den Eindruck, als würde er sie seltsam ansehen, und drehte sich noch einmal nach ihm um. Komisch, den hatte sie noch nie gesehen. Dann lief Lucja die Treppe hinauf, schloss ihre Wohnung auf und warf die Tür hinter sich zu.

Als sie Bullys Geld auf dem Tisch ausbreitete, konnte sie es kaum fassen. Auf der Tischplatte lagen insgesamt dreißigtausend Złoty. Es war ihr gleichgültig, woher das Geld stammte – sie brauchte es. All ihre Probleme waren damit auf einen Schlag gelöst. Und auch ihre Migräne hatte sich endlich verzogen.

Sie hatte noch immer ein Lächeln im Gesicht, als es an der Tür klopfte. Durch den Spion erkannte sie den Mann wieder, den sie gerade noch an der Haustür gesehen hatte – nur dass er diesmal seinen Hund nicht dabeihatte. Sie drehte sich um und schaffte es gerade noch, das Geld in den Umschlag zurückzustopfen, als im nächsten Augenblick die Tür aufflog. Ein Einsatzkommando stürmte die Wohnung, und Lucja wurde zu Boden geschleudert. Jemand drehte ihr die Arme auf den Rücken, zerrte ihre Beine auseinander, und ein anderer brüllte: »Vorsicht, sie könnte bewaffnet sein!«

Tu, was du nicht lassen kannst, aber lass mich aus dem Spiel.« Duchno schüttelte den Kopf und schob ihr den Stapel Unterlagen sowie die Fotos von Jan Wiśniewski und Paweł Bławicki zu – dem echten Bully. »Auf Stress mit meinen Vorgesetzten hab ich keine Lust.«

Sie saßen im Arsenal, einer alten Polizistenkneipe. In Saszas Erinnerung hatte das Lokal immer als postsozialistische Spelunke gegolten – überall Plastik und Staub. Inzwischen war die Bar im Kolonialstil renoviert worden. Polizisten kamen noch immer her, kehrten gern auf eine Portion Ochsenzunge oder einen Teller Kutteln ein. Jekyll legte den Löffel zur Seite und hob den Suppenteller an den Mund, um den Rest auszuschlürfen. Die anderen hatten sich nichts zu essen bestellt. Vor Sasza stand lediglich ein kalter Espresso, und Robert hatte seinen Tomatensaft nicht einmal angerührt, auch wenn er immer wieder Tabasco hineingeschüttet und verbissen umgerührt hatte.

»Hast du eigentlich einen Knall, Duchno?«, brummte Buchwic. »Hast du nicht gehört, was Sasza gesagt hat? Irgendjemand spielt mit uns, und du hast Angst um deinen mageren Hintern? Das geht doch nicht!«

»Seit wann spielst du den Samariter?«, gab Duchnowski zurück. »Du kannst ihr ja gern helfen, aber auf eigene Rechnung.«

»Das werde ich auch.«

Buchwic drückte die Brust raus und tippte auf einen Stapel Fotos, die ebenfalls auf dem Tisch lagen. Es handelte sich um mehrere Aufnahmen sowie um das Phantombild desjenigen Mannes, mit dem Sasza unmittelbar vor Ostern gesprochen hatte. Der Zeichner hatte es vor ein paar Stunden nach ihren Angaben erstellt und dabei ein wirklich gutes Ergebnis erzielt: In dem schmalen Gesicht mit dem langen Kinn dominierte eine lange Nase, er hatte verkniffene Lippen, weit auseinanderstehende Augen, einen wild in die Stirn gekämmten Pony. Sasza hatte anerkennend genickt. Der Unbekannte war wirklich hervorragend getroffen – und trotzdem war bislang jeglicher Versuch gescheitert, ihn zu identifizieren. Auf den Archivbildern der Kollegen aus der Kommandantur hatte sie niemanden wiedererkannt.

Jekyll nahm eins der Fotos in die Hand. Es zeigte einen erschreckend mageren Kleinkriminellen, der unter dem Namen Płoska geführt wurde.

»Irgendwer versucht hier, Sasza reinzureiten«, murmelte er. »Ich weiß nur noch nicht, wohinein.«

»Und warum«, fügte sie hinzu.

»Mann, warum musst du dir aber auch immer wieder die Finger verbrennen?«, maulte Duchno. »Warum hast du die Kohle dieses Typen angenommen? Du weißt nicht mal, mit wem du da gesprochen hast.«

»Immerhin hab ich mir das Autokennzeichen aufgeschrieben«, verteidigte sich Sasza.

»Das war gefälscht«, entgegnete Duchnowski aufgebracht. »Ich hab es überprüft. Was sollen wir denn jetzt machen? Zettel mit seiner Visage ausdrucken und überall verteilen?«

Sasza biss sich auf die Unterlippe, dann riss sie geknickt das Zuckertütchen auf und ließ den Inhalt in die Kaffeetasse rieseln. Duchnowski hatte ja recht, sie hatte einen Fehler gemacht.

»Mann, krieg dich wieder ein. Immerhin haben wir jetzt die Möglichkeit, uns an Bławicki dranzuhängen.«

Duchnowskis höhnisches Schnauben ging in einen heftigen Hustenanfall über.

»Bully? Das ist ein alter Hut«, röchelte er. »Außerdem haben wir nichts gegen ihn in der Hand.«

»Okay, dann lassen wir das Ganze bleiben«, sagte Sasza resigniert. »Ich will euch nicht in irgendetwas reinziehen. Trotzdem wäre es klasse, wenn ihr mir die Ermittlungsakten überlassen könntet, meinetwegen auch nur für ein, zwei Tage. Wenigstens über Nacht«, fügte sie eilig hinzu.

»Du hast sie wohl nicht alle«, murmelte Duchno.

»Ich könnte euch nützlich sein – ganz unabhängig von diesem aktuellen Fall. Wirklich, ich kann euch helfen.«

»Profiling, ja?«, zischte Duchno. »Das hier ist nicht mehr das alte Polen, weißt du? Sogar wir haben uns weiterentwickelt. Wir kommen schon allein zurecht. Der Fall ist aufgeklärt – wir haben mittlerweile unseren Täter.«

Jekyll und Sasza starrten ihn verblüfft an.

»Robert, so hättest du vor zehn Jahren reden können – aber heutzutage ist Profiling längst eine anerkannte Ermittlungsmethode«, hob Sasza an, sich zu verteidigen, doch Jacek fiel ihr ins Wort.

»Moment, was denn für ein Täter? Alles, was wir haben, ist eine Patronenhülse, ein paar Duftspuren, ein Schuhabdruck und ein Fingerabdruck von einer Türklinke. Wobei das immer noch die heiligen Nachbarn sein können, um es noch einmal zu betonen – die waren dort ständig unterwegs! Oder einer der Sanitäter oder ein Feuerwehrmann«, fuhr Buchwic fort. »Insofern kommen plus/minus siebenunddreißig Personen infrage. Also, wer war es, Duchno? Und seit wann weißt du es? Oder ist mir in meinem eigenen Labor irgendwas Wesentliches entgangen?«

»Tja, heute arbeitest du vielleicht noch dort, morgen könnte das aber schon ganz anders aussehen«, blaffte Duchnowski ihn an. »Izabela Kozak hat das Bewusstsein wiedererlangt und ausgesagt, dass Lucja Lange auf sie geschossen habe. Sie ist sich zu hundert Prozent sicher. Waligóra war dabei.«

»Der Chef höchstpersönlich hat die Zeugin am Krankenbett besucht?«, wunderte sich Buchwic.

»Der Fall hat riesige mediale Aufmerksamkeit erregt. Da musste er sich zeigen. Wir müssen Kozak allerdings noch mal befragen, momentan ist sie noch nicht stabil genug«, erklärte Duchnowski und wiederholte damit die Worte seines Vorgesetzten.

»*Wir?*« Jekyll grinste höhnisch. »Seit wann machst du denn gemeinsame Sache mit Waligóra? Hast du die Fronten gewechselt?«

Duchno ignorierte den Seitenhieb und drehte sich zu Sasza um. Er konnte nur hoffen, dass Jekyll keine weitere Bemerkung machen würde.

»Fürs Erste üben wir uns in Diskretion, verstanden? Das darf nicht an die Presse durchsickern. Lange sitzt in Untersuchungshaft, und wir müssen sie erst noch befragen, aber es sieht gut für uns aus: kriminelle Vorgeschichte, Mutter mehrfach im Knast – gerade auch wieder, in Norwegen. Der Vater soll irgendein unbekannter Künstler sein. Na ja, die Gene halt.«

Duchno breitete die Arme aus. Sasza nahm einen Schluck kalten Espresso und stopfte die Unterlagen zurück in ihre Tasche.

»Robert, damit das klar ist – ich verstehe dich vollkommen«, sagte sie. »Es wundert mich nur, dass du tatsächlich bereit bist, gewisse Dinge einfach zu tolerieren. Ich hab dich anders gekannt …«

Er sah sie herablassend an.

»Ich verstehe das, ehrlich«, wiederholte sie. »Familie, Kinder, Altersversorgung – alles wunderbar. Und ich will dir das auch nicht vermiesen …«

»Du willst mich doch verarschen – ausgerechnet du!« Duchnowski funkelte sie an. »Und dann verkaufst du mich – die Frage ist doch nur, an wen.«

»Denk doch, was du willst«, erwiderte Sasza ruhig. »Ich hab dich nie verpfiffen, Robert. Niemals. Ich hab dich immer respektiert.«

Duchnowski dachte eine Weile über ihre Worte nach. Nicht dass er ihr auf einmal Glauben schenken würde. Trotzdem hatte sie in seinem Gesicht einen Hauch von Zweifel erkannt. Dann stand er abrupt auf, sodass sein Stuhl beinahe umgefallen wäre.

»Es ist schon spät, ich muss los. Die Pflicht ruft. Unsere Psychologin ist schwanger, und sie haben uns irgend so ein Bübchen geschickt, das gerade erst die Uni abgeschlossen hat. Ich muss aufpassen, dass er mir unser wiederauferstandenes Opfer nicht kaputt quatscht.«

Robert hielt sich die Finger an die Schläfe, als wollte er salutieren, doch anstatt zu gehen, sah er zu Jacek hinüber.

»Also? Was ist?«, fragte er, als wollte er sich vor seinem Abgang bei dem Kollegen absichern.

»Nichts.« Er zuckte mit den Schultern und nickte dann zu Sasza hinüber. »Sie hat auch Psychologie studiert. Und hat Erfahrung mit Komapatienten. Sie lag ja selbst im Koma.«

Duchnowski starrte Sasza an, als würde er sie gerade erstmals richtig zur Kenntnis nehmen. »Ist das wahr?«

Sie nickte.

»Nach einem Brand. Zwei Wochen.«

»Ist doch egal, warum oder wie lange. Hauptsache, sie kennt sich aus. Das würde doch perfekt passen?«

»Warum bist du eigentlich nach London gegangen?«, wollte Duchno jetzt wissen.

»Ich hab das Handtuch geworfen«, antwortete Sasza. »Die Wahrheit ist: Ich hab damals gesoffen ... und hab eine Aktion in den Sand gesetzt. Und dann war ich so fertig mit der Welt, dass ich, statt zur Kommandantur zurückzukehren, losgezogen bin, um Schnaps zu besorgen … Es war meine Schuld, dass wir diesen Trittbrettfahrer der Roten Spinne nicht gefasst haben.«

Beide Männer starrten sie fassungslos an.

»Okay«, sagte Duchno und setzte sich wieder. »Du musst dich jetzt nicht selbst kasteien, sonst fange ich noch an zu heulen.«

Jekyll pickte inzwischen die Kirschen aus seinem Nachtisch heraus.

»Ernsthaft, sie könnte uns wirklich von Nutzen sein«, warf er fast beiläufig ein. »Sie will uns doch behilflich sein, ohne etwas dafür zu verlangen, oder? Wie würdest du denn reagieren, Duchno, wenn jemand versuchte, dich fertigzumachen? Würdest du das einfach so auf sich beruhen lassen? Wohl kaum. Sasza will sich wehren, Punkt. Außerdem: Wenn du unserem Däumelinchen nicht helfen willst, erzähle ich ihr alles. Paweł Bławicki, also Bully, war in Szczytno in meinem Team, musst du wissen. Ein echt fähiger Typ. Wir waren damals zu dritt: Bławicki, ich und Mikruta. Tedi Mikruta ist heute bei der Terrorabwehr, ich hab im Labor angefangen, und Bully hat eben auf die Piratenflagge gesetzt. Er war schon immer scharf aufs große Geld. Ich kenne ihn seit mittlerweile drei Jahrzehnten, und ich hatte ihn immer im Blick – er gehört zum Elefanten, das weiß ich todsicher. Obwohl man ihm nie etwas nachweisen konnte. Und was glaubst du wohl, warum, Duchno? Weil er von ganz oben gedeckt wird. Waligóra arbeitet schon seit Jahren mit ihm zusammen, sie sind alte Freunde. Hätte sich Bully nicht für die dunkle Seite der Macht entschieden, wäre er heute Kommandant. Er war damals der Beste, aber dann … Tja, den Rest kennst du. Bully hat nie wieder zurückgefunden: das große Geld, die Drogen, die Abhängigkeit vom Elefanten ... Einmal hab ich ihn sogar bei der Arbeit gesehen, ganz am Anfang. Mit seinem Kumpel Majami sind sie bei einem meiner Nachbarn aufgetaucht, um Schutzgeld einzutreiben. Ich hab's gemeldet, und was ist passiert? Ich bin im Labor gelandet, wo ich keinen Schaden mehr anrichten konnte. Und du? Hast du ihn noch nie draußen gesehen? Kann ich fast nicht glauben.«

Duchnowski blickte ein wenig verbissen drein, doch dann antwortete er: »Doch, schon. Aber ich konnte ihm nichts nachweisen. Er ist ja nicht der Einzige, der Verbindungen zum organisierten Verbrechen hat ... Aber inzwischen ist er sauber, Jekyll. Weiß wie Schnee. Alles legale Geschäfte, kein Scherz. Maximal das Finanzamt kann bei ihm noch etwas finden – wir ganz sicher nicht.«

»Ach, Junge, jeder hat doch irgendetwas zu verbergen – und außerdem gibt's diese Querverbindung zu unseren Kollegen. Warum ist Waligóra heute wohl bei Iza Kozak aufgetaucht? Weil er Schiss hatte. Sie muss irgendwas wissen. Entweder sie sagt es, oder sie sagt es nicht – und das hängt jetzt nur noch von dir ab. So sehe ich es zumindest.«

Duchnowski presste nachdenklich die Lippen zusammen.

»Sasza will dem Ganzen auf den Grund gehen«, fuhr Jekyll fort. »Ist wohl verrückt geworden, die Kleine ... Nein, du hast natürlich recht, Duchno, sie soll die Finger davon lassen. Weise Entscheidung.«

Buchwic griff nach dem Serviettenhalter und nahm sich eine dünne Serviette nach der anderen, um sich die Hände abzuwischen. Kurz darauf war der Behälter leer und Jekyll von lauter Papier umgeben.

Wortlos stand Duchno auf, ging zum Tresen und sprach kurz mit der Bedienung, und auch Sasza erhob sich, lief um den Tisch herum, beugte sich zu Jacek vor und küsste ihn auf die Nasenspitze.

»Wofür war das denn?«

»Für deine Vernehmungstaktik«, strahlte sie ihn an. »Vorbildlich, wie du ihn mit den Fakten konfrontiert hast!«

»Ach, weißt du, in meinem Alter ist einem so was allmählich in Fleisch und Blut übergegangen«, gab er schmunzelnd zurück und zuckte mit den Schultern. »Robert kocht innerlich vor Wut – wegen Konrad Waligóra und all den anderen. Sie haben damals zusammen angefangen, weißt du? Und jetzt? Ein einziger Scheißhaufen, das Ganze! Dieser Idiot Waligóra ist heute Kommandant, und unserem Freund hier werden die unwichtigen Fälle übertragen, sechs Tage die Woche, damit er auch bestimmt nicht darüber nachdenken kann, dass seine Ehefrau ihn vor die Tür gesetzt hat. Die Scheidung hat ihn schwer getroffen.«

»Sie haben sich getrennt?«, fragte Sasza verwundert. »Marta und Robert waren doch immer ein Herz und eine Seele. Ich hätte nie gedacht, dass ausgerechnet die beiden sich trennen könnten.«

»Nichts ist für immer, Däumelinchen. Es gibt nur das Hier und Heute.« Jekyll winkte ab. »Jedenfalls ist er inzwischen solo, und nur die alte Katze ist bei ihm geblieben, so ein rothaariges, schielendes Monster. Die Kinder darf er nur noch sonntags sehen. Und nicht einmal zu Nutten kann er gehen, weil er Angst hat, sofort in eine Razzia zu geraten. Sag mal, hast du vielleicht ein Taschentuch? Meine Finger sind immer noch klebrig.«

Sasza legte ein Päckchen Taschentücher vor Jekyll auf den Tisch. Er riss es auf und fuhr fort, sich die Hände abzuwischen, als hätte er alle Zeit der Welt.

»Also hat dieser Waligóra Dreck am Stecken?«

»Aber so was von!«

»Was denn zum Beispiel?«

»Das ist die große Frage.«

»Allmählich werden es immer mehr Fragen ...«

»Ach, jeder normale Bulle träumt davon, dass endlich einer kommt und mal ordentlich aufräumt. Aber keiner fängt je damit an. Die Leute haben einfach zu viel Angst. Aber wenn man sie hinter vorgehaltener Hand um einen Gefallen bittet, dann helfen sie dir bereitwillig. Wenn nötig, tauchen auch schon mal ein Stuhl und eine Schlinge in einer Zelle auf. Ich helf dir, Däumelinchen, meine Zehn Gebote sind mir heilig.« Mit einem flüchtigen Blick auf seine Hände gab Jekyll ihr die restlichen Taschentücher zurück. »Danke. Und weißt du, was – du siehst inzwischen so viel besser aus! Du bist wirklich irre hübsch geworden. Damals warst du ein bisschen rundlicher, du weißt schon – aber heute? Eine richtige Klassefrau! Allerdings bist du nicht mehr richtig polnisch, das merkt man dir echt an. Wie du dieses ausländische Gebräu trinkst – wie eine Lady! Nee, nee, das ist nicht mehr unsere alte Sasza Załuska.«

Sie sah ihn vergnügt an.

Mit einem ernsten Gesichtsausdruck kam Duchno wieder an den Tisch. Er schien eine Entscheidung getroffen zu haben.

»Du haust jetzt besser ab«, sagte er zu Sasza. »Komm heute Abend wieder her, um sieben – du hast vier Stunden, keine Minute mehr. Kopier die Akten, scanne sie ein, friss sie, was auch immer. Aber um Punkt neunzehn Uhr hab ich sie wieder, verstanden? Ich sorge in der Zwischenzeit dafür, dass du für Izabela Kozaks Befragung offiziell als Psychologin eingesetzt wirst. Hilf ihr, sich wieder zu erinnern. Hast du irgendeinen entsprechenden Wisch von deiner englischen Hochschule? Ich muss begründen, warum ich einen ausländischen Spezialisten hinzuziehen will.«

»Sie leidet an Amnesie ...«

»Ja, hab ich das nicht gesagt? Sie hat zwar Lucja Lange als Täterin benannt, aber gleichzeitig ausgesagt, dass die mit einem

Revolver geschossen habe. Dabei behauptet unsere Ballistik etwas anderes ... Ich will wissen, woran sie sich verlässlich erinnert und ob man ihre Aussage für bare Münze nehmen kann.«

»Nicht dass euch später die Verteidigung den Fall auseinandernimmt.«

»Deswegen hab ich Waligóra gebeten, noch ein wenig zu warten, bis wir die Pressekonferenz einberufen.«

»Wie genau wurde Jan Wiśniewski ermordet?«, wollte Sasza wissen. »Ihr habt doch eine Patronenhülse gefunden, oder nicht?«

»Acht Millimeter. Wahrscheinlich eine aufgemotzte Schreckschusspistole.«

»War das nicht in den Neunzigern Mode?«, wunderte sich Sasza. »Heute ist so was doch fast schon eine Antiquität. Na ja, das puzzeln wir uns schon zurecht ... Die Frage ist nur, wie.«

»Puzzle du nur – aber lass dir nicht allzu lange Zeit«, brummte Duchnowski.

Sasza streckte die Hand aus.

»Danke, Duchno.«

Er zögerte, gab ihr dann aber doch die Hand.

»Sei pünktlich. Du musst dich auch nicht extra für mich schick machen.«

»Ich mache mich für niemanden schick. Allerdings muss ich erst noch meine Tochter zu ihrer Großmutter bringen.«

»Du hast ein Kind? Bist du verheiratet?«, fragte er sichtlich überrascht.

»Ja. Und nein. Ich habe eine Tochter, ja, sechs Jahre alt. Im September kommt sie in die Schule.«

»Kinder bringen einen wieder auf den Boden der Tatsachen zurück«, sagte er mit einem aufrichtigen Lächeln. »Sasza Załuska, du hast dich echt verändert!«

»Ich hab mich quasi gehäutet. Ich bin ein neuer Mensch.«

»In dieser Disziplin bist du schon immer gut gewesen«, gab er zurück.

Beide wussten, dass er recht hatte.

Izabela sah zu, wie die Neurologin Sylwia Małecka ihre Reflexe überprüfte. Sie hieß die Patientin Arme strecken, Fäuste ballen, Finger bewegen, dann stach sie mit einer Nadel in verschiedene Körperstellen und erkundigte sich, ob Iza den Schmerz auf beiden Seiten gleich stark wahrnehme, bat sie, die Arme zu heben und sie eine Weile gerade hochzuhalten. Der rechte Arm sackte dabei ein wenig nach unten, war eindeutig ein bisschen schwächer. Doch um das festzustellen, wäre keine Medizinerin vonnöten gewesen. Das war Iza schon Tage zuvor aufgefallen. Sie konnte die Finger der rechten Hand nur eingeschränkt bewegen, nicht einmal einen Bleistift konnte sie halten. Aber es würde schon werden. Sie hatte bereits eine Reha hinter sich, nachdem sie sich bei einem Treppensturz die Hüfte zertrümmert hatte. Auch damals hatte sie geduldig trainieren müssen, und am Ende war wieder alles gut geworden.

»Ihre rechte Hand sowie Ihr rechtes Bein weisen partielle Lähmungserscheinungen auf«, erklärte Małecka. »Und Sie haben nach wie vor Sprachschwierigkeiten.«

Iza starrte sie an, verstand nicht, was die Ärztin ihr damit sagen wollte.

»Alles bestens, Frau Kozak«, fuhr die Ärztin beschwichtigend fort. »Die Lähmung ist nicht sehr ausgeprägt, wir schicken Sie zur Reha, und dort wird die Hand wieder funktionsfähig. Und auch Ihre Erinnerung wird sukzessive wiederkehren. Es ist bloß eine Frage der Zeit.«

Eine Krankenschwester kam ins Zimmer. Routiniert hob sie Iza hoch und wechselte die Wäsche. Anschließend zog sie einen Stift aus der Kitteltasche und vermerkte etwas auf der Patientenkarte. Ein Fingernagel ihrer rechten Hand war schwarz.

»Was ... ist ...«, stammelte Iza in ihre Richtung.

»Ich hab mir den Finger in einer Tür eingeklemmt.« Die Krankenschwester kicherte verlegen und ballte die Faust.

»Nein ... Was ... ist ... das?« Iza starrte den Kugelschreiber an.

Überrascht blickte die Schwester auf den goldfarbenen Werbestift mit der Abbildung eines Elefanten hinab und hielt ihn der Patientin hin, die unbeholfen danach griff. Irgendwie erinnerte der Kuli sie an etwas ... vor allem der Aufdruck FinancialPrudentialSEIF.eu.

»Woher ... haben ...«, stammelte sie.

»Von der Bank, bei der ich neulich ein Konto eröffnet habe – die SEIF ist eine Bank mit eigener Versicherungsgesellschaft. Sie investieren hauptsächlich in Edelmetalle.« Die Krankenschwester zuckte mit den Schultern. »Aber solche Stifte kriegt man doch überall als Werbegeschenk. Ich würd ihn Ihnen ja gern überlassen, aber ich brauch ihn noch.«

Iza wollte ihr den Kuli bereits wiedergeben, als die Neurologin dazwischenging: »Kann ich mir den kurz ausleihen?«

Sie warf der Patientin einen kurzen Blick zu, setzte sich dann an den kleinen Besuchertisch und begann, das Patientenblatt mit weiteren Daten zu füllen. Izabela sah neidisch zu, wie mühelos der Stift in ihrer Hand übers Papier tanzte. Nach ein paar Sekunden stand Sylwia Małecka wieder auf und gab der Krankenschwester den Kuli zurück.

»Ruhen Sie sich aus«, empfahl sie Izabela. »Nachher kommt der Ergotherapeut vorbei. Halten Sie sich unbedingt an seine Anweisungen, dann können wir in ein paar Wochen erste Fortschritte verzeichnen.«

Als die beiden Frauen das Krankenzimmer verließen, ließ Iza sich zurück in die Kissen sinken und schloss die Augen. Bilder tauchten hinter ihren geschlossenen Lidern auf – ein kurzes Aufflackern, wie Standbilder aus einem Film: der Stift mit dem Elefanten und der Aufschrift »SEIF«. Ein Aufblitzen von Chrom. Ein Schlüssel. Unwillkürlich riss Iza die Augen wieder auf. Sie war sich sicher, dass diese Erinnerungen wichtig waren, auch wenn sie nicht wusste, warum. Dieser Schlüssel – ein einziger kleiner Schlüssel für eine Panzertür, mit einem fuchsiafarbenen Ring ... Er hatte Lucja gehört.

Als Iza erneut spürte, dass sie einzunicken drohte, kämpfte sie sich mit aller Kraft hoch, angelte aus ihrem Nachtschränkchen eine Packung Kekse und einen Stift und krakelte mit der Linken »Schlüssel« auf die Verpackung.

Ich war es nicht!«

Lucja stand vor dem Münzfernsprecher der Polizeikommandantur und trat von einem Bein aufs andere. Der Absatz eines ihrer fuchsiafarbenen High Heels hatte sich gelockert, und sie schwankte leicht. Das Telefon sah uralt aus – wie übrigens auch der gesamte Rest der Einrichtung. Anscheinend war hier seit Jahren nichts mehr erneuert worden ... Immerhin funktionierte das Telefon noch.

»Es ist mir egal, ob Sie mir glauben«, blaffte sie in den Hörer und hielt ihn dann ein Stück vom Ohr weg. »Ich hab doch nur gesagt, dass mir egal ist, was ... Warum lassen Sie mich nicht ausreden? Nein, menschliches Leben ist mir *nicht* egal, aber mir ist egal, was die Leute von mir denken.«

Sie atmete tief durch. Zorn brodelte in ihr hoch. Unter ihren Augen lagen dunkle Schatten, sie hatte kaum geschlafen.

»Ich rufe nur an, weil ...« Sie zögerte. Sie spürte, dass sie vor Hilflosigkeit gleich in Tränen auszubrechen drohte. »... weil ich meine Tante nicht erreichen kann. Und ich will nicht, dass sie es aus dem Fernsehen erfährt. Ich weiß, dass sie täglich in die Kirche geht. Sie lässt keine Messe von Pfarrer Staroń aus, und sie hilft im Pfarrhaus aus. Bestimmt kennen Sie sie: Krystyna Lange – Frau Krysia. Sie arbeitet stundenweise in der Wäscherei Czyste Pranie, das ist dort, wo auch Sie Ihre Wäsche und Soutanen reinigen lassen! Könnten Sie bitte Pfarrer Staroń Bescheid geben? Damit er meiner Tante sagt, dass es mir gut geht und alles in Ordnung ist? Und dass ich gleich komme, sobald ich hier raus bin?« Sie hielt den Hörer ein Stück vom Ohr weg und zählte lautlos bis zehn. Als sie sich wieder ein wenig beruhigt hatte, sprach sie weiter: »Meine Tante soll sich nur keine Sorgen machen, lassen Sie ihr bitte ausrichten, dass ich nicht wie meine Mutter bin. Ja, ich weiß, dass das komisch klingt, aber mir wurde nur ein einziger Anruf gestattet, die Nummer meiner Tante hatte ich im Handy abgespeichert – und das ist kaputt! Pfarrer Staroń wird schon wissen, worum es geht.«

Lucja erstarrte. Der Besetztton signalisierte ihr, dass die Person am anderen Ende aufgelegt hatte. Eine Beamtin trat auf die Verdächtige zu, nahm ihr den Hörer aus der Hand und legte ihn zurück auf die Gabel.

»Wär's das?«

Dann nahm die Frau das Telefonkabel in die Hand und begann, die Verdrehungen herauszuzwirbeln. Unter Garantie arbeitete sie schon lange hier, zumindest wunderte sie sich anscheinend über gar nichts mehr. Sie sah Lucja bloß von der Seite an und tätschelte ihr dann aufmunternd den Rücken. Für einen Augenblick kam es Lucja vor, als hätte die Beamtin allen Ernstes Mitgefühl mit ihr.

»Er hat aufgelegt ... einfach aufgelegt ...«, wimmerte sie.

Lucja hoffte inständig, dass die Polizistin etwas unternehmen würde – irgendetwas, was über ihre tägliche Routine hinausging. Aber sie schwieg. Als sie mit dem Entwirren des Kabels fertig war, rief sie den Wächter und verstaute Lucjas Unterlagen in einer Mappe.

»Dieser blöde Vikar wird sich nicht kümmern«, sagte sie eher zu sich selbst, »ganz sicher nicht! Herr im Himmel, was soll ich denn jetzt tun?«

Sasza wusste nicht, wie sie die Situation bewerten sollte. Die Tatverdächtige weigerte sich, Fragen zu beantworten, und wiederholte hartnäckig, sie sei unschuldig. Doch sie hatte kein Alibi für die Tatzeit. Und Raub und Rache als Motiv – wenn der Staatsanwalt es clever anstellte, würde es bei Gericht eventuell Bestand haben. Für die Presse sah die Angelegenheit spektakulär aus, für die Polizei weniger: Es gab kaum harte Fakten. Doch was sie hatten, genügte, um die junge Frau zumindest vorerst in Gewahrsam zu behalten. In den nächsten achtundvierzig Stunden würden sie weitere Informationen sammeln müssen, um Lucja Lange bis zu drei Monate in U-Haft zu stecken.

»Ihr Anwalt ist immer noch nicht da«, erklärte Duchno. »Wenn er nicht innerhalb der nächsten Viertelstunde auftaucht, nehmen wir sie zur Untersuchung mit. Das ist momentan am wichtigsten. Du kannst sie dann am Nachmittag befragen.«

Zum wiederholten Mal blätterte Sasza die Ermittlungsakten durch. Trotz Jekylls präziser, detailliert dokumentierter Tatortarbeit war die Spurenlage dürftig: die Hülse eines Projektils von acht Millimetern, wahrscheinlich abgefeuert aus einer frisierten Schreckschusspistole. Die Ermittler hatten bereits eine Suchanfrage in Umlauf gegeben, doch von den V-Leuten wollte sich niemand dazu äußern.

Der Fingerabdruck eines rechten Zeigefingers auf der Tür zum Club war ein weiteres – leider nicht allzu belastbares – Indiz. Doch dieser Abdruck konnte genauso gut von einem Sanitäter, einem Feuerwehrmann oder einem der Opfer stammen. Lucja selbst hatten sie bereits ausgeschlossen. Und auch der Schuhabdruck im Schnee vor dem Eingang hatte noch niemandem zugeordnet werden können.

In der Nähe von Jan Wiśniewskis Leiche hatte ein Schlüsselring mit Schlüsseln zur Nadel und zum Heuhaufen gelegen; einer der Ringe war fuchsiafarben – Lucja Langes Lieblingsfarbe, hatte jemand in der Akte vermerkt. Sasza war verblüfft, dass das einem der Beamten aufgefallen war. Was Jekylls Leute außerdem gefunden hatten, war ein blauer Handschuh: aus dünnem Leder, Größe M, nietenbesetzt. Bis vor Kurzem dürfte er ausgenommen schick ausgesehen haben; inzwischen aber – zerknittert und mit einer braunen Substanz befleckt – erinnerte er eher an einen alten Lappen. Anfangs waren sie davon ausgegangen, dass er dem Opfer gehört hatte, doch dann war der zweite Handschuh in Lucja Langes Wohnung aufgetaucht. Jekyll war es gelungen, darauf einige Blutstropfen zu sichern, hatte aber feststellen müssen, dass sich abgesehen von dem Blut des Opfers auch noch DNA-Spuren einer weiteren Person darauf befanden. Fingerabdrücke hatte er von der Lederoberfläche nicht mehr nehmen können, dafür war der Zustand mittlerweile zu schlecht. Von der DNA-Analyse erhofften sie sich mehr. Wenn ein dritter Beteiligter ausgeschlossen werden konnte, würde ihnen hoffentlich ein komplizierter Indizienprozess unter dem wachsamen Blick der Medien erspart bleiben.

Allerdings wurde die Geschichte jetzt schon hochgekocht. Garantiert würde bei Gericht eine ganze Horde Journalisten im Publikum sitzen. Vor einem Indizienprozess scheute jeder Ermittler zurück; die Chancen standen erfahrungsgemäß fiftyfifty. Doch der Mord an einem berühmten Sänger schürte die Emotionen, und die Kripo würde bis zur Urteilsverkündung unter medialem Beschuss stehen. Duchnowski hatte bereits jetzt Anrufe von ganz oben erhalten, und bei den Teambesprechungen würde von nun an ein Vertreter des Kommandanten anwesend sein. Bei der jüngsten Sitzung war sogar der Polizeisprecher dabei gewesen, und alle hatten das Gleiche gesagt: »Wir dürfen uns jetzt keinen Fehler erlauben.« Als wüsste Duchnowski das nicht selbst.

»Entweder kann ich es der Bardame nachweisen und lege dem Richter lückenloses, wasserdichtes Material vor – oder das Ganze fliegt uns um die Ohren. Ein Indizienprozess kommt nicht infrage«, hatte die Staatsanwältin Edyta Ziółkowska ihnen mit auf den Weg gegeben.

»Woher soll ich denn belastbare Beweise nehmen?«, entrüstete sich Duchnowski. Er hatte keine Lust, sich vor der Staatsanwältin zu rechtfertigen, nicht zuletzt weil sie nur halb so alt war wie er selbst. Außerdem war auch sie am Tatort gewesen, hatte alles in Augenschein genommen. Wer immer auf den Sänger geschossen hatte, hatte offensichtlich keine Spuren hinterlassen.

Die Tat hatte sicher keine Viertelstunde gedauert. Der Täter war so schnell wieder vom Tatort verschwunden, dass niemand ihn gesehen oder gehört hatte. Folglich hatte er entweder Hilfe gehabt – oder sie hatten es komplett falsch angepackt. Womöglich hatten sie ja doch irgendwas übersehen. Unsichtbare Mörder gab es schließlich nicht.

»Aber genau das meine ich!«, rief die Staatsanwältin. »Die Lange kannte sowohl den Club als auch die unmittelbare Umgebung, sie wusste, wo das Geld aufbewahrt wurde – und sie hatte einen Streit mit dem Opfer. Die Waffe wird sie sich auf dem Schwarzmarkt besorgt haben. Sie ging rein, schoss die beiden nieder und verschwand. Womöglich hatte sie sogar einen Komplizen – vielleicht hat jemand Schmiere gestanden ...«

»He, he, welcher Schwarzmarkt?« Duchnowski tippte sich an die Stirn. »Diese Waffe war älter als jeder Dinosaurier – selbst ich hätte Probleme, mir so was zu beschaffen.«

»Ihr habt eure Befehle. Alle erforderlichen Genehmigungen sind erteilt. Der Durchsuchungsbeschluss für die Nadel liegt vor. Überprüft den Laden, sämtliche Freunde, Familien, Liebhaber. Sie muss diese Pistole doch irgendwo versteckt haben«, meinte Edyta Ziółkowska.

»Erklär mir nicht, wie ich meine Ermittlungen zu führen

habe!«, brauste Duchno auf. »Ich hab schon hier gearbeitet, als du noch in die Windeln gemacht hast.«

Er ahnte, dass er damit ein Stück zu weit gegangen war, doch die Staatsanwältin schluckte die Kritik. Auch sie war Profi, und sie wusste, dass ihre Aufgabe undankbar war. Es war ihr überdies bewusst, dass sie mit dem besten Ermittler der ganzen Kommandantur zusammenarbeitete. Duchno war ein Ass, auch wenn er manchmal unbeherrscht und unfreundlich auftrat. Außerdem hatte sein Team alles, was Ziółkowska ihm aufgetragen hatte, bereits umgesetzt.

Die Tante der Verdächtigen war beinahe in Ohnmacht gefallen, als die Polizei in der ulica Helska aufgetaucht war und bei ihr geklopft hatte. Obwohl sie den Beamten versichert hatte, dass sie die Nichte schon seit Wochen nicht mehr gesehen habe, hatten sie Lucjas Zimmer und gleich auch den Rest der Wohnung gründlich durchsucht. Eine Waffe oder weitere Beweise hatten sie nicht finden können.

Sie hatten sich von der Durchsuchung allerdings auch nicht allzu viel versprochen. Jeder versierte Verbrecher wusste, dass man eine Waffe am besten in ihre Einzelteile zerlegt loswurde, und die Ermittler nahmen an, dass diese Einzelteile mittlerweile irgendwo in einem Wald oder in den Dünen vergraben oder ins Meer geworfen worden waren. Sie hatten zwar die Bucht und den Bereich um die Plattenbausiedlung akribisch durchkämmt, dort aber bloß einen Haufen Schrott und ein paar tote Tiere gefunden.

Es blieb zu hoffen, dass sich ein Zeuge zu erkennen gab. Dass irgendjemand Lucja Lange dabei beobachtet hatte, wie sie aus der Nadel getürmt war. Vielleicht hatte sogar jemand die Schüsse gehört? Die unmittelbare Nachbarschaft war bereits befragt worden, ein Anwohner nach dem anderen – doch das Ergebnis war gleich null gewesen. Wahrscheinlich waren die Leute angesichts des Osterfests mit ihren Vorbereitungen zu beschäftigt oder von dem Stromausfall zu abgelenkt gewesen, um auf irgendjemanden zu achten, der im Dämmerlicht den Club verließ. Selbst wenn dieser Jemand eine Waffe in der Hand gehalten hatte.

Elf Mann hatten in stundenlanger Arbeit die Aufnahmen der Überwachungskameras in der Umgebung gesichtet. Das Gelände um die ulica Monte Cassino herum war regelrecht gespickt mit Kameras – doch wie sich herausgestellt hatte, waren auf den Straßen von Zoppot nicht allzu viele Passanten unterwegs gewesen – außer ein paar frommen Gläubigen auf dem Weg zur Messe.

»Sie kann sich doch nicht einfach in Luft aufgelöst haben«, ärgerte sich Duchnowski. »Vielleicht hat sie ja in der Nähe jemanden, bei dem sie unterschlüpfen konnte? Sie ist für eine Weile untergetaucht und hat den Ort erst verlassen, nachdem es draußen wieder ruhig war. Das würde Sinn ergeben. Andererseits …«

»Sie war nicht dort«, wagte Sasza sich kühn vor. »Womöglich hat sie auch gar nicht selbst geschossen, sondern einen professionellen Killer engagiert? Deswegen schweigt sie. Kann es nicht sein, dass sie in ihrer Zeit als Bardame Kontakt zu jemandem aus dem Milieu geknüpft hat? Der Mörder hat seine Spuren routiniert verwischt, die anderen Patronenhülsen mitgenommen und ist verschwunden, als wäre er nie da gewesen. Nur dass er nicht sichergestellt hat, dass die Frau tatsächlich tot war. Womöglich war er auch nicht wahnsinnig erfahren … Könnte es nicht sein, dass er nur diesen Auftrag angenommen hat und jetzt zu Hause hockt und bibbert?«

»Unsinn.« Duchno schüttelte entschieden den Kopf, auch um nicht zugeben zu müssen, dass sie sich schon früh in der Ermittlung auf eine Fährte festgelegt hatten. Es sprach einfach zu viel für Lucja als Täterin. Immerhin hatte Bully ausgesagt, dass dreißigtausend Złoty aus dem Club verschwunden waren – die Seriennummern der Geldscheine hatten sie dort überraschenderweise notiert gehabt –, und die gesamte Summe – die identischen Banknoten – war in der Wohnung der Verdächtigen gefunden worden.

»Es war Lucja Lange – sie wurde bei dem Diebstahl ertappt und hat die beiden niedergeschossen«, fasste die Staatsanwältin ihre Version zusammen. »Was für ein Pech für sie, dass Izabela Kozak überlebt hat.«

»Warum hat Bully sich die Nummern dieser Scheine aufgeschrieben?«, fragte Sasza. »Habt ihr ihn danach gefragt?«

»Weil er immer wieder bestohlen wurde. Deshalb hat er alles akribisch notiert, ehe er das Geld zur Bank bringen konnte. Behauptet er zumindest …«, wandte Duchno ein.

»Und die Lange soll das nicht gewusst haben?« Sasza nahm ihre Brille ab und rieb sich die müden Augen. »Sie hat doch nicht erst seit gestern dort gearbeitet. Meiner Ansicht nach stimmt da irgendetwas nicht. Warum sollte sie sich Scheine nehmen, die man so leicht zuordnen kann?«

»Ob es nun stimmt oder nicht – sie hatte sie nun mal.«

Für Duchnowski war die Diskussion beendet, und er wandte sich zum Gehen. Sasza lief ihm hinterher.

»Und dieser Bully?«, fragte sie, als sie bereits im Flur waren. »Steht er nicht unter Verdacht?«

»Nicht dass ich wüsste.« Duchno zog ein Päckchen Kaugummis aus der Tasche und schob sich einen Streifen in den Mund. »Er hat ein Alibi – zwar nur von seiner Frau … aber es ist nun mal so: Lange ist derzeit die plausiblere Tatverdächtige. Die Presse wird sie allein schon für ihren Namen lieben, meinst du nicht?«

»Lieber als Bully«, murmelte Sasza in sich hinein. »Aber meinetwegen, du hast recht – kümmern wir uns zuerst um das Mädchen.«

Falls Izabela Kozak ihre Aussage nicht zurückzog, war der

Indizienprozess also beschlossene Sache. Trotzdem würde ein gewiefter Verteidiger die Anklage im Handumdrehen aus den Angeln heben. Er musste lediglich die Vermutung entkräften, die Täterin habe ihren Handschuh am Tatort verloren. Dann wären sie geliefert. Und nachdem Lucja in dem Club beschäftigt gewesen war, hätte sie ihn dort auch bei jeder anderen Gelegenheit verlieren können. Genau das hatte Robert Duchnowski heute Morgen seinen Vorgesetzten und dann Edyta Ziółkowska mitgeteilt.

»Und was ist mit der Kassette?«, hatte die Staatsanwältin beharrt.

»Welche Kassette?«

»Na, die Geldkassette – also der Tresor. Es war ganz offensichtlich ein Raub – und wenn wir jetzt auch noch Duftspuren …«

»Edyta, das hatten wir doch schon«, hatte der Kommissar entnervt erwidert. »Auf dem Kasten waren keine Duftspuren, das hat Buchwic doch erklärt: Von einer metallischen Oberfläche Duftpartikel aufzunehmen ist beinahe unmöglich, weil Metall kein guter Spurenträger ist. Aber wenn du unbedingt willst, können wir das Experiment ja wiederholen.«

»Ja, will ich«, hatte sie zurückgegeben. »Und ich will Fingerabdrücke.«

»Fingerabdrücke gibt es nicht.«

»Dann wenigstens Haare – sie hat doch lange Haare! Hat sie dort denn gar nichts hinterlassen?«

»Da war nichts. Rund um den Tresor war alles sauber.«

Die Staatsanwältin hatte sich nicht mal die Mühe gemacht zu verbergen, wie genervt sie von der ganzen Sache war.

»Ich gebe dir Bescheid, Edyta, sobald ich neue Erkenntnisse habe«, hatte Duchnowski nicht minder angestrengt zurückgegeben.

»Reich offiziell Beschwerde ein«, riet Sasza ihm, als Duchno sich später bei ihr über die Staatsanwältin ausließ.

Er lachte höhnisch auf.

»Ihr Partner ist ein hohes Tier bei der Anwaltskammer, und ihre beste Freundin sitzt in einer Kommission, die genau solche Fälle prüft. Das ist eine verschworene Clique – keine Chance.«

»Mit dieser Einstellung kommst du aber auch nicht weit, Robert«, entgegnete die Profilerin.

»Ich hab es mittlerweile aufgegeben ... Warum sollte ich in meinem Alter noch den Helden spielen? Mir tun nur meine Leute leid – die laufen sich die Füße wund und schuften sich kaputt.« Duchnowski sah sich ungeduldig um. »Wo bleibt denn nun dieser Rechtsverdreher?«

»Wer ist als Lucja Langes Anwalt überhaupt bestellt worden?«, erkundigte sich Sasza.

Duchno mimte einen Trinker, der am Gehstock ging.

»Was? Marciniak?«, rief Sasza überrascht. »Der ist immer noch im Dienst? Dabei ist der doch fast blind – wie kann er da überhaupt Akten lesen?«

»Angeblich ist seine Sehkraft besser geworden ... und er trinkt weniger. Aber er geht immer noch am Stock – vor allem bei Gericht. Das macht sich gut vor den Geschworenen. Trotzdem müsste er längst hier sein. Seine Assistentin hat vorhin Bescheid gegeben, als er die Kanzlei verlassen hat ... was bedeuten dürfte, dass er heute nüchtern ist.«

»Und ich bin die Kaiserin von China«, murmelte Sasza. »Ich kann mich noch gut an Marciniak erinnern – er ist damals in Zoppot von einer Kneipe in die andere gezogen und hat sich volllaufen lassen. Das arme Mädchen – mit Marciniak hat sie also quasi gar keinen Verteidiger.«

»Falsch. Marciniak trinkt seit einem halben Jahr nicht mehr. Reine Willenskraft.«

Sasza zog nur die Augenbraue hoch.

»Lass mich, bis Marciniak kommt, mit der Frau reden. Sollte er in den nächsten Minuten auftauchen, halt ihn irgendwie auf.«

Diesmal zog der Kommissar eine Augenbraue hoch, doch zu ihrem Erstaunen nickte er.

»Zehn Minuten«, sagte er und zwinkerte ihr zu.

»Zwölf. Anschließend kann der Anwalt sofort zu ihr.« Aus ihrer Umhängetasche holte Sasza ihre Zigaretten und ein Aufnahmegerät und stopfte sich beides in die Jackentasche. »Ich glaube ehrlich gesagt nicht, dass Marciniak überhaupt kommt. Sie werden jemand anderen schicken. Wegen dreißigtausend Złoty hat dieses Mädchen niemanden umgebracht – erst recht nicht nachdem sie wusste, dass die Geldscheine nummeriert gewesen waren. Hier geht es um etwas ganz anderes. Du wirst schon sehen. Und es wird sich herausstellen, dass irgendjemand ihr einen erstklassigen Anwalt bezahlt. Pass nur auf, Duchno.«

»Ja, ja …«, murmelte Duchnowski. »Und woher willst du das wissen? Bist du jetzt auch noch Hellseherin?«

»Sieh es mal so: Die Umsätze des Ladens gehen in die Millionen. Da kann es nicht nur um den Club gehen. Irgendwer war da auf eine Art Abrechnung aus. Die Frau ist nur das Bauernopfer. Mag sein, dass Lucja Lange sogar ins Gefängnis muss, aber diese Sache ist nur die Spitze des Eisbergs.«

»Soll das ein Witz sein, Sasza? Nicht jeder Überfall entpuppt sich als eine internationale Affäre«, schnaubte der Kommissar. »Offenbar hast du in England zu viele Krimis geguckt. Komm auf den Boden der Tatsachen zurück, wir sind hier in Polen, in der Provinz.«

»Wollen wir wetten, dass statt Marciniak gleich ein Erstliga-Anwalt auftaucht?«

»Wegen Lange?« Robert schüttelte ungläubig den Kopf und

hielt ihr die Hand hin. Ein wenig verunsichert schlug Sasza ein.

»Um eine Flasche Wodka, einverstanden?«, sagte er.

Genau das hatte sie befürchtet. Wollte er sich über sie lustig machen? Sie zögerte und schluckte schwer.

»Die Zeiten sind vorbei«, sagte sie mit Nachdruck. »Ich wette um einen Wunsch. Der Gewinner hat einen Wunsch frei, in Ordnung?«

»Egal was für einen?«

Sie lachte befreit auf, und Robert grinste.

»Es war nicht Lucja Lange«, bluffte Sasza. »Wenn sie es gewesen wäre, hätten wir den Handschuh sicher nicht am Tatort gefunden. Irgendjemand versucht, eine falsche Spur zu legen – und ich will wissen, warum dieser Person so sehr daran gelegen ist.«

Duchno sah sie skeptisch an.

»Ich hab mich mal ein bisschen schlaugemacht«, fuhr Sasza fort. »Lucja Lange ist nicht dumm. Wenn wirklich sie die Täterin gewesen wäre, hätte sie nicht in ihrer Wohnung gesessen und darauf gewartet, dass eure Einsatzleute sie dort rausholen kommen. Sie war es nicht. Und ich werde es beweisen. Gib mir ein bisschen Zeit mit ihr, und ich hol es aus ihr raus.«

»Interessante Theorie«, kommentierte Robert und gähnte. Dann sah er auf die Uhr. »Deine Zeit läuft.«

Als sie einander gegenüberstanden, war Sasza auf den ersten Blick klar, dass diese Frau nicht zu zerstörerischen Impulshandlungen neigte. Lucja Lange wollte den Anschein einer Rebellin lediglich erwecken, doch insgeheim verbarg sich hinter der harten Fassade ein schüchternes Mädchen, dessen einziges Vergehen sein mangelhaftes Selbstbewusstsein war. Allein schon Lucja Langes Aussehen sagte viel über sie aus: die Tätowierungen, der Ring in der Oberlippe und die gewagt asymmetrische Frisur mit der leuchtend pinken Strähne – das Styling schrie regelrecht: Komm mir nicht zu nahe!

Sasza war überzeugt, dass Lucja in Wahrheit perfekt organisiert, geradlinig und äußerst zuverlässig war und dass ihr exzentrisches Äußeres lediglich dazu diente, andere auf Abstand zu halten und sich selbst davor zu schützen, allzu enge Beziehungen einzugehen. Lucja war sich gegenüber überaus streng, vermutete Sasza, und höchstwahrscheinlich versuchte sie nach Kräften, all die ihr übertragenen Aufgaben mit dem höchstmöglichen Grad an Perfektion zu lösen. Ein Vorhaben Schritt für Schritt zu realisieren bescherte ihr eine gewisse Befriedigung.

Außerdem war die Frau ambitioniert. Sasza hatte ihre Fotografien gesehen, das Online-Magazin *Mega*Zine Lost & Found*, das sie als Amateurin herausbrachte. Es war überaus professionell gestaltet und auf hohem ästhetischen Niveau. In der Kunstwelt hätte Lucja Lange sich durchaus behaupten können, doch ihr mangelndes Selbstbewusstsein hatte sie zu einem Job in einem Club verdammt.

»Angeblich gibt es auf der Welt nur wenige Menschen mit nur einer Tätowierung.«

Sasza legte ihr Diktiergerät und eine Schachtel R1 auf dem Tisch vor sich ab und begann, gemächlich die Folie abzuwickeln.

»Entweder man lässt sich eins machen und hört dann auf – oder man kriegt ein zweites, drittes, viertes und so weiter. Es gibt immer eine willkommene Gelegenheit, sich stechen zu lassen. Richtig oder falsch?«

Lucja starrte das Diktiergerät an. Es war ausgeschaltet. Ein ironisches Grinsen umspielte ihre Mundwinkel.

»Falsch«, erwiderte die Verdächtige, obwohl sie beide wussten, dass Saszas Behauptung stimmte. »Im Übrigen hab ich Ihren Kollegen schon gesagt, dass ich die Aussage verweigere.«

»Wir reden nicht über den Fall, es sei denn, Sie haben es sich anders überlegt«, sagte Sasza und lächelte – und Lucja schien sich darauf einzulassen.

Als sie ihr geantwortet hatte – als sie bewusst gelogen hatte –, war sie konzentriert und ruhig gewesen und hatte der Profilerin dabei direkt ins Gesicht geblickt. Wie die meisten Leute. Auf diese Weise, bildeten sie sich ein, wären sie glaubwürdiger. Doch in Wahrheit offenbarten sie damit das Gegenteil.

Sasza hasste den Begriff »Intuition«, der bei der Polizei oft zu ambivalent gebraucht wurde, auch wenn die meisten Beamten sich bei ihrer Arbeit selbstredend von Intuition leiten ließen. Ein gewisses Bauchgefühl gepaart mit einer gesunden Einschätzung der Fakten brachte in aller Regel die besten Ergebnisse. Das Leben war doch eine einzige große Vernehmung, schoss es Sasza durch den Kopf. Nur dass es nicht genügte, wenn man lediglich zuhörte. Man musste auch genau hinsehen.

»Ich hab mich nie getraut, mir eins stechen zu lassen«, fuhr die Profilerin fort, zog eine Zigarette aus der Schachtel und zündete sie an. Dann schob sie die Schachtel zu Lucja hinüber, und die Frau griff zu. »Eben weil ich nicht mehr aufhören könnte. Ich bin eine klassische Suchtpersönlichkeit.«

Lucja zog den Ärmel ihres Oberteils hinunter, um das Tattoo auf ihrem Handrücken zu verdecken, doch die Feuerzunge aus dem Maul eines Drachen blieb in Teilen sichtbar.

»In Ihrer Familie waren die Männer nicht gerade Helden, was?« Sasza hatte sich vorgenommen, Lucja an ihrem schwächsten Punkt zu treffen. »Ihr Exmann beispielsweise. Mag sein, dass er es verdient hatte, dass Sie ihm Fliegenpilze vorgesetzt haben. Aber warum wollten Sie auch gleich seine neue Freundin bestrafen?«

Lucja sah sie zugleich misstrauisch und interessiert an. Das

Gegenüber zu verwirren, zu nerven, durcheinanderzubringen, zu amüsieren, zu berühren – jedwede starke Emotion zu wecken musste das Ziel eines Befragenden sein. Wenn das Gegenüber sich zu so einer Emotion erst einmal hinreißen ließ, fing es auch an zu reden. Unglücklicherweise wandten die meisten Polizisten die einfachste Methode an: abwechselnd Angst zu schüren und dann Mitgefühl zu heucheln. Doch Zuckerbrot und Peitsche wirkten lediglich bei schwachen Gesprächspartnern. Nun hatte zwar jeder seinen Schwachpunkt – ihn zu finden war nicht sonderlich schwer. Doch wenn die Person nicht sofort einknickte, erwies sich der nächste Schritt als umso schwieriger.

In Wirklichkeit wollten die Menschen sprechen – erst recht in einer Krisensituation: um ihr Gewissen zu erleichtern. Die älteste, effektivste Methode, um jemandem Informationen zu entlocken, war immer schon der Beichtstuhl gewesen. Und wann ging man zur Beichte? Wenn einen das Gewissen plagte, wenn man sich anderen gegenüber falsch verhalten hatte.

»Sie müssen nichts sagen. Ich will Sie nur ein wenig kennenlernen und ein paar Verhaltensmuster aus Ihnen herauskitzeln, die ich für mein Täterprofil brauche«, erklärte Sasza wahrheitsgemäß.

In der Tat ging es ihr nicht nur um Informationen; sie war sich sicher, dass die junge Frau sie ihr nicht liefern würde. Sasza wollte stattdessen Lucjas Mimik studieren, ihre Gestik, die Stimmlage, ihre Art zu lügen. Dazu war keine stundenlange Vernehmung notwendig, keine detailliert ausgearbeitete Taktik. Es genügten drei neutrale und eine schmerzhafte Frage, ganz unabhängig von der Art des Falls. Und einiges hatte sie schon jetzt herausgefunden. Insgeheim hatte sie ohnehin nur eine einzige Frage stellen wollen – und sie würde Lucjas Reaktion im richtigen Moment genau erfassen müssen.

Allerdings hatte die Verdächtige sie von ihrem festgelegten

Weg abgebracht. Lucja hatte Saszas Behauptung zur Kenntnis genommen und nicht eine einzige Gegenfrage gestellt. Inzwischen sah sie die Profilerin auch nicht mehr direkt an, sondern hatte den Blick auf einen Punkt über deren Schulter gerichtet. Nach einer Weile rollte sie den Ärmel wieder hoch und offenbarte das Drachentattoo. Dann holte sie tief Luft.

»Meine Oma hat meine Mutter mit siebzehn bekommen. Als ich zur Welt kam, war meine Mama neunzehn. Ich bin jetzt sechsundzwanzig und hab immer noch kein Kind, und darauf bin ich stolz.«

Sasza blies scheinbar gleichgültig Zigarettenrauch in die Luft, hörte aber aufmerksam zu. Das war ihre Rolle: hinzusehen und zuzuhören. Mehr musste sie nicht tun.

»Sie lügen«, bluffte sie, und Lucja errötete.

Dann stand sie abrupt von ihrem Stuhl auf und drückte die Zigarette aus. Asche bröselte aus dem vollen Aschenbecher auf den Tisch.

»Sie lügen. Und ich kann mir nicht vorstellen, dass Sie wirklich so dumm sind, um nicht zu erkennen, was hier los ist«, sagte Sasza nachdrücklich, ohne dabei auch nur im Mindesten die Stimme zu heben.

»Ich habe nichts getan! Ihr wollt mich doch nur reinreiten! Ohne meinen Anwalt sag ich kein Wort mehr.«

Sasza bedeutete Lucja, wieder Platz zu nehmen, und die junge Frau setzte sich. Eine Weile starrten sie wortlos die jeweils entgegengesetzte Wand an.

Sasza brach letztlich die Stille. Und je länger sie sprach, umso tiefer grub sich eine Falte zwischen Lucjas Augenbrauen.

»Ihre Mutter und Ihre Tante sind Ihnen offenbar sehr wichtig. Umgekehrt scheint mir das nicht der Fall zu sein. Insofern kommen mir Ihre Tätowierungen vor wie ein Schutzpanzer. Ich kenne sie – den Drachen, die Raubkatze, die Schlange, die Motte, die Lilien, die Iris, Mohnblüten, die Augen der Dämonen ...«

Lucja starrte die Profilerin an, als hätte diese den Verstand verloren. Wer war die Frau, und was wollte sie von ihr? Doch dann fiel sie wieder in ihr altbekanntes Muster zurück.

»Ich hab nichts getan. Ich bin unschuldig. Mit diesen Schüssen hab ich nichts zu tun. Sobald ich hier raus bin, verklag ich euch – wegen Freiheitsberaubung!«

»Wer weiß«, sagte Sasza, stand auf und drückte ihre Zigarette aus. »Womöglich waren Sie es ja tatsächlich nicht. Oder aber Sie versuchen, jemanden zu schützen. Allerdings wäre das sinnlos – die Scheine waren nummeriert, Bławicki hat uns die Seriennummern durchgegeben, es war das Geld aus seinem Safe. Wenn Sie Ihre Meinung ändern sollten, melden Sie sich jederzeit bei mir. Sie können sicher sein, dass ich Ihnen zuhöre.«

Lucja drehte sich weg. Es war ihr mehr als deutlich anzusehen, dass sie neugierig geworden war, aber sich beherrscht zusammenriss.

»Ich habe nichts hinzuzufügen«, sagte sie schließlich.

Sasza sah sie herausfordernd an.

»War es diese Summe wirklich wert, dass Sie Ihr Leben ruinieren? Für einen Mord bekommt man fünfundzwanzig Jahre bis lebenslänglich. Lebenslänglich, begreifen Sie das überhaupt? Das heißt, dass Sie bis zu Ihrem Tod im Knast bleiben – und selbst wenn Sie vorzeitig entlassen werden sollten, wird niemand draußen mehr für Sie da sein. Ihre Tante wird nicht einmal mehr am Leben sein. Wollen Sie das? Oder geht es hier um irgendeinen Typen?«

Lucja funkelte sie wütend an, sagte aber kein Wort mehr. Diesmal blieb sie stur auf ihrem Stuhl sitzen. Nur ein Blick, ein spöttisches Verziehen des Mundwinkels – das war alles, was sie Sasza darbot. Sie hatte die Kontrolle wiedererlangt.

Doch Sasza war felsenfest davon überzeugt, dass dieses Mädchen ihr im nächsten Augenblick die ganze Wahrheit sagen würde.

»Ehrlich gesagt bedauere ich es sogar, dass ich es nicht getan habe. Ja, ich hätte Iza am liebsten umgebracht. Wie oft hab ich davon geträumt! Dieser gute Gott, an den ich nicht mehr glaube, möge mir vergeben, aber Izabela Kozak hätte den Tod verdient gehabt. Ich weiß nicht, wer es getan hat und warum, aber demjenigen zolle ich meinen ganzen Respekt. Applaus, wer immer es gewesen ist. Um so zu lügen wie sie, muss man ein echter Unmensch sein. Sie behauptet, ich wäre es gewesen, obwohl sie genau weiß, wer auf sie geschossen hat. Ich kann nur hoffen, dass dieser Jemand wiederkommt und es zu Ende bringt. Wirklich, es tut mir leid, dass ich nicht selbst auf sie geschossen habe. Denn hätte ich es getan, wäre sie jetzt tot – und ich auf dem Weg in die Karibik. Ich kann die netteste Person der Welt sein, aber wenn mich jemand für dumm verkaufen will, dann werde ich böse.«

Sasza sah auf die Uhr. Schätzungsweise noch anderthalb Minuten, bis sie gehen musste.

»Das hab ich mir gedacht«, meinte sie und stand auf, legte eine Visitenkarte auf den Tisch, doch Lucja sah nicht einmal hin. »Allerdings ist da immer noch die Sache mit dem Geld … Wie dem auch sei. Es wird sicher nicht das letzte Mal gewesen sein, dass wir uns sehen. Sie werden vermutlich eine ganze Weile hier in U-Haft bleiben, gewöhnen Sie sich also besser schnell daran. Vielleicht schlagen die Ermittler aber auch eine vollkommen neue Richtung ein – wenn Sie freigesprochen werden sollten, bekommen Sie das Geld aus Ihrer Wohnung womöglich sogar wieder. Dann können Sie jederzeit in den Karibikurlaub fliegen. Wer weiß, wie es ausgeht – bei Gericht kann man das nie so genau sagen. Aber das wissen Sie schließlich genauso gut wie ich.«

Lucja wurde blass und blinzelte erschrocken.

»Waren Sie das, die mich angerufen und mir eine SMS geschickt hat?«, fragte sie jetzt vorsichtig.

Sasza nickte und wartete auf eine Fortsetzung, doch Lucja schwieg, griff nur wortlos nach der Visitenkarte und steckte sie in die Hosentasche.

Sasza blieb kurz an der Schwelle stehen, ehe sie den Raum verließ, ohne sich zu verabschieden. Das Experiment war geglückt. Sie hatte keinen Zweifel mehr daran, dass Lucja Lange nicht die Täterin war – dass sie jedoch irgendetwas mit dem wahren Täter verband.

Auf dem Flur stand Duchno neben einem Mann in einem altmodischen Anzug – Stefan Marciniak. Er war tatsächlich ohne Gehstock gekommen. Im Vorübergehen nickte Sasza ihm knapp zu. Sowie der Anwalt im Vernehmungsraum verschwunden war, raunte Duchnowski: »Du hast die Wette verloren.«

»Wenigstens war ich bei Lucja Lange erfolgreich«, konterte sie. Dass der Pflichtverteidiger aufgetaucht war, wunderte sie trotz allem.

Sogar in seinem gut geschnittenen Zweireiher sah Stefan Marciniak alles andere als frisch aus – und das wusste er auch. Er zog ein Atemspray aus der Jackentasche und sprühte sich damit ein paarmal in den Mund, ehe er mit zitternden Händen seine Unterlagen zurechtlegte und dann seine Brille mit dem verbogenen Metallrand auf dem Tisch platzierte.

Lucja Lange sah ihn misstrauisch an.

»Ich will ganz ehrlich sein, Frau Lange«, eröffnete er das Gespräch, ohne seine Klientin auch nur anzusehen. »Sie sollten sich schuldig bekennen und ein Geständnis ablegen. Das würde uns allen viel Zeit sparen. Ihnen vor allem. Das Opfer hat Sie als Täterin benannt, Ihre Spuren befinden sich am Tatort. Sie müssen nicht erzählen, wo Sie die Waffe versteckt haben. Ich werde auf Notwehr plädieren, Sie bekennen sich schuldig, so können wir von einer Haftstrafe von acht bis zwölf Jahren ausgehen – immer noch besser als die Höchststrafe wegen Mordes. Und Sie kommen um den ganzen Medienrummel herum. Glauben Sie mir, auf so was haben Sie keine Lust. Es ist eine sehr unangenehme und anstrengende Erfahrung.«

Lucja erstarrte. Unwillkürlich fragte sie sich, ob der Prozess für sie selbst oder für ihren Anwalt schlimmer werden würde. Nachdem der erste Schreck sich gelegt hatte, war sie erstaunt, wie gut es ihr gelang, Ruhe zu bewahren, obwohl sie sich gerade mit einem Schlag ihrer Lage bewusst geworden war: Bully hatte sie ausgetrickst, er hatte niemals vorgehabt, ihr zu helfen. Und sie hatte offenbar den schlechtesten Verteidiger von ganz Danzig abbekommen.

Es war offenbar tatsächlich so, wie ihre Mutter immer gesagt hatte. Wenn irgendwas schiefgehen konnte, dann ging es auch schief. Genau davor hatte Lucja immer Angst gehabt und sich daher auch nie auf etwas Illegales eingelassen, nie etwas Unrechtmäßiges getan. Ein einziges Mal hatte sie Geld angenommen – und dafür würde sie jetzt büßen. Bławicki hatte ihr die dreißigtausend Złoty nicht umsonst gegeben. Lucja *sollte* damit erwischt werden. Sie war ein Mosaiksteinchen in seinem Plan.

Einen Moment lang saß sie mit verschränkten Händen da und starrte auf die Spitzen ihrer Schuhe. Durch den dünnen Futterstoff der Hose konnte sie die Kante der Visitenkarte spüren, die diese Profilerin ihr zugesteckt hatte.

»Mir ist ein Absatz abgebrochen. Könnten Sie mir vielleicht bequemeres Schuhwerk organisieren?«, fragte sie unvermittelt.

»Wie bitte?«

»Ich hab Sportschuhe zu Hause. Ein einziges Paar – leicht zu finden. Und einen Jogginganzug. Sehen Sie einfach im Kleiderschrank nach«, fügte sie amüsiert hinzu.

»Einen Teufel werd ich tun«, gab der Anwalt fast schon erbost zurück.

»Meine Tante wird Sie dafür bezahlen. Ich bin mir sicher, dass sie Sie zufriedenstellend honorieren wird. Sie wohnt gleich hier um die Ecke, in der ulica Helska in Zoppot. Die Adresse steht in Ihren Unterlagen. Ich bin immerhin bei Tante Krysia gemeldet.«

»Gut, ich kann veranlassen, dass Ihnen Schuhe und Kleidung gebracht werden.«

»Und ich möchte meine Tante treffen.«

Der Verteidiger atmete zweimal tief ein, ehe er mit seiner gewichtigsten Stimme, ganz so als würde er bereits vor Gericht stehen, erklärte: »Der Besuch eines Familienmitglieds ist in dieser Phase einer Ermittlung eher unrealistisch ... Aber zurück zur Sache: Wie wollen Sie plädieren? Etwa auf nicht schuldig?«

»Außerdem brauche ich mein Notizbuch, ein paar funktionierende Stifte – und Nescafé. Und Zigaretten«, verkündete Lucja.

»Ist das alles, was Sie mir zu sagen haben?«

»Das Gleiche wollte ich Sie auch gerade fragen«, gab Lucja zurück.

Kurz vor Sonnenuntergang betraten Sasza und Karolina die Zoppoter Seebrücke. Das Mädchen trug eine Öljacke und Gummistiefel und rannte im Slalom zwischen Werbesäulen hindurch, an denen Plakate mit der Ankündigung eines George-Ezra-Konzerts und des Auftritts von DJ Stare in der Nadel klebten. Janek Wiśniewski lächelte von den Plakaten herunter, als wäre er noch am Leben. Irgendein Witzbold hatte ihm auf einem der Plakate einen Heiligenschein und Vampirzähne verpasst. In zwei Wochen hätte Janek als Opener für den bekannten britischen Musiker sein »Mädchen aus dem Norden« zum Besten geben sollen.

An der Tür des Clubs klebten immer noch die Polizeisiegel, doch in der Presse hieß es bereits, das Konzert von George Ezra werde wie geplant stattfinden. Angeblich kostete ein Ticket auf dem Schwarzmarkt inzwischen vierhundert Złoty. Überhaupt noch eins zu bekommen grenzte an ein Wunder. VIP-Pässe wurden um die siebenhundert gehandelt. Nadels Tod schien die beste Werbung für den Laden gewesen zu sein. Die Anzahl der Likes auf Facebook war in die Höhe geschnellt, allein innerhalb der ersten vierundzwanzig Stunden nach dem Mord waren es siebentausend neue Fans gewesen. Sasza hatte es überprüft.

Nadels Hit kannte sie mittlerweile auswendig. Die Melodie war eingängig, ging gut ins Ohr, war dabei aber mitnichten beliebig. Wenige Akkorde, ein stürmischer Beat, Gitarren und dann Nadels durchdringende Stimme. Kein Wunder, dass es ein Erfolg geworden war. Kurz hatte Sasza überlegt, ob der Mord womöglich mit dem Lied verknüpft sein mochte. Obwohl die Polizei immer noch Lucja Lange für die Täterin hielt, hatte die Profilerin auch andere Optionen durchleuchtet. Allein den Liedtext hatte sie sich mehrmals vorgenommen. Warum war der Name des Urhebers eigentlich nie bekannt geworden? Sie hatte den leisen Verdacht, dass Janek Wiśniewski versucht hatte, die Tatsache zu vertuschen, dass er den Song nicht selbst geschrieben hatte. Im Internet galt er als Songschreiber, und er hatte es nie dementiert. Sie hätte zu gerne mit Bully darüber gesprochen, doch der verweigerte diesbezüglich jede Auskunft. Immerhin hatte er sich jedoch bereit erklärt, sich noch einmal mit ihr zu treffen. Und auch Iza Kozak würde sie sich alsbald vornehmen; sie hoffte, dass sie von ihr mehr erfahren würde.

Sasza verstand einfach nicht, warum »Mädchen« als Schmusesong galt. Vielleicht wegen der Melodie? Dabei war der Text traurig, fast schon depressiv, und von Strophe zu Strophe schien das Bedürfnis des Texters nach Rache immer deutlicher zu werden. Wer immer dieses Lied geschrieben hatte, hatte eine grausame Geschichte durchlebt und erzählte davon mit einem unverkennbaren Ziel: denjenigen, den er für den Tod zweier Menschen verantwortlich machte, zum Duell zu fordern. Die beiden Opfer mussten dem Autor des Liedtextes sehr nahegestanden haben. Die Frage war nur: Wer waren sie – und wer war der Schuldige?

Wie oft hatte Sasza nun schon das Blatt mit dem Songtext hervorgezogen und darauf hinabgestarrt.

Manchmal laufen sie um Mitternacht leise
Die Treppe hinab
Halten sich an den Händen

Die von einem schwarzen Band umschlungen sind
Dann raucht er eine Zigarette
Und sie kämmt sich die Haare
Am Morgen bleibt ihr Geruch zurück
Und am Boden die Asche unter den Füßen

Das Mädchen aus dem Norden
Das Mädchen aus dem Norden
Dein totes Lächeln, die Augen weit aufgerissen
Das Entsetzen darin, deine pure Angst
Ich weiß, dass sie zurückkehren wird
Und dass er zurückkommen wird
Bis sie dann wieder
Auf ewig verschwinden

Es sollte doch so schön werden
Obwohl es im Himmel viel schöner ist
In dieser Geschichte ist noch jemand
Der in der Hölle schmoren soll

Wonder
Affection
Love
Destiny
Emotions
Murder
Animosity
Resurrection

Zwei Leben zwei Gräber
Ich weiß, dass sie zurückkehren wird
In meinem Leben sein wird
Bis wir auf ewig verschwinden

Auf ewig
Von hier bis ewig
Ewig

Sie kommen zurück und sehen mich stumm an
Da weiß ich, was zu tun ist
Es ist der einzige Weg
Ich werde ihn aufspüren, sein Albtraum werden
Und erst wenn er tot ist
Werde ich meine Ruhe finden
In dieser Geschichte ist noch jemand
Der in der Hölle schmoren soll

Wonder
Affection
Love
Destiny
Emotions
Murder
Animosity
Resurrection

Das Mädchen aus dem Norden
Das Mädchen aus dem Norden
Dein fröhliches Lächeln, die Augen weit aufgerissen
Dein Lachen, dein Strahlen
Ich weiß, dass sie zurückkehren wird
Und er wiederkommen wird
Bis sie dann erneut
auf ewig verschwinden

Auf ewig
Von hier bis ewig
Ewig

Sasza faltete den Zettel zusammen. Sie war müde und bedauerte, dass sie Janek nicht nach der Bedeutung des Textes gefragt hatte, als er noch am Leben gewesen war. Aber viel wichtiger schien ihr die Frage nach der Autorenschaft zu sein. Oder war am Ende Jan Wiśniewski der Mörder der beiden Personen, und der Autor hatte davon gewusst, auch wenn die Angelegenheit niemals ans Tageslicht gekommen war?

Sie beschloss, sich das Leben des Musikers genauer anzusehen. Im Internet hieß es, Nadel sei ein ganz normaler Junge aus einer Plattenbausiedlung gewesen, der gern mit seiner Gitarre durch die Stadt gestromert war. Angeblich hatte er die Schifffahrtsschule besucht und in der Garage seines Vaters geprobt. Er hatte gekifft und war Nirvana-Fan gewesen, hatte ein Studium aufgenommen und wieder abgebrochen, war nicht mal mehr zu den Prüfungen angetreten, nachdem es wider Erwarten so schnell mit der Musik geklappt hatte. Ein Glückskind, dem sofort der große Erfolg beschieden gewesen war. Solche Dinge passierten. Angeblich war es Bully gewesen, der ihn als Straßenmusiker vor dem Bahnhof entdeckt und aus ihm einen Star gemacht hatte. Doch obwohl Nadel in den Klatschzeitschriften omnipräsent gewesen war, wusste niemand Genaueres über seine Vergangenheit: Über seine Familie hatte er immer nur in Gemeinplätzen gesprochen.

Nachdem sie von der Seebrücke zurückgekehrt waren, zog Karolina sich in ihr Zimmer zurück, um Postamt zu spielen, während Sasza sich widerwillig den Unterlagen für Karolinas Kindergarten widmete, die sie noch ausfüllen musste. Tags darauf würde ihre Tochter erstmals eine polnische Kita besuchen, was Sasza insgeheim nervöser machte als die Kleine selbst. Aber Karolina würde es schon schaffen. Sie kam überall gut klar und schloss schnell Freundschaften.

»Karo? Ich setze jetzt Kopfhörer auf«, rief sie zu ihrer Tochter hinauf. Die Treppe zum Zwischengeschoss hatte immer noch kein Geländer. Sasza hatte mit dem Besitzer der Wohnung vereinbart, dass sie auf eigene Kosten eine Art Kindersicherung anbringen würde. Der Monteur würde morgen kommen.

»In Ordnung«, rief Karolina zurück. »Ich bleib im Zimmer!«

Sasza wählte über Skype Tom Abrams an. Sie ahnte, dass er immer noch am Institut war.

»Da bin ich!« Schnaufend und mit zerzaustem Haar erschien Tom vor der Kamera und wischte sich verstohlen über den Mund. Offenbar hatte er gerade etwas gegessen. »Du bist früh dran.«

»Ich brauche deine Hilfe«, kam sie direkt zur Sprache.

»Da bin ich ganz Ohr.«

»Ich hab einen Auftrag übernommen. Eine Mordermittlung.«

»Bist du irre geworden?«, rief er und feuerte prompt diverse Flüche auf sie ab. Wahrscheinlich sprach er gerade absichtlich Slang; sie konnte jedenfalls nicht annähernd alles verstehen, konnte ihm aber anhören, wie aufrichtig erbost er war. »Du hast nicht an der Uni arbeiten wollen – und jetzt die Polizei? Schluss mit Leichen, hast du doch selbst gesagt!«

»Ich habe meine Meinung geändert.«

Tom fuhr sich mit der Hand durch die Haare. Fast sah es aus, als wollte er sie sich ausreißen.

»Es ist doch nichts passiert, Tom – du brauchst wirklich nicht gleich auszuflippen«, blaffte sie ihn an. »Mir geht es gut damit – und außerdem hatte ich keine Wahl … Trotzdem brauch ich jetzt deine Hilfe.«

»Was ist denn passiert?«

»Du hast doch gesagt, dass ich auf dich zählen kann. Dass ich dich jederzeit anrufen kann.«

»Jetzt mal der Reihe nach, und zwar die ganze Wahrheit, Sasza. Dann werden wir sehen.«

»Die ganze Wahrheit und nichts als die Wahrheit«, entgegnete sie mit einem Grinsen. »Wie im Beichtstuhl, Pater Tom.«

Sasza erzählte ihm alles, was seit ihrem letzten Gespräch passiert war: der nächtliche Anruf, die Schüsse in der Nadel, das Treffen mit ihren ehemaligen Kollegen von der Polizei, die Anklage gegen die Bardame und schließlich ihre eigene Rolle in dem Fall. Dann schickte sie ihm noch den Text des Lieds. Abrams sagte kein Wort, schrieb aber die ganze Zeit mit.

»Und?«, fragte er, als sie fertig war.

»Das ist alles. Momentan bin ich dabei, das Lied zu decodieren, aber ich finde einfach keinen Zugang«, sagte sie und zuckte mit den Schultern.

»Ich will wissen, was du für eine Hypothese hast.«

»Für eine Hypothese verfüge ich noch nicht über genügend Fakten – und die, die ich bereits habe, muss ich erst verifizieren. Zum Beispiel diese Sache mit der Bardame ... Ich glaube nicht, dass sie die Täterin ist.«

»Ich will nicht wissen, ob du hinreichend Fakten gesammelt hast. Zieh deine Schlüsse aus dem, was du momentan hast. Die Zeit arbeitet gegen dich. Ein Motiv wäre natürlich wichtig, aber das wird schon früher oder später auftauchen, also häng dich nicht an dem Warum auf. Vergiss die Kneipentussi. Die Art, wie der Täter agiert hat, lässt Schlüsse auf seine Persönlichkeit zu. Lass auch das Geschlecht erst einmal außen vor. Mensch, Mädchen, hast du denn nichts bei mir gelernt? Dabei bin ich doch dein Doktorvater!«

Sasza fühlte sich wieder wie während ihres ersten Termins am Institut: als er sie in einem fort kritisiert und kein gutes Haar an ihr gelassen hatte. Sie zog ein Blatt Papier aus dem Drucker, teilte es mit einem vertikalen Strich in zwei Hälften und schrieb über die linke Spalte »*Action*«. Dann zog sie einen Pfeil nach rechts und notierte »*Character*« daneben.

»Okay ... Wenn es um ...« Sie zögerte, schrieb: »Keine Einbruchspuren.« Dann strich sie die Worte wieder durch. Sie legte das Blatt zur Seite und beschloss stattdessen, frei zu sprechen: »Es gab keine Einbruchspuren. Der Täter hat sich Zugang zu dem Club verschafft, indem er selbst aufgeschlossen hat … oder von jemandem reingelassen wurde. Also könnte es sein, dass die Opfer ihn kannten. Im Club war es vollkommen dunkel. Der Strom war ausgefallen. Der Eingang zur Nadel befindet sich hinter einem Tor gleich an der Straße – von dort geht man ein paar Stufen runter. Dahinter liegt erst ein größerer Vorraum, dann ein Flur mit Garderobe, durch den man zum Konzertraum kommt. Davon gehen rundherum kleinere Zimmer ab …«

»Hast du eine Skizze angelegt?«

Sie sah ihn vorwurfsvoll an und fummelte aus dem Stapel Notizblätter den Grundriss des Clubs heraus. Als sie den Zettel vor die Kamera hielt, nickte Tom wohlwollend.

»Scan den Plan ein und schick ihn mir. Weiter.«

»Das Opfer ist ein männlicher Weißer, siebenunddreißig Jahre alt. Jan Wiśniewski, Pseudonym Nadel, Sänger. Er wurde im Hauptraum aufgefunden, lag dort auf dem Bauch … Der Täter muss zuerst auf ihn geschossen haben. Die ersten zwei Schüsse gingen daneben, die Projektile sind in der Wand stecken geblieben. Der dritte Schuss war ein Kopfschuss aus nächster Nähe. Der Pathologe hat sich noch nicht näher geäußert. Sobald ich seine Einschätzung höre, kriegst du die Info.«

»Warum lag er auf dem Bauch?«

Sasza dachte kurz darüber nach.

»Womöglich hatte ihn zuvor eine Kugel im Rücken getroffen. Ich frag nach, ob es tatsächlich nur drei Schüsse waren.«

»Wurde der Körper bewegt?«

»Es gab zumindest keine entsprechenden Spuren.«

»Okay. Und Opfer Nummer zwei?«

»Sie wurde in einem der angrenzenden Räume gefunden,

einem unfertigen Tonstudio, dort wo sich auch der Safe befand.«

»Der Safe?«

»Ja, ein kleiner Metalltresor, der in einem alten Karton versteckt war. Er stand neben der Frau.«

»Hätte man ihn mitnehmen können?«

»Schon, aber bei der Flucht wäre er ein enormes Hindernis gewesen. Er war aufgebrochen worden, Geld lag keins mehr darin. Das heißt ... nur noch ein paar Münzen. Angeblich hatten zuvor dreißigtausend Złoty dringesteckt, also knapp sechstausend Pfund.«

»Das ist nicht viel für einen Mord«, brummte Abrams. »Weiter.«

»Neben dem Mann lagen die Schlüssel. Wir gehen davon aus, dass die beiden gerade die Einnahmen zählten, als sie überfallen wurden, aber das weiß ich erst sicher, wenn ich das zweite Opfer – die Managerin – befragt habe. Sofern es ihre Ärzte erlauben. Ich gebe dir Bescheid.«

»Sieh zu, dass sie sich an so viel wie möglich erinnert. An alles, was vor dem Überfall passiert ist. Denk an die Erinnerungsinseln! Was uns allerdings noch mehr bringt, sind die älteren Erinnerungen – die sind zumeist verlässlicher. Frischere Erinnerungen könnten eingefärbt sein – man erinnert sich assoziativ an Szenen aus Filmen, Büchern ... und empfindet das als die Realität.«

»Ich bin durchaus imstande, das auseinanderzuhalten, Tom. Ich befürchte nur, dass ich womöglich keinen Zugang zu ihr finde – nach allem, was die Ärzte gesagt haben, hat sie Schwierigkeiten, sich zu äußern. Wie es um ihr Gedächtnis steht, weiß ich ehrlich gesagt nicht. Ich muss vorsichtig vorgehen. Izabela Kozak hat bei einer kurzen Erstbefragung angegeben, Lucja Lange habe aus einem Revolver auf sie geschossen. Dabei sagt die ballistische Untersuchung etwas vollkommen anderes. So was nimmt uns die Verteidigung komplett auseinander.«

»Mach dir darum keine Sorgen. Das zu überprüfen ist Aufgabe der Polizei.«

»In Polen ist so was die Aufgabe des Staatsanwalts.«

»Wie auch immer. Bereite erst die Fragen an diese Kozak vor. Zuerst soll sie aber von sich aus sprechen. Misch dich vorerst nicht ein – ich weiß, dass das schwierig sein wird, aber du musst ihren Erinnerungsprozess aktivieren. Es könnte immerhin sein, dass sie sich derzeit an die Abläufe nicht mehr erinnern kann. So was ist wie ein Loch im Kopf – wie eine Sonnenfinsternis.«

»Bitte?«

»Sonnenfinsternis. Wie heißt das auf Polnisch? Diese Frau muss sich von alleine erinnern, erinnern *wollen*. Wenn sie den Wunsch dazu hat, wird es auch funktionieren. Und sie wird den Täter wiedererkennen ... sofern sie sein Gesicht gesehen hat. Aber dieser Prozess kann dauern.«

»Wie lange?«

»Manchmal ein paar Tage. Manchmal Jahre. Das hängt von ihrer Konstitution ab. Aber du kannst ihr dabei helfen. Denk an die Kraft der Suggestion, aber auch daran, dass du nur der Katalysator sein darfst. Sei geduldig. Möglicherweise will sie sich gar nicht erinnern. Auch das wäre nicht überraschend.«

»Ich weiß. Bei mir war es genauso.«

»Da hast du's, ja. Der Mensch schützt sich vor dem Trauma, er will das Geschehen nicht noch einmal erleben. Er bildet sich ein, dass er sich damit in Sicherheit wiegt, weil die Erinnerung verschwindet. Dabei kann man eine Amnesie nicht kontrollieren. Aber wie dem auch sei: Wenn du sie erst befragt hast, solltest du sie noch am Abend desselben Tages erneut aufsuchen. Da wird sie angeregt sein, wachsam, womöglich schon müde, aber ab da darfst du sie nicht mehr von sich aus sprechen lassen. Stell ihr Fragen, und zwar nur Schlüsselfragen. Vermeide dabei die Formulierungen ›Täter‹, ›Mörder‹ und so weiter – sonst könnte sie dichtmachen. So, und jetzt weiter.«

»Izabela Kozak wurde in den Bauch geschossen, und entweder dasselbe oder ein weiteres Projektil hat ihren Arm gestreift. Ich vermute, dass das meiste Blut aus dieser Wunde stammte, auch wenn sie nicht sonderlich tief war. Außerdem hat sie eine Einschusswunde im Rücken. Wahrscheinlich hatte sie sich umgedreht, um wegzulaufen. Sie muss zum Zeitpunkt des Schusses immer noch auf den Beinen gewesen sein, denn das Blut ist meterweit über die Wände verteilt. Sie hat sich wohl auch gegen die Wand gelehnt, um nicht zu fallen. Der Schuss in den Rücken hat sie am Fenster erwischt. Dort wurde sie auch aufgefunden.«

»Warum hat er die Arbeit nicht zu Ende gebracht?«

»Option eins: Das Magazin war leer. Option zwei: Er dachte, dass sie bereits tot wäre. Es war immerhin dunkel, sie blutete stark und fiel natürlich irgendwann zu Boden. Womöglich war sie da sogar bewusstlos und regte sich nicht mehr. Wenn es kein Profi war, wird er angenommen haben, dass er seinen Job erledigt hätte …«

»Und falls es doch ein Profi war?«

»Das glaub ich nicht«, sagte sie entschieden.

»Ich hab nicht danach gefragt, was du glaubst. Den Mann hat er aus nächster Nähe kaltgemacht. Was spräche dafür, dass er ein Profikiller ist?«

Sasza dachte kurz darüber nach.

»Er war schnell drinnen und schnell wieder weg … Er hatte das Überraschungsmoment auf seiner Seite. Er war beherrscht. Hat zwei Menschen erschossen.«

»Er hat sie nicht beide erschossen«, fiel Abrams ihr irritiert ins Wort. »Die Schüsse waren unsauber – eines der Opfer hat überlebt. Sein Vorgehen war also mitnichten beherrscht, sondern vielmehr chaotisch. Er stand unter dem Einfluss starker Emotionen, die er nicht unter Kontrolle hatte. Immerhin ist er mit einer Schusswaffe quer durch den ganzen Club gerannt – somit hat er riskiert, Spuren zu hinterlassen.«

»Nichts hat er hinterlassen, keinen einzigen Fuß- oder Fingerabdruck – es sei denn, dass sie zertreten wurden ... Es waren zahlreiche Polizeibeamte und Sanitäter ...«

Mit einem Mal erstarrte sie. Urplötzlich war ihr etwas eingefallen.

»Du hast recht ... Er hat unüberlegt agiert. Womöglich hat er nicht gewusst, dass eine zweite Person da sein würde. Vielleicht war er mit Jan Wiśniewski verabredet? Und als irgendetwas nicht nach Plan verlief, hat er lediglich reagiert? Als er den Club betrat, herrschte immerhin Dunkelheit. Vielleicht hat er als Einziger über eine Lichtquelle verfügt? Das würde erklären, woher er wusste, wohin er schießen müsste ... Andererseits könnte es auch diese Bardame gewesen sein ... Sie kannte die Räumlichkeiten, und sie hatte einen Schlüssel. Womöglich hat sie sich einen Zweitschlüssel nachmachen lassen, bevor ihr der Schlüsselbund abgenommen wurde. Sie wusste, wo sich das Geld befand. Vielleicht war sie gekommen, um sich mit Iza auszusprechen – sie kam immerhin pünktlich, als die gerade Kassensturz machen wollte. Dass auch Jan anwesend war, hatte sie womöglich nicht erwartet. Er kam als Erster aus dem Nebenraum, also schoss sie erst auf ihn. Die Managerin tauchte auf, nachdem der Schuss gefallen war. Sie bekam einen Schuss in den Bauch und in den Arm, drehte sich um und wurde von hinten angeschossen ... Die Täterin schnappte sich das Geld – alles in allem dürfte das keine zehn Minuten gedauert haben. Nur: Warum wurde sie von niemandem gesehen?«

»Die Täterin? Stellst du jetzt doch Hypothesen auf? Dafür ist nicht die rechte Zeit, Sasza. Schick mir deine Überlegungen zu ›Action‹. Morgen – oder vielleicht heute Abend noch – sprechen wir über den ›Character‹. Zumindest ansatzweise. Wir müssen zuallererst gewisse Charaktereigenschaften ausschließen, um im nächsten Schritt den Kreis der Verdächtigen kleiner zu ziehen. Damit wirst du die Fahnder beeindrucken.«

»Danke dir.«

»Und hör auf, so chaotisch zu denken! Bring Ordnung in die Sache«, ermahnte er sie. »Reiß dich zusammen und lass dieses Lied erst mal beiseite. Und denke an *HALT*.«

»Ich weiß ... *Hungry – Angry – Lonely – Tired*.«

»Du weißt, wie wichtig das ist.«

»Ja, Professor! Ich pass schon auf mich auf. Die Arbeit stresst mich nicht.«

»Diese Arbeit macht einen früher oder später fertig, Sasza! Wenn ein kritischer Moment kommt, weißt du dann, was du zu tun hast?«

»Dich anrufen.«

»Stets zu Diensten«, sagte er und lächelte. »Aber du solltest dir trotz allem eine Selbsthilfegruppe suchen. Ich weiß, was du davon hältst, aber wenn es schwierig werden sollte, zögere nicht. Das hat nichts mit Stolz zu tun.«

»Jawohl, Chef!«

»Bis bald, Sasza. Oh, und hallo, Kleines!«

Als Sasza sich umdrehte, stand ihre Tochter hinter ihr und winkte Tom Abrams lächelnd zu. Sie nahm die Kopfhörer ab.

»Mama, ich hab Durst. Ich hab gerufen, aber du hast mich nicht gehört.«

Sasza nahm ihre Tochter in den Arm und winkte Tom zum Abschied zu. Als er offline gegangen war, spürte sie, wie ihr Herz raste: Karolina hätte von der ungesicherten Treppe stürzen können – und sie hätte es nicht einmal mitbekommen! Schuldgefühle übermannten sie. Und plötzlich fielen ihr die Worte aus Nadels Song wieder ein.

Wonder
Affection
Love
Destiny
Emotions
Murder
Animosity
Resurrection

Endlich begriff sie – ja, es ging um Rache. Aber auch um Schuld. Vielleicht war das ja die dem Lied zugrunde liegende Motivation: die Bitte um Absolution, um die Vergebung einer Sünde. Doch was war das für ein Albtraum, der den Urheber des Textes quälte? Was hatte er sich zuschulden kommen lassen? Wer war das Mädchen aus dem Norden für ihn gewesen? Und war mit Norden buchstäblich die Himmelsrichtung gemeint?

»Was willst du denn trinken?«, fragte sie Karolina.

»Saft.«

»Orange oder Apfel?«

Sie holte beide Saftkartons aus dem Kühlschrank und hoffte inständig, dass Karo nicht bemerkte, wie aufgewühlt sie war.

Bitte waschen Sie sich die Hände.«

Jekyll zeigte auf das Waschbecken an der Rückwand, doch noch ehe Lucja Lange das Wasser aufdrehen konnte, lief er zu ihr hinüber und nahm ihr die Seife weg. Der Geruch durfte nicht verfälscht werden. Er stellte den Behälter mit der Seife auf die Fensterbank, direkt oberhalb des Tisches, an dem sich Patryk Splonka niedergelassen hatte. Der Beamte sollte die Entnahme der Vergleichsduftspuren beaufsichtigen.

Splonka war kein Fan der sogenannten Osmologie, im Gegenteil: Er hatte mit einem sichtlich gelangweilten Gesichtsausdruck den Raum betreten, und nur Lucja Lange hatte für einen kurzen Moment seine Aufmerksamkeit gebannt. Er hatte sie mit müdem Blick gemustert und ein wenig zu lange auf ihre Brüste gestarrt, woraufhin sie sich intuitiv abgewandt hatte.

»Limette«, las Splonka von dem Etikett ab und bemühte sich gar nicht erst, seinen Spott zu verhehlen. »Soso.« Er nahm den Behälter in die Hand, drehte ihn auf, schnupperte daran und verzog das Gesicht. Das Zeug roch nach allem Möglichen, nur nicht nach Zitrusfrüchten.

Jekyll warf dem jungen Polizisten einen strafenden Blick zu und verließ den Raum, und der Beamte blieb allein mit der Verdächtigen zurück. Buchwic würde die Probenentnahme durch den Spionspiegel im Büro nebenan beobachten.

Auf dem Tisch lagen drei große Packungen mit sterilen Kompressen. Splonka stellte sicher, dass die Versiegelung intakt war, und machte sich eine knappe Notiz. Dann zog er Latexhandschuhe über, nahm eine Kompresse nach der anderen aus der Verpackung und reichte sie an Lucja weiter. Die Frau nahm sie wortlos entgegen und ballte wie geheißen minutenlang die Fäuste darum. Dann gab sie sie an den Beamten zurück, der die Kompressen in Einlitergläsern verstaute und ordentlich zuschraubte. Jedes Glas bekam ein Etikett, auf das er den Namen der Verdächtigen, das Datum der Probenentnahme, Fallnummer sowie genaue Uhrzeit notierte. Anschließend übertrug er die Angaben in seine Unterlagen und setzte seine Unterschrift darunter. Sein Gesicht sprach Bände. Dieser Art der Spurenarbeit stand er mehr als skeptisch gegenüber. Einzig und allein der Respekt, den Jekyll in der Kommandantur genoss, hatte ihn von einem herablassenden Kommentar abgehalten.

Auch Lucja Lange musste unterschreiben. Dann schob Splonka die Unterlagen in eine Mappe, stand auf, nickte Lucja Lange wortlos zu und verließ den Raum. Zwei Beamte führten die Verdächtige hinaus.

Jekyll wartete schon an der Tür. Jetzt überprüfte auch er die Daten auf den Gläsern, sah sich die darin enthaltenen Kompressen an – und empfand eine merkwürdige Erregung. Im Labor wartete bereits der Suchhund. Sollten sich die Duftproben als übereinstimmend erweisen, würde die Staatsanwältin endlich Anklage gegen Lucja Lange erheben. Dann würde die Frau bis zu weiteren drei Monaten in U-Haft bleiben. Dass sie ihre Tatbeteiligung abstritt, hatte dabei keinerlei Bedeutung. Ob sie schuldig war oder nicht, würde das Gericht befinden.

Mit dem befriedigenden Gefühl, seine Pflicht erfüllt zu haben, verließ Jacek Buchwic das Labor pünktlich um 16.15 Uhr.

Sasza und Karolina waren bereits zweimal um das Gebäude herumgelaufen, hatten den Eingang aber nirgends entdecken können. Obwohl der Kindergarten nur zwei Straßen von ihrer Wohnung entfernt lag, waren sie inzwischen viel zu spät.

Die Profilerin hatte bis tief in die Nacht zusammen mit Tom Abrams an C, also den ›Characters‹, gearbeitet und war erst gegen drei schlafen gegangen. Ihr war es vorgekommen, als hätte sie gerade erst den Kopf aufs Kissen gelegt, als auch schon der Wecker geklingelt hatte. Da hatte Karolina bereits angezogen an ihrem Bett gestanden – mit einer Zeichnung in der Hand.

Sasza sprang aus dem Bett und schlüpfte in die Klamotten des Vortags: das karierte Flanellhemd, den viel zu großen Wollpullover und die ausgewaschene Jeans. Sie bereitete ein schnelles Frühstück zu und stellte einen Becher heißen Kakao vor ihrer Tochter ab. Erst dann ging sie ins Bad, um sich eilig das Gesicht zu waschen und die Zähne zu putzen.

Erst im dritten Anlauf fiel Sasza die Tür zum Kindergarten an der rückwärtigen Seite des Spielplatzes auf – doch ein Zettel an der Tür informierte sie darüber, dass die Kita ab halb neun nicht mehr zugänglich sei. Zumindest war auf dem Zettel eine Telefonnummer verzeichnet. Sasza ließ es eine gefühlte Ewigkeit klingeln, doch irgendwann ertönte bloß irritierende Warteschleifenmusik.

Am Ende ging die Tür doch auf. Eine Köchin mit einem schief sitzenden Häubchen auf dem Kopf trat mit einem Müllbeutel in der Hand heraus.

»Es ist schon nach neun«, stellte sie fest und blockierte den Eingang wie ein böser Zerberus.

Sasza legte die Hand auf die Türkante.

»Dürfen wir trotzdem reinkommen?«

Widerwillig trat die Köchin beiseite. Als Sasza und Karolina den Flur betraten, roch es nach gekochtem Blumenkohl. Die Tür zur Garderobe war ebenfalls verschlossen, sodass sie durch die Küche gehen mussten. Dort saßen an einem Tisch mit einer Wachstuchdecke sechs Frauen unterschiedlichen Alters bei einem zweiten Frühstück. Beim Anblick der beiden Neuankömmlinge verstummten sie sofort. Jetzt wusste Sasza, warum niemand ans Telefon gegangen war. Hoffentlich wurden die Kinder überhaupt von jemandem beaufsichtigt.

Sie stellte sich den Frauen vor und erklärte ihnen, warum sie zu spät dran waren, doch keine der Erzieherinnen ging darauf ein. Sie starrten Sasza lediglich vorwurfsvoll an.

Zu guter Letzt erbarmte sich eine von ihnen und führte Sasza und Karo in die Garderobe. Karo zog Jacke und Winterstiefel aus und schlüpfte in ein Paar Hausschuhe. Vollkommen unvermittelt warf sie sich ihrer Mutter in die Arme, als wollte sie mit einem Mal doch nicht mehr bleiben. Unwillkürlich hatte Sasza Tränen in den Augen.

»Ich komm dich doch schon bald wieder abholen. Gleich nach dem Mittagessen, wenn du möchtest.«

Sie ließ die Tochter los und sah sich um.

»Verdammt hässlich hier«, murmelte sie – und Karolina prustete laut los.

»Man darf nicht ›verdammt‹ sagen! Schon gar nicht vor einem Kind«, tadelte sie ihre Mutter.

So ein polnischer Kindergarten ist offensichtlich anders als ein englischer, schoss es Sasza durch den Kopf. Dabei ging es ihr nicht vorrangig um die Ausstattung – es schien alles Notwendige da zu sein, was Kinder brauchten. Doch was den Stil der Einrichtung und das Verhalten des Personals anging, lagen Welten dazwischen. Was sie hier vor sich sah, war billig, quietschbunt und kitschig – infantile Hässlichkeit, befand die Profilerin. Allerdings sprachen die Zeichnungen an den Wänden dafür, dass die Erzieherinnen zumindest ihre Arbeitsanweisungen erfüllten.

Trotzdem verspürte Sasza ein Gefühl von Rebellion angesichts dieses vor ihr liegenden Systems, das sie nicht würde ändern können. Für einen Augenblick überlegte sie, ob sie Karolina wieder mitnehmen sollte, aber sie hatte es eilig, um zur Besprechung in die Kommandantur zu kommen. Dort würde sie nicht mit einem Kind auftauchen können. Sie nahm sich fest vor, Karo später zu fragen, wie es ihr gefallen habe. Doch um ihre Tochter wieder abzumelden, würde sie sich eine gute Ausrede zurechtlegen müssen – dabei hatte Laura sich so große Mühe gegeben, mitten im Jahr noch einen Platz für Karo zu finden.

Sie stiegen die Treppe hinauf in den ersten Stock, wo Karolinas Gruppe untergebracht war. Schon an der Tür trat eine junge Erzieherin auf sie zu. Im Gegensatz zu den missmutigen Frauen aus der Küche sah sie sympathisch aus. Sie sprach Karolina direkt an und nahm sie mit in den Spielkreis, wo die anderen Kinder bereits saßen.

Die Kleine war angespannt, drehte sich mehrmals zu ihrer Mutter um, die immer noch in der Tür stand, doch die Erzieherin ließ sich nicht aus der Ruhe bringen, stellte Karolina den anderen vor und ließ sie ein Kärtchen aus der Mitte des Kreises ziehen. Wie es sich herausstellte, waren sie ausgerechnet in den Englischunterricht hereingeplatzt. Karo beantwortete die Frage auf dem Kärtchen in fehlerfreiem Englisch, ehe die Lehrerin Sasza ein dezentes Zeichen gab. Sie warf ihrer Tochter noch ein Küsschen zu und zog sich dann zurück.

Sasza hatte die Kommandantur fast erreicht, als ihr Handy klingelte. Robert Duchnowski wollte sie wissen lassen, dass die Besprechung zwar auf fünfzehn Uhr verschoben worden sei – der Kommandant und die Staatsanwältin hatten sich angekündigt –, er selbst sie aber in seinem Büro erwarte. Ein neuer Zeuge sei aufgetaucht, der behauptete zu wissen, wer Nadel erschossen hatte.

»Ich bin gleich da«, erwiderte die Profilerin. Dann fiel ihr siedend heiß ein, dass sie jemanden würde finden müssen, der sich am Nachmittag um Karo kümmerte. Ihre Mutter hatte einen Auftrag beim Fernsehen, würde also nicht einspringen können. Sie musste sich wirklich dringend nach einer neuen Kindertagesstätte umsehen – oder nach einer guten Tagesmutter.

»Vor- und Nachname?«
»Zygmunt Gabryś.«
»Alter?«
»Sechsundfünfzig.«
»Familienstand?«
»Geschieden.«
»Wurden Sie schon einmal wegen Falschaussage belangt?«
»Nein.«
»Dann belehre ich Sie hiermit über die Konsequenzen von Falschaussagen. Dafür droht eine Haftstrafe bis zu drei Jahren. Haben Sie die Belehrung verstanden?«
Duchnowski klopfte auf das vor ihm liegende Blatt und warf Sasza einen vielsagenden Blick zu, die bis jetzt kein Wort gesagt hatte. Sie lehnte an der Fensterbank und schien vollkommen desinteressiert zu sein, betrachtete lediglich ein Zigarettenbrandloch im Vorhang.
Zygmunt Gabryś nickte. Er trug eine Weste unter seinem Sakko und ein weißes Hemd und machte einen verdrießlichen Eindruck, sah aufgeblasen und lächerlich aus.

»Ich bin nicht das erste Mal hier, Herr Inspektor«, belehrte er Duchnowski, der sich kaum beherrschen konnte, um nicht loszuprusten.

»Kommissar«, korrigierte er den Zeugen.

»Ich weiß, wer diesen Sänger getötet hat.«

»Das freut uns sehr.« Ein Lächeln umspielte seine Mundwinkel. »Wollen Sie uns denn verraten, um wen es sich handelt?«

»Zuerst brauche ich die Versicherung, dass Sie mir Schutz gewähren«, sagte er wichtigtuerisch.

»Oh!« Duchnowski stand auf und wanderte ein wenig auf und ab.

»Ich hab ihn gesehen – gerade wie ich sie da sehe.« Der Zeuge nickte zu Sasza hinüber, die gerade einen Kugelschreiber in das Loch im Vorhang steckte. »Ich würde ihn jederzeit wiedererkennen.«

»Und warum kommen Sie erst jetzt zu uns?«

Gabryś zuckte erschrocken zusammen.

»Wir haben uns doch bereits unterhalten – und bei dieser Gelegenheit haben Sie den Täter nicht ansatzweise erwähnt.«

»Na ja, mir war nicht klar, dass es Ihnen um diese Person ging.« Der Befragte senkte den Blick. »Gott unser Herr ist mein Zeuge! Ich bin gekommen, weil ich sehe, dass die Polizei im Dunkeln tappt.«

»Der Name?«

Duchnowski setzte sich wieder.

»Ich will Schutz!«

»In Ordnung. Ich werde eine Streife abstellen. Sind Sie jetzt zufrieden? Der Club ist geschlossen, und Sie haben endlich Ihre Ruhe. So werden Träume wahr, habe ich recht?«

»Eine Streife reicht mir nicht. Das sind doch Amateure. Die Leute, von denen ich spreche, sind professionelle Killer!« Der Mann schüttelte erbost den Kopf. »Ich habe Sie bereits beim letzten Mal gewarnt, dass es so enden würde – aber die Polizei hört einfach nicht auf mich! Und jetzt geht Satan umher und bringt seine Ernte ein.«

»Satan? Also keine Spione mehr?«, spottete der Kommissar und blickte erneut hinüber zu der Profilerin, die schief zurückgrinste.

»Was wollen Sie mir unterstellen?«, fragte der Zeuge irritiert.

»Alles gut. Regen Sie sich nicht auf.« Der Kommissar winkte ab.

»Ich bin nie ohne Grund zu Ihnen gekommen. Jede einzelne meiner Meldungen hatte einen begründeten Anlass – selbst die, die Sie übergangen haben, weil Sie nicht imstande waren, Beweismaterial sicherzustellen. Ich an Ihrer Stelle hätte das alles ganz anders angepackt.«

»Herr Gabryś, wir haben wirklich wenig Zeit«, ächzte Robert Duchnowski. »Ist Ihnen klar, wie viele Leute behaupten, sie wüssten, wer diesen Sänger umgebracht hat?«

Er schob seine Unterlagen zusammen und warf sie Zygmunt Gabryś zu.

»All diese Beschwerden – wie viele davon sind von Ihnen? Ich will jetzt einen Namen, und dann ist Schluss mit dieser Farce!«

Gabryś starrte den Beamten an.

»Sie machen sich über mich lustig. Genau wie vor zwei Jahren, als es in diesem Club zu einer Schießerei gekommen ist. Und niemand hat etwas dagegen unternommen! Dabei ist die Scheibe immer noch zerschossen. Und wo ist der Täter? Es wurde nie jemand dafür zur Rechenschaft gezogen! Hätten Sie die Sache damals ernst genommen, wäre Jan Wiśniewski heute vielleicht noch am Leben.«

»Wissen Sie etwas, was die Polizei nicht weiß?«

»Reden Sie mit mir nicht wie mit einem Volltrottel!« Gabryś' Wangen hatten eine ungesunde Farbe angenommen. »Wiśniewski hat damals auf jemanden geschossen – auf seinen Partner Bławicki! Ich war Zeuge – Sie haben doch meine Aussage!«

»Haben Sie die nicht zurückgezogen?«

Der Zeuge zuckte mit den Schultern.

»Aus Angst. Ich hatte die Befürchtung, dass sie mir was antun könnten. Wenn ich aber jetzt Schutz von Ihnen bekomme, dann sage ich aus, offen und ehrlich, genau wie bei der Beichte.«

»Wollen Sie andeuten, dass Nadel sich selbst erschossen hätte?«, schnaubte Duchnowski.

»Sie hören mir nicht richtig zu«, sagte Gabryś betont ruhig. »Dabei bin ich der Überzeugung, dass ich klar und deutlich spreche. Zwischen den beiden Geschäftspartnern des Clubs herrschte Krieg – darum geht es doch die ganze Zeit!«

»Wir haben begleitende Aussagen zu jeder der sieben Anzeigen, die Sie erstattet haben, Herr Gabryś. Uns ist durchaus bekannt, dass Ihnen der Club ein Dorn im Auge ist. Sie haben diverse Zivilprozesse angestrengt, nur wurden die allesamt eingestellt. Sie haben sich in der Lokalpresse regelrecht einen Namen als Sheriff gemacht. Wollen wir vielleicht die Arbeitsplätze tauschen? Wenn Sie glauben, dass Sie so effektiv sind?«, spottete der Kommissar.

Gabryś sah aus, als würde er gleich explodieren.

»Sie wollen einen Namen?«, rief der Zeuge jetzt aufgebracht. »Meinetwegen: Paweł Bławicki! Ich hab ihn vor der Nadel mit einer Waffe in der Hand gesehen. Er war aufgeregt, hatte es ziemlich eilig, ist anschließend mit quietschenden Reifen davongerauscht. Mit diesem Auto, das aussieht wie ein Panzer.«

Sasza und Robert sahen einander an.

»Mit einer Waffe in der Hand?«, wiederholte der Kommissar, offenbar immer noch nicht willens, die Angaben des Nachbarn ernst zu nehmen.

Sasza stieß sich von der Fensterbank ab und schlenderte auf den Tisch zu, an dem der Zeuge saß. Im Gegensatz zu Duchnowski war sie ruhig und ernst.

»Wo haben Sie gestanden?«

»Bitte?«

»Als Sie den Verdächtigen gesehen haben. Und der exakte Zeitpunkt würde mich ebenfalls interessieren.«

»Ich war an dem besagten Tag im Keller – das war Karfreitag. Ich hab ihn aus dem Kellerfenster gesehen. Das Fenster reicht von der Straße aus gesehen in etwa bis zu den Knien. Die Waffe, die er in der Hand hielt, war ungefähr auf Höhe meiner Augen.«

»Sie waren im Keller?«, hakte die Profilerin nach. »Was haben Sie am Feiertag denn dort gemacht?«

»Also können Sie sein Gesicht gar nicht gesehen haben«, ging Duchnowski dazwischen, lehnte sich zurück und kramte eine Schachtel Zigaretten aus der Schublade.

Sowie Duchno nach seinem Feuerzeug griff, bekreuzigte sich Gabryś und kniff die Lider zusammen. Dann hob er den Kopf und schlug die Augen wieder auf, flüsterte ein schnelles Gebet und sagte dann ganz ruhig: »Im Keller war ich am Karfreitagvormittag. Ich war es, der die Elektrik manipuliert hat. Außerdem hab ich eine Infrarotkamera gegenüber installiert – die wird aktiviert, sobald jemand den Club betritt.«

Duchnowski sah ihn verblüfft an, dann schüttelte er den Kopf und begann zu lachen.

»Sehen Sie zu viel fern?«

»Glauben Sie mir etwa nicht?« Gabryś zog eine Kassette aus der Innentasche seines Sakkos. »Der Mann vor der Nadel – das ist Paweł Bławicki. Sowie ich die Schüsse gehört hatte, hab ich hier angerufen. Nur ich konnte sie hören, unten im Keller. Und nur aus diesem Grund ist diese Frau gerettet worden! Wäre ich nicht gewesen, hätten Sie die Opfer erst nach Ostern gefunden! Da wäre diese Frau längst tot gewesen! Aber Gott in seiner unendlichen Weisheit hat mir befohlen, dort runterzusteigen und ihr Leben zu retten. Es war exakt um 11 Uhr 13 und 43 Sekunden. Den Notruf hab ich von der Telefonzelle neben der Post aus abgesetzt. Es ist alles hier drauf – gefilmt aus meinem Fenster, direkt gegenüber von dem Club.«

Der Ermittler nahm die Videokassette in die Hand, zog sie aus dem Karton und schob sie dann wieder hinein, um sich stattdessen eine Notiz in seinem Vernehmungsprotokoll zu machen, während Sasza nach einem Blatt Papier griff und die Straße, die Frontansicht von Gabryś' Haus und die Lage des Clubs skizzierte. Dann markierte sie mit einem Kreis eines der Fenster im obersten Stockwerk.

»Sie wohnen hier, nicht wahr?«

Zygmunt Gabryś nickte ihr verblüfft zu.

»Sie waren ebenfalls da, nicht wahr? Ich erkenne Sie wieder! Sie waren ein paar Tage vor dem Mord vor Ort. Auch davon hab ich Aufnahmen. Sie hatten einen schwarzen Mantel, eine beige Mütze und schwere Stiefel an. Eine der Frauen aus dem Club wollte Sie nicht einlassen – dass Sie von der Polizei sind, war mir sofort klar! Später, nach der Tat, haben Sie mit diesem Kriminaltechniker gesprochen. Sind Sie miteinander gut bekannt? Es sah ganz danach aus. Und mit diesen Journalisten haben Sie sich ebenfalls unterhalten. Und mit dem Herrn Kommissar haben Sie gestritten«, sagte Gabryś und wies auf Duchnowski.

Sasza lächelte.

»Sie haben ein hervorragendes Gedächtnis.«

»Warum sind Sie nicht gleich mit dieser Sache rausgerückt?«, wollte Duchno erneut wissen.

»Weil ich gerade erst vor zwei Wochen ein Gespräch mit Herrn Bławicki hatte. Da hat er mir versprochen, dass sie aus dem Haus verschwinden.«

»Aus dem Haus?«

»Ich bin verantwortlich für diese Hausgemeinschaft! Er hat es mir versprochen! Meinte nur, er müsse seinen Partner erst noch davon überzeugen. Natürlich war ich hocherfreut. Wie lange warte ich schon darauf, dass sie endlich verschwinden! Aber dann kamen die Feiertage, ich hatte viel zu tun, war in der Kirche ... und hatte eben erst heute wieder Zeit, um mir diese Bänder anzusehen. Natürlich hab ich sofort eins und eins zusammenzählen können. Ich kann Ihnen gerne das Kennzeichen des Wagens nennen, mit dem Bławicki gekommen ist. Außerdem kenne ich dieses Auto gut, er hat es einem gemeinsamen Bekannten abgekauft.« Gabryś gab Marke und Kennzeichen des Wagens aus dem Gedächtnis wieder. »Ich erzähle Ihnen alles, was ich weiß, wenn Sie mir Schutz gewähren. Und selbstverständlich bekenne ich mich schuldig, die Elektroinstallationen mutwillig zerstört zu haben. Ich hab doch nur in bester Absicht gehandelt – es war schließlich Karfreitag! Man darf einfach nicht feiern, wenn der Sohn Gottes am Kreuz leidet«, fügte er empört hinzu.

»Warum waren Sie zu der Zeit nicht in der Kirche?«, wollte Sasza wissen.

»Ich war bereits ein bisschen eher nach Hause gekommen. Gott hat mich geführt. Ich ging in den Keller, um die Leitungen zu manipulieren. Ich hatte Isolierband dabei, eine Zange, eine Tube Kleber und eine Säge ...«

»Wann genau haben Sie Bławicki gesehen? Nachdem Sie den Keller verlassen haben – oder erst auf den Bändern?«

»Ich hab gesehen, wie er weggefahren ist«, erklärte der Zeuge. »Und auf dem Band ist zu sehen, wie er zuvor direkt vor dem Eingang zum Club steht. Die Entfernung ist zu groß, um das Gesicht genau zu erkennen, aber ich bin mir zu hundert Prozent sicher, dass es Paweł Bławicki war.«

Errata, die Schäferhündin, hatte seit ihrer ersten und einzigen Trächtigkeit nicht mehr als Drogenspürhund eingesetzt werden können. Ihr Hundeführer, Wiktor Bocheński, der Errata von einem Kollegen übernommen hatte, der in Rente gegangen und bald darauf gestorben war, hatte sich darauf keinen Reim machen können, und auch der Tierarzt hatte vor einem Rätsel gestanden. Bei osmologischen Untersuchungen jedoch leisteten ihre Sinne nach wie vor perfekte Dienste.

Heute hatte die Hündin ihren großen Tag. Dem Fall war oberste Priorität eingeräumt worden, und das ganze Labor arbeitete auf Hochtouren, damit das Experiment gelang. Wiktor hatte Errata schon Stunden zuvor hergebracht, damit sie noch ein wenig Auslauf bekam. Als man ihn schließlich davon in Kenntnis setzte, dass die Experten nun bereit wären, führte er den angeleinten Hund vor die Schleuse zu dem Raum, in dem bereits die Geruchsproben der Hauptverdächtigen im Mordfall Wiśniewski bereitlagen.

Das ans Labor angrenzende Zimmer war voller Menschen. Selbst Staatsanwältin Edyta Ziółkowska war gekommen.

»Wir können anfangen«, sagte sie und nickte Kommissar Duchnowski zu.

Neben ihm stand ein ganzes Team von Kriminaltechnikern und beobachtete das Experiment durch den Spionspiegel. Im Erkennungsraum wurden die Geruchsproben vorbereitet. Es würden mindestens sechs Durchgänge mit diesem ersten Hund vonnöten sein; später würden die Untersuchungen mit einem zweiten Hund wiederholt werden, damit die Ergebnisse auch als valide angesehen werden konnten. Anna Jabłońska, anerkannte Osmologie-Expertin und Tierärztin in Personalunion, versenkte die Kontrollprobe im zweiten der sechs Behälter. Dann verließ sie den Erkennungsraum und gesellte sich zu den anderen.

Die Tür zur Schleuse ging auf, und Wiktor und Errata betraten den Raum. Die Hündin lief folgsam bei Fuß. Als der Hundeführer sich dem Fensterbrett näherte, auf dem ein Teller mit Wurstscheiben lag, begann sie, nervös zu tänzeln. Wiktor warf ihr ein paar Wurststücke zu und drehte dann den Verschluss des Kontrollglases auf, der denselben Duft enthielt, der sich auch in Behälter zwei befand. Mit einer geschickten Bewegung schob Wiktor die Schnauze des Hundes in das Glas. Anfangs wehrte sich Errata gegen die unbequeme Haltung und versuchte, sich das Glas mit der Pfote von der Schnauze zu schieben. Doch sie hielt durch, bis Wiktor den Griff wieder lockerte.

Er signalisierte ihr, die sechs aufgereihten Behälter abzulaufen. Zunächst schlenderte die Hündin regelrecht an der Reihe vorbei, dann begann sie, an jedem einzelnen zu schnüffeln. Der letzte schien sie am meisten zu interessieren; sekundenlang tänzelte sie davor herum, legte sich schließlich jedoch vor Behälter zwei ab.

»Kontrollprobe erfolgreich«, stellte Oberkommissarin Martyna Świętochowicz fest, eine hübsche dunkelhaarige Frau mit Kurzhaarschnitt in einem Minikleid. »Wenn sie genauso gut auf Probe null reagiert, können wir ihr die Probe der Verdächtigen zur Identifizierung geben.«

»Und wenn nicht?«, fragte Duchnowski.

»Dann müssen wir an dieser Stelle abbrechen und mit einem anderen Hund einen neuen Versuch starten.«

Wiktor brachte Errata zurück in die Schleuse. Sobald die

Tür hinter ihnen zugeglitten war, eilte Anna Jabłońska zurück in den Erkennungsraum und tauschte die Geruchsprobenbehälter. Diesmal würde die Kontrollprobe nicht dabei sein.

Errata und ihr Führer kamen wieder herein. Dasselbe Prozedere: erst ein paar Stückchen Wurst, dann der Kontrolllauf und das Beschnuppern sämtlicher Gläser. Diesmal reagierte der Hund bei keinem der Gerüche, was ein gutes Zeichen war: Er war gut in Form und wollte mitarbeiten. Also konnten sie jetzt weitermachen.

Erneut verließen Mensch und Tier den Erkennungsraum.

Diesmal platzierte Jabłońska in einem der Behälter die Duftspur von dem blauen Lederhandschuh, der am Tatort gefunden worden war, und der Hundeführer kam mit Errata wieder herein.

Die Hündin lief um die Behälter herum und schnüffelte reihum an ihnen. An Nummer vier lief sie vorbei, an der Sechs lief sie im Kreis, und die Beobachter im Nebenzimmer waren bereits drauf und dran zu resignieren, als sie schließlich zur Vier zurückkehrte und davor stehen blieb.

»Alles klar?«, fragte Konrad Waligóra Anna Jabłońska.

Die Chefin des Osmologie-Teams warf ihm einen eisigen Blick zu.

»Geduld. Wenn sie sich sicher ist, wird sie sich daneben ablegen.«

Mit einer Engelsgeduld wartete der Hundeführer, bis sich das Tier entschieden hatte. Errata blickte ihn an, wedelte nicht einmal mehr mit dem Schwanz, dann drehte sie den Kopf von ihm weg und legte sich vor dem Behälter Nummer vier lang auf den Boden.

»Das war knapp«, murmelte Anna Jabłońska.

»Dann war die Bardame also am Tatort«, meinte Duchnowski erleichtert.

»Zumindest war ihr Handschuh dort – oder vielmehr war es nachweislich ihr Handschuh, den wir vor Ort gefunden haben.«

»Ich hoffe nur, dass mir die Staatsanwaltschaft keinen Strich durch diese Rechnung macht«, brummte Duchno und hielt dem Kriminaltechniker die Hand zum Abschied hin.

»Tja, darauf haben wir leider keinen Einfluss.«

Von einem Foto an der Wandtafel im Besprechungsraum lächelte Lucja Lange die versammelten Polizisten an. Robert Duchnowski pinnte das Bild von Paweł Bławicki daneben, stach ihm die Stecknadel mitten in die Stirn.

Sasza saß auf der gegenüberliegenden Seite des Tischs. Sie wirkte ein wenig verloren, als sie ein Blatt Papier in der Hand zerknüllte.

»Das ist unser neuer Verdächtiger«, verkündete der Kommissar und setzte sich neben die Profilerin. Genau gegenüber saß Kommandant Waligóra an der Stirnseite. Duchnowski nutzte die kurze Pause, die entstand, streckte sich quer über den Tisch und griff nach den Keksen, die auf einem Plastikteller lagen. Binnen kürzester Zeit hatte er sich die Hälfte davon einverleibt.

»Duchno, fang an, das hier ist keine Party.« Der Kommandant nahm seine Mütze ab. Er hatte schwarze Haare – nicht die Spur von Grau –, die zu einem ordentlich gescheitelten Fassonschnitt gestutzt worden waren.

Duchnowski referierte kurz, was Stand der Dinge war – dass Lucja Lange nicht nur als Täterin benannt, sondern ihre Duftspur überdies durch den Spürhund identifiziert worden war – und vom Verlauf der nun geplanten Aktivitäten.

»Hier stehen wir also«, meinte der Kommandant. »Mal sehen, wann Lange ihre geliebte Tante wiedersehen kann.«

Duchnowski räusperte sich und griff spontan nach einem weiteren Keks, behielt ihn diesmal aber in der Hand.

»Nicht so voreilig«, entgegnete er. »Die DNA-Analyse hat keine Übereinstimmung ergeben. Und auch die Waffe stimmt nicht mit Izabela Kozaks Schilderung überein.«

Waligóra zog an seiner E-Zigarette.

»Ich weiß ja nicht ...«, sagte er bedächtig und atmete Dampf durch die Nase aus. »Wir müssen den Journalisten etwas geben ... bevor sie dahinterkommen, dass wir in Wahrheit nichts in der Hand haben. Irgendwelche Ideen?«

Duchnowski stand auf und wies auf Bławickis Foto.

»Bławicki und sein Geschäftspartner, sprich: unser Opfer Wiśniewski, waren in einen Konflikt verwickelt. Einige von euch werden sich an Bully vielleicht noch erinnern: ein Exbulle. Und ein Exganove. Aktuell bezeichnet er sich als Geschäftsmann. Ist angeblich sauber. Wir haben uns auf diese Bardame eingeschossen, aber der Typ läuft immer noch frei rum, obwohl er definitiv ein Motiv hätte. Wir haben ihn noch nicht mal vorgeladen, und allmählich frage ich mich, warum.«

»Natürlich wurde er befragt«, rief eine junge Polizistin dazwischen. »Ich hab mit ihm gesprochen.«

»Und, was kam dabei heraus?«

Die Frau überreichte ihm ein Blatt Papier. Er überflog es – und riss es dann in einer theatralischen Geste in Stücke.

»Bist du verrückt geworden, Duchno?«, fuhr ihn der Kommandant an. »Was ist denn mit dir los?«

»Das war doch nur eine Kopie«, meldete sich Jacek Buchwic und hob gelassen das Originalprotokoll hoch.

Robert Duchnowski riss Bullys Foto von der Wand und warf es vor dem Kommandanten auf den Tisch.

»Keine Vorstrafen. Hat vor siebzehn Jahren seinen Dienst bei uns quittiert. Steht unter Verdacht, zu Jerzy Popławskis Gang zu gehören, hat Zugang zu Schusswaffen. Mann, was ist mit euch eigentlich los? Er wüsste am besten, wie man eine Waffe loswird. Er weiß, wie wir denken. Warum wurde er bislang nicht als potenzieller Verdächtiger berücksichtigt? Bin ich hier der leitende Ermittler, oder bilde ich mir das nur ein?«

Er ließ sich auf seinem Stuhl zurückfallen. Niemand sagte etwas, doch eine Handvoll Kollegen nickte zustimmend.

»Was hast du konkret gegen Bully in der Hand?«, fragte Kommandant Waligóra schließlich. Mit einem Mal wirkte er hoch konzentriert. »Wenn du irgendetwas vorzuweisen hast, dann nehmen wir ihn uns auf der Stelle vor. Ich sehe da keine Probleme – ich würd ihm nur zu gern ein Paar Handschellen anlegen, und zwar für länger als nur für achtundvierzig Stunden.«

Jekyll warf Waligóra einen neugierigen Blick zu, als der spontan einen Kollegen um eine richtige Zigarette und Feuer bat. Er nahm einen tiefen Zug, stand auf, marschierte auf die Tafel zu und bedeutete Duchnowski fortzufahren.

»Was ich gegen ihn in der Hand habe? Nicht viel, aber immerhin – genau gesagt seit heute früh – eine brandheiße Neuigkeit sozusagen.«

Er nickte Jekyll zu, der den Overheadprojektor anschaltete. Auf der Leinwand flackerte ein Videofilm auf, der von einer Infrarotkamera aufgezeichnet worden war. Eine unscharf aufgenommene männliche Gestalt stand vor dem Club-Gebäude. Erst stand der Mann mit dem Rücken zur Kamera da, drehte sich dann aber um. Nachdem die Anfangssequenz fast einem Autorenfilm geähnelt hatte, glich das Ende eher einer Reality-Sendung über Kriminalverbrechen.

Als Buchwic die Aufnahme stoppte, starrte das versammelte Team Bully auf der Leinwand ins Gesicht. Unverkennbar – er war es.

»Wir haben heute mit einem Zeugen gesprochen, der behauptet, die Schüsse gehört zu haben. Derjenige, der am besagten Tag den Notruf abgesetzt und dem diensthabenden Beamten die Schießerei gemeldet hat. Zwei Tage zuvor hatte er Paweł Bławicki im Club gesehen – mit einer Waffe in der Hand. Niemand behauptet, dass Lucja Lange unschuldig ist – aber womöglich hat sie ja in seinem Auftrag gehandelt.«

»Das ist in der Tat nicht viel ... Es ist sein gutes Recht, den Club zu betreten – er ist der Besitzer«, warf der Kommandant beinahe spöttisch ein.

»Mit einer Waffe in der Hand?«, hakte die junge Polizistin nach. »Ich kann ihn gern noch mal befragen. Er meinte, er besitze keine Schusswaffen, also hab ich nicht nach einem Waffenschein gefragt. Die Durchsuchung des Clubs hat diesbezüglich nichts ergeben.«

»Und die Durchsuchung seiner Wohnung?«, fragte Sasza. Als niemand antwortete, fuhr sie fort: »Oder wurde gar keine veranlasst?«

»Gute Frage«, grollte der Kommandant und nickte. »Wenn nicht, warum wurde die nicht angeordnet?«

Duchnowski blätterte in seinen Unterlagen und zog ein zerknittertes Blatt Papier hervor.

»Es war jemand bei den Eheleuten Bławicki ... Da wurde gerade die Freundin des Opfers rausgebracht, die drauf und dran war, in Ohnmacht zu fallen. Ich hab hier einen Vermerk, dass der Notarzt für sie gerufen wurde. Offenbar war der Kollege nur kurz da. Danach hat sich niemand mehr darum gekümmert. Es ist uns schlicht und einfach durchgerutscht.«

»Durchgerutscht?« Der Kommandant runzelte die Stirn.

»Wir sollten schleunigst einen Durchsuchungsbeschluss beantragen«, stellte Duchnowski fest. »Sonst machen wir uns verdächtig, ausgerechnet Bławicki nicht in die Mangel genommen zu haben. Schließlich waren er und Wiśniewski Geschäftspartner. Selbst im schlechtesten Krimi würde er besser durchleuchtet werden!«

»Na gut, kümmer du dich um den Durchsuchungsbeschluss. Obwohl ich nicht weiß, wozu das gut sein soll«, murmelte

Waligóra kopfschüttelnd. »Immerhin ist der Mann Profi. Selbst wenn er etwas zu verbergen hätte, würdet ihr es niemals finden. Außerdem hab ich gerade erst vor Kurzem mit ihm gesprochen.«

»Wann?«, hakte Duchnowski scharf nach.

»Nachdem Frau Załuska bei ihm war.« Der Kommandant nickte zu der Profilerin hinüber. »Er hat hier angerufen, um in Erfahrung zu bringen, wer die Dame war, was sie von ihm wollte und ob sie tatsächlich in unserem Auftrag bei ihm war. Ich war gerade frei und bin bei ihm vorbeigefahren.«

Robert Duchnowski runzelte die Stirn, während die anderen nur betreten in die Runde schauten. Derlei Alleingänge galten für gewöhnlich als unerwünscht – und wie eigenartig, dass der Chef erst jetzt damit herausgerückt war. Trotzdem traute sich niemand, etwas darauf zu erwidern. Allerdings war allen klar, dass bald gewisse Gerüchte die Runde machen würden.

»Woher wissen wir, dass dieses Filmchen nicht manipuliert wurde?«, fragte Waligóra. »Außerdem würde mich mal interessieren, wer dieser geheimnisvolle Zeuge ist, der so plötzlich auftaucht und Bully beschuldigt. Warum ist er erst jetzt zu uns gekommen?«

»Die Aufnahme ist echt«, versicherte Jekyll. »Sie stammt vom Tag der Schießerei. Es sieht aus, als würde Bławicki den Tatort verlassen. Selbst die Uhrzeit passt.«

»Der Zeuge ... Leider kann ich derzeit seine Identität noch nicht lüften. Ich hab ihm Schutz versprochen.«

Duchnowski sah Waligóra dabei nicht an. Es war ihm deutlich anzumerken, dass er mehr als irritiert darüber war, dass sein Vorgesetzter und Paweł Bławicki Kontakt gehabt hatten. Und auch Sasza konnte es kaum glauben.

Waligóra enthielt sich eines Kommentars, nahm Duchnowskis Information lediglich zur Kenntnis.

»Weitere Vorschläge?«, fragte er in die Runde.

»Wir sollten diesen Bully zur Vernehmung einbestellen«, murmelte einer der Beamten. »Würde gewiss nicht schaden.«

»Im Augenblick noch nicht«, gab Robert zurück. »Wir dürfen ihn nicht gleich aufscheuchen. Mit seiner Erfahrung wird er darauf vorbereitet sein, rechtzeitig zu verschwinden. Für den heutigen Tag schlage ich lediglich eine Observierung und eine Telefonüberwachung vor, und zwar von ihm und auch von seiner Frau, Tamara Socha. Außerdem würde mich noch Nadels Freundin interessieren. Solange wir in dieser Hinsicht weiterermitteln, bleibt Lucja Lange in U-Haft. Ich finde es auf jeden Fall auffällig, dass Bławicki am Tatort war, bei der Befragung aber kein Wort darüber verloren hat. Diese Aufnahme ist der Beweis – allerdings sollten wir den nicht zu früh zur Sprache bringen.«

»Noch was?« Waligóra sah sich um. »Vielleicht die Frau Psychologin? Sie arbeiten doch schon seit zwei Tagen an Ihrem Gutachten. Vielleicht überrascht es Sie ja, aber ich glaube an die Psychologie. Eine Einschätzung der persönlichen Charakteristika würde uns womöglich weiterhelfen. Schließlich haben wir jetzt ja schon zwei Verdächtige«, sagte er ironisch.

Sasza sah sich hilfesuchend nach Duchno um, der sich jedoch demonstrativ wegdrehte.

»Meiner Meinung nach hat die Person – der Täter oder die Täterin – den Überfall geplant«, begann sie zögerlich.

»Wie scharfsinnig.« Der Kommandant schnaubte verächtlich.

Ungerührt fuhr Sasza fort: »Die Person muss das Lokal nicht zwingend gekannt haben. Ein Treppenabgang führt direkt in den Raum, in dem der Mord stattgefunden hat. Man muss kein Besucher oder Nadel-Mitarbeiter sein, um in diesen Raum zu gelangen. Wenn der Täter überdies eine Taschenlampe bei sich hatte, dann hatte er einen entscheidenden Vorteil gegenüber den beiden Opfern. Hinzu kommt natürlich das Überraschungsmoment.«

Die Profilerin stand auf und schob dem Kommandanten den grauen Umschlag zu, den sie von dem fuchsgesichtigen Mann an der Tankstelle bekommen hatte.

»Wahrscheinlich fragen Sie sich alle, was ich hier überhaupt mache. Eigentlich sollte ich gar nicht bei dieser Ermittlung dabei sein, und ich bin es tatsächlich auch nur ungern … Allerdings bin ich gewisserweise in diese Angelegenheit hineingezogen worden, und zwar durch einen Mann, der sich mir gegenüber als Paweł Bławicki vorstellte. Er hat mir Informationen übermittelt, von denen der Großteil Ihnen allen mittlerweile bekannt sein dürfte. Aber wenn ich es richtig sehe, ist ein wesentliches Detail bislang nicht in Erwägung gezogen worden: Die Nadel wird vom Milieu kontrolliert – es werden dort Schutzgelder abgeführt und Drogen gehandelt.«

»Woher wollen Sie das wissen?«, meldete sich ein Kollege zu Wort. »Dafür gibt es keine Beweise, das wissen wir doch nur vom Hörensagen. Außerdem rieselt in den allermeisten Clubs ein bisschen Schnee …«

»Jan Wiśniewski war drogenabhängig und trank zu viel. Ich hab mich zwei Tage vor seinem Tod noch mit ihm unterhalten. Der Club diente der Geldwäsche, ansonsten schrieb er rote Zahlen. Zwischen den Geschäftspartnern gab es seit Langem Konflikte. Möglicherweise hat sich die Waffe, mit der geschossen wurde, längst in dem Club befunden.«

»Eine gewagte Hypothese«, meinte der Kommandant. »Was für eine Grundlage haben Sie für diese Behauptung – und was würde das für unsere Ermittlungen bedeuten?«

»In einer der Fensterscheiben des Lokals sind Einschüsse«, fuhr die Profilerin fort. »Das gleiche Kaliber – angeblich sind die Spuren dort zwei Jahre alt. Damals hat Wiśniewski auf Bławicki geschossen. Und angeblich wurde die Ermittlung eingestellt …«

Waligóra räusperte sich, nahm eine wachsame Haltung ein.

»Da gab es nichts, was hätte eingestellt werden können. Kein Verfahren. Lediglich eine Befragung. Es gab keine Opfer, Bully hat nie Anzeige erstattet. Er hat es als eine Art Arbeitsunfall dargestellt – einen Streit im Suff. Künstler halt!«, schnaubte Duchnowski. »Dem Protokoll zufolge hatte Wiśniewski versucht, sich selbst zu erschießen, und Bławicki ist eingeschritten. Dabei löste sich ein Schuss.«

»Gut. Wenn das die offizielle Version ist, halten wir uns daran«, meinte Sasza. »Allerdings wurde bei beiden Vorfällen ein und dasselbe Kaliber festgestellt – und die Waffe fehlt. Dann gibt es da noch diesen Nachbarn, der vor zwei Jahren den bewaffneten Wiśniewski gesehen hat und vor zwei Tagen wiederum Bławicki mit einer Schusswaffe – womöglich derselben ...«

»Oder auch nicht«, warf jemand aus den hinteren Reihen ein.

»Ich denke«, fuhr Sasza ungerührt fort, »dass diese zwei Fälle miteinander zusammenhängen.«

Maybe yes, maybe no, maybe baby, I don't know«, trällerte der Kommandant und brach in Gelächter aus.

»Irgendetwas verbindet Bully und Nadel – etwas, was über ihren Club hinausgeht.«

Sasza hatte die Stimme gehoben und versucht, überzeugend zu klingen, doch in den Gesichtern der Versammelten sah sie nur Langeweile, wenn nicht gar Überdruss.

»Seit wann kennen sich die beiden? Schon sehr lange. Nadel wurde von Bławicki überhaupt erst zum Star gemacht, das hat er mir selbst erzählt. Bully hat ihn entdeckt und ihn jahrelang gefördert. Warum haben sie diesen Club zusammen aufgebaut? Dass Jan Wiśniewski als Musiker einen eigenen Club haben wollte, ist ja noch nachvollziehbar. Aber ein Krim... pardon, ein ehemaliger Polizist? Denn dass Bully ein Gangster ist, wurde ihm nie nachgewiesen, oder doch?« Sasza holte ihr

Notizbuch hervor und las laut vor: »Paweł Bławicki ist Mitbetreiber unterschiedlicher Unternehmen: Da wären zum einen die Nadel, der Heuhaufen, ehemals auch das Hotel Roza – bekanntermaßen ein Stundenhotel. Dann gäbe es noch den Goldenen Bienenstock, dem allerdings die Schanklizenz entzogen wurde. Seither steht das Gebäude leer. Er sitzt im Vorstand eines Fernsehsenders, und seit vier Monaten ist er überdies Anteilseigner der Finanzgesellschaft SEIF. Vorstandsvorsitzender ist ein gewisser Martin Dunski, ein Schweizer mit polnischen Wurzeln, der allerdings nur selten nach Polen kommt. Die Finanzaufsichtsbehörde hat ein Ermittlungsverfahren gegen die SEIF eingeleitet. Offenbar ist es nicht allein ein Versicherungsunternehmen, sondern darüber hinaus auch eine Pseudobank, die auf einem Pyramidsystem basiert ...«

Die Profilerin verstummte. Von den Versammelten kam keine weitere Reaktion.

»Reden Sie weiter, reden Sie nur weiter«, munterte der Kommandant sie auf. »Was Sie bisher erzählt haben, bringt uns nämlich kein bisschen weiter. Was wollen Sie eigentlich andeuten? Dass der Vorsitzende der SEIF Wiśniewski ermordet haben soll?«, fragte er bissig.

»Möglich. Aber was hätten wir sonst in der Hand? Sie haben sich auf diese Bardame eingeschossen, allein aufgrund der Aussage der Managerin. Meiner Meinung nach verbindet diese beiden Männer etwas, was wie gesagt über den Club hinausreicht. Irgendetwas aus ihrer Vergangenheit. Ein Geheimnis, das sie teilen. Außerdem: dieser Song ... ›Das Mädchen aus dem Norden‹ ... Er schildert eine Begebenheit, in die mindestens zwei Menschen aus Nadels Umfeld verwickelt waren. Einer Begebenheit, die real stattgefunden hat.«

»Jetzt mal halblang«, rief einer der Beamten dazwischen. »Wollen Sie damit sagen, dass wir in die Neunziger zurückgehen sollen? Ich ahne, was Sie im Sinn haben, aber das ist vollkommener Blödsinn. Am Ende sollen wir jetzt auch noch alle gemeinsam dieses Lied singen?«

»Oberkommissar Leszek Lata, Zentrales Ermittlungsbüro«, stellte der Kommandant den Zwischenrufer vor.

»Wir wissen, wer Bully ist. Seit Jahren haben wir ihn und die Leute des Elefanten im Visier«, erklärte Lata. »Ja, vielleicht waren sie wirklich einmal Unterweltgrößen oder wie auch immer Sie sie gern bezeichnen wollen – aber das ist fünfzehn, zwanzig Jahre her. Es ist nicht mehr dieselbe Organisation. Heutzutage geht es nicht mehr um Schießereien und Bombenterror, meine Liebe. Lieber waschen die doch Geld – und ihre Hände in Unschuld. Bully arbeitet in der Musikbranche, weil man dort die große Kohle machen kann. Musik war außerdem schon immer seine Leidenschaft. Das sind keine Gangster mehr, verehrte Kollegin – und wir sind hier auch nicht im Wilden Westen. Meiner Meinung nach war es eine Art Arbeitsunfall: Die Kleine wollte die Kohle aus dem Safe kassieren, besorgte sich eine Knarre und hat versehentlich zwei Menschen niedergeschossen. So was kann vorkommen. Womöglich hat sie nicht damit gerechnet, dass um diese Uhrzeit irgendjemand in dem Club sein würde. Bully ist ein cleverer Typ. Er würde gar nicht zulassen, dass ein solcher Radau um seinen Laden gemacht wird. Wozu auch?«

»Sie gehen von diesem Szenario aus«, wandte Sasza ein, »ohne dafür hinreichend Fakten zu haben. Wir müssen sämtliche Hypothesen berücksichtigen, anstatt uns auf die offensichtlichste einzuschießen.«

»Man kann aber auch übertreiben«, blaffte der Beamte zurück.

Seine Kollegen lachten. Sasza warf ihm einen eisigen Blick zu.

»Darf ich zu Ende sprechen?«

»Hauptsache, Sie sind bald fertig. Vielleicht sollten Sie sich statt auf die Suche nach dem Täter auf die Suche nach demjenigen machen, der Sie so offensichtlich verarscht hat«, rief jemand dazwischen. »Vielleicht haben Sie ja einen Verehrer. Nur hat der sich nicht getraut, Sie direkt anzusprechen, und es über einen Auftrag versucht, der Ärmste!«

Ausgelassenes Lachen und Pfiffe ertönten, sodass Sasza für den Augenblick nicht die geringste Chance hatte, sich Gehör zu verschaffen.

»Haben Sie uns noch etwas zu sagen?«

Der Kommandant hatte zwar nicht mitgelacht, aber es war offensichtlich, auf wessen Seite er stand.

Die Profilerin versuchte, Ruhe zu bewahren und weiterzusprechen, doch Duchnowski bedeutete ihr dezent, es bleiben zu lassen. Entmutigt fiel sie auf ihren Stuhl.

»Wir überprüfen auch die Hypothesen der Psychologin«, verkündete er. »Dabei werden wir deine Hilfe benötigen, Leszek.«

»Stets zu Diensten«, erwiderte Leszek Lata. »Nur erspar es mir, den Täter aus diesem Nadel-Lied herauszuhören. Auch wenn der Song okay ist ...«

»Nadel hat das Lied nicht selbst geschrieben«, stellte Sasza richtig. »Bully kassiert die Tantiemen – jedes Jahr mehrere Hunderttausend! Aber Nadel war nicht der Autor.«

Ihr Gesicht war mittlerweile stark gerötet; sie war genervt und frustriert.

Endlich hob der Kommandant die Hand und brachte die Versammelten zur Ruhe.

»Frau Załuska, ich schlage vor, dass Sie sich um das Lied und um die Verbindung zwischen Bully und Nadel kümmern. Überlassen Sie uns die Mordermittlung und sorgen Sie sich nicht weiter darum. Ihr Täterprofil lesen wir uns gerne durch, Hauptsache, Sie werden alsbald damit fertig. In einem Jahr nutzt es uns nicht mehr allzu viel. Bławicki wird observiert, das ist beschlossene Sache. Leszek, du überprüfst, ob er in letzter Zeit mit Skóra und Walek zu tun hatte – sicherheitshalber. Befrag deine Informanten, hol alles aus ihnen raus. Allerdings müssen wir aufpassen, dass uns die Staatsanwaltschaft keinen Strick daraus dreht, sonst ist die ganze Sache ruck, zuck im Eimer.«

Waligóra rieb sich zufrieden die Hände und gab so allen zu verstehen, dass die Besprechung zu Ende war.

»Was ist mit der DNA?«, wagte Jacek Buchwic sich nichtsdestotrotz vor.

»Schade, aber nicht zu ändern«, meinte der Kommandant. »Was wir haben, muss ausreichen, um die Lange weiter festhalten zu können. Und wir machen weiter, wie ich gesagt habe.«

Das Team ging auseinander. Nur Sasza blieb auf ihrem Platz sitzen. Duchnowski sammelte seine Unterlagen ein und griff nach dem Teller mit den Keksen, die für den Kommandanten bestimmt gewesen waren. Dann schüttete er den Rest Kaffee aus der Thermoskanne in seinen Becher und kippte ihn in einem Zug hinunter.

»Das lief nicht gut, Sasza«, murmelte er, als die Letzten gegangen waren.

Sasza stand unwillig auf, als die Sekretärin reinkam und ihnen mit dem Schlüssel in der Hand zu verstehen gab, dass sie verschwinden sollten.

»Du hast gekriegt, was du wolltest. Aber jetzt will ich eine ordentliche Zuarbeit von dir. Du wirst nicht essen, du wirst nicht schlafen, bis du mir anständige Ergebnisse geliefert hast«, schloss er und stampfte aus dem Raum.

Sasza lief ihm hinterher.

»Eure Besprechungen sind eine Katastrophe«, murmelte sie. »Niemand hört auf den anderen, niemand lässt eine andere Argumentation zu. Als wäre das Ergebnis vorherbestimmt –

und als würde man die Beweislage nur mehr hinsichtlich des ausgewählten Verdächtigen betrachten.«

»Hör auf zu philosophieren, Liebes«, sagte Jekyll über die Schulter. »Es kommt eine Menge Arbeit auf dich zu. Das war gerade ganz schön unangenehm, das stimmt, aber du hast dich wacker geschlagen. Zumindest hast du ihnen gezeigt, dass du nicht aufgibst, wenn du an irgendwas glaubst.«

Waligóra trat erneut auf sie zu und reichte Duchnowski das Foto von Bławicki.

»Wenn ihr ihn in die Mangel nehmt, will ich dabei sein.«

Duchno starrte den Chef ungläubig an.

»Schön zu hören, dass wir an einem Strang ziehen«, murmelte er nach einer Weile.

»Los mit euch – und nicht so viel nachdenken«, forderte Waligóra sie auf. Dann liefen sie Seite an Seite in Richtung Raucherzimmer.

Sasza blieb im Flur zurück und hätte am liebsten aufgestampft. Sie war frustriert, sehnte sich nach einem Gespräch mit Tom Abrams.

Sie marschierte bereits auf den Ausgang zu, als sie von einer jungen Polizistin eingeholt wurde. Das Mädchen war zierlich, sicher nicht älter als fünfundzwanzig, hatte große, haselnussbraune Augen und dunkle Haare, die sie zu einem festen Zopf geflochten hatte. Es war die Beamtin, die Paweł Bławicki gleich nach der Tat befragt hatte.

»Machen Sie sich nichts draus. Die Jungs sind von Haus aus keine Kavaliere …« Sie lächelte die Profilerin an und gab ihr die Hand. »Ich bin Agnieszka Gołowiec, Polizeischülerin. Auch ich hab hier einiges durchgemacht, und zwar nur, weil ich eine Frau bin. Sie haben mich ordentlich schikaniert – oft grenzte es an sexuelle Belästigung. Leider ist so was normal. Bevor sie anfangen, Sie zu respektieren, müssen Sie eine harte Schule durchlaufen. Aber sie werden Sie respektieren, wenn

Sie ihnen zeigen, dass Sie sich nicht in die Knie zwingen lassen. Außerdem arbeitet hier niemand so, wie Sie es gerne hätten. Die machen alle nur noch Dienst nach Vorschrift und wollen nach Feierabend so schnell wie möglich heim. Mein Mann ist bei der Antiterroreinheit. Ständig streiten wir uns darum, wer das Kind von der Schule abholt.«

Unwillkürlich warf Sasza einen Blick auf die Uhr auf ihrem Handy – und rannte los, ohne sich von der Polizistin zu verabschieden. Es war bereits kurz vor halb fünf, und ihre Mutter hatte nicht Bescheid gegeben, ob sie es schaffen würde, Karolina aus der Kita abzuholen. *Nicht nur bin ich eine miese Profilerin, sondern auch noch die schlechteste Mutter der Welt!*, dachte Sasza, während sie im Taxi im Stau stand, und schickte Laura eine SMS: *Hast Du Karo abgeholt?* Dann schrieb sie sicherheitshalber auch noch eine an Karol.

Reglos starrte sie das Display an, bis endlich eine Antwort einging. Von ihrem Bruder war nur ein Fragezeichen gekommen, und sie spürte, wie ihr der kalte Schweiß auf die Stirn trat. Sie wollte schon die Nummer ihrer Mutter wählen, als eine zweite Nachricht einging: *Adrianna hat sie zusammen mit ihrer Enkelin gleich nach dem Mittagessen abgeholt. Hol sie dort nach dem Abendbrot ab, aber sei lieb zu deiner Tante! Und vergiss nicht zu essen! Mama.*

Sasza warf das Telefon zurück in ihre Umhängetasche. Sie war wütend – auf sich selbst, auf das Ermittlerteam, auf alle. Am liebsten hätte sie auf etwas eingeprügelt.

Als das Taxi an einem Lebensmittelladen vorbeifuhr, bat Sasza den Fahrer spontan, anzuhalten. Widerwillig fuhr er rechts ran, schaltete die Warnblinkanlage ein und sah ihr missmutig nach, als sie wie von der Tarantel gestochen aus dem Auto sprang. Sie verschwand in dem Laden und steuerte entschlossen die Regale mit den alkoholischen Getränken an. Wie hypnotisiert starrte sie die Flaschen an; sie waren wie von einem zarten Licht beleuchtet. Für einen Moment vergaß sie das wartende Taxi, die Polizeibesprechung, sogar ihre Tochter. Jetzt zählte nur noch der Moment – das Gefühl, eine Flasche in der Hand zu halten. Das pure Glück aus Glas.

Als sie zurück zum Taxi lief, presste sie sich eine Flasche Gin wie einen Goldschatz an die Brust. Sie stieg ein, lächelte den Fahrer im Rückspiegel an und fühlte sich beflügelt, frei, und sie wusste auch, warum. Die Flasche gab ihr ein Gefühl der Sicherheit und Entspannung. Scheiß auf die sieben Jahre, dachte sie. Ist doch alles egal. Ich hab's einmal geschafft, also schaffe ich es wieder. Aber jetzt brauch ich einen Schluck. Einen einzigen Schluck.

Sie wusste haargenau, dass sie sich etwas vormachte.

Das Telefon klingelte, und als sie es aus der Tasche zog, sah sie das Foto ihrer Tochter auf dem Display: als Ballerina verkleidet, die Haare zu einem Dutt geschlungen, die Lippen zu einem Kuss geschürzt. Als Sasza den Anruf entgegennahm, spürte sie, wie ihre Hand zitterte.

»Liebe Mama, liebe Mama!«

Im Hintergrund hörte Sasza Musik und Kinderlachen. Offenbar waren Karos Cousinen zum Spielen vorbeigekommen.

»Tante Adrianna hat mich von der Kita abgeholt! Ich kann jetzt nicht lange reden, aber wir machen eine Modenschau! Das ist superduper!«

Wie oft hatte sie ihr kleines Nomadenkind schon bei anderen Leuten unterbringen müssen. Doch »superduper« hieß ganz gewiss, dass es Spaß hatte und noch eine Weile bleiben wollte.

»Entschuldige bitte, Schätzchen«, brachte Sasza mühsam hervor. »Ich wollte dich eigentlich gleich nach dem Mittagessen abholen, aber ich hab es nicht geschafft.«

Stille Tränen liefen ihr über die Wangen.

»Mama?« Sofort hatte die Kleine gemerkt, dass irgendwas nicht stimmte. »Ist etwas passiert?«

»Ich komm nach dem Sandmännchen, okay? Und diesmal bin ich pünktlich, versprochen. Viel Spaß noch, ja?« Sie gab sich alle Mühe, ruhig zu sprechen. »Ich hab dich lieb, meine Süße, am meisten auf der Welt!«

»Ich dich noch mehr. Bis später! *Kiss-kiss!*«

Als Sasza aufgelegt hatte, bat sie den Taxifahrer, umzukehren und stattdessen zur ulica Kościuszki zu fahren. Die Adresse hatte sie sich nach dem letzten Gespräch mit Abrams herausgesucht. Das Treffen der Danziger Anonymen Alkoholiker würde in einer Viertelstunde losgehen. Sie hätte nie gedacht, dass sie schon so bald ernsthaft Unterstützung brauchen würde.

Es lief jedes Mal gleich ab. Izabela fuhr am Meer entlang bis zur Kreuzung ulica Jana Pawła II. An der alten Tankstelle bog sie in Richtung Jelitkowski Dwór ab und fuhr dann direkt in die Tiefgarage. Zwischen zwei Säulen hindurch steuerte sie den Parkplatz mit der Nummer G8 an. Sowie sie das Lenkrad einschlug, klingelte auch schon das Telefon. Das Handy lag neben ihr auf dem Beifahrersitz. Auf dem Display stand Jeremi, der Name ihres Ehemanns, doch Iza nahm den Anruf nie entgegen, ehe sie mit dem Einparken fertig war. Sobald das Auto stand, überprüfte sie ihr Make-up im Rückspiegel und suchte ihre Sachen zusammen. Da kam auch schon die SMS: *Bist Du zu Hause?*

So war es bislang immer abgelaufen. Doch diesmal brach das Klingeln früher ab. Ihr Akku war leer. Iza warf das Telefon in ihre Handtasche und stieg aus. Sie lief die Treppe hoch, in beiden Händen Tüten voller Einkäufe, ihre Laptoptasche, die Handtasche und ihre Arbeitsunterlagen. Sie fühlte sich unwohl, und ihr war leicht schwindlig. Der vierte Stock schien eine Ewigkeit entfernt zu sein. Vor ihren Augen drehte sich alles. Sie blieb stehen, um kurz durchzuatmen, dann lief sie mit gesenktem Kopf weiter. Als sie den Blick hob, stand sie bereits vor ihrer Wohnungstür.

Wie immer wurde sie von ihrer Schwiegermutter Wiera begrüßt. Sie war noch nicht mal sechzig, sah aber viel älter aus, und das nicht allein wegen ihres Übergewichts. Auch die ungepflegte Kleidung und die dünnen Haare, die ihr vom Kopf abstanden, trugen zu dem Eindruck bei. Sie brachte kaum je einen Satz zustande, in dem nicht die Worte »schwer«, »Probleme«, »leider« oder »unglücklicherweise« vorkamen. Iza wusste, dass Wiera sich alle Mühe gab, aber ihr ständiges Gejammer ging ihr gehörig auf die Nerven.

Die Mutter ihres Mannes betrachtete sich selbst als eine Märtyrerin, und Iza vermutete, dass sie nicht einmal etwas gegen einen vorzeitigen Tod einzuwenden hätte. Hauptsache, es ging schnell: ein gewaltsamer Tod, ein Hirnschlag, ein Herzinfarkt – irgendetwas Spektakuläres, wodurch sie die Sicherheit hätte, von der ganzen Familie jahrelang beweint zu werden. Als Resultat der andauernden Klagen sprangen alle um sie herum und bemühten sich um sie, und doch brachte sie es irgendwie fertig, ihnen allen Schuldgefühle einzuimpfen. Auf Schritt und Tritt betonte sie, wie sehr sie sich für die Familie aufopfere, wie alt sie doch schon sei, wie krank und müde, und dennoch müsse sie sich um alle kümmern. Kochen, putzen, waschen und so weiter und so fort.

Sie hob den Deckel vom Topf und zeigte Iza, was sie gekocht hatte. Izabela musste sich dazu zwingen, von der Suppe zu kosten, die ihr Wiera auf einem Esslöffel vors Gesicht hielt. Iza lobte sie überschwänglich und kommentierte auch gleich anerkennend die geputzten Spiegel und die sorgsam gewässerten Pflanzen. Sie verstand allerdings nicht, warum die Frau tagtäglich sämtliche Spiegel putzen musste. Den Abwasch indes überließ sie ihrer berufstätigen Schwiegertochter. Als könnte sie die Sachen nicht einfach in den Geschirrspüler stellen. Doch offenbar sollte Iza an ihre wahre Berufung als Hausfrau erinnert werden.

So war es immer. Tag für Tag. Iza kam heim, Wiera seierte vor sich hin, Iza hörte weg. Das hatte sie schon vor langer Zeit gelernt und antwortete nur mehr wie ein Roboter: »Danke, Wiera, du bist großartig, danke, sehr lecker, danke, wunderbar, danke, danke.«

Der kleine Michał lag bereits seit zwei Stunden im Bett. Iza war klar, dass er gleich wach werden würde. Er wachte immer auf, wenn sie nach Hause kam, und rief nach ihr. Eilig zog sie sich um, schlüpfte in etwas Bequemeres und stellte sich an die Spüle.

Als sie Essensreste in den Mülleimer schob, bemerkte sie den Hals einer Flasche, der aus einer benutzten Windel ragte. Sie erstarrte für einen Moment, dann angelte sie die Flasche hervor. Darunter lagen weitere Windeln, weitere Flaschen – sogenannte Äffchen, die lediglich einen Viertelliter Fassungsvermögen hatten. Iza reihte sie auf dem Tisch auf wie eine Garde gläserner Soldaten.

Jeremi trank also wieder. Seit ihrem letzten Gespräch waren keine zwei Monate vergangen. Wahrscheinlich hatte er nie aufgehört, sondern es nur geschickt vor ihr verheimlicht. Diesmal blieb sie ruhig – nicht wie vor einem Jahr, als sie zum ersten Mal dahinterkam, dass ihr Mann heimlich soff. Da hatte sie das Gefühl gehabt, dass sich der Boden unter ihren Füßen auftäte. Ihr Vater war Alkoholiker gewesen und an den Folgen seiner Sucht gestorben. Er war in ihrem Elternhaus betrunken die Treppe hinuntergestürzt und hatte sich das Genick gebrochen. Izabelas Mutter hatte da bereits mehr als dreißig Jahre mit einem Süchtigen unter einem Dach gelebt und war nur knapp davor gewesen, selbst süchtig zu werden. Iza wusste genau, wie ein solches Leben aussah, und hatte nicht das geringste Bedürfnis, genauso zu enden. Es wäre das Letzte, was sie sich für ihren Sohn und sich selbst wünschte. Und das Erste, was sie fürchtete. Die Spielchen des Alkoholikers, das heimliche Trinken, die angeblichen Überstunden … Solange Jeremi sich zumindest die Mühe gegeben hatte, es von der Familie fernzuhalten, hatte sie mitgespielt. Aber jetzt war es genug.

Ihr Mann war süchtig. Sie konnte, nein, wollte nichts mehr dagegen tun. Als älteste Tochter hatte sie ihre Mutter jahrelang angefleht, den Vater zu verlassen – wegzulaufen, alles zurückzulassen, Hauptsache, weg von diesem Monster. Iza fragte sich unwillkürlich, ob sie ihren Mann überhaupt noch liebte. Sie wusste es nicht mehr. Sie wusste nicht mehr, was sie fühlte. Wo würden sie als Paar bleiben, sie als Familie? Außerdem hatte sie Angst. Angst davor, allein zu bleiben.

Als es an der Tür klingelte, machte sich Ärger in ihr breit. Wollte Jeremi den Kleinen auch noch aufwecken? Dann wanderten ihre Gedanken zurück zu den Flaschen auf dem Tisch. Wenn er sie so zu sehen bekäme, wäre ein Streit vorprogrammiert.

Iza lief zur Tür, lauschte im Gehen darauf, ob ihr Sohn womöglich aufgewacht war, und griff nach der Klinke. Sie fühlte sich anders an, war rund und weiß, anders als daheim, und Iza spürte schlagartig, dass irgendwas passieren würde. Im nächsten Augenblick sah sie die Trommel eines Revolvers vor sich, einen Finger am Abzug – dann ihre Kollegin Lucja Lange.

»Sag es noch mal, sag's mir ins Gesicht!«, rief Lucja.

Ihr Gesicht war verzerrt, allerdings nicht vor Wut. Als sie weitersprach, zitterte ihre Stimme.

»Sieh mich an und sag es mir direkt ins Gesicht!«

Iza nahm allen Mut zusammen.

»Diebin!«, flüsterte sie.

Über ihr die weiße Zimmerdecke. Neben ihr eine kleine Konsole. Der Griff der Schublade: rund und weiß, genau wie in ihrem Traum …

Sie drehte sich zur Seite und kauerte sich zusammen. Zuvor hatte sie nicht den leisesten Zweifel daran gehabt, dass es Lucja gewesen war, die auf sie geschossen hatte. Aber jetzt? Sie konnte sich ganz einfach nicht daran erinnern, was wirklich passiert war. Hatten sie sich an dem Tag gestritten, als die Schüsse fielen – oder war das schon früher gewesen?

Sie schloss die Augen und versuchte, wieder einzuschlafen. Stattdessen spürte sie ganz deutlich, dass sie wieder einen Migräneanfall bekommen würde.

Als Sasza vor der Stern-des-Meeres-Kirche hielt, hatte es aufgehört zu regnen. Sie betrat das Gebäude und lief eine schmale Treppe hinab in den Keller.

In dem kleinen Raum waren bereits diverse Menschen versammelt. In der Ecke stand eine Blondine mit Meg-Ryan-Frisur und erklärte einem Mann in einem bunten T-Shirt, worin sich eine Tennisrückhand von der im Squash unterschied. Sie lachten, unverkennbar mochten sie einander. Die anderen saßen um einen langen Tisch herum. Ein hagerer, braun gebrannter Mann mit Schnurrbart und Pferdeschwanz nahm gerade an der Stirnseite Platz und sah sich ungeduldig um. Dann schlug er mit nikotingelben Fingern ein Buch auf und pulte sich zwischen den Zähnen. Niemand achtete auf ihn.

Schließlich holte er ein Feuerzeug aus der Tasche seiner viel zu locker sitzenden Hose, zündete die vor ihm stehende Kerze an und warf eine Zwanzig-Groszy-Münze in einen alten Hut – und urplötzlich drehten sich alle in seine Richtung und liefen eilig zu ihren Plätzen.

Sasza ließ sich in der Ecke auf einer Sitzbank nieder und begann, ein paar Münzen für den Spendenteller aus ihrem Geldbeutel zu angeln. Ein junger Typ mit Silberblick setzte sich zu ihr. Ein wenig zu dicht, wie sie feststellte, obwohl doch genügend Platz gewesen wäre.

»Zum ersten Mal hier?«, wollte er wissen.

Sie verneinte und ließ den Blick zu einem bärtigen Mann schweifen, der zu spät gekommen war und nun an der Wand neben der Tür lehnte. Er war offenbar der Älteste der Gruppe. Er sah sympathisch, fast schon gütig aus, obwohl er selbst aus einiger Entfernung leicht unangenehm roch. Er musste direkt von der Arbeit gekommen sein; an seinen Gummistiefeln klebte Kalk. Die anderen schienen ihn zu kennen, winkten ihm beiläufig zu.

Die Wanduhr – ein grässliches Plastikding mit Margarine-Werbeaufdruck – zeigte inzwischen fünf nach sechs. Daneben hing ein schlichtes hölzernes Kreuz. Eine zierliche, elegant gekleidete Brünette, die dem Mann mit den nikotingelben Fingern gegenüber an der anderen Stirnseite des Tisches saß, hob ein kleines Glöckchen an und klingelte. Die Leute stellten ihre Unterhaltungen ein, standen auf und nahmen sich an den Händen.

»Gott, gib mir die Gelassenheit, Dinge hinzunehmen, die ich nicht ändern kann, den Mut, Dinge zu ändern, die ich ändern kann, und die Weisheit, das eine vom anderen zu unterscheiden«, sprachen die Versammelten.

Jemand drückte Sasza ein Faltblatt mit dem Zwölf-Schritte-Programm der Anonymen Alkoholiker in die Hand. Sie kannte sie zwar auswendig, nahm das Blatt dennoch entgegen und legte es neben sich.

»Mein Name ist Anna, und ich bin Alkoholikerin«, sagte die Leiterin des Treffens. »Die einzige Bedingung, um an dieser Gruppensitzung teilnehmen zu dürfen, ist der Wunsch, mit dem Trinken aufzuhören. Die AA-Bewegung wird durch freiwillige Spenden finanziert. Das Einzige, was ihr alle mitbringen müsst, ist ein starker Wille. Denkt immer daran, dass wir es hier mit einer Sucht zu tun haben – mit einem Phänomen, das gefährlich und hinterhältig ist«, führte sie aus.

Ihr Vortrag klang ungemein offiziell. Sasza beneidete sie insgeheim um ihre Gelassenheit und Ruhe. So weit würde sie auch gerne schon sein … auf diesem Level der Abstinenz, der

Klarheit. Anna hatte einen faszinierenden, fast schon hypnotischen Blick. Keine Spur von geplatzten Äderchen oder Schwellungen in ihrem Gesicht, wie es für trinkende Frauen so typisch war.

In dem Raum herrschte jetzt Stille. Der Typ mit dem Pferdeschwanz schien regelrecht erstarrt zu sein.

»Während unserer Treffen geben wir einander keine Ratschläge, äußern nicht unsere Meinung zu den Schicksalen anderer und kritisieren niemanden«, fuhr Anna fort. »Heute werden wir über den vierten Schritt sprechen: *Wir machen eine gründliche und furchtlose Inventur in unserem Inneren.*«

Ein weiteres Faltblatt mit den Zwölf Schritten machte die Runde. Gleich würden sie sich nacheinander vorstellen und jeweils einen Satz daraus laut vorlesen. Sasza spürte, wie ihr Herz schneller schlug. Vielleicht würde sie ja drum herumkommen.

Und genauso kam es auch: Ihr Sitznachbar, Adam, trug sein Sätzchen vor und eilte dann plötzlich ohne ein weiteres Wort zur Tür hinaus, während Anna seltsam unbeteiligt zu den Formalitäten überging. Sie berichtete vom derzeitigen Spendenstand, von einer geplanten Pilgerfahrt nach Tschenstochau und von einem Brief, der anonym beim Pfarrer eingegangen war, der ihnen den Kellerraum für ihre Treffen überließ. »*Liebe Teilnehmer der AA-Treffen*«, las Anna laut vor, »*es wäre nett, wenn ihr eure dreckigen Gläser und Tassen abwaschen würdet. Außerdem ist zwischen dem 13. und dem 18. März aus dem Spülschrank eine 0,7-Flasche Martini Bianco verschwunden, und wir bitten darum, diese wiederzuerhalten. Mit freundlichen Grüßen, die Handwerker.*«

Die Versammelten grinsten unverhohlen.

»Ganz offensichtlich sind nicht wir damit gemeint«, sagte Anna mit einem Lächeln. »Ich lege den Brief mal in das Fach der Seniorenclubs. Wenn sie den Martini getrunken haben, müssen sie ihn auch ersetzen. Aber zur Sache. Heute hat einer unserer Freunde seinen ersten Jahrestag. Wir gratulieren dir, Marek!«

Der Mann im bunten T-Shirt errötete und strahlte die Meg-Ryan-Dame an, die ihm liebevoll über den Arm strich. Im selben Moment tauchte Adam wieder in der Tür auf: mit einem Napfkuchen und einer Kerze mit einer aufgedruckten Eins darauf. Als Marek aufstand, um den Kuchen entgegenzunehmen und die Kerze auszublasen, standen alle auf. Nachdenklich zog Marek die Kerze aus dem Kuchen und starrte eine Weile darauf hinab, ehe er sie in die Hosentasche steckte. In seinen Augen standen Tränen. Das erste Jahr seines neuen Lebens. Sasza wusste um die Erhabenheit dieses Moments: 365 Tage ohne Alkohol. Sie selbst würde bald ihren siebten Jahrestag feiern – dabei hätte sie gerade erst vor wenigen Augenblicken um ein Haar alles kaputt gemacht. Ein einziger Schluck hätte genügt, um sieben Jahre Enthaltsamkeit zunichtezumachen.

»Ich kann mich noch gut daran erinnern, als ich gerade vier Wochen trocken war – und wie ich gedacht habe, dass das eine Riesensache wäre«, wandte Anna sich wieder der Versammlung zu, und viele nickten. Die meisten von ihnen hat die gleiche Erfahrung gemacht. »Dabei war es lediglich der Anfang meines Wegs. Ich hätte nie für möglich gehalten, dass ich es tatsächlich schaffen würde, ein ganzes Jahr lang durchzuhalten. Es erschien mir damals so irreal ... Ein paarmal war ich kurz davor, aufzugeben und davonzuschwimmen. Wir alle wissen, wie wichtig das erste Jahr ist.«

Wieder sahen alle zu Marek hinüber. Würde er irgendwas sagen? Er schwieg, doch seine Augen strahlten. Der Mann war durch die Hölle gegangen und war gottfroh, sie hinter sich gelassen zu haben.

Nacheinander begannen nun die anderen, von ihren Erfahrungen zu berichten. Sie erzählten, wie das erste Jahr bei ihnen ausgesehen hatte und was sich bei ihnen verändert hatte, seit sie aufgehört hatten zu trinken.

»Ich konnte mir nicht mal ansatzweise vorstellen, wie ein Leben ohne Alkohol aussehen sollte. Kein Glas Wein, kein Bier mehr? Ich hatte Angst, dass man mich ausschließen würde.«

»Ich hab die Liebe meiner Kinder zurückgewonnen. Nach dem ersten Jahr ohne Alkohol bin ich nach Deutschland gegangen und hab dort Arbeit gefunden, und zum ersten Mal im Leben hab ich die Arbeit auch behalten. Heute bin ich gesund, spreche Deutsch, helfe anderen Polen im Ausland. Die Menschen können sich gar nicht vorstellen, dass ich mal Alkoholiker gewesen sein soll.«

»Ich kann mich noch gut daran erinnern, wie ich irgendwann im ersten Jahr eine Dose Bier gekauft habe – ich hab mich allen Ernstes vier Stunden lang mit ihr unterhalten: Ich hab mit ihr gestritten, mich ihr anvertraut, sie beschimpft, vor ihr geweint ... und habe durchgehalten. Die Dose blieb zu.«

»Ich hab meine Mutter auf dem Friedhof besucht. Zum ersten Mal. Davor hatte ich das einfach nicht über mich gebracht. Nie war ich nüchtern genug, um aus dem Haus zu gehen. Bei uns in der Familie ist der Suff fast schon Tradition: Mein Vater war Alkoholiker, mein Bruder, seine Ehefrau. Sie haben nicht mal aufgehört, als ihnen das Jugendamt die Kinder weggenommen hat. Wir leben alle in einer Wohnung, ich bin ihnen Tag für Tag ausgesetzt – aber ich krieg es hin ... und ich gratulier dir, Marek. Das ist wirklich eine große Sache!«, sagte Meg Ryan sichtlich bewegt.

Und dann kam Marek.

»Mein Name ist Marek, und ich bin Alkoholiker. Als ich zum ersten Mal hierherkam, hab ich nicht daran geglaubt, dass es funktionieren würde«, vertraute er der Gruppe an. »Die Gebete, Kerzen, Schritte – dieses ständige ›Ich bin Alkoholiker‹ … Ich dachte anfangs, das hier gleicht doch einer Sekte.« Immer lauter, immer selbstsicherer sprach er weiter: »Ich hab den Erzählungen der anderen zugehört und ernsthaft am Sinn der Sache gezweifelt. Ich war insgeheim fest überzeugt davon, dass diese Methode schwachsinnig wäre, dass sie bei mir nie wirken würde. Ich konnte mir nicht ansatzweise vorstellen, dass ich nie wieder einen Schluck trinken sollte. Nie wieder? Bis zum Ende meines Lebens? Anfangs kam ich nur wegen meiner Mutter her, weil ich es ihr versprochen hatte. Ein paarmal bin ich auch in alte Verhaltensweisen zurückgefallen. Gegenüber unserer Wohnung ist ein Lebensmittelladen – und dort hab ich jederzeit Zugang zu Alkohol. Ich hab mir immer wieder gesagt: Mama wird es gar nicht merken, es ist bloß eine Dose Bier … Irgendwann hatte ich nicht mehr den Mut, sie zu belügen. Immer wieder bin ich rüber in den Laden – und hab ihn ohne Bier wieder verlassen. Heute ist ein Jahr vergangen. Nur ein Jahr, das ist genau genommen wenig – für mich aber bedeutet es alles. Jeder Tag ohne Alkohol ist wie ein Wunder für mich. Ich habe angefangen, meine Probleme anzugehen, meine Schulden abzuzahlen, ich hab mir Arbeit gesucht. Die Nachbarn, die mich früher nicht einmal mehr angesehen haben, grüßen mich jetzt. Ich bin drauf und dran, mich mit meiner Exfrau zu versöhnen. Mir ist bewusst, wie weh ich ihr getan habe. Gerade mache ich meinen Motorradführerschein, lerne für die Theorieprüfung, nehme Fahrstunden. Das macht mir großen Spaß. Ich weiß, dass es banal klingt – aber lange hab ich nichts außer dem Alkohol gesehen. Inzwischen sehe ich neue Dinge, neue Chancen. Vor einem Jahr wäre keine Rede davon gewesen, Motorrad oder Auto zu fahren – ich war schlicht und einfach jeden Tag viel zu betrunken. Jetzt habe ich wieder Träume und will sie unbedingt verwirklichen. Ich habe sämtliche Kontakte zu den Leuten gekappt, die mit mir immer einen heben gehen wollten. Ich gehe nicht mehr in Kneipen. Anfangs dachte ich, so würde ich vereinsamen, aber stattdessen hab ich jetzt ganz einfach andere Bekannte. Manche meiner Freunde hab ich in dieser Runde kennengelernt.«

Sowie Marek verstummte, brandete Beifall auf. Die Zuhörer waren sichtlich bewegt. Dann hob der grimmige Mann mit dem Pferdeschwanz die Hand, um die Runde zum Schweigen zu bringen.

»Ich gratuliere dir, Marek. Es freut mich ungemein zu hören, dass du es geschafft hast. Darf ich euch trotzdem von meinem Problem erzählen? Gestern erst hab ich erfahren, dass ich die letzten zwei Monate umsonst gearbeitet habe. Der Gedanke ist unerträglich – ich weiß ganz einfach nicht, ob ich noch eine Stunde durchhalte, ohne zu trinken. Der Typ, dessen Treppe ich renoviert habe, will mich nicht bezahlen. Ich weiß nicht mehr, was ich tun soll. Soll ich zu diesem Typen gehen und ihm die Scheiben einschlagen? Oder sein Kind entführen? Ich bin wütend, hasserfüllt ... Wie soll ich mich je ändern und ein besserer Mensch werden, wenn die Welt mich derart mies behandelt?«

Er sprach noch eine Weile weiter, beklagte sich, ließ seinem Frust freien Lauf. Anna und Wiesiek tauschten verstohlene Blicke.

Nur zwei von ihnen hatten bislang gar nichts gesagt: Sasza selbst und eine weitere Frau. Sasza sah verstohlen in deren Richtung. Sie hatte blonde Locken, trug eine Samtjacke und eine weiße Röhrenhose. Neben ihr stand eine Handtasche von Donna Karan. Sasza hatte zuvor schon den dezenten »Addict«-Duft wahrgenommen, die gepflegten Hände und das perfekte Make-up. Würde man ihr auf der Straße begegnen, würde man niemals darauf kommen, dass sie ein Alkoholproblem hatte. Doch das traf auch auf Sasza zu. Was man in Bahnhofsgegenden, irgendwelchen Spelunken und in Obdachlosenunterkünften zu Gesicht bekam, war nur die Spitze des Eisbergs; die meisten anderen schafften es, den Schein zu wahren und sich zumindest phasenweise so weit zu beherrschen, dass ihr Organismus noch nicht vollkommen ausgezehrt war. Sie waren imstande, zu trinken und trotzdem gewisse soziale Strukturen aufrechtzuerhalten und ihrer Arbeit nachzugehen. Erst der Verlust der Arbeit läutete für die meisten den Anfang vom Ende ein.

Jeder der Anwesenden hier hatte diesen Albtraum erlebt, war kurz vor dem Ende gewesen und hatte beschlossen, neu anzufangen. Doch wie viele von ihnen hatten es immer wieder von Neuem versucht? Die Jahrestage wurden von Rückfällen unterbrochen, teils von regelrechten Abstürzen. Niemand konnte einen Alkoholiker zum Entzug zwingen, sofern er es nicht selbst einsah.

Es war nicht möglich, dass jemand anders anstelle des Alkoholikers den Kampf gegen die Sucht gewann – genauso wenig, wie ihn je ein anderer gezwungen hatte, überhaupt mit dem Trinken anzufangen. So schwer das Leben manchmal sein konnte: Nichts rechtfertigte die Tatsache, zum Alkoholiker geworden zu sein. Es gab Menschen, die die schlimmsten Traumata durchlebt und die trotzdem nie mit dem Trinken angefangen hatten. Das Trinken war letztlich bloß eine Form von Flucht – der Alkoholiker trank, weil er nicht imstande war, seine Probleme zu lösen, und weil er nach einem einfacheren Ausweg suchte.

Und selbst wenn man endlich trocken war, musste man in einem fort achtgeben und durfte den Kampf gegen die Dämonen nie aufgeben. Sasza kannte diesen Mechanismus mehr als gut. Sie wusste, dass sie – obwohl sie seit Jahren nichts mehr getrunken hatte – die Sucht noch lange nicht beherrschte. Der Alkohol lockte sie immer noch, und noch immer hatte sie eine ganze Reihe ungelöster Probleme.

Das Treffen neigte sich dem Ende zu. Obwohl Sasza bislang kein Wort gesagt hatte, fühlte sie sich wie nach einer Beichte: rein und ruhig, leicht und gelassen. Die Wut war verflogen. Sie verspürte die leise Hoffnung, dass sie es nichtsdestotrotz schaffen würde. Unvermittelt drückte Adam ihr den Zettel mit den Zwölf Schritten in die Hand, den sie zuvor beiseitegelegt hatte, und zwinkerte ihr freundlich zu.

Sie atmete tief durch – und ergriff nun doch das Wort.

»Mein Name ist Sasza.« Sie zögerte, musste sich zwingen weiterzusprechen: »Und ich bin Alkoholikerin.«

Kapitänin Mariola Szyszko las gerade die letzten Seiten ihres Krimis, als sie ein metallisches Scheppern hörte. Obwohl die Auflösung des Romans kurz bevorstand und sie lieber weitergelesen hätte, legte sie das Buch beiseite und ging nachsehen, was ihre Schutzbefohlenen gerade wieder anstellten.

Am Nachmittag war Lucja Lange, die Bardame aus der Nadel, in ihren Bereich überführt worden. Von der Leitung der Justizvollzugsanstalt hatte sie keinerlei Informationen darüber erhalten, welcher Vergehen die Frau verdächtigt wurde; doch sie hatte es den Nachrichten entnehmen können. Überall war über den Mord an Jan Wiśniewski und den Schuss auf Izabela Kozak berichtet worden. Wem wollen die eigentlich etwas vormachen?, fragte sich Mariola. Sie arbeitete seit mittlerweile zwanzig Jahren in der Strafvollzugsanstalt und wusste, dass die ersten drei Monate am schwierigsten sein würden. Ganz gleich wie lange man im Gefängnis saß – in den ersten Monaten musste man sich auf schlimmste Auseinandersetzungen gefasst machen. Jede der neuen Insassinnen konnte sowohl für sich selbst als auch für andere zur Gefahr werden – vor allem wenn sie der Aggression jener ausgesetzt war, die schon längere Zeit einsaßen und ihren Frust ablassen wollten. Neue waren immer ein willkommenes Zielobjekt: meist einfach nur aufgrund der Tatsache, dass sie immer noch verunsichert oder verzweifelt waren und die Regeln nicht kannten.

Zwar wurde Lucja Langes Foto in den Medien nach wie vor ausschließlich verpixelt abgedruckt; im Internet jedoch fanden sich zahlreiche Fotos von ihr. Selbst wenn sich die Frau am Ende als unschuldig erweisen sollte – das Internet vergaß nie. Das vorhandene Material zu entfernen wäre ein Ding der Unmöglichkeit. Auch Mariola hatte bereits diverse Bilder zu sehen bekommen, obwohl sie weder Klatschportale noch soziale Netzwerke anklickte. Es hatte nicht einmal besonders lange gedauert. Eine Kollegin hatte ihr Fotos auf ihrem Smartphone gezeigt: Irgendjemand hatte offenbar in Lucja Langes Namen ein Fake-Profil auf Facebook angelegt, auf dem die neuesten Informationen über die vermeintliche Mörderin des Popstars Nadel veröffentlicht wurden. Nicht mehr lange, und sie würde in Sachen Berühmtheit sogar die berüchtigte Babymörderin in den Schatten stellen, die ebenfalls bei ihnen einsaß. Allerdings musste die Beamtin zugeben, dass Lange tatsächlich sämtliche Bedingungen erfüllte, um auf eine Art Podest gehoben zu werden: Sie wirkte cool und geheimnisvoll. Die Internet-Community debattierte hitzig über ihr Magazin mit all den Texten über Tod und Gewalt, kommentierte die bissigen Sprüche aus dem *Mega*Zine*-Blog, fabulierte über die Arbeit als Bardame, dachte sich die blutrünstigsten Namen für neue Cocktail-Kreationen aus. Der Blog allein hatte binnen kürzester Zeit eine Rekordzahl von Klicks erreicht. Es gab mittlerweile sogar ein eigenes Internet-Forum, das nur Lucja Lange gewidmet war. Darin ließen sich Fans über ihre Kunst, ihre Tattoos, die Frisur und den Kleidungsstil aus – eng sitzend, aufreizend, mit tief ausgeschnittenem Dekolleté und in knalligen Farben: Pink-Kanariengelb, Grün-Violett, Fuchsia-Türkis, dazu das unvermeidliche Schwarz. Smokey Eyes.

Mariola Szyszko griff sich eine Taschenlampe und ihren Gummiknüppel. Auf dem Korridor waren bloß ihre Schritte zu hören, die von den Wänden widerhallten. In den Zellen war das Licht längst aus; um zehn Uhr wurden die Lampen zentral abgeschaltet. Trotzdem war die Stille irgendwie beunruhigend.

Als sie Zelle 45 erreichte, in der Lucja Lange untergebracht worden war, blickte sie durch den Spion. Es schien alles in Ordnung zu sein. Das Mädchen lag auf seiner Pritsche, zusammengekauert wie ein Embryo. Die Wolldecke war am Rücken leicht verrutscht. Interessiert musterte Mariola die bunte Tätowierung, die unter dem kurzen Shirt hervorschaute, und atmete dann erleichtert aus.

Alles okay – sie konnte zu ihrer Lektüre zurückkehren und endlich auflösen, wer der Mörder war.

Zurück in ihrer winzigen Kommandozentrale, ließ sie die Videoaufnahmen aus den vergangenen Minuten auf den altersschwachen Bildschirmen ablaufen. Dann setzte sie Wasser für einen Kaffee auf, machte es sich auf ihrem Stuhl bequem und nahm ihr Buch wieder in die Hand.

Ein dumpfer Knall ließ sie zusammenzucken. Als unmittelbar danach rhythmisch gegen Zellentüren geschlagen wurde, sprang Mariola auf und rief, ohne nachzudenken, nach Verstärkung. Mit rasendem Puls lief sie zurück in Richtung von Lucjas Zelle und riss die Tür auf. Die junge Frau lag da wie zuvor während des Rundgangs – nur dass jetzt, da die Wärterin mit der Taschenlampe auf das Bett leuchtete, ein großer Blutfleck auf dem Laken sichtbar wurde und immer größer zu werden schien.

Die Pulsadern! Sie hatte sie sich aufgeschnitten!

Damit sie das Bewusstsein nicht verlor, schlug Mariola Lucja ins Gesicht, und kurz flatterten die Lider des Mädchens – es schien sogar allen Ernstes zu lächeln! Die Wärterin war wie erstarrt. In Lucja Langes Mundwinkel schimmerte eine Rasierklinge, und die Ohrfeige hatte die Klinge in das Innere der Mundhöhle getrieben.

Vor dem Eingang zur Nadel bemerkte Sasza einen silbernen Range Rover. Das Kennzeichen stimmte mit demjenigen überein, das der Zeuge der Polizei genannt hatte. Der Wagen musste die ganze Nacht hier gestanden haben; auf den Scheiben lag nach wie vor Reif. Dieser »Chelsea Tractor«, wie das Modell in Großbritannien genannt wurde, gehörte jemandem, der offensichtlich gern mit seinem Reichtum prahlte. Der Einzige, der ihr in diesem Zusammenhang einfallen wollte, war Paweł Bławicki. Geparkt war der Rover allerdings ordentlich: auf einem der vier freien Plätze direkt vor dem Club. Im Vorbeigehen sah sie kurz hinein. Weiße Ledersitze.

Als Sasza den Innenhof betrat, fiel ihr Blick sofort auf eine Art Altar für Jan Wiśniewski: Der einzige im Hof stehende Baum war dekoriert worden mit buntem Nippes wie bei einem heidnischen Ritual. Davor lagen Unmengen Blumen, brannten Kerzen, standen unzählige Fotos von dem toten Sänger. Fans hatten Platten und Konzert-Shirts hergebracht. Es gab auch Karten und Briefe – in Plastikhüllen, damit sie nicht nass wurden.

Der Schnee war mittlerweile beinahe vollständig getaut, nur hier und da lagen noch schmutzige Häuflein in den Ecken. Es war der erste Morgen, seit Sasza nach Polen zurückgekehrt war, an dem die Sonne schien. Sie marschierte an dem Altar vorüber und erreichte die Eingangstür des Clubs. Die Polizeisiegel waren entfernt worden, nur über dem Geländer flatterte noch ein einsamer Rest Absperrband.

Von den Bewohnern der benachbarten Häuser war niemand zu sehen; nur ein paar Handwerker waren aus einem Keller zu hören. Sie riefen einander Befehle zu und sparten nicht mit Flüchen – offenbar die Elektriker, die die kaputte Stromleitung wieder instand setzten.

Sasza machte sich keine Mühe, auf die Klingel zu drücken. Der Club war ohnehin leer. Als sie hinunterlief, war alles in ein Halbdunkel getaucht, in dem die Räume noch deprimierender aussahen als bei ihrem letzten Besuch. Bis auf einen Mann, der die Wände strich, war niemand zu sehen. Inzwischen ging hier jeder unbehelligt ein und wieder aus. Hinter dem Tresen lockte noch immer die stattliche Spirituosensammlung, doch diesmal stellte sie für Sasza keinerlei Bedrohung dar. Gleichgültig marschierte sie daran vorbei. Der Zigarettenautomat blinkte; offenbar hatte jemand es versäumt, ihn nachzufüllen.

Sasza ging an der leeren Garderobe und an den bunt beklebten Türen zu den Toiletten vorbei, bis sie schließlich vor dem immer noch unfertigen Tonstudio ganz hinten im Keller auf Bully traf. Er stand mit dem Rücken zur Tür und starrte aus dem kleinen Fenster.

»Sie sind zu spät«, stellte er fest, ohne sich zu der Profilerin umzudrehen.

Erst als Sasza sich neben ihn stellte, erkannte sie, dass er den Altar draußen im Hof betrachtet hatte. Er musste sie bereits gesehen haben, als sie dort gestanden und sich die Devotionalien kurz angesehen hatte. Mit einem Mal fühlte sie sich beklommen.

»Ich musste erst noch meine Tochter in den Kindergarten bringen«, erwiderte sie, obwohl ihr klar war, dass sie sich vor ihm nicht hätte rechtfertigen müssen.

Alles in allem hatte der Tag gut angefangen. Endlich war die Sonne herausgekommen, Sasza und Karolina hatten ausgeschlafen und waren trotzdem pünktlich in der Kita gewesen. Es war Sasza sogar gelungen, kurz mit der Direktorin zu sprechen und mit ihr eine Regelung über Karos Abholung durch Dritte zu treffen. Tante Adrianna hatte von Sasza eine zeitlich unbegrenzte Vollmacht bekommen. Da sie ihre Enkelinnen ohnehin täglich dort abholte, hatten sie sich darauf verständigt, dass sie Karo ebenfalls mitnehmen würde. Nur um der Tochter willen war Sasza bereit gewesen, das Kriegsbeil zu begraben und sich mit ihrer Tante auszusöhnen.

Bławicki drehte sich zu ihr um. Er wirkte zutiefst erschöpft, sah an der Profilerin vorbei zur Tür in ihrem Rücken, die sie offen stehen gelassen hatte.

»Die Polizei hat mich angerufen«, sagte er. »Sie haben Lucja Lange in U-Haft genommen.«

Sasza runzelte die Stirn, sagte aber kein Wort. Woher hatte Bully diese Informationen? Und welche Interna hatte er noch in Erfahrung gebracht?

»Und Sie?«

»Was, und ich?« Er sah sie irritiert an.

»Was halten Sie davon?«

»Meine Meinung tut hier nichts zur Sache«, gab er zurück. »Ich bin nicht das Gericht.«

»Ihre private Meinung würde mich trotzdem interessieren.«

»Ich weiß nicht ... Lucja? Kaum zu glauben. Aber was hat mein Glaube oder vielmehr Nichtglaube damit zu tun?«

»Stimmt es, dass Sie beide Probleme hatten?«

»Nein. Zu mir war Lucja immer in Ordnung.« Er klang aufrichtig.

»Ich meine nicht Frau Lange, sondern Sie und Herrn Wiśniewski.«

Bully nickte.

»Ja. Wir kamen schon eine Weile nicht mehr besonders gut miteinander aus. Janek schuldete mir Geld. Übrigens nicht nur mir, sondern auch diversen Drogendealern. Ich weiß nicht, wie viel genau es war, aber immer wieder tauchten hier irgendwelche Typen auf, um Kohle von ihm einzutreiben. Anfangs hab ich ihn noch verteidigt, aber irgendwann konnte ich nichts mehr gegen sie ausrichten. Die Zeiten haben sich geändert, ich hab nicht mehr die Macht, die ich mal hatte. Ich bin seit mehr als fünfzehn Jahren raus aus dem Milieu, seitdem sind neue Leute aufgetaucht, die ich nicht kenne. Sie waren es auch, die uns die toten Fische und das ganze Zeug geschickt haben, da bin ich mir ganz sicher. Und nein, falls Sie mich danach fragen wollen: Nicht ich habe Sie engagiert.«

»Das haben Sie beim letzten Mal bereits gesagt«, warf Sasza ein. »Warum waren Sie nicht damit einverstanden, als Jan gehen wollte?«

»Er wollte gar nicht wirklich weg, sondern nur für ein Jahr nach Amerika gehen«, erwiderte Bully. »Er wollte doch nur seine Chancen auf dem dortigen Markt testen. Aber das konnten wir uns schlicht und einfach nicht mehr leisten. Wir hatten bereits einen Kredit aufgenommen, um den Club am Laufen zu halten – um ehrlich zu sein, schreiben wir schon seit mehreren Jahren rote Zahlen. Sie können es gern auf dem Finanzamt überprüfen. Wenn der Heuhaufen nicht wäre, unser Café im Nachbarhaus, würde es noch schlimmer aussehen. Außerdem ist es Janeks Lokal. Er hat darauf bestanden, dass wir es eröffnen. Ich habe lediglich seine Entscheidung abgesegnet.«

»Sie sind doch auch an anderen Unternehmen beteiligt. Hätten Sie da nicht ein bisschen Geld hin- und herschieben können? Die Gewinnspanne dürfte doch gar nicht so gering sein, oder?«

Der Mann starrte sie an.

»Ganz so einfach ist das auch wieder nicht. Wenn ich Gewinne mache, brauche ich die meist schon für was anderes. Zuallererst einmal musste ich Schulden abzahlen. Ich wollte endlich mit meiner Vergangenheit abschließen.«

»Aber wenn man ohnehin schon Schulden hat und dieser

Laden hier dauerhaft rote Zahlen schreibt ... wäre es dann nicht besser gewesen, Insolvenz anzumelden? Statt immer tiefer in Schulden zu versinken?«

»Ich hab darüber nachgedacht«, gab Bully zu. »Aber dann tauchte ein Investor auf. Für seinen Anteil an den Einnahmen baute er die Struktur des Clubs um, wollte uns helfen, wieder effizienter zu werden. Er war es auch, der nicht zulassen wollte, dass Nadel ins Ausland geht.«

»Geht es hier um die SEIF? Sind Sie deswegen vor vier Monaten dort Anteilseigner geworden?«, hakte Sasza nach.

Zum ersten Mal lag ein gewisser Respekt in Paweł Bławickis Blick.

»Wer war dieser Investor? Der Elefant?«, bluffte sie.

»Jerzy Popławski ist nicht der Vorstandsvorsitzende von SEIF, wie Ihnen bekannt sein dürfte. Nein, er hat sich nicht persönlich bei uns gemeldet – aber ja, es war jemand aus der Gefolgschaft des Elefanten. Ich musste mich mächtig ins Zeug legen, damit sie sich auf die Umstrukturierung einließen.«

»Kann ich mir vorstellen.«

Bully maß sie mit einem kalten Blick.

»Das war alles legal – Sie können sich die Unterlagen ansehen.«

»Darf ich, ja?«

»Wenn der Staatsanwalt es anordnet, stelle ich Ihnen alles zur Verfügung«, meinte er, und dann fügte er hinzu: »Wissen Sie, diese Angelegenheit ist für uns keine Werbung – im Gegenteil. Wir mussten sieben Konzerte absagen, die bereits fest unter Vertrag gewesen waren. Jetzt geht es nicht mehr nur darum, den Leuten das Geld für die Eintrittskarten zu erstatten. Da sind auch noch die Vorbands, die Techniker, das Equipment ... Sie wollen gar nicht wissen, um wie viel Geld es geht! Und das sind meine privaten Investitionen – ich gehe damit baden!«

»Ihre Investitionen? Als Sie die Konzerte gebucht haben, war Jan doch noch am Leben?«

»Nadel war das alles doch egal! Was hier passiert, was ich mit den Gewinnen mache, entscheide ich. Wir hatten Verträge mit einer Brauerei, andere Vereinbarungen ... George Ezra hat abgesagt, dabei hab ich mich seit Jahren darum bemüht, ihn zu bekommen! Gerade vorhin kam die Nachricht von seinem Manager. Ich bin erledigt!« Er seufzte schwer. »Sie sehen also: Ich bin der Letzte, dem Nadels Tod von Nutzen wäre.«

Sasza sah sich nachdenklich um. An den Wänden prangten immer noch braune Schlieren von vertrocknetem Blut, aber auch Wischspuren. In einer Ecke standen Farbeimer. Über die Mischpulte war bereits Abdeckfolie ausgebreitet worden.

»Wo haben Sie Nadel eigentlich kennengelernt?«

Sasza setzte sich breitbeinig auf einen Stuhl und zündete sich eine Zigarette an. Der Themenwechsel schien ihn zunächst zu erstaunen, dann atmete er auf und begann zu erzählen: »Ich hab ihn vor ungefähr zwanzig Jahren kennengelernt. Da war ich gerade zur Antidrogeneinheit versetzt worden. Es war eine spannende Zeit – damals war in Polen gerade erstmals Meth aufgetaucht. Hauptsächlich wurde es nach Russland geschmuggelt, für unsere Klientel war es schlichtweg zu teuer. Nadel war damals ein kleiner Junkie, den ich als Spitzel angeworben habe. Er spielte in der Bahnhofsgegend Gitarre und hatte da ein nettes Lied, das mir gefiel ... Daraus wurde später dann sein Hit ›Das Mädchen aus dem Norden‹.«

»Die Geschichte kenne ich«, unterbrach sie ihn.

»Warum fragen Sie dann?«

Sasza hatte nicht vor, irgendwelche ausgesuchten Befragungstechniken bei ihm anzuwenden. Er war selbst bei der Polizei gewesen und kannte sämtliche Tricks. Sie beschloss, offen und ehrlich zu sein, alle Fragen anzusprechen – auch wenn die Antworten für die Ermittlung womöglich keine Rolle spielen würden. Wenn bereits entschieden wäre, dass Lucja Lange schuldig war, würde Sasza ohnehin nichts mehr ausrichten können. Allerdings verfolgte sie ihre eigenen Interessen. Sie wollte endlich begreifen, wer sie in diese Sache hineingezogen hatte.

»Worum genau ging es in dem Lied?«

Bully starrte sie an.

»Und wer hat es geschrieben?«, fuhr sie fort. »Sie kennen die Antworten, nehme ich an.«

Bławicki grinste schief, aber sein Blick war eisig. Ein Mensch, der auf Knopfdruck so lächeln konnte, war Herr der Lage und verspürte keine Angst.

»Sie erwarten zu viel, Frau Załuska.«

Sowie er ihren Namen aussprach, wusste sie, dass sich im Bruchteil einer Sekunde die Rollen verkehrt hatten. Jetzt testete er sie: wie viel sie wusste, welche Richtung sie einzuschlagen gedachte. Er war früher ganz bestimmt ein großartiger Fahnder gewesen.

»Leider kenne ich die Antworten nicht, aber all das würde auch mich natürlich brennend interessieren. Wenn Sie also irgendwann dahinterkommen, geben Sie Bescheid. Dafür werde ich Ihnen jetzt was sagen, was niemand weiß – erst recht nicht die Klatschpresse. Ich hab Nadel geholfen, das stimmt. Ja, ich hab ihn damals am Bahnhof kennengelernt, und ja, es gefiel mir, wie er spielte. Er hatte Starpotenzial, das war mir auf einen Blick klar. Ein hübscher Junge, Typ *boy next door*, nett, harmlos, mit einer großartigen Stimme. Allerdings eher eitel als hoch talentiert. Aber seit wann kümmert das die Fans? Und das alles ist im Übrigen nur die halbe Wahrheit. Er ist mir nicht aufgefallen, weil er so ein toller Sänger gewesen wäre. Ehrlich gesagt war er gut, aber nicht gut genug. Womöglich blieb es deshalb auch bei einem One-Hit-Wonder. Aber wie hätte ich einen Jungen vergessen können, der im Winter 1993 mit einer Pistole bei uns auftauchte, nach der polizeilich gesucht wurde, und der uns anflehte, ihn vor gewissen Gangstern zu beschützen?«

»Was ist damals passiert?«

»Ich hielt ihn auf dem Revier eine Weile fest, befragte ihn und schickte ihn dann wieder zurück ins Kinderheim. Obwohl ich ihn am liebsten adoptiert hätte, muss ich sagen ... Er behauptete damals, die Pistole gefunden zu haben. Ich hab ihm selbstredend kein Wort geglaubt. Er wurde alles in allem viermal verhört, blieb aber bei seiner Aussage. Kinder aus dem Heim sind gut darin, Geheimnisse für sich zu behalten. Tja, und ein paar Jahre später traf ich ihn als Straßenmusiker wieder.«

»Kinderheim? Ich dachte, er wäre in Danzig aufgewachsen, bei einem Vater, der Automechaniker war? So steht es zumindest im Netz.«

»Nichts davon stimmt«, widersprach Bully und lächelte. »Seinen Vater hat er nicht einmal gekannt. Das einzige Detail, das der Wahrheit entspricht, ist, dass er die Schifffahrtsschule abgebrochen hat.« Und dann fing Bławicki zu Saszas großer Verwunderung an zu erzählen.

Jan stammte aus einem Kinderheim. Seine Mutter, Klaudia Wiśniewska, hatte sich mit Bagatelldelikten ihre Drogensucht finanziert. Der Spitzname Nadel stammte ursprünglich von ihr, sein richtiger Name hatte Jan gelautet. Sie war achtzehn Jahre alt gewesen, als sie Jan zur Welt brachte, und neunzehn, als sie starb. Wer der Vater war, wurde nie bekannt. Klaudia hatte auf das Sorgerecht bestanden – sie hatte zu der Zeit gerade ein Gerichtsverfahren am Hals und hoffte als alleinerziehende Mutter auf mildernde Umstände. Sie versprach, eine Entzugsklinik aufzusuchen und sich um den Jungen zu kümmern. Der Richter glaubte ihr. Sie bekam tatsächlich bloß eine Bewährungsstrafe – nicht nur weil sie gerade Mutter geworden war, sondern vor allem, weil sie mit dem Aussehen eines Engels gesegnet war. Das gute Aussehen erbte der Sohn von ihr.

Klaudia hielt es gerade mal zwei Wochen ohne Heroin aus, dann plünderte sie den Medizinschrank der Entzugsklinik und nahm Reißaus. Es war Winter, minus zwanzig Grad. Ein paar Tage später fand man sie erfroren im Straßenbahndepot. In jenem Jahr starben in Danzig und den Nachbarstädten Gdingen und Zoppot mehr als dreißig Obdachlose.

Als Jan in die Obhut der Behörden kam, besaß er nichts außer der Kleidung, die er am Leib trug. Er kannte kein Spielzeug, keine Süßigkeiten. Niemand hatte je auf ihn achtgegeben, geschweige denn seine Begabungen gefördert. Später in der Schule kam er nicht sonderlich gut mit; obwohl er es entgegen aller Prognosen aufs renommierte Conradinum schaffte, warf er dort schon nach der zweiten Klasse das Handtuch. Eine höhere Schullaufbahn wäre ohnehin kaum etwas für ihn gewesen – was er liebte, war das Singen und Gitarrespielen. Und das fiel Bully sofort auf. Nachdem er ihn am Bahnhof aufgegriffen hatte, kaufte er ihm eine ordentliche Akustikgitarre. Der Junge sollte sie später bei all seinen Unplugged-Konzerten dabeihaben und ließ sich gerne damit ablichten. Er, Bully, sei für den Jungen mehr und mehr zu einem Ersatzvater geworden und nur in zweiter Linie dessen Manager gewesen.

»Ich hab mich um alles gekümmert«, fuhr der ehemalige Polizist fort. »Und was ist der Dank? Haut einfach ab ... Sechs Wochen lang hab ich ihn überall gesucht und all meine Informanten eingespannt. Ich war so sauer, dass ich ihm am liebsten den Kopf abgerissen hätte. Als ich ihn schließlich am Bahnhof wiederfand, war die Wut dann wie verraucht – er war so breit, dass er sterben wollte, genau wie seine Mutter, brabbelte er. Ich schnappte mir den Jungen und brachte ihn zu Pater Albert. Alles, was er dorthin mitnehmen durfte, waren seine Gitarre und die Bibel. Und dort ist dann auch das Lied entstanden.«

»Mir hat er erzählt, dass er es gar nicht selbst geschrieben hätte.«

»Mir gegenüber hat er das ebenfalls behauptet, aber ich hab ihm nie geglaubt. Die Geschichte lastete ihm auf der Seele – bis zuletzt. Er war am Ende sogar immer öfter in der Kirche. Dann wieder sprach er von Selbstmord. Einmal – das muss jetzt etwa zwei Jahre her sein – wollte er sich sogar erschießen ... hier im Club. Ich hab die kaputte Scheibe dringelassen, als Mahnmal sozusagen. Ich weiß ehrlich nicht, was damals mit ihm los war, aber er schien vor irgendetwas Angst zu haben. Er wartete auf ein Ereignis – auf die Vergeltung seiner Sünden? Aber sosehr er versuchte, vor dieser Angst davonzulaufen, so wenig funktionierte es. Alkohol, Mädchen ... nichts brachte ihm Linderung.«

»Und Klara?«

»Ach, nur eine von vielen ... Musikerinnen, Sängerinnen, Models. Klara hatte einfach Glück, dass sie sogar bei ihm einziehen durfte. Vielleicht brauchte er gerade jemanden, der sich um ihn kümmerte. Na ja, jetzt kann sie Courtney Love spielen und ihn öffentlich betrauern«, spottete Bully.

»Und was war mit der Waffe? Was war das für eine Pistole?«

Er zuckte mit den Schultern.

»Weiß ich nicht mehr ... Die Unterlagen dazu sind verschwunden.«

Sie glaubte ihm kein Wort, und das wusste er genau.

»Bei der Waffe handelte es sich nicht zufällig um eine umgebaute Röhm, Kaliber acht?«

Bully zuckte nicht mal mit der Wimper.

»Wirklich, Frau Załuska, ich kann mich nicht erinnern.« Dann wechselte er das Thema. »Was wird jetzt überhaupt aus Lucja? Sie hat so lange für mein Team gearbeitet, dass ich einen Verteidiger für sie engagiert habe.«

»Ja, Marciniak wird es ganz sicher schaffen, sie da rauszuboxen«, höhnte Sasza. »Was sind Sie doch für ein guter Mensch!«

Bully blieb ernst.

»Ich hab ihr einen hervorragenden Anwalt besorgt. Keine Sorge, Sie werden schon sehen. Ich mag das Mädchen und wünsch ihr nur das Allerbeste«, versicherte er.

»In welchem Kinderheim hatte Jan eigentlich gelebt?«

Er nannte ihr die Adresse.

»Sprechen Sie dort am besten mit Pater Andrzej Zieliński.«

Sasza wandte sich zum Ausgang. An der Tür blieb sie noch einmal stehen und griff nach einem Flyer, der auf dem Tisch auslag.

»Die Einschusslöcher in der Scheibe draußen, von diesem Selbstmordversuch … Das war ebenfalls eine Acht-Millimeter-Waffe. Womit hat Nadel sich damals erschießen wollen? Oder haben Sie das auch vergessen?«

»Da fragen Sie besser unseren Freund, den Ritter der Apokalypse.«

Bully grinste sie frech an.

»Wie bitte?«

Er zog eine Schublade auf und kramte daraus ein verwackeltes Foto hervor. Es war der Mann, den sie ein paar Tage zuvor am Fenster des Nachbarhauses gesehen hatte und der dann bei der Polizei Schutz gesucht hatte.

Bully schien ihr Gesichtsausdruck zu amüsieren.

»Zygmunt Gabryś hat Janek damals gerettet, indem er ihm die Pistole weggenommen hat. Ich kam erst später dazu – da war er immer noch bei Nadel. Als ich auftauchte, rannte er davon. Ich weiß wirklich nicht, was er Janek erzählt hat – vermutlich irgendwelches Christenzeug. Aber wenn mich meine Bullennase nicht täuscht, war es selbiger Gabryś, der an Ostern die Elektrik manipuliert hat – im Übrigen nicht zum ersten Mal.«

»Sie wussten davon?«

Bławicki zuckte mit den Schultern.

»Niemand sonst würde auf so eine idiotische Idee kommen ... Der Typ ist ein Irrer! Und jetzt, wenn Sie erlauben, würde ich Sie gerne verabschieden. Gleich kommen meine ehemaligen Kollegen, um mich zu einer Befragung abzuholen. Ich will nur noch schnell die Handwerker einweisen, damit sie sich nicht langweilen, während ich weg bin. Und ich bin vermutlich mindestens achtundvierzig Stunden weg, hab ich recht?«

»Davon weiß ich nichts«, erwiderte Sasza und ging.

Als Sasza sich beim Chefarzt anmeldete, bat er sie, noch kurz vor Izabela Kozaks Zimmer zu warten. Er werde ihr ein Zeichen geben, sobald sie hineinkönne, meinte er und schlüpfte durch die Tür.

Sasza gesellte sich zu den zwei Uniformierten, die dort bereits saßen und einander Handybilder zeigten. Neben ihnen hockte Robert Duchnowski und döste. Als er ihre Schritte hörte, machte er die Augen auf. Im Gegensatz zu der Profilerin sah der Kommissar an diesem Morgen vollkommen erledigt aus: Sein Gesicht war geschwollen, seine Augen blutunterlaufen, als hätte er in der vergangenen Nacht keine Minute geschlafen. Als sie näherkam, dämmerte es ihr: »Offenbar habt ihr das Kriegsbeil gestern noch begraben.« Sie bemühte sich, den Alkoholgestank nicht einzuatmen.

»Waligóra, dieser Hundesohn, wollte mich fertigmachen«, gab Duchno zurück. »Aber das ist ihm nicht gelungen. Ich hoffe nur, dass er noch schlimmer leidet als ich selbst ... In der Hölle soll er schmoren!«

»Sofern er das verdient hat«, konterte Sasza, zog eine kleine Flasche Mineralwasser aus ihrer Umhängetasche und reichte sie ihm. Er griff danach und drehte mit geschlossenen Augen den Verschluss auf. Dann leerte er die Flasche quasi in einem Zug.

»Hast du nicht zufällig noch eine Dose Bier dabei – oder einen Flachmann?«

Sie schüttelte den Kopf.

»War nur eine Frage«, murmelte Robert gequält.

Sasza kicherte. Angesichts dieses Anblicks fühlte sie sich umso besser.

»Und du – top in Form, wie ich sehe?«, meinte er und wischte sich den Schweiß aus dem Gesicht. »Offenbar hat dir die gestrige Besprechung nichts anhaben können. Gut so. Tapferes Mädchen.«

Sie hatte nicht vor, die Besprechung vom Vortag zu kommentieren.

»Wenn du willst, kann ich hier übernehmen, und du gehst ins Café. Du kannst natürlich auch hierbleiben, eine Runde mit mir schweigen und mich im Blick behalten. Oder frag mich über meine Fortschritte aus«, spöttelte sie.

»Ich schaff das schon«, erwiderte er mit einem schiefen Grinsen. »Ein Auge auf dich hab ich ohnehin.«

»Mir wäre lieber, du hättest gesagt, dass ich ohnehin der reinste Engel bin.«

»Bist du aber nicht«, neckte er sie. »Aber du könntest einer sein – wenn du nur wolltest.«

»Robert, du weißt rein gar nichts über mich«, sagte sie mit einem Seufzer.

»Wer hat behauptet, dass Engel von Herzen gut sein müssen?«

»Gut war ich früher.«

»Die Załuska, das achte Weltwunder ...«

»Und du – die sieben Plagen.«

Er lachte.

»Gegensätze ziehen sich an, sagt man.«

Im selben Moment tauchte der Chefarzt wieder auf und gab ihnen ein Zeichen, dass sie die Patientin besuchen durften. Doch bevor sie das Zimmer betraten, drehte sich Sasza noch mal zu dem Kollegen um. »Flirtest du etwa mit mir?«

»Wie könnte ich, Kaiserin!« Wie um sich selbst Lügen zu strafen, ließ er seinen Blick über ihren Po wandern. Er schluckte vernehmlich und fügte hinzu: »Ich steh nun mal auf gefallene Frauen.«

»Pass auf, dass du nicht selber fällst«, murmelte Sasza und packte ihn unvermittelt am Arm. Beinahe wäre er gegen die verglaste Tür gerannt.

Dann betraten sie den Raum.

Izabela Kozak saß aufrecht im Bett und starrte apathisch die flimmernden Bilder auf dem Fernsehschirm an. So einen unter die Decke montierten Fernseher sah Sasza zum ersten Mal in einem polnischen Krankenhaus. Sowie sie über die Schwelle getreten waren, schaltete eine Krankenschwester den Apparat aus. Schlagartig war es mucksmäuschenstill, sodass es wirkte, als würde die Schwester deswegen flüchten.

»Könnten Sie uns bitte kurz mit ihr allein lassen?«, fragte Sasza den Chefarzt. Er nickte, überprüfte aber sicherheitshalber noch einmal die Geräte, an denen die Patientin angeschlossen war, bevor er sich zurückzog.

»Eine halbe Stunde, mehr nicht«, rief der Arzt über die Schulter.

»Wir geben uns alle Mühe«, erwiderte Duchno.

Mit einem Lächeln auf den Lippen legte Sasza ihr Diktiergerät auf dem Nachttischchen ab.

»Falls irgendetwas sein sollte, drücken Sie den Notrufknopf.« Dann war auch der Arzt verschwunden.

Der Kommissar ließ sich in einigem Abstand von der Patientin nieder, während Sasza sich auf einen Hocker direkt neben ihr Bett setzte. Dann stellte sie sich selbst und den Kollegen vor.

»Wir würden gerne hören, woran Sie sich von jenem Tag erinnern. Am besten schön der Reihe nach«, begann die Profilerin. »Ich weiß, dass es Ihnen schwerfällt zu sprechen, aber wir haben Zeit. Ich werde Ihnen keine Fragen stellen. Sie erzählen einfach, einverstanden? Erst wenn ich heute Nachmittag wiederkomme, werde ich mich nach dem einen oder anderen Detail erkundigen. Auf diese Weise arbeiten wir so lange zusammen, bis Ihr Gedächtnis wieder einwandfrei funktioniert. Wenn Sie sich momentan an irgendetwas nicht erinnern können, schütteln Sie einfach den Kopf. Sie sollen sich nicht überanstrengen. Fürs Erste reden wir ganz einfach darüber, was Sie mit Überzeugung schildern können. Okay?«

Iza nickte kaum merklich. Dann atmete sie tief ein und begann zu erzählen. Langsam, abgehackt. Duchnowski nickte bereits nach wenigen Sätzen ein. Als Sasza ihn sanft anstupste, wachte er augenblicklich wieder auf und tat so, als wäre er ganz Ohr.

Die Managerin hatte gar nicht vorgehabt, an Ostern in den Club zu gehen. Die Mitarbeiter der Nadel hatten freibekommen. Die Einnahmen waren gezählt und lagen in der Geldkassette. Es waren etwas über dreißigtausend gewesen – eine verhältnismäßig geringe Summe. Meistens nahmen sie fünfzig- bis hunderttausend Złoty an einem Abend ein, berichtete Izabela Kozak.

Am Sonntagmorgen gegen zehn hatte Jan sie jedoch angerufen: Sie müsse sofort in den Club fahren und das Geld abholen. Sie hatte eigentlich nicht losgewollt, nicht an einem Feiertag, aber er hatte fast schon verzweifelt geklungen und dann angeboten, er werde ebenfalls in die Nadel kommen und sie von dort wieder nach Hause fahren. Es werde maximal eine halbe Stunde dauern. Wozu genau er sie dafür brauchte, hatte sie nicht ganz verstanden.

Minuten später fuhr er vor ihrem Haus vor, und gemeinsamen ging es weiter zum Club. Sie traten durch den Haupteingang ein. Nadel hieß sie Alarm und Videokameras ausschalten, und wieder wunderte sich Iza, kam seinem Auftrag aber nach. Dann schloss sie hinter ihnen die Tür und zog den schweren Riegel vor.

Zusammen marschierten sie hinunter ins Tonstudio, wo das

Geld versteckt war. Sie hatte eine Taschenlampe mitgenommen, die sie ihm anbot, und kurz darauf kehrte Janek mit einem grauen Umschlag aus dem Safe zurück. Nadel hatte gerade beiläufig erwähnt, dass er Probleme mit Klara habe, die sich als zusehends eifersüchtig entpuppe, als plötzlich Schritte von der Tür zu hören waren. Iza gab Jan ein Zeichen, die Taschenlampe auszuschalten, und er schob sie in den Nachbarraum und flüsterte ihr zu, sie solle dort bleiben, bis klar sei, wer sich dort draußen herumtreibe. Sie ging davon aus, dass es sich um Bully handelte. Intuitiv ahnte sie, dass Paweł sie hier besser nicht zusammen sehen sollte – mit dem Geld, im Dunkeln ... Womöglich würde er die falschen Schlüsse ziehen und ihr im Übereifer kündigen. Insofern war Iza Nadel dankbar, dass er vorausgegangen war, um sich dem Besucher allein zu stellen. Sie wartete – bis sie auf einmal Schüsse hörte. Dann ging die Tür auf, und jemand blendete sie mit einer Taschenlampe. Noch ehe sie auch nur um Hilfe rufen konnte, hatte dieser Jemand schon auf sie geschossen. Ein Schuss, dann ein zweiter.

Alles, woran sie sich noch erinnerte, sei die Trommel des Revolvers und Lucjas Gesicht, schloss Iza ihren Bericht.

Sasza sah von ihren Notizen auf.

»Ich danke Ihnen. Denken Sie jetzt nicht weiter daran. Versuchen Sie es zumindest. Entspannen Sie sich. Am Nachmittag kommen wir zu meinen Fragen.«

Duchnowski stand von seinem Stuhl auf und trat näher an das Krankenbett heran.

»Ist das alles?«, wollte er wissen.

Es schien fast, als wäre er unzufrieden. Iza Kozak hatte alles in allem nicht allzu viel erzählt, und sie hatten noch ein wenig Zeit, bis der Arzt kam. Auch Sasza war klar, dass Duchno sich mehr erhofft hatte, dass er die vorigen Aussagen der Managerin hatte präzisiert sehen wollen. Doch sie gebot ihm mit einer Geste Einhalt. Sie wollte Abrams' Anregungen umsetzen. Duchnowski war heute definitiv nicht in Form. Außerdem war die Zeugin fürs Erste zu erschöpft. Sasza stand auf und gab den beiden zu verstehen, dass das Gespräch fürs Erste beendet sei.

»Da ist noch etwas«, sagte Iza auf einmal. »Ich erinnere mich an ihre Hand ... Ich träume sogar davon. Lucja hatte einen kaputten Nagel ... Er war blau angelaufen.«

Duchnowski nickte zufrieden.

»Und die Trommel? Können Sie sich daran noch erinnern? Sind Sie sich ganz sicher, dass es ein Revolver war?«

»Ich bin mir sicher«, erwiderte Izabela ruhig.

»Vielleicht kam es Ihnen nur so vor? Vielleicht haben Sie die Waffe gar nicht von der Seite sehen können? Außerdem war es dunkel ...«

Sofort griff Sasza vermittelnd ein.

»Das überprüfen wir. Ich danke Ihnen.«

Doch Robert war offenbar in Konfrontationslaune.

»Also?«

»Es war ein Revolver«, wiederholte Izabela. »Da bin ich mir ganz sicher.«

»Und wobei sind Sie sich nicht sicher?«, fragte er bissig.

Sasza sah ihn verärgert an.

»Ich verstehe nicht ...« Inzwischen sah Izabela angespannt aus. »Glauben Sie mir nicht? Sie denken wohl, dass ich in Wahrheit keine Ahnung habe, wer da geschossen hat?«

Die Profilerin legte dem Kollegen die Hand auf den Ellbogen und führte ihn aus dem Krankenzimmer, damit es nicht zu einer Eskalation kam.

»Wir sehen uns heute Nachmittag«, rief sie im Gehen, während Duchno sich noch einmal umdrehte und die Frau finster anfunkelte. Nach einem kurzen Augenblick gab er schließlich nach und ging hinaus.

Diesmal rannte er gegen die Glastür.

Izabela Kozak schloss die Augen und ließ sich ihre Aussage noch mal Satz für Satz durch den Kopf gehen. Der Schuss, die Hand mit dem Revolver, der kaputte Fingernagel ... Es bestand kein Zweifel: Es war Lucja Lange gewesen. Und sie war betrunken gewesen, als sie auf Iza geschossen hatte. Der Alkoholgeruch war das Letzte, woran sich Iza noch erinnerte: der Geruch, der Revolver, der Nagel. All das war ihr noch präziser im Gedächtnis geblieben als das Gesicht ihrer einstigen Freundin, und mit Entsetzen wurde ihr bewusst, dass die Psychologin später genau danach fragen würde – wie exakt ihre Erinnerung war. Sie war sich nicht sicher, ob sie das überstehen würde.

Iza drückte auf den Rufknopf, und eine Krankenschwester steckte den Kopf durch die Tür.

»Mir geht es nicht gut«, flüsterte sie und nickte hinab auf ihren Bauch.

Sie bekam ein Schmerzmittel und schlief fast auf der Stelle ein.

Nummer 123, Schalter 9«, dröhnte es aus dem Lautsprecher.

Krystyna Lange schob die Brille zurecht und sah sich desorientiert in dem riesigen Postamt um. Wo sollte sie hin? Jemand vom Aufsichtspersonal wies sie auf das blinkende Licht über einem der Schalter hin. Sicherheitshalber sah Krystyna noch einmal auf ihren Zettel hinab. 123.

Sie beugte sich über ihren Einkaufstrolley und zupfte einen Flyer mit einem Überweisungsträger hervor. Über dem Porträt des lächelnden Pfarrers Staroń prangte das Logo der SEIF.

»Ich möchte mir gern Geld auszahlen lassen. Alles, was auf dem Konto ist.«

Die Schalterangestellte sah die alte Frau bedauernd an.

»Tut mir leid, wir sind hier bei der Postbank, und da steht SEIF … Ist das überhaupt eine Bank? Hier steht etwas von einer Versicherung …«

»Nein, nein, es ist eine Bank! Ich habe dort ein Konto eingerichtet. Und ich brauche das Geld … also … Ich will meine Ersparnisse zurückhaben«, erklärte Krystyna umständlich. »Meine Nichte steckt in Schwierigkeiten. Ich muss das Geld wiederhaben – meinetwegen auch ohne Zinsen.«

Die Frau am Schalter sah Krystyna genervt an.

»Gehen Sie damit zu einer SEIF-Filiale. Im Internet steht sicher irgendwo, wo sich die nächste befindet«, erklärte die Angestellte, drückte auf einen Knopf, und über dem Schalter leuchtete die Zahl 127 auf, woraufhin sich ein kräftiger Mann an Krystyna vorbeidrängelte und den Trolley zur Seite schubste. Der Flyer flatterte zu Boden.

Als die alte Frau ihn wieder aufhob, fiel ihr ein, wer ihr würde helfen können. Sie würde auf der Stelle zu Pfarrer Staroń gehen. Lucja brauchte Hilfe, und der Pfarrer hatte für Bedürftige, Obdachlose, Gefangene ein großes Herz. Er würde Lucja helfen können.

Erleichtert bekreuzigte sie sich. Gott war bei ihr, es würde alles gut ausgehen. Und wenn sie erst mal bei dem Pfarrer wäre, würde sie ihn auch gleich fragen können, wo diese SEIF-Bank genau lag.

Krystyna hatte dort all ihre Ersparnisse angelegt: dreiundzwanzigtausend Złoty in Scheinen. Mit Zinsen dürfte es inzwischen noch viel mehr sein. Außerdem hatte sie denen dort ihren Goldschmuck anvertraut. Ihre letzten Zehntausend hatte sie auf ein Begräbniskonto eingezahlt. Niemals würde sie von ihrer Schwester oder der Nichte verlangen, dass die beiden ihre Beerdigung finanzierten. Außerdem hatte Lucja gerade ganz andere Sorgen. Am Vortag war sogar die Polizei da gewesen und hatte die Wohnung durchsucht!

Wenn alle Stricke rissen, dachte Krystyna, würde sie sich vom Steinmetz die Anzahlung für den Grabstein zurückgeben lassen. Hauptsache, Lucja kam wieder aus dem Gefängnis.

»War sie nicht in der Kirche?«

Pfarrer Staroń sah auf Lucjas Kommunionsfoto hinab, das Krystyna Lange immer bei sich trug. Sie war auch diejenige gewesen, die das Mädchen zur Kommunion geführt hatte; damals hatte die Mutter der Kleinen wieder einmal im Gefängnis gesessen. Das Kind auf dem Foto hatte bereits Züge der späteren Rebellin: durchschnittlich hübsch, dunkelhaarig, mit einer kräftigen Nase und großen Eulenaugen, zwischen die sich eine tiefe Falte eingegraben hatte. Aufmüpfig, immer ein wenig missmutig – Lucja eben, dachte die Tante. So war sie immer schon gewesen.

Krystyna saß in einem tiefen, weichen Sessel. Neben ihr auf dem Tisch stand eine Tasse mittlerweile kalten Tees. Sie hatte keine Ahnung, was sie auf die Frage erwidern sollte – sie selbst ging jeden Sonntag in die Kirche, und das wusste der Pfarrer natürlich auch. Dass Lucja sich nie blicken ließ, war ihr insgeheim peinlich. Krystyna engagierte sich in der Gemeinde, putzte im Pfarrhaus, backte Kuchen für Veranstaltungen. Sie kümmerte sich sogar um Pfarrer Starońs Wäsche. Staroń zahlte ihr, so viel er konnte; sie wusste, dass er nicht viel besaß, und oft genug arbeitete sie, ohne dafür eine Entlohnung zu verlangen.

»Ich habe leider kein neueres Foto … Heutzutage machen Leute doch nur noch Fotos mit ihren Handys«, erklärte sie.

Der Pfarrer nickte. Seine Soutane war nass und verdreckt, und er hatte immer noch die Ärmel hochgekrempelt. Als Krystyna gekommen war, hatte er gerade draußen Schutt auf eine Schubkarre geschaufelt. Ein größeres Stück Putz war von der Wand gefallen – kein Wunder: Die Wände schimmelten, die Mauern waren feucht, der Putz aufgequollen. Um die Sicherheit der Gläubigen zu gewährleisten, war schnelles Handeln angesagt, und so hatte der Pfarrer kurz entschlossen selbst Hand angelegt, um anschließend einen Handwerker zu rufen, der die Wand neu verputzen sollte. Marcin Staroń wusste allerdings nicht, woher er das Geld dafür nehmen sollte.

»Momentan fällt mir nichts ein«, sagte er und zuckte mit den Schultern. »Am besten wäre es, wenn Ihre Nichte zu mir käme, Frau Krysia. Ich könnte mit ihr reden, aber glaubt sie überhaupt an Gott?«

»Das wird sie, das wird sie! Tief im Innern ist sie ein gutes, gottesfürchtiges Mädchen«, flüsterte Krystyna. »Aber sie hatte eine schlimme Kindheit.«

»Sagen Sie mir doch bitte, was sie genau gemacht haben soll. Was wird ihr zur Last gelegt?«

»Sie wollten es mir nicht sagen«, stammelte sie. »Sie kamen einfach rein, haben die Wohnung durchsucht und waren wieder weg ... Bestimmt hat sie etwas gestohlen ...«

Krystyna errötete.

»Gestohlen?«

»Diese Leute haben sicherlich nach Geld gesucht. Aber sie haben nichts gefunden – natürlich nicht! Dann wollten sie von mir wissen, ob Lucja mir etwas zugesteckt hätte. Aber woher denn? Wenn, dann habe ich ihr etwas zugesteckt, nicht umgekehrt. Ich weiß nicht, wo sie festgehalten wird, ich weiß gar nichts! Ich komme gerade von der Bank, wollte Geld abheben ... Und ständig ruft mich meine Schwester an und will, dass ich ihr Päckchen schicke. Wovon denn? Und was soll aus Lucja werden?«, schluchzte sie.

»Beruhigen Sie sich, Frau Krysia.«

»Was soll ich denn machen, wenn das Mädchen wirklich ins Gefängnis geht?«

»Was genau erwarten Sie von mir?«

»Das habe ich doch schon gesagt: Wenn Lucja wirklich Geld gestohlen hat, dann muss sie dafür auch bestraft werden, das ist mir klar. Wenn sie ins Gefängnis muss, dann ist es eben Gottes Wille. Aber falls sich herausstellt, dass es sich um einen Irrtum handelt – könnten Sie Lucja dann zu sich nehmen? Hierher, ins Pfarrhaus? Als Haushaltshilfe? Sie brauchen eine weibliche Hand – und außerdem wäre es für Lucja womöglich eine gute ... Therapie.«

Nachdenklich sah der Pfarrer sie an. Er brauchte keine Haushaltshilfe. Frau Krysias gelegentliche Unterstützung genügte ihm vollkommen.

Der junge Masalski tauchte zögerlich in der Tür auf.

»Kommen Sie rein, Vikar, stehen Sie dort nicht herum«, meinte Staroń.

Vikar Grzegorz Masalski war ein feingliedriger, geradezu zarter Mann. Wenn die Soutane nicht gewesen wäre, hätte man ihn für einen Jugendlichen halten können. Sein Gesicht erinnerte an einen Fuchs, dessen Blick unstet hin und her wanderte. Seine Bewegungen waren fahrig. Körperliche Arbeit war er nicht gewöhnt; von klein auf war er in seiner strenggläubigen Familie auf ein Kirchenamt vorbereitet worden. Er selbst hatte nie eine Wahl gehabt. Vergeistigt, für die Soutane geboren – zumindest hatte das seine Mutter immer so gesehen.

Nachdem er vor einigen Jahren wegen Ungehorsams seiner letzten Stelle enthoben worden war, hatte er regelrecht Angst gehabt, in sein kleines Dorf in der Nähe von Lodz zurückzukehren. Was würde die Familie sagen? In seiner Not hatte er sich an Pfarrer Staroń gewandt.

Der hatte seinen Schilderungen geduldig zugehört, und schließlich hatte der Vikar erzählt, weshalb er wirklich entlassen worden war.

»Es wurde mir als Ungehorsam ausgelegt, als ich es ablehnte, mit meinem Vorgesetzten körperlich intim zu werden«, vertraute der junge Mann Staroń an.

Der Pfarrer zögerte daraufhin keinen Augenblick und nahm ihn bei sich auf. Mittlerweile lebten sie schon seit einem Jahr und drei Monaten gemeinsam unter dem Dach des Pfarrhauses der kleinen Gemeinde in Danzig-Heubude. Allerdings entpuppte sich ihre Zusammenarbeit als nicht annähernd so reibungslos, wie Staroń es sich erhofft hatte: Der junge Vikar war nicht nur scheu, man konnte ihn beinahe schon als verstohlen bezeichnen, und er neigte dazu, an Türen zu lauschen. Trotz mehrerer Unterredungen war es Staroń bislang nicht gelungen, ihm diese Unart auszutreiben.

»Kann ich Sie kurz unter vier Augen sprechen?«, stammelte Masalski. Staroń atmete tief durch.

»Entschuldigen Sie mich bitte kurz, Frau Krysia? Möchten Sie uns in der Zwischenzeit vielleicht neuen Tee aufsetzen? Meiner ist kalt geworden.«

Als der Pfarrer hinaus auf den Flur trat, hielt der Vikar eine Hand hinter den Rücken, als würde er darin etwas verstecken.

»Da hat eine merkwürdige Frau angerufen, Pfarrer«, raunte er und schlug verlegen den Blick nieder.

»Bitte, sprechen Sie laut und deutlich und sehen Sie mich dabei an«, ermahnte Staroń ihn.

»Vorhin, als die Wand fast eingestürzt ist ... Erst dachte ich, sie wäre betrunken, weil sie so durcheinander wirkte. Sie erwähnte ihre Tante und irgendein Gefängnis – und dass Sie die Tante kennen würden.«

»Wie hieß die Frau?«

»Den Nachnamen habe ich mir leider nicht gemerkt«, antwortete der Vikar leise und ließ erneut den Kopf hängen. »Ich weiß nur noch den Vornamen: Lucja.«

»Lucja? Haben Sie wieder an der Tür gelauscht?«

Der Vikar trat von einem Fuß auf den anderen.

»Sie haben eine volle Stimme, Pfarrer, ich konnte Sie gar nicht überhören ...«, rechtfertigte sich der Vikar verlegen.

»Also, worum geht es hier? Oder muss ich es Ihnen aus der Nase ziehen?«

»Diese Frau hat wirklich angerufen – diese Lucja. Sie betonte immer wieder, sie sei unschuldig, sie habe nichts getan ... Erst dachte ich, dass es eine von diesen Verrückten wäre, die hier anrufen, damit Sie ihnen die Dämonen austreiben. Aber offenbar rief sie aus dem Gefängnis an ...«

»Weiter?«

»Sie meinte, sie habe niemanden getötet ... und dass sie sich Sorgen um ihre Tante mache, dass Sie der Tante Bescheid sagen müssten, weil sie – also diese Lucja – besorgt sei, die Tante könnte es aus dem Fernsehen erfahren. Aber im Fernsehen kam nichts darüber. Weder über diese Lucja noch über die Tante. Aber in der Zeitung ...«

Endlich holte der Vikar hervor, was er die ganze Zeit hinter seinem Rücken versteckt hatte: die aktuelle Ausgabe des *Super Express* – mit dem Foto von Jan »Nadel« Wiśniewski und Izabela Kozak auf der Titelseite. Neben dem Namen des ermordeten Sängers waren ein Kreuz und eine schwarze Schleife aufgedruckt. Darüber prangte das Foto einer dunkelhaarigen Frau, die in Handschellen abgeführt wurde. »Die Rache der Lucja L.«, lautete die Schlagzeile.

»Tja, und jetzt hat diese Frau Krysia doch über eine Lucja geredet – es tut mir wahnsinnig leid, dass ich Ihnen nicht früher schon von diesem Anruf erzählt habe ... Aber dann war der Putz von der Mauer gekracht, und ... Diese Lucja hat irgendetwas über Wäsche gesagt – und Frau Krysia macht doch unsere Wäsche ...« Vor Aufregung bekam der Vikar kaum noch Luft.

Der Pfarrer starrte einen Augenblick lang auf den Artikel hinab. Dann packte er den Vikar am Ellbogen und führte ihn aus dem Flur ins angrenzende Zimmer.

»Sie bleiben jetzt hier, Grzegorz, und warten, bis ich wieder da bin. Ich muss mit Frau Krysia reden – und zwar in aller Ruhe. Lassen Sie uns bitte alleine, halten Sie sich meinetwegen die Ohren zu. Verstanden?«

Zurück im Büro, bedeutete er Frau Krysia, leise zu sein.

»Kommen Sie mit«, flüsterte er. »Wir fahren zu einer Bekannten von mir. Sie ist Anwältin. Ihre Nichte steckt tatsächlich in Schwierigkeiten.«

»Anwältin?« Die Frau stand zögerlich auf und strich sich den Rock glatt. »Aber ich hab kein Geld ... Also, es gibt noch etwas, bei der SEIF, aber ... wenn Sie mir sagen könnten, Pfarrer, wo die nächste Bankfiliale ist?«

Marcin Staroń winkte ab.

»Sie wird von Ihnen kein Geld annehmen. Ich hab ihr mal geholfen, und jetzt wird sie mir helfen. Sie ist eine gläubige Frau.«

»Ich werde es Ihnen zurückzahlen«, schwor Krystyna. »Lucja wird alles abarbeiten – alles! Wenn Sie sie nur zu sich nehmen würden....«

Er lächelte sie schief an.

»Erst müssen wir in Erfahrung bringen, was wirklich passiert ist.«

Lucja Lange lag auf dem Bett im Gefängniskrankenhaus, als die Tür aufging und die Wärterin in Begleitung einer Frau hereinkam, die wie ein Filmstar aussah. Sie war weder jung noch auffallend schön, aber ausnehmend elegant. Sie trug einen nachtblauen Hosenanzug, maskuline Budapester und eine weinrote Ledertasche.

Die Dame legte einen Stapel Dokumente auf den Beistelltisch. Dann begann sie wortlos, die Unterlagen auszufüllen. Sie hatte sie nicht einmal begrüßt, geschweige denn sich vorgestellt.

»Unterschreiben Sie«, sagte die Frau nach einer Weile und schob Lucja sechs Blätter hin.

»Aber ... Wer sind Sie?« Wie hypnotisiert starrte Lucja auf den riesigen Onyx, der an einer Kette um den Hals der geheimnisvollen Frau baumelte.

»Ich bin Ihre Verteidigerin.« Endlich lächelte die Frau sie freundlich an. »Małgorzata Piłat, Kanzlei Piłat und Kollegen. Hat Ihnen denn gar niemand gesagt, dass ich kommen würde? Ich habe Ihren Fall von meinem Kollegen Marciniak übernommen. Tut mir leid, dass es eine Weile gedauert hat – nicht dass er auf Ihren Fall bestanden hätte, bei der Summe, die ich ihm als Entschädigung angeboten habe.«

Lucja stemmte sich von dem schmalen Bett hoch.

»Sie haben die Aussage verweigert, das ist gut. Denn Sie haben mit der ganzen Sache nichts zu tun. Sie haben weder gestohlen, noch haben Sie geschossen, Punkt.«

Małgorzata Piłats Stimme war klar und sachlich, und Lucja hätte vor Erleichterung heulen können. Sie würde alles tun, was diese freundliche Frau von ihr verlangte.

Sie griff nach dem teuren Füller, den die Anwältin ihr hingelegt hatte, und begann, die Unterlagen abzuzeichnen. Plötzlich hielt sie inne.

»Dieser andere Verteidiger wollte, dass ich alles zugebe, dass ich auf Notwehr plädiere – aber Sie müssen mir glauben: Ich habe nichts getan!«

»Mich interessiert nicht, was Sie getan haben oder auch nicht, Kindchen«, gab die Anwältin knapp zurück. »Mich interessiert einzig und allein, was in der Ermittlungsakte steht. Und darin ist klar ersichtlich, dass die Polizei rein gar nichts gegen Sie in der Hand hat. Also unterschreiben Sie, packen Sie Ihre Sachen, wir dürfen keine Zeit verlieren. Denn meine Zeit ist kostbar.«

Lucja starrte auf die Unterlagen hinab und begriff gar nichts mehr.

»Hier«, erklärte die Anwältin, als hätte sie Lucjas Gedanken gelesen, »das ist die Klageschrift zu Ihrer unrechtmäßigen Verhaftung. Das hier ist der Antrag auf Haftentlassung, und hier, das ist die Anzeige gegen all diejenigen, die Ihr Foto im Internet verwendet und somit Ihre Persönlichkeitsrechte verletzt haben. Hier der Nachweis, dass Sie die Versorgerin Ihrer Tante sind. Und der Antrag auf Einleitung einer Ermittlung wegen Misshandlung im Rahmen der polizeilichen Untersuchung. Und Sie sind in U-Haft in Lebensgefahr geraten.« Małgorzata Piłat tippte auf das letzte Dokument. »Und das hier ist eine Vollmacht. Ich vertrete Ihre Person vor Gericht und bei sämtlichen Ämtern.«

Nacheinander nahm die Frau die Unterlagen wieder auf und schob sie in eine Mappe, die mit »Lucja Lange, Nr. 148« beschriftet war.

»Aber ... Es hat mich hier niemand geschlagen«, stammelte Lucja.

»Na und?«

Die Anwältin verstaute die Mappe in ihrer Aktentasche und knöpfte sich das Jackett wieder zu.

»Auf Nimmerwiedersehen, wie ich hoffe.«

»Wir sehen uns nicht mehr? Was soll ich denn jetzt machen?«, fragte Lucja verwirrt.

Die Frau zuckte mit den Schultern.

»Ruhen Sie sich aus. Sie stehen ab sofort unter meinem Schutz. Wenn irgendetwas sein sollte, rufen Sie mich an. Und dann reden wir – auf neutralem Boden. Frau Mariola«, rief sie dann, »wir sind fast fertig. Ein Minütchen noch!«

Lucja warf der Wärterin einen verstohlenen Blick zu und flüsterte der Anwältin zu: »Aber was soll ich denen denn jetzt sagen?«

»Gar nichts. Zu niemandem ein Wort, ist das klar? Nicht mal über das Wetter. Reden ist Silber, Schweigen ist Gold, hat schon meine Großmutter gesagt. Und sie hatte immer recht.«

Nachdem Małgorzata Piłat gegangen war, brachte die Wärterin Lucja einen Karton. Darin lagen ein Jogginganzug und neue Turnschuhe in ihrer Größe, ein frisches Handtuch, Kosmetik, Damenbinden, zwei Schachteln Zigaretten, Kaffee und ein paar unterschiedliche Teesorten. Dazwischen steckte ein Umschlag mit dem »Geprüft«-Stempel des Gefängnisses. Lucja riss ihn auf.

Sei tapfer! Gott liebt dich! Von Herzen, Tante Krysia.

Lucja konnte die Tränen nicht länger zurückhalten. Sie riss eine der Zigarettenschachteln auf und zündete sich eine Zigarette an. Ihr war, als hätte sie im ganzen Leben noch nie etwas so Delikates geschmeckt.

Unter einem Kinderheim hatte Sasza sich eher ein halb verfallenes, zumindest schäbiges postsozialistisches Gebäude vorgestellt, doch was sie vor sich sah, glich eher einem Schloss: Es war riesig, rot geklinkert, der Innenhof war von Nadelbäumen gesäumt, und dahinter erstreckten sich weitläufige Sportanlagen. Aus den oberen Stockwerken hatte man garantiert einen grandiosen Blick über die Stadt.

Sowie sie auf das Tor zuschlenderte, hob der Pförtner den Blick. Er stellte den Besen zur Seite, mit dem er den Weg gekehrt hatte, und eilte zurück in sein Pförtnerhäuschen, wo er die Gartenhandschuhe ablegte und sie dann freundlich darum bat, sich auszuweisen, damit er ihren Namen in die Besucherliste eintragen konnte. Dann überreichte er ihr ein Namensschild mit der Aufschrift »Gast«.

»Das Büro der Direktorin liegt im zweiten Stock, Zimmer 23«, gab er ihr mit auf den Weg und rief im Sekretariat an, um sie anzumelden.

Die Direktorin bedeutete Sasza, sich zu setzen, und wandte sich zu einer Spüle um, schaltete den Wasserkocher ein und spülte zwei Porzellantassen mit verblichenem Dekor sauber.

Die Profilerin stellte sich vor, hatte aber nicht den Eindruck, als begriffe die Heimleiterin, wen sie vor sich hatte.

»Wir hatten schon Besuch von Journalisten.«

»Ich bin keine Journalistin.«

»Es geht doch um Janek Wiśniewski, oder?«

Sasza nickte.

»Da kann ich Ihnen leider nicht helfen«, meinte die Frau freundlich. »Ich arbeite hier erst seit sieben Jahren. Der alte Direktor ist seit Langem tot. Niemand hier erinnert sich noch an Nadel, wir haben schon rumgefragt – die Journalisten sind dem gesamten älteren Personal auf die Pelle gerückt. Das Einzige, was ich Ihnen zeigen kann, ist ein Gruppenfoto des Jahrgangs 1993. Mehr Erinnerungsstücke besitzen wir nicht.«

Unaufgefordert fing die Direktorin an, einen Ordner zu durchsuchen, fand aber nicht, wonach sie suchte.

»Jadzia!«, rief sie hinüber zum Nachbarzimmer. »Wo ist das Gruppenfoto, das ich den Fernsehleuten gegeben habe? Und bring mir noch das Klassenbuch von 1993, ja?« Dann wandte sie sich wieder an ihre Besucherin. »Nicht mal im Klassenbuch werden Sie etwas Interessantes finden. Der Junge hat sich wirklich durch rein gar nichts ausgezeichnet – weder negativ noch positiv. Und nichts hat darauf hingewiesen, dass er einmal ein berühmter Sänger werden würde.«

»So ein Kinderheim seh ich zum ersten Mal. Nicht zu glauben, dass eine solche Institution so schön sein kann.«

Geschmeichelt reichte die Direktorin Sasza eine Werbebroschüre.

»Wir sind erst im vergangenen Jahr mit der Renovierung fertig geworden – und wir hatten einen nicht staatlichen Sponsor: die SEIF, das Finanzunternehmen ... Kurz gesagt sind wir eine Stiftung, wir haben ein eigenes Budget und eben unsere Spender. Außerdem haben wir EU-Zuschüsse erhalten. Wenn Sie glauben, dass Nadel uns auch nur mit ein paar Złoty unterstützt hätte, irren Sie sich. Er hat stets verleugnet, dass er hier aufgewachsen ist. Das ist erst durch die Medien publik geworden.«

Die Sekretärin kam mit einem riesigen Tableau herein, auf das mehrere Dutzend kleiner Schwarz-Weiß-Aufnahmen von Kindern unterschiedlichen Alters aufgeklebt worden waren.

»So hat man damals fotografiert ... Heute haben wir hier mehr als dreihundert Kinder. Wir bemühen uns, sie alle auf Pflegestellen zu vermitteln. Große Häuser sind für die Entwicklung junger Menschen nicht gerade vorteilhaft.«

Ein wenig hilflos starrte Sasza die vielen Bilder der Mädchen und Jungen an, die 1993 in diesem Heim gelebt hatten. Die Fotos waren winzig, und sosehr sie sich bemühte, sie erkannte auf keinem Jan Wiśniewski wieder. Die Direktorin kam ihr zu Hilfe.

»Sah damals ganz anders aus, nicht wahr?«

Nachdenklich betrachtete die Profilerin das Porträtbild eines dunkelhaarigen, nicht sonderlich attraktiven Jungen mit unmodischer Pagenfrisur.

»In der Tat ... Und er war damals auch nicht blond ...«

Die Direktorin zuckte mit den Schultern.

»Er war mehr oder weniger seit seiner Geburt bei uns. Es gab Versuche, ihn in Pflegefamilien unterzubringen, aber soweit ich weiß, hat es nie funktioniert.«

»Sagt Ihnen ein gewisser Pater Andrzej etwas?«, fragte Sasza aus einer spontanen Eingebung heraus.

»Aber selbstverständlich«, antwortete die Pädagogin und strahlte regelrecht. »Er ist ein Heiliger! Wir rufen ihn, dann können Sie sich mit ihm unterhalten, ja? Ich glaube allerdings nicht, dass er mit Jan Wiśniewski zu tun hatte. Er ist erst 2000 zu uns gekommen. Jadzia, könntest du Andrzejek zu uns bitten?«, rief sie.

Andrzej Zieliński wirkte gleich auf den allerersten Blick vertrauenerweckend. Sasza war überzeugt davon, dass er mit Kindern hervorragend klarkam. Er strahlte Respekt aus, ohne auch nur ein einziges Wort gesagt zu haben, man spürte ganz einfach, dass dieser Mensch mit sich selbst und mit der Welt im Reinen war. Sasza konnte nur hoffen, dass er sein Wissen mit ihr teilen würde – sofern er denn irgendwas wusste. Wahrscheinlicher war jedoch, dass er Nadel nicht persönlich kannte, nachdem er erst 2000 in dieses Haus gekommen war. Sie durfte sich von dem Gespräch nicht allzu viel erwarten.

»Könnten Sie uns vielleicht für einen Moment alleine lassen?«, bat Sasza die Direktorin.

Sichtlich enttäuscht zog sie sich zurück.

Der Dominikaner sah Sasza konzentriert, aber freundlich an.

»Ich möchte Sie nicht lange behelligen«, eröffnete sie das Gespräch. »Man hat mir gesagt, dass Sie Nadel kannten.«

»Nadel?«

»Jan Wiśniewski. Ein gewisser Paweł Bławicki hat mir erzählt, dass Sie ihn gekannt haben könnten. Bitte versuchen Sie, sich zu erinnern, auch wenn es schon eine Weile her ist.«

Er breitete bedauernd die Arme aus.

»Leider nein. Man lernt hier so viele Kinder kennen ... An die meisten Gesichter erinnere ich mich, aber an die Namen? Wenn Sie wenigstens ein Foto von ihm hätten?«

»Es geht um den ermordeten Sänger, der an Ostern in einem Musikclub erschossen wurde. Sie müssen doch davon gehört haben? Er hat von klein auf hier gelebt.«

»Ja, von der Sache habe ich gehört, nur hatte ich nie Gelegenheit, den Jungen kennenzulernen. Er muss vor meiner Zeit hier gewesen sein. Tut mir leid, dass ich Ihnen da nicht weiter behilflich sein kann.«

»Paweł Bławicki sagte, dass er Janek 1993 hierhergebracht habe, zu einem gewissen Bruder Albert ... Vielleicht kennen Sie ja diesen Mann – Spitzname Bully ... Ach, und das hier ist der Junge.« Sasza wies auf das winzige Porträtfoto.

»Bully? Bully? Das sagt mir irgendwas ...«

»Ein ehemaliger Polizist. Jan Wiśniewskis Geschäftspartner im Club Nadel.«

»Ein Polizist?«

»Ja, aber er wird sicher nie in Uniform hier aufgetaucht sein«, sagte sie entmutigt. »Aber überlegen Sie noch mal, Janek – Mitte der Neunziger, ein drogenabhängiger Jugendlicher, der vor dem Bahnhof Gitarre gespielt hat. Von ihm stammt der Hit ›Das Mädchen aus dem Norden‹.«

»Das Lied kenne ich selbstverständlich ... Ein Junkie mit Gitarre, sagten Sie? Ja, ich erinnere mich dunkel, gesehen hab ich ihn natürlich ... Sie meinen doch nicht etwa Staroń, oder? Der ist nämlich Pfarrer geworden – in Heubude. Ein unglaublicher Mann! Aber um den geht es nicht, oder?«

»Nein, nein«, stellte die Profilerin klar. »Dem Pfarrer geht es nach wie vor hervorragend, soweit ich weiß, während Nadel erschossen wurde. Merkwürdig, wirklich ... Die Person, die mich zu Ihnen geschickt hat, war felsenfest davon überzeugt, Sie wüssten etwas über ihn.«

»Nein, leider ...«

»Und über den Pfarrer?«

»Oh, Marcin Staroń kenne ich gut. Wir waren zusammen im Priesterseminar. Ein toller Typ – wenn auch einige Leute ihn eher kritisch sehen. Er kam hierher, zu Pater Albert, nachdem er versucht hatte, sich umzubringen. Er soll sich vor einen Bus geworfen haben und hat wie durch ein Wunder überlebt. Das hat Marcin mir einmal erzählt. Damals wurde gemunkelt, sein Selbstmordversuch habe mit dem Tod einer Freundin zu tun gehabt – und mit dem Tod ihres Bruders. Der Fall ging damals durch die Presse. Ja, an Marcin kann ich mich noch gut erinnern. Er hatte fast immer seine Gitarre dabei, schrieb Lieder, Gedichte, Kurzgeschichten. Der Junge hatte wirklich Talent.«

»Was waren das für Todesfälle? Dieses Mädchen und der Bruder?«, wollte Sasza wissen.

»Sie wurde in einer Badewanne aufgefunden, angeblich war sie einer Überdosis erlegen. Ihr Bruder ist vor ein Auto gelaufen. Am selben Tag! Marcin kannte die beiden, mit dem Jungen war er eng befreundet, in das Mädchen war er wohl verliebt. Mehr Details sind mir leider nicht bekannt. Bei unseren Treffen im Seminar sprach er vor allem über seine Drogensucht und seine Schuldgefühle.«

Sasza saß wie elektrisiert da. Sie spürte, dass diese Informationen von enormer Wichtigkeit waren. Endlich hatte sie eine Verbindung gefunden.

»Könnte es nicht sein, dass Marcin ›Das Mädchen aus dem Norden‹ geschrieben hat?«

Der Dominikaner lachte kurz auf, schien sich aber sichtlich darum zu bemühen, sich an so viel wie möglich zu erinnern.

»Ich weiß es ehrlich gesagt nicht. Es wäre mir nie in den Sinn gekommen. Marcin soll etwas mit diesem Song zu tun haben? Er hat damals Liedtexte geschrieben, ja, aber er hat sie nie jemandem zu lesen gegeben. Er war immer schon bescheiden, fast schon in sich gekehrt, vertraute sich kaum jemandem an. Am besten wäre, Sie sprechen direkt mit ihm. Er wird bestimmt mit Ihnen reden wollen, ich meine, er ist ja häufig in den Medien und hat schon oft über sein Leben berichtet. ›Das Mädchen aus dem Norden‹ ... Ob Marcin so ein Lied geschrieben haben könnte?« Andrzej Zieliński lachte erneut auf. »Womöglich ja – aber wenn er das heute zugäbe, würden sie ihm unter Garantie kündigen. Ein Priester mit einem Hit? Dabei ist er ohnehin schon fast ein Popstar. Warten Sie, jetzt fällt es mir wieder ein: Das Mädchen hieß Monika. Sie wurde in einem Stripteaseclub tot aufgefunden. Marcin hat mir mal gezeigt, wo das war.«

Sasza sprang von ihrem Stuhl auf.

»Würden Sie mit mir dort hinfahren?«

»Was, jetzt?«, fragte der Mann verunsichert. »Obwohl ...

Warum eigentlich nicht? Nur weiß ich nicht genau, ob ich Sie damit nicht auf eine falsche Fährte führe.«

»Bestimmt nicht. Sie haben mir jetzt schon sehr geholfen«, versicherte die Profilerin.

Ehe Lucja Lange aus dem Gefangenentransporter stieg, zog sie sich die Kapuze ihres Jogginganzugs tief in die Stirn. Die Beamten umstellten sie von allen Seiten, um sie vor den herbeieilenden Reportern zu schützen. Sicheren Schritts marschierte sie los. Die Lacoste-Turnschuhe, die ihr die Anwältin geschenkt hatte, waren wirklich bequem. Lucja fühlte sich darin stark und sicher. Nur die Handschellen schnitten ihr in die Gelenke. Trotz allem war sie davon überzeugt, dass alles gut würde.

»Warum hast du geschossen, Lu?«, hörte sie jemanden rufen. Ein Fernsehreporter näherte sich von der Seite, während ein breit gebauter Typ ein Mikro in ihre Richtung schob.

»Bitte machen Sie Platz.« Um sie herum schloss sich der Ring aus Polizisten.

Sie betraten das Gerichtsgebäude, und Lucja wurde in den Raum geführt, in dem die Verhandlung stattfinden sollte. Das Mädchen fühlte sich fast wie ein Star. Sie nahm auf der Anklagebank Platz, schob sich die Kapuze vom Kopf und wartete gespannt darauf, was gleich passieren würde. Ihre Anwältin war bereits da, aber ins Gespräch vertieft. Diesmal sah sie konventioneller aus als bei ihrem letzten Aufeinandertreffen – sicherlich eine strategische Entscheidung, um die Richterin nicht unnötig zu reizen. Erst schien sie die Mandantin gar nicht zu bemerken, doch dann drehte sie sich überraschend zu Lucja um und zischte: »Was haben Sie denn an? So erscheint man nicht bei Gericht!«

Lucja riss überrascht die Augen auf. Die Kleidungsstücke hatte Małgorzata Piłat ihr doch selbst vorbeigebracht!

»Aber ...«, stammelte sie.

»Weiße Hemdbluse, schwarzes oder dunkelblaues Jackett, ordentliche Haare – und diese ganzen Piercings raus!«

Lucja begann sofort, sich die Piercings abzunehmen, und legte sie der Anwältin in die ausgestreckte Hand.

»Aber Sie verlieren sie nicht?«

»Keine Sorge. Bei mir sind sie sicherer als in einem Safe«, versicherte die Frau und steckte den Schmuck in ihre Aktentasche.

Der Platz der Anklage war immer noch leer. Die Richterin sah wiederholt auf ihre Armbanduhr und murmelte in sich hinein, die Verhandlung müsse wohl vertagt werden – als endlich Staatsanwältin Edyta Ziółkowska in den Raum gehastet kam. Noch im Gehen zog sie sich ihre Robe über, stammelte eine Entschuldigung und setzte sich.

Edyta Ziółkowska kam gleich zur Sache. Sie beantragte die Verlängerung der U-Haft für Lucja Lange um weitere drei Monate und begründete ihren Antrag, indem sie den am Tatort aufgefundenen Handschuh und die markierten dreißigtausend Złoty anführte. Außerdem sei die Täterin von Izabela Kozak identifiziert worden. Sie schien bestens vorbereitet und fürs Erste zufrieden mit sich zu sein.

»Danke, Frau Staatsanwältin«, sagte die Richterin und fügte bissig hinzu: »Das nächste Mal, wenn Sie sich verspäten, brumme ich Ihnen ein saftiges Bußgeld auf!«

Mit einem triumphierenden Lächeln setzte Ziółkowska sich wieder hin und sah siegessicher zu der Verteidigerin hinüber. Die ließ sich auf das Spielchen nicht im Geringsten ein, im Gegenteil: Sie stand bedächtig auf, und ehe Małgorzata Piłat zu ihrer Gegenrede ansetzte, legte sie dem Gericht einige Unterlagen in zweifacher Ausfertigung vor. Die Protokollantin nahm einen Satz entgegen und reichte ihn an die Staatsanwältin weiter, die sofort anfing, darin zu blättern.

»Hohes Gericht«, hob die Verteidigerin bedeutungsschwer an. »Ich beantrage die Aufnahme der hierin aufgeführten Beweismittel in die Akten sowie das sofortige Ende der bisherigen Vorbeugemaßnahmen zugunsten einer polizeilichen Überwachung. Ich will das gar nicht erst begründen – womöglich wäre es dann nötig, ein Revisionsverfahren einzuleiten. Aber im Falle eines Falles bin ich vorbereitet.«

Niemand sagte ein Wort. Die Richterin studierte aufmerksam die Unterlagen. Dann nahm sie Małgorzata Piłat ins Visier.

»Warum verweist die Verteidigung erst heute auf formale Fehler in der Geruchsproben-Untersuchung?«

Die Richterin gefiel sich in der Rolle eines bissigen Hundes.

»Hohes Gericht …« Die Verteidigerin seufzte schwer, als bereitete die Situation ihr Schmerzen. »Es tut mir außerordentlich leid, aber ich habe erst gestern die Verteidigung meiner Mandantin übernommen. Ich brauchte Zeit, um die Akten gründlich zu studieren. Gewiss sind auch Ihnen, Hohes Gericht, die frappierenden Fehler im bisherigen Ermittlungsverlauf aufgefallen.«

Die Richterin zupfte an ihrer Halskette und blätterte weiter in den Unterlagen.

»Wenn Sie diese Fehler gerade erst gefunden haben, Frau Verteidigerin, und die Vollmachtsübertragung erst gestern stattgefunden hat, wie war es Ihnen da möglich, über tausend Unterschriften für die Freilassung von Frau Lange zu sammeln?«

Lucja starrte den Rücken ihrer Verteidigerin an. Sie brannte regelrecht vor Neugierde. Sie hatte keine Ahnung, was Małgorzata Piłat vorhatte und was genau sich in den Akten befand – womöglich hätte sie die Unterlagen genauer lesen sollen, anstatt sie einfach nur zu unterschreiben. Aber dafür war es jetzt zu spät.

»Pfarrer Marcin Staroń hat gestern während eines Gottesdienstes seine Haltung zum Fall Lucja Lange dargelegt und die Gemeinde dazu aufgerufen, sich mit der Angeklagten zu solidarisieren. Angesichts der Popularität des Geistlichen sind tausend Unterschriften nicht mal viel.«

»Ist die Erklärung des Pfarrers von Zeugen bestätigt worden?«

»Selbstverständlich«, versicherte Małgorzata Piłat. »Und er ist jederzeit bereit, seine Einlassung auch persönlich vorzubringen, sofern das Hohe Gericht dies für notwendig erachten sollte.«

Die Richterin wandte sich an die Protokollantin.

»Hat die Anklage dem etwas hinzuzufügen?«

»Ich beantrage die Aussetzung der Anträge«, stöhnte Ziółkowska. »Ich hatte keine Zeit, sie eingehender zu prüfen.«

»Verstehe ich Sie richtig? Sie beantragen eine Vertagung der Verhandlung, damit Sie sich mit den Dokumenten vertraut machen können? Oder bitten Sie um die vollständige Aussetzung des Prozesses? Das Hohe Gericht bittet höflichst darum, dies zu präzisieren. Ich denke nämlich nicht, dass ein paar Informationen wie ... Moment ... ›Seife mit Limetten-Duft‹ allzu viel Zeit in Anspruch nehmen dürften und dass wir deshalb diese Sitzung vertagen müssten. Und ausgerechnet Sie, Frau Staatsanwältin, sollten die Aktenlage kennen – Sie beantragen schließlich die Verlängerung der Untersuchungshaft und haben die Beschuldigte des Mordes sowie eines versuchten Mordes angeklagt.«

Stumm starrte Ziółkowska auf die Unterlagen vor sich auf dem Tisch. Als dann auch noch ihr Handy klingelte, schnaubte die Richterin verächtlich und presste die Lippen zusammen.

»Das Hohe Gericht erwartet eine Antwort«, zischte sie.

Die Schöffen hatten die Szene schweigend beobachtet. Einer von ihnen lehnte sich zur Seite und flüsterte der Richterin irgendwas zu.

»Ich beantrage die Ablehnung des Beweismittelangebots«, verkündete die Staatsanwältin und sackte niedergeschlagen auf ihren Stuhl zurück, woraufhin die Richterin erneut ihre Kette zurechtrückte und der Protokollantin ein Zeichen gab.

»Das Hohe Gericht lehnt das Ersuchen der Staatsanwaltschaft auf Aussetzung aller drei Beweisanträge der Verteidigung bezüglich der Verlängerung der Untersuchungshaft ab«, diktierte sie. »Dem Antrag auf Ablehnung der Beweisaufnahme zur angeblichen Misshandlung der Angeklagten während der polizeilichen Vernehmung wird stattgegeben, da kein Zusammenhang zur laufenden Verhandlung erkennbar ist. Die Verteidigung kann den Antrag meinetwegen bei der Staatsanwaltschaft stellen. Die Geruchsuntersuchung allerdings muss wiederholt werden. Die Angeklagte wird der polizeilichen Überwachung unterstellt. Das Urteil ist unwiderruflich und rechtskräftig.«

Vor Erleichterung entfuhr Lucja ein kleiner Freudenschrei. Ohne darüber nachzudenken, fiel sie der neben ihr stehenden Aufsichtsperson um den Hals.

»Ich bitte um Ruhe!«, rief die Richterin streng. Dann wandte sie sich an die Staatsanwältin: »Frau Staatsanwältin, dieses Gericht ist kein Zirkus. Geben Sie sich beim nächsten Mal ein bisschen mehr Mühe bei der Beweisführung. Das Gericht wird vorerst nicht über die Schuld der Angeklagten entscheiden und gibt der Staatsanwaltschaft die Möglichkeit, sämtliche Indizien erneut zu prüfen. Im Übrigen ist meines Erachtens ein Antrag auf Verlängerung der Untersuchungshaft unbegründet und wird somit zurückgewiesen. Hat die Staatsanwaltschaft den Beschluss des Hohen Gerichtes verstanden?«

»Ja, Hohes Gericht. Danke, Hohes Gericht«, flüsterte Edyta Ziółkowska.

Als die Richterin sich zum Gehen wandte, standen sämtliche Personen im Saal auf.

Diesmal legte ihr niemand Handschellen an, und Lucja Lange atmete erleichtert auf.

Mit einem breiten Lächeln kam Małgorzata Piłat auf sie zu.

»In drei Stunden warte ich im Gefängnis auf Sie. Die Entlassungsprozedur dauert nicht lange. Dann fahren wir zu Ihrer Tante – und danach gehen Sie zur Beichte, das habe ich Pfarrer Staroń versprochen. Wenn er nicht gewesen wäre, hätte ich Ihren Fall nie übernommen. Und versuchen Sie ja nicht wegzulaufen«, sagte sie, hob scherzhaft den Zeigefinger – und verschwand.

Lucja war wie erstarrt. Jetzt verstand sie gar nichts mehr. Sie hatte angenommen, dass Bully die Anwältin für sie engagiert hätte – doch stattdessen hatte dieser Pfarrer sich um alles gekümmert.

»Was ist los, wollen Sie gar nicht in die Freiheit?«, rief eine der Wärterinnen ihr aufmunternd zu. »Was für eine Show! Ich für meinen Teil habe mich köstlich amüsiert. Gratulation, Lange!«

Sie haben ausgesagt, dass jemand die Tür aufmachte und Sie in eine Waffe blickten.«

Sasza befragte Izabela Kozak wie geplant allein. Robert war inzwischen vermutlich an Paweł Bławicki dran, zuvor aber waren sie gemeinsam die Fragen an das Opfer durchgegangen. Duchno hatte Saszas Vorschläge abgesegnet und ein paar eigene Anregungen eingebracht. Er hatte allerdings auch durchblicken lassen, dass er sich keine allzu großen Hoffnungen auf einen Durchbruch machte. »Aber du schaffst das schon«, hatte er dann gesagt und ihr freundschaftlich auf die Schulter geklopft, und Sasza hatte ihm versprochen, dass er den Bericht so schnell wie möglich auf seinen Schreibtisch bekäme. Den Besuch im Kinderheim hatte sie verschwiegen. Sie hatte nicht vor, sich noch mal vor versammelter Mannschaft so lächerlich zu machen. Bis sie etwas Konkretes in der Hand hätte, würde sie niemandem davon erzählen.

»Das heißt, der Lauf war direkt auf Ihr Gesicht gerichtet?«

»Ja«, antwortete Iza Kozak, hielt dann aber kurz inne. »Allerdings hab ich zuerst die Trommel gesehen.«

»Die Trommel.« Sasza machte sich eine Notiz. »Wie groß sind Sie?«

»Eins fünfundsechzig.«

»Und Lucja?«

»Die ist ein paar Zentimeter größer als ich und trägt immer hohe Absätze.«

»Also etwa eins achtzig? Wie war Ihre Körperhaltung, als die Tür aufging?«

»Ich stand.«

»Sie standen gerade da? Sie haben sich nicht hingesetzt oder hingekauert?«

»Nein.«

»Wann haben Sie das Gesicht der Person gesehen, die auf Sie geschossen hat? Bevor Sie mit der Taschenlampe geblendet wurden oder anschließend?«

»Ich verstehe Ihre Frage nicht ...«

»Sie waren geblendet. Das haben Sie zumindest heute früh gesagt. Haben Sie das Gesicht des Täters gesehen, bevor oder nachdem Sie geblendet wurden?«

»Davor.«

»Sie haben die Person wirklich gesehen? Um wen handelte es sich?«

»Um Lucja«, sagte Iza leise. Sie war nervös. Hoffentlich nicht so sehr, dass sie einen Arzt brauchte, dachte Sasza. »Sie hat mich aufgefordert, es zu wiederholen ...«

»Wie bitte?«

»Diebin«, sagte Iza jetzt ein wenig lauter. »Ich hatte sie als Diebin bezeichnet. Und sie wollte, dass ich es ihr noch einmal ins Gesicht sage.«

»Als Lucja Lange die Waffe auf Sie gerichtet hatte«, hakte Sasza nach, um ganz sicher zu sein, »hat sie Sie das Wort ›Diebin‹ wiederholen lassen?«

»Ich glaube, ja.«

»Sie glauben?«

»Lucja war betrunken.«

Sasza starrte Iza an, wartete auf eine Fortsetzung.

»Auf jeden Fall stank sie nach Wodka. Ich kenne den Geruch.«

Sasza schluckte schwer.

»Hatte Jan Wiśniewski zuvor in Ihrer Anwesenheit den Umschlag geöffnet? Haben Sie gesehen, wie viel Geld drin war?«

»Nein, aber ich wusste es sowieso – immerhin hatte ich persönlich vor den Feiertagen die Einnahmen gezählt.«

»Wann genau?«

»Bitte?«

»An welchem Tag genau haben Sie die Einnahmen gezählt?«

»Am Freitagabend. Nachdem Sie bei uns waren.«

»Und Sie können mit Sicherheit sagen, dass das Geld später immer noch in diesem Umschlag war?«

»Nein, natürlich nicht.«

»Und Jan hat das Geld nicht aus dem Umschlag geholt? Oder aus der Geldkassette?«

»Nein.«

»Wo befand sich die Kassette?«

»Im Bandraum ... also, im Tonstudio.«

»Genauer?«

»In einem Karton im Schrank. Dort, wo sie immer steckt – oder, nein, manchmal stellen wir sie auch auf die Fensterbank, wenn irgendwelche Musiker den Schrank in Beschlag nehmen.«

»Wo war die Geldkassette an besagtem Tag?«

»Ich weiß es nicht ... Jan ist ins Studio gegangen, ich bin draußen stehen geblieben.«

»Was glauben Sie: Warum hat er Ihnen geraten, sich zu verstecken, als Sie die Schritte hörten?«

»Womöglich dachte er, es sei Bully, und wollte nicht, dass er mich sieht. Er wollte mir Probleme ersparen.«

»Was für Probleme?«

»Na ja, diese Einnahmen werden am Finanzamt vorbeigeschmuggelt ... Nadel und Bully haben das immer untereinander aufgeteilt. Manchmal sind sogar ein paar Hundert für mich abgefallen.«

»Also hätte es sein können, dass Nadel sich die dreißigtausend in die eigene Tasche stecken wollte? Ohne dass Bully davon wusste?«

»Möglich. Ich weiß es nicht.«

»Oder wollte er das Geld mit Ihnen teilen?«

»Davon gehe ich nicht aus.«

»Wenigstens ein paar Hunderter?«

»Ich denke nicht.«

»Haben Sie Lucja Lange jemals zuvor mit einer Waffe in der Hand gesehen? Konnte sie überhaupt schießen? Hat sie so was in der Art je erwähnt?«

»Nein, hat sie nicht.«

»Was war eigentlich vorgefallen zwischen Ihnen beiden?«

»Ich habe sie entlassen. Weil sie in die Kasse gegriffen hatte. Das hat sie nicht verkraftet.«

»Aber Sie waren doch befreundet?«

»Ja, waren wir mal.«

»Hätte es denn keine andere Möglichkeit gegeben, als sie zu entlassen? Ein Gespräch unter vier Augen vielleicht?«

Darauf sagte Izabela nichts.

»Wenn Sie doch Freundinnen waren, war es nicht umso schwieriger, sie gleich zu feuern?«

»Ja, ich hätte womöglich netter zu ihr sein sollen und das Problem anders lösen können. Aber letztlich lag das nicht in meiner Hand. Ich habe diese Entlassung nicht selbst zu verantworten.«

»Sondern?«

Schweigen.

»Wer hat Ihnen aufgetragen, Lucja zu entlassen?«

»Bławicki.«

»Er? Warum nicht Wiśniewski?«

»Nadel hatte mit Personalentscheidungen nichts zu tun. Bully meinte, er habe jemand anderen für Lucjas Stelle. Sie sollte weg. Angeblich war sie ihm zu redselig.«

»Was hat er damit gemeint?«

»Das weiß ich nicht. Wie lange soll das eigentlich noch gehen? Ich bin müde.«

»Nur noch einen kurzen Augenblick.«

Sasza spähte auf den Monitor, der an die medizinischen Geräte angeschlossen war. Es sah nicht so aus, als gäbe es irgendeinen Grund zur Beunruhigung, auch wenn Izabela Kozak zusehends aufgebracht wirkte.

»Haben Sie Bully je mit einer Waffe gesehen?«, fuhr Sasza mit der Befragung fort.

»Nein, aber ich weiß, dass er früher Polizist war. Also wird er doch wohl schießen können.«

»Wie groß ist er ungefähr?«

»Keine Ahnung. Auf jeden Fall sehr groß.«

»Größer als Lucja auf High Heels?«

»Ja.«

»Also über eins achtzig.«

»Ja, mindestens eins fünfundachtzig, schätze ich.«

»Und Nadel?«

»Er war eher zierlich. Etwa so groß wie ich, ein paar Zentimeter größer vielleicht.«

»Sie haben also den Lauf und die Trommel des Revolvers direkt vor sich gesehen. Dann müssten Sie sich doch auf Augenhöhe befunden haben? Nachdem Sie ebenfalls standen?«

»Ja.«

»Verstehe.« Sasza sah kurz auf ihre Notizen hinab. »Können Sie eigentlich schießen?«

»Ich?«

»Ja.«

»Nein, warum?«

»Haben Sie jemals geschossen?«

»Mit dem Luftgewehr, ja, damals im Pfadfinderlager. Ich verstehe allerdings nicht, was Sie mit dieser Frage bezwecken.« Jetzt war sie vollends aufgebracht. »Wollen Sie mir etwa unterstellen, dass ich mich selbst angeschossen hätte?«

»Hat je zuvor irgendjemand eine Waffe auf Sie gerichtet?«

Izabela schwieg.

»Haben Sie meine Frage nicht verstanden? Hat in der Vergangenheit schon einmal jemand eine Schusswaffe auf Sie gerichtet?«

»Ja.«

»Wer?«

»Nadel.«

»Und wann war das?«

»Das weiß ich nicht mehr. Vor Jahren – nach einem Konzert. Da war er total breit. Außerdem war das ein Scherz!«

»Haben Sie damals die Waffe sehen können?«

»Ja.«

»Standen Sie damals auch?«

»Ja, sicher.«

»Was war das damals für eine Waffe?«

»Keine Ahnung. Ich kenne mich mit so was doch nicht aus.«

»Aber es war kein Revolver mit einer Trommel?«

»Nein.«

»Gibt es Waffen im Club?«

»Kann ich Ihnen nicht sagen.«

»Wissen Sie es nicht, oder wollen Sie es nicht sagen?«

»Da wurde was gemunkelt ... Aber ich hab nie welche gesehen.«

»Wer hat gemunkelt?«

»Die Kellner ... Genau genommen einer der Kellner. Bully hat ihm sofort verboten, darüber zu sprechen.«

»Und wo soll sich die Waffe befunden haben?«

»In der Kassette.«

»In der Geldkassette?«

»Hab ich zumindest gehört.«

»Dann hätte sich also in dem Umschlag, den Jan in der Hand hielt, auch eine Waffe befinden können?«

»Ich weiß es nicht. Keine Ahnung. Ich bin müde.«

Sasza beschloss, zum Schluss zu kommen.

»Sie sind sich bezüglich der Identität der Person, die auf Sie geschossen hatte, vollkommen sicher.«

»Ja.«

»Wer war es?«

Izabela Kozak zögerte.

»Sind Sie sich wirklich sicher?«, wiederholte Sasza langsam.

»Nein.«

Und mit einem Mal brach sie in Tränen aus.

»Nein, ich bin mir *nicht* vollkommen sicher! Aber es kommt mir vor, als wäre es Lucja gewesen – ich sehe immer wieder ihr Gesicht vor mir!«

Die Frau atmete schwer. Sie griff bereits nach dem Notrufknopf.

»Sind Sie sich denn sicher, dass es ein Revolver war?«, bohrte Sasza nach.

»Lassen Sie mich in Ruhe«, flehte Iza sie an, »ich weiß gar nichts mehr! Gar nichts!«

Sasza griff nach dem Diktiergerät und verkündete das Ende der Befragung.

»Ruhen Sie sich aus«, sagte sie ruhig. »Ihre Erinnerung wird wieder zurückkehren. Irgendwann werden Sie das Gesicht des Täters vor sich sehen, womöglich gänzlich unerwartet. Im Augenblick geht es vor allem darum, Tatsachen von Vermutungen zu unterscheiden. Ich danke Ihnen, dass Sie so ehrlich waren. Das war sehr, sehr wichtig.«

Izabela sah sie dankbar an. Sie hatte nicht angenommen, dass die Psychologin auf ihrer Seite stand.

Als im nächsten Moment der Chefarzt den Kopf zur Tür hereinsteckte und den erhöhten Puls auf dem Monitor ablas, warf er Sasza einen tadelnden Blick zu, doch sie ignorierte ihn, zog stattdessen ein Taschentuch aus ihrer Umhängetasche und wischte Izabela sanft die Tränen aus dem Gesicht. Allmählich schien sich ihr Herzschlag wieder zu beruhigen.

»Ich komme morgen wieder«, sagte die Profilerin noch und verließ dann das Krankenzimmer.

Sowie sie am Ausgang angekommen war, wählte sie Robert Duchnowskis Nummer. Als der Kommissar nicht ranging, steuerte sie die Cafeteria an, um dort ihre Notizen zu ergänzen. Kurz überlegte sie, ob sie nach Hause fahren sollte, aber das hätte sich nicht gelohnt, dafür war es jetzt zu spät. Doch bevor sie Karolina abholte, wollte sie noch die Eltern von Monika und Przemek aufsuchen, dem Geschwisterpaar, das unter ungeklärten Umständen an ein und demselben Tag ums Leben gekommen war. Sie schickte Duchnowski eine Nachricht und informierte ihn über den Ausgang von Kozaks Befragung.

Er schrieb sofort zurück.

Kann jetzt nicht reden. Lange ist raus, Verfahrensfehler. Staatsanwaltschaft dreht durch. Splonka wurde vom Dienst suspendiert, wetten, ich bin der Nächste? Buchwic ist vor Wut mit einem Skalpell auf ihn losgegangen.

Was?!, schrieb sie ungläubig zurück.

Jepp. Komm bloß nicht her, geh mit dem Kind spazieren, Pilze sammeln, was auch immer. Hier drehen alle durch. Over and out.

Das Meer war heute ruhig. Nur an der Mole schäumte es. Nachdenklich blickte der Pfarrer übers Wasser.

»Das Mittagessen wird kalt.«

Staroń hatte nicht einmal gehört, dass Masalski ihm nachgelaufen war. Er drehte den Kopf in seine Richtung und wies dann hinüber zum Leuchtturm, der von der Klippe gut zu sehen war.

»Da bin ich immer raufgeklettert, als ich klein war. Damals hab ich wirklich geglaubt, dass hier die Welt zu Ende wäre. Ich wollte früher Seemann werden«, sagte er mit einem wehmütigen Lächeln. »Und Sie, Grzegorz? Was wollten Sie werden, als Sie noch klein waren?«

»Tänzer.«

Masalski schlug verschämt die Augen nieder.

»Ernsthaft?«

»Meine Mutter hat mich sogar in der Ballettschule angemeldet. Ich bin allerdings nur ein paar Monate da gewesen. Meinem Vater war es peinlich.«

»Sie hätten für einen Tänzer den perfekten Körperbau – zierlich und leicht«, sagte Marcin. »Warum sind Sie später Priester geworden?«

Masalski zuckte bloß mit den Schultern.

»Damals wollte ich mich vor der Welt verstecken«, fuhr Staroń nach einer Weile fort. »Anfangs dachte ich, es wäre die große Freiheit, aber in Wahrheit ging es nur darum davonzulaufen. Wer immer Probleme hat, läuft früher oder später vor irgendwas davon. Aber das ist verkehrt. Man muss sich seiner Angst stellen, jeden Tag, jeden einzelnen Tag ... Gott gibt uns die Kraft, Hindernisse zu überwinden.«

»Wenn ich bei Ihnen bin, habe ich vor nichts Angst«, flüsterte der junge Mann.

Staroń schnaubte. Wie blauäugig dieser Vikar doch war.

»Man muss Angst haben, Grzegorz, die Angst ist ein natürlicher Schutzmechanismus. Nur ihretwegen hat unsere Spezies überlebt. Doch, wirklich: Angst ist etwas Gutes. Gott wird uns immer wieder Angst einjagen – damit wir bemerken, dass wir vom rechten Weg abgekommen sind.«

»Ihr Essen wird kalt.«

»Gehen Sie vor, ich komm gleich nach.«

Er wandte sich wieder dem Meer zu. Dachte über die Vergangenheit nach. Darüber, wer er hätte werden können, wenn er an einem anderen Ort, in einer anderen Familie zur Welt gekommen wäre. Doch Gott hatte für ihn etwas anderes vorgesehen. Er hatte von ihm etwas anderes erwartet.

Er fragte sich, ob er wirklich so ein guter Pfarrer war, wie alle sagten. Erfüllte er seine Pflichten auf eine gute Art und Weise? War er wirklich so ein besonderer Mensch, wie allenthalben behauptet wurde? Im Grunde war er doch immer noch der Danziger Junge, der nie wirklich gelebt hatte. Damals hatte er die ganze Zeit Angst gehabt. Nur deswegen war er überhaupt Priester geworden – weil er Schiss gehabt hatte. Das war die Wahrheit. Anfangs hatte er sich sogar in einem Kloster verbarrikadiert. Doch das Gelübde abzulegen war dann doch nichts für ihn gewesen. Am Ende hatte er sich für das Seminar entschieden. Er hatte wieder unter Menschen sein wollen. Mitunter hatte er sogar über Kinder nachgedacht. Ob er ein guter Vater geworden wäre? Inzwischen waren die Gemeindemitglieder seine Kinder, all die Menschen, denen er half. Je kaputter, je störrischer sie waren, umso lieber waren sie ihm. Er freute sich, wenn es ihnen gelang, sich wieder dem Licht zuzuwenden, wenn sie über das Böse triumphierten. Aber war es wirklich die Kirche, die sie auf den richtigen Weg zurückführte? Würde Gott sich ihrer nicht auch ohne eine solche Institution annehmen?

Marcin wusste, dass derlei Gedanken purer Ketzerei gleichkamen. Über diese Dinge konnte er mit niemandem reden. Er konnte niemandem anvertrauen, dass er schon seit geraumer Zeit zweifelte, immer stärker eine vage Leere verspürte, nur dass er nicht wusste, womit er diese Leere füllen sollte. Er gab sich alle Mühe, anständig zu leben. Irgendwann – damals im Heim bei Bruder Albert – hatte ein alter Dominikaner zu ihm gesagt, der Mensch sei ohne eigene Familie ein Pflänzchen, das mit der Zeit elendig eingehe. Mittlerweile verstand er, was der Alte ihm damit hatte sagen wollen. Wie gern würde er sich in die Umarmung seiner Mutter flüchten, sich bei ihr ausweinen. Seinen Vater hatte er seit Jahren nicht mehr gesehen. Manchmal sah er ihn in der Kirche, aber Sławomir war nicht ein einziges Mal auf seinen Sohn zugekommen. Er hatte ihm lediglich ein paarmal zugenickt, Marcin hatte gelächelt – und dann war der Vater monatelang nicht mehr zur Messe gekommen.

Marcin war zwar nie allein, doch die Menschen in seinem Umfeld waren ihm samt und sonders fremd. Er hatte nie zugelassen, dass ihm jemand näherkam. Und so würde es auch nie wieder eine geliebte Frau in seinem Leben oder einen besten Freund geben. Womöglich war auch diese Entscheidung seiner Angst geschuldet – oder aber besserem Wissen. Er betrachtete sich als eine Art Jona, der jedes Schiff, das er bestieg, in Seenot brachte. Das war seine Strafe, und er würde ihr niemals entkommen können, das wusste er. Er war verflucht und hatte nicht die leiseste Ahnung, wie er dem bösen Zauber begegnen sollte. Mit jedem Gebet bat er um Gnade, um einen noch festeren Glauben, doch von Tag zu Tag glaubte er weniger. Zusehends ertappte er sich bei unkeuschen Gedanken. Es gab so viele Versuchungen. Allein seine Disziplin bewahrte ihn davor.

Erst kürzlich hatte er herausgefunden, dass ein vorgeblich besessener Gefängnisinsasse, den er hätte exorzieren sollen, seine Besessenheit nur vortäuschte. Es hatte ihm spürbar widerstrebt, den Mann gegenüber der Gefängnisleitung bloßzustellen. Marcin hatte ihm helfen wollen – weil er gesehen hatte, woran dieser Mann glaubte: an die Freiheit, an das Leben, an sich selbst. Der Pfarrer in ihm folgte seit Langem nur mehr einem Pflichtgefühl; die innere Überzeugung war ihm abhandengekommen. Er stand tagaus, tagein früh auf und arbeitete bis zum Umfallen, nahm jede Aufgabe an, nur um nicht nachdenken zu müssen. Und wartete. Bloß worauf?

Dem Stand der Sonne zufolge musste es inzwischen nach vier Uhr sein. Er lief los, die Klippen hinab, auf die Kirche zu.

Natürlich war das Essen mittlerweile kalt. Aber das war ihm gleichgültig – auch wenn Lucjas Tante sich einmal mehr viel Mühe gegeben hatte: Kohlrouladen in Soße, junge Kartoffeln, dazu frisch gepresster Orangensaft. Er zog das Kohlblatt von der Roulade, schob die Fleischfüllung zur Seite und aß den Kohl und die Kartoffeln. Er war nicht einmal mit dem Saft fertig, als der Vikar in der Tür erschien.

»Sie sind jetzt da«, verkündete er.

Der Pfarrer schob erleichtert den Teller von sich weg und wischte sich den Mund mit einer Serviette ab.

»Bitte lassen Sie zuerst nur das Mädchen rein.«

Dann holte er aus einer Holzschatulle ein Bündel Geldscheine und drückte es dem Vikar in die Hand. Mit zitternden Händen nahm er es entgegen. Nicht dass es viel gewesen wäre, nur ein paar Hundert Złoty. In der Schatulle lag jetzt nur noch Kleingeld. Etwas anderes besaßen sie nicht mehr im Pfarrhaus. Der Pfarrer nahm für seine Dienste kein Geld an.

»Aber ... Aber wie sollen wir denn jetzt die Bauarbeiter entlohnen?«, stammelte Masalski. »Wir müssen doch noch Gips und Zement kaufen – und Lebensmittel!«

»Gott wird eine Lösung finden«, entgegnete Staroń und winkte ab. »Bedanken Sie sich bitte bei der Anwältin und richten Sie ihr aus, dass wir nicht mehr bezahlen können. Sollte sie das Honorar nicht haben wollen, sagen Sie ihr bitte, dass ich darauf bestehe. Es wird sicherlich noch mehr Gelegenheiten geben, da ich sie um ihre Hilfe bitten muss.«

Lucja Lange trug immer noch ihren Jogginganzug, Turnschuhe und darüber den langen schwarzen Mantel, der ihr bis zu den Knöcheln reichte. Ihr ganzer Besitz passte in eine Plastiktüte. Małgorzata Piłat hatte sie hierher, ins Pfarrhaus von Pfarrer Staroń, gebracht und versprochen, sie am nächsten Tag zu ihrer Wohnung zu begleiten, um dort auszuräumen. Auf der Herfahrt hatten sie sich lebhaft unterhalten. Ihre Verteidigerin schien ein tiefgläubiger Mensch zu sein. Lucja hatte Besserung gelobt und angeführt, sie könne kochen und putzen und werde für den Pfarrer den Haushalt führen. Sie schwor hoch und heilig, nie wieder Dummheiten zu machen.

Als der Vikar sie begrüßte, lehnte Małgorzata Piłat es kategorisch ab, Geld anzunehmen. Für den Pfarrer tue sie alles, beharrte sie. Lucja wunderte sich – die Anwältin war nicht die erste Person, die den Mann regelrecht verehrte. Allmählich war auch Lucja bereit, alles zu tun, worum dieser Mensch sie bitten würde; alles, um aus diesem Schlamassel wieder rauszukommen.

Ihre Tante hatte sie zuvor kurz in den Arm genommen und ihr zugeflüstert, dass sie Lucja lieb habe und an sie glaube.

»Ich bin unschuldig, Tantchen! Und ich werde dich nie

wieder enttäuschen«, schwor sie der alten Frau. Als sie auseinandergingen, hatte das Mädchen Tränen in den Augen. Mit ihrer faltigen, abgearbeiteten Hand strich Tante Krysia ihr übers Gesicht.

»Gott ist immer bei dir. Du bist in guten Händen.«

Während der Fahrt hatte Małgorzata Piłat Lucja erklärt, wie sie es geschafft hatte, die Anklage fallen zu lassen. Entscheidend war tatsächlich die Limettenseife gewesen. Die Anklage beharrte immer noch darauf, dass Izabela Kozaks Anschuldigungen der Wahrheit entsprachen. Allerdings hatten deren Behauptungen sich als zweifelhaft herausgestellt: Das Opfer hatte behauptet, Lucja Lange habe einen Revolver benutzt – dabei hatte der Ballistiker ganz entschieden die Verwendung dieses Waffentyps ausschließen können. Entsprechend musste die Staatsanwaltschaft nun ihre Anklage auf die nummerierten Banknoten sowie die osmologische Untersuchung aufbauen, derzufolge Lucja schuldig war.

Das Experiment an sich zog niemand in Zweifel. Es ging jetzt vielmehr um die Umstände, unter denen Lucjas Geruchsprobe entnommen worden war. Der Polizist, der das Protokoll verfasst hatte, hatte notiert, dass sich die Beschuldigte vor der Untersuchung die Hände mit Limettenseife gewaschen habe. Bei derlei Experimenten durfte man indes nur eine neutrale Seife bereitstellen. Entsprechend war die Analyse als nicht belastbar erklärt worden. Allerdings wusste Lucja noch, dass sie sich die Hände nicht mit Seife gewaschen hatte. Schließlich hatte dieser ältere Beamte sie zuvor weggestellt, ehe sie auch nur den Wasserhahn aufgedreht hatte.

Die Verteidigerin hatte nichtsdestotrotz angeführt, dass dies nur einer von zahlreichen Fehlern und Ungenauigkeiten bei der Ermittlung gewesen sei. Keiner der Beweise könne zweifelsfrei belegen, dass Lucja Lange am besagten Tag in der Nadel gewesen sei. Nicht mal Paweł Bławickis Geldscheine waren ein hinreichend starkes Indiz – denn auch er selbst war mittlerweile verdächtig. Bis die Zweifel geklärt wären und die Anklage neue Beweise gesammelt hätte, durfte Lucja im Pfarrhaus auf den weiteren Verlauf des Verfahrens warten.

Aus Lucjas Lebenslauf hatte Małgorzata Piłat dafür nur die passendsten Fakten herausgefiltert – Ereignisse in deren Leben, an die sie selbst sich kaum mehr erinnerte. Allerdings entsprach alles der Wahrheit: Vor Jahren hatte sie sich in der Sonntagsschule engagiert, hatte Pilgerreisen unternommen und war in der St.-Franziskus-Gemeinde tätig gewesen. Ihren Exmann hatte sie sogar in der Kirche kennengelernt. Zwar sah Lucjas weiterer Lebensweg nicht allzu rosig aus, doch das Gericht hatte es der Verteidigung abgenommen, dass die Angeklagte wieder zu Gott gefunden hatte und gewillt war, von nun an ein rechtmäßiges Leben zu führen. Lucja würde diesem neuen Bild nie widersprechen. Lieber galt sie in den Augen der Öffentlichkeit als Heilige denn als Tochter einer Betrügerin und Diebin.

Im Pfarrhaus schlug ihr der Muff schlecht geheizter Räume entgegen. Womöglich würde ihr neues Zimmer kälter sein als die Zelle im Untersuchungsgefängnis.

Der Vikar zeigte auf eine Tür, und im nächsten Augenblick kam ein »Grüß Gott« aus dem dahinter liegenden Zimmer.

»Grüß Gott.«

Sie stellte ihre Plastiktüte ab. Dann trat sie zögerlich auf Pfarrer Staroń zu. Er saß bei Tisch und hatte anscheinend gerade essen wollen, stand jetzt aber eilig auf und schob ihr einen Stuhl hin. Mit weit aufgerissenen Augen starrte Lucja ihn an.

»Hatten Sie eine gute Reise?«, fragte der Geistliche.

Lucja spähte hinüber zu den Kohlrouladen in der Schüssel. Am liebsten hätte sie sich daraufgestürzt. Bestimmt hatte die Tante sie gekocht, und die war in der Küche eine Meisterin.

Trotzdem setzte sie sich artig hin, bedauerte nur insgeheim, dass sie nicht rauchen durfte. Die ganze Sache überforderte sie schon jetzt.

»Wir dürften einander einiges zu erzählen haben«, hob der Mann ruhig an.

»Das glaub ich allerdings auch«, gab sie zurück und sah ihm dann herausfordernd ins Gesicht. »Dieses Priesterkleidchen steht dir wirklich ganz hervorragend!«

In der Mitte des weitläufigen Raums stand bloß ein Stuhl mit abgebrochener Lehne. Robert Duchnowski schob ihn ein paar Zentimeter weiter nach rechts. Die Tür knarrte, und Konrad Waligóra kam herein. Er sah vollkommen fertig aus: aufgedunsenes Gesicht, blutunterlaufene Augen. Duchno grinste und bemühte sich gar nicht erst, seine Genugtuung zu verbergen. Er selbst war nach dem gestrigen Besäufnis wieder fit.

Aus dem Flur kam Gelächter. Wie auf Kommando drehten sich die beiden um. Zwei Kollegen führten Paweł Bławicki herein.

Trotz der Situation war sein Blick beinahe schon freundlich. Er schien verhältnismäßig gelassen zu sein. Bully nahm den Raum in Augenschein und wandte sich dann an den Kommandanten: »Ist dieser Thron für mich gedacht?«

»Hättest du ihn dir denn verdient?«, meinte Waligóra.

»Ich geb mir alle Mühe. Seit Jahren. Leider nur mit mäßigem Erfolg.«

»Ob mit Erfolg oder ohne wird sich schon noch herausstellen. Setz dich und hör auf, Small Talk zu betreiben wie ein wohlerzogenes Fräulein.« Waligóra deutete auf den Stuhl. »Wir hätten da noch ein paar Dinge zu klären.«

Doch Bully blieb stehen.

»Setzt du dich freiwillig hin, oder soll ich dir helfen?«, brüllte Duchno plötzlich und schoss auf den Mann zu, der sich in vorgeblicher Seelenruhe den Stuhl griff, ihn ein paar

Zentimeter nach links schob, wie um zu demonstrieren, dass er die Situation unter Kontrolle hatte, und dann umständlich Platz nahm, sich vorbeugte und sich auf die Knie aufstützte.

»Also sind wir jetzt komplett. Mensch, Bully, hundert Jahre nicht gesehen, was bist du so mager geworden!« Duchno tätschelte seinen Arm. »Hättest du wohl nicht erwartet, jetzt als Verdächtiger dazustehen, hm?«

»Behalt deine Pfoten bei dir!«, knurrte Bławicki.

»Okay, Ruhe jetzt«, ordnete Waligóra an. »Zur Sache. Was soll ich sagen, Bully – du sitzt bis zum Hals in der Scheiße.«

»Ich?« Der Verdächtige grinste fröhlich. »Wenn jemand in Scheiße schwimmt, dann doch wohl ihr!«

»Dieser heilige Nachbar hat dich gesehen – vor dem Club. Am Tag der Schießerei. Warum bist du da auch hingegangen?« Waligóra seufzte. »Was glaubst du eigentlich, was ich für dich tun könnte, na?«

Bully lehnte sich entspannt zurück.

»Ich weiß nicht, was du meinst, Wali.«

»Erklär du es ihm, Robert. Er geht mir auf den Sack.«

Doch der Kollege reagierte nicht. Er stand wie zufällig vor einem Leitungsrohr und pfiff vergnügt, während er zum Schein dessen Dicke und Tragfähigkeit prüfte. Bully sah sich um. Allmählich schien er doch beunruhigt zu sein.

»Jungs, echt jetzt, Schluss mit dem Blödsinn. Lasst mich in Ruhe, okay? Ich hab zu tun, das Geschäft ruft.«

»Was der sich wieder aufspielt«, murmelte Duchno. »Irgendwann reißt mir der Geduldsfaden. Versucht der jetzt allen Ernstes, noch etwas zu drehen, oder was? Dabei ist längst alles eingetütet.«

»Hast du geschossen oder diese Kleine?«, wollte Waligóra wissen und nahm sich eine Zigarette aus Duchnowskis Päckchen.

Schweigen.

»Bławicki, ohne Scheiß jetzt!«, blaffte der Kommandant ihn wütend an. »Entweder du kooperierst mit uns, oder wir sacken dich ein.«

»Was?!«

Waligóra zündete eine zweite Zigarette an und schob sie Bully zwischen die Lippen.

»Hör zu, wir müssen in diesem Fall allmählich weiterkommen. Diese Puppe aus deinem Laden – die Lange – ist aus der U-Haft entlassen worden. Der heilige Staroń sitzt uns im Nacken. Also: Entweder redest du normal mit uns, oder …«

»Oder was? Drohst du mir etwa? Ohne mich wärst du doch gar nicht hier! Oder hast du das schon wieder vergessen, Wali?« Inzwischen war auch Bławicki sichtlich erregt.

Interessiert betrachtete Duchnowski den Kommandanten, der mittlerweile dunkelrot im Gesicht war.

»Oder ruf deine Anwältin an«, beendete Konrad Waligóra den Satz.

Bully beruhigte sich wieder.

»Ich hab nichts damit zu tun.«

»Nichts? Wirklich nicht? Du hättest ein Motiv. Mittel und Wege und gewisse Kenntnisse. Und du warst am Tatort. Wir haben deine Fingerabdrücke und die Aufnahme von Gabryś.«

»Pff.« Bully winkte ab.

»Nicht nur der Nachbar hat dich gesehen.«

Bully sah ihn böse an. »Verarsch mich nicht!«

»Also?«

»Ich hab ein Alibi.«

»Da schau her!«, rief Duchnowski. »Wie lustig!«

»Ich war zu Hause, mit meiner Frau. Tamara kann es bezeugen.«

Duchnowski schnaufte durch die Nase, und Waligóra breitete bedauernd die Arme aus.

»Was deine Ehefrau betrifft – die hat soeben gesungen. Wir

mussten sie nicht einmal dazu drängen. Deine Freundin, die Frau Staatsanwältin, ist schon unterwegs. Sie hat sich übrigens dafür ausgesprochen, dich so schnell wie möglich einzubuchten. Und, was sagst du jetzt? Entscheide dich: Entweder du kooperierst oder spielst weiter das trotzige Kind. Wie du willst. Aber in deiner Situation …«

»Was willst du wissen?«

Duchnowski lachte auf.

»Da fragt er noch?«

»Du weißt selbst, wie viel du uns sagen solltest«, erwiderte der Kommandant.

»Und du? Hast du keine Angst davor, was ich sagen könnte?«

Waligóra wanderte eine Weile auf und ab und blieb dann abrupt stehen.

»Man kann alles wieder bereinigen.« Er reichte Bławicki einen Stapel Papier und einen Stift. »Ich zähl auf dich. Wir haben die Order von ganz oben, jemanden über die Klinge springen zu lassen.«

»Und dieser Jemand soll ich sein?«

»Du oder jemand anderer. Jeder Krieg fordert seine Opfer. Und jetzt musst du dich entscheiden.«

»Vielleicht will ich ja dich opfern?«

»Tja. Leben und leben lassen, mein Bester.«

»Denkst du wirklich, dass du mir Angst einjagen könntest, Wali?«

»Keine Entscheidung ist auch eine Entscheidung«, blaffte der Kommandant zurück und verließ den Raum.

Duchnowski lief ihm nach.

»Was meinst du, hat er es geschluckt?«, fragte er, als sie draußen vor der Tür stehen blieben.

Waligóra zuckte mit den Schultern.

»Keine Ahnung. Mal sehen.«

»Womöglich war der Bluff zu krass. Tamara Socha hat doch

gar nicht widerrufen. Sein Alibi steht. Wir haben nicht einen einzigen Anhaltspunkt.«

»Klar, stimmt schon«, gab Waligóra zu. »Ich hab mich wohl ein bisschen hinreißen lassen. Aber nur so können wir unsere Haut noch retten. Du weißt, dass es hier nicht mehr nur um diesen toten Sänger geht. Sondern um unsere Ehre.«

Ehre? Nicht vielleicht eher um den Job? Und zwar deinen, dachte Robert insgeheim, nicht meinen.

»Auf wessen Seite stehst du eigentlich, Wali?«

Misstrauisch sah Duchnowski den Kommandanten an. Und plötzlich dämmerte ihm, dass es womöglich er selbst war, der hier verarscht werden sollte. Bully war ein wenig zu schnell nachgiebig geworden.

»Auf der richtigen, keine Sorge. Ich steh immer auf der richtigen Seite. So, und jetzt brauch ich einen Kurzen. Muss was gegen den Kater tun. Mein Kopf bringt mich noch um. Ruf einen Streifenwagen, ich hab nicht vor, fürs Taxi zu blechen.«

Nachdenklich drehte Duchnowski sich um und sah noch mal durch den Spion in das Zimmer, in dem Bławicki saß. Reglos hielt er immer noch das Papier in der Hand.

Er verspürte einen Hauch von Mitleid. Von dem harten Bullen, der einst die Stadt beherrscht hatte, war ein Häufchen Elend geblieben. Der Elefant hatte ihn zermalmt, verdaut und wieder ausgespien. Schade nur, dass Bully das zu spät begriffen hatte. Jetzt hieß es nur noch warten.

Wie abgesprochen hinterlegte Sasza die Unterlagen aus Izabela Kozaks Befragung für Robert Duchnowski an der Pförtnerloge. Dann rief sie ihre Mutter an, versicherte sich, dass es Karolina gut ging, und beschloss, eine kleine Zeitreise zu unternehmen. Das Wetter hatte umgeschlagen; es war kälter geworden, und es schneite wieder.

Der Wind peitschte ihr Schneeregen ins Gesicht. Sie dachte kurz darüber nach, wie verantwortungslos sie sich verhielt – wenn sie jetzt krank würde, würde sie womöglich Karolina anstecken, was eine Woche Daheimbleiben zur Folge hätte. Dabei wäre das vielleicht gar keine schlechte Idee ... Sie würde endlich das Geländer anfertigen lassen. Beim letzten Mal hatte sie den Handwerkern absagen müssen, weil sie in der Kommandantur gebraucht worden war.

An einem kleinen Stand an einer Häuserecke kaufte Sasza sich einen billigen Regenschirm, und schlagartig besserte sich ihre Laune. Gedankenverloren lief sie weiter. Der Fall faszinierte sie zusehends. Endlich hätte sie die Gelegenheit, diese alte Geschichte aus den Neunzigern unter die Lupe zu nehmen. Zuallererst würde sie die Eltern dieses toten Geschwisterpaars aufsuchen ... Doch dann kamen ihr Zweifel. Was, wenn sie zu kompliziert dachte? Wenn die Sache in Wahrheit viel einfacher wäre? Womöglich hatte Wiśniewski auf Kozak geschossen? Wenn sie tatsächlich immer wieder in die Kasse gegriffen hätte, könnte das doch möglich sein? Dass Nadel Iza auf frischer Tat ertappt hätte, dass sie ihm die Waffe aus der Hand gerissen und geschossen hätte? Wer wusste schon, ob wirklich jemand Drittes in dem Club gewesen war? Welche Garantie hatten sie, dass Izabela die Wahrheit sagte? Gar keine. Und was, wenn die Summe aus dem Safe viel höher gewesen wäre als angegeben? Das würde die Vorzeichen in diesem Spiel auf einen Schlag verändern. Aber warum hatte Bully ihnen dann überhaupt von den Dreißigtausend erzählt?

Bis jetzt wussten sie doch nicht einmal, was wirklich in der Nadel passiert war. Sie glaubten Iza, ja, aber doch nur, weil sie wie durch ein Wunder überlebt hatte. Die Staatsanwaltschaft hatte sich zu schnell auf Lucja Lange eingeschossen. Dabei ließ die Aussage der Managerin in Wahrheit einiges zu wünschen übrig. Dieser Revolver ... Nein, da passte nichts zusammen. Womöglich hatte die Managerin selbst die Finger mit im Spiel gehabt? Sie hatten keine Waffe gefunden, keine verwertbaren Fingerabdrücke, nur eine einzige Patronenhülse ... Die anderen waren aufgelesen worden. Und wer immer die Hülsen aufgesammelt hatte – in der Dunkelheit! –, hatte definitiv kriminelle Absichten gehegt. Eine Hülse hatte dieser Jemand jedoch übersehen, weil sie unter Jan Wiśniewskis Leiche gekullert war. Oder aber weil der Mörder es eilig gehabt hatte. Er war sofort vom Tatort verschwunden, er musste gewusst haben, dass jemand die Schüsse gehört hatte.

Trotzdem konnten sie niemanden ausschließen. Weder Bławicki noch die Kozak noch Lange. Ja, Letztere war vorerst frei, na und? Verdächtig war sie nach wie vor. Der Schlüssel zu der Sache musste der Tatort sein. Am liebsten wäre Sasza sofort hingefahren, jetzt, da Bully verhaftet worden war, damit sie sich dort endlich in Ruhe umsehen konnte. Dann tadelte sie sich wieder für ihre voreiligen Hypothesen. In Wirklichkeit hätte sie dem Tatort gleich von Anfang an mehr Aufmerksamkeit widmen müssen. Sie war ein paarmal dort gewesen, hatte die Fotos gesehen, sogar den Ablauf der Tat auf einem Grundriss eingezeichnet ... Aber sie hatte den Ort an sich nicht analysiert. Ein Fehler. Das Motiv des Mörders war im Moment zweitrangig. Auch wenn jeder der Verdächtigen ein plausibles Motiv gehabt hätte.

Endlich war sie am Bahnhof angelangt. Sie klappte den Regenschirm zusammen, setzte sich auf eine Bank, fischte ihr Notizbuch aus der Umhängetasche und erstellte eine kurze Liste.

- *Lucja: Rache für die unrechtmäßige Kündigung und den Vorwurf des Diebstahls*
- *Bully: Eliminierung eines unbequemen Geschäftspartners, Anteil an den Tantiemen*
- *Izabela: Diebstahl? Raub? Beseitigung eines Zeugen? Überprüfen!*
- *Jemand, der Iza nahesteht? Überprüfen!*
- *Nadel: hätte sich nicht selbst erschossen. Es sei denn, er hatte es auf Iza abgesehen. Allerdings nirgends Kampfspuren*
- *Profi-Killer? Wenn ja, von wem hat er den Auftrag bekommen?*
- *Gerüchte über Club überprüfen!*

Zu viele Fragen, zu wenige Fakten. Am meisten war Sasza an Izabela Kozak interessiert, dem Opfer, das überlebt hatte. Warum hatte sie Lucja Lange fertigmachen wollen? Und was verschwieg sie ihnen? Sasza nahm sich vor, Izabela Kozaks finanzielle und familiäre Situation zu überprüfen. Sie war bislang zweimal bei ihr in der Klinik gewesen und hatte dort nie einen Angehörigen getroffen, keinen Ehemann, kein Kind, auch nicht die Eltern. Aus der Akte wusste sie, dass Izas Mann ein wohlhabender Manager war. Der Sohn, Michał, war zwei Jahre alt. Seine Großmutter kümmerte sich derzeit um ihn.

Auf den ersten Blick eine Bilderbuchfamilie, doch aus Erfahrung wusste Sasza, dass selbst die augenscheinlich glücklichsten Familien Leichen im Keller hatten. Irgendein schwarzes Schaf gab es doch immer, irgendein explosives Geheimnis. Es gab keine perfekten Familien.

Wie aber konnte es sein, dass keine Menschenseele Izabela besuchte? Und war es nicht sonderbar, dass die Ehefrau eines schwerreichen Mannes gezwungen war, in einem Club arbeiten zu gehen? Aber vielleicht hatte es in der Nadel ja tatsächlich etwas zu holen gegeben? Schließlich wusste sie, dass die Betreiber bei Weitem nicht alle Einnahmen an das Finanzamt gemeldet hatten, was eindeutig den Tatbestand der Steuerhinterziehung erfüllte. Leute, die sich nur zu gerne am Schwarzgeld bedienen wollten, gab es sicherlich mehr als genug. Und außerdem stand immer noch die Frage im Raum, ob es irgendeine mafiöse Organisation gab, die den Laden kontrollierte. Zudem war dieser Club das eine – aber was war eigentlich mit dem dazugehörigen Café, mit dem Heuhaufen? Wo vor zwei Jahren auch Schüsse gefallen waren?

Sasza klappte das Buch zu und sah zum Zuganzeiger hoch. Die Bahn würde erst in zwanzig Minuten kommen. Sie stand auf, marschierte auf eine Imbissbude zu und bestellte eine Portion Pommes. Als sie fertig gegessen hatte, rief sie Jacek Buchwic an. Jekyll nahm nach dem ersten Klingeln ab.

»Gott zum Gruße, meine Liebe! Was steht an?« Wie immer wartete er nicht einmal ihre Antwort ab. »Geht es um Splonka und diese vermaledeite Untersuchung? Wenn du wissen willst, was ich davon halte, dann zügle deine Neugier. Mir könnten ein paar Worte entschlüpfen, die deiner zauberhaften Öhrchen nicht würdig sind.«

Sasza lachte. Sie mochte Jaceks Art.

»Nur eine Frage, die nichts mit Zitronenseife zu tun hat.«

»Limette, mein Kind. Die ist in Unmengen für unsere Einheit

angeschafft worden. Auf eine öffentliche Ausschreibung hin, versteht sich. Nur dass besagte Dame sich damit niemals die Hände gewaschen hat – auch wenn dieser kleine Nichtsnutz das so aufgeschrieben hat ... Ich hätte ihn am liebsten erwürgt, ernsthaft! Ermordet und im Wald vergraben. Nichts Besseres hat er verdient!«

»Mir geht es um was anderes. Die Schmauchspuren ... Hast du überprüft, ob Jan Wiśniewski auf Izabela Kozak hätte schießen können?«

»Endlich jemand, der sein Gehirn benutzt!«, rief er erfreut. »Selbstverständlich hab ich das überprüft – und ausgeschlossen.«

»Ausgeschlossen? Schade.« Damit war eine ihrer Hypothesen gerade hinfällig geworden.

»An Jan Wiśniewskis Händen waren keine Schmauchspuren. Und bei der Frau hab ich noch einen Abstrich machen können, dort in dem Club, bevor die Sanitäter sie mitgenommen haben. Sie hat auch nicht geschossen. Es sei denn, sie hat sich gleich nach der Schießerei die Hände mit Limettenseife gewaschen, ha, ha.«

»Danke, Jekyll. Endlich mal konkrete Infos.«

»Stets zu Diensten. Für dich tu ich alles, bis ans Ende der Welt und noch einen Schritt weiter.«

Sasza grinste.

»Nur noch eine letzte Sache: Wie bist du auf diese andere Blutspur gekommen?«

»Medizin und Kriminalistik zur Ehre unseres Vaterlands. Das hat der Hem-Check ergeben, den Rest haben die DNA-Spezialistinnen besorgt. Der Handschuh lag im Blut der Opfer. Die zweite Spur muss ein Arbeitsunfall oder so gewesen sein. Vielleicht hat er oder sie sich an der Waffe verletzt, womöglich weil's ein älteres Modell war. Genau danach sieht es nämlich aus. Wir konnten Pulverrückstände am Türrahmen sicherstellen. Die Waffe wurde mit ziemlicher Sicherheit seit Jahren nicht benutzt. Sieh dir einfach das ballistische Gutachten an.«

»Könnte der Schütze Handschuhe angehabt haben?«

»Es ist deutlich schwerer zu schießen, wenn man Handschuhe anhat. Es sei denn, man nimmt Latexhandschuhe. Allerdings hätten die reißen können – wenn er sich verletzt hätte, meine ich.«

»Habt ihr untersucht, ob das Blut von Lucja Lange stammt?«

»Selbstverständlich. Nur leider ist das nicht der Fall, was ich zutiefst bedauere«, versicherte der Techniker.

»Trotzdem hast du somit die DNA des Täters.«

»Exakt. Und seinen Geruch. Zum Glück hatte ich die Probe schon zuvor genommen, am Tatort. Und so kann mir auch niemand vorwerfen, dass da irgendwas nach Zitrus riecht.«

»Wie lange hält sich so eine Geruchsprobe?«

»Sasza, es ist dir doch sicherlich klar, dass Geruch flüchtig ist. Man kann natürlich unendlich viele Kompressen einsetzen, aber so wird die Probe zusehends verdünnt. Und dann besteht das Risiko, dass selbst ein Spürhund sie irgendwann nicht mehr aufnehmen kann. Wenn wir diese Bardame noch einmal untersuchen müssten, würde es gerade mal für zwei, drei weitere Analysen reichen.«

»Und die DNA?«

»DNA ist bombensicher. Unumstößliche Beweiskraft. Quasi der Nagel im Sarg des Verdächtigen. DNA kannst du in fünftausend Jahren noch untersuchen, eine Geruchsprobe leider nicht. Lass es am Ende für drei Analysen reichen … Ich hab die Gläser mit den Proben bereits in den Safe gesperrt, damit keiner auf die Idee kommt, sie sich auszuleihen, für Einmachgurken oder so.«

»Also sollten wir schleunigst die Waffe finden.«

»Sollten wir.«

»Und wir brauchen ein belastbares Profil, um den Kreis der Verdächtigen kleiner zu ziehen und eine Entscheidung zu treffen, wen wir genauer unter die Lupe nehmen wollen.«

»Niemand in dieser Firma glaubt restlos an die osmologische Analyse; an deine psychologischen Wahrsagereien schon eher ... Also mach dich an die Arbeit. Wir brauchen dich.«

»Und du hast wirklich keine Schmauchspuren bei Nadel gefunden?«, hakte sie noch einmal nach.

»Süße, vergiss es. Es sei denn, er hätte mit den Füßen geschossen. So, ich muss Schluss machen. Meine bessere Hälfte guckt mich schon ganz schief an. Sie ahnt sicher, dass ich mit einer Frau rede, und will nicht glauben, dass es rein beruflich ist. Aua!«, rief er plötzlich. »Siehst du? Jetzt hat sie mir eine verpasst. Häusliche Gewalt! Diese modernen Frauen ...«

»Ich lass euch wohl besser in Ruhe«, ging Sasza lachend dazwischen. »Ciao, und grüß Aniela lieb von mir!«

»Halt die Ohren steif, Mädchen.«

Der Zug kam, und Sasza stieg ein, setzte sich und hing ihren Gedanken nach: Wenn Wiśniewski wirklich nicht geschossen hatte, dann war ihre Annahme schlicht und ergreifend falsch, dann hatte es keinen Kampf mit Izabela Kozak gegeben. Also würde sie sich die anderen Verdächtigen noch mal vornehmen müssen. Vor ihr lag massenhaft Arbeit, doch die würde sie in ihrem eigenen Rhythmus angehen. Und sie würde alles geben, selbst wenn sie für diesen Auftrag ihr letztes Geld aufbrauchen sollte – das Geld, das sie vom vermeintlichen Paweł Bławicki bekommen hatte.

Das siebte Revier lag drei Blocks entfernt vom ehemaligen Hotel Roza, wo zwanzig Jahre zuvor das tote Mädchen entdeckt worden war. Inzwischen war das Hotel abgerissen worden, und an seiner Stelle stand ein riesiger Bürokomplex, in dem diverse Banken, ein Buchladen und eine Werbeagentur untergebracht waren.

Sasza war am Vortag mit Pater Andrzej hier gewesen. Unterwegs hatten sie sich über Pfarrer Staroń unterhalten. Dass der Geistliche in dieser ganzen Geschichte eine Rolle zu spielen schien, war für Sasza unerklärlich – und doch wollte sie erst Licht ins Dunkel des einstigen Falls bringen, ehe sie Marcin Staroń um ein Gespräch bat. Vorerst jedoch behielt sie diese Informationen lieber für sich. Nur mit Tom Abrams wollte sie später darüber sprechen.

Vor dem Eingang zum Revier standen zwei Streifenwagen, ein wuchtiges Motorrad und mehrere Zivilfahrzeuge. Sasza trat an den Empfangstresen. Dahinter stand eine Frau, die fast wie Lara Croft aussah – eigentlich noch besser, denn diese hier war echt: perfekte Haut, ein schwarzer Zopf, der dick war wie eine Faust, ein eng anliegendes T-Shirt, unter dem sich üppige Brüste und eine Wespentaille abzeichneten, an der Hüfte zwei Knarren am Gürtelholster der Kampfuniform. Sie legte der Frau Duchnowskis Schrieb und ihre Visitenkarte vor.

Hinter der Beamtin, schon auf der Schwelle und offenbar im Gehen begriffen, stand ein Offizier, der ihnen noch einen letzten Blick zuwarf. Lara studierte erst das Dokument, als wäre es mindestens ein umfangreicher Vertrag, dann drehte sie sich kurz zu ihrem ranghöheren Kollegen um. Ein kurzer Blickwechsel, dann: »Der Chef ist leider schon im Feierabend.«

Sasza war klar, dass der Mann, den sie hatte aufsuchen wollen, gerade direkt vor ihr stand, aber drauf und dran war zu verschwinden. Er hatte nicht vor, ihr auch nur eine Sekunde seiner Zeit zu widmen. Doch ihr blieb nichts anderes übrig, als nach den Regeln der Beamten zu spielen.

»Könnten Sie ihn bitte auf dem Handy anrufen?«

Lara war kurz davor, einfach wieder die Glasscheibe vor der Besucherin zuzuschieben. Sasza griff beherzt durch die Luke und riss der Frau den Hörer aus der Hand.

Wie auf Kommando eilte ein junger, durchtrainierter Beamter Lara zu Hilfe.

»Unterinspektor Ryszard Nafalski?«, rief Sasza laut, doch da war der Offizier bereits verschwunden. Mittlerweile zerrte der junge Beamte von der anderen Seite an dem Telefonhörer. »Ich bearbeite den Mordfall Jan Wiśniewski«, fuhr sie fort. »Ich möchte auf der Stelle mit dem Revierleiter oder dem ranghöchsten Beamten sprechen, der 1993 und 1994 hier gearbeitet hat.«

Der junge Mann hörte gar nicht erst zu, sondern brüllte irgendwas über Tätlichkeiten gegenüber einer Polizeibeamtin zu ihr herüber. Sasza sah Lara hilfesuchend an.

»Bitte bringen Sie den Kollegen unter Kontrolle, sonst haben Sie gleich Kommandant Waligóra am Hals.«

»Hier ist irgend so eine Profilerin von der University of Huddersfield«, fauchte der junge Beamte unvermittelt in den Hörer. »Nein, ich kenne sie nicht, Chef. Nie gehört.«

»Geben Sie mir seine Adresse«, verlangte Sasza. »Ich fahr zu ihm. Es ist wirklich dringend.«

Der junge Beamte sah ihr misstrauisch ins Gesicht und nahm den Hörer vom Ohr.

»So klärt man so was aber nicht, Frau Profilerin«, gab er schnippisch zurück.

Sie machte auf dem Absatz kehrt, hielt dann am Eingang noch mal inne und rief Jacek Buchwic' Nummer auf.

»Jekyll, noch etwas: Kennst du einen gewissen Ryszard Nafalski? Siebtes Revier. Ich brauche seine Privatadresse. Und die Handynummer. Ja, schick mir einfach eine SMS. Ja, es eilt. Sehr.«

Draußen am Eingang zündete sie sich erst mal eine Zigarette an und starrte in den Schneeregen hinaus. Eins der Zivilfahrzeuge fuhr gerade vom Hof. Und endlich hörte sie das Handysignal der eingehenden SMS.

Auf der Stelle wählte sie die angegebene Nummer und sah noch, wie der Mann am Steuer des davonfahrenden Pkw die Hand ans Ohr hob. Sie lief ihm nach, warf die Zigarette in den Matsch, war aber zu langsam. Der Wagen war schon auf der Straße.

Allerdings hatte der Mann den Anruf entgegengenommen.

»Sasza Załuska. Ich bin Profilerin«, keuchte sie ins Handy.

Schweigen.

»Ich kann Sie sehen. Kennzeichen HPZ 2234.«

Es funktionierte. Er war immer noch dran und antwortete sogar: »Kommen Sie morgen aufs Revier. Sieben Uhr dreißig, wenn's recht ist.«

»Wissen Sie, was, Herr Nafalski, Ihre Methoden verstehe ich auch nicht ganz. Ich habe keine festen Arbeitszeiten. Ich bin freiberuflich tätig, Dienst nach Vorschrift ist mir fremd. Aber zur Sache: Ich interessiere mich für den Fall eines Mädchens, das 1994 tot in einer Badewanne des Hotels Roza aufgefunden wurde.«

»Sie machen Witze? Ich bin doch nicht das Stadtarchiv!«

»Mag sein, dass Sie sich nicht mehr daran erinnern …«

»Wie gesagt, kommen Sie morgen wieder. Am besten wäre

allerdings, Sie wenden sich direkt an die Woiwodschaft-Kommandantur. Und zwar an den Pressesprecher. Dort gibt's ein riesiges Archiv, und die haben dort Leute, die auf so was geschult sind.«

»Ich muss die Akte aber sofort haben. Und ich muss heute noch mit dem damaligen Ermittlungsleiter sprechen.«

»Auf Wiederhören, Frau Załuska.«

»Der alte Fall könnte mit dem Mord an Jan Wiśniewski zusammenhängen – Sie haben sicherlich davon gehört. Ich hab Ihrer Kollegin am Empfang sämtliche relevanten Unterlagen vorgelegt. Ich bin offiziell befugt, diese Ermittlung durchzuführen, und zwar im Auftrag der Staatsanwaltschaft. Mein direkter Vorgesetzter ist Kommissar Robert Duchnowski«, fuhr sie hektisch fort. »Ich hab keine Zeit mehr, einen langwierigen Antrag auf Herausgabe der alten Ermittlungsakte zu stellen. Ich fahr jetzt los, zu Ihrer Privatadresse. Wenn Sie nicht bereit sind, mir zu helfen, muss ich Kommandant Waligóra davon in Kenntnis setzen.«

»Hören Sie bloß auf, mir zu drohen«, gab Nafalski gelassen zurück. »Wenn irgendjemand hier Probleme kriegt, dann Sie. Und zwar schneller, als Sie ahnen.«

Sasza legte ohne ein weiteres Wort auf, warf ihr Telefon in die Tasche und winkte ein vorbeifahrendes Taxi heran. Doch statt anzuhalten, fuhr der Wagen so schnell an ihr vorbei, dass sie von einem Schwall dreckigen Wassers aus dem Rinnstein nass gespritzt wurde. Wo hatte sie nur ihren Regenschirm gelassen?, fragte sie sich. Am Empfang des Reviers? Sie lief zurück, doch der Schirm war verschwunden. Hinter der Scheibe starrte Lara auf diverse Monitore. Als sie die Profilerin aus dem Augenwinkel näherkommen sah, drückte sie sofort eine Taste auf dem Sprechpult. Sasza lief wieder nach draußen. In der Zwischenzeit hatte sich der junge Beamte an der Tür postiert, der ihr zuvor den Hörer aus der Hand gerissen hatte.

Sasza lief wortlos an ihm vorbei hinaus in den Regen.

»Hier werden Sie nicht weiterkommen«, hörte sie plötzlich seine Stimme. Er war neben sie getreten und spannte ihren Schirm auf. Verblüfft sah Sasza zu ihm empor.

»Wir haben die Akten wirklich nicht«, fuhr er leise, aber nachdrücklich fort. »Die Ermittlung wurde damals von der Woiwodschaft geführt. Aus dem alten Team ist niemand mehr dabei. Nur Waligóra – für den war es der Sprung nach oben. Sein erster wichtiger Fall. Zwei augenscheinliche Unfälle. Von oben hieß es damals, die Ermittlungen sollten umgehend eingestellt werden. Mein Chef ruft gerade garantiert den Kommandanten an, um zu besprechen, welche offizielle Version sie Ihnen auftischen wollen.«

Eigentlich war der Beamte zu jung, um sich noch an den Fall der toten Geschwister erinnern zu können, doch er sah aufrichtig aus, wie Sasza fand. Und offensichtlich war er bereit zu helfen. Als er den Parkplatz ansteuerte, lief sie ihm nach. Vor dem wuchtigen Motorrad blieb er stehen, zog die Plane herunter und hielt Sasza einen zweiten Helm hin.

Tamara Socha wusste nicht mal mehr, wie lange sie den Kopf unter den kalten Strahl gehalten hatte. Anfangs hatte es noch geholfen, doch inzwischen hatte die Kälte ihre schmerzstillende Wirkung eingebüßt. Sie drehte den Hahn zu und griff nach ihrem Handtuch, war nicht imstande, es festzuhalten, und ließ es in die Badewanne gleiten.

Sie griff nach dem Wannenrand, zog sich hoch und kroch auf allen vieren hinaus auf den Flur, wo sie sich gegen die Wand lehnte.

Sie wählte die wohlbekannte Nummer, immer und immer wieder, doch jedes Mal, wenn der Geistliche ranging, riss die Verbindung ab.

»Lieber Gott, befreie mich – bitte, lieber Gott!«

Tamara schluchzte. Ihr Schädel fühlte sich an, als würde er jede Sekunde zerbersten. Sie schlug ihn gegen die Wand, sie ertrug es einfach nicht mehr. Wann war es endlich vorbei?

Das Telefon klingelte. Auf dem Display leuchteten die Worte *Pfarrer Staroń* auf.

»Es ist wieder so weit«, jaulte sie, noch ehe irgendeine Kraft sie dazu brachte, mit der Stirn gegen die Tischkante zu schlagen. »Helfen Sie mir«, flüsterte sie und verlor das Bewusstsein.

Wir wollen keine Vergeltung mehr. Vielleicht war das alles falsch.«

Elżbieta Mazurkiewicz nahm ihre Schürze ab und hängte sie über die Stuhllehne. Sie saßen in der Küche. Außer dem Ticken der Wanduhr war für einen Moment kein Geräusch zu hören. Sasza sah die Frau neugierig an. Sie war korpulent und konnte sich nur mit Mühe bewegen. Sie drehte sich zu dem jungen Polizisten um, der Sasza hergebracht hatte. Erst als sie angekommen waren, hatte die Profilerin begriffen, dass es sich dabei um einen Sohn der Mazurkiewicz handelte.

»Arek, hol Salat aus dem Kühlschrank. Sie essen mit uns, Frau Załuska«, ordnete die Frau an.

Arek beugte sich vor und angelte eine große Schüssel Salat mit Möhren aus dem altersschwachen Kühlschrank. Dann deckte er sowohl flache als auch tiefe Teller sowie eine Terrine mit Pilzsuppe auf. Der Duft von Milchkartoffeln mit Butter und Dill erinnerte Sasza an Oma Jasia. Bei ihr war das gemeinsame Essen noch zelebriert worden. Laura selbst hatte nie Zeit gehabt, sich um derlei Rituale zu kümmern. Sie war ständig auf Achse gewesen. Die kleine Aleksandra war mehr oder weniger von der Kinderfrau großgezogen worden – von Janina, die das Mädchen nie anders als »Oma Jasia« genannt hatte. Obwohl die Eltern Janina bezahlt hatten, war sie für die Kleine ihrer wahren Familie gleichgekommen: Sie hatte an ihrem Bett gesessen, wenn es dem Kind schlecht gegangen war, sie hatte an ihren Geburtstag gedacht und ihr kleine Freuden bereitet. Sogar als Teenager war Sasza manchmal noch bei Jasia zu Besuch gewesen, hatte bei ihr übernachtet und war von dort aus direkt zur Schule gegangen. Jasia hatte ihr Pullover gestrickt und die löchrigen Strumpfhosen gestopft, die weißen Schulhemden gebügelt und Kuchen für Feste gebacken. Bestimmt würde sie auch solches Fleisch zubereiten können! Sowie es aufgetischt wurde, stieg Sasza das köstliche Aroma der Meerrettichsoße in die Nase. Sie beugte sich ein Stückchen vor. Es sah irgendwie komisch aus, schoss es ihr durch den Kopf, so dunkel ...

»Das ist Wild«, erklärte Elżbieta Mazurkiewicz freundlich. »Mein Mann geht ab und zu jagen. Die Tiefkühltruhe ist voller Reh und Hirsch, aber hier gibt es einfach niemanden mehr, der so was essen würde. Unsere Kinder haben sich in alle Winde zerstreut. Nur Arek lebt noch in Danzig, aber auch er kommt nur noch selten vorbei. So dünn ist er – das ist der Stress! Dabei könnte er zu Hause so gut essen ...« Die Frau seufzte.

»Mama!«, protestierte der Polizist.

Elżbieta nahm die Suppenkelle und löffelte Sasza eine ordentliche Portion auf. Dann setzte sie sich wieder hin, faltete die Hände und dankte Gott für die kostbaren Gaben. Arek betete nicht mit, rang sich aber am Ende zumindest ein »Amen« ab. Dann begannen sie zu essen. Eine Weile saßen sie schweigend beieinander.

»Mama«, unterbrach Arek schließlich die Stille, nachdem er seine Suppe aufgegessen hatte, »wo sind eigentlich die Unterlagen dieses Detektivs? Ich hole sie.«

Sasza war ihm von Herzen dankbar.

Der junge Mann stand vom Tisch auf und kehrte kurz darauf mit einer Mappe zurück, setzte sich und aß weiter, während er erläuterte: »Die erste Ungereimtheit betrifft die Leichenschau. Monika lag in der Badewanne, als sie tot aufgefunden wurde. Nackt. Dort muss sie stundenlang gelegen haben. Verletzungen wurden keine festgestellt, kein Hinweis auf Fremdeinwirkung. Sie wurde auch nicht vergewaltigt. Das Einzige, was im Labor nachgewiesen wurde, war das Ecstasy.«

»Sie hat nie Drogen angerührt«, protestierte die Mutter. »Sie war ein anständiges Mädchen!«

»Mama, lass mich bitte weitersprechen. Der Mageninhalt wies darauf hin, dass sie wenige Stunden vor Eintritt des Todes noch ein üppiges Abendessen zu sich genommen haben muss. Es war kaum verdaut. Dann wurden im Zimmer außerdem ein voller Aschenbecher gefunden, leere Bierdosen, flaschenweise Alkohol. Dabei hat meine Schwester Alkohol nicht angerührt. In den Unterlagen wird das ausgeschwiegen, und ein Blutalkoholtest wurde nie gemacht. Es wurde auch nie festgestellt, wer mit dabei war und was in diesem Hotelzimmer genau passiert war. Wie war Monika dort hingekommen und warum? Es war ein berühmt-berüchtigtes Stundenhotel, und sie war doch erst sechzehn! Wer hatte sie dorthin mitgenommen?«

Niemand sagte mehr ein Wort. Sasza legte ihr Besteck zur Seite. Das Essen war ausnehmend gut gewesen, aber mittlerweile blieb ihr jeder Bissen im Hals stecken. Sie zog die Mappe zu sich heran und begann, darin zu blättern.

»Und Ihr Bruder?«

»Przemek wurde an der Chaussee nach Warschau gefunden. Angeblich war er betrunken ... über zwei Promille im Blut. Auch hier angeblich kein Fremdverschulden. Ich hab das Gutachten tausendmal gelesen, ich kenn es in- und auswendig ...« Er wies auf die entsprechenden Unterlagen. »Diese Verletzungen sind womöglich entstanden, als jemand mit hoher Geschwindigkeit in ihn reingefahren ist – oder aber, indem er schwer zusammengeschlagen wurde.«

Als die Mutter begann, tonlos zu weinen, legte Arek sanft seinen Arm um sie.

»Mama, leg dich bitte hin«, bat er sie.

Sie schüttelte den Kopf. »Ich möchte bleiben.«

Sasza starrte auf die Unfallfotos hinab.

»Woher haben Sie die?«

»Als ich bei der Polizei anfing, hab ich eine eigene Art Ermittlung unternommen«, erklärte der junge Mann. »Ich hab die offizielle Akte fotokopiert.«

»Das Kennzeichen des potenziell beteiligten Wagens wurde nie ermittelt, oder?«

Beide schüttelten den Kopf.

»Er muss noch gelebt haben, als er angefahren wurde. Aber sein Tod und diese angebliche Fahrerflucht wurden nie als ein und derselbe Fall behandelt. Das Verkehrsdelikt hat ein anderes Revier bearbeitet.«

Arek zog einen Ordner aus seiner Aktentasche und nahm daraus einige Fotos hervor.

»Das hier ist Pfarrer Staroń mit achtzehn Jahren«, sagte er.

Sasza betrachtete die Aufnahme. Ein fein geschnittenes, attraktives Gesicht. Kurt-Cobain-Frisur, offener gestreifter Cardigan, darunter ein T-Shirt mit der Aufschrift »I hate me«. Der Junge auf dem Bild sah aus wie ein Rebell, nicht wie ein zukünftiger Geistlicher.

»Marcin war Przemeks bester Freund. Sie waren praktisch unzertrennlich. Ich selbst hab ihn damals nur ein einziges Mal gesehen. Da hat er uns an Weihnachten besucht, hat urplötzlich vor der Tür gestanden. Als Monika das mitbekam, ist sie weinend auf ihr Zimmer gerannt. Mama, du erinnerst dich daran bestimmt noch besser als ich.«

Elżbieta Mazurkiewicz wischte sich die Tränen mit der Schürze ab.

»Ja, das kam mir damals gleich verdächtig vor. Sie hatte sich verändert, war irgendwie geistesabwesend ... aber sie war hübscher geworden. Zog sich anders an. So weiblich ...

Mittlerweile weiß ich, dass sie damals verliebt gewesen ist, aber das wäre mir da nicht in den Sinn gekommen. Schon gar nicht, dass es Marcin gewesen sein könnte. Wir dachten alle, mit sechzehn wäre sie doch noch zu jung für Jungs. Für uns war sie ein Kind. Heute sehe ich das anders. Aber heute ist die Jugend auch anders, wird schneller reif ... Damals haben wir uns eher Sorgen um Przemek gemacht. Er war unser Ältester und zu dem Zeitpunkt bereits volljährig. Wir gingen davon aus, dass er das Conradinum fertig machen und an die Universität gehen würde. Ingenieur werden, Schiffe bauen. Dort haben sie sich übrigens kennengelernt, Marcin und er, auf dem Gymnasium. Allerdings hatte Edward Przemek verboten, sich mit Marcin abzugeben. Dessen Vater arbeitete damals für die Mafia, das war allgemein bekannt. Also, dass Sławomir Staroń mit dem organisierten Verbrechen zu tun hatte. Mein Mann hatte Angst davor, dass Przemek in falsche Kreise geraten könnte. Außerdem vermuteten wir damals, dass Marcin Drogen nahm. Davor wollten wir unseren Sohn bewahren. Aber die Jungs trafen sich natürlich weiterhin, auch hinter unserem Rücken. An das letzte Weihnachtsfest werd ich mich bis zu meinem Tod erinnern. Es war das letzte mit all unseren Kindern ...«

Erneut fing Elżbieta an zu weinen.

»Wie kommen Sie darauf, dass Marcin etwas mit diesen Todesfällen zu tun haben könnte?«

»Unter Przemeks Sachen, die ich aus dem Leichenschauhaus geholt hab, lag ein Pager von Motorola. Der gehörte Marcin«, erklärte Elżbieta Mazurkiewicz. »Sie wissen schon, so ein Ding zur Übermittlung von Kurznachrichten. Damals wussten wir nicht mal, was das für ein Gerät sein sollte. Leute wie wir konnten sich so was nicht leisten. Wie wir später erfuhren, hatte Marcin den Pager von seinem Onkel aus Deutschland geschenkt bekommen. Später gelang es Edward, die Nachrichten anzurufen. Unsere Festnetznummer war darauf und auch die Nummer von der Telefonzelle vorn an der Haltestelle. Erst da wurde uns klar, wie Przemek seinen Kumpel kontaktiert hatte. Unter welchen Umständen Przemek in den Besitz des Pagers gelangt ist, wissen wir nicht. Wir brachten das Ding zur Polizei, aber die haben es nicht einmal überprüft. Und Marcin wurde nie verhört!«

»Hier haben Sie eine Zusammenstellung der Nachrichten, Frau Załuska.« Arek überreichte Sasza einen Zettel. »Wir haben die Namen hinzugefügt, damit es klarer wird.«

»Und was ist das?« Die Profilerin hatte ein zerknittertes Karopapier in der Mappe entdeckt. Womöglich eine Seite aus einem Schulheft. Zwei unterschiedliche Handschriften, einmal Bleistift, einmal Kugelschreiber. Der Dialog war mit den Buchstaben P und M markiert worden.

P: Hast du Schiss, du Penner?
M: Heute Abend an der Schule.
M: Ich habs dabei.
P: Das darf niemand erfahren!
M: Auf keinen Fall.
M: Sonst kassiert mich mein Onkel ein.
P: Dann gehen wir beide unter.
M: Klar.
P: Okay. Übermorgen. Wenn du nicht kommst, mach ichs allein.
M: Nein!
M: Und falls ...
P: Was?
M: Falls was ist, ruf meine Tante an. Die bringt mich nach Matemblewo.
M: Ich hab echt keinen Bock mehr.

»Das hat mein Vater unter Przemeks Sachen gefunden«, erklärte Arek. »In einer Schublade, unter diversen Schulheften. Er hat diesen Dialog ewig hin und her gewälzt. Er hat sogar die Namenskürzel dazugeschrieben, so wie er es sich dachte, um der Polizei die Arbeit zu erleichtern. Aber niemand hat sich je dafür interessiert. Als ich dort nachfragte, hieß es nur, dieses Zwiegespräch hätte nichts mit dem späteren Fall zu tun gehabt.«

Sasza las den Dialog mehrmals durch.

»Kann ich das behalten?«, fragte sie. »Das heißt, ich scanne es ein und gebe es Ihnen dann wieder zurück.«

Der Polizist und seine Mutter nickten.

»Hat Przemek … Ich weiß, das klingt jetzt komisch, aber … Hat er jemals Gedichte oder Lieder geschrieben?«

Die beiden verneinen kategorisch.

»Wenn, dann hat er sich für Sport interessiert, Gewichtestemmen, Ringen. Und Modellflugzeuge«, gab Arek zurück.

Sasza notierte es sich.

»Es hat ewig gedauert, bis sie Przemeks Leiche freigegeben haben«, fuhr Arek fort. »Ich verstehe wirklich nicht, warum, nachdem es doch angeblich ein Unfall war. Und bei der Beerdigung durften wir den Sarg nicht aufzumachen. Von wegen es wär kein schöner Anblick.«

»Es war ein Metallsarg«, ergänzte Elżbieta Mazurkiewicz. »Zugeschweißt – angeblich aus hygienischen Gründen. Wie nach einem Flugzeugabsturz. Der muss doch wahnsinnig teuer gewesen sein! Aber wir sind nie dafür zur Kasse gebeten worden.«

»Wer hat Przemek eigentlich identifiziert?«

»Edward«, flüsterte die Mutter. »Ich war nicht dazu imstande … Zu Monika … war ich noch selbst gegangen. Und dann erfuhren wir in derselben Nacht, dass auch Przemek tot war. Ich bin am nächsten Morgen mit meinem Mann hin, aber ich konnte nicht ... Ich bin im Warteraum geblieben. Edward meinte, unser Sohn sei so schwer verletzt gewesen, dass man kaum seine Gesichtszüge hätte erkennen können ...«

Sasza hing eine Weile ihren Gedanken nach, während Elżbieta Mazurkiewicz ein Fotoalbum mit Familienaufnahmen holte und es auf den Tisch legte. Sie blätterte zum letzten Weihnachtsfest.

»Sehen Sie mal, wie die Zeit vergeht ...« Sie wischte sich über die Augen. »Die Kinder werden immer größer und wir immer älter.«

Sasza sah sich ein paar Bilder an. Auf den frühen Fotos ohne Monika und Przemek wirkten die Angehörigen traurig und verstört. Doch das schien mit den Jahren verflogen zu sein. Gegen Ende des Albums fehlten auf den Fotos sämtliche erwachsenen Kinder.

»Studium, Arbeit, eigene Familien«, erklärte Elżbieta. »Manchmal passt es einfach nicht ... und dann kommt man nicht mal mehr an Weihnachten nach Hause.« Sie schniefte.

Die Frau war offenbar inzwischen Großmutter. Auf einem der letzten Fotos hielt Aneta, die zweitälteste Tochter der Mazurkiewicz, ein Baby im Arm. Neben ihr stand ein attraktiver Mann mit dunklen Haaren, der sich gerade vorbeugte, sodass man sein Gesicht nicht sehen konnte. Es sah ganz danach aus, als hätte Aneta als Einzige in der Familie für Enkel gesorgt.

»Monika wäre heute sechsunddreißig, Przemek achtunddreißig«, sagte Arek.

»Und Nadel? Jan Wiśniewski? Haben Sie ihn gekannt?«, wollte Sasza wissen.

»Nein, an einen Jan kann ich mich nicht erinnern«, antwortete Elżbieta Mazurkiewicz. »Er war sicher nie bei uns zu Hause.«

Sasza sah zu Arek hinüber, aber auch der schüttelte den Kopf. Im Jahr der Tragödie war er fünfzehn gewesen.

Die Profilerin schob die Unterlagen auf dem Tisch zusammen.

»Ich bring Ihnen das alles zurück, sobald ich mir Kopien gemacht habe«, versprach sie.

»Wissen Sie, ich will eigentlich nur noch wissen, warum all das passiert ist«, sagte Elżbieta Mazurkiewicz. »Ich kann einfach nicht glauben, dass es Unfälle gewesen sind. All das hätte niemals passieren dürfen. Ich war kurz davor, meinen Glauben an Gott zu verlieren. Edward geht tatsächlich schon seit Jahren nicht mehr in die Kirche. Er sagt, diese schwarze Mafia erträgt er nicht. Ich selbst bin allerdings der Meinung, dass all das Gottes Plan war.«

»Was für ein Plan?«, knurrte Arek. »Fang nicht schon wieder damit an, Mama.«

»Sie haben vorhin Staroń erwähnt«, sagte die Profilerin. »Haben Sie je mit ihm gesprochen?«

Elżbieta Mazurkiewicz senkte den Kopf.

»Er war einmal hier, da besuchte er bereits das Seminar. War kurz davor, die Weihe zu empfangen. Er bat uns um Verzeihung, allerdings waren wir damals noch nicht bereit dafür. Mein Mann hat ihn davongejagt. Er war rasend vor Wut, ich konnte ihn gerade noch davon abhalten, auf Marcin loszugehen. Danach war er nie wieder hier. Jetzt, wenn ich ihn manchmal im Fernsehen sehe, tut es mir aufrichtig leid. Ich persönlich habe ihm verziehen. Zwar weiß ich nicht, welchen Anteil er an all dem gehabt haben soll, aber ich habe ihm vergeben. Sonst könnte ich doch gar nicht weiterleben. Nach wie vor glaube ich nicht, dass er die beiden getötet haben soll. Nein, er wäre nicht imstande gewesen, etwas so Grausames zu tun. Nicht er. Nicht jemand, der so viel Gutes tut.«

»Ich für meinen Teil bin da alles andere als überzeugt«, meinte Arek und breitete die Arme aus.

»Glauben Sie denn, dass er die beiden getötet hat?«

»Vielleicht nicht direkt. Aber Marcin meinte, dass sie durch seine Schuld gestorben seien. Er sagte, dass er an ihrer Stelle hätte sterben sollen. Das hat er mir gesagt. Aber damals war ich noch kein so erfahrener Ermittler ...«

»Dann werde ich jetzt mit ihm reden«, beschloss Sasza. »Gibt es noch etwas, was ich wissen sollte?«

»Hm, ich denke nicht«, antwortete Arek. »Es steht alles in den Unterlagen. Es sei denn ... Doch, da gibt es noch etwas. Oder vielmehr jemanden. Marcin hat den Kontakt zu seiner Familie abgebrochen. Seine Mutter starb einige Jahre nach der ganzen Sache. Da wurde Marcin gerade zum Priester geweiht. Zu seinem Vater hat er keinen Kontakt mehr. Dem alten Staroń wiederum geht es wieder richtig gut. Nachdem er aus dem Gefängnis entlassen worden war, eröffnete er einen Jeep-Autosalon. Mittlerweile leitet er mehrere Filialen in ganz Polen. Er ist ein wohlhabender Mann. Vielleicht kann er Ihnen helfen, Frau Załuska. Ich glaube wirklich, dass er weiß, was damals passiert ist. Er war doch mittendrin! Vielleicht entschließt er sich nach all den Jahren doch zu reden. Womöglich wären Sie dazu bereit, ihm anzubieten, dass Sie ihn wieder mit seinem Sohn zusammenbrächten? Für ein gemeinsames Treffen?«

»Sławomir Staroń war im Gefängnis?«, wunderte sich die Profilerin.

Arek lachte auf.

»Na sicher! Er war der beste Mann des Elefanten. Mal ganz abgesehen davon, dass sie verschwägert waren. Maria, Sławomirs Frau, war Jerzy Popławskis Schwester. Und das Geschäft geht weiter, als wäre nichts gewesen. The show must go on. Wissen Sie, warum mein Vater so wütend war, als Marcin damals zu uns kam, um uns um Vergebung zu bitten? Weil er ihn für das verhätschelte Söhnchen eines Bonzen hielt, das nie zur Verantwortung gezogen wurde, weil der Onkel ein Mafioso war.«

Sasza blickte sich um.

»Wo ist er eigentlich? Ich würde gerne mit ihm sprechen.«

»Gute Idee. Tun Sie das, Frau Załuska«, gab Arek zurück. »Mein Vater erinnert sich noch gut an damals, obwohl er mittlerweile nicht mehr daran glaubt, dass diese Angelegenheit jemals geklärt wird. Aber er ist gerade nicht vor Ort. Er ist Fernfahrer und mit dem Lkw in Weißrussland. Er ist gleich nach Ostern losgefahren und kommt erst in einer Woche wieder.«

»Besitzt er eine Waffe?«, wollte die Profilerin wissen.

Elżbieta Mazurkiewicz nickte.

»Ja. Ein Jagdgewehr. Allerdings hab ich ihm verboten, seine Trophäen mit heimzubringen«, erklärte die Frau. »Er hat sich dafür extra eine Garage irgendwo in Langfuhr gemietet, in der Nähe der ulica Hallera, wo die Starońs früher wohnten. Ihre Villa wurde natürlich längst verkauft. Aber mein Mann hat dort ein kleines Lager, sein kleines Jäger-Königreich. Wo genau es ist, kann ich nicht sagen. Wir waren nie dort. Ich kann mir diese ausgestopften Tiere und die Geweihe einfach nicht ansehen. Mir reicht es schon, dass ich mich immer um das Fleisch kümmern muss.«

Sasza schluckte schwer. Das Mittagessen kam ihr beinahe wieder hoch.

Elżbieta Mazurkiewicz sah sie hoffnungsvoll an.

»Glauben Sie, dass der Fall neu aufgerollt wird?«

»Das kommt darauf an, mit wem ich sprechen kann. Und ob die Leute von damals überhaupt noch mit mir reden wollen«, erwiderte sie, stand auf und verstaute die Unterlagen in ihrer Umhängetasche. »Tausend Dank für das Mittagessen. Ich hab seit meiner Kindheit nicht mehr so köstlich gegessen.«

»Sie wissen genau, was Sie wollen, Frau Załuska«, gab Elżbieta Mazurkiewicz ernst zurück. »Sie werden es weit bringen, das spüre ich.«

»Das war ein langer Weg, Frau Mazurkiewicz ... Aber das war der Ihre auch.« Sasza warf Arek einen verstohlenen Blick zu. »Sie können sehr stolz auf Ihren Sohn sein.«

Bully lag auf der Pritsche unter einer Gefängnisdecke und zitterte am ganzen Leib. Er hatte schon lange nicht mehr solche Angst gehabt. In der Tat war er am besagten Morgen in der Nadel gewesen. Und er hatte dort Janek und Iza liegen gesehen. Er hätte die Frau töten können – und jetzt bereute er, dass er es nicht getan hatte.

Er hatte wirklich eine Waffe dabeigehabt, aber nicht er hatte geschossen. Diesbezüglich war er zu spät gekommen. Erst war er nur wütend gewesen, weil irgendjemand ihm den Job verpatzt hatte. Dann hätte Lucja die Polizei auf eine falsche Fährte führen sollen, aber auch das war schiefgegangen. Und jetzt war sie zu allem Übel wieder laufen gelassen worden. Dank der Piłat, dieser ehemaligen Strafrechtlerin vom Kreisgericht Danzig. Bully hatte nicht die geringste Ahnung, warum sie sich seiner einstigen Mitarbeiterin angenommen hatte. Lucjas Vergangenheit war ihm natürlich bekannt, und er war überzeugt davon, dass sie ihn nicht verpfeifen würde. Allerhöchstens würde sie bei einem Prozess eine Handvoll Informationen durchsickern lassen ... aber bis dahin wäre es ohnehin zu spät.

Auch diesen frommen Nachbarn – Gabryś – hatte er völlig falsch eingeschätzt. Er hätte nie gedacht, dass er so durchgedreht sein könnte, alles auf Band aufzunehmen und damit zur Polizei zu rennen. Dabei hatten Bullys Drohungen in der Vergangenheit doch immer funktioniert.

Zunächst war alles mehr oder weniger nach Plan verlaufen.

Lucjas Handschuh, die markierten Geldscheine in ihrer Wohnung, der nachgemachte Schlüssel, die Kündigung wegen Diebstahls ... Das Problem bestand jetzt vor allem darin, dass die Sache außer Kontrolle geraten war. Bully hatte das Spiel zwar angepfiffen, doch irgendjemand anders hatte die Rolle des Schiedsrichters übernommen. Was nur eines bedeuten konnte: Irgendjemand war ihm auf den Fersen. Mittlerweile war es wohl sogar egal, ob er redete oder schwieg. Selbst wenn er jetzt kooperieren und freigelassen werden sollte, würde ihn jemand an der nächsten Ecke kaltmachen. Eine verirrte Kugel, ein Unfall mit Fahrerflucht ... oder er würde im Jacuzzi ertrinken oder im Urlaub unter ungeklärten Umständen verschwinden. Sie würden ihn allemachen. Bully wusste einfach zu viel.

Dass Tamara irgendwas gesagt haben sollte, konnte er sich nicht vorstellen. Sie wusste im Großen und Ganzen ohnehin nicht viel. Wali hatte geblufft, definitiv. Aber er hatte ihm auch deutlich zu verstehen gegeben, dass er, der toughe Bully, im Arsch war. Tamara würde es nicht wagen, für sie stand zu viel auf dem Spiel. Wenn er unterginge, würde sie mit ihm untergehen. Sie würde ihn nicht mal beerben, sie hatten damals einen Ehevertrag unterzeichnet. Trotzdem nagten Zweifel an ihm. Hatte seine Frau sich mit jemand anderem zusammengetan? Sie hatte immer schon gewusst, wie sie sich durchschlagen musste. Das hatte das Leben sie gelehrt, als junges Ding hatte sie durch die Hölle gehen müssen. Nein, Tamara würde ihn nicht verraten.

Er musste jetzt nur noch an sich selber denken. Einen Plan ausarbeiten. Alle verpfeifen, die verpfiffen werden konnten, hier rauskommen und dann abtauchen ... Aber was wäre das für ein Leben, immer in Angst vor den Verfolgern? Er könnte doch nicht für den Rest seines Lebens vor irgendwem davonlaufen! Niemand würde ihn beschützen. Alle würden sich von ihm abwenden. Ruhig, ruhig, es gab immer noch Hoffnung. Irgendeine Möglichkeit würde sich schon finden. Fürs Erste war er hier am sichersten. Fürs Erste. Er konnte sich nicht vorstellen, dass sie ihn länger als drei Monate festhalten würden. Das würde er auch nicht ertragen. Damals, vor Jahren, hätte er das vielleicht durchgestanden. Aber nicht jetzt, jetzt nicht mehr. Er könnte nie so weiterleben, auf fünfzehn Quadratmetern, gedemütigt, erniedrigt.

Warum hatte er sich nicht besser vorbereitet? Es war doch klar gewesen, dass sie ihn verhaften würden. Auch wenn es ursprünglich anders geplant gewesen war. Er würde diverse Untersuchungen über sich ergehen lassen müssen. Aber was würden sie finden? Gar nichts. Er hatte nirgends Spuren hinterlassen. Der Fingerabdruck auf der Klinke und der Schuhabdruck im Schnee würden niemals ausreichen, um ihn anzuklagen. Außerdem hatten sie die Waffe nicht und würden sie auch nicht finden. Bestimmt war sie auseinandergenommen und in Einzelteilen an entlegenen Orten vergraben worden. Zumindest hätte er es so gemacht, wenn er an des Täters Stelle gewesen wäre. Er selbst hatte es früher immer so gemacht, und nie hatten sie etwas gefunden.

Trotzdem hatte er Angst. Seine Selbstsicherheit hatte tiefe Risse bekommen. Vielleicht sollte er doch kooperieren? Oder sollte er lieber ehrenhaft sterben? Er wusste es nicht mehr. Tags darauf würde er mit seinem Anwalt reden, mit einem von seinen Leuten, das würde glattlaufen. Schließlich hatte er eine Menge Geld in den Mann investiert. Und bestimmt war Wali trotz allem immer noch auf seiner Seite. Er würde ihm ein Handy organisieren, und so würde er seinen Geschäften nachgehen können, bis er endlich wieder draußen war. Er würde im Knast Leute bezahlen, die ihn beschützten – nicht dass er unter der Dusche abgestochen oder irgendwann in seiner Zelle an einem Strick baumelnd aufgefunden würde.

Solange er eine Einzelzelle bekäme, wäre er halbwegs sicher. Aber mit mehreren Leuten? Auf keinen Fall. Da würde es schon reichen, dass sie einen Freiwilligen fänden und bezahlten, der ihm den Hals umdrehte. Und dann würde es heißen, er hätte Selbstmord begangen. Klarer Fall.

Am wichtigsten war jetzt herauszufinden, wer ihm mit dem Mord zuvorgekommen war. Wer hatte Nadel erschossen? Und wer hatte ein Interesse daran, ihn – Bully – reinzureiten? Wer der Drahtzieher dahinter war, war ihm fast sofort klar gewesen. Der Elefant. Aber da hatte er sich einen beschissenen Killer ausgesucht! Niemand mit Erfahrung hätte eine Zeugin am Leben gelassen. Womöglich war das die erste Aktion des Schützen gewesen, seine Feuertaufe zu Ehren des Elefanten? Es spielte letztlich keine Rolle. Nur eins stand für ihn fest: Damit hatte ihm der Elefant zu verstehen gegeben, dass seine Zeit abgelaufen war.

Wut überkam ihn und mit der Wut eiserner Kampfeswille. Er würde nichts sagen und den Unwissenden markieren. Und sobald er draußen wäre, würde er schnurstracks zum Elefanten gehen, zu diesem widerlichen Alten, den er über all die Jahre beschützt und dem er treu wie ein Hund gedient hatte. Sollte Jerzy nicht erzählen wollen, warum er derart vorgeführt worden war, würde er den alten Sack fertigmachen … und wenn er sich anschließend eine Kugel in den Kopf jagen müsste.

Der Wind pfiff erbarmungslos, als Sasza in Danzig-Heubude ankam. Sie stieg die Klippen hinauf, auf denen Pfarrer Starońs Kirche stand, den Blick starr auf die Turmspitze gerichtet, die in der Dunkelheit aufragte. Als eine Katze direkt vor ihren Füßen über die Straße huschte, lief es Sasza eiskalt über den Rücken. Kurz zögerte sie, ob sie wieder gehen und am nächsten Morgen zurückkehren sollte, doch sie wollte das Gespräch mit dem Geistlichen so bald wie möglich führen.

Die schwere Eichentür war nur angelehnt. Es genügte, dass Sasza sie leicht aufdrückte, um hineinzugelangen. Drinnen war es dunkel, doch am Ende des Gangs brannte Licht. Es roch nach frisch gebackenem Kuchen.

»Guten Abend!«, rief sie.

Sie hoffte, dass jemand sie hörte, ehe der Verdacht entstand, sie wäre eine Einbrecherin. Als sie an eine Tür gelangte, zögerte sie. Da drinnen war bestimmt jemand. Sie konnte ein Radio hören. Ohne anzuklopfen, drückte sie die Klinke nach unten.

Erschreckt fuhr Lucja zu ihr herum. Dann schaltete sie reflexartig das Radio aus, und die Musik verstummte. Sie hielt die Hände hinter ihrem Rücken verschränkt. Hatte sie irgendetwas zu verbergen? In dem Zimmer stand ein massiver antiker Schreibtisch mit dem dazu passenden Stuhl und eine mit folkloristisch anmutenden Blumen bemalte Holztruhe. Was aber vor allem auffiel, war die riesige Bücherwand, die bis zur Decke reichte. An der Rückwand erspähte die Psychologin hochmoderne Lautsprecher und an der Schmalseite einen IKEA-Kleiderschrank. Die Tür war lediglich angelehnt; sie konnte mehrere Soutanen an Kleiderbügeln und darunter die Spitzen blank polierter schwarzer Schuhe sehen.

»Es war offen, also bin ich einfach eingetreten«, erklärte sie.

Lucja schien sich wieder gefasst zu haben. Sie schob das Buch, das sie in der Hand gehalten und dessen Titel Sasza nicht hatte erkennen können, zurück ins Regal, ging auf die Profilerin zu und hieß sie willkommen.

»Guten Abend. Wie kann ich Ihnen behilflich sein?«

»Ich bin auf der Suche nach Pfarrer Staroń.«

»Der ist weggefahren, schon heute Nachmittag.«

»Ist außer Ihnen noch jemand im Haus?«

Lucja zuckte mit den Schultern. Sie drehte sich um, trat ans Fenster, wo ein Wassereimer stand, gab einen Schuss Reinigungsmittel hinein und begann, die Fensterbank zu wischen. Sasza lehnte sich gegen den Türrahmen und schaute der Frau eine Weile bei der Arbeit zu.

»Kann ich vielleicht hier warten?«, fragte sie schließlich.

Lucja nickte. Als sie mit dem Saubermachen fertig war, wandte sie sich um.

»Möchten Sie vielleicht einen Kaffee? Und ich hab Kuchen gebacken«, sagte sie ohne jede Regung.

Allerdings war ihr Blick durchdringend und wachsam. Zum ersten Mal sah Sasza sie ohne Make-up und in Jogginganzug und Turnschuhen. Über ihr Haar hatte sie sich ein Kopftuch gebunden. Die Piercings hatte sie entfernt, die Tattoos waren nur zu erahnen. Sie erinnerte kaum mehr an die rebellische Frau, mit der die Profilerin gerade erst vor wenigen Tagen gesprochen hatte.

»Ja, gerne«, sagte Sasza.

Sie liefen durch den dunklen Flur zur Küche. Lucja hatte den Eimer mitgenommen. Sie schien sich an der Dunkelheit nicht zu stören. Als kennte sie sich aus, umrundete sie Gegenstände, die im Weg standen, während Sasza beinahe darübergestolpert wäre. Dann betraten sie die Küche.

»Warum machen Sie denn kein Licht an?«, wollte die Profilerin wissen, während Lucja einen riesigen Schokoladenkuchen aus dem Kühlschrank holte. Zur Antwort knipste die Frau wortlos eine Küchenlampe an und fing an, den Kuchen in Stücke zu schneiden.

Die Küche war im skandinavischen Stil eingerichtet: weiße Wände, weiße Holzmöbel, vor den Fenstern Vorhänge mit Vichy-Karo. Auf der Fensterbank Töpfe mit Küchenkräutern. Sasza nahm den angebotenen Kuchenteller entgegen und setzte sich, während Lucja Teewasser aufsetzte.

Sasza nahm einen Bissen und lächelte.

»Normalerweise esse ich kaum Süßes, aber der schmeckt wirklich großartig!« Sie kaute eine Weile genüsslich auf dem Kuchen herum. »Und sonst ... wie läuft's?«

Lucja antwortete nicht sofort.

»Da gibt es etwas, was Sie wissen sollten«, sagte sie nach einer Weile. »Aber das erfährt niemand außer Ihnen ... erst recht nicht das Gericht. In der Nadel gab es ein Versteck. Und damit meine ich nicht den Safe, der Ihnen bekannt ist.«

Sasza hörte aufmerksam zu.

»Der Safe steckte ja in einem Karton ... im Schrank des Tonstudios. Allerdings gibt es da auch noch ein altes Radio, aus den Fünfzigern, ganz zuhinterst in dem Raum. Man muss nur das Gehäuse abnehmen. Darin steckt ein zweiter Safe. Darin hat Bully ebenfalls Geld deponiert. Nicht Geld aus dem Club ... andere Einnahmen. Nur er kannte die Zahlenkombination. Janek wusste davon nichts oder tat zumindest so. Ich nehme mal an, dass an jenem Tag genau dieses Geld abgeholt werden sollte. Es ging nicht um die Dreißigtausend. In dem Radio steckte deutlich mehr: hundert-, wenn nicht zweihunderttausend, ich weiß es nicht genau. Und zwar nicht Złoty. Ausländische Währung, teilweise Gold.«

»Gold?«

»Ja.«

»Woher wissen Sie das alles?«

»Ich hab Bully mal dabei ertappt, wie er schmale Goldbarren dort rausholte. Es sah echt unglaublich aus – wie in einem Film! So was hatte ich zum ersten … und zum letzten Mal gesehen. Der Safe stand offen, ich konnte Unterlagen erkennen, womöglich Aktien, keine Ahnung, was das genau war. Ich kenne mich mit so etwas nicht aus. Der Club sollte ja schon letztes Jahr abgewickelt werden, aber Janek war es irgendwie gelungen, ihn am Leben zu erhalten. Ich weiß nicht, wie, und ich weiß auch nicht, wer ihm dabei geholfen hat. Auf jeden Fall schrieb die Nadel schon seit Langem rote Zahlen. Und was die nicht gemeldeten Einnahmen angeht – da hat sich jeder bedient, wie er wollte. Auch Iza. Es war nicht so, dass ich die einzig Schuldige gewesen wäre. Niemand zählte dieses Geld, das lief komplett an jeder Kasse vorbei. Es wäre nur aufgeflogen, wenn jemand die ganze Summe eingesackt hätte. Bully wusste das genau. Die Dreißigtausend, die Sie gefunden haben, hat er mir selbst gegeben. Um mich reinzureiten. Begreifen Sie jetzt?«

»Warum erzählen Sie mir das alles?«

»Hier steht mein Leben auf dem Spiel«, sagte Lucja ruhig und beherrscht. »Irgendjemand hat versucht, mich reinzureiten, und ich will wissen, worum es hierbei geht.«

»Wer ist dieser Jemand?«

»Bully, Iza … und Nadel war auch kein Heiliger. Er war ständig breit, hat in einer Tour Frauen abgeschleppt … nur das war ihm noch wichtig. Er hatte keinen Manager mehr und keinen Vertrag. Bully wusste das alles. Ich weiß nicht, was ihn dazu bewogen hat, Janek immer wieder aus der Klemme zu helfen. Na ja, deshalb will ich Ihnen helfen – damit Sie mir helfen. So läuft das.«

»Fahren wir?«, schlug Sasza vor. Sie konnte sich an kein Radio im Tonstudio des Clubs erinnern. Insgeheim hielt sie die Geschichte für äußerst unglaubwürdig. »Wir könnten eine kleine Begehung machen. Ich kümmere mich um die Schlüssel und komm in einer Stunde wieder her und hol Sie ab.«

Lucja schüttelte den Kopf.

»Nein, ich geh da nicht mehr hin. Ich muss hierbleiben und auf den Pfarrer warten. Sonst verpfeift mich dieser Vikar ... und ich will nicht noch mehr Probleme kriegen. Nein, ich will nicht wieder in der U-Haft landen!«

Mit einem Lächeln stand Sasza auf und trat ans Fenster. Von einem der Pflanzentöpfe zupfte sie ein paar Blätter Basilikum – eine angenehme Abwechslung nach der Wagenladung Zucker.

»Ich kann das alles auch anders überprüfen. Ein altes Radio mit Goldbarren darin? Guter Scherz. Warum hat die Polizei das bei der Hausdurchsuchung nicht entdeckt?«

»Vielleicht weil Bully es vor dem Mord weggeschafft hat?« Lucja zuckte mit den Schultern.

»Vor dem Mord?«

»Ich glaube, dass er der Täter ist. Ich kann Ihnen ansehen, dass Sie mir nicht glauben, aber ...« Lucja trat an die Besteckschublade und holte einen Flyer daraus hervor, den sie Sasza hinhielt. Auf der Vorderseite prangte das Porträt von Pfarrer Staroń.

»Haben Sie schon mal von SEIF gehört? Das ist eine Bank. Meine Tante hat dort all ihre Ersparnisse angelegt. Sie hat dem Pfarrer vertraut – er ist für sie eine Art Garantie für alles. Das Geld war alles, was sie hatte. Ihr ganzes Leben lang hat sie gespart. Die SEIF hat Filialen in ganz Polen. Ein klassischer Finanzkonzern mit allen möglichen Geschäftsbereichen:

Versicherungen, Kredite, Aktienhandel. Die investieren in Gold und Diamanten, heißt es. Gehen Sie mal in eine Filiale und fragen Sie dort nach. Das Problem ist nur ...« Lucja zögerte kurz. »Die SEIF hat offensichtlich Zahlungsschwierigkeiten. Ich war heute mit Tante Krysia dort, sie wollte ihr Geld wiederhaben. Erst haben sie uns ewig warten lassen, und dann bekam sie nur zehntausend. Den Rest gibt es angeblich morgen. Meine Anwältin meint, wir sollen gleich morgen in der Früh dort auf der Matte stehen und darauf bestehen, uns auszahlen zu lassen, und das Konto auflösen. Ihrer Ansicht nach beruht der Konzern auf einem Pyramidensystem, an dessen Spitze der Elefant steht. Und angeblich ist die Finanzaufsicht seit mehr als sechs Jahren an denen dran. Die Danziger Staatsanwaltschaft verzögert – dort schieben sie nur Unterlagen hin und her. Ein Dokument soll drei Jahre lang dort rumgelegen haben, ohne dass sich was getan hätte. Und in der Zwischenzeit wirbt die SEIF neue Kunden an und wirft deren Geld zum Fenster raus. Sie spenden für soziale Projekte, Kinderheime, unterstützen junge Sportler – aber das ist alles nur Publicity. Außerdem kann man auf solche Weise hervorragend Geld waschen. Bully ist dort Anteilseigner. Er hat die bankrotte Nadel an die Leute von der SEIF verkauft. Da fragt man sich doch, warum? Allerdings tauchten nach dieser *Investition*« – Lucja malte mit den Fingern Anführungszeichen in die Luft – »mit einem Mal Gold und Aktien im Club auf. Ich bin mir sicher, dass der Mord an Nadel irgendwas mit dieser Finanzfirma zu tun hat«, schloss Lucja.

Sasza starrte auf den Flyer hinab.

»Was für eine Finanzfirma? Wovon reden Sie?«

»Sie glauben mir nicht, oder? Das hab ich schon befürchtet. Dabei hab ich gedacht, dass Sie mir helfen könnten ...«

Von der Auffahrt konnten sie Motorengeräusche hören. Dann knallten Türen.

»Sagen Sie bitte dem Pfarrer nicht, dass ich es Ihnen erzählt habe! Aber ich werde Ihnen helfen, versprochen!«

Nervös begann sie, in der Küche herumzuwerkeln.

»Aber was hat er damit zu tun?«, wunderte sich Sasza.

Das alles kam ihr überaus merkwürdig vor. Finanzielle Machenschaften, Goldbarren – und der Geistliche sollte da ebenfalls mitmischen?

»Ich versuche, mehr darüber in Erfahrung zu bringen. Verlassen Sie sich auf mich, Frau Załuska, und glauben Sie mir bitte, ich habe Nadel nicht ermordet«, fügte das Mädchen eilig hinzu.

Sasza schaffte es gerade noch, den Flyer zu verstecken, als Marcin Staroń den Raum betrat. Sie wollte ihren Augen kaum trauen. Neben ihm stand der Vikar, und beide stützten die taumelnde Tamara Socha. Die Frau schien kaum mehr bei Bewusstsein zu sein und brabbelte unverständlich vor sich hin.

»Lucja, wir brauchen eine Schüssel mit warmem Wasser, saubere Handtücher und ein Kreuz.« Der Pfarrer wies auf ein silbernes Kruzifix, das im Regal stand. »Grzegorz, Sie laufen in die Kirche, schnell! Und Sie, meine Damen, bleiben hier. Wenn ich Ihre Hilfe brauchen sollte, lasse ich Sie rufen.«

Die Männer eilten aus der Küche und schleiften Tamara hinter sich her. Lucja klaubte alles Nötige zusammen und lief ihnen nach, während Sasza sich wieder an den Tisch setzte und in aller Ruhe ihren Kuchen zu Ende aß. Würden diese Leute gleich einen Exorzismus durchführen?

Nachdenklich sah sie sich in der Küche um. Ihre Gedanken wanderten zu dem Büro, in dem sie bei ihrer Ankunft Lucja angetroffen hatte. Normalerweise schnüffelte sie nicht in den Sachen fremder Leute herum, doch diesmal heiligte der Zweck die Mittel. Mit ein paar langen Schritten huschte sie hinüber und trat auf die Bücherwand zu, in der Lucja zuvor den dicken Band hatte verschwinden lassen. Das Buch ließ sich nur schwer herausziehen, doch dann hatte sie es in der Hand.

Es war kein Buch. Es war ein altes Fotoalbum. Der Einband bestand aus sprödem Kunstleder. Sie schlug es auf.

Die hölzerne, schwarz lackierte Waffe sah täuschend echt aus. Irgendjemand hatte mit Geschick und Präzision den Namen und die Modellnummer in den Griff geschnitzt: *Carl Walther, Waffenfabrik Ulm, PPK Kal. 7,65 mm*.

Sasza wog sie in der Hand. Aus einiger Entfernung würde man diese Waffe tatsächlich mit einer echten Walther verwechseln können.

»Przemek hat die echte mitgenommen. Ich hab sie nie wieder gesehen«, erzählte Marcin Staroń.

Er trug abgewetzte Jeans und einen dunkelblauen Pullover mit V-Ausschnitt und an den Füßen schwarze Militärstiefel. Ohne die Soutane, mit Bartstoppeln und legerer Kleidung sah er kein bisschen aus wie ein Geistlicher. Als er nach dem Exorzismus ins Pfarrhaus zurückgekehrt war, war er vollkommen erschöpft gewesen, wie nach einem Marathon. Dass die Profilerin noch immer da war, irritierte ihn. Er bat sie, kurz zu warten, und ging sich frisch machen. Nach einer Weile trug Lucja die Soutane herein. Der Ärmel war zerrissen und fleckig.

Sie unterhielten sich die ganze Nacht.

Der Pfarrer schüttete sein Herz aus, als wäre er bei der Psychologin zur Beichte gegangen. Er war sichtlich mitgenommen, und seine Stimme zitterte, als er sich die alten Zeiten wieder in Erinnerung rief: vom ersten Augenblick an, da er Monika gesehen hatte, bis zu seinem Selbstmordversuch, in dessen Folge er eine Weile im Koma gelegen hatte. Dass er überhaupt wieder aufgewacht und gesund geworden sei, verdanke er der Macht Gottes, behauptete er. Daraufhin habe er nicht länger unter Menschen *leben* wollen, er habe ihnen *dienen* wollen. Sich von seiner Vergangenheit lossagen, von dem Bösen. Deswegen habe er letztlich beschlossen, das Priesterseminar zu besuchen.

»Der Bus hat mich seitlich gestreift, und ich schleuderte rüber auf den Grünstreifen. Die Ärzte konnten es nicht fassen – ich hatte lediglich ein gebrochenes Bein und ein paar blaue Flecke … na ja, abgesehen davon, dass ich bewusstlos war. Ich hab nicht einmal eine Narbe davon zurückbehalten – keine Spur.« Er rieb sich die Nase. »Ich war in ein tiefes Koma gefallen, als wollte ich nie wieder aufwachen. Doch Gott hat anders entschieden. Er hat mir die Entscheidung abgenommen. Damals hab ich mir geschworen: Nie wieder ein Wort über diese ganze Sache. Heute weiß ich, dass Gott mich nur deswegen gerettet hat, damit ich diese Bürde trage.«

Sasza beobachtete ihn die ganze Zeit über aufmerksam, sagte aber keinen Ton. Es kam ihr vor, als wäre die Geschichte immer noch in ihm lebendig. Er erzählte von seinem Vater, seinem Onkel, den Geschwistern – seiner Meinung nach war deren Tod kein Unfall gewesen –, als wäre all das gerade gestern erst geschehen. Er hatte jenen Henkern mittlerweile verziehen, weil es der christliche Glaube so verlangte. Nur sich selbst hatte er nie verzeihen können. Er half anderen Menschen, um seine Schuld abzutragen, doch gleichzeitig war es ein Hilferuf: »Auch ich benötige Hilfe!« Und was noch schlimmer war: Er hatte es verstanden, es war ihm vollkommen bewusst, was mit ihm los war.

Er erzählte der Psychologin, wie oft er seine Sünden gebeichtet und mit unzähligen Seelsorgern darüber gesprochen und es doch nie geschafft habe, sich von der Last zu befreien. Warum hatte ihm auch nie jemand erklären können, warum dies alles passiert war? Warum? Warum hatten er und die Familie Mazurkiewicz derart leiden müssen?

Sasza hörte ihm wachsam, geradezu misstrauisch zu. Das Fotoalbum, das Jan Wiśniewski gewidmet war, die Waffenattrappe, Lucjas Erzählung ... All das warf kein besonders positives Licht auf diesen ach so heiligen Mann, für den ihn zumindest so viele hielten. Doch bei allem Schrecken empfand sie auch so was wie Mitgefühl für ihn. Dieser Mensch würde so lange keine Ruhe finden, bis das Geheimnis um Monikas und Przemeks Tod gelüftet wäre.

»Ich glaube, dass Przemek genau deswegen sterben musste«, sagte der Pfarrer und deutete auf die Spielzeugpistole. »Dabei ging es nicht nur um den Diebstahl an sich, sondern auch um das Wissen, das er besaß. Womöglich hat er mir auch nicht alles erzählt – aber das werden wir nach all der Zeit nicht mehr erfahren. Und diejenigen, die es wissen, haben kein Interesse daran, darüber zu reden. Ihr Schweigen ist für sie die Garantie für ihre Sicherheit. Warum Monika sterben musste, weiß ich bis heute nicht. Genauso wenig, wie ich weiß, warum sie mich verschont haben. Sie hätten sich doch ausrechnen können, dass auch ich an dieser Sache beteiligt war. Vielleicht hat sich ja mein Onkel für mich eingesetzt, ich kann es nur vermuten. Sie waren doch noch Kinder! Warum haben diese Leute sie liquidieren müssen? Weder Monika noch Przemek hätten irgendwas bezeugen können, was dieser Gang je zum Verhängnis hätte werden können. Es war doch nichts passiert – außer dass Przemek sich die Pistole geschnappt hat.«

»Wen meinen Sie mit ›sie‹?«, unterbrach ihn Sasza ruhig. Mittlerweile war auch sie erschöpft. Außerdem war es bereits spät. Sie spürte, dass sie nach dem langen Tag nach Schweiß zu riechen begann, und träumte nur noch davon, ins Bett zu fallen.

»Ich hab es Ihnen doch gesagt. Sie kennen jetzt die Namen

sämtlicher Leute, die damals in dieser Geschichte aufgetaucht sind. Mehr weiß ich nicht.«

Die Profilerin legte die Attrappe auf den Tisch und wies auf das Fotoalbum, das zwischen ihnen lag. Es war eine Art Dokumentation von Nadels Karriere. Nur der Zeitungsartikel über seinen Tod war noch nicht eingeklebt.

»Hatten Sie keine Angst, dass jemand es finden würde? Und Sie mit dem damaligen Fall in Verbindung bringen könnte?«

»Natürlich«, gab er zu. »Erst als Janek ermordet wurde, wurde mir klar, dass mein Schweigegelöbnis die falsche Entscheidung gewesen war. Diese Leute wollen ja, dass ich den Mund halte. Und ich Idiot hab mich ihnen zwanzig Jahre lang gefügt. Aber jetzt reicht es mir, ich hab genug, und ich muss endlich wissen, wer dahintersteckt.«

»Ohne Ihre Hilfe werde ich es nicht erfahren.«

»Sie können auf mich zählen, Frau Załuska. Es sei denn, ich müsste das Beichtgeheimnis verletzen, aber das mache ich nicht. Ich gebe mir alle Mühe, ein guter Pfarrer zu sein.«

»Verstehe«, sagte sie mit einem Seufzer.

Er stand auf und griff nach einer schlichten Cafetiere. Sasza sah ihm dabei zu, wie er Wasser einfüllte und das Kaffeepulver hineinlöffelte. Dann drehte er die Gasflamme am Herd auf, und schon bald servierte er ihr dampfenden Kaffee. Dann setzte er sich zurück an das andere Tischende. Sasza sah aus dem Fenster. Es dämmerte bereits.

Sie liebte diese Tageszeit, den frühen Morgen. Als ihre Tochter noch nicht zur Welt gekommen war, hatte sie gerne nachts gearbeitet und sich erst frühmorgens ins Bett gelegt.

Sie sah wieder zu Marcin hinüber, der zögerlich weitersprach: »Es gibt Augenblicke, die das Leben für immer verändern. Danach ist nichts mehr, wie es einmal war. Gott wacht über uns, schenkt uns einen riesigen Vertrauensvorschuss – aber wir sind diejenigen, die die Entscheidungen treffen. Er ist allmächtig und allwissend, aber er zwingt uns zu nichts. Nie würde er sagen: Da, entscheide dich für diesen Weg hier, der ist besser für dich. Nein, er zeigt uns nur das Gute und das Böse, und wir müssen uns dann selber für das Richtige entscheiden. Manchmal verbirgt sich unter dem Mantel von etwas Gutem und Schönem auch das Böse, und wir lassen uns verführen. Es gibt keine bösen Menschen, lediglich solche, die falsche Entscheidungen getroffen haben. Oder gar keine Entscheidung fällen. Und später wünschen wir uns, die Zeit zurückdrehen zu können, und hoffen, dass alles nur ein böser Traum gewesen wäre, nur dass wir daraus nicht aufwachen können. So etwas belastet einen Menschen bis in den Tod.«

Sasza sah ihn beunruhigt an. Als Pfarrer dürfte er nicht so reden. Er klang eher wie jemand, der eine Psychotherapie benötigte.

»In der Tat, man kann die Zeit nicht einfach zurückdrehen«, unterbrach sie ihn. »Aber man kann immer neu anfangen, sodass man das bevorstehende Ende neu schreiben kann.«

»Ja, ich weiß, wovon Sie sprechen.« Er lächelte. »Carl Bard. Er scheibt sehr schön, ein echter Christ. Ich selbst hab diesen Optimismus verloren. Eigentlich dürfte ich gar kein Pfarrer mehr sein. Immer häufiger kommt es mir so vor, als hätte ich meinen Glauben eingebüßt.«

Sasza rutschte unruhig auf ihrem Stuhl herum.

»Wie das? Sie helfen doch so vielen Menschen – Sie arbeiten ja sogar als Exorzist!«

»Ja, ich kann helfen. Anderen Menschen. Mir selber leider nicht.« Er winkte ab. »Wenn ich nur ein bisschen mehr Mumm hätte, würde ich ganz einfach alles hinwerfen, in die Wüste gehen, mich dort hinlegen und sterben. Aber ich bin ein Feigling. Ich habe Angst vor Gottes Strafe. Und vor dem Teufel. Und manchmal sogar vor mir selbst.«

Marcin Staroń verstummte. Lange Zeit saßen sie schweigend da und sahen zu, wie draußen vor dem Fenster der Tag erwachte.

»Haben Sie eigentlich je Texte geschrieben? Gedichte, Lieder?«

Er lächelte sanft.

»Ja, als junger Mann. Aber die waren nicht besonders gut. Ich hab weder das Talent noch die Disziplin zum Schreiben. Ich hab nie auch nur eine einzige Predigt selbst verfasst. Auf der Kanzel stelle ich mich einfach hin und erzähle, was mir in den Sinn kommt.«

»Haben Sie jemals gelogen?«

Er senkte den Kopf.

»Ja. Nicht nur das. Ich habe alle zehn Gebote gebrochen.«

»Alle zehn?«

»Ja. Sogar den Tod zweier Menschen habe ich auf mich geladen. Sie sind meinetwegen gestorben.«

Er schwieg, dann stand er auf, griff nach einer Tüte Zucker und füllte die Zuckerdose auf dem Tisch nach.

»Darf ich Ihnen noch eine Frage stellen?«, fragte Sasza. »Aber seien Sie mir bitte nicht böse.«

»Sie können mich alles fragen.«

»Haben Sie das Lied ›Das Mädchen aus dem Norden‹ geschrieben?«

Marcin Staroń sah sie verwundert an. Eine Weile maßen sie sich regelrecht mit Blicken. Sasza kam es vor, als würde er es jeden Moment zugeben wollen.

Um ihn zu ermutigen, fügte sie hinzu: »Es ist ein sehr schönes Lied – wenn auch ein trauriges. Fast schon grausam. Ich meine, darin den Wunsch nach Rache zu erkennen. Und ich glaube nicht, dass Nadel es geschrieben hat. Es gibt keine andere Möglichkeit: Sie müssen es gewesen sein, Pater.«

Er sah ihr in die Augen und lächelte geheimnisvoll, dann schüttelte er den Kopf.

»Sie haben wieder gelogen«, erwiderte sie, ohne den Blick von ihm abzuwenden.

Der Geistliche seufzte schwer.

»Was ist schon eine Lüge? Doch nur die maskierte Wahrheit.« Dann fügte er langsam hinzu: »Es tut mir leid, dass Nadel tot ist. Er wusste von der ganzen Sache, hätte mir helfen können, und ich hab die Gelegenheit verstreichen lassen. Wissen Sie, er hat mich zwei Wochen vor seinem Tod hier aufgesucht. Er kam, um zu beichten. Er konnte nicht wissen, dass ausgerechnet ich gerade im Beichtstuhl saß. Als ich ihm eröffnet habe, wer ich bin, sprang er auf und verließ die Kirche. Er hat das Geheimnis mit ins Grab genommen. Aber ein bisschen was habe ich doch erfahren. Vielleicht hab ich ja deshalb einen Teil meines Glaubens verloren? Meine größte Angst ist, dass ich ihn eines Tages vollkommen verlieren könnte. Wer wäre ich dann? Ich habe doch sonst nichts.«

»Was hat er Ihnen erzählt?«

»Tut mir leid, an das Beichtgeheimnis bin ich gebunden.« Er wandte den Blick ab. »Aber Sie werden es auch ohne mich herausfinden. Es steht alles in dem Lied.«

»Und das hier?« Sasza holte den SEIF-Flyer mit seinem Porträt aus der Tasche. »Fällt das auch unter das Beichtgeheimnis?«

Er musste gar nicht hinsehen.

»Damit hab ich nichts zu tun«, versicherte er ihr.

»Aber es ist doch Ihr Gesicht darauf – und daneben steht ein Auszug aus Ihrer Predigt über den Witwengroschen«, protestierte Sasza. »Die SEIF ist derzeit in aller Munde. Wollen Sie mir wirklich weismachen, dass Sie nichts darüber wissen?«

Sie glaubte ihm kein Wort, und Marcin wusste es. Er nahm ihr den Flyer aus der Hand und starrte schweigend darauf hinab.

»Hat die Kurie ihre Erlaubnis dafür gegeben, dass Sie für dieses Finanzunternehmen werben?«

Er hob den Blick.

»Nein. Das da ist Betrug.«

»Ihr Foto wurde unrechtmäßig verwendet? Na ja, das können die SEIF-Kunden natürlich nicht wissen. Noch nicht. Gegen die Firma laufen mehrere Verfahren. Ich würde Ihnen raten, umgehend Anzeige zu erstatten. Dies hier verletzt eindeutig Ihre Persönlichkeitsrechte. Wenn Sie es nicht tun, werden Sie früher oder später Probleme bekommen.«

»Ich denke darüber nach«, murmelte er und schob den Flyer von sich weg.

Sasza kam es vor, als würde er sich jeden Moment wieder in sein Schneckenhaus zurückziehen. Sie dachte einen Augenblick über die Verbindung zwischen Pfarrer Staroń und Jan Wiśniewski nach. Die Vergangenheit war immer noch präsent. Was war damals passiert? Oder spielte er ihr etwas vor?

»Wurden Sie jemals verurteilt?«, wollte sie wissen. »Haben Sie jemals ein Verbrechen begangen?«

Er verneinte kategorisch.

»Nein. Ich gebe mir alle Mühe, anständig zu leben.«

Sasza war mit dem Verlauf der letzten Gesprächsminuten alles andere als zufrieden. Offenbar hatte sie ihre Fragen verkehrt formuliert. Mittlerweile war sie wirklich erschöpft. Aber was hätte er ihr auch antworten sollen? Marcin stand auf, schenkte sich noch einen Kaffee ein und sagte dann: »Manchmal wollen wir was Gutes tun, und am Ende kommt etwas vollkommen anderes heraus. Das wissen Sie genauso gut wie ich.«

Sasza musste ihm recht geben. Ja, auch sie wollte gut sein, und sie gab sich alle Mühe. Sie versuchte, eine gute Mutter zu sein und dem Alkohol abzuschwören. Anständig zu leben. Es funktionierte mal besser, mal weniger gut. Viele der Verbrecher dort draußen wollten ebenfalls anständig leben, und trotzdem hatten sie gewisse Dinge auf dem Gewissen. Manchmal sogar Menschenleben. Die Gefängnisse waren voll von Leuten, die gute Absichten gehegt hatten. Nur dass dann irgendetwas schiefgelaufen war.

»Vielleicht sind Sie das aber auch gar nicht?«, bohrte sie nach. »Auf dem Foto?«

»Ich bin durchaus imstande, mich auf einem Foto wiederzuerkennen«, gab er beinahe schnippisch zurück.

»Wo waren Sie am Ostersonntag zwischen elf und zwölf Uhr dreißig?«

Der Mann warf ihr einen unergründlichen Blick zu.

»In der Kirche. Ostermesse.«

Die Profilerin sah ihn nachdenklich an. Erinnerte er sich denn gar nicht mehr an sie? Sie musste die Frage stellen.

»Ich weiß, dass Sie bis elf Uhr in der Kirche waren. Ich war ebenfalls dort. Genau wie Hunderte weiterer Gläubige. Allerdings ereignete sich der Mord an Jan Wiśniewski keine Viertelstunde später. Von hier aus bis zur Nadel sind es nur wenige Minuten. Haben Sie ein Alibi für die Zeit nach dem Gottesdienst? Vielleicht haben Sie mit jemandem zu Mittag gegessen? Mit dem Vikar oder anderen Geistlichen? Ich war dabei, als Sie den Vikar mit dem Auto fortschickten. Sie wollten später nachkommen.«

»Das stimmt«, gab er zu. »Ich bin am Ende gar nicht zu diesem Essen gefahren. Stattdessen bin ich zum Strand hinuntergegangen. Dorthin bin ich Ostern jedes Jahr. Stehe da und bitte um Verzeihung: Gott, Monika, Przemek. Und ich bete um die Ruhe ihrer Seelen.«

»War jemand bei Ihnen?«

»Was wird das hier, Frau Załuska? Glauben Sie ernsthaft, dass ich Janek erschossen hätte?« In seiner Stimme schwang Ungläubigkeit mit.

Sasza wandte sich zum Ausgang.

»Legen Sie sich eine offizielle Version Ihrer Antwort zurecht. Denn bisher weiß ich nur, dass Sie definitiv in diese Sache verwickelt sind. Wie es sich nun herausgestellt hat, haben Sie kein Alibi für die Tatzeit. Es sieht nicht gut aus für Sie, Pfarrer Staroń. Es würde mich nicht wundern, wenn bald Beamte auftauchten, um Sie zur Vernehmung abzuholen.«

Er sah sie lange an und wies dann auf den Stuhl.

»Bitte, setzen Sie sich wieder. Ich bin Ihnen eine Erklärung schuldig.« Er zeigte auf das Foto. »Ich glaube, ich weiß, wer die Person auf dem Bild ist. Allerdings fällt es mir sehr schwer, es zuzugeben. Es ist mein Bruder.«

»Ihr Bruder? Ein Zwillingsbruder? Und das sagen Sie erst jetzt?«, sagte sie empört.

»Unsere Mutter hat uns getrennt, nachdem unser Vater verhaftet wurde, damals, vor zwanzig Jahren. Wojtek kam nach Deutschland, zu Verwandten in Hamburg. Ich kam zu ihrer Schwester nach Matemblewo.«

»Und wo wohnt Ihr Bruder jetzt? Ich brauche die Adresse.«

Er zuckte mit den Schultern und drehte den Kopf weg.

»Wir haben keinen Kontakt mehr.«

Sasza sah ihn aufmerksam an. Kein Zweifel: Er log schon wieder.

»Aber ich verrate Ihnen etwas, was Ihnen vielleicht helfen wird, ihn aufzuspüren«, sagte er versöhnlich.

Sie trat von der Tür zurück und nahm wieder am Tisch Platz. Draußen war es inzwischen taghell geworden. Der Pfarrer knipste das Licht aus.

Auf dem Teller blieb nur ein gebratenes Würstchen und ein Viertel Tomate zurück. Das Gemüse warf Duchnowski in den Müll, den Teller mit der Wurst stellte er für die Katze auf den Boden. »Ich hab dich vergessen, mein Bester! Das Katzenfutter ist alle«, entschuldigte er sich bei dem roten Kater, der ihm gegenüber auf einem Stuhl saß und vorwurfsvoll den Kühlschrank anstarrte. Das Tier hatte keinen Namen. Manchmal sagte Robert »Köter« zu ihm, manchmal sogar »Duchno«. »Jetzt komm, friss. Wenigstens die Wurst. Mehr gibt's heute nicht.«

Weil die Katze sich keinen Millimeter rührte, schob der Polizist den Teller näher an den Stuhl heran. Vergebens. Das Tier starrte immer noch vor sich hin, und weil es so schielte, wusste Robert nicht, ob es den Kühlschrank ansah oder vielleicht doch ihn. Schließlich gab er es auf und ging raus in den Flur. Dort hing seine Uniform an der Garderobe. Duchnowski zog sie nur selten an. Er bemerkte am Revers einen Senffleck, der beim letzten Polizeifest entstanden sein musste. Er kratzte den gelben Fleck mit dem Nagel ab und befand die Reinigung für beendet.

Am frühen Morgen war er von der Sekretärin des Kommandanten zu einem Meeting beordert worden. Anschließend hatte Waligóra selbst angerufen und darum gebeten, er möge Uniform anlegen – obwohl Samstag war. Also würden wichtige Gäste kommen, dachte Robert. Wahrscheinlich von der Woiwodschaft, wenn Wali so einen Wirbel machte.

»Passt dir an mir irgendwas nicht?«, hatte er seinen Chef angefaucht.

»Ja. Dass du dich so selten ordentlich anziehst. Und dass du immer unrasiert erscheinst«, hatte der Kommandant erwidert und gelacht. Und genau dieses Lachen war Duchnowski verdächtig vorgekommen.

»Soll ich mich jetzt wie irgend so eine Tunte ausstaffieren oder was?«, hatte er bissig zurückgegeben und dann einfach aufgelegt.

Der Kater sah seinem Herrchen zu, wie er sich rasierte und ein weißes Hemd überstreifte. Das Hemd war steif vor Stärke – Roberts Mutter war wahrscheinlich der letzte Mensch, der Wäsche immer noch stärkte. Der Kragen schnitt ihm in den Hals, und während er sich die Manschetten zuknöpfte, platzte ein Knopf ab. Eilig zog er das Jackett darüber und schob die Manschette kurzerhand unter den Jackenärmel. Dann nahm er eine Krawatte von der Garderobe und zog sie sich wie eine Schlinge über den Kopf.

Er sah sich um. Der Kater war verschwunden, offenbar hatte er es aufgegeben zu betteln. Duchno seufzte erleichtert; er würde sich doch nicht von diesem Köter terrorisieren lassen! Er betrachtete sein Spiegelbild und wandte den Blick ab. Hasserfüllt starrte er auf die neben der Garderobe stehenden eleganten Schuhe, die er am Vorabend geputzt hatte. Sie waren steif und unbequem, aber es half nichts: Er würde sie zu diesem Anlass anziehen müssen. Er schnürte sie auf und schob sich den rechten Schuh über den Fuß. Im selben Moment bemerkte er, dass der Schuh nass war.

»Verfluchtes Vieh!«, brüllte er und warf mit dem Schuh nach dem Katzenkörbchen. Dann rannte er aufgebracht quer durch die Wohnung, konnte das Tier aber nirgends finden. Verdammt, er durfte keine Zeit mehr verlieren. Der Köter würde eh nicht rauskommen. Der wusste doch genau, was er angestellt hatte. Trotzdem lief Duchnowski noch eine Weile schimpfend auf und ab und kontrollierte jede Ecke. Der Kater kannte das Repertoire seiner Flüche und blieb wohlweislich, wo er war. Zu guter Letzt gab der Polizist auf und versuchte, mit einem Blatt Küchenpapier die Schuhe trocken zu reiben. Trotzdem ... anziehen wollte er sie nicht. Er griff nach seinen schwarzen Sportschuhen. Sofort ging es ihm besser.

»Du musst los, sonst gibt's Probleme«, murmelte er seinem Abbild im Spiegel zu.

Er hasste es, sich selbst in Uniform zu sehen; er sah darin wie ein Idiot aus. Seit er so viel Sport machte, hatte er fünfzehn Kilo abgenommen, und das Jackett schlackerte schlaff an ihm herunter. Womöglich sollte er ein neues beantragen, überlegte er. So was stand ihm doch zu – das Vaterland würde dafür bezahlen. Andererseits zog er es so selten an, dass es wohl kaum den Aufwand lohnen würde.

Er griff nach den Schlüsseln zu seiner Junggesellenwohnung, in der er lebte, seit er bei seiner Ehefrau ausgezogen war. Dann drehte er sich auf der Schwelle noch mal um und lief zurück zur Küche. Womöglich war da doch etwas, was er dem Tier zu fressen geben konnte. Er riss die Kühlschranktür auf. Eine Dose Makrelen, ein Becher Erdbeerjoghurt. Zähneknirschend stellte er fest, dass er nicht mal mehr wusste, wann er zuletzt in den Kühlschrank geschaut hatte. Bestimmt nicht diese Woche.

Er zog den Deckel vom Joghurt und verzog das Gesicht. Im Biounterricht in der Schule hätte er bestimmt eine Eins für die Züchtung einer seltenen Schimmelkultur bekommen. Er warf den Joghurt weg. Blieb für die Katze nur noch die Makrele. Nachdem er selbst mit alter Wurst und einer angegammelten Tomate vorliebgenommen hatte, würde Kater Duchno doch wohl Dosenfisch essen. Friss oder stirb.

Er öffnete die Dose und gabelte die Makrele in den Fressnapf. Auf der Stelle kam der Kater angelaufen und schmiegte sich dankbar an das Bein des Herrchens, schielte in irgendeine Richtung und sah beinahe zufrieden aus.

»Nicht nur, dass du fies bist. Du schielst auch noch wie der Teufel, du rotes Monster«, flüsterte Robert zärtlich. »Drück mir die Daumen, ja? Ich hoffe, es läuft heute nach Plan. Abends gibt's dann richtiges Futter. Halt durch! Ein Mann muss ein Mann sein, Kater.«

Eilig zog er die Haustür hinter sich zu und steuerte sein Auto an, schloss die Fahrertür des weinroten Honda Civic, Baujahr 1998, auf und stieg ein. Benzingeruch stieg ihm in die Nase. Er hatte den Wagen schon vor einer ganzen Weile in die Werkstatt bringen wollen, damit sie dort die Leitungen überprüften. Doch heute musste er es noch einmal riskieren. Der Tag hatte ohnehin schon ziemlich ungut angefangen. Da wollte er sich nicht noch mehr Stress aufhalsen. Er drehte das Radio auf. »Das Mädchen aus dem Norden«. Auf der Stelle stellte Duchno einen anderen Sender ein. Er konnte dieses vermaledeite Lied nicht mehr hören. Seit Tagen lief es überall.

Dieser ganze Fall war ihm allmählich lästig. So viel Stress, so viel Arbeit – und sie waren bislang nicht einen Millimeter weitergekommen. Wenn bei diesem offiziellen Termin herauskommen sollte, dass der Fall jemand anderem übertragen würde, würde er die Kündigung einreichen, beschloss er. Es war an der Zeit, richtiges Geld zu verdienen und anzufangen, normal zu leben. Wenn er mehr verdiente, könnte er vielleicht sogar sein Zirkusmädchen zurückgewinnen, wie er seine Ex liebevoll nannte, weil sie aus allem immer einen Zirkus gemacht hatte. Nach der Scheidung hatte er gehofft, sich von dem ganzen Stress zu befreien. Aber allein schon sein Alltag war stressig geblieben – außerdem rief sie ihn andauernd an, weil sie mit allem Hilfe brauchte: hier ein kaputtes Auto, dort ein verstopfter Abfluss, dann wieder irgendetwas mit den

Kindern. Als wäre ihr neuer Typ nicht imstande, sich um derlei Dinge zu kümmern. Neulich erst hatte sie angedeutet, Richard sei für etwas anderes geboren ... und das hat Robert vollends in Rage gebracht. Seitdem ging er nicht mehr ans Telefon und rief auch nicht zurück, wenn sie sich meldete. Wenn irgendetwas sein sollte, sollte sich darum doch Richard kümmern, dieser aufgeblasene Engländer!

Trotzdem fragte er sich immer wieder, ob das Zirkusmädchen womöglich bei ihm geblieben wäre, wenn er mehr Geld und geregelte Arbeitszeiten gehabt hätte. Er würde sogar Englisch mit ihr sprechen, wenn sie wollte. Ha, ha, vor allem im Bett.

Als er die Kommandantur betrat, wartete Waligóra schon auf ihn. Neben ihm standen drei bekümmert aussehende Typen in Zivil. Sowie sie Duchnowski am Eingang entdeckten, hielten sie in ihrer Unterhaltung inne. Einer von ihnen hatte ein Glasauge, fiel Duchnowski auf; mit dem anderen starrte er geradewegs auf Duchnos sportliches Schuhwerk. Der Typ war zwar groß gewachsen und gut gebaut, aber auch mit zwei gesunden Augen hätte man ihn beim besten Willen nicht attraktiv nennen können. Sofort musste Duchno wieder an seinen schielenden Kater denken. Er konnte nur hoffen, dass der gerade nicht schon wieder etwas anstellte.

»Robert, darf ich dir deine neuen Kollegen vorstellen?«, sagte Konrad, sobald sie sich gemeinsam auf den Weg zu den Besprechungszimmern gemacht hatten. »Białystok hat sie deiner Abteilung zugewiesen: Kommissar Stroiński, Inspektor Wiech und Oberkommissar Pacek. Keine Bange – ich kann es dir schon ansehen. Du bleibst Ermittlungsleiter – die Herren haben lediglich ein paar Anregungen für dich.«

Duchnowski setzte sich mit geradem Rücken hin und spähte auf das Revers seines Jacketts. Im grellen Neonlicht war der Senf deutlich zu erkennen.

Der jüngste von ihnen, Kommissar Stroiński, eröffnete das Gespräch.

»Wie wir erfahren haben, haben Sie einen Profiler auf die Sache angesetzt. Wer ist es – Meyer? Der hat für uns die Bernsteinmafia bearbeitet. Das war vielleicht eine Plage ... Ich weiß noch, wie ich damals diesen Klumpen Bernstein in den Händen hatte. Ein Kilo achtzig – wie ein riesiger Brotlaib! Angeblich hatte irgendein Typ ihn am Strand von Heubude aufgelesen.« Der Kommissar lachte auf. »Soweit ich weiß, ging er später dann für hundertfünfzigtausend über den Ladentisch. Heute wäre er sicherlich das Doppelte wert! Absolut rein, keine Einschlüsse, wunderschöner, milchig goldener Bernstein. Also, der Meyer ist echt gut, der hat mit Geo-Profiling gearbeitet. Hat uns tatsächlich eine konkrete Straße genannt, und der Schmuggler hat dann wirklich dort gewohnt.«

»Es ist nicht Meyer«, murmelte Duchnowski.

»Wir wollten ihn später bei einem anderen Fall wiederhaben, aber seit er nach Oberschlesien zurückgegangen ist, erlaubt sein Chef ihm nicht, dass er woanders Einsätze übernimmt. Er soll dort im Süden über hundertachtzig Fälle auf dem Schreibtisch haben«, fügte Waligóra hinzu und ignorierte Duchnowskis verwunderten Blick.

»Oder ist es Grzyb?«, fragte der Kommissar weiter. »Dieser aalglatte Akademiker? Der hat sich doch das Profiling selbst beigebracht – mit einem Onlinekurs bei Turvey. Und jetzt spielt er sich in den Medien auf und richtet eigene Workshops in Warschau aus. Auf den hab ich nun wirklich keinen Bock.«

»Es ist eine Frau«, sagte Duchnowski. »Sasza Załuska.«

»Kenne ich nicht«, brummte der andere.

»Sie hat in den letzten Jahren in England gelebt und ist erst seit Kurzem zurück in Polen. University of Huddersfield. Sie ist echt gut.«

»Ah, die Dame, die bei Canter studiert hat«, rief Oberkommissar Pacek. »Sie hat den Śliwa-Fall bearbeitet.«

»Warum hab ich noch nie etwas von ihr gehört, wenn sie so gut sein soll?«, wollte Stroiński wissen.

»Weil sie in Polen noch keine durchschlagenden Erfolge gehabt hat«, erklärte Duchnowski. »In England hat sie einen Serienmörder geschnappt. Dieser Fall mit den Hochhäusern, in London …«

»Hat die sich nicht ebenfalls auf Geo-Profiling spezialisiert?«, hakte Pacek nach. »Angeblich ziemlich ausdauernd und zäh, wenn auch ein bisschen sehr detailverliebt. Na ja, mal schauen, was sie jetzt an Erkenntnissen bringt. Meinetwegen.«

»Frau Załuska war selbst mal Polizistin«, warf Waligóra ein und schob Unterlagen über den Tisch. »Sie hat vor sieben Jahren undercover für Abteilung eins des Zentralbüros gearbeitet. 2006 ist sie auf eigenen Wunsch ausgeschieden. Auf jeden Fall ist sie gut. Wir werden noch viel Positives von ihr hören.«

Die Beamten aus Białystok sahen einander an. Glasauge – Inspektor Wiech – notierte sich Saszas Namen und ein paar Stichworte und setzte dann ein Fragezeichen daneben. Die ganze Zeit über sagte er kein Wort.

»Okay, dann testen wir sie«, beschloss Kommissar Stroiński.

Duchnowski setzte sich gerade auf. Wollte ihm hier jemand für seine Personalentscheidung am Zeug flicken? Dann rief er sich zur Besinnung. Er würde erst mal schweigen und den Verlauf der Besprechung abwarten.

»Wann kommt ihr Gutachten?«, wollte Stroiński wissen.

»Sie hat keinen festen Termin«, antwortete Duchnowski wahrheitsgemäß. »Sasza sammelt immer noch Material. Sie hat erst gestern die angeschossene Frau befragt. Ich hab alles im Blick, sie dürfte bald fertig sein.«

»Wie wär's mit morgen früh?«, konterte Stroiński.

»Ich geb's weiter«, erwiderte Duchnowski augenscheinlich gelassen. »Noch etwas?«

»Wir haben noch gar nicht angefangen, Herr Kollege«, grinste Stroiński. »Die Angelegenheit ist ... sagen wir es so: delikat. Wir wurden davon in Kenntnis gesetzt, dass Sie Paweł Bławicki festgenommen haben. Was genau wird ihm zur Last gelegt?«

»Wir haben ihn gestern erst verhaftet. Heute kommt sein Anwalt. Er will nicht kooperieren.« Duchnowski sah auf seine Armbanduhr. »In etwa einer halben Stunde haben wir die Ergebnisse des DNA-Abgleichs. Und dann, je nachdem ... bleibt Bławicki entweder in U-Haft, oder wir haben wieder nur das Pantöffelchen von Aschenputtel in der Hand. Später am Tag wird noch eine weitere vergleichende Untersuchung der Geruchsprobe vorgenommen. Diesmal hat es die Staatsanwältin wohl nicht halb so eilig.«

»Keine weiteren Untersuchungen«, befahl Stroiński. »Bully wird auf der Stelle freigelassen. Wir setzen jemanden auf ihn an.«

Sie wollten ihm den Fall aus der Hand nehmen, das spürte Duchnowski.

»Wir haben noch vierundzwanzig Stunden«, erwiderte er beherrscht. »Ich benötige mehr Informationen von Ihnen. Wenn ich hier weiter der Ermittlungsleiter sein soll, muss ich wissen, was hier genau gespielt wird.«

»Gaaaanz ruhig, Sheriff«, meldete sich Glasauge zu Wort. »Bully wird unser Lockvogel. Wir haben da einen ziemlich dicken Fisch an der Angel. So eine Gelegenheit haben wir nicht alle Tage.«

Er beugte sich vor und holte aus seiner Tasche ein Bündel Unterlagen, die er zu Duchnowski rüberschob. Dann nickte er Waligóra zu, der sofort nach seiner Sekretärin klingelte. Die Frau rollte ein Wägelchen voller Akten in den Raum und verschwand gleich wieder. Allein bei dem Gedanken, sich durch all das durchackern zu müssen, wurde Duchno schlecht.

»Wir sind seit sechs Jahren an der Bande aus Heubude dran. Sie haben Verbindungen in die Wirtschaft und in die Politik – oberste Kreise«, erklärte Inspektor Wiech.

Duchnowski wandte sich ab. Er konnte den Anblick des Glasauges nicht länger ertragen. Warum legte dieser Mann nicht eine Augenklappe an?

»Die Sache ist immer noch heiß, und da geht es mitnichten um lokale Angelegenheiten. Einer der Verdächtigen ist ein Sportsfreund des Präsidenten, sie spielen zusammen Fußball. Wir sind kurz davor, den Typen einzusacken.«

»Seit acht Jahren«, präzisierte Oberkommissar Pacek.

Inspektor Wiech blickte ihn stumm an.

»Ich selbst bin seit rund zwanzig Jahren an der Sache dran. Damals war ich noch in einer anderen Abteilung, mit anderen Aufgaben. Egal. Auf jeden Fall kenne ich Bully und den Elefanten und auch den Herrn Kommandanten hier besser, als ihre eigenen Ehefrauen es je könnten. Wissen ist kostbar …«

»Stimmt«, pflichtete Waligóra ihm bei. »Wir haben damals zusammen schöne Pflänzchen ausgesät, Wiech.«

»Das kannst du laut sagen. Und jetzt ist es an der Zeit, die Ernte einzuholen«, sagte Wiech, ohne zu lächeln.

Er wies auf eine Mappe mit der Aufschrift »Finanzaufsicht« und spähte dann mit seinem gesunden Auge auf das Aktenwägelchen.

»Das da sind Unterlagen über mehrere Dutzend Personen, die gegen den Staat ins Feld gezogen sind: finanzielle Machenschaften, Betrug, Korruption, Affären innerhalb der Kirche … Das alles wird schon seit einer Weile von der Finanzaufsicht beobachtet. Der reinste Mafiakrimi! Wenn Sie Lust haben, sich darin zu vertiefen, Kommissar Duchnowski, bitte sehr. Wenn nicht, leiten Sie es an diese Profilerin weiter. Wie auch immer: Das Täterprofil soll uns morgen früh vorliegen. Da starten wir mit den Vernehmungen.«

»Was ist mit Wiśniewskis Ermordung?«, warf Duchnowski ein.

»Gemessen am organisierten Verbrechen ist die eine Bagatelle. Die interessiert uns nicht.«

Die Männer standen auf, und auch Duchno kam auf die Füße.

»Und danach muss diese Profilerin weg«, verkündete Glasauge. »Es wäre am besten, wenn sie an ihre englische Uni zurückkehrte. Je weniger Leute von dieser Sache wissen, umso besser.«

Kommandant Waligóra nickte zu Duchnowski hinüber.

»Der Kollege wird sich darum kümmern. Und jetzt Abmarsch.«

Sprachlos starrte Duchno ihn an. So war das also – offenbar waren sie jetzt fertig. Er sollte für sie die Kohlen aus dem Feuer holen. Beziehungsweise Sasza. Ob sie ihn anschließend genauso abservieren wollten? Er rang um Contenance, salutierte halbherzig und stapfte aus dem Besprechungsraum.

Lucja betrachtete das alte linierte Heft. »Maschinen und elektrische Geräte«, stand auf dem Deckblatt, und es war nur zur Hälfte vollgeschrieben. Das Papier war mittlerweile vergilbt, die Schrift schlecht lesbar.

Das Lied stand ganz am Ende, neben ein paar hingekritzelten Gedichten. Manche davon waren unfertig, manche voller Korrekturen, manche komplett durchgestrichen. An anderen Stellen waren Seiten ausgerissen worden. Der zukünftige Priester musste unfassbar kritisch gegenüber seinem literarischen Schaffen gewesen sein, dachte Lucja. Im Schreibtisch hatte sie einige Kirchenunterlagen gefunden und die Handschrift verglichen. Sie hatte sich im Lauf der Jahre verändert, die Buchstaben waren kleiner geworden, aber ein paar charakteristische Merkmale waren geblieben: die nach rechts geneigte Schrift, die schwungvollen Großbuchstaben, die lang gezogenen Schleifen. Damals hatte Marcin noch auf die Linien geachtet, inzwischen schienen die Worte darüber zu schweben.

Lucja schluckte – ihre Suche war erfolgreich gewesen.

Von Anfang an hatte sie das Gefühl gehabt, dass Marcin Staroń irgendetwas zu verbergen hatte. Bei ihrem ersten Gespräch hatte er sich sichtlich Mühe gegeben, sie für sich einzunehmen und sie zu beschwichtigen. Doch jetzt wollte sie die vorhandenen Fakten zusammenfassen. In der Schublade mit dem Schuhputzzeug im Flur hatte sie zuvor schon eine Packung Munition gefunden. Nach der Aufschrift auf dem Karton zu urteilen war sie bereits älter, und darin lagen nur vier

Patronen. Lucja hatte sie in der Hand gewogen. Die Patronen waren klein, glatt und kühl gewesen. Zum ersten Mal im Leben hatte sie so was in der Hand gehalten. Bevor sie sie zurück in die Schachtel gelegt hatte, hatte sie sie mit dem Ärmel poliert und sich gefragt, was mit dem menschlichen Körper wohl passierte, wenn so was in ihn einschlüge. Wie schmerzhaft wäre das? Sie hoffte inständig, dass diese Schlampe Iza unerträgliche Schmerzen litt. Ihre einstmals beste Freundin lag immer noch im Krankenhaus, doch angeblich wurde ihr Gesundheitszustand täglich besser.

Neben der Munition hatte Lucja außerdem die Attrappe einer Pistole gefunden: hölzern, schwarz lackiert. Zunächst hatte sie geglaubt, dass es sich um eine echte Waffe handelte, doch als sie sie aus der Schublade nahm, hatte sie erkannt, dass es sich lediglich um eine Spielzeugpistole handelte. Inzwischen war die Waffe allerdings verschwunden.

Als sie das Büro des Geistlichen gerade verlassen wollte, lief sie Vikar Grzegorz in die Arme. Hatte er an der Tür gestanden oder sie gar beobachtet? Er sah sie misstrauisch an, als sie wortlos an ihm vorbeiging und die Küche ansteuerte. Anstatt zu verschwinden, tappte er ihr nach.

»Ich hab Sie im Fernsehen gesehen«, verkündete er mit Unschuldsmiene. »Die haben Sie zum Gericht gebracht.«

»Lass mich in Ruhe«, fauchte Lucja und begann, Kartoffeln zu schälen.

»Sollte die Gemeinde Ihretwegen Probleme kriegen, wird es Ihnen leidtun!«, zischte er. »Vielleicht können Sie den Pfarrer einwickeln. Aber ich lass mich nicht täuschen!« Mit wehenden Soutanenschößen rauschte er davon.

Lucja stand noch eine Weile da und lauschte auf Geräusche. Der Vikar war offenbar in seinem Zimmer verschwunden. Sie hörte seine aufgeregte hohe Stimme. Irgendwann schob sie die Tür zu, um sein nerviges Falsett nicht länger hören zu müssen, aber es brachte nicht viel – sie war immer noch irritiert und beunruhigt. Zu guter Letzt zog sie sich das Tuch vom Kopf und legte den Sparschäler beiseite, lief hinaus in den Flur, griff nach ihrer Jacke und nach der Handtasche, die Tamara Socha hier vergessen hatte. Sie sah nach, ob der Schlüsselbund mit den Autoschlüsseln und die Autopapiere darin lagen. Dann lief sie zur Tür.

»Ich muss noch schnell zum Supermarkt«, rief sie im Gehen.

Dann sprang sie in Tamaras Auto und raste davon.

Nur Sekunden später kam der Vikar durch die Haustür gerannt, doch da war es schon zu spät. Im Rückspiegel sah sie noch, wie er mit beiden Armen winkte und irgendetwas rief. Sie fuhr in Richtung ulica Wypoczynkowa, wo Bully und Tamara wohnten. Sie wusste zwar, dass deren Nachbarschaft überwacht würde, aber irgendwie würde sie schon klarkommen.

Hier sind die Autoschlüssel«, sagte Duchnowski zu Bully, »Du kannst meinen Wagen nehmen.« Er drehte sich weg, damit er nicht in Bławickis triumphierendes Gesicht sehen musste. »Pass mit der Autogasanlage auf – die spinnt ein bisschen. Benzin geht ganz genauso gut. Der Tank ist halb voll. Und ich will ihn halb voll wiederhaben, klar?«

Bis die Fahrertür zuschlug, war er schon wieder im Gebäude, lief in sein Büro und ließ sich auf seinen Schreibtischstuhl sinken. Vor ihm lag die Akte des Generalinspektors der Finanzaufsicht. Der Fall SEIF. Er machte sich daran, die Unterlagen zu studieren, allerdings war er schon bald derart gelangweilt, dass er sich ein Gähnen nicht länger verkneifen konnte. Er hatte wirklich versucht, sich zu konzentrieren, und insgeheim taten ihm die Kollegen aus Białystok leid, weil sie offenbar tagtäglich mit einem derartigen Schwachsinn zu tun hatten. Immer wieder brachte er Namen, Firmenbezeichnungen, Ortschaften und Fakten durcheinander, und bei den Kostenaufstellungen flimmerte es ihm schier vor Augen. Trotzdem kämpfte er tapfer weiter, machte nicht mal Mittagspause. Sasza würde in einer Stunde vorbeikommen, und bis dahin wollte er zumindest einen groben Überblick über den Fall haben. Er hatte sie nicht vorgewarnt; ehrlich gesagt traute er sich nicht zu telefonieren. So wie diese Typen drauf gewesen waren, hätte es ihn nicht gewundert, wenn sie sein Telefon verwanzt hätten.

Waligóra hatte seit dem besagten Morgen nicht mehr mit

ihm gesprochen. Für Außenstehende hätte die Ermittlung im Fall Nadel wohl nach einem Reinfall ausgesehen. Allerdings würde Duchnowski der Staatsanwältin heute Informationen liefern müssen. Die Ziółkowska würde komplett ausrasten, wenn sie nichts Neues zu hören bekäme. Waligóra hatte zwar versprochen, dass er sich um sie kümmern würde, aber immerhin war Bławickis Entlassung aus der U-Haft über den Oberstaatsanwalt gelaufen. Duchno schätzte den Mann, konnte aber nicht begreifen, wie jemand von seinem Format auf ein so unmoralisches Angebot vonseiten des Zentralen Ermittlungsbüros hatte eingehen können.

Eine Viertelstunde später war er so schläfrig, dass er beschloss, die Finanzakten zur Seite zu legen und sich zur Abwechslung wieder mit den Nadel-Akten zu beschäftigen. Zum wiederholten Mal sah er die Aufnahmen von Zygmunt Gabryś durch und betrachtete Bullys Gestalt auf dem Monitor. Seinerzeit hatte es solche Beweise nicht gegeben, doch heute waren Aufnahmen von einem Mobiltelefon, einer Videokamera oder sogar einem Stift regelrecht an der Tagesordnung. Duchno kam sich vor wie bei Big Brother. Na ja, wenigstens war durch die umfassende Videoüberwachung in der Stadt die Zahl der Bagatelldelikte gesunken. Ein flüchtiger Dieb oder jemand, der einen parkenden Wagen streifte, wurde so gut wie sicher aufgezeichnet.

Deswegen hatte er mit Bully auch die Autos getauscht. Er war überzeugt davon, dass die Typen vom ZEB an seinem Wagen einen Sender installiert hatten. Sollten sie doch Bully verfolgen. Überdies hatte Duchno seinen Jungs befohlen, an dem Typen dranzubleiben. Er persönlich hielt mehr von analogen Ermittlungsmethoden.

Das Telefon klingelte. Es war Jekyll.

»Verschissen«, sagte der Kriminaltechniker ohne jede Vorrede.

Doch Duchnowski genügte dieses eine Wort. Also kein Treffer bei der DNA-Analyse. Auf Lucja Langes Handschuh war nicht Bullys Blut gewesen.

»Tut mir leid, Meister. Sollen wir uns stattdessen noch mal um den Geruch kümmern?«

»Nein«, antwortete Duchno deprimiert.

»Wir haben noch zwei Proben.«

»Keine weitere Untersuchung. Befehl von ganz oben.«

»Und was jetzt?«, wollte Jekyll wissen.

»Keine Ahnung«, musste Duchno zugeben. »Vielleicht sollte ich diese Club-Managerin noch mal in die Mangel nehmen. Die soll sich endlich erinnern ...«

»Sie weiß ja doch nur, dass sie nichts weiß.«

»Genau wie ich.«

»Halt durch, alter Freund, und ruf mich an, wenn du mich brauchst«, versuchte Jacek, ihn zu trösten.

Der Kommissar legte auf.

Somit war Bully aus dem Schneider, und sie hatten immer noch nichts in der Hand. Nicht mal konkrete Infos aus irgendeinem Verhör – die Wichtigtuer vom ZEB hatten Bławicki einfach zu schnell wieder gehen lassen.

Duchno sprang von seinem Schreibtisch auf und griff nach seiner Jacke. Er wollte noch einmal mit Lucja Lange sprechen, bevor die Profilerin hier aufschlug. Wenn er es nicht rechtzeitig zurückschaffte, würde er Sasza eben auf morgen vertrösten. Er verstaute die Akten im Panzerschrank. Dann schloss er den Schrank und warf einen Blick durchs Fenster. Es goss in Strömen. Er würde den Teufel tun und mit der Straßenbahn zur Kirche nach Heubude fahren. Kurzerhand schnappte er sich die Schlüssel zu Bullys konfisziertem Range Rover. Von der Meldung bei den Kollegen, dass er den Wagen vorübergehend als Dienstfahrzeug nutzen wollte, sah er ab – wenigstens einmal im Leben wollte er sich wie ein Gangster fühlen.

Der Hauptsitz der SEIF befand sich in einem Glaspalast, der auch als »Olivia Business Centre« bekannt war. Sasza fuhr mit dem Aufzug in den fünften Stock und trat hinaus auf einen gelben Läufer mit aufgedrucktem Firmenlogo, einem bernsteinfarbenen Elefanten. Über dem Empfang hingen vier Uhren, von denen jede eine andere Zeitzone anzeigte.

Bis auf den langen Empfangstresen und ein paar Designersessel war der riesige Raum leer und mutete fast wie der Warteraum eines Flughafens an. Todschicke Lampen verbreiteten warmes Licht, und wenn die Uhren nicht gewesen wären, hätte man angesichts der zugezogenen edlen Vorhänge nicht mal gewusst, welche Tageszeit es war.

Privatkunden wurden im Erdgeschoss empfangen; dort war Sasza schon zuvor gewesen – sie hatte die Flyer und Broschüren studiert und emsig arbeitende Servicemitarbeiter mit Headsets beobachtet. Allerdings hatte sie dort nirgends ein Foto von Staroń gesehen. Stattdessen wurde die SEIF mit lächelnden Castingshow-Kandidaten beworben, von Schauspielern aus Fernsehserien und einem ehemaligen Big-Brother-Teilnehmer, der sich mittlerweile in der Politik versuchte. Von diesen Leuten war niemand Sasza wirklich ein Begriff; sie sah so gut wie nie fern und las auch keine Illustrierten. Allerdings hatten die Kunden, die in der langen Schlange vor den Schaltern standen, sie ungefragt über die Werbegesichter aufgeklärt.

Sasza war erstaunt, dass trotz Finanzkrise immer noch

massenhaft Leute ihr Geld hier anlegen wollten. Wenn sie welches übrig gehabt hätte, hätte sie es überall, nur nicht bei der SEIF investiert. Nicht nur dass sie ohnehin nicht zu der Zielgruppe der Firma gehörte ... nein, das Unternehmen kam ihr ganz einfach nicht sauber vor. Was immer pompös und marktschreierisch daherkam und mehr Form als Inhalt war, hatte sie schon immer angezweifelt – und hier sprangen all die platten Symbole des Reichtums ihr förmlich ins Gesicht: Bilder von Gold- und Diamantenbergen und Dollarzeichen. Wie bei einer Sekte, schoss es ihr durch den Kopf.

Die Schlange bewegte sich erstaunlich schnell voran, und ehe sie sichs versah, stand sie auch schon am Schalter. Die Mitarbeiter der Bank waren wirklich hervorragend organisiert. Sasza hatte fast den Eindruck, dass hier mehr Berater arbeiteten, als unbedingt nötig gewesen wäre, vor allem junge Leute, womöglich Studenten, die sich mit einem Nebenjob das Studium finanzierten. Sie waren allesamt überdurchschnittlich attraktiv und schick gekleidet und würden sich im Fernsehen gut machen, dachte Sasza.

Als sie am Schalter den Flyer mit Starońs Porträt vorzeigte, erklärte die Kassiererin: »Den Flyer führen wir schon lange nicht mehr. Woher haben Sie den?«

»Aber er war eine Zeit lang im Umlauf, ja?«

Unsicher zuckte das Mädchen mit den Schultern. Auf die Frage war sie nicht vorbereitet, obwohl sie bestimmt eine gute Schulung durchlaufen hatte. Am Revers ihres Jacketts steckte ein Pin mit der Aufschrift »*I speak English. Ask me!*«.

»Ich arbeite noch nicht so lange hier«, erklärte sie verlegen.

»Seit wann denn?«

»Ein knappes Jahr«, erwiderte die junge Frau und blickte sich Hilfe suchend um.

Hinter ihr stand ein Mann, der auf ihren Fingerzeig hin an den Schalter kam.

»Zahlen sie denn auch gut?«, fragte Sasza schnell auf Englisch, und das Mädchen drehte sich verdutzt wieder zu ihr um.
Der Mitarbeiter sah sie verwirrt an.
»Ich bin nicht befugt, derlei Informationen herauszugeben«, erwiderte die Frau auf Polnisch und drückte die Nummer des nächsten Kunden.

Nach ihrem Ausflug in den Privatkundenbereich wartete Sasza nun fünf Etagen höher auf den Pressesprecher. Über die Monitore an den Wänden flimmerten Infofilmchen mit Diagrammen und Erläuterungen sämtlicher Finanzprodukte der Firma – Lebensversicherungen mit einer fünfundzwanzigjährigen Laufzeit für Menschen über sechzig, Anlagen mit einem Ertrag von fünfundvierzig Prozent … Kein Wunder, dachte Sasza bei sich, dass die Leute denen die Bude einrannten.
Ihr Blick fiel auf die Dame am Empfang. Attraktiv, eher der androgyne Typ, in einem schmal geschnittenen Kostüm, unter Garantie top ausgebildet. Auf einer Tafel hinter ihr waren die einzelnen Abteilungsleiter mit Fotos abgebildet, und daneben prangte eine Liste der dreiundsechzig regionalen Einheiten in ganz Polen. Sasza sah sich die Porträts genauer an. Auf keinem der Bilder erkannte sie den Geschäftsführer, Martin Dunski, wieder. Neben seinem Namen war lediglich eine Goldmünze mit einem Elefanten abgebildet, der die Waage der Justitia auf seinem Rüssel balancierte. Sasza fand das Bild reichlich schräg.
Bevor sie hergekommen war, hatte sie drei Stunden darauf verwendet, alles zu lesen, was in den Branchenmedien über die SEIF zu finden gewesen war. Sie hatte zwar nicht die Zeit gehabt, der Strategie der Firma im Detail auf den Grund zu gehen, aber es hatte doch genügt, um sich eine Meinung zu bilden. Und diese Meinung war nicht die allerbeste. Zugegeben, die SEIF konnte auf die tüchtigsten Finanzexperten des Landes

zurückgreifen. Von elf der leitenden Manager hatten sieben zuvor bei anderen großen Banken oder Finanzinstituten gearbeitet. Die restlichen waren ehemalige Mitarbeiter des Finanzministeriums. Ein solches Geschäftsführungsgremium sah nach außen hin natürlich imponierend aus, ähnlich wie die Zahlen, die überall gestanden hatten: Obwohl die SEIF erst fünf Jahre existierte, hatte sie bereits Investitionen für siebzigtausend Polen getätigt und während dieser kurzen Zeit ihr Gesellschafterkapital von einer auf fünfundfünfzig Millionen erhöht. Allein schon die Anfangsmillion war Sasza erstaunlich vorgekommen – von den fünfundfünfzig Millionen ganz zu schweigen. Angeblich beschäftigte der Konzern mittlerweile achthundertfünfzig Mitarbeiter.

Wer der Big Boss der SEIF war, war indes schwieriger herauszufinden gewesen. Der Geschäftsführer gab keine Interviews, hielt sich komplett bedeckt. Erst in einem offiziellen Kommuniqué war Sasza schließlich auf den Namen Martin Dunski gestoßen. Sein Gesicht indes war nirgends abgebildet gewesen. »Der Grund ist ein ganz prosaischer«, hatte der Pressesprecher in einem Interview erklärt: »Unser Geschäftsführer strebt keinen Ruhm an. So weit es geht, will er anonym bleiben. Er möchte nicht für den Rest seines Lebens von einem Bodyguard begleitet werden. Popularität ist etwas für Schauspieler und Musiker.«

Bei Pressekonferenzen hatten jedes Mal Experten auf dem Podium gesessen ... und von den Konferenzen hatten Journalisten berichtet, die sich an die SEIF verkauft hatten. Offenbar war der Einzige, der den *Capo* je leibhaftig zu Gesicht bekommen hatte, der unabhängige Investigativreporter Bertold Kittel gewesen – der Erste, der auch öffentlich gewisse Zweifel an den Methoden des Finanzkonzerns geäußert hatte. Kittel hatte über Monate hinweg recherchiert und sich wiederholt um ein Treffen mit dem Geschäftsführer bemüht. Trotzdem war es ihm nicht gelungen, an Dunski ranzukommen. Stattdessen war er für drei Monate ins Gefängnis gewandert – angeblich hatte er sich unbefugt Zugang zu den Firmendatenbanken verschafft. Der Journalist hatte dies bei Gericht gestanden, aber zu seiner Verteidigung angeführt, er habe mit seinen Recherchen der polnischen Gesellschaft einen Dienst erweisen wollen.

»Die SEIF beruht auf einem Pyramidenspiel. In den Schatzkammern der Institution liegt nirgends Geld. Der Geschäftsführer ist bloß eine Marionette, hat allerdings in der Vergangenheit schon zwei Mal wegen Veruntreuung eingesessen.«

Später hatte Kittel dann sämtliche Materialien, die er in monatelanger Arbeit zusammengetragen hatte, veröffentlicht, Interviews gegeben und außerdem eine Liste bekannter Personen herausgegeben, die auf der Gehaltsliste der SEIF standen: Geschäftsleute, Richter, Staatsanwälte, Journalisten, Politiker, Prominente. Die sogenannte »Kittel-Liste« war in der Öffentlichkeit eingeschlagen wie eine Bombe. Danach waren nie wieder Artikel des Reporters publiziert worden, niemand hatte ihm mehr Aufträge erteilt, sein Haus wurde beobachtet und er selbst immer wieder von den Ermittlungsbehörden zu Befragungen einbestellt. Als Freiberufler fehlte ihm schon bald die Existenzgrundlage.

Allerdings hatte die ganze Angelegenheit auch das Interesse des Amts für Innere Sicherheit geweckt. Der fünfte Stock des »Olivia Business Centre« war infolge einer Anzeige gegen die SEIF gestürmt und durchsucht worden. Endlich hatte auch der Reporter wieder Hoffnung schöpfen können. Auf seinem Blog eröffnete er der Kundschaft der Bank, dass die mit ihren Geldern übernommene marode ungarische Fluglinie insolvent sei, und um einzuhalten, was die SEIF ihren Kunden versprochen hatte, müssten mindestens fünfhunderttausend neue Kunden angeworben werden, schrieb Kittel. Prompt investierte die SEIF nicht nur in eine Landebahn am Flughafen Modlin und vierzig neue Flugzeuge, sondern auch in fünfhundert neue Mitarbeiter.

Einer seiner klügeren Berater riet dem Geschäftsführer, den Kampf gegen den lästigen Journalisten einzustellen und ihm ein Interview zu gewähren, um Kittel auf seine Seite zu ziehen. Also gab Dunski seine Zustimmung zu einem Gespräch. Er hoffte wohl, dass er dem Reporter endlich das Maul stopfen könnte – doch es kam anders. Das Interview fand via Skype statt, weil der Geschäftsführer angeblich im Ausland weilte. Am Ende publizierte Bertold Kittel nicht nur das ganze Interview, sondern auch seine eigenen weitreichenden Kommentare.

»Martin Dunski könnte stundenlang von der Compliance-Politik seiner Firma erzählen, von all den rechtlichen Vorgaben und vorherrschenden Finanzstandards. Aber er hat keinerlei Ahnung davon, was mit den Geldern seiner Gesellschaft passiert. Oder tut er nur so? Wie in einem klassischen Pyramidensystem fließt Geld, indem immer neue Mitglieder geworben werden. Dunski – nach den SEIF-Umsätzen und dem Gewinn befragt – nennt ständig neue Zahlen, als würde er sie sich im Gespräch spontan aus den Fingern saugen. Allerdings muss man ihm lassen, dass er einen hervorragenden Betrüger abgibt: Er verfügt über außergewöhnliche Reflexe, ist äußerst kaltblütig und beherrscht und dabei immerzu charmant.«

Der Journalist schilderte außerdem, wie er darum gekämpft habe, die SEIF-Bilanzen einsehen zu dürfen.

»Ich wollte lediglich überprüfen, ob Martin Dunski die Wahrheit gesagt hatte, als er vor mir die märchenhaften Zinsversprechen ausgebreitet hat – denn die Öffentlichkeit braucht keine schönen Worte, sie will nackte Zahlen sehen. Anfangs hieß es noch, dass derlei Unterlagen der Geheimhaltung unterlägen, obwohl jede Finanzinstitution dazu verpflichtet ist, sie auf Wunsch jedem seiner Kunden vorzulegen. Mich verwies man auf die Konzern-Webseite, wo sich die Unterlagen befänden. Doch es dauerte Wochen, bis dort tatsächlich etwas veröffentlicht wurde. Die Bilanz, die letztlich online ging, war Jahre alt. Auf telefonische Anfrage wurden mir die folgenden Zahlen genannt:

Umsatz: knapp zweihundert Millionen.

Gewinn: fünfzig Millionen.

Hatte der Geschäftsführer in unserem Interview nicht von dreihundert bzw. sieben Millionen gesprochen? Woher rührte die Differenz?

Auf weitere Anfrage wurde mir mitgeteilt, dass in der Tat hundert Millionen aus dem Gesamtumsatz sofort wieder reinvestiert worden seien – und zwar in die besagte Fluglinie. Daher habe der Gewinn am Ende auch nur sieben Millionen betragen. Als ich auf einer Zusammenstellung der einzelnen Investitionen bestand, wurde mir ein Bericht zugesichert, den ich allerdings bis heute nicht erhalten habe.«

»Guten Tag«, sagte eine Stimme in ihrem Rücken, und als sie sich umdrehte, sah Sasza sich einem blonden jungen Mann gegenüber, der eine gewisse Ähnlichkeit mit Lou Reed hatte. In der Hand hielt er eine Pressemappe und ein Handy. Er bat sie, ihm zu folgen, und führte sie in einen Konferenzraum mit Aussicht über Danzig. Sasza setzte sich bewusst mit dem Rücken zum Fenster, um sich nicht ablenken zu lassen. Der Mann legte die Infomaterialien vor sie auf den Tisch und nahm ihr gegenüber Platz.

»Was kann ich für Sie tun?«

»Im Moment interessieren mich weder die Machenschaften der SEIF noch die Ermittlungen, die aktuell gegen Sie geführt werden«, erklärte sie nüchtern. »Ich bin wegen dieses Flyers hier.«

Sie schob den mittlerweile etwas abgegriffenen Handzettel über den Tisch.

Der Mann lächelte gekünstelt. »Der stammt noch aus unserer allerersten Werbekampagne«, erklärte er betont ruhig. »Diese Flyer sind längst von der Bildfläche verschwunden. Mittlerweile haben wir ein anderes Layout, ein vereinfachtes Logo…«

»Womöglich hab ich mich falsch ausgedrückt«, fiel Sasza ihm ins Wort und tippte mit dem Finger auf Starońs Porträt. »Erkennen Sie diesen Mann wieder? Und beim nächsten Mal frage ich nicht mehr so nett. Was hat der Mann mit der SEIF zu tun?«

Ljuba fehlte nur noch das fünfte Stockwerk: die Büros der Chefs, zwei Konferenzsäle und der IT-Raum. Sie hoffte inständig, dass sie mit dem Putzen noch vor Mitternacht fertig würde. Ein Schultheaterauftritt ihrer Tochter stand tags darauf bevor, und dafür wollte Ljuba ausgeschlafen sein. Vor dem Schlafengehen würde sie allerdings noch das Kostüm ausbessern müssen, das sie der Tochter eigens genäht hatte. Natasza würde die Hauptrolle spielen. Bei dem Gedanken daran schlich sich ein Lächeln auf Ljubas Gesicht.

In der Ukraine war sie Physiklehrerin gewesen. Seit sie endlich ihre Aufenthaltserlaubnis erhalten hatte, lohnte es sich hier allerdings eher für sie, putzen zu gehen. Nebenbei verdiente sie als Schneiderin schwarz etwas dazu.

Sie schob den Putzwagen aus dem Aufzug und legte die Chipkarte auf das Lesegerät an der Tür. Im Flur war es dunkel. Ljuba zog die Putzhandschuhe aus, um das Licht anzumachen. Die Neonleuchten flackerten. Als sie nach dem Schlüssel für das Büro des Geschäftsführers griff, roch sie plötzlich Zigarettenrauch, obwohl im ganzen Gebäude Rauchverbot herrschte und überall Rauchmelder angebracht waren. Womöglich funktionierten sie ja nicht. Ljuba sah sich schon gezwungen, länger zu bleiben, um ordentlich zu lüften; womöglich würde sie sonst Schwierigkeiten bekommen.

Sie ließ das Wägelchen im Flur stehen und marschierte auf den IT-Raum zu, wo entlang der Fensterfront die Schreibtische der Programmierer standen. Plötzlich hörte sie leise Stimmen.

»Was willst du denn jetzt machen?«

»Keine Ahnung.«

Eine Weile herrschte Stille. Wer in aller Welt war denn um diese Uhrzeit noch hier im Gebäude?

»Bitte«, hörte sie dann, »versteh mich doch. Ich muss das tun!«

»Gar nichts musst du! Es sei denn, du *willst* unbedingt ... Psst, da ist jemand!«

Auf leisen Sohlen wich Ljuba zurück und zog dann das Wägelchen zu sich heran, schob es vermeintlich ungerührt in den Raum und begann, die Schreibtische abzuwischen. Die Mitarbeiter hatten die strikte Weisung, auf den Tischen keine persönlichen Gegenstände aufzustellen. Also steckten sie gegen Feierabend alles in ihre kleinen Rollcontainer. In der Regel war Ljuba mit dem IT-Raum in zwanzig Minuten fertig. Diesmal gab sie sich besondere Mühe, während die beiden Männer stumm mit dem Rücken zu ihr dasaßen. Nach einer Weile schaltete einer von ihnen seinen Computer aus und stand auf, stellte zwei Wassergläser in die Spüle und leerte den Aschenbecher in den Papierkorb. Dann drehte er sich um und griff nach seinem Mantel, der am Garderobenhaken hing. Es war Wojtek Frischke.

»Guten Abend, Frau Ljuba«, sagte er und lächelte sie an.

Frischke hatte im letzten Sommer bei der SEIF angefangen. Er saß gern bis spätnachts am PC und hörte dabei laut Musik. Manchmal sah sie ihm beim Putzen über die Schulter, hatte aber nie verstanden, was dort auf seinem Bildschirm stand. Irgendwelche Tabellen, Diagramme, massenhaft Zahlenreihen. Er war immer nett und freundlich zu ihr.

»Ich hab noch ein paar dreckige Tassen und Gläser ... Soll ich die noch schnell abspülen, oder schaffen Sie das noch? Sie sollen ja nicht meinetwegen länger bleiben.«

Ljuba winkte ab. Sie hatte bislang noch jedes Mal hinter

ihm abgespült. Allerdings hatte er ihr soeben zum ersten Mal Hilfe angeboten. Wahrscheinlich war er nur deshalb so überfreundlich, schoss es ihr durch den Kopf, weil er etwas im Schilde führte.

»Machen Sie lieber Feierabend und legen Sie die Füße hoch«, erwiderte sie und begann, mit doppelter Geschwindigkeit die Asche- und Kaffeeflecken von seinem Schreibtisch zu schrubben.

Frischke griff nach seiner Chipkarte und gab seinem Begleiter ein Zeichen zum Gehen. Erst da drehte auch der sich um und nickte der Ukrainerin respektvoll zu. Ljuba erstarrte. Die beiden Männer sahen absolut identisch aus. Und noch bevor sich der Zweite seinen Schal um den Hals wickeln konnte, sah sie an seinem Kragen das Priesterbeffchen.

Abstinent zu sein bedeutete nicht, dass man geheilt war. Sasza hatte schon oft mit Therapeuten darüber gesprochen, außerdem stand es in jeder Infobroschüre der Anonymen Alkoholiker. Sie hatte nicht aufgrund etwaiger sozialer oder familiärer Missstände getrunken wie viele andere. Bei den Meetings hatte sie unendlich viele deprimierende Geschichten über häusliche Gewalt, Missbrauch, Mangel an Liebe und Geborgenheit gehört ... Doch all das diente ihrer Ansicht nach zu leicht als Ausrede. Es gab Millionen Menschen, die ein Trauma erlitten und dennoch nicht zur Flasche griffen. Und auch die Tatsache, dass eine gewisse Prädisposition zur Sucht vererbbar war, rechtfertigte nicht, selbst abhängig zu werden.

Aber wie hatte es dann bei ihr anfangen können? Als Kind und Jugendliche war sie klug, fleißig, pflichtbewusst gewesen – das komplette Gegenteil ihrer glamourösen, dynamischen Mutter. Das Aufsagen von Gedichten, Auftritte in der Schule, mündliche Prüfungen, neue Menschen ... Das alles hatte Aleksandra Angst gemacht. Jedes Mal hatte sie befürchtet, sich zu blamieren, nicht gut genug zu sein. Lieber verzog sie sich in eine Ecke, anstatt vor Menschen aufzutreten, und sei es nur vor der Familie, vor Tanten, Onkeln und Cousins. Bei Familienfeiern saß sie immer schweigend da und antwortete nur knapp auf all die Fragen nach der Schule oder einem Freund. Aleksandra sei so ein liebes, schüchternes, braves Mädchen, sagten alle. Umso schwerer war es letztlich für die

Familie zu akzeptieren, was danach passierte. Dass sie angefangen hatte zu trinken.

Dabei war die Erklärung denkbar einfach: Der Alkohol hatte ihr geholfen, Grenzen zu verschieben und Blockaden abzubauen. Mit Alkohol im Blut fühlte sie sich besser, mutiger, witziger, fröhlicher, sexyer. Sie fühlte sich wie ein anderer Mensch. Der Alkohol erlaubte ihr, je nach Situation unterschiedliche Rollen zu spielen; sie war wie eine Schauspielerin, die sich immer wieder neu erfand. Die sich selbst hinter sich ließ, vor sich selbst weglief. Mit der Zeit schuf sie sich ein neues Selbstbild. Die Menschen mochten sie, sie war beliebt. Aber war es wirklich Sasza, die sie mochten, oder waren es die Masken, die sie sich aufsetzte? In der letzten Phase der Sucht wusste sie nicht mal selbst mehr, wer sie wirklich war. War sie tatsächlich das witzige Mädchen, das im Freundeskreis brillierte? Oder die pflichtbewusste Polizistin? Oder die wilde Frau, die sich nicht den Zwängen einer Beziehung aussetzen wollte und nur Abenteuer für eine Nacht suchte?

Genau das war quasi ihr »Zünder« gewesen, wie es Tom Abrams während einer Supervision genannt hatte: die Angst vor Nähe. Die Angst, demaskiert zu werden. Jeder Mensch trage das in sich, hatte Tom erklärt: etwas, was ihn früher oder später ins Verderben stürzte. Deswegen war ihr Leben aus den Fugen geraten; die Bombe hatte immer schon getickt. Sie hatte die Undercoveraktion damals nicht vergeigt, weil sie getrunken hatte und beinahe gestorben wäre, wobei sie auch gleich noch diverse andere Menschen in Gefahr gebracht hatte. Nein, sie hatte es vermasselt, weil sie nie gelernt hatte, sie selbst zu sein.

Und jetzt? Hatte sie ihre innere Ruhe endlich gefunden? Wusste sie inzwischen, wer sie war? Tom hatte einmal eine Untersuchungsreihe über alkoholabhängige Verbrecher geleitet, und er war auch der Erste gewesen, der ihr die entsprechenden Fragen gestellt hatte: Wer bist du? Was verbirgst du in deinem Inneren? Wer warst du, bevor du angefangen hast, jemanden zu spielen? Wovor läufst du weg?

Sasza hatte Jahre gebraucht, um nach den Antworten zu suchen. Wäre Tom nicht gewesen, hätte sie sie wohl niemals gefunden. Erlaube dir, wütend zu sein, hatte er immer wieder zu ihr gesagt. Erlaube dir Freude, Euphorie und einen kindlichen Egoismus. Lauf nicht anderen hinterher. Nicht jeder muss dich mögen. Jeder Mensch hat Schwächen, und die brauchen wir – selbst du. Du musst dich ihrer nicht schämen. Diejenigen, die dich schätzen, werden trotz der Schwächen zu dir stehen. Sei du selbst, sei einfach nur da. Bis du Ruhe verspürst.

So war der Prozess ihrer Nüchternwerdung verlaufen: Sasza hatte ihre Schwächen akzeptiert und Ruhe bewahrt. Sie hatte nun schon seit fast sieben Jahren keinen Tropfen angerührt, und doch schmeckte sie manchmal heute noch den Alkohol im Mund. Und sie hatte immer noch Angst, dass sie eines Tages rückfällig werden könnte und dass dann selbst ein Kübel Wodka noch zu wenig wäre. Das Eis war immer noch irrsinnig dünn. Sie erinnerte sich noch gut an Zeiten, da sie in der Wohnung immer Alkohol gebunkert hatte. Nichts Spezielles, einfach nur einen schlichten Korn, es war ja doch nur um die Prozente gegangen ... und um den Geruch. Je weniger man nach Schnaps stank, umso einfacher war es, zumindest nach außen kein Aufsehen zu erregen. Doch wenn sie den Boden der Flasche vor sich sah und wusste, dass sie keine weitere Flasche mehr in Reichweite hatte, war sie panisch geworden. Da hätte sie alles dafür getan, um an neuen Stoff zu kommen.

Und ihre Sucht war ihr damals in Krakau zum Verhängnis geworden, während ihrer letzten Aktion für das Zentrale Ermittlungsbüro. Der Alkohol hatte sie unvorsichtig werden lassen, und der gesuchte Psychopath hatte sie aufgegriffen und verschleppt und tagelang in einen Keller eingesperrt ... fast eine Woche.

Sie wusste nicht, was schlimmer gewesen war: was sie getan hatte, um ihr Leben zu retten, oder die Tatsache, dass sie das Leben anderer Menschen in Gefahr gebracht hatte. Ihretwegen war eine junge Frau gestorben, ein weiteres potenzielles Opfer, das als Lockvogel eingesetzt worden war. Am liebsten hätte Sasza all das vergessen, aber das war unmöglich. Die Worte, die Marcin Staroń am Morgen zu ihr gesagt hatte, hatten sie tief getroffen – ihr war, als hätte er von ihr persönlich gesprochen.

Jener Augenblick, der das Leben für immer veränderte ... Danach wurde alles anders, und man wurde seine Schuld nie wieder los. Damals wäre sie am liebsten gestorben, sie hatte sich dafür geschämt, dass sie immer noch am Leben gewesen war. Dann, im Ausland, war es ihr zusehends besser gegangen. Dort hatte sie nicht all den Menschen ins Gesicht sehen müssen, die sie enttäuscht hatte. Als sie sich schließlich aus der schlimmsten Depression aufgerappelt hatte, hatte sie erfahren, dass sie schwanger war.

Das war der schlimmste Schlag gewesen. Sie hatte eigentlich gedacht, dass sie nicht tiefer würde fallen können, und doch war es möglich gewesen. Denn der Vater ihres ungeborenen Kindes war jener Mörder, der sie zuvor in sein Verlies gesperrt hatte. Er war zwar gestorben, noch ehe es zum Prozess gekommen war, aber das änderte rein gar nichts. Sasza graute es vor der Vorstellung, welche Gene ihr ungeborenes Kind in sich trug. Man riet ihr wiederholt zur Abtreibung; das Kind sei immerhin die Frucht einer Vergewaltigung.

»Du warst eingesperrt, du wurdest gefoltert. Du musst wirklich keine Gewissensbisse haben«, versuchten die Vorgesetzten, sie zu überzeugen.

Am Ende stimmte Sasza zu. Sie hatte nie Kinder haben wollen, und sie hatte zu viel Angst vor möglichen Anomalien – schließlich wusste sie, mit welchen Defekten Kinder von Alkoholikerinnen zur Welt kommen konnten. Doch unmittelbar vor dem Eingriff änderte sie schlagartig ihre Meinung: Sie hatte auf dem Ultraschallmonitor den Fötus gesehen, seinen Herzschlag gehört ... und begriffen, dass sie dieses Kind haben wollte. Der Arzt hatte ihr versichert, dass es vollkommen gesund sei. Nein, diese winzige Bohne, die da in ihr heranwuchs, konnte für die fatalen Entscheidungen, die ihre Eltern getroffen hatten, doch nicht zur Verantwortung gezogen werden. Ja, das Kleine würde die Gene einer Alkoholikerin und eines Mörders in sich tragen, aber das bedeutete schließlich nicht, dass sie auch ausbrechen mussten.

Wohl nur wegen der Schwangerschaft hatte sie aufgehört zu trinken. Sonst hätte sie wahrscheinlich nicht die Kraft gefunden, den Weg zurück zu finden, in den Himmel zu blicken und zu sich selbst zu sagen: Ich will leben! Und abgesehen davon gab es noch etwas – etwas, was sie nie jemandem gesagt und was sie selbst vor der Untersuchungskommission verheimlicht hatte. Denn Łukasz Polak hatte sie nicht vergewaltigt. Karolina war in Wahrheit die Frucht einer unwiderstehlichen Faszination.

Sasza hatte nie daran geglaubt, dass die sogenannte perfekte zweite Hälfte existierte. All den Trubel um den Valentinstag, all den Liebeskitsch hatte sie ihr Leben lang verachtet. Trotzdem war sie überzeugt davon gewesen, dass es zwischen zwei Menschen eine besondere Chemie geben konnte. Und ausgerechnet in Łukasz war sie schon verschossen gewesen, lange bevor er als Hauptverdächtiger benannt worden war. Er hatte zudem nicht gewusst, dass sie Polizistin war. Er hatte sie als Milena kennengelernt – ihr Alias als verdeckte Ermittlerin. Und auch sie hatte nicht gewusst, mit wem sie es in Wahrheit zu tun gehabt hatte. Beide hatten ihre Maskerade zur Perfektion getrieben.

Łukasz Polak war kein klassischer Serienmörder: Er war weder aggressiv, asozial noch pervers. Im Gegenteil – er hatte ein angenehmes, einnehmendes Wesen. Er war damals zwar liiert gewesen, hatte sich aber nur selten mit seiner Freundin getroffen. Sasza hatte ihn von Anfang an gemocht. Ihr hatte gefallen, dass er ein wenig schüchtern war – nur hatte sie dies auf die Tatsache zurückgeführt, dass er Künstler war.

Er war für sie der perfekte Kontakt zu der Szene gewesen, in die sie undercover hatte eintauchen sollen. Ohne es zu wissen, hatte er ihr dabei geholfen, Informationen über verdächtige Mitglieder des Künstlerclubs zu sammeln, hatte vom neuesten Szeneklatsch erzählt, von besonders brutalen Performances. Dank ihm war Sasza an Orte eingeladen worden, an denen sie mehr und mehr in Erfahrung bringen konnte. Eins gefiel ihr dabei ganz besonders: Er war fürsorglich, liebevoll, verantwortungsbewusst. Sie spürte genau, dass er sie mochte. Einmal hatte er sichtlich eifersüchtig reagiert, als sie mit einem anderen Mann flirtete.

So lief es eine ganze Weile, auf rein platonischer Ebene. Doch irgendwann hatte Sasza dann doch das Gefühl, dass zwischen ihnen langsam etwas entstand, und war sich ihrer Sache immer sicherer gewesen. Ein kolossaler Fehler. Kurz darauf verschwand Łukasz' Freundin ohne jede Spur, und Sasza entdeckte in seiner Wohnung das verschollene Bild des gesuchten Serienmörders: die »Rote Spinne«, Blumen, die aus einem weiblichen Schoß hervorquollen. Der Fund war ein klares Indiz dafür, dass Łukasz mehr mit der ganzen Sache zu tun hatte, als die Polizistin je vermutet hätte. Zu spät begriff sie, dass Łukasz ein Nachahmer jenes berühmtesten polnischen Serienmörders war – jenes Mannes, der es als einziger Pole je ins Archiv des FBI geschafft hatte.

Den verdeckten Einsatz hatte sie letztlich verpatzt, weil sie unbedingt hatte trinken müssen. Und weil sie dann in betrunkenem Zustand die Entscheidung getroffen hatte, sich mit Łukasz auszusprechen. Zu jener Zeit war sie fast unaufhörlich betrunken gewesen. Stress, Angst, eine überwältigende Verantwortung, permanente Anspannung ... Ständig hatte sie unter Druck gestanden und kaum mehr schlafen können. Ohne ein Gläschen war sie einfach nicht mehr zur Ruhe gekommen. Am Ende hatte sie Łukasz die Wahrheit eröffnet: rücksichtslos, unbedacht, wie es Alkoholiker eben taten. Sie hatte sich in ihrem Rausch allmächtig und unbesiegbar gefühlt. Und Łukasz hatte sich von einer Sekunde zur anderen in ein Monster verwandelt: Er hatte sich auf sie gestürzt, sie an einen Stuhl gefesselt und ihr dann von seinen Verbrechen erzählt. Schlagartig war Sasza wieder nüchtern gewesen. Und sie hatte instinktiv gespürt, dass sie sein nächstes Opfer sein würde. Die Kollegen würden sie mit aufgeschlitztem Bauch – die Innereien wie bei den Arrangements der »Roten Spinne« zu kunstvollen Blumen drapiert – tot auffinden, als Fünfte und Letzte in der Reihe seiner Opfer. So hatte es der Mörder schließlich in einem seiner Briefe an die Polizei angekündigt. Und er hätte sein Wort gehalten.

Die Polizei ergriff diverse operative Maßnahmen. Damals war Sasza im »Klub der Liebhaber der Künste« als Milena aufgetreten, und in Ermittlerkreisen war die Aktion »Däumelinchen« getauft worden. Sasza selbst hatte weder auf unmittelbare Unterstützung, eine Schusswaffe noch auf einen Direktkontakt zu den Kollegen bauen können. Ihre einzige Waffe war ihre Weiblichkeit. Und die wandte sie nach der Entführung im Sinne einer Verzögerungstaktik an. Dass es am Ende funktionieren würde, damit hatte sie tatsächlich nicht gerechnet. Sie ging mit Łukasz ins Bett, und siehe da, die Taktik ging auf: Er entspannte sich, vertraute sich ihr wieder zusehends an. Er sah von weiteren Verletzungen ab. Stattdessen begannen die beiden zu reden. Sasza konnte sich einfach nicht vorstellen, dass ein derart empfindsamer Mensch ein Mörder sein konnte. Er würde sie nicht töten, er würde sie nicht aufschlitzen und dann genussvoll fotografieren ...

So verging ein Tag, dann der nächste. Jede Sekunde ihres Lebens war wie ein Bonus. Nach einer knappen Woche entließ er sie aus dem Keller und führte sie in seine Erdgeschosswohnung.

Mit ihr sei es nicht wie mit den anderen Frauen, versicherte er ihr. Sie heile ihn. Er weinte. Nur mit ihr könne er sich beherrschen – nur bei ihr fühle er sich wie ein richtiger Mann. Alles andere sei nur ein böser Traum.

In jenen Tagen blieb sie aus freien Stücken mit ihm zusammen. Später erst dämmerte ihr, dass sie wohl an einer Art Stockholm-Syndrom litt, aber insgeheim war ihr das egal. Womöglich faszinierte Łukasz sie damals umso mehr, weil er das personifizierte Böse war. Der Abgrund lockte sie zu sehr.

Und doch besann sie sich irgendwann eines Besseren. Es gelang ihr, Hilfe zu rufen, sie lieferte ihn aus, um sich selbst zu retten. Und er? Als das Antiterrorkommando die Wohnung umzingelt hatte, legte Łukasz Feuer, schrie ihnen entgegen, dass sie ihn nicht lebend bekommen würden, schob Sasza auf den Balkon hinaus, um sie zu retten ... Die brennende Gardine legte sich über ihren Körper ... und Sasza sprang. Noch während sie durch die Luft flog, zog ihr ganzes Leben an ihr vorüber, sie schloss die Augen ... und öffnete sie erst wieder gut vier Wochen später. Das gebrochene Bein wuchs schnell zusammen. Was blieb, waren die Brandnarben und ein zerrissenes Ohrläppchen. Sie konnte sich nicht mal mehr daran erinnern, wann Łukasz ihr den Ohrring herausgerissen hatte.

Später, als sie bereits in England war, erfuhr sie, dass Łukasz in der Klinik seinen Verletzungen erlegen war. Die Akte wurde geschlossen, niemand konnte mehr angeklagt werden. Sasza, hieß es, solle sich freinehmen, sich erholen und dann irgendwann in den aktiven Dienst zurückkehren. Doch sie wollte nicht mehr zurück. Sie reichte ihre Kündigung ein.

Seit sieben Stunden brütete sie schon über der Akte der Gang aus Heubude und ertappte sich zum wiederholten Mal bei dem Gedanken, dass es sich sicherlich leichter nachdenken ließe, wenn sie dazu einen Schluck Wein trinken könnte. Ihr Rücken tat mörderisch weh, und der Alkohol half nun mal, sich auch körperlich zu entspannen. Zum Glück ging sofort das Warnlämpchen in ihrem Kopf an: *HALT: Hungry – Angry – Lonely – Tired.* Ja, sie war hungrig, wütend, einsam und überarbeitet – perfekte Bedingungen, um wieder mit dem Saufen anzufangen. Aber so würde sie sieben Jahre Abstinenz mit einen Schlag zunichtemachen.

Sasza legte die Akten zur Seite und ging in die Küche. Jetzt Nudeln mit Pesto und einen Tee. Kochen war noch nie ihre Leidenschaft gewesen, doch ein paar Gerichte beherrschte sie, hauptsächlich solche, die keine lange Zubereitungszeit erforderten, dafür aber immer dieselben Zutaten: Nudeln aus Durum-Hartweizengrieß, gutes Olivenöl, Pesto, Tomaten, Auberginen, Avocado, echten italienischen Parmigiano, frisches Basilikum und viel, viel Knoblauch. Sie war zwar keine Vegetarierin, aß aber mittlerweile nur noch selten Fleisch. Gerne mal Thunfisch, Lachs, außerdem Nüsse und Käse. Aus diesen Zutaten konnte sie innerhalb einer Viertelstunde eine annehmbare Mahlzeit zaubern.

Sie schaltete die Herdplatte ein. Es spielte keine Rolle, dass es bereits nach Mitternacht war. Essen konnte sie zu jeder Tages- und Nachtzeit, nahm davon zum Glück aber nicht zu. Sport mochte sie nicht. Jegliche Art von Aktivität, bei der man ins Schwitzen kam, widerte sie an. Dennoch wurden ihre

Kleider – selbst diejenigen, die sie schon jahrelang besaß – nicht enger. Wenn sie gefragt wurde, wie viel sie wog, gab sie achtundfünfzig Kilo an, auch wenn sie keine Ahnung hatte, ob das wirklich stimmte. Eine Waage hatte sie nie besessen.

An sich war Kochen mitten in der Nacht kriminell, dachte Sasza und bemühte sich, so leise wie nur möglich zu sein, um Karo nicht zu wecken. Die Kleine hatte einen leichten Schlaf. Eigentlich hätte Sasza sich auf ihre Arbeit konzentrieren müssen. In wenigen Stunden musste sie fertig sein, damit sie das Gutachten am nächsten Tag abgeben konnte. Aber im Augenblick stand ihr der Sinn eher nach einem System-Reset. Sie musste sich irgendwie beschäftigen, etwas mit den Händen tun, um nicht zur nächsten Tankstelle zu laufen und sich flüssige Nahrung zu besorgen. Kochen war diesbezüglich wie ein Mantra – die immer gleichen Handgriffe, die in einer festgelegten Reihenfolge ausgeführt wurden. Sie richtete ihre Aufmerksamkeit auf das kochende Wasser, auf das Messer, das durch die Knoblauchzehe glitt, auf den richtigen Zeitpunkt, da der Feta in die Pfanne musste. Mitternächtliches Kochen hatte für einen Süchtigen noch mehr Vorteile als für »normale« Menschen, dachte Sasza. Noch besser war nur, wenn der Alkoholiker jemanden hatte, für den er kochen konnte.

Manchmal versuchte sie, die Gier nach Alkohol mit einer Zigarette zu bekämpfen, und lüftete dann nachts stundenlang, damit Karolina am Morgen nicht im kalten Tabakqualm aufwachte. Auch dafür war das Kochen gut: Die leckeren Gerüche überdeckten den Rauch.

Als Nudeln und Lachssoße mit Rucola und Feta fertig waren, musste sie feststellen, dass ihr Hunger verflogen war. Die Gerüche hatten die Leere in ihrem Inneren ausgefüllt.

Trockenen Alkoholikern sollte das Kochen als Therapie verschrieben werden, dachte sie.

Sasza nahm ein paar Bissen Pasta, machte sich dann ein Glas Tee und setzte sich aufs Sofa. Der Laptopbildschirm flackerte wie ihr schlechtes Gewissen. Sie überflog den Rest der Akten und führte sich noch mal sämtliche Fakten vor Augen, konnte allerdings immer noch keine Verbindung zwischen diesem Fall und Wiśniewskis Ermordung finden.

Jan Wiśniewski war in seinem eigenen Club erschossen worden. Von der Waffe keine Spur. Das Einzige, was diesbezüglich am Tatort zurückgeblieben war, war die Patronenhülse, die auf eine Schusswaffe hinwies, wie sie in den Neunzigern oft verwendet worden war. Izabela Kozak war am Leben geblieben; keine ihrer Wunden war tödlich gewesen. Ein Profi würde niemals eine Zeugin verschonen – es sei denn, er wäre vor Ort von jemandem gestört worden.

Ob es in der Nadel noch ein anderes Geldversteck gegeben hatte, wie es Lucja behauptet hatte? Bei ihr daheim waren lediglich die dreißigtausend gefunden worden, die Bully selbst gemeldet hatte. Da er aber inzwischen ebenfalls als verdächtig galt, war seine Aussage als unglaubwürdig eingestuft worden. Dass er die Nummern der Scheine zuvor aufgeschrieben hatte, wirkte auch nicht gerade vertrauenerweckend, sondern bestätigte vielmehr die Vermutung, dass Lucja Lange von Anfang an das Bauernopfer hatte werden sollen. Wenn man nun sogar annahm, dass der Tropfen Blut auf ihrem Handschuh vom Täter stammte, konnten sie ihre Tatbeteiligung fast vollends ausschließen.

Komisch kam Sasza indes vor, dass Paweł Bławicki ohne die entsprechende Untersuchung freigelassen worden war – aber nun war sie keine leitende Ermittlerin. Womöglich hatten die Kollegen ihr auch etwas vorenthalten. Immerhin war sie bloß eine Externe. Und als Psychologin zweifelte sie immer noch das Motiv an. Anfangs hatten sie angenommen, dass der Täter in den Club gekommen wäre, um sich das versteckte Geld unter den Nagel zu reißen – aber was, wenn in der Kassette überhaupt keines gelegen hätte? Es hätte doch genauso gut sein können, dass Bully es längst weggeschafft und stattdessen Lucja Lange des Diebstahls hatte beschuldigen wollen. Danach hatte er dem Anschein nach Lucjas Wohltäter gespielt und ihr dreißigtausend untergeschoben, damit ihre Schuld auch tatsächlich bewiesen werden konnte. Hätte der Beamte bei der Geruchsuntersuchung nicht geschlampt, wäre Lucja immer noch im Gefängnis. Die DNA-Analyse der Handschuhspur hätte sie zwar letztlich ausgeschlossen, aber womöglich wäre sie nichtsdestotrotz wegen Mittäterschaft angeklagt worden. Es hätte schließlich gut und gerne zwei Täter geben können: einen Mann. Und die Lange. Womöglich hatte sie ja Schmiere gestanden oder den Laden ausgeplündert, während er um sich geschossen hatte. Es gab genug Anzeichen dafür, dass sie pleite war und das Geld gut hätte gebrauchen können.

Derweil hätte jemand anders – Bully beispielsweise – den Handschuh am Tatort unterbringen können, um die Bardame zu belasten. Er hätte darüber hinaus sogar derjenige sein können, der den Schlüssel zum Club nachgemacht hatte. Aus Erfahrung wusste er, dass die Polizei imstande war, die Herkunft einer solchen Schlüsselkopie zu bestimmen. Außerdem war er ein erfahrener Schütze und als einstiges Mitglied einer Gang durchaus imstande, sich eine Waffe zu besorgen. Bully war es gewöhnt, unter Druck zu arbeiten, er kannte das Milieu und die Arbeitsweise der Polizei. Jahrelang hatte er mal auf der einen, mal auf der anderen Seite gestanden. Natürlich wusste er, dass Patronenhülsen ein wichtiges Beweisstück waren. Also hatte er sie aufgehoben. Nur als Profi hätte er darüber hinaus auch gewusst, dass es mitsamt der Schüsse in die Wand fünf Hülsen hätten sein müssen. Warum hatte er nicht nach der letzten gesucht, die unter Nadels Körper gerollt war?

Jemand wie Bully hätte sich einen solchen Schnitzer niemals erlaubt. Ein Amateur hätte es übersehen können. Andererseits ... Bullys Fingerabdruck war am Eingang des Clubs sichergestellt worden und direkt vor der Tür sein Schuhabdruck, und dieser Nachbar – Gabryś – hatte ihn gesehen und auf Video aufgezeichnet. Zu guter Letzt hatte er sogar ein handfestes Motiv: die schon seit Jahren schwelenden Probleme mit seinem Geschäftspartner.

Und wieder drängten sich Sasza zwei Fragen auf: Warum war er aus der U-Haft entlassen worden? Und wer hatte einen Vorteil davon, dass Bławicki wieder auf freiem Fuß war?

Und dann war da auch immer noch das Rätsel, das die Polizei geflissentlich ignorierte: die Frage nach der Autorschaft des Liedes. »Das Mädchen aus dem Norden« erzählte eine sicher zwanzig Jahre alte Geschichte. Damals hatte Bully noch als Polizist gearbeitet, aber gleichzeitig war er da schon Handlanger des Elefanten. Hatte dieser Pfarrer nicht selbst zugegeben, dass das Lied eine verschlüsselte Botschaft enthielt? Aber was verbarg sich dahinter – abgesehen von der Geschichte, die Marcin Staroń ihr erzählt hatte? Sie wünschte sich, sie hätte mehr aus ihm herausgequetscht. Was, wenn er durch das Beichtgeheimnis nicht geschützt gewesen wäre? Was für ein cleverer Schachzug, dachte sie.

Doch fürs Erste wusste sie zumindest etwas: Janek hatte Bully damals eine Waffe gebracht, die die Jungs einem der Gangster aus dem Hotel Roza gestohlen hatten. Und genau dort war dieses Mädchen, Marcins Freundin, gestorben.

Wo immer sie hinsah, schien Marcin Staroń irgendwo in der Peripherie zu lauern – ein Mensch, der ihr immer noch nicht ganz geheuer war. Anscheinend konnte man ihm nichts nachweisen; andererseits war er derjenige, der Lucja eine Topanwältin besorgt und sie dann bei sich im Pfarrhaus aufgenommen hatte – obwohl er sie angeblich nicht kannte. Er habe das ausschließlich für Lucjas Tante Krysia getan, hatte er behauptet. Und im selben Moment fiel Sasza wieder ein, dass Marcin Staroń mit dem Elefanten verwandt war. Seine verstorbene Mutter war Jerzys Schwester gewesen. Und auch sein Vater, Sławomir, hatte keine weiße Weste: Hatte er nicht wegen Schmuggels im Gefängnis gesessen? Und obwohl der Pfarrer behauptet hatte, keinen Kontakt mehr mit seinem Vater zu haben, war Sasza überzeugt davon, dass Jerzy Popławski und Sławomir Staroń keine normalen Geschäftsmänner waren. Woher hatten sie jene viel beschworene erste Million genommen? All das war zwanzig Jahre her, die Leute vergaßen so was schnell, und der Elefant war bisher nur wegen geringfügiger Vergehen zu Geldstrafen verurteilt worden. Aber hinter all dem musste noch viel mehr stecken. Da war sich Sasza sicher.

Da war zum einen dieser dubiose Finanzkonzern, SEIF, in dem irgendwie alle ihre Finger drin hatten: Bławicki war dort Anteilseigner, der Elefant Vorstandsmitglied. Und obwohl der Pfarrer behauptet hatte, dass nicht er auf dem Bild zu sehen sei und dass er selbst nichts mit der SEIF zu tun habe, stand auch er damit auf irgendeine Weise in Verbindung.

Außerdem hatte der Pfarrer kein Alibi für die Tatzeit. Da sprachen die Fakten doch für sich? All diese Indizien wiesen auf eine enge Verbindung dieser Menschen hin. Das Problem war nur, dass keiner von ihnen die Wahrheit sagte. Sasza kam es vor, als würde sie einen zu festen Knoten aufdröseln wollen. Sie brauchte bloß einen einzigen Faden, um das Geflecht zu entwirren. Der Schlüssel zu alledem lag in dem Lied, davon war sie überzeugt.

Liebe? Geld? Was auch immer. Lauter Fragezeichen.

Dass Staroń einen Zwillingsbruder hatte, hatte sie mittlerweile verifizieren können. Marcin und er waren zusammen aufgewachsen – bis zum Tag jener Tragödie um die Geschwister

Mazurkiewicz. Der Zwilling war angeblich vor zwanzig Jahren nach Deutschland gegangen – aber was dann? Hatte der Erdboden ihn verschluckt? Sasza wollte einfach nicht glauben, dass der Pfarrer keinen Kontakt mehr zu ihm hatte. Womöglich deckte er ihn. Auf jeden Fall musste der Geistliche vernommen und auf diese ganzen Verbindungen hin überprüft werden. Und genauso verhielt es sich mit Jerzy Popławski, dem bekannten Geschäftsmann. Sasza würde lediglich einen Termin mit seinem Vorzimmer ausmachen können. Und ihr war klar, dass das Zentrale Ermittlungsbüro auch genau das von ihr erwartete. Diese Typen waren nicht an Jan Wiśniewskis Mörder interessiert. Sie wollten an den Elefanten herankommen. Die Profilerin sollte ihnen handfeste Beweise liefern – irgendwas gegen die SEIF, am besten Beweise für die alten Machenschaften des Elefanten. Sie sollte stellvertretend die ganze Heubude-Mafia auseinandernehmen. Aber wie stellten sie sich das vor – Sasza Załuska im Alleingang? Nur mithilfe der vorliegenden Akten? Und binnen eines einzigen Abends? Diese Typen wollten schließlich morgen früh alles auf dem Tisch haben?

Immer wieder schoss ihr Bully durch den Kopf. Wer war der Mann wirklich? Und wer war der Typ, der sich damals als Bully ausgegeben und ihr ein Honorar für Nachforschungen in die Hand gedrückt hatte? Sie hatte sich von ihm austricksen lassen, aber sie war nicht dumm. Damals, bei dem nächtlichen Anruf, hatte sie geglaubt, die Stimme wiederzuerkennen. Sie wusste, mit welchem Offizier von damals sie gesprochen hatte, sie würde ihn nie vergessen – er war Ermittlungsleiter der Aktion »Däumelinchen« gewesen. Nach dem Anruf hatte sie ein bisschen herumgefragt, versucht, ihn ausfindig zu machen. Dass er bei der Kripo gelandet war, hatte sich als falsch erwiesen. Er war nicht länger bei der Polizei; womöglich hatte er sich ins Ausland abgesetzt. Doch Sasza war felsenfest davon überzeugt, dass er immer noch aktiv war. Dann wurde er von irgendwem gedeckt. Klassiker. Sie bräuchte bessere Kontakte, um sich diskret nach ihm zu erkundigen, hatte aber niemand Geeigneten mehr an der Hand.

Mittlerweile war es nach zwei Uhr. Sasza beschloss, erst schlafen zu gehen, wenn sie das fertige Gutachten an Duchnowski und Waligóra schicken konnte. Die genaue Beschreibung des Tatorts, eine viktimologische Analyse sowie eine Timeline der letzten Lebenstage des Opfers lagen bereits fertig vor. Zudem hatte sie sich ein paar Notizen zur Persönlichkeit des Täters gemacht und schrieb in Klammern ihre Hypothesen dahinter, um sie später noch mal überprüfen zu können. Ein paarmal war sie kurz versucht, Tom Abrams anzuskypen, hielt sich aber zurück. Sie würde ihm die fertige Expertise schicken. Sie hatte jetzt keine Zeit mehr für Gespräche, sie musste sich zusammenreißen und die Sache fertig machen. Sie würde es allein schaffen, wie so vieles zuvor.

Schließlich war das Gutachten fast fertig.

MORDFALL JAN WIŚNIEWSKI
FALLNUMMER V DS 47/13

PSYCHOLOGISCHES GUTACHTEN ZU EIGENSCHAFTEN DES UNBEKANNTEN TÄTERS

1. Alter
35 bis 45 Jahre. Reich an Lebenserfahrung. Hat am Tatort enorme Beherrschung bewiesen. Eiliges Entfernen vom Tatort. Nutzung des Überraschungsmoments.

2. Geschlecht
Männlich. Lt. DNA vom Handschuh blond, blaue Augen.

3. Körperbau

Mindestens 185 cm (nach Aussage von Izabela Kozak), schlank, körperlich fit, sportlich. Vielleicht trainiert er regelmäßig oder übt körperlich anspruchsvolle Arbeit aus. Konnte zwei Opfer in Schach halten und dann spurlos verschwinden, höchstwahrscheinlich mit einem Wagen.

4. Intelligenz

Hoher IQ, clever. Hatte den Überfall geplant. Entweder eine Waffe mitgebracht oder eine Waffe vom Tatort genutzt. Emotional stabil. Reagierte effektiv auf die vorhandenen Begebenheiten vor Ort (Überprüfung des Clubs, Mitnehmen des nachgemachten Schlüssels). Verfolgt höchstwahrscheinlich die Fortschritte der Ermittlung in den Medien. Führt möglicherweise ein ganz normales Leben, wartet ab, bis sich die Lage wieder beruhigt hat. Plant eventuell seine Flucht. Muss Verbündete haben, die aber nicht zwingend wissen müssen, dass er ein Killer ist. Hat womöglich Kontakte zur Polizei, um an die Fallakte zu kommen. Wird sich ein Alibi beschafft haben. Mit hoher Wahrscheinlichkeit befand er sich nach der Tat nicht in der Zuschauermenge – Risiko wäre zu hoch gewesen, zumal ein Opfer überlebt hat und ihn ggf. hätte identifizieren können.

5. Ausbildung

Absolvent einer technischen Schule? Womöglich akademische Bildung bzw. begonnenes Studium oder mehrere Studiengänge.

Der Verlauf der Tat weist auf methodisches Vorgehen hin, bei dem der Plan spontan modifiziert werden musste. Beherrschung der Opfer, Entfernen der Hülsen, Waffe wirksam versteckt. Andererseits brachte er die Sache nicht zu Ende, indem er eine potenzielle Zeugin verschont hat.

6. Beruflicher Status

Womöglich eigene Firma oder hoher Posten in einem Unternehmen. Einzelgänger, delegiert Aufgaben an andere. Teamleader, pflichtbewusst, agiert aber sprunghaft. Schiebt seine Pflichten mitunter vor sich her, bis er sie schließlich en gros erledigt. Aufgaben, für die er überqualifiziert ist, nimmt er nur in zwingenden Fällen an.

Gestaltet seine Handlungen gern spektakulär, aus Eitelkeit, um bewundert zu werden.

7. Wohnort

Wohnt nicht dauerhaft in Danzig oder Zoppot, stammt aber wahrscheinlich von hier, da er über Ortskenntnis verfügt; hat zumindest hier gearbeitet oder Geschäftsreisen hierher unternommen. Kannte den Club Nadel, ist womöglich auf Facebook-Fotos oder auf anderen Portalen zu sehen. Wahrscheinlich hat er zuvor Fluchtoptionen gecheckt. Daher auch so schnell verschwunden.

Plattenbausiedlungen oder sozialer Brennpunkt kann man hinsichtlich seiner Herkunft ausschließen. Eher einer der besseren Stadtteile. Womöglich Besitzer einer Eigentumswohnung oder eines Eigenheims. Achtet auf Sicherheit und Privatsphäre; das Haus ist wahrscheinlich von einer Hecke oder einer Mauer umgeben.

Denkbar, dass er kurz vor der Tat eine Wohnung in unmittelbarer Nähe der Nadel gemietet hat und dass er danach dorthin geflüchtet ist, bis die Suchaktion vorbei war; mögliche Erklärung dafür, dass er nach der Schießerei anscheinend spurlos verschwunden ist.

8. Aussehen

Bequeme Schuhe, aber keine Sportschuhe – Izabela Kozak hat ausgesagt, schwere Schritte gehört zu haben. Nicht sicher, ob die Fußspur im Schnee vor dem Club von ihm stammt. Wahrscheinlich in neutrale Farben gekleidet: Aus der Nachbarschaft meldete niemand Sichtung eines grell gekleideten Mannes. Wahrscheinlich leichte, sportive Kleidung, da er sich bei der Tat geschmeidig bewegen musste. Handschuhe – hat nirgends Fingerabdrücke an den Klinken und Türen hinterlassen. Muss sich später einen Handschuh ausgezogen und sich verletzt haben. Wahrscheinlich Kapuze oder tief in die Stirn gezogene Mütze. Verkleidung (als Priester, Gasmann, Elektriker) nicht auszuschließen.

9. Fahrzeug

Besitzt höchstwahrscheinlich einen Wagen und hat sich damit vom Tatort entfernt. Eventuell hatte er einen Komplizen, der ihn dort hingebracht und wieder abgeholt hat und der ihn bei einer potenziellen Störung hätte warnen können.

Wagen ist höchstwahrscheinlich relativ neu, gepflegt, praktisch, zuverlässig. Angesichts seiner Körpergröße ein großes Fahrzeug; womöglich auch Statussymbol.

10. Kriminelle Erfahrung

Möglicherweise vorbestraft, gewiss aber kriminelle Vergangenheit. Kennt die Arbeitsweise der Polizei, seine eigene Vorgehensweise ist diesbezüglich gut durchdacht. Hat sich mit Sicherheit ein Alibi verschafft.

11. Beziehung zu den Opfern

Wahrscheinlich kannte er Jan Wiśniewski (Art der Schüsse); Izabela Kozak eher nicht. Vielleicht war der Schuss auf sie auch ein Fehlschuss, siehe Punkt 12.

12. Beziehungen zu Frauen

Hat keine feste Partnerin, hat womöglich sogar noch nie in einer festen Beziehung gelebt. Dennoch behandelt er Frauen mit Respekt und Aufmerksamkeit, kann sehr charmant sein. Geht lediglich unverbindliche, für ihn bequeme Beziehungen ein, möglicherweise mit Frauen, die fest gebunden oder verheiratet sind. In einem solchen Verhältnis legt er Wert auf seine Freiheit und Unabhängigkeit. Sobald es stressig wird, trennt er sich.

Denkbar sind Störungen im Bereich der emotionalen und sexuellen Sphäre, allerdings kein perverses Verhalten. Am Tatort waren keine Hinweise auf aggressive Handlungen gegenüber dem weiblichen Opfer zu erkennen – im Gegenteil: Er hat Izabela Kozak nicht den Todesstoß versetzt. Womöglich hat er sie aus Mitleid verschont. Hat vielleicht eine Schwäche für Frauen und tritt ihnen gegenüber ritterlich und beschützend auf; besteht aber definitiv auf persönliche Freiheit.

13. Kinder
Keine. Wären ein zu großes Risiko. Hätte er eine Familie, hätte er die Tat wohl nicht an Ostern begangen.

Sasza zögerte und strich den letzten Punkt wieder weg. Beim Thema Kinder konnte sie sich nicht sicher sein; schließlich hatte sie selbst eine Tochter und übte einen riskanten Beruf aus.

Die Wahl des potenziellen Täters würde der Polizei obliegen. Allerdings sah sie schon jetzt, dass das Profil auf keinen ihrer Verdächtigen wirklich zutraf. Sie traten auf der Stelle, während der Mann immer noch frei herumlief. Mit jedem Tag wurde die Chance geringer, ihn zu fassen.

Trotz der späten Stunde beschloss sie nun doch, Tom Abrams anzurufen. Vielleicht hatte er ja eine Idee, wie sie den Staroń-Zwilling ausfindig machen konnten.

Richter Filip Szymański war sich durchaus bewusst, dass ein Mangel an Vorbildern, eine bestimmte Sozialisierung, Alkohol und Drogen verbrecherische Absichten begünstigen. Aber er wusste auch, dass es genug Menschen gab, die trotz ihrer Herkunft auf den rechten Weg zurückgefunden hatten. Bereits seit sechzehn Jahren war er Oberrichter am Kreisgericht in Danzig, und bedauerlicherweise hatte er die Arbeit dort noch immer nicht lieben gelernt. Angefangen hatte er als Strafrechtler im alten kommunistischen System. Damals hatte er noch an was anderes geglaubt. Damals nannte man es »Gerechtigkeit«, ein Begriff, der seiner Meinung nach inzwischen ausgestorben war und lediglich als Abstraktum im Raum stand, ähnlich wie die Vorstellung vom Bösen.

Ein Prozess selbst diente lediglich der Show, war mal mehr, mal weniger spektakulär. Was der Richter wirklich dachte, interessierte im Grunde niemanden. Wenn aus der Akte hervorging, dass die Waagschalen der Justitia sich zugunsten des Angeklagten neigten, gewann nun mal der Verteidiger. Wenn nicht, hatte der Ankläger Grund zur Freude. Der Szymański-Kodex besagte: Wenn die Schuld des Angeklagten nicht zweifelsfrei bewiesen werden konnte, durfte man ihn nicht verurteilen. Ihm war es allemal lieber, einen Ganoven freizulassen, als für die Verurteilung eines Unschuldigen verantwortlich zu sein. Und deshalb hatte Richter Szymański auch immer ruhig schlafen können.

Bis zum vergangenen Abend.

Zur Villa – einer der schönsten an der ulica Polanki – war er zu Fuß gegangen. Das Auto hatte er zuvor neben der Moschee abgestellt, weil er nicht wollte, dass ihn in der Nachbarschaft irgendwer sah. Außerdem wäre vor dem Haus ohnehin kein Platz mehr frei gewesen. Mit einem Blick stellte er fest, dass die meisten schon da waren. Er zog den Blumenstrauß aus violettem Allium aus der Folie und klingelte. Der Summer ertönte, und das Tor ging auf. Im Augenwinkel bemerkte Szymański einen weinroten Wagen, der nicht zu den anderen Limousinen passte: einen verdreckten alten Kombi. War die Polizei etwa auch hier? Der Richter hielt inne, und ein Schauder lief ihm über den Rücken. Nach den jüngsten Ereignissen wurde die Villa des Elefanten unter Garantie observiert.

Dann kam ihm ein weiterer Gedanke: Vielleicht würde er seine Pensionierung nicht mehr erleben. Womöglich würde es für ihn mit neunundfünfzig vorbei sein. Angst hatte er nicht. Wenn er wirklich eines gewaltsamen Todes sterben sollte, würde er einige Leute mit sich reißen. Hier hatte keiner eine weiße Weste, und er hatte immer noch sein Notizbuch, in dem diverse Namen von nicht ganz so Gerechten aufgeführt wurden. Alles Punkt für Punkt fein säuberlich notiert. Gelbe und rote Karten. Wie es Großmutter Justitia von ihm verlangte.

Filip Szymański marschierte auf den Eingang zu. Jerzy Popławski wartete bereits erwartungsvoll an der Tür und lächelte ihm entgegen. Auf der einen Seite des Rollstuhls stand eine langbeinige Pflegerin, die wie eine Hostess aussah und sicher gut zehn Jahre jünger war als Szymańskis Tochter. Auf der anderen Seite stand ein muskulöser Securitytyp mit breitem Hals. Der Mann verfolgte mit dem Blick jede noch so geringe Bewegung des Richters.

»Alles Gute, Jerzy!«

Der Richter streckte die Hand mit den Blumen aus. Die Hostess nahm den Strauß entgegen und betrachtete ihn eingehend, als befürchtete sie zwischen den Stängeln einen Sprengsatz, ehe ihr Arbeitgeber ihn entgegennehmen durfte. Angesichts dieses offenkundigen Mangels an Vertrauen seufzte Szymański schwer.

»Gesundheit und Wohlstand«, fuhr er in seinem tiefen Bariton fort, »und auf dass SEIF die Weltherrschaft übernehme.«

»Ich hoffe, du bist nicht mit dem Auto gekommen?«, fragte der Elefant mit einem schiefen Lächeln.

»Leider doch. Aber einen Wodka trinke ich trotzdem mit. Vielleicht kann mich dein Chauffeur später nach Hause fahren.«

Die Tür ging hinter ihnen zu.

Aus den Tiefen der Villa klang klassische Musik zu ihnen herüber. Filip Szymański ließ den Blick über die übliche Gästeschar schweifen. Ein paar jüngere Männer kannte er nicht. Das mussten die eigens für die SEIF angeworbenen angelsächsischen Finanzmanager sein. Sie sprachen Englisch miteinander, eine Sprache, die Szymański nicht sonderlich lag, sodass er sich eilig davonmachte, um nicht mit ihnen reden zu müssen. Er nickte dem Oberstaatsanwalt, zwei hohen Geistlichen in Zivil und einem Stadtrat zu, der – sichtlich angetrunken – gleich mit drei Frauen flirtete, die so jung aussahen, als müssten sie selbst die Hostess mit »Tante« anreden. Auf den ersten Blick sahen sie nicht wie Nutten aus, aber freiwillig waren sie gewiss nicht hier. Bestimmt hatten sie schon im Vorhinein eine anständige Aufwandsentschädigung bekommen. Bei ihrem Aussehen waren sie sicher nicht billig. Er ging einen Raum weiter – dort schwirrten von der Sorte noch einige mehr herum. Die eine oder andere hielt sich allein im Hintergrund und musterte den Richter durchdringend. Er bemühte sich, mit keiner von ihnen Blickkontakt aufzunehmen. Er hatte nicht vor, die Dienste eines der Mädchen in Anspruch zu nehmen. Hatte er noch nie – trotz aller Versicherungen vonseiten des Elefanten, dass es sich um eine sichere und garantiert unbedenkliche Art der Entspannung handele.

Der Richter nahm sich ein Glas Weißwein und steuerte schon den angrenzenden Raum an, als Popławski ihn aufhielt und diskret zu der Frau an seiner Seite hinübernickte. Die Blondine war zwar nicht mehr blutjung, regte aber immer noch gewisse Männer dazu an, in ihrer Anwesenheit spontan den Bauch einzuziehen. Sie hatte die Spitzen ihres kurzen Bobs nach innen gelockt und schien sich angesichts ihrer vereinzelten grauen Strähnchen keine Gedanken zu machen, was ihrer Ausstrahlung nur förderlich war.

»Filip Szymański – Ksenia Dunska. Ihren Mann Martin kennst du ja bereits.«

Der Richter nickte. Die Frau war für den Anlass unpassend gekleidet: in Reiterhose, Reitstiefel und ein weißes Männerhemd. Und sie musste ihren Mann um zwei Köpfe überragen – der den Richter im Übrigen keines Blickes würdigte. Der zierliche Mann mit den dunkelgrau melierten Haaren und dem schmalen Kiefer ließ seinen Blick unruhig hin und her huschen, und er kniff misstrauisch die Lippen zusammen. Im Gegensatz zu seiner Frau war seine Kleidung fast zu elegant, zu fein.

Dunski war Chef der SEIF, und der Richter wusste bereits, dass er morgen ins Gefängnis wandern würde. Das Urteil würde er höchstpersönlich unterzeichnen – und zwar mit großer Genugtuung. Martin Dunski war immer noch der Überzeugung, er würde lediglich für drei Monate in U-Haft wandern, und in der Zwischenzeit, bis Gras über die Sache gewachsen wäre, würde seine Frau die Geschäfte übernehmen. Doch da irrte er sich. Es würde mindestens sechs Monate dauern, wusste Szymański. Danach würden sie bei der SEIF hoffentlich einen besseren Mann einsetzen, nicht noch mal so einen Vollpfosten. Er fragte sich, ob Dunski es schon wusste und ob seiner Frau wohl klar war, was wirklich auf sie zukam.

»Verzeihung ... Ich wollte gerade eine rauchen gehen«, sagte Filip Szymański, machte auf dem Absatz kehrt und marschierte hinüber auf die Terrasse.

Auf ein Nicken ihres Mannes hin folgte ihm Ksenia Dunska; offenbar kam es Dunski gelegen, seine Gemahlin für eine Weile los zu sein. Endlich konnte er sich an die jungen Escortdamen ranmachen.

»Ich hab Mist gebaut, und Sie müssen jetzt hinter mir herräumen, nicht wahr?«, sprach ihn Ksenia Dunska ernst an. »Das tut mir wirklich leid.«

Also wusste sie davon. Die Frau würde es noch deutlich weiter bringen als ihr Ehemann.

Sie angelte eine Slim-Zigarette aus einer schimmernden Packung und steckte sie sich nachlässig zwischen die Lippen. Der Richter lief rot an, als er bemerkte, dass sie sekundenlang darauf gewartet hatte, dass er ihr Feuer gab. Unter Garantie hatte sie sofort begriffen, dass er nicht auf die Terrasse hinausgetreten war, um zu rauchen, sondern nur um sie loszuwerden. Ohne sich etwas anmerken zu lassen, reichte sie ihm im Gegenzug ihr Feuerzeug, eine bildschöne bernsteinbesetzte Kostbarkeit. Der Richter starrte kurz darauf hinab, bis er dahinterkam, wie es funktionierte, und gab ihr Feuer. Seine Hand zitterte leicht, als Ksenia sich vorbeugte. Unter dem weißen Hemd trug sie ein schlichtes Unterhemd, unter dem sich winzige Brüste abzeichneten.

»Der Kauf dieser Fluglinie war ein unnötiger Fehler«, sagte er beherrscht. »Damit hat die SEIF bloß die Aufmerksamkeit der Medien auf sich gezogen.«

»Ich hatte es ihm gesagt.« Sie senkte den Kopf, als hätte er sie zuvor dafür ausgeschimpft, und seufzte theatralisch. »Aber in diesem Land hören Männer nicht auf ihre Frauen.«

»Es gibt Ausnahmen«, widersprach er eilig.

Ksenia gefiel ihm. Sie war klug und beherrscht, plapperte nicht hirnlos drauflos wie viele andere Frauen. Wäre er nicht bereits verheiratet, wäre er durchaus an ihr interessiert gewesen. Und das schien sie auch zu merken. Sie schenkte ihm ein überaus charmantes Lächeln. Kokett, ungezwungen – ganz wie die Frisur. Der freche Pony machte sie um Jahre jünger.

»Zum Glück ändert sich das allmählich.«

Sie blies ihm den Zigarettenrauch direkt ins Gesicht und bot ihm dann eine ihrer Zigaretten an. Er nahm sie entgegen, fingerte ungeschickt am Feuerzeug herum und nahm einen flachen Zug. Der Rauch kratzte im Hals, die Zigarette schmeckte ihm nicht, aber er wollte sich nichts anmerken lassen.

»Außerdem lag es an Rusow. Er war scharf darauf, diese Fluglinie zu kaufen. Dieser Kerl mit seiner russischen Verwegenheit ... denkt wohl, dass er in nächster Zukunft zusammen mit dem Elefanten die Welt regieren wird.«

»Ein Primitivling aus Kaliningrad. Die Kilos an Gold, die er am Leib trägt, machen ihn weder schicker noch klüger«, kommentierte der Richter.

Die Antwort schien Ksenia zu gefallen.

Eine Kellnerin trug ein Tablett voller Wodkagläser an ihnen vorbei. Szymański nahm zwei herunter und hielt seiner Begleitung eines hin. Sie lehnte ab, verlangte dann aber im Befehlston einer Kaiserin nach einem Weißwein – was ihm wiederum gut gefiel. Die nimmt sich, was sie will, schoss es ihm durch den Kopf.

»In Wirklichkeit kann ich da nicht viel tun«, vertraute er ihr an. »Ich werde ein paar Leute anklagen müssen, um ein Exempel zu statuieren.« Er hustete. »Allerdings nur einige wenige ... reine Bauernopfer. Das Geld wurde ja bereits zurückgezogen. Aber es sind inzwischen kaum noch mehr als zehn

Prozent des Kapitals übrig. Auf jeden Fall muss die ganze Sache auffliegen, die Finanzaufsicht ist ohnehin schon seit längerer Zeit dran. Wenn ich es richtig verstehe, haben Sie auch einiges verloren?«

Er sah sie an, betrachtete ihr Profil. Sie hatte kleine Augen, eine große Nase, runzelte die Stirn, wenn sie in den mittlerweile rosafarbenen Himmel schaute, aber sie hatte definitiv das gewisse Etwas. Ausdrucksvoll, charismatisch. Der Elefant hatte schon immer Geschmack gehabt.

»Ja, wir müssen jemanden opfern«, stellte sie fest. »Wenn es um uns geht, haben wir ausgemacht, dass Martin es auf seine Kappe nimmt. Zum Glück hab ich mich nie in den Medien gezeigt.«

Sie drehte sich zu ihm um.

»Ich verstehe nicht ganz …«

Er trank das zweite Glas aus, während sich die Kellnerin mit Ksenias Weißwein näherte.

»Na, Sie denken doch wohl nicht, dass Martin die SEIF leitet, oder?«, gab sie lächelnd zurück. »Ich kann mir gar nicht vorstellen, dass Sie das nicht gewusst haben.«

Filip Szymański starrte sie konsterniert an.

»Martin fungiert nur auf dem Papier als Vorstandsvorsitzender – und ich als Anteilseignerin«, erklärte sie. »In Wirklichkeit sitze ich in seinem Büro. Er hat bereits zu viele falsche Entscheidungen getroffen, wie beispielsweise mit dieser Fluglinie … Damit hat er beinahe alles kaputt gemacht. Ich könnte niemals wirklich seine Frau sein. Er ist mir schlicht zu primitiv. Außerdem trägt er meinen Namen und nicht umgekehrt.«

»Keine Angst, Ihnen wird nichts passieren«, versprach der Richter.

»Können Sie mir das versichern?«

Szymański lief erneut rot an und nickte. Sie hatte ihn eiskalt erwischt.

»Aber was ist eigentlich mit diesem Mord?«, fragte sie in einem Ton, als wollte sie sich nach dem Wetter erkundigen. »Ich hab gehört, dass dieser Pfarrer festgenommen werden soll ...«

Ksenia hielt inne, als im Salon im selben Moment ein Tumult ausbrach. Eilig drückten sie die Zigaretten aus und schlüpften durch die Terrassentür hinein. Anfangs vermochten sie wegen der im Flur versammelten Menschen nichts zu sehen und drängelten sich ein Stück vor. Vor den Augen des Elefanten fuchtelte ein muskulöser Mann in einer grauen Kapuzenjacke mit einer Pistole herum. Offenbar war er sturzbetrunken. Als er ohne Vorwarnung Jerzy den Lauf der Waffe an den Hinterkopf setzte, umstellten ihn die Wachleute. Einer schob sich unauffällig an der Wand entlang und verschwand in der Bibliothek. Eine Frau kreischte, und Szymański wirbelte herum. Es war Edyta Ziółkowska, die junge Staatsanwältin. Auch ihre Karriere war bereits vorbei, nur dass sie es noch nicht mal ahnte.

Der bullige Mann riss Jerzy aus dem Rollstuhl und zerrte ihn ein Stück hinter sich her. Sofort richteten die Bodyguards ihre Waffen auf den Angreifer.

»Da schaut ihr, was?«, röchelte Paweł Bławicki. »Elefant, du hast anscheinend vergessen, mir eine Einladung zu schicken. Aber ich kenn ja die Adresse. Da bin ich also, um mir zu holen, was mir zusteht.«

»Lasst uns allein«, befahl der Elefant, und die Wachleute machten gehorsam einen Schritt zurück, hielten allerdings weiter die Waffen im Anschlag. »Und du lässt mich jetzt los, Bully. Wie kannst du einen alten Mann nur so behandeln? Wir setzen uns jetzt ruhig hin und unterhalten uns. Unter vier Augen.« Dann wandte er sich an die Gäste: »So, meine Lieben, und jetzt nehmt bitte am Tisch Platz und trinkt alle auf mein Wohl.« Mit einer großzügigen Geste winkte er die Leute in Richtung Esszimmer.

Die Besucher trotteten los, als wäre nichts gewesen. Einige von ihnen, die ein Stück weiter hinten gestanden hatten, hatten den Vorfall nicht mal mitbekommen. Erneut hörte man Musik, Gespräche und gedämpftes Lachen.

Der Elefant hievte sich wieder in seinen Rollstuhl und rollte in die Bibliothek. Bully lief hinter ihm her, immer noch mit erhobener Waffe. Sowie sie die Schwelle übertreten hatten, sprang der Bodyguard, der zuvor in die Bibliothek geschlüpft war, vor und überwältigte Bully mit einem gezielten Schlag. Schwer ging er zu Boden. Als er röchelnd versuchte, den Kopf zu heben, landete ein weiterer Schlag mit dem Kolben in seinem Gesicht. Aus seinem Mundwinkel sickerte Blut, und reglos blieb er liegen.

Der Richter schob sich hinter zwei Sicherheitsleuten her in die Bibliothek. Der Elefant gab den Männern das Zeichen, den Verletzten aus dem Raum zu schaffen.

»Aber lasst ihn am Leben«, befahl er. »Wer weiß, wozu ich ihn noch brauche.«

Filip Szymański setzte sich in einen Sessel, und der Elefant stand aus dem Rollstuhl auf, trat an einen Beistelltisch, schenkte sich und dem Richter einen Zentimeter Whisky ein, ließ ein paar Eiswürfel in das Kristallglas klimpern und reichte seinem Gast den Drink. Dann klappte er eine Kiste mit Zigarren auf und bot Szymański eine an.

»Ksenia ist eine tolle Frau, hm?« Verschwörerisch zwinkerte er seinem Besucher zu. »Kannst sie haben, wenn du willst.« Szymański tat immer noch so, als wüsste er nicht, wovon Popławski sprach. »Sie ist clever wie die Hölle. Könnte meine Tochter sein«, lachte er laut.

Filip Szymański antwortete nicht. Er schnitt das Ende der Zigarre ab und zündete sie an.

»Womöglich kann Bullys Frau uns helfen?«, sagte er schließlich. »Dann wär die Sache sauber und das Problem aus der

Welt. Das Zentralbüro ist mittlerweile dran, sie waren bereits in der Kommandantur. Und um diesen Reporter müssen wir uns auch endlich mal kümmern. Du hast schon zu viele rote Karten eingeheimst, Jerzy. Meine Prinzipien sind dir doch bekannt?«

Der Elefant schwieg nachdenklich.

»Tamara also?«

»Wenn sie so heißt.« Der Richter paffte genüsslich an der Zigarre. »Verdammt gut!«

Popławski schüttelte den Kopf.

»Nein, nicht sie«, entschied er. »Aber diese Managerin könnte sich an etwas erinnern …«

»Izabela Kozak? Im Prozess wird das nicht funktionieren. Ich muss mit sauberen Karten spielen, Jerzy.«

»Filip, wir verhandeln nicht. Das hier ist kein Basar«, gab der Elefant trocken zurück.

Eine Weile saßen sie schweigend da. Schließlich machte Filip Szymański seine Zigarre aus und stand auf.

»Sag mir Bescheid, sobald du dich entschieden hast. Aber erwarte keine Wunder. Erst recht, wenn die Zentralen uns schon auf den Fersen sind. Wir sollten nichts riskieren.«

»Wir können ihnen Rybak nicht zum Fraß vorwerfen – er hat sich die SEIF doch ausgedacht! Wir brauchen ihn. Wenn er anfängt zu reden, werden Köpfe rollen. Außerdem weiß außer ihm keiner, wie dieser Algorithmus wirklich funktioniert. Der Typ ist ein Genie!«, lachte der Elefant. »Wenn ich darüber nachdenke, dass ich vor ein paar Jahren nicht das Geringste mit ihm zu tun haben wollte … Ich hätte keinen Cent auf ihn gesetzt. Würdest du mir das heute glauben?«

»Du hast ein riesiges Problem, Jerzy«, sagte der Richter und zuckte mit den Schultern. »Seinen Bruder haben sie schon. Mit dir will ich jetzt wirklich nicht tauschen. Du musst jemanden opfern. Aber wen? Du verlierst auf jeden Fall, aber zumindest nicht alles. Wie auch immer: Setz auf Risiko. Sollte Rybak in U-Haft kommen, gib ihm irgendwas zu tun, damit er sich nicht langweilt. Dann warten wir fürs Erste ab und lassen Rybak wieder frei, damit er weiter seiner Arbeit nachgehen kann. Ich helfe dir. Zu den üblichen Konditionen. Honorar wie gehabt.«

Der Elefant trat leicht gegen seinen Rollstuhl.

»Tamara meldet sich«, verkündete er. »Ich schicke gleich morgen jemanden zu ihr.«

Sie kehrten zu den anderen zurück. In der Luft hing bereits der Duft diverser Köstlichkeiten. Filip Szymański setzte sich noch kurz mit an den Tisch, doch als Ksenia Dunska eine Viertelstunde später immer noch nicht wieder aufgetaucht war, schlich er unauffällig aus dem Haus.

Am nächsten Morgen sah Filip Szymański in seinem Büro gerade die Tagespresse durch. Er war nicht im Geringsten verwundert, als ihm von der ersten Seite des Lokalblatts Marcin Staroń entgegenblickte. »*Nadels Mörder gefasst! Kurie entsetzt!*«, schrien die Überschriften.

Als er weiterblätterte, erschrak er trotzdem. Und er musste die kurze Meldung auf Seite sieben mehrmals lesen, ehe er den neuen Plan des Elefanten zu begreifen begann. Knapp war von einem explodierten Wagen in Danzig-Heubude die Rede. Leitungsdefekt, hieß es. Im Wageninneren war ein Mann verbrannt, der nur per Initialen benannt wurde. Filip Szymański lehnte sich in seinem Sessel zurück und zog die halb gerauchte Zigarre aus der Jackentasche – eine kleine Erinnerung an Jerzys Geburtstag. Er würde eine Weile vor sich hin paffen und an die zauberhafte Ksenia denken. Doch dann überlegte er es sich anders. Über die Telefonanlage bat er seine Sekretärin: »Frau Ania, einen Kaffee mit Schuss, bitte.«

»Natürlich. Aber die Geschworenen sind bereits im Saal. Raum zehn, vierundzwanzig. Kommen Sie gleich?«

Er nickte, auch wenn sie es nicht sehen konnte.

»Gerne einen doppelten Schuss«, fügte er hinzu.

Dann löschte Filip Szymański eilig sämtliche verdächtigen E-Mails und SMS aus seinem Telefon.

Izabela war klar, dass sie schlafen musste, doch seit dem Gespräch mit dieser Psychologin hatte sie kein Auge zutun können, und ohne ihre Schlaftabletten hatte sie stundenlang in der Dunkelheit gelegen und sich im Bett herumgewälzt.

Mittlerweile fühlte sie sich ein wenig besser. Am Vortag war sie von den Geräten abgeklemmt worden und musste auch nicht mehr auf der Intensivstation liegen. Doch was ihr nach wie vor am meisten zu schaffen machte, war die Einsamkeit – da gab es zwar die Krankenschwestern und die Ärzte, aber die wechselten nur die nötigsten Worte mit ihr. Vor der Tür stand ein Polizist Wache, aber der sah nicht aus, als würde er sie im Fall einer Bedrohung beschützen können. Immerhin hatte er eine Waffe dabei und den Blick eines Wolfes. Anfangs hatte sie tatsächlich Angst gehabt, im Krankenhaus überfallen zu werden, doch allmählich fand sie die Idee lächerlich. Wie sollte jemand unbemerkt durch all die Korridore gelangen, ihr Zimmer finden und sie ermorden? Die Bedrohung, die auf sie wartete, sobald sie wieder draußen war, war wesentlich schlimmer.

Iza hatte darum gebeten, dass man ihr den Katheter entfernte, und obwohl sie immer noch heftige Bauchschmerzen hatte, beharrte sie darauf, selbstständig auf die Toilette zu gehen. Der Arzt hatte die Entscheidung begrüßt und gemeint, dass ihr die Bewegung guttäte.

»Die Wunde verheilt ordentlich.«

Allerdings war ihr Gedächtnis immer noch unzuverlässig. Sie konnte sich bis zu jenem Moment, da sie mit Nadel den

Club betreten hatte, an alles erinnern. Sie hatte sogar noch den Klang der Schritte im Kopf, als der Mörder sich genähert hatte. Dann hatte Janek ihr befohlen, in Deckung zu gehen. Alles, was danach kam, war wie weggefegt. Nur Lucjas Gesicht tauchte immer wieder in ihren Träumen auf, beinahe jedes Mal, wenn sie die Augen schloss. Iza wollte endlich von hier weg, zurück nach Hause, zu ihrem Kind. Ihr Mann hatte sie nur ein einziges Mal besucht und behauptet, die Ärzte hätten ihm nicht erlaubt, Michał mitzubringen, und mangels Betreuung müsse er sich selbst um den Sohn kümmern. Iza hatte ihm kein Wort geglaubt. Unter Garantie hatte er Michał bei seiner Mutter gelassen und hurte irgendwo herum. Ab morgen würde sie ganz normal Besuch empfangen können, da hätte er keine Ausrede mehr. Iza freute sich darauf, ihr Kind endlich wiederzusehen.

Sie lehnte sich aus dem Bett, griff zum Nachttisch nach dem Telefon und schaltete es ein. Auf dem Display erschien das Gesicht ihres Sohnes. Am liebsten hätte sie zu Hause angerufen, aber sie wusste, dass der Junge bereits schlief, und nachdem ihr Mann erwähnt hatte, dass es in seiner Firma gerade drunter und drüber gehe, war er nach einem langen Arbeitstag wahrscheinlich ebenfalls bereits im Bett.

Vorsichtig setzte sie sich auf und schob die Füße in die Hausschuhe. Jede Bewegung fiel ihr schwer. Sie hätte die Krankenschwester rufen können, wollte es aber allein schaffen. Nachdem sie es zur Toilette geschafft hätte, würde sie eine der Schwestern um ein Schlafmittel bitten.

Langsam tapste sie in Richtung Tür. Der Polizist schlief. Bei seinem Anblick schlich sich ein schiefes Grinsen auf ihr Gesicht. So bewachten die Bullen sie also!

Die Toilette befand sich eine Tür weiter. Sie konnte den Fernseher im Schwesternzimmer laufen hören, gekünsteltes Lachen, bestimmt sahen sie sich eine Sitcom an.

Der Toilettenraum war in zwei Bereiche eingeteilt: Im ersten befanden sich die Waschbecken, im zweiten die Klosetts. Iza schloss sich im zweiten Raum ein. Als sie fertig war und sich die Hände wusch, musste sie sich am Waschbecken abstützen, weil ihr schwindlig wurde. Sie atmete tief durch, um wieder zu Kräften zu kommen. Durch die angelehnte Tür erhaschte sie einen Blick auf einen Schatten, der das Licht aus ihrem Zimmer durchschnitt. Sie spähte durch den Türschlitz. Da stand jemand mit dem Rücken zu ihr da und sah sich um. Erst dachte sie, es wäre der Polizist, der aufgewacht war und nach ihr suchte – womöglich hatte er sich erschreckt, als er bemerkt hatte, dass die Tür offen stand und ihr Bett leer war.

Die Tür knarzte leise, als sie sich vorbeugte – und im selben Augenblick erkannte sie die Person trotz der tief ins Gesicht gezogenen Kapuze. In der Rechten hielt die Frau ein Bündel Unterlagen, doch darunter schien sie etwas zu verbergen. Eine Pistole? Izas Herz begann zu rasen. Sie zog sich vorsichtig zurück, schlüpfte in die Kabine und versuchte, mit zitternder Hand den Riegel vorzuschieben. Es wollte ihr nicht gelingen. Urplötzlich fiel ihr alles wieder ein, und diesmal war sie sich vollkommen sicher: Es war Lucja gewesen, die in der Nadel auf sie und Janek geschossen hatte. Jetzt stand sie draußen auf dem Flur und lauerte ihr auf. Wie vor ein paar Tagen im Club. Vor Izas Augen tauchten weitere Bilder auf. Sie erinnerte sich an jeden Schritt ihrer ehemaligen Freundin, an den eisernen Blick, an ihre eigene Reaktion – sie war wie gelähmt, konnte sich nicht mehr bewegen. Lucja war gekommen, um sie aus dem Weg zu räumen.

Wie gelähmt vor Entsetzen rutschte Iza an der Wand hinab und wartete darauf, dass Lucja kam, um sie zu töten. Sie kniff die Augen zusammen wie ein Kind, das überzeugt war, nicht gesehen zu werden, wenn es nur selbst nichts sah. Die Tür knarrte, und Iza hörte leise Schritte, sah die Spitzen grauer

Schuhe mit Lacoste-Logo. Sie hörte Lucja regelrecht schadenfroh lachen – und jetzt erinnerte sie sich auch wieder ganz genau daran, dass die Waffe kein Revolver gewesen war. Sie sah den schwarzen Lauf und den Aufsatz des Schalldämpfers vor sich, hörte den gedämpften Schuss. Und verlor das Bewusstsein.

Lucja hatte die ganze Nacht in seinem Büro auf Pfarrer Staroń gewartet. Am vorigen Nachmittag hatte sie in der Wohnung von Tamara und Bully nichts gefunden, was ihr geholfen hätte, der Wahrheit näher zu kommen. Sie hatte sämtliche Schränke und Schubladen durchsucht und Unterlagen durchgeblättert. Trotz der Latexhandschuhe, die sie sich übergestreift hatte, war ihr klar, dass die Polizei, sofern sie es drauf anlegte, irgendwas finden würde, was sie gegen sie verwenden könnte. Angeblich konnte man selbst aus den winzigsten Hautschüppchen DNA sicherstellen. Daher schrieb sie Bully anschließend eine Notiz, sie sei da gewesen, um sich einen Ordner auszuleihen, die Unterlagen über die SEIF, damit ihre Tante endlich ihr Geld wiederbekomme.

Danach ging sie im nahe gelegenen Supermarkt einkaufen und kehrte ins Pfarrhaus zurück. Sie wollte etwas Leckeres kochen: Fleischklößchen vielleicht. Und sie würde einen Mohnkuchen backen. Sie stellte Tamara Sochas Auto vor dem Tor der Kirche ab, ging hinein und legte die Autoschlüssel zurück an ihren Platz. Dann steuerte sie die Küche an und begann zu kochen. Irgendwann kam Vikar Grzegorz verschlafen in die Küche und rieb sich die Augen. Sie stellte ein Gedeck vor ihm auf den Tisch. Doch statt sich zu setzen, hielt er ihr erst mal eine Standpauke.

»Ich hab die Polizei darüber informiert, dass Sie den Wagen gestohlen haben. Die Polizei fahndet schon nach Ihnen«, verkündete er hämisch und wartete auf ihre Reaktion.

Doch Lucja enthielt sich jeder Reaktion. Wortlos legte sie die Möhre beiseite, die sie gerade hatte schälen wollen, und drehte die Gasflamme unter der Gurkensuppe kleiner. Dann drückte sie Grzegorz eine Tonschale mit Mohn in die Hand und begann mit der Zubereitung des Teigs.

»Na ja«, sagte der Vikar nach einer Weile, »um ganz ehrlich zu sein, hab ich die Polizei nicht angerufen.«

Lucja hob den Kopf und musterte ihn erwartungsvoll. Instinktiv witterte sie Gefahr. Und offenbar war der Vikar zufrieden mit dem erzielten Effekt.

»Wen ich in Wahrheit angerufen hab, war Ihre Tante. Sie meinte, sie würde Sie schon finden. Marcin ist zu ihr gefahren. Frau Krysia meinte, sie habe einen Garten in Dolina Radości, also keine dreißig Kilometer von hier weg. Dolina kenn ich gut, ich war als Kind oft dort bei meiner Tante.«

Wortlos stand Lucja auf und griff nach dem Telefon. Das Handy des Pfarrers schaltete sofort auf Voicemail um. Rund um Dolina war der Empfang oft schlecht. Sie hinterließ ihm eine Nachricht: Sie sei wieder da, es sei nichts Schlimmes geschehen.

Sie hoffte, dass Staroń zurückrufen würde. Doch das Telefon schwieg hartnäckig.

Der Vikar saß immer noch da und starrte sie selbstzufrieden an. Offenbar hatte er nicht vor, sie allein zu lassen. Lucja nahm ihm die Schale wieder weg und begann, den Mohn zu mörsern.

»Sieht professionell aus«, murmelte er. »Sind Sie Köchin oder so?«

Sie antwortete nicht. Noch ein Wort, und sie würde ihm mit dem Stößel eins überziehen. Sie hatte noch nie zuvor einen Menschen kennengelernt, der sie derart aus dem Gleichgewicht zu bringen vermochte.

»Auf jeden Fall können Sie backen«, fuhr er fort.

»Lassen Sie mich in Ruhe«, zischte sie und sah ihm direkt ins Gesicht. »Haben Sie gar keine Angst, dass ich Sie vergiften könnte? Ich kenne mich mit so was aus.«

Der Vikar verstummte augenblicklich.

»Na, na. Keine Angst. Momentan lohnt es sich für mich noch nicht, Sie aus der Welt zu schaffen«, höhnte sie.

»Da läuft was über«, murmelte er nur und wies zum Herd, auf dem diverse Töpfe standen. Ein Deckel hüpfte im Wasserdampf bereits auf und ab. Eilig drehte Lucja die Flamme ab.

»Sie können eigentlich wieder gehen«, meinte sie. »Eine Runde beten oder was immer ihr Priester so in eurer Freizeit macht. Essen ist in etwa zehn Minuten fertig.«

»Ich hab bereits gegessen. Butterbrote.« Masalski machte es sich auf seinem Stuhl bequem. Er hatte immer noch nicht vor zu gehen, wollte ihr lieber weiter auf die Nerven gehen. »Ich bin an Trockenproviant gewöhnt. Bevor Sie gekommen sind, haben wir hier immer nur Brote gegessen. Also, ich hab keinen Hunger, aber wenn Pfarrer Staroń kommt, wird er bestimmt was essen wollen. Die beiden sind schon seit zwei Uhr auf der Suche nach Ihnen ... das sind mittlerweile sechs Stunden. Nein, fast sieben«, sagte er mit einem Blick auf seine Armbanduhr.

»Und wenn ich unterwegs jemanden bestohlen oder getötet hätte? Was würden Sie dann tun?«, spottete sie. »Ich hab tatsächlich kurz darüber nachgedacht. Aber da war niemand, der mir gefallen hätte.«

Der Vikar grinste, doch sie ahnte, dass hinter der Fassade ein kleiner Inquisitor steckte.

»Ich glaube nicht, dass Sie so jemand sind«, gab er freundlich zurück. »Ich hab eine gute Menschenkenntnis. Trotzdem sind Sie irgendwie komisch, Lucja.«

»Sie hingegen überhaupt nicht, Vikar Grzegorz ...«

Sie griff nach Mehl und Eiern für den Teig und fragte sich

zum wiederholten Mal, was er hier in der Küche wollte. Wozu hockte er hier? Warum hatte er die Polizei nicht verständigt? Sie war sich beinahe sicher gewesen, dass er es tun würde, sobald er entdeckt hatte, dass Tamara Sochas Auto verschwunden war. Dann dämmerte ihr, dass er womöglich gar nicht mit ihr reden wollte – er passte lediglich auf, dass sie nicht wieder verschwand. In ihrem Kopf ging eine Warnleuchte an. Sie drehte sich zu ihm um.

»Könnten Sie mich bitte für einen Moment allein lassen? Seien Sie mir nicht böse, aber es gibt da ein paar Dinge, über die ich in Ruhe nachdenken muss.«

»Nachdenken?«, fragte er, stand aber auf. »Na ja, da gibt's bestimmt einiges … Gut, dann gehe ich eben.«

»Durchaus«, gab sie knapp zurück und verzog das Gesicht zu einem falschen Lächeln, was dann schlagartig wie weggefegt war, als sie sah, was der Vikar aus seiner Tasche zog. Einen Schlüssel! Noch ehe sie reagieren konnte, war er auch schon zur Tür hinaus und hatte den Schlüssel im Schloss herumgedreht.

»Der Pfarrer hat noch einen. Er lässt Sie sicher wieder frei«, rief er noch. »Gute Nacht!«

»Das will ich ihm auch geraten haben«, brüllte sie ihm nach und begann dann, hysterisch zu lachen.

Und wieder war sie eingesperrt – nur dass dieses Gefängnis hier noch viel, viel schlimmer war. Sie hatte doch versucht, nett und höflich zu sein! Anfangs hatte sie noch überlegt, aus dem Fenster zu steigen und abzuhauen, doch dann hatte sie es sich anders überlegt. Sie musste mit Marcin Staroń etwas besprechen … Es gab diverse Dinge zu klären. Sie würde erst wieder gehen, wenn sie die ganze Wahrheit erfahren hätte. Denn mittlerweile hatte sie nichts mehr zu verlieren.

Sie zog die Töpfe vom Herd, wusch ab, setzte sich an den Tisch und zündete sich eine Zigarette an. Statt eines Aschenbechers nahm sie sich eine Untertasse aus Porzellan aus dem feinen Tafelservice unter der Anrichte. Der kleine Seitenhieb hellte ihre Laune auf – sie konnte das empörte Gesicht des Vikars regelrecht vor sich sehen. Am liebsten hätte sie ihm erklärt, dass sie keine andere Wahl gehabt habe – immerhin war er es gewesen, der sie eingesperrt hatte. In einer Küche ohne Aschenbecher. Eine Weile rauchte sie genüsslich vor sich hin, bis sich das schlechte Gewissen bemerkbar machte. Es ging hier schließlich nicht allein um Grzegorz Masalski. Es ging auch um Marcin Staroń. Sie trat ans Fenster und hielt die glimmende Zigarette ein Stück hinaus, damit nicht noch mehr Rauch in die Küche zog. Sie kam sich wieder vor wie damals am Gymnasium. Da hatte sie nachts heimlich auf dem Dachboden die ausländischen Zigaretten ihrer Mutter geraucht.

Lucja sah auf die Uhr. Es war bereits nach zehn. Im Pfarrhaus war es mittlerweile vollkommen still. Sie rief noch einmal Pfarrer Marcin auf dem Handy an, doch er ging erneut nicht ran. Allerdings schien er jetzt zumindest wieder Empfang zu haben. Lucja wertete das als gutes Zeichen: So würde er zumindest sehen können, dass sie angerufen hatte. Sie trat an die Tür und lauschte, doch alles, was sie hörte, war ihr eigener beschleunigter Atem. Dann zog sie sich die Haarnadel aus ihrem Dutt, bog sie auseinander und steckte sie ins Schloss. Es dauerte länger als gedacht, aber am Ende erwischte sie den Schnapper, und das Schloss ging auf. Lucja war wieder frei.

Diesmal würde sie jedoch nicht aus dem Pfarrhaus flüchten. Mit langen Schritten lief sie ins Büro des Pfarrers und bereitete sich dort auf ein ernsthaftes Gespräch vor.

Aus dem Versteck holte sie die Waffenattrappe, die Munition und die Unterlagen über Jan Wiśniewski und legte alles auf den Schreibtisch.

Irgendwann legte sie sich aufs Sofa und zog sich eine dünne Decke über. Als sie wieder aufwachte und auf die Uhr sah, war es bereits nach vier. Doch Marcin Staroń war immer noch nicht wieder ins Pfarrhaus zurückgekehrt.

Und er kehrte auch nicht tags darauf zurück. Er war wie vom Erdboden verschluckt – genau wie Tamara Socha.

Am folgenden Nachmittag erschien ein alter Geistlicher, den Lucja schon mal in vollem Ornat im Fernsehen gesehen hatte. Damals hatte er bischöfliches Violett getragen. Der Vikar fiel vor ihm auf die Knie, und der Bischof hielt ihm seinen Ring hin und tätschelte Masalski den Kopf. Dann betrat er mitsamt Gefolge die Pfarrei, ließ sich Fleischklöße servieren, lobte Lucjas Mohnkuchen und schickte sie zu guter Letzt fort.

»Gott segne Sie, mein Kind, wir brauchen Sie nicht mehr.«

Als sie sich zurückzog, herrschte im Pfarrhaus reges Treiben. Leute gingen ein und aus und schleppten kistenweise Unterlagen hinaus. In Lucjas Zimmer schien eine etwa vierzigjährige alte Jungfer ihren Arbeitsplatz aufgeschlagen zu haben. Unter dem langen braunen Rock blitzten dicke Knöchel hervor. Der weite graue Pullover verhüllte nur unzureichend ihre Rundungen. Das graue Haar hatte sie unter einem erstaunlich bunten Kopftuch versteckt. Die Frau ging in die Küche, schnappte sich die Schürze und begann, das Zimmer zu putzen. Dann trug sie Lucja auf, ihr die Sachen zusammenzupacken.

Lucja tat wie geheißen und packte eilig Bullys Ordner ein. Anschließend lief sie ins Arbeitszimmer des Pfarrers und klaubte auch noch die Waffe, die Munition und die Papiere vom Tisch. Ohne sich erklären zu können, warum, griff sie spontan auch nach der Róż-Europy-Kassette und steckte sie ebenfalls ein.

Lucja ging, wie sie gekommen war: in Jogginghosen und auf Turnschuhen. Niemand hielt sie auf, niemand fragte, was jetzt aus ihr werden würde. Sie konnte nirgends Polizisten sehen, also war niemand gekommen, um sie zu verhaften. Sollte der Denunziant, dieser grässliche Vikar, doch in der Hölle schmoren. Und darüber hinaus noch jemand ...

Die Dritte von links. Ich bin mir sicher«, wiederholte Izabela Kozak.

Durch den Spionspiegel starrte sie Lucja Lange an.

»Bitte nennen Sie uns die Nummer«, forderte Robert Duchnowski sie auf.

»Nummer drei. Das ist die Frau, die auf mich geschossen hat. Ich weiß nicht mehr, mit welcher Waffe, aber es war ganz sicher kein Revolver. Das hab ich beim letzten Mal durcheinandergebracht.«

»Aber jetzt sind Sie sich völlig sicher?«

»Ich werde mich bis an mein Lebensende an dieses Gesicht erinnern«, gab Iza zurück.

»Denken Sie noch mal gut darüber nach«, murmelte Duchnowski.

Ziółkowska funkelte ihn böse an. Sie trug rote High Heels und einen roten Lippenstift im gleichen Farbton. Sie sah beinahe so gut aus wie sonst. Nur ein aufmerksamer Beobachter konnte sehen, dass ihre Augen umschattet waren und ihre Hände zitterten.

»Und Sie bleiben bei Ihrer vorherigen Aussage, dass es diese Frau war, die Sie gestern Nacht im Krankenhaus erneut überfallen hat?«, wollte die Staatsanwältin wissen.

Wutschnaubend drehte der Kommissar sich zu ihr um. Er hatte genug von dieser Farce.

In der vergangenen Nacht hatten sich die Ereignisse überschlagen. Zuerst hatte das Krankenhaus die Polizei alarmiert, weil eine Patientin attackiert worden war. Zum Glück war Izabela Kozak mit ein paar blauen Flecken und einem Schwächeanfall davongekommen. Die Ärzte hatten versichert, dass ihr Zustand stabil sei, doch die Zeugin war auf der Stelle in die geschlossene Abteilung überführt und fünf bewaffnete Beamte waren vor ihrer Tür postiert worden. Weitere zehn hatten um das Krankenhaus herum patrouilliert.

Lucja Lange wurde noch auf der Straße gefasst, als sie gerade versuchte, ein Taxi anzuhalten. Sie leistete keinen Widerstand.

»Ich habe Iza nichts getan«, erklärte sie immer wieder. »Ich wollte doch bloß mit ihr reden.«

Eine Waffe wurde bei ihr nicht gefunden, lediglich ein altes Schulheft sowie ein Bündel Steuerunterlagen. Lucja setzte die Ermittler davon in Kenntnis, dass es sich dabei um Bławickis Papiere handelte, die sie sich ausgeliehen habe.

»Ausgeliehen?«, lachte einer der Beamten und nahm die Unterlagen an sich – und weil er gleich darauf einem Antiterroreinsatz beiwohnen musste, lagen sie erst mal in seinem Kofferraum, statt auf direktem Weg den Danziger Ermittlern zugeführt zu werden.

Als Duchnowski davon Wind bekam, fluchte er eine geschlagene halbe Stunde wie ein Rohrspatz.

»Ich reiß denen die Köpfe ab, wenn ich sie in die Finger kriege!«

Doch das war erst der Anfang. Kurz vor Dienstwechsel erschien um 8.22 Uhr Tamara Socha in der Kommandantur, um eine Aussage zu machen. Sie bestand darauf, mit dem zuständigen Ermittlungsleiter zu sprechen und mit niemand anderem. Doch Bullys Frau musste bis fünfzehn Uhr ausharren. Duchnowski war mit einem Technikerteam nach Heubude gefahren, wo ein Pkw in die Luft geflogen war. Auf den ersten Blick schien es sich um einen Defekt der Autogasanlage gehandelt zu haben. Der Fahrer war noch am Unfallort verstorben. Duchno hatte seit Jahren nicht mehr mit derlei Bagatellen zu tun gehabt, doch Waligóra hatte darauf bestanden, dass er persönlich umgehend dorthin fuhr. »Bist du in der Stadt?«, hatte der Kommandant von seinem Untergebenen wissen wollen. »Dann nichts wie hin! Und nimm deine besten Leute mit. Und heul nicht ... dein Wagen ist im Eimer.«

Bei dem Autowrack handelte es sich um Duchnos weinroten Honda Civic, was die Polizisten in eine heikle Situation brachte. Einigen Leuten war zwar bekannt gewesen, dass Duchnowski erst Stunden zuvor seinen Wagen gegen Bławickis Rover eingetauscht hatte. Doch leider gab es für den Tausch keinen Beleg. Die Beamten, die auf Duchnos Anweisung den Verdächtigen hatten observieren sollen, hatten nichts Auffälliges bemerkt.

»Bully hatte Duchnos Honda vor der Kirche in Heubude geparkt und ist von dort aus nicht mehr weggefahren«, hatten die Beschatter zu Protokoll gegeben. »Er hat sich nur noch mit dem Taxi fortbewegt. Zuletzt wurde er vor Jerzy Popławskis Villa gesehen.«

Was genau passiert war – wann und wie der Wagen an den Fundort gebracht worden und warum die Gasanlage explodiert war –, sollten die Experten klären. Momentan stand lediglich fest, dass es den Feuerwehrmännern nicht mehr gelungen war, Bławicki aus dem brennenden Wagen zu ziehen. Die Identität des Opfers würde allerdings erst in etwa einer Woche mit hundertprozentiger Sicherheit durch eine DNA-Probe bestätigt werden.

Duchnowski tat es eher um den Honda leid als um den Gangster. Doch dass er den Autotausch nicht nachweisen konnte, lag ihm schwer im Magen – denn das hieß auch, dass er aus offizieller Sicht unbefugt im Besitz von Paweł Bławickis

Wagen war. Was seinen eigenen Wagen anging, so hatte er es – rein juristisch betrachtet – versäumt, ihn als gestohlen zu melden. Die Autopapiere waren ebenfalls verbrannt, insofern konnte Duchnowski auch nicht damit rechnen, dass ihm die Versicherung auch nur einen Złoty erstatten würde. Was indes wesentlich schlimmer war: Im Handschuhfach waren die verkohlten Überreste von Duchnos Dienstwaffe und ein Set Munition gefunden worden. Der Kommissar war felsenfest davon überzeugt gewesen, die Waffe in den Panzerschrank in seinem Büro gelegt zu haben. Nun aber stand der Verdacht im Raum, dass er den Wagen zusammen mit der Waffe an einen Gangster übergeben haben könnte – oder dass er selbst eine Rolle bei dessen Tod gespielt hatte.

»Ich hab wirklich keine Ahnung, wie das passiert sein soll«, teilte er Waligóra mit und fügte, als er den Gesichtsausdruck seines Vorgesetzten sah, sofort hinzu: »Du denkst doch nicht im Ernst, dass ich irgendwas damit zu tun hätte?«

Er war sich sicher, dass ihn irgendjemand reinreiten wollte, hielt sich dann aber mit weiteren Erklärungen zurück, als der Kommandant erwiderte: »Ich muss das an die Interne weitergeben. Und im Übrigen wär es mir lieb, wenn ich dich eine Weile nicht sehen müsste.«

Was also blieb ihm jetzt noch übrig, als abzuwarten, bis er suspendiert würde? Selbst zu kündigen – was definitiv ehrenwerter wäre? Er setzte sich gerade auf.

»Befehl verstanden. In ein paar Tagen bin ich wieder da. Bis dahin mache ich Survivalurlaub und trink Wasser aus einer Pfütze.«

Waligóra hatte den Scherz offenbar missverstanden.

»Denk nicht mal darüber nach zu desertieren! An den Schreibtisch, Duchno! Mach meinetwegen weiter, aber schalt endlich dein Gehirn ein!«

Wie ein geprügelter Hund kehrte Duchnowski in die Kommandantur zurück. In der Tat war seine Dienstwaffe verschwunden. Der Schrank war vorschriftsgemäß zugesperrt gewesen, doch das Holster war leer. Er erkundigte sich bei den Kollegen, ob irgendjemand in der Nacht da gewesen sei – ohne Ergebnis. Frustriert marschierte er zum Getränkeautomaten und investierte zwei Złoty in ein braunes Gebräu, das er angewidert in drei Schlucken austrank. Dann endlich fühlte er sich halbwegs in der Lage, Tamara Socha in sein Büro zu rufen.

Er überlegte schon, wie er ihr möglichst schonend beibringen sollte, dass ihr Ehemann tot war, als Waligóra ihm zuvorkam und die Frau zu sich rief. »Es dauert auch noch lang.«

Tatsächlich musste Duchno mehr als eine Stunde warten. Sein Magen knurrte, und er bat einen Polizeianwärter, ihm einen Hamburger zu holen. Doch noch ehe er auch nur den ersten Bissen hatte essen können, stand Bullys Frau wieder in seiner Tür. Ihre Augen waren vom Weinen gerötet. Trotzdem wirkte sie beherrscht. Sie bat lediglich um ein Glas Wodka, das sie mit einem Schluck austrank. Duchno hätte es ihr am liebsten gleichgetan, rief sich aber zur Räson. Bei der Arbeit wurde schon seit Langem nicht mehr getrunken. Regeln waren zwar dazu da, gebrochen zu werden, doch er wollte einen klaren Kopf behalten, zumal er keine Ahnung hatte, wie lange er heute im Dienst bleiben müsste.

»Wenn Sie möchten, Frau Socha, können wir uns auch an einem anderen Tag unterhalten«, schlug er ihr nicht sonderlich überzeugend vor. »Andererseits wäre es womöglich besser, wenn wir es gleich hinter uns brächten.«

Die Frau saß eine Weile reglos da und starrte zu dem Schrank hinüber, in dem er die Wodkaflasche aufbewahrte.

»Ich muss es Ihnen erzählen«, sagte sie nach einer Weile, »obwohl ich ursprünglich etwas anderes aussagen wollte …«

Duchno sah sie konzentriert an.

»Paweł wurde ermordet«, fuhr sie fort. »Das mit der Gasanlage ... Daran ist kein Wort wahr.«

»Es ist ohnehin noch zu früh, um etwas Genaueres zu sagen«, wandte der Kommissar ein. »Die Gutachter sind noch nicht fertig. Womöglich handelt es sich wirklich um einen tragischen Unfall ...«

»Sie wissen genau«, fiel sie ihm aufgebracht ins Wort, »dass es ein Anschlag auf sein Leben war!« In ihrer Stimme klang vage ein ausländischer Akzent mit. »Nachdem er aus der U-Haft entlassen wurde, ist er nicht wieder nach Hause gekommen. Ich gehe davon aus, dass er noch am selben Tag einige Leute aufgesucht hat, um sich Informationen zu beschaffen. Erst später am Abend war er wieder da. Er war vollkommen erschöpft, aß eine Kleinigkeit und ging wieder, ohne sich auch nur mit einem einzigen Wort zu verabschieden. Aber beim Essen haben wir uns kurz miteinander unterhalten. Er hat um sein Leben gefürchtet. Ich weiß, dass er gestern Abend noch mal losgefahren ist, um sich mit jemandem auszusprechen. Sein Tod war kein Unfall«, sagte sie entschieden.

»Mit wem hat er sich getroffen?«

Tamara zuckte mit den Schultern.

»Keine Ahnung. Allerdings hatte Jerzy Popławski gestern Geburtstag, und er richtet jedes Jahr eine große Party aus«, fügte sie hinzu. »Womöglich war er dort.«

Da könnte was dran sein, dachte Duchnowski. Es war nicht das erste Mal, dass dieser invalide Juwelier, der Elefant, in der Ermittlung auftauchte. Es war an der Zeit, dass er befragt würde. Zwar rechnete Duchnowski insgeheim damit, dass Popławski seine Hände in Unschuld waschen würde, aber womöglich könnte es sich dennoch lohnen. Sie bräuchten lediglich einen Vorwand, damit sie ihn zumindest für einige Stunden festsetzen konnten. Und urplötzlich dämmerte ihm, warum die Socha mehr als eine Stunde beim Kommandanten gesessen hatte. Bestimmt würde er gleich genauso lange brauchen, um sich ihre Version der Ereignisse anzuhören. Sein Magen knurrte immer lauter. Der junge Polizist hatte den Hamburger bestimmt längst selbst gegessen, dachte er verärgert. Aber vorerst würde er nicht von hier wegkommen.

»Haben Sie irgendwelche konkreten Hinweise, Frau Socha?« Er gab sich alle Mühe, geduldig und freundlich zu klingen. »Irgendetwas, was uns bei den Ermittlungen weiterhelfen könnte?«

Sie sah ihn irritiert an.

»Ich riskiere mein Leben, indem ich den Elefanten belaste. Sie sind der Polizist, kümmern Sie sich darum, dass er überprüft wird. Wenigstens das sind Sie Ihrem ehemaligen Kollegen schuldig!«

»Wir kümmern uns darum.«

Nicht dass er Bully gegenüber zu irgendetwas verpflichtet gewesen hätte. Der Typ sollte in der Hölle schmoren, und wenn hier jemand einem anderen etwas schuldig war, verhielt es sich viel eher umgekehrt. Er biss sich auf die Zunge. Immerhin hatte die Frau, die ihm jetzt gegenübersaß, gerade erst erfahren, dass sie Witwe war.

»Ich kann Ihnen versichern«, sagte er bemüht sanft, »dass wir alles haarklein überprüfen werden. Aber wir brauchen weitere Informationen. Warum war jemand hinter Ihrem Mann her? Wurden Sie oder wurde er bedroht? Hatten Sie unerwarteten Besuch – und wenn ja, wie sah er aus? Hatte Ihr Mann Angst vor irgendjemandem? Vor wem? Ich brauche konkrete Angaben, Frau Socha.«

Sie warf ihm einen wütenden Blick zu.

»Sie müssen mich verstehen – bislang haben Sie lediglich eine Vermutung geäußert.«

Er durfte ihr jetzt keine Angst einjagen, sonst würde sie auf der Stelle aufspringen und gehen, und er hätte immer noch nichts in der Hand.

»Jeder Mensch hat das Recht, eine Geburtstagsparty auszurichten. Das ist an sich noch nicht verdächtig.«

»Bully war nicht eingeladen«, murmelte sie. »Zum allerersten Mal ...«

»Vielleicht weil Popławski wusste, dass er in Haft saß?«, mutmaßte der Kommissar.

»Nein. Die Einladungen kommen immer zwei Wochen im Voraus«, sagte sie. Inzwischen wirkte sie wieder völlig ruhig. »Aber in diesem Jahr kam keine Einladung. Und das war kein Versehen. Und genau das hat Paweł zu denken gegeben.«

»Aber warum? Worum ging es dabei?«

Duchnowski wusste intuitiv, dass die Frau gleich anfangen würde zu erzählen. Sie würde ihm anvertrauen, was sie zu Bullys Lebzeiten niemals zu irgendjemandem gesagt hätte.

»Solange Bully nicht wusste, dass Nadel getötet werden sollte, war er in Sicherheit«, hob sie an.

»Nadel?«

Tamara Socha nickte.

»Ja. Wiśniewski sollte aus dem Weg geräumt werden. Der Auftrag kam vom Elefanten. Dann gab es irgendwelche Komplikationen, und jemand anders hat den Job für Paweł übernommen ... Paweł hat Nadel nicht erschossen! Als er in den Club kam, war Janek bereits tot. Als er die Leiche sah, wusste er, dass er der Nächste sein würde.«

Sie verstummte wieder. Ihr Gesicht war leichenblass.

Duchnowski machte den Schrank wieder auf, holte die Wodkaflasche heraus und schenkte ihr noch einmal ein. Auch diesmal stürzte sie den Schnaps auf ex hinunter und verzog dabei nicht einmal das Gesicht. Der Alkohol schien prompt zu wirken. Endlich hatte sie ein bisschen Farbe im Gesicht.

»Sein Todesurteil muss gestern Abend gefällt worden sein. Er wusste einfach zu viel. Und man muss doch nur eins und eins zusammenzählen, um zu begreifen, wem er mit seinem Wissen gefährlich hätte werden können.«

Duchnowski sagte keinen Ton. Stattdessen malte er mit einem Kugelschreiber die Kästchen auf einem Blatt aus und zeichnete einige Pfeile drum herum. Tamara beobachtete ihn stumm. Als sie nach einer Weile wieder das Wort ergriff, lag in ihrer Stimme keinerlei Vorwurf.

»Langweile ich Sie?«

Sie verfügte wirklich über eine enorme Selbstbeherrschung. Hartes Biest, dachte er. Er schob das Heft mit dem blau-weißen Muster von sich weg und sagte: »Im Gegenteil. Ich versuche nur, die Zusammenhänge zu verstehen.« Dann stand er auf und zündete sich eine Zigarette an. »Wollen wir es vielleicht noch mal von Anfang an durchgehen? Wenn ich es recht verstanden habe, waren Ihr Mann und Jerzy Popławski seit Jahren ...« – er suchte nach dem richtigen Wort – »... Geschäftspartner.«

»Das war die offizielle Version. Dass sie Geschäfte miteinander gemacht haben.«

»Und wie lautet die inoffizielle Version?«

Ohne zu zögern und ohne jede Emotion antwortete sie: »Das wissen Sie doch ganz genau. Ende der Neunziger hat Paweł seinen Dienst bei der Polizei quittiert und gleich darauf den Club eröffnet.«

»Er hatte nicht selbst den Dienst quittiert. Er wurde entlassen«, korrigierte der Kommissar. »Als Resultat eines Disziplinarverfahrens.«

Tamara ging darüber hinweg und fuhr ungerührt fort, als würden sie sich übers Wetter unterhalten. Wieder konnte er ihren leichten Akzent hören, aber ansonsten war ihr Polnisch perfekt.

»Es hat nicht lange gedauert, bevor er Janek traf und anfing, dessen Karriere zu pushen. Paweł hatte als Kind selbst ein wenig Gitarre gespielt. Sein Leben ist dann anders verlaufen ... Trotzdem hat er sich die Liebe zur Musik bewahrt. Als ›Das Mädchen aus dem Norden‹ immer erfolgreicher wurde, hat Paweł Nadel ein gemeinsames Geschäft vorgeschlagen. Die darauffolgenden Jahre haben sie ziemlich erfolgreich zusammengearbeitet, und der Club entwickelte sich gut. Es war, als hätten sie gemeinsam eine gewisse Magie entfacht. Doch dann hat Janek angefangen, sich zurückzuziehen.«

»Was meinen Sie damit?«

»Er verschwand mitunter, ohne jemandem Bescheid zu sagen, versäumte Termine. Auf ihn war kein Verlass. Er fuhr einfach weg, mit irgendwelchen Frauen, mit Leuten, die er zufällig kennengelernt hatte. Er versprach ihnen das Blaue vom Himmel – dass er ihnen einen Job im Club verschaffen könnte, solche Sachen. Er hat sich immer schon gerne mit Menschen umgeben. Er war ein Rudeltier, wie Paweł immer sagte. Janek wollte immer eine Familie haben, und diese Leute waren der Ersatz dafür – angebliche Freunde, sein Hofstaat eben. Es reichte ihm, dass sie ihn mochten, dass er nicht alleine war. Gleichzeitig ließ er niemanden wirklich an sich heran. Nur Bully stand ihm nah. Er war für Janek wie ein Vater. Niemandem von uns fiel zunächst auf, wie sich die unschuldigen Besäufnisse und andauernden Partys allmählich in etwas Schlimmeres verwandelten. Nadel war süchtig, er nahm Drogen, drehte langsam, aber sicher durch. Anfangs versuchte Paweł noch, die Exzesse zu vertuschen. Irgendwann verlor er schlicht die Kontrolle darüber. Paradoxerweise strömten umso mehr Leute in den Club, je häufiger von Nadels Ausschweifungen die Rede war. Am Ende musste Bully einsehen, dass niemand Janek aufhalten konnte. Janek *wollte* abstürzen. Bully machte sich zwar nach wie vor Sorgen um ihn, nahm aber zusehends die Position eines neutralen Beobachters ein. Nur wenn Nadel berufliche Termine verpatzte, griff er ein. Dann nahm er ihn sich vor, und sie führten endlose Gespräche. Immer wieder brachte er den Jungen ins Krankenhaus. Ein Entzug nach dem anderen – Therapien ... Sogar in der Kirche haben sie um Hilfe angesucht! Es war ein ständiges Auf und Ab, eine Achterbahnfahrt. Am Ende war klar, dass sich Janek aus sämtlichen geschäftlichen Belangen zurückziehen musste. Er durfte einfach kein Mitspracherecht mehr haben, was die Führung des Ladens betraf. Bully zahlte ihm jeden Monat ein Gehalt – plus Konzerthonorare und Tantiemen. Trotzdem wollte Janek immer mehr. Er wollte sogar wieder Einfluss auf den Club nehmen. Vor zwei Jahren dann spitzte sich die Situation zu. Es gab erste finanzielle Probleme. Die Nadel war zwar immer noch Kult, aber mit den Jahren waren Janeks Fans weniger geworden. Sie waren erwachsen, hatten Familien gegründet, wollten ihre Abende nicht mehr in Clubs verbringen. Und junge Leute hören andere Musik – Hip-Hop und dergleichen. Ständig werden in diesen Fernsehshows neue Stars lanciert ... Janeks Stern sank, auch wenn er immer wieder neue Sachen komponierte. Aber an seinen alten Hit kam nie wieder etwas heran. Die neuen Lieder verkauften sich nicht. Wenn er als Vorband für bekanntere Künstler gebucht werden sollte, lehnte er rundheraus ab. Er war einfach zu selbstverliebt, zu sehr von sich überzeugt, um endlich zuzugeben, dass er fertig war. Paweł drängte ihn dazu, offiziell das Ende seiner Karriere bekannt zu geben und sich als Geschäftsmann zurückzuziehen. Aber Janek lebte weiter in seiner Traumwelt. Wahrscheinlich nahm er auch deshalb Drogen – um die Illusion aufrechtzuerhalten. Er schaffte es nicht, mit der Vergangenheit abzuschließen. Und er machte Bully Vorwürfe: dass er versuchen würde, nur mehr junge Leute in die Nadel zu holen. Dass er andere Musik spielte. Dass er einen Beamer installiert hätte, Veranstaltungen für Firmen organisierte und Sänger engagierte, die selbst bei ›Polen sucht den Superstar‹ rausgeflogen wären. Janek tönte rum, er würde diese Leute verachten, aber in Wahrheit war er blass vor Neid. Und er ahnte – zu Recht im Übrigen –, dass Bully nicht mehr an ihn glaubte. Er war von dem Gedanken schier besessen, dass er eines Tages einfach vor die Tür gesetzt würde. Dass Paweł einen neuen Nadel erschaffen könnte. Aber diesbezüglich hatte mein Mann keine Ambitionen – hätte er sonst mehrmals im Jahr noch Konzerte für diese Dinosaurier ausgerichtet? Für Nadels Fans? Aber trotz all der Maßnahmen schrieb der Club nur noch rote Zahlen. Die Gläubiger wollten ihr Geld zurück, machten immer mehr Druck. Nur hatten Paweł und Janek leider sehr unterschiedliche Vorstellungen davon, wie sie ihre Probleme lösen könnten. Janek wollte den Club schließen und hoffte, in den USA die große Zweitkarriere zu starten. Irgendjemand hatte ihm wohl so was in der Art in Aussicht gestellt. Paweł war der festen Überzeugung, dass man den Club noch retten konnte. Sie mussten nur einen Investor finden und ein anderes Publikum mobilisieren. Die Nadel hatte immerhin ein gewisses Renommee. Paweł hatte sein ganzes Geld in den Club investiert, müssen Sie wissen. Er wollte weiterkämpfen.«

»Ja, aber was hat das denn nun mit den aktuellen Entwicklungen zu tun?«, fragte Duchnowski irritiert.

»Paweł hat ein paar alte Bekannte aufgesucht …«

»Und wen?«

»Ich kenne sie nicht alle, aber ich denke mal, ein paar davon werden Ihnen etwas sagen. Margielski, der Bauunternehmer. Majami – wie sein richtiger Name ist, weiß ich nicht, aber auch er ist ehemaliger Polizist. Inzwischen leitet er eine Fabrik für Arbeitsbekleidung und meines Wissens auch diverse Hotels. Wróbel, einer der Nikos-Leute, der halb Zoppot unter seinen Fittichen hat. Staroń, früher Mechaniker, heute Jeep-Vertriebsleiter für Polen. Einer der alten Leute des Elefanten.«

Duchnowski nickte. Die Männer waren ihm ein Begriff. Jeder einzelne von ihnen hatte Dreck am Stecken und war in den vergangenen Jahren mehr oder minder häufig ins Visier der Kommandantur geraten.

»Paweł hat allerdings auch mit Leuten von der Stadtverwaltung gesprochen, sogar mit dieser Staatsanwältin, Edyta Ziółkowska. Und mit ihrem Liebhaber, einem der SEIF-Anwälte. Die beiden haben hervorragende Kontakte zur Stadt. Ich kenne wie gesagt nicht alle Namen, aber das wird sicher kein Problem für Sie sein ...«

Sie sah ihn wissend an. Duchno war klar, dass die Frau die anderen Namen ebenfalls kannte. Wissen war kostbarer als Gold, man musste es nur geschickt einsetzen. Und Tamara Socha hatte gelernt, wie man überlebte.

»Von all diesen Leuten hat jeder einzelne ihm Unterstützung zugesagt, aber als es dann hart auf hart kam, lehnten sie jede Hilfe ab. Irgendwann hatte mein Mann dann keine Wahl mehr, als sich an Jerzy Popławski zu wenden. Wenn der Elefant es anordnete, würden die Leute schon einlenken. Offiziell ist Popławski ja Rentner, aber die Wahrheit sieht bekanntermaßen anders aus. Man braucht sich nur seine Villa anzusehen. Seine Leute sitzen in den Aufsichtsräten zahlreicher Firmen. Was auch immer sie ausgeheckt hatten – ein paar Wochen später waren jedenfalls sämtliche Schulden der Nadel beglichen, und gegenüber machte der Heuhaufen auf. Auf Jan Wiśniewskis Namen. Bully war stinksauer, dass niemand ihn nach seiner Meinung gefragt hatte, ehe dieser neue Laden aufmachte. Und zur selben Zeit fingen die Drohungen an: tote Fische in der Post, nächtliche Anrufe, Monate später dann die Schüsse.«

»Ich hab gehört, dass Jan Wiśniewski sich umbringen wollte ...«

Duchnowski sah Tamara durchdringend an. Er hoffte inständig, dass sie ihm mehr erzählen würde, aber offenbar hatte sie keine Lust.

»Ja, angeblich«, sagte sie nur. »Damals, in jener Nacht, hab ich mich stattdessen lieber um meinen Mann gekümmert. Ich hab ihn zu einem befreundeten Chirurgen gebracht, der die Kugel rausholte. Das war kein Kratzer gewesen, wie Paweł später bei der Polizei aussagte – Jan hätte ihn beinahe umgebracht. Irgendwie haben sie sich dann trotzdem wieder versöhnt, und der Club lief offiziell unter ihrer beider Namen weiter. Für eine Weile war Ruhe. Keine zwei Jahre …«

»Gibt es irgendwelche Unterlagen, die diesen Deal belegen? Ich meine, Popławskis Engagement für den Club? Oder haben die beiden alles mündlich geklärt?«

»Auf keinen Fall! Dafür kannte mein Mann Popławski zu gut. Er wusste, dass er sich absichern musste. Es gibt einen unterschriebenen Vertrag. Die Unterlagen bewahrte mein Mann bei uns zu Hause auf, und ihm zufolge waren diese Papiere das Wertvollste, was er besaß. Nicht mal ich durfte sie anfassen. Aber jetzt hat dieses Mädchen, Lucja, sie mitgenommen. Wenigstens hat sie einen Zettel dagelassen, dass sie sich die Papiere ›ausgeliehen‹ hätte … Der Ordner dürfte mittlerweile hier bei Ihnen in der Kommandantur liegen. Wenn Sie sich die Unterlagen ansehen, werden Sie feststellen, dass ich die Wahrheit sage. Das Ganze war auch als eine Art Versicherung für mich gedacht – falls Paweł etwas zustieße …«

Tamara rieb sich die Augen.

»Dem gehen wir selbstverständlich nach.«

Der Kommissar hätte es nicht übers Herz gebracht, ihr zu sagen, dass er die Papiere noch nicht zu Gesicht bekommen hatte, weil ein Kollege sie in seinen Kofferraum geworfen hatte – und der Wagen gerade irgendwo bei Stettin stand.

»Aus den Unterlagen geht hervor, dass mein Mann die Nadel an Popławski verkauft hat – für ein paar Anteile bei der SEIF und diversen anderen Firmen. Damit waren Bully und Janek nur Geschäftsführer des Clubs. Der rechtmäßige Besitzer ist der Elefant. Obwohl in den Verträgen ein anderer Name steht.«

»Und zwar?«

»Das weiß ich nicht. Ich hab die Unterlagen nie mit eigenen Augen gesehen. Ich dachte, Sie hätten sie?«

Tamara maß den Kommissar mit einem langen Blick. Er hatte den Verdacht, dass sie ihn anlog. Garantiert hatte sie die Unterlagen eingesehen. Er machte sich eine kurze Notiz.

»Und Jan Wiśniewski? Hatte er dabei gar nichts zu melden? Er muss den Vertrag doch ebenfalls unterschrieben haben?«

»Hat er auch. Sie finden seine Unterschrift in den Papieren. Vielleicht war er allerdings betrunken oder breit – jedenfalls behauptete er später, sich nicht mehr daran erinnern zu können. So ein Unsinn! Ich bin mir sicher, dass niemand seine Unterschrift gefälscht hat. Allerdings begann Paweł ungefähr zur selben Zeit nachzuforschen, wie, warum, mit wem und von welchem Geld Janek den Heuhaufen eröffnet hatte. Er nahm an, dass sein Kumpel einen stillen Teilhaber hatte, der lieber anonym bleiben wollte. Irgendwann ließ mein Mann wieder davon ab. Sollte Janek seinen Heuhaufen doch haben – so war er wenigstens ruhiggestellt. Nur brachte der Heuhaufen nicht die gewünschten Einnahmen. Gewisse Leute fingen an, dort rumzugeistern, Janek stürzte zusehends ab und fing an mit Kokain ... und dann begann er rumzuerzählen, dass er den Club schließen und nach Amerika gehen würde. Er prangerte meinen Mann öffentlich an, beschimpfte ihn – das Ganze gipfelte in diesem Schusswechsel. Anschließend versuchte er, sich umzubringen. Oder aber es war wirklich eine versehentliche Überdosis ... Und wieder hat Bully, sein Schutzengel, ihn gerettet. Danach führten sie ein langes Gespräch, allerdings konnte er dabei bloß in Erfahrung bringen, dass Janeks Geldgeber ein Deutscher gewesen war. Jemand, der nicht mal in Polen lebte. Und dass der Mann ihm heftige Raten abknöpfte.

Kompletter Wucher. Als Janek ihm schließlich den Namen nannte, stellte sich heraus, dass es derselbe Mann war, der die Nadel übernommen hatte. Angeblich heißt er Rybak, nennt sich aber auch ›der Fischer‹. Der Rest steht in den Unterlagen.«

WER IST DER BESITZER VON NADEL UND HEUHAUFEN?, notierte sich Duchno. *ÜBERPRÜFEN!*

Er hatte so groß und überdeutlich geschrieben, dass Tamara es sehen konnte. Sie reagierte wie erwartet.

»Es ist einer von Popławskis Männern. Irgendein Cousin, Neffe, unehelicher Sohn ... Der Elefant hat es schon immer verstanden, aus dem Schatten heraus die Strippen zu ziehen. Er hat den Konflikt zwischen Paweł und Jan knallhart ausgenutzt und sich gleich beide Läden unter den Nagel gerissen.«

»Wo zwei sich streiten ...«, brummte Duchno.

»... freut sich der Dritte. So heißt es in meiner Muttersprache auch.« Tamara seufzte. »Aber ganz sicher hat der Elefant den Club nicht nur aus Liebe zur Musik übernommen. Die Konzerte und die Partys – das alles war doch nur ein Deckmantel. Die Nadel war der perfekte Ort, um Geld, Drogen und Gold zu verschieben. Ich weiß ehrlich gesagt nicht, ob mein Mann wusste, woher die Sendungen genau kamen. Wahrscheinlich schon. Er nahm sie in Empfang und lieferte sie an bestimmten Orten aus. Und ärgerte sich darüber. Nach so vielen Jahren bei der Polizei und der Maloche für den Elefanten war er zu einem Kurier degradiert worden. Er nahm zwanzig Kilo ab. Der Stress fraß ihn regelrecht auf. Ich hatte Angst um ihn. Und plötzlich wurde Janek wieder aktiv. Er wollte endlich auch bei den Großen mitmischen, war heiß auf das Geld. Ständig übte er Druck auf meinen Mann aus, dass er ihm die Rechte für ›Mädchen‹ überschreiben solle. Er behauptete, er wolle mit dem Club aufhören und nur noch von den Tantiemen leben, aber das hätte niemals funktioniert. Er brauchte mittlerweile ein Vermögen, um seine Sucht zu finanzieren.

Deswegen wollte Paweł ihm auch nicht die Rechte abtreten. Sobald Janek wieder zu Geld gekommen wäre, hätte er sich binnen zwei Wochen zu Tode gekokst, und die Tantiemen aus dem Lied waren unsere einzige sichere Einnahmequelle.«

»Unsere?«

»Jan hat das Lied ja nicht geschrieben ... Zugegeben, er hat die Musik dazu komponiert, wenn auch mithilfe meines Mannes. Sie nahmen irgendein halbwegs bekanntes Gitarrenriff und wandelten es ein wenig um. Nadel hat zwar gesungen, aber das ganze Arrangement, die Produktion und alles – das hat mein Mann besorgt. Ich sagte ja bereits, dass er sich mit Musik auskannte. Er hatte ein hervorragendes Gehör. Nicht ohne Grund hatte er den Club gegründet. Nur deswegen ist dieses Lied ein solcher Hit geworden. Bully hatte die Rechte, ja, aber nur unter Vorbehalt. Er kannte den Namen des wahren Autors. Der zog es vor, anonym zu bleiben. Nicht mal ich weiß, um wen es sich handelt. Wenn er sich jetzt melden würde, hätte er von jetzt auf gleich Anspruch auf ein Vermögen. Es handelt sich wirklich um sehr viel Geld ...«

»Ein verdammt gutes Motiv«, meinte Duchno bissig. »Sind Sie hergekommen, um Ihren Mann zu belasten? Das ist aber nicht schön. Der Arme kann sich nicht mehr wehren.«

»Paweł hat nicht geschossen!«, rief Tamara. »Allerdings wusste er, dass Nadel am Ostersonntag das geheime Versteck im Club ausräumen wollte. Darin lagerten Gold und diverse SEIF-Unterlagen. Er hatte meinem Mann gesteckt, dass er nach dem Diebstahl abtauchen und auf sämtliche Ansprüche verzichten würde. Seine einzige Bitte war, dass Bully ihm helfen würde zu verschwinden. Mein Mann weigerte sich. Es handelte sich um Popławskis Geld, und der würde sich einen Diebstahl nicht gefallen lassen. So was verzeiht der Elefant einem nicht. Aber Janek stellte sich wie immer stur. Gemeinsam haben sie sich diesen Plan zurechtgelegt, Lucja Lange zu belasten. Sie mochten sie beide nicht: Bully, weil sie widerborstig und rebellisch war, und Nadel, weil sie ihm mal einen Korb gegeben hatte. Als irgendwann wieder mal Geld aus der Kasse verschwunden war, aus der sich ohnehin alle bedienten, machte Lucja einen Riesenaufstand – sie würde es der Polizei und dem Finanzamt melden und würde sie alle vernichten, so was in der Art. In Wahrheit wusste sie kaum etwas. Ihre Wut richtete sich vor allem gegen die Managerin des Clubs, Iza Kozak, mit der sie mal befreundet gewesen war. Was deren Rolle an Ostern war, weiß ich wirklich nicht. Vielleicht war Iza rein zufällig da? Soweit ich von meinem Mann weiß, befanden sich im Safe Gold und Obligationen im Wert von mehr als zwei Millionen Złoty. Geld der SEIF. Deswegen ist die heute zahlungsunfähig – nicht weil irgendwelche falschen Investitionen getätigt worden wären. Es wurde gar nichts investiert – das Geld wurde gestohlen und unter gewissen Personen aufgeteilt. Teilweise höheren Persönlichkeiten. Nur deshalb konnte die SEIF über die Jahre nicht belangt werden. In diesem Riesennetzwerk reichen die Verbindungen bis nach ganz oben. Wenn Sie wüssten, wen man da alles schmieren musste …«

Duchnowski unterbrach sie mit einer Geste.

»Mit der SEIF werden wir uns später befassen. Dieser Fall wird von einer anderen Abteilung bearbeitet. Bestimmt hören die Kollegen sich gern an, was Sie zu sagen haben. Aber zurück zum Thema. Der Tag des Mordes. Hatte Jan Wiśniewski einen Schlüssel zum Club?«

»Selbstverständlich«, erwiderte Tamara. »Aber er hat offenbar den Schlüssel benutzt, der für Lucja Lange nachgemacht worden war. Um sie zu belasten. Fragen Sie sie – sie wird Ihnen bestimmt erzählen, wie Nadel sich vor ein paar Monaten ihren Schlüssel ausgeliehen hat. Angeblich konnte er seinen nicht finden.«

Der Kommissar sah sie aufmerksam an.

»Woher wissen Sie das alles?«

»Das alles haben sie bei uns zu Hause ausgeheckt. Klara war auch dabei, Janeks Freundin. Sie können sie gerne fragen. Sie wird bestimmt alles weit von sich weisen und rumheulen – und es irgendwann doch zugeben. Sie braucht die Show. Sie sollte immerhin mit Janek nach Kalifornien fliegen, und jetzt sitzt sie hier. Er hat auch ihr das Blaue vom Himmel versprochen, wie so vielen anderen ... nur dass die Arme sich in ihn verliebt hat ...«

»Wie wollte Ihr Mann den Club-Besitzern gegenüber den Diebstahl erklären?«

»Es wäre alles wasserdicht gewesen ... Kurz zuvor war doch dieser schlimme Schneesturm ausgebrochen, also haben wir beschlossen, einen kleinen Skiurlaub zu machen. Wir wollten Samstag früh losfahren. Die Pension in Italien war von Sonntagabend an für vier Personen gebucht.«

»Clever«, kommentierte Duchno. »Vier Personen, also wer genau?«

»Für mich, Paweł, Janek und Klara. Selbstverständlich sollte Janek erst später nachkommen – oder gar nicht, je nachdem wie sich die Situation entwickeln würde. Dann rief er Freitagabend bei meinem Mann an und machte ihm schwere Vorwürfe: Paweł habe ihn ausgetrickst. Er sprach von irgendeiner Frau von der Polizei, die Bully angeblich auf ihn angesetzt haben sollte. Janek war vollkommen panisch ... und gewiss auch nicht mehr nüchtern. Er meinte, wenn Bully nicht sauber spielte, dann würde er das ebenso wenig tun. Bis gestern wusste ich nichts davon. Paweł hat mir erst davon erzählt, nachdem er aus der U-Haft entlassen wurde. Er meinte, Nadel sei zum Elefanten gegangen und habe Paweł verpfiffen – er hat Popławski erzählt, dass mein Mann einen Anschlag plante. Er hat die Tatsachen verdreht. Danach kam ein Typ zu uns, holte Paweł ab und fuhr mit ihm in die Stadt, unterbreitete ihm irgendein Angebot ... und als er wieder da war, erzählte er mir nur, dass wir unseren Urlaub verschieben müssten. Am Sonntag schickte er mich in die Kirche. Wenn jemand fragen sollte, hätte ich sagen sollen, dass wir zusammen dort gewesen wären. Er brachte mich hin und trieb sich sogar eine Weile vor der Kirche rum. Kann schon sein, dass wir zusammen gesehen worden sind. Doch dann fuhr er zur Nadel. Ich bekam eine SMS, dass wir uns zu Hause treffen würden und dass ich abfahrtbereit sein sollte. Leider ist es anders gekommen.«

»Was war das für ein Angebot?«

»Ich gehe davon aus, dass mein Mann aufgefordert wurde, Jan zu ermorden. Paweł hat mich immer beschützt, und so war es auch dieses Mal. Doch dieses Ritual – die Vorbereitungen zu einem Auftragsmord – kenne ich sehr wohl. Bully sorgte dafür, dass nichts zu mir zurückverfolgt werden konnte. Wenn irgendwas schiefgehen sollte, würde ich mit nichts von all dem in Verbindung gebracht werden können.«

»Wie oft hatte er denn schon Auftragsmorde übernommen?«

»Keine Ahnung. Das letzte Mal war vor fünfzehn Jahren.«

»Fünfzehn?«

»Darüber will ich nicht reden«, sagte Tamara Socha schroff. »Versuchen Sie gar nicht erst, es mir zu entlocken.«

»Wer war dieser Mensch? Ich meine, der Mann, der Bully abgeholt hat?«

»Niemand Wichtiges, denke ich. Sah aus wie ein Taxifahrer. Braune Jacke, Schiebermütze, Schnurrbart.«

»Würden Sie ihn wiedererkennen?«

»Ich denke schon. Ja, ich glaube schon.«

»Wohin hat er Ihren Mann gebracht?«

»Ich nehme an, zu Popławski. Aber sicher kann ich es natürlich nicht sagen. Ich weiß es wirklich nicht«, schob sie hinterher und fügte dann hinzu: »Aber es war nicht mein Mann, der auf Janek und Iza geschossen hat! Er kam an dem Tag sehr spät nach Hause. Er war aufgebracht und wirkte irgendwie ängstlich. So hab ich ihn noch nie gesehen – dabei kennen wir uns seit Jahren. Wer immer diesen Mord in Auftrag gegeben hatte, dachte bestimmt, dass sie sich gegenseitig erschießen würden und dass damit für alle Zeiten Ruhe wäre. Doch irgendwer hat Pawełs Posten eingenommen. Iza war bloß ein Kollateralschaden.«

»Wie können Sie das so genau sagen?«

»Weil mein Mann es mir erzählt hat«, erwiderte sie schlicht.

»Na großartig. So eine Ehefrau hätte ich auch gerne, die alles glaubt, was ich ihr sage«, meinte Duchnowski spöttisch.

»Ich glaube ihm, weil ...« Sie hielt inne. »Weil ich eine Vermutung habe, wer es wirklich war. Das hab ich nicht mal Paweł erzählt. Vielleicht hätte ich es ihm gegenüber erwähnen sollen, vielleicht wäre er dann noch am Leben ... Aber dieser andere Mann, er ist mir wichtig ... Er hat mich gerettet, als ich ... als ich einmal ernsthaft krank war.«

»Ah!« Duchnowski zog die Augenbraue hoch und grinste. »Endlich mal etwas Konkretes – Hauptsache, ein anderer Name als immer nur Popławski.«

Tamara lief rot an. Dem Kommissar kam es vor, als würde sie es bereits jetzt bedauern, die Aussage gemacht zu haben.

»Bitte, Frau Socha. Ich bin ganz Ohr.«

»An Ostersonntag, dem Tag von Janeks Ermordung, hab ich auf der Straße einen Mann ... angefahren. Ich hätte nie gedacht, dass es da einen Zusammenhang mit dieser ganzen Sache geben könnte, weil die entsprechende Person über jeden Verdacht erhaben war ... Aber jetzt, nachdem so viel passiert ist, glaube ich doch, dass Sie ihn überprüfen sollten. Ich bin mir natürlich nicht sicher, und ich will wirklich keinen Unschuldigen in diese Sache mit hineinziehen. Der Mann ist ein wunderbarer Mensch. Ein Heiliger. Zumindest hab ich ihn jahrelang dafür gehalten, andere Leute übrigens auch … Bis heute. Deswegen fällt es mir so schwer, darüber zu sprechen.«

»Ich verstehe«, sagte Duchnowski, und unwillkürlich dachte er bei sich, dass sie über ihren Mann so nicht gesprochen hatte. Er griff nach der Flasche, um sie zum Weiterreden zu bewegen, aber sie legte die Hand über ihr Glas.

»Danke, es geht mir schon ein wenig besser. Ich will nur noch diese letzte Sache loswerden.«

Und dann erzählte sie, wie jener Mann urplötzlich an der Straßenecke aufgetaucht war, nachdem sie von der Messe in der Garnisonskirche in Richtung Zuhause aufgebrochen war. Er hatte ihren Wagen übersehen, und sie war zu schnell unterwegs gewesen, weil sie sich nicht wohlgefühlt hatte. Er war ihr direkt vor die Motorhaube gelaufen. Sie hätte kaum eine Chance gehabt, rechtzeitig zu reagieren, selbst wenn die Straße nicht spiegelglatt gewesen wäre. Der Mann überschlug sich und krachte auf die Fahrbahn. Sie sprang sofort aus dem Wagen und lief zu ihm hin. Erst sah er aus, als wäre er tot. Doch dann rappelte er sich plötzlich auf und klopfte sich benommen den Straßendreck von der Hose. Sie hatte ihn sofort wiedererkannt. Dass ausgerechnet ihr gerade an diesem Tag so was passieren musste! Sie bot ihm an, mit ihm in die Notaufnahme zu fahren, doch er lehnte kategorisch ab. Und sagte etwas, was ihr im Nachhinein ein wenig komisch vorgekommen war: dass er es eilig habe, dass er sofort weitermüsse. Es musste der Schock gewesen sein. Es hätte immerhin sein können, dass er sich zumindest eine Gehirnerschütterung zugezogen oder innere Verletzungen hatte. Sie wollte nicht daran schuld sein, wenn ihm etwas passierte. Schließlich setzte sie sich durch und fuhr ihn bis zum Eingang der Notaufnahme an der ulica Chrobrego. Dort stieg er ohne ein Wort des Abschieds aus und winkte ihr nur kurz zu. Sie blieb noch eine Weile vor dem Gebäude stehen, bis er hinter der Glastür verschwunden war. Dann fuhr sie weiter.

»Und wer war es?«

Duchnowski wollte nur mehr diese eine Antwort. Er hatte genug von den langatmigen Ausführungen der Zeugin.

Als Tamara Socha ihm den Namen nannte, wurde der Kommissar blass. Natürlich kannte er den Mann – wie wohl jeder in diesem Land. Kurz fragte er sich, ob die Frau sich einen Scherz mit ihm erlaubte. Konnte es sein, dass auch dies eine List des Elefanten war? Dass er sie geschickt hatte? Aber wie sollte er das jemals überprüfen, ohne Staub aufzuwirbeln?

»Würden Sie ihn bei einer Gegenüberstellung wiedererkennen und Ihre Aussage vor Gericht wiederholen?«

Sie bejahte und erläuterte, der Mann habe eine Lederjacke und Jeans getragen, und sie erinnerte sich sogar noch an die pfefferig scharfe Note seines Eau de Toilette.

»Ich fürchte, ich hab ihm dadurch zur Flucht verholfen«, schloss Socha.

»Ein schönes Märchen.« Duchnowski gab sich alle Mühe, damit sie ihm die Aufregung nicht anmerkte. Doch innerlich brannte er vor Ungeduld. Am liebsten wäre er auf der Stelle aufgesprungen. »Aber wie kommen Sie darauf, dass dieser Mann Jan Wiśniewski getötet haben könnte? Was sollte sein Motiv gewesen sein?«

»Weil es Marcin Staroń war, der ›Das Mädchen aus dem Norden‹ geschrieben hat – damals vor zwanzig Jahren, im Heim von Pater Albert. Ich selbst habe den Text lediglich ein wenig angepasst und daraus die Version gemacht, die heute allgemein bekannt ist. Das Lied, zu dem Bully und ich die Rechte haben. Also … hatten. Paweł … Tut mir leid, ich kann immer noch nicht fassen, dass er tot ist … Aber wir hatten die Rechte, ja. Sie können das gerne beim Künstlerverband nachprüfen. Wir sind dort als Urheber angemeldet. Außerdem war ich damals im Roza, als Monikas Leiche entdeckt wurde. In Zimmer 102 … Und ich weiß auch, dass es kein Selbstmord war. Jan hatte ihr Drogen gegeben. Sie war derart geschwächt nach ihrer Abtreibung, dass sie an Kreislaufversagen starb. Das war bestimmt nicht seine Absicht. Marcin Staroń war der Vater des Kindes. Vielleicht hat er damals sogar seinen Onkel Jerzy Popławski gebeten, Monikas Bruder zu ermorden – obwohl Przemek lange sein bester Freund gewesen war. Allerdings weiß ich auch, dass der Marcin damals bedroht hatte. Przemek hatte die ganze Sache auffliegen lassen wollen.«

»Also hatte Marcin Jan da reingeritten?«

»Ja. Er hat Janek gezwungen, die Waffe zurückzubringen, die er und Przemek einem von Popławskis Leuten gestohlen hatten. So hat Bully Janek kennengelernt: Da tauchte dieses verschreckte Kind aus dem Heim bei der Polizei auf, mit einer Pistole, die in Mafiakreisen herumging, und erzählte irgendwelche Geschichten, dass er sie in einem Taubenschlag gefunden hätte. Wann der Pfarrer von Nadels Beteiligung erfahren hat, weiß ich natürlich nicht. Womöglich erst vor zwei Jahren. Damals fing Janek wieder an, in die Kirche zu gehen. Möglicherweise hat Marcin ihm solche Schuldgefühle eingeimpft, dass Janek sich daraufhin erschießen wollte. Marcin war immer der Guru für ihn gewesen. Janek hatte schon immer so sein wollen wie er, er hatte sich sogar die Haare gefärbt und sich wie Marcin angezogen. In gewisser Weise hat er ihn geliebt – wie man seinen Meister liebt. Janek wollte so sein wie er, dabei war er immer nur die billige Kopie. Und vielleicht war es irgendwann endlich zu ihm durchgedrungen, dass er sein ganzes Leben auf diesem einen Lied aufgebaut hatte … dass er sonst nichts mehr besaß. Wir haben damals den Text leicht umgeschrieben, damit ihn niemand mit dem Tod der beiden Geschwister in Verbindung bringen konnte – eine kleine Spitze, die den Sinn und die Bedeutung der Story jedoch vollkommen veränderte. Jetzt erhalte ich wohl die Tantiemen für das ›Mädchen‹. Der Pfarrer hat schließlich nie zugegeben, dass er es einst geschrieben hat. Das würde nämlich auch bedeuten, dass er seine Beteiligung an dem Verbrechen eingestehen müsste. Das Lied erzählt die ganze Geschichte. Hören Sie es sich aufmerksam an.«

Es klopfte. Ein junger Polizeianwärter steckte den Kopf zur Tür herein und hielt Duchnowski die Papiertüte einer Fast-Food-Kette hin.

»Danke, Sergeant.« Duchnowski räusperte sich und wandte sich wieder an die Zeugin, als hätten ihre letzten Worte keinerlei Eindruck auf ihn gemacht. »Und jetzt sagen Sie mir, welche Aussage Sie machen wollten und wer Sie dazu bewogen hat. Wer hat Ihnen befohlen herzukommen?«

Karolina malte immer noch Prinzessinnen. Vor ihr auf dem Tisch lagen bereits diverse Bilder von Frauen in bunten, ausladenden Kleidern. Im Hintergrund konnte Sasza die Arbeiter werkeln hören. Sie hatten ihr versprochen, das Geländer heute fertig zu machen.

»Mama, dreh dich um!«, rief die Tochter ihr zu.

Sasza hatte mit dem Rücken zu Karolina an der Küchenanrichte gestanden. Folgsam drehte sie sich um, posierte albern und grinste. Dann hielt sie es nicht mehr aus, brach in Gelächter aus und warf der Tochter ein Küsschen zu. Das Mädchen erwiderte es, musterte ihre Mutter noch einmal wie eine professionelle Porträtistin und wandte sich dann wieder ihrer Arbeit zu.

Sasza wischte sich die Hände ab und lief zu ihr hinüber, um sich das Werk genauer anzusehen, doch Karolina legte beide Hände über das Blatt und rief auf Englisch: »Nein, nicht gucken! Ich bin noch nicht ganz fertig! Ich sag Bescheid, wenn du es dir ansehen darfst.«

Trotzdem hatte Sasza einen Blick auf die Zeichnung erhascht. Auf dem Bild war eine Frau mit Brille und einem Wust roter Locken zu sehen gewesen. Neben ihr stand ein großer Mann ohne Gesicht, dafür im Blaumann. Er erinnerte auffällig an einen der Arbeiter, die gerade mit dem Anbringen des Geländers beschäftigt waren. Die Erwachsenen hielten ein Mädchen an den Händen.

Sasza schnürte es die Kehle zu. Es war allzu klar, was Karolina damit ausdrücken wollte. Das Mädchen auf dem Bild trug ein langes rosafarbenes Kleid und hatte goldene Locken. Eine kleinere Kopie der Mutter. Und endlich zeigte Karolina ihre Zeichnung her.

»Du hast mich wirklich gut getroffen«, lobte Sasza.

Die Kleine nickte.

»Und wer ist das?« Sasza tippte mit dem Finger auf den Gesichtslosen, und Karo wollte gerade antworten, als ein lautes Zischen zu ihnen herüberdrang – die Nudeln kochten über, und Sasza eilte zurück an den Herd.

»Mama, welche Augenfarbe hast du?«, rief das Mädchen ihr nach.

»Grün.«

»Und ich blau. Warum?«

»Weil du die Augenfarbe deines Vaters hast.«

»Und wann lern ich ihn kennen?«

Sasza zögerte.

»Dein Papa ist tot, Schatz.«

»Aber warum?«

»Weil er gestorben ist.«

»Also ist mein Papa ein Engel?«

Sasza goss die Nudeln ab.

»Könnte man sagen. Wer nicht mehr lebt, wird ein Engel.«

»Oder ein Teufel.«

»Teufel sind gefallene Engel. Sagt zumindest die Kirche.«

»Warum haben wir nirgends Fotos von Papa?«

»Eines Tages fahren wir an sein Grab«, versprach Sasza. »Da kannst du ihn besuchen. Und jetzt räum den Tisch ab und wasch dir die Hände. Essen ist fertig.«

»Es riecht auch schon ganz lecker!« Das Mädchen ging hinüber ins Bad. »Willst du eigentlich noch mal heiraten?«, rief sie in dem Versuch, den Wasserstrahl zu übertönen. »Darf ich dann dein Blumenmädchen sein?«

»Mal sehen«, erwiderte Sasza. »Wenn ich noch mal heiraten sollte, dann bestimmt.«

Sie räumte Karolinas Malsachen zur Seite. Die Kleine würde später bestimmt weitermalen wollen. Dabei fiel ihr Blick auf eine Art Kreuzworträtsel. Karo hatte winzige Zeichnungen untereinander aufgereiht. Die Anfangsbuchstaben der danebenstehenden Begriffe bildeten das Wort »Familie«. Sasza starrte auf das Blatt hinab.

Fisch
Apfel
Mama
Igel
Lolly
Ich
Eis

Sasza ließ einen Teller auf den Tisch fallen und rannte in ihr Arbeitszimmer. Aus dem Stapel Unterlagen kramte sie den Text von »Mädchen aus dem Norden« hervor. Und mit einem Mal sah sie es klar vor sich.

Wonder
Affection
Love
Destiny
Emotions
Murder
Animosity
Resurrection

»Mami, ich hab die Hände fertig gewaschen«, hörte sie Karolinas Stimme.

Sasza eilte zurück in die Küche und setzte sich, doch ehe sie zu essen begannen, schickte sie noch eine SMS an Duchnowski: *Wir müssen reden.*

Stundenlang suchten sie nach Marcin Staroń. Der Vikar hatte ausgesagt, der Pfarrer sei nachts nicht nach Hause gekommen. Er habe nicht mal den abendlichen Gottesdienst gehalten. Nein, es gebe kein Lebenszeichen von ihm.

Am Spätnachmittag des darauffolgenden Tages wurde der Pfarrer auf der Schwedenfähre festgenommen. Er behauptete, gar nicht in Danzig gewesen zu sein, doch das war auch schon alles, was sie aus ihm herausbekamen. Danach sagte er kein Wort mehr. Im Kofferraum seines Wagens lag eine gepackte Reisetasche und darin ein gültiger deutscher Pass auf den Namen Wojciech Frischke sowie ein Bündel Euroscheine.

Marcin Staroń's Verhaftung hätte diskret ablaufen sollen, doch bereits nach einer Stunde kam der erste Anruf von der Kurie. Ein paar Bischöfe gaben dem Geistlichen ein Alibi für den Zeitpunkt von Jan Wiśniewskis Ermordung. Einer der kirchlichen Würdenträger betonte, dass in der Ostermesse über tausend Gläubige gewesen seien. Und er drohte der Polizei: Sollte die Presse von der Verhaftung des Pfarrers Wind bekommen, würde die ganze Sache vor Gericht enden. Das Machtspielchen dauerte bis neun Uhr abends. Der Pfarrer schwieg, doch ansonsten verhielt er sich kooperativ: Er ließ sich Fingerabdrücke und Blut abnehmen. Als seine Anwältin auftauchte, verließ er schon nach wenigen Minuten den Raum – noch ehe Małgorzata Piłat ihm ihre Verteidigungsstrategie darlegen konnte.

Zur selben Zeit schickte Kommissar Duchnowski den jungen Polizeianwärter mehrmals los, um weitere Hamburger und Coleslaw zu besorgen. Er musste das gesamte Team sattkriegen, bestimmt würden sie die ganze Nacht über auf dem Revier festsitzen. Die Betreiber der Imbissbude würden den Tag feiern: Wahrscheinlich knackten sie gerade binnen weniger Stunden den üblichen Monatsumsatz.

Zu guter Letzt wurde sich die Polizei mit der Kirche einig. Duchnowski ließ sich darauf ein, dass Vertreter des Klerus bei der Gegenüberstellung dabei sein würden, konnte es aber nichtsdestotrotz nicht lassen, Waligóra einen Vortrag zu halten, weil der sich von den Pfaffen hatte unter Druck setzen lassen. Duchno beruhigte sich erst wieder, als Waligóra ihm versprach, die ganze Sache – auch die Drohungen vonseiten der Kirche – anschließend an die Medien durchsickern lassen zu dürfen.

»Ja. Das war der Mann.« Tamara Socha wies auf Marcin Staroń. »Ohne Zweifel. Nur dass er keine Soutane trug, sondern Zivilkleidung.«

Sie fügte noch hinzu, dass sie Pfarrer Staroń gut kenne und beschwören könne, ihn an jenem Tag angefahren zu haben.

»Sie kennen ihn gut? Wie gut?«, empörte sich einer der Vertreter der Kurie.

»Nicht wie Sie denken«, fuhr sie ihn an. »Er war mir wiederholt eine große Hilfe ... Wir haben uns oft unterhalten. Er ist der beste Pfarrer, den ich kenne. Ich schätze über alle Maßen, was er für seine Gemeinde tut. Ich hoffe nur, dass er für nichts verklagt wird, was er nicht getan hat.«

Einer der Beamten prustete verächtlich.

»Danke.«

Die erschöpfte Staatsanwältin legte die Unterlagen zur Seite und wandte sich zum Ausgang. Gegen zehn Uhr abends sah Edyta Ziółkowska nicht mehr annähernd so spektakulär aus wie sonst. Der Lippenstift hatte sich in Wohlgefallen aufgelöst, die High Heels taten ihr unsäglich weh, und sie streifte sich ihre Notfall-Ballerinas über, auch wenn ihre Waden in flachen Schuhen massiv aussahen. Hinter ihr verließen die Kirchenvertreter den Raum. Zwei Uniformierte brachten Tamara Socha heim. Sie würde beobachtet werden – als Zeugin war sie zu wichtig, als dass ihr irgendwas passieren durfte.

Die Ermittler waren allein zurückgeblieben. Die Staatsanwältin hatte ihnen unmissverständlich zu verstehen gegeben, dass sie tags darauf die Medien über die ganze Sache informieren würde. Also brauchte sie Beweise: entweder Lucja Lange oder Marcin Staroń. Oder alle beide?

Duchnowski und Waligóra überlegten fieberhaft, wie sie die Situation meistern sollten. Zwei potenzielle Täter, zwei Zeugen, zwei Aussagen. Sie mussten die beiden Aussagen erneut auf Herz und Nieren prüfen und endlich eine Entscheidung treffen. Und was war eigentlich mit Jerzy Popławski, dem pensionierten Juwelier, der immer wieder in ihren Ermittlungen aufgetaucht war? War er womöglich der Auftraggeber gewesen? Den beiden Polizisten war klar, dass es mehr als schwierig werden würde, ihm das nachzuweisen.

»Was machen wir denn jetzt, Chef?«

»Dieses Gutachten ist für die Tonne«, blaffte Waligóra und warf die Mappe mit Saszas Unterlagen auf den Tisch. »Eine Frau hat sie ausgeschlossen und den Pfaffen gar nicht erst in Betracht gezogen. Insofern ist es uns zu nichts nütze.«

»Was hätte sie denn schreiben sollen? Dass ein Pfarrer in Soutane den Mord begangen hätte? Außerdem war er in Zivil, wie die Socha ausgesagt hat.«

Duchnowski trat an die Tür und zog sie zu. Dann blickte er hinauf zur Zimmerdecke, stieg auf den Tisch und klebte den Sensor des Rauchmelders mit einem Kaugummi ab. Erst danach zündete er sich eine Zigarette an. Waligóra legte seine

E-Zigarette weg und streckte sich nach der Marlboro-Schachtel seines Kollegen.

»Wali, hör auf, echt. Kauf dir endlich deine eigene Packung«, stöhnte Duchnowski.

»Ich bring dir morgen eine mit, versprochen.« Er nahm sich gleich zwei Zigaretten. Die eine zündete er sich sofort an, die andere steckte er in sein Stiftetui. »Für unterwegs.«

Schweigend saßen sie eine Weile da und starrten durch den Spionspiegel hinüber in den Raum, in dem die Gegenüberstellung stattgefunden hatte.

»Was ist das für ein Pfarrer, der in einer Lederjacke in der Stadt rumrennt? Wie irgend so ein Gangster! Und dann mit einem falschen Pass abhaut!« Waligóra schüttelte den Kopf. »Das passt doch nicht zusammen.«

»Kleider machen Leute.« Duchnowski hatte nicht vor, den Pfarrer in Schutz zu nehmen, aber insgeheim konnte er es ebenso wenig glauben.

»Andererseits passt der Pfaffe halbwegs gut ins Bild. Mann, wird das Wellen schlagen, wenn das alles bekannt wird! Ich hoffe nur, dass die DNA stimmt«, meinte Waligóra.

»Ich gebe dir sofort Bescheid«, versprach Duchnowski.

»Nur warum besteht Iza Kozak auf Lange? Wenn sie nicht darauf beharren würde, dass sie die Täterin gewesen sei, wär alles so viel leichter«, fuhr der Kommandant fort.

»Womöglich hat sie sich nur etwas eingebildet«, seufzte Duchnowski. »Sie ist wütend auf die Lange, also spinnt ihr Gedächtnis, mehr steckt nicht dahinter. Du weißt ja, wie das ist. Frauen sind nachtragend.«

»Wie meinst du das?«

»Nichts, Wali, nichts. Nur ein dummer Spruch. Trotzdem muss die Kozak doch irgendein Interesse daran haben, die Lange zu belasten. Wer weiß, was dahintersteckt. Aber das werden wir schon noch erfahren.«

Waligóra nahm seine Brille ab und rieb sich die müden Augen.

»Kann uns deine Psychologin da nicht weiterhelfen? Vielleicht kann sie die Zeugin überreden auszusagen.«

»Sie hat mir vor einer Stunde eine SMS geschickt, dass sie mit mir reden will. Ich hab ihr immer noch nicht geantwortet. Also ist sie noch dabei?«

»Mal sehen«, schnaufte Waligóra und drückte die Zigarette aus. »Warten wir erst einmal die DNA-Untersuchung ab. Wenn wir sämtliche Informationen beisammenhaben, muss das Gutachten aber auch stimmen«, sagte er dann und nickte auf Saszas Expertise hinab.

»Sie wird es korrigieren, keine Sorge«, versicherte Duchno.

»Oder aber wir lassen es verschwinden und tun so, als wäre nichts gewesen«, meinte der Kommandant.

Duchnowski starrte finster zu ihm hinüber.

»Hier macht echt jeder sein Ding ... Ich kann nur hoffen, dass du auf unserer Seite bist, Wali.«

»Dir wird schon nichts passieren«, versicherte ihm der Kommandant.

»Das hab ich nicht gemeint.« Duchno grinste schief. »Aber du weißt genauso gut wie ich, dass unser verdächtiger Pfarrer der Junge in dem Lamborghini aus dem Wald ist. Der Neffe des Elefanten. Erzähl mir nicht, dass du dich nicht daran erinnerst! Ich weiß es noch wie heute. Und dieser Lackaffe, der sich anschließend um den Wagen und das Mädchen gekümmert hat, ist auch nicht freiwillig abgetreten.«

Duchnowski betrachtete seinen Kollegen aufmerksam. Er war sich hundertprozentig sicher, dass Waligóra genau wusste, worauf er angespielt hatte. Konrad konnte nicht gut schauspielern. An jenem Tag hatte seine Karriere bei der Polizei angefangen, und auch er selbst, Robert, hatte damals seinen Nutzen aus der Affäre gezogen. Er konnte nur hoffen, dass er nicht zum Spielstein in irgendjemandes Spiel würde. Aber wer wusste schon, was um ihn herum ablief?

»Jetzt ist auch noch Bully in die Ewigen Jagdgründe eingegangen – oder in der Hölle gelandet, je nachdem wie man es sieht. Wie auch immer: Noch einmal lasse ich mich nicht verarschen. Und ich hoffe, dass der Pfaffe von sich aus auf den Lamborghini zu sprechen kommt.«

Waligóra hob die Hand, um zu protestieren.

»Rühr da ja nicht dran, Duchno!«, warnte er ihn. »Darum sollen sich die Jungs aus Białystok kümmern. Davon sollten wir besser die Finger lassen.«

»Du machst Witze!«

»Ich meine es ernst! Vergiss die alte Sache!«, wiederholte der Kommandant nachdrücklich. »Das ist nicht mehr unsere Angelegenheit. Schluss, aus. Achte einfach darauf, dass unsere Jungs sich brav an die Vorgaben halten.«

»Was meinst du damit?«

»Ich meine damit, dass wir uns ausschließlich für den toten Sänger interessieren. Für nichts weiter.«

»Wie du willst.«

Duchnowski zuckte mit den Schultern – und griff zum Telefon, das begonnen hatte zu klingeln, gerade als Waligóra sich zur Tür wenden wollte. Der Diensthabende meldete einen externen Anruf.

Robert Duchnowski fischte die letzte Zigarette aus der Schachtel und zündete sie an.

»Sitzt du?«, hörte er Saszas Stimme.

Er nahm einen ordentlichen Zug. »Es ist mitten in der Nacht, da steh ich gern in der Kommandantur herum. Vor allem weil mein alter Kater daheim bestimmt längst vor Hunger gestorben ist. Was soll ich mich also beeilen?«

Doch Sasza war nicht nach Scherzen zumute.

»Umso besser, dass du stehst, so bist du schneller unten. Ich warte auf dich vor dem Eingang. Beeil dich, ich darf hier nicht parken. Ich hab hier einen Kunden für dich.«

»Was? Einen Kunden? Wofür?«

Jetzt begriff Robert gar nichts mehr.

»Für die U-Haft.«

»Noch einer? Den kannst du dir für morgen früh aufsparen. Ich muss allmählich echt ins Bett.«

Sasza stöhnte.

»Dann schick jemanden runter.«

»Wer ist es denn? Sperr den Typen doch in den Kühlschrank oder in die Waschküche, keine Ahnung.«

»Es wär billiger für euch, wenn ihr gleich kämt; dann müsstet ihr nicht nach Hamburg fliegen, um ihn dort abzuholen. Er hat das Ticket bereits in der Tasche, und wenn er will, dürfte er den Flieger noch kriegen. Und jetzt los, ich hab nicht vor, hier bis morgen früh zu hocken.«

Sie legte auf.

Die Männer gingen nach draußen und näherten sich einer schwarzen Limousine mit verdunkelten Scheiben.

Auf Saszas Zeichen stieg ein Mann mit einer Reisetasche in der Hand aus dem Wagen.

»Darf ich Euch Wojciech Frischke vorstellen? Geborener Staroń. Marcin Starońs Zwillingsbruder.«

Der Typ war die identische Kopie des Pfarrers. Er trug sogar eine Soutane.

Und wieder saß Lucja Lange in U-Haft. Beim ersten Mal war sie fast ausgerastet, inzwischen jedoch kannte sie das Prozedere und war nur noch ein klein bisschen nervös. Sie wusste, wie sie sich verhalten musste. Und sie wusste, wenn auch der Pfarrer festgenommen worden war, dass sie nicht länger auf ein Wunder hoffen konnte. Diesmal würde keine Anwältin auf einem weißen Pferd angeritten kommen.

Trotzdem hatte sie keine Angst. Bully, der Verräter, war inzwischen tot. Und zum Glück für sie war Iza am Leben geblieben. Sie hatte zwar ihre Behauptung wiederholt, Lucja habe auf sie geschossen, doch niemand würde ihr Gefasel ernst nehmen. Im Grunde war sie nicht mal mehr sauer auf die alte Freundin. Vielmehr bedauerte sie sie. Offenbar hatte Iza panische Angst gehabt, nachdem sie dem Angreifer gegenübergestanden hatte und in Ohnmacht gefallen war.

Was Lucja indes nicht verstand, war, warum keiner der Ärzte je bestätigt hatte, dass sie es war, die Izabela das Leben gerettet hatte. Allerdings war das nur eine Frage der Zeit. Als sie Iza bewusstlos im Toilettenraum gefunden hatte, hatte sie augenblicklich nach den Schwestern gerufen. Sie hatte Iza nicht mal angefasst, sie hatte sich nicht getraut – wer weiß, was ihr diesmal wieder fehlte. Den Waschraum, in dem die Patientin lag, hätte jeder betreten können – und selbst ein Kind hätte diesen verschlafenen Bewacher fortlocken können. Lucja hatte auch nicht fliehen wollen, obwohl es so im Protokoll vermerkt worden war. Sie hatte schlicht keine Zeit mehr gehabt – und keine Lust, noch mal befragt zu werden. Warum hätte sie sich schon wieder vor irgendjemandem rechtfertigen sollen?

Als sie verhaftet worden war, war ihr sofort klar gewesen, dass sie sich von nun an nur noch auf sich selbst konzentrieren durfte und alles erzählen musste, was sie wusste. Bestimmt würde sie im Austausch für diese Informationen wieder freikommen. Das Einzige, was sie noch bekümmerte, war, dass die Polizei ihr Bullys Unterlagen weggenommen hatte. Hoffentlich würden sie sie nicht vernichten! Die Materialien würden ihre Aussage bestätigen. Zwar hatte sie sich Kopien gemacht, aber die waren nun mal nicht dasselbe wie das Original. Außerdem war sie sich nicht sicher, ob die Polizei nicht womöglich das eine oder andere Dokument verschwinden lassen würde. Zum Glück hatte sie die Kopien gut versteckt.

Zu Izabela war sie lediglich gegangen, um sich über gewisse Zusammenhänge vollends klar zu werden. Sie hatte nicht angenommen, dass Iza ihr je die ganze Wahrheit sagen würde. Natürlich hatte sie bei der ganzen Sache mitgemischt, aber es war nicht in ihrem Sinne, irgendjemanden auffliegen zu lassen. Oder aber Iza hatte tatsächlich Erinnerungslücken und wusste wirklich nicht mehr, wer auf sie geschossen hatte. Nur musste sie das endlich zugeben!

Sie zog die Visitenkarte der Profilerin aus der Hosentasche und wählte deren Nummer. Sie wollte den einen Anruf, der ihr zustand, weder für ihre Anwältin noch für die Tante aufbrauchen. Nur Sasza Załuska konnte ihr noch helfen. Auch wenn sie etwas sonderlich war, hielt Lucja die Psychologin für durch und durch glaubwürdig. Außerdem war wichtig, dass sie von außen kam. Der Polizei, der Staatsanwaltschaft oder dem Gericht traute Lucja nicht mehr. Sämtliche Ermittlungsorgane, da war sie sich inzwischen sicher, unterhielten Verbindungen zum organisierten Verbrechen. In einem anderen

Land hätte man ein solches Netzwerk Mafia genannt. In Polen schaute man da lieber weg.

Als die Verbindung endlich zustande kam, konnte Lucja im Hintergrund das Lachen eines Kindes hören. Dann fragte das Kind sie auf Englisch nach ihrem Namen. Lucja war verdutzt. In gebrochenem Englisch bat sie darum, einen Erwachsenen zu sprechen, und endlich kam Sasza ans Telefon. In ihrer Stimme war weder Freude noch Verwunderung zu hören – sie fragte lediglich, ob Lucja sie wieder verschaukeln wolle. Wenn ja, habe sie keine Zeit dafür und werde sich auch nicht die Mühe machen, extra einen Babysitter zu organisieren. Lucja beeilte sich, sie auf Bullys Unterlagen hinzuweisen.

»Da steht alles drin, was Sie wissen müssen«, beendete sie ihre Ausführungen und wartete auf Saszas Reaktion.

»Ich kann fragen, ob ich sie zu sehen bekomme«, sagte die Frau unverbindlich, fügte dann aber ein wenig freundlicher hinzu: »Nur weiß ich nicht, wie schnell mir das gelingen wird. Dazu brauche ich die Erlaubnis der Staatsanwaltschaft. Sollten Sie Ihre Meinung wieder ändern, lassen Sie es mich wissen.«

»Keine Sorge«, versicherte Lucja und legte auf, steuerte einen Getränkeautomaten an und zog sich einen Kaffee.

»Ich weiß es nicht«, gab Tamara Socha freimütig zu.

Sie war zur Befragung in die Kommandantur gerufen worden und hatte sich die Fotos der Zwillinge ansehen sollen. Keiner der Brüder hatte den Mord an Jan Wiśniewski zugegeben, beide hatten die Aussage verweigert. Die Starońs waren in Zivilkleidung fotografiert worden. Soutane und Reisetasche waren ihnen abgenommen worden. In der Tasche hatten sich die Habseligkeiten des Pfarrers befunden. Die Kurie hatte die religiösen Gegenstände zurückgefordert, offenbar hatte sie sich für eine neue Strategie entschieden und wollte den problematischen Pfarrer nun so schnell wie möglich loswerden. Ein paar Würdenträger hatten Starońs Alibi für Ostersonntag bereits zurückgezogen. Duchnowski spekulierte insgeheim darauf, dass er von ihnen Unterstützung bekommen würde, sobald sich herausstellte, dass der »heilige Marcin« schuldig war. Der Kirche ging eine weiße Weste über alles.

»Ich weiß ehrlich nicht, wen von beiden ich angefahren habe«, sagte Tamara. »Aber einer von ihnen war es auf jeden Fall.«

»Sie können wieder gehen«, informierte sie Duchnowski.

Er hatte in der Nacht kein Auge zugetan. Das Adrenalin hatte ihn wach gehalten, als er den neuen Verdächtigen vernommen hatte. Auf dem Tisch lagen immer noch diverse Essensverpackungen und Coladosen herum.

Er machte es sich wieder auf seinem Stuhl bequem und starrte die beiden Männer an. Die Zwillinge waren einander unglaublich ähnlich. Erst bei genauerem Hinsehen konnte man ein paar Unterschiede erkennen. Dass ihre Schlüsselzeugin, Tamara Socha, die Zwillinge nicht auseinanderhalten konnte, konnte man ihr kaum zum Vorwurf machen. Paradoxerweise untermauerte das sogar ihre Glaubwürdigkeit. Als sie die beiden Männer bei der Gegenüberstellung nebeneinanderpostiert hatten, hatte es selbst Duchno vor den Augen geflimmert. Wenn die DNA-Analyse positiv ausfiele, würden sie davon ausgehen können, dass einer der Brüder auf Nadel geschossen hatte. Duchnowski war guten Mutes. Auch wenn er keine Sekunden geschlafen hatte, hatte er einen klaren Kopf, und er spürte deutlich, dass sie nahe dran waren, das Rätsel zu lösen.

Die beiden Männer hatten beide kurzes blondes Haar, tief liegende blaue Augen, markante Kiefer, hohe Wangenknochen und helle, fast weißblonde Augenbrauen und Wimpern. Bei ihren eins neunzig wogen sie beide um die achtzig Kilo. Der Pfarrer war lediglich ein Kilo leichter und einen Zentimeter größer. Trotz ihrer unterschiedlichen Lebensweisen hatten sie sich für dieselbe Frisur entschieden und trugen sogar ähnliche Zivilkleidung. Aber der Teufel steckte im Detail. Wenn sie lächelten, hob sich beispielsweise beim Pfarrer der linke Mundwinkel, bei seinem Bruder der rechte. Als würden sie einander spiegeln.

Marcin war Rechtshänder, während Wojciech beidhändig war. Die Polizisten hatten mittlerweile herausgefunden, dass er die linke Hand benutzte, wenn er Unterschriften fälschte. Und darin schien er regelrecht ein Meister zu sein.

Insgeheim verfluchte Duchnowski sich dafür, dass dieser Fall ausgerechnet ihm zugefallen war. Um ein Haar wäre er einer jener Ermittler geworden, die sich von einem Zwillingspaar in die Irre hatten führen lassen. Sowohl in Polen als auch im Ausland waren unzählige Fälle bekannt, in denen Zwillinge sich Vergewaltigungen, Raubüberfälle und auch Morde zuschulden hatten kommen lassen und einander anschließend Alibis geben, Geschworene manipulieren und die Glaubwürdigkeit von Zeugen infrage stellen konnten, indem sie sich die Unschuldsvermutung zunutze machten, den Grundsatz der Rechtsprechung eines jeden demokratischen Staates. Die Ermittlungsorgane gerieten in derlei Fällen nicht selten in Erklärungsnot: Sie mussten zweifelsfrei beweisen, wer von den Zwillingen Täter und wer Komplize war – wobei einer von ihnen natürlich immer auch vollkommen unschuldig sein konnte.

Wenn es ihnen bei den Staroń-Brüdern nicht gelänge, deren Schuld nachzuweisen, würden sie alle beide laufen lassen müssen. Das war inzwischen allen in der Kommandantur klar. Und Duchnowski wusste, dass auch die Zwillinge das wussten. Nicht ohne Grund hatten sie sich für diese Taktik entschieden. Sie hatten sich schnappen lassen, obwohl sie hätten verschwinden können. Insofern lag die Annahme nahe, dass sie keineswegs unschuldig waren. Einer von ihnen war der Mörder, der andere deckte seinen Bruder. Folglich spielte auch er selbst eine aktive Rolle in der Sache. Allerdings war es nur noch eine Frage der Zeit, bis sie die entsprechenden Beweise zusammengetragen hätten. Das perfekte Verbrechen gab es nicht, davon war Duchnowski zutiefst überzeugt.

Der Pfarrer hatte sich in krimineller Hinsicht – soweit sie es in aller Eile hatten überprüfen können – nie etwas zuschulden kommen lassen, wohingegen der Bruder, der Rybak oder auch ›der Fischer‹ genannt wurde, eine geradezu beeindruckende kriminelle Laufbahn hinter sich hatte. In einem fort trudelten Faxe rein, sowohl von polnischen als auch von deutschen Polizeibehörden. Während der Pfarrer jahrzehntelang in Danzig gelebt hatte (mit einer kurzen Unterbrechung, als er im Ausland auf Mission gewesen war), schien sein Zwilling die ganze Welt bereist zu haben – inklusive der jeweiligen Justizvollzugsanstalten. Marcins Gesicht war in Polen bekannt als das Antlitz eines rechtschaffenen Mannes, wohingegen Wojteks Porträtaufnahme bändeweise Kriminalakten über unterschiedlichste Verbrechen zierte. Wie die Ermittler feststellen konnten, war er schon seit dem neunzehnten Lebensjahr polizeibekannt gewesen: In Deutschland war er mehrmals wegen Betrugs angeklagt worden und hatte dreimal eingesessen. Wojciech Frischke hatte mit Scheck- und Versicherungsbetrug angefangen und war dann irgendwann wegen der Unterschlagung von Firmengeldern im Gefängnis gelandet.

Aus den psychologischen Gutachten, die der Akte beigefügt waren, ging hervor, dass Marcin seinem Bruder intellektuell haushoch überlegen war. Allerdings war Wojtek den Unterlagen zufolge seit sieben Jahren sauber. Im Januar dieses Jahres war die jüngste Bewährungsfrist verstrichen, und auf dem Papier hatte Frischke inzwischen eine weiße Weste.

Bis er aufgegriffen worden war, hatte er bei der SEIF als IT-Analytiker gearbeitet. Allerdings fiel den Ermittlern auf, dass seine Bezüge ein Mehrfaches der Gehälter anderer Informatiker betrugen. Gerüchten zufolge hatte der Fischer seinerzeit die SEIF-Pyramide ausgeheckt. Das Grundkapital hatte die Mafia zugeschossen, die auch Martin Dunski als Geschäftsführer eingesetzt hatte – mit dem Frischke wiederum ein Jahr lang in einem deutschen Gefängnis gesessen hatte. Duchnowski tat dies als Knastlegende ab, obwohl es die hohen Bezüge des Zwillings durchaus hätte erklären können.

Der Kommissar rechnete damit, dass Białystok sich um die tiefer gehende Untersuchung kümmern würde. Diese Langweiler waren auf derlei abgedrehte Geschichten regelrecht versessen. Was er allerdings selbst augenblicklich angeordnet hatte, war die Beschlagnahme des Firmencomputers von Wojciech Frischke – nur leider war er damit zu spät gekommen. Der Verdächtige hatte zuvor sämtliche Dateien gelöscht. Die SEIF hatte indes zugesichert, der Polizei ein Back-up der Dateien zur Verfügung zu stellen.

Dann aber war eine E-Mail eingegangen, derzufolge die Dateien aus Wojciech Frischkes System nicht mehr wiederherstellbar seien. Der Verdächtige verweigerte diesbezüglich jegliche Aussage, behauptete lediglich, er sei niemals am Tatort gewesen und habe mit der ganzen Sache nichts zu tun. Genauso äußerte sich auch sein Bruder.

Bis auf beseelte Predigten konnte Marcin Staroń kaum Errungenschaften vorweisen. Und doch war er es, der von Tausenden Menschen geliebt wurde – während der verbrecherische Bruder fast nur Feinde zu haben schien. Die Anzeigen vonseiten geschädigter Firmen, in denen Wojciech Frischke kleinere und auch größere Summen veruntreut zu haben schien, nur um anschließend spurlos abzutauchen, stapelten sich mittlerweile in der Kommandantur. Kein Wunder, dass sie ihn unter dem Namen Staroń nicht hatten finden können. Er hatte eine Frau geheiratet, die ihm noch ins Gefängnis Briefe geschrieben hatte, und ihren Namen angenommen. Nach seiner Entlassung hatte er sich allerdings nie wieder bei ihr blicken lassen.

Duchnowski hatte seinen Leuten aufgetragen, sämtliche Meldungen über Frischke genauestens zu analysieren. Vielleicht würden sie ja irgendein Detail finden, das ihnen in die Hände spielte, um das Schweigen des kriminellen Bruders zu brechen.

Doch alles geriet durcheinander, als das Ergebnis der DNA-Analyse kam.

»Und, wie sieht's aus?«, fragte er Jekyll, als der mit Unterlagen in der Hand in sein Büro marschierte.

»Wir haben eine Übereinstimmung. War ja klar.« Der Experte warf die Mappe auf den Schreibtisch des Kollegen, machte allerdings keinen besonders glücklichen Eindruck.

»Gute Arbeit!«

»Ich weiß nicht ...« Jacek zuckte mit den Schultern. »Wie ich schon vermutet hatte, stimmt der Blutstropfen vom Handschuh zu neunundneunzig Prozent mit der Gegenprobe überein.« Er ließ sich auf den Besucherstuhl sinken und streckte die Hand nach einer Zigarette aus. »Das war die gute Nachricht.«

»Also ist es einer von ihnen.«

»Definitiv.«

»Wieso bist du dann so mies gelaunt?«

Jekyll machte es sich auf dem Stuhl bequem und begann zu dozieren: »Eineiige Zwillinge entstehen, wie der Name schon sagt, aus ein und derselben Eizelle, die – wie wir alle wissen – von einem Spermium befruchtet wird.«

»Schon klar. Weiter?« Duchnowski war irritiert.

»Eizelle und Spermium besitzen je einen spezifischen genetischen Code. Der Organismus, der daraus entsteht, weist wiederum einen eigenen spezifischen Code auf. Und der wird dann verdoppelt ... Der Code von eineiigen Zwillingen ist folglich identisch. Und das ist immer noch eine gute Nachricht.«

»Jekyll, für Idioten bitte!«

Duchnowski griff nach seinen Zigaretten und zündete sich eine an. »Welcher von den beiden war's denn nun?«

Jacek betrachtete interessiert die Glut.

»Ich weiß es nicht.«

»Willst du mir ernsthaft erzählen, dass du nicht sagen kannst, wessen DNA es genau ist? Das glaub ich nicht! Wir leben im einundzwanzigsten Jahrhundert!«, rief Duchno und ließ ein paar saftige Flüche vom Stapel.

»Das hab ich nicht gesagt«, entgegnete Jekyll und setzte sich ein wenig bequemer hin. »Bei der Zellteilung kann immer etwas passieren, sodass am Ende doch Abweichungen entstehen, *copy number variations*, also Unterschiede in einzelnen DNA-Fragmenten. Die CNV erklärt auch, warum ein Zwilling beispielsweise herzkrank wird und der andere Krebs bekommt.«

»Was redest du denn da?«, fauchte Duchnowski.

»Ich erklär dir gerade, dass eine genauere Analyse durchaus möglich ist und uns die Unterschiede zwischen den beiden Jungs aufzeigen könnte. Allerdings würde eine solche Untersuchung – Halleluja! – eine satte Million kosten. Eine Million *Euro!* Ich hab es gerade überprüft. Im letzten Jahr haben die Franzosen eine solche Summe investiert, um einen schweren Bankraub aufzuklären. Die Grundprämisse war die gleiche wie bei uns: zwei verdächtige Brüder. Nur dass keiner der beiden Pfarrer war ... Jetzt sag du mir, ob das eine gute oder eine schlechte Nachricht ist.«

Duchnowski seufzte schwer.

»Scheiße ... Ich will Walis Gesicht sehen, wenn er erfährt, dass er eine Million Euro auf den Tisch legen soll.«

»Na ja, meiner Meinung nach ist das immer noch die gute Nachricht«, fuhr Buchwic fort. »Das Problem ist ja mitnichten das Geld.«

»Schaff du uns doch die Million ran, wenn Geld nicht das Problem ist«, grinste der Kommissar.

»Duchno, du verstehst mich immer noch nicht.« Jekyll wurde wieder ernst. »Selbst wenn wir diese Million hätten – in Polen darf eine solche Untersuchung gar nicht durchgeführt werden. Das wäre illegal.«

Izabela Kozak erhaschte einen Blick auf die Frau draußen auf dem Flur, als Jeremi und Michałek gerade aufbrechen wollten. Die Psychologin sprach mit einem Arzt, oder vielmehr stellte sie ihm Fragen.

»Schau, er ist schon eingeschlafen«, sagte Jeremi und zeigte auf den Kleinen, der im Kinderwagen eingenickt war. »Ich geh dann wohl mal besser. Brauchst du noch irgendwas?«

Iza schüttelte den Kopf. Seit ein paar Tagen fühlte sie sich wieder besser. Und seit vor ihrer Tür eine gefühlte Hundertschaft patrouillierte, konnte sie auch wieder schlafen.

»Kommt ihr morgen wieder? Übermorgen kann ich wohl nach Hause.«

Ihr Mann nickte. Dann beugte er sich vor und gab ihr einen Kuss auf die Wange. Er duftete nach Eau de Toilette.

»Wie geht's deiner Mutter, schafft sie alles?«

»Ja, geht schon.«

Iza streckte die Hand nach ihm aus.

»Jeremi ...«

Er nahm ihre Hand.

»Diese andere Sache ... Das hatte keine Bedeutung«, flüsterte sie. »Wirklich nicht.«

»Davon gehe ich aus.«

»Wollen wir es noch einmal versuchen?«

»Mal sehen.«

Dann schob er den Kinderwagen aus dem Zimmer. Durch die Glasscheibe in der Tür konnte sie sehen, wie er neben dem Arzt und der Psychologin noch kurz stehen blieb und mit ihnen plauderte. Er lächelte, wie er es immer gegenüber Fremden zu tun pflegte. Die Menschen mochten ihn, hielten ihn für herzlich und sympathisch. Die Frau schien ihm ein paar Fragen zu stellen. Iza hätte alles dafür gegeben zu erfahren, worum es dabei ging. Dann verabschiedete sich die Psychologin von Jeremi und dem Arzt und kam auf Izas Krankenzimmer zu. Die Tür ging wieder auf.

»Guten Tag. Wie geht es Ihnen, Frau Kozak?«

Iza nickte.

Diesmal hatte Sasza kein Diktiergerät dabei oder den Laptop, sondern lediglich eine lederne Aktentasche, der sie eine Handvoll Papiere entnahm. Sie legte sie behutsam auf den Nachttisch neben Izas Bett. Als die Patientin das auffällige SEIF-Logo erkannte, wurde sie blass.

»Ich hätte noch einige Fragen an Sie«, sagte die Profilerin mit ruhiger Stimme. »Ich nehme Ihre Antworten auch nicht auf.«

Iza nickte unsicher.

»Worüber ich mit Ihnen reden will ... Genau genommen hat es mit der Tat gar nichts zu tun. Trotzdem werden Sie sich hoffentlich daran erinnern, auch wenn es schon ein bisschen länger zurückliegt.«

Iza nickte erneut.

»Wie kam es, dass Sie anfingen, in der Nadel zu arbeiten?«

»Wieso?«

»Sie hatten zuvor für eine Transportfirma gearbeitet. Sie haben die Lkw-Flotte für ganz Osteuropa koordiniert.«

»Gerade mal anderthalb Jahre ...«

»Und dann haben Sie Ihren Arbeitsvertrag gekündigt. Dabei waren Sie die Einzige in der Firma, die die nötigen Qualifikationen mitbrachte. Sie sprechen Russisch, haben Management-Kenntnisse ... Warum haben Sie eine solche Position aufgegeben – zugunsten eines Musikclubs?«

Iza antwortete nicht.

»Ich meine, die Arbeitsbedingungen haben sich für Sie doch wesentlich verschlechtert? Nachtschicht, betrunkene Kundschaft ... Und auch die unregelmäßigen Arbeitszeiten waren für Sie als junge Mutter doch bestimmt unangenehm? Nicht mal die Bezahlung war besonders toll. Trotzdem haben Sie es jahrelang in der Nadel ausgehalten.«

»Die Logistik hat mich gelangweilt. War nicht mein Ding. Im Club war es viel spannender.«

»Spannender?«

»In der Nadel hab ich auch gewisse Abläufe koordiniert ... aber alles in allem war die Arbeit dort ganz einfach interessanter. Der Kultursektor im Allgemeinen – ich hab ein paar bekannte Musiker kennengelernt ...«

»Jan Wiśniewski zum Beispiel.«

»Der war mein Chef.«

»Was verband Sie beide?«

»Uns?«

»Sie und Jan.«

»Was wollen Sie damit andeuten?« Izabela Kozak atmete hörbar ein und ließ die Luft mit einem Zischen wieder entweichen. »Wir kannten uns über die Arbeit. Er war mein Vorgesetzter. Mehr nicht.«

Sasza nahm die Unterlagen in die Hand und blätterte sie durch.

»Frau Kozak, seien Sie bitte ehrlich mit mir. Eine Affäre ist kein Verbrechen. Mir ist mittlerweile bekannt, dass Sie Ihren Scheidungsantrag wieder zurückgezogen haben. Ich hab das überprüft. Wenn Sie bei derlei Nebensächlichkeiten lügen, wie kann ich da sicher sein, dass Ihre Aussage im Fall Jan Wiśniewski der Wahrheit entspricht?«

»Werde ich jetzt etwa verdächtigt?«

»Das hab ich nicht gesagt.«

»Ja, ich war in ihn verschossen. Wie die Hälfte aller Mädchen in Polen. Aber es blieb zum einen rein platonisch, zum anderen ist das schon sehr lange her.«

»Wie war Ihre Beziehung in letzter Zeit?«

»Janek war in einer ziemlich schlechten psychischen Verfassung. Er war andauernd breit oder betrunken. Sie haben es doch selbst erlebt ... Ja, wir hatten mal was miteinander. Aber zum Ende hin hab ich ihn eher bemuttert.«

»Wusste Ihr Ehemann davon?«

»Ich denke schon ... Aber das ist längst ausgestanden. Wir wollen noch mal ganz von vorne anfangen.«

Die Profilerin schwieg.

Izabela holte noch mal zischend Luft.

»Damals, an Ostern ... Dass ich das Geld abholen sollte, war in Wahrheit nur ein Vorwand. Ich wusste, dass es Janek dreckig ging. Ich bin hingefahren, weil ...«

Iza verstummte.

»Weil Sie Angst hatten, dass er sich etwas antun würde«, beendete Sasza den Satz für sie.

»Ja. Ich hab gewusst, dass im Club eine Waffe lag. Nach der Schießerei vor zwei Jahren hatte Bully die Pistole im Safe eingeschlossen. Janek wusste das natürlich auch. Als er mich anrief und fragte, ob ich ihm meinen Schlüssel leihen könnte, vermutete ich, dass er hinfahren wollte, um die Waffe zu holen. Anfangs hab ich gezögert, aber dann bin ich kurz entschlossen hingefahren.«

»Warum haben Sie die Waffe zuvor nicht erwähnt?«

»Ich weiß es nicht ...«

»Könnte es so gewesen sein, dass Sie diese Pistole in Ihren Besitz gebracht hatten? Zur Sicherheit? Damit Wiśniewski sich nichts antut? Und an Ostern haben Sie die Waffe zurückgebracht, weil er Sie danach gefragt hatte?«

»Nein, auf gar keinen Fall! Was erlauben Sie sich?«

»Bitte beruhigen Sie sich wieder!«

»Dann hören Sie auf, mir so was zu unterstellen!«

»Beantworten Sie ganz einfach meine Fragen. Momentan nehme ich unser Gespräch nicht auf, aber ich kann es gerne tun.«

Iza hielt auf der Stelle den Mund.

»Wer hat auf Sie geschossen? Ich frage Sie zum letzten Mal. Lucja Lange war es nicht, und das wissen wir beide.«

Sasza zog drei Fotos aus der Mappe: Bilder von Marcin Staroń, Wojciech Frischke und Edward Mazurkiewicz. Sie tippte auf das dritte Bild.

»Das ist der Vater von Monika und Przemek – die beiden Geschwister, die vor zwanzig Jahren gestorben sind. Sie kennen Herrn Mazurkiewicz. Genau wie Sie die Geschichte kennen, die hinter dem ›Mädchen aus dem Norden‹ steckt. Sie haben in derselben Transportfirma gearbeitet, für die er als Fahrer tätig war. Sie haben ihn quer durch Weißrussland und in die Ukraine geschickt. Durch ihn haben Sie auch Jan Wiśniewski und Paweł Bławicki kennengelernt. Und nur wegen dieser beiden haben Sie den Job in der Nadel angenommen, nicht wahr?«

Zu beiden Seiten der Autobahn erstreckten sich Felder. Edward Mazurkiewicz hatte schon vor über einer Stunde Hunger gehabt, dann aber noch zweihundert Kilometer schaffen wollen, ehe er haltmachte. Er gab Gas. Bei Terespol gab es eine Raststätte, an der er öfter tankte und sich etwas zu essen gönnte. Die Frau, die dort die Küche leitete, machte die besten Piroggen mit Pilzen auf der ganzen Welt. Sowie er an die Füllung aus Steinpilzen und Zwiebeln dachte, lief ihm das Wasser im Mund zusammen.

Das Funkradio knarzte.

»Stehen die Bullen immer noch bei Kilometer siebenunddreißig, Edi?«

Edward nahm den Hörer ab.

»Ja, bin vor zehn Minuten an ihnen vorbei.«

»Danke. Guten Weg!«, hörte er den Kollegen.

Er fuhr weiter und lauschte auf das Brummen im Funkgerät. Langsam kamen wieder weißrussische Sender herein. Im Rückspiegel näherte sich ein Pkw, ein getunter Lexus. Der Fahrer hupte, setzte zu einem Überholmanöver an und zischte viel zu schnell an ihm vorbei.

»Wie fährst du denn rum, du Penner?«, knisterte es aus dem Funkgerät. »Willst du jemanden umbringen?«

Edward zögerte, bevor er antwortete. Er fuhr seit zwanzig Jahren und war ein routinierter Fahrer.

»Dein Anhänger ist locker«, fuhr der Typ aus dem Lexus überraschend fort und verschwand im selben Moment am Horizont.

Edward ging sofort vom Gas und schaute im Rückspiegel nach hinten. Dort sah alles in Ordnung aus. Er beschloss, am nächsten Parkplatz anzuhalten und den Anhänger zu überprüfen. Doch nur Sekunden später spürte er, wie er zu schlingern begann. Vorsichtig stieg Edward auf die Bremse und hielt das Lenkrad fest umklammert. Er näherte sich einem Rastplatz, setzte den Blinker und fuhr ab. Als der Schlepper zum Stehen kam, atmete er erst mal erleichtert durch. Dann stieg er aus, ging um das Fahrzeug herum. Hinten war die Klappe aufgegangen. Der zuhinterst aufgeladene Wagen war von den Schienen gerutscht und die Heckscheibe war zerschlagen. Er schluckte. Da musste wohl ein Gutachter ran. Zum Glück war er noch nicht über die Grenze. Ein Wunder, dass der Wagen nicht vom Lkw gekippt war! Obwohl er nicht gläubig war, schickte er einen kurzen Dank gen Himmel. Er hoffte nur, dass der Wagen nicht schlimmer beschädigt wäre und er imstande sein würde, den Aufbau selbst wieder zu reparieren.

Sehnsüchtig blickte er zum Horizont, wo in der Ferne eine Raststätte zu sehen war. Was würde er jetzt für ein Schnitzel und Kartoffeln geben! Doch in diesem Zustand durfte er den Laster nicht allein lassen. Er kehrte zurück in die Kabine und schnappte sich den Werkzeugkasten, um zumindest vorläufig die Klappe zu fixieren.

»Edi?«

Erschrocken fuhr er herum.

»Alter, lang ist's her!«

Vor ihm stand ein schlanker Mann mit Sonnenbrille. Er hatte vor Jahren zusammen mit ihm in der Transportfirma angefangen. Edward selbst hatte dem Jungen beigebracht, wie man Lkw fuhr. In letzter Zeit hatten sie sich allerdings nur noch selten gesehen. Früher hatten sie hin und wieder Treffen entlang der Strecke ausgemacht, sich unterwegs auf ein Bierchen getroffen. Darek transportierte Türen in die ehemaligen

Ostblockstaaten. Viele Fahrer hatten Respekt davor, nach Weißrussland, Aserbaidschan oder in die Ukraine zu fahren. Immer wieder wurden dort Lkw-Fahrer überfallen, die allein unterwegs waren. Außerdem waren die Straßen schlecht und Werkstätten rar gesät, sodass man oft gezwungen war, seine Maschine eigenhändig zu reparieren. Edward fuhr inzwischen nicht mehr weiter als bis Russland und da auch nur bekannte Strecken.

Darek war für seine saubere Fahrweise, seine Zuverlässigkeit und seinen Mut bekannt. Er führte immer ein Brecheisen, einen Gummiknüppel und eine Schusswaffe mit, obwohl er keinen Waffenschein besaß. Eine Frage der Selbstverteidigung, meinte er diesbezüglich immer, doch es gab auch Kollegen, die behaupteten, Darek sei einst in der Nikos-Gang dabei gewesen.

Edward Mazurkiewicz freute sich aufrichtig, den alten Freund zu sehen, und schüttelte ihm herzlich die Hand: höchste Eisenbahn, dass sie wieder zusammen essen gingen und redeten. Eine Weile schwelgten sie in Erinnerungen an die alten Zeiten. Und irgendwann vertraute Darek Edward an, dass er eine eigene Transportfirma gründen wolle.

»Solange ich noch am Anfang stehe, will ich selber fahren. Gute Fahrer zu finden ist wirklich nicht leicht. Vielleicht hättest du ja Lust, mit einzusteigen, Edi?«

»Wer weiß?« Edward zuckte mit den Schultern. »Kommt auf die Konditionen an.«

Darek zog eine Schachtel Zigaretten aus der Tasche und bot Edward eine an, der jedoch ablehnte. Er hatte in seinem ganzen Leben nicht geraucht. Stattdessen öffnete er den Werkzeugkasten. Obenauf lag ein in Flanellstoff eingeschlagenes, verschnürtes Päckchen.

»Schau dir diesen Mist an«, murmelte Edward und wies auf die kaputte Bordwand. Der Kollege musterte den Schaden.

»Könnte es sein, dass da jemand rumgemacht hat?«

»Kann ich mir nicht vorstellen«, brummte Edward. »Wer sollte das gewesen sein? Ich tippe eher auf Materialermüdung.« Routiniert ging er den Inhalt des Werkzeugkastens durch, legte sich zurecht, was er brauchte, und räumte das übrige Werkzeug wieder ein. »Hast du vielleicht noch einen Achterschlüssel? Ich muss meinen in der Firma vergessen haben.«

Als Darek lächelnd hinüber zu seinem Wagen schlenderte, ließ Edward eilig das Päckchen in die Jackentasche gleiten. Dann kletterte er mit einem Ächzen auf den Anhänger. Verstohlen sah er sich um – Darek war immer noch bei seinem Lkw. Spontan holte er das Päckchen hervor, um es zu verstecken, blieb dabei mit der Paketschnur an einem Haken hängen – und der Lauf einer Pistole lugte aus dem Flanell hervor. Eilig steckte Edward sie zurück in die Jacke.

Als Darek wiederkam, hielt er den gleichen Werkzeugkasten in der Hand, den auch Edward dabeihatte. Mit der anderen hielt er einen Schraubenschlüssel in die Höhe.

»Ich hab zwei davon. Wenn du willst, kann ich dir einen überlassen.«

Endlich hatte Sasza das winzige, grüne Städtchen mit dem hübschen Namen Hajnówka erreicht. Sie tankte an einer ebenso winzigen Tankstelle – eine Kasse, keine Zeitschriften, keine Tiefkühltruhe mit Eis, keine Hotdogs. Nicht mal Kaffee boten sie dort an. Und auch mit Karte konnte sie nicht zahlen. Sie zog einen Hundert-Złoty-Schein aus dem Portemonnaie und überreichte ihn dem Mann, der ihr Auto betankt hatte. Er hätte niemals zugelassen, dass sie die Zapfsäule eigenhändig bediente, und wollte auch kein Trinkgeld. Mit einem Blick auf ihr Kennzeichen fragte er mit südöstlichem Akzent: »Und, wie ist das Wetter an der Ostsee?«

»Windig«, antwortete sie und grinste.

Sie hatte mehr als sieben Stunden Fahrt hinter sich; unterwegs hatte sie sich alte Kassetten angehört.

»Wie weit ist es denn noch zu diesem Imkerbetrieb in Teremiski?«

Der Mann runzelte die Stirn.

»Ein ganzes Stück. Hier ist es zwar nicht windig, aber hin und wieder laufen Elche über die Straße. Wenn Sie zum Imker wollen, fahren Sie am besten bis zur Kolonie. Die liegt gleich außerhalb von Hajnówka. Aber es wird sich lohnen. Waldemar macht hervorragenden Honig«, fuhr der Tankstellenbesitzer fort. »Womöglich hat er allerdings gar keine Vorräte mehr ... Die Saison beginnt erst wieder in einigen Monaten.«

Sasza bedankte sich bei ihm und stieg wieder ein. Es war bereits nach siebzehn Uhr. Die Straßen waren beinahe menschenleer, die Stadt sah regelrecht verwaist aus. Kurz vor der Stadtgrenze kam sie an zwei Friedhöfen vorbei: an einem katholischen und einem russisch-orthodoxen. Auf beiden konnte sie Grablichter erkennen. In der kleinen orthodoxen Kirche wurde offenbar gerade eine Messe gefeiert. Sie passierte das Ortsschild. Bis Białowieża waren es noch achtzehn Kilometer.

Ein Stück weiter die Straße entlang radelte ein Fahrradfahrer in einer orangenen Leuchtweste stadtauswärts. Vorsichtig fuhr sie neben ihn, ließ die Scheibe runter und rief zu ihm hinüber: »Teremiski – ist das noch weit?«

Der Mann wies wortlos nach rechts, und nur wenige Kilometer weiter wies ein Schild in dieselbe Richtung. Darunter warb ein Holzschild an einem Nagel für die Imkerei, und eine Tafel wies darauf hin, dass derselbe Weg zu einer Gedenkstelle für die Ermordeten der Pogrome gegen Ende des Zweiten Weltkriegs führte.

»Sind wir bald da?«, quengelte Karolina und rieb sich die Augen. Dann sah sie interessiert aus dem Fenster. »Oh, es ist ja schon ganz dunkel!«

Die Dämmerung hatte bereits eingesetzt. Sasza bog ab auf den schmalen, von Bäumen gesäumten Weg. Im Nu hatten die Schatten sie verschluckt. Kaum zu glauben, dass es erst halb sechs war. Sasza griff nach ihrem Smartphone, doch die Navi-App reagierte nicht. Kein Netz. Mit Rücksicht auf ihre Tochter verkniff sie sich einen ordentlichen Fluch. Mit ein bisschen Glück würde sie es auch ohne GPS finden.

Der Mann stand sogar am Zaun. Immer noch kräftig, in einem grünen Parka und mit Gummistiefeln an den Füßen. Das linke Auge war von einer schwarzen Klappe verdeckt. Sasza hielt neben ihm an und stieg aus, ließ den Motor aber laufen.

»Sasza Załuska. Ich hab Sie gestern angerufen. Danke, dass Sie bereit sind, sich mit mir zu unterhalten.«

Er nickte und öffnete das Tor. Sasza stieg wieder ein und fuhr langsam auf das Grundstück. Sie parkte direkt vor einem blau gestrichenen Holzhaus mit weißen Fensterrahmen. Daneben stand eine Reihe Kreuze aus Birkenholz, die noch nicht allzu alt zu sein schienen. Kreuz und quer über den Hof liefen Hühner, und ein Hund ließ sich vom letzten Rest der Abendsonne den Pelz wärmen. Sasza und ihre Tochter stiegen aus.

Als der Mann noch auf der Schwelle zu einem gewaltigen Ast griff, dann eine Axt hervorholte und den Ast von kleineren Zweigen befreite, versteckte Karolina sich hinter ihrer Mutter. Sasza beruhigte sie und holte aus dem Kofferraum eine Kiste Weck-Gläser, die der Imker tags zuvor bei ihr bestellt hatte. Erst als sie sich wieder zum Haus umdrehte, wurde ihr schlagartig klar, dass der Mann gerade ein weiteres Kreuz zimmerte. Im nächsten Moment schnürte er ein kürzeres Holz rechtwinklig über den Ast, wies aber bereits mit einem knappen Nicken auf einen schmuddeligen Tisch auf der Veranda. Dort stellte Sasza ihre Gläser ab. Die Tür zum Haus stand sperrangelweit auf. Ein fuchsrotes Huhn kam aufgeregt herausgerannt, verfolgt von einem pummeligen Welpen.

»Schluss mit dem Quatsch!«, rief der Mann dem Welpen nach und wandte sich dann wieder an seine Besucherinnen. »Bitte, treten Sie ein und nehmen Sie Platz.«

Sie marschierten in die Küche und ließen sich auf bunt bemalten Holzstühlen nieder. Mit einem Blick auf die bestickte Tischdecke fragte Sasza sich, ob der Mann eigens für sie den Tisch gedeckt hatte. In einem Bettchen in der Ecke schlief ein Baby.

»Nur zur Sicherheit – Sie sind Herr Waldemar, nicht wahr?«

Statt zu antworten, stellte er wortlos eine Kanne Tee und ein Schüsselchen mit Konfitüre auf den Tisch.

»Wir haben telefoniert, oder?«

»Preiselbeeren«, sagte er. »Reinstes Vitamin C. Meine

Schwägerin hat sie gekocht. Schade nur, dass ich nicht wusste, wann genau Sie kommen, sonst hätten Sie sie vielleicht auflesen können. Der Landbus kommt erst in einer Stunde.«

»Das tut mir leid. Ich wollte eigentlich von unterwegs anrufen, aber ich hatte keinen Empfang«, entschuldigte sie sich und fügte dann hinzu: »Es war nicht einfach, Sie zu finden.«

»Na ja, es ist nicht so, als würd ich mich verstecken. Wer mich finden will, schafft das auch«, gab er zurück und sah ihr direkt ins Gesicht. Seine Haut war sonnengegerbt, das gesunde Auge himmelblau. Unter Garantie war er einmal ein attraktiver Mann gewesen, doch mittlerweile schien ihm sein Aussehen gleichgültig zu sein.

Sie sah sich in der Küche um. Es roch ein wenig modrig, aber der Raum war sauber. Der Welpe stolperte herein und stürzte sich auf Karolina, sprang um sie herum und leckte ihr übers Gesicht. Das Mädchen lachte laut auf und spornte ihn auf Englisch an – bis plötzlich fast wie aus dem Nichts ein Mädchen aus dem benachbarten Zimmer trat.

»Ania, hab keine Angst«, sagte der Mann freundlich. »Wir haben Besuch.«

Die Kleine war ungefähr in Karolinas Alter. Halb verlegen, halb interessiert sahen sie einander an.

»Ihre Tochter, ja?«, wollte der Mann von Sasza wissen. Dann zauberte er eine Tafel Schokolade aus seiner Jackentasche hervor und drückte sie Karo in die Hand. Zögerlich nahm sie das Geschenk entgegen. »Gehst du denn schon zur Schule?«

Sie schüttelte den Kopf.

»Sie ist erst sechs«, erklärte Sasza. »Sie wird nächsten Sommer eingeschult.«

»Ania ist schon acht. Sie geht in die zweite Klasse«, erwiderte er. »Na, willst du deiner neuen Freundin deine Schaukel zeigen?«

Auf der Stelle sprangen die beiden Mädchen auf.

»Ania ist meine Nichte. Ihr Vater, unser jüngster Bruder, ist zusammen mit seiner Frau jobbedingt nach England gezogen. Sie arbeiten in einer Restaurantküche. Hier hatten sie keine Perspektive mehr. Nur gut, dass wir den Hof und die Imkerei haben. Mithilfe eines Stückchens Land kriegt man ein Kind schon satt.«

Sasza legte ein Foto von Jan Wiśniewski sowie die Aufnahmen von Monika und Przemysław Mazurkiewicz auf den Tisch.

»Worum geht es hier?«, fragte sie ruhig.

Der Mann atmete tief durch und nahm einen Schluck Tee.

»Das kann ich Ihnen wirklich nicht sagen. Nicht ich ...«

Die Profilerin sah ihn auffordernd an.

»Wer dann?«

Ohne ein Wort zu sagen, verließ er die Küche. Sasza brauchte einen Moment, um sich zu sammeln. Durchs Fenster beobachtete sie die spielenden Kinder, sah, wie sie auf einen Baum kletterten. Der Mann lief auf sie zu, trug einen Autoreifen unterm Arm und befestigte ihn an einem Seil zu einer provisorischen Schaukel. Ania sprang sofort auf und schaukelte gekonnt los. Als der Mann Karolina zum Mitmachen aufzufordern schien, schüttelte sie den Kopf. Bedächtig stand Sasza auf und trat an die Haustür.

»Sie haben nicht auf meine Frage geantwortet«, rief sie. »Ich war den ganzen Tag lang unterwegs, um Sie zu treffen – tun Sie also bitte nicht so, als wüssten Sie von nichts. Ich kenne die Ermittlungsakten.«

Er warf ihr einen verwunderten Blick zu.

»Ich tue nicht, als ob. Aber hier geht es um meine Schwägerin. Haben Sie bitte noch ein wenig Geduld.«

»Ihre Schwägerin?«

Der Mann wies auf die Fotos der Mazurkiewicz, die Sasza

in der Hand hielt. Die hatte sie dem Fremden als Letztes zeigen wollen.

»Sie hat keinen Führerschein. Aber wenn Sie noch ein wenig warten, kommt sie her. Und der Inspektor auch. Obwohl – der kommt sicherlich erst nach dem Abendessen. Ist aber vielleicht auch besser so, dann liegen die Kinder schon im Bett. Er hat vorhin angerufen und erzählt, dass er erst gestern Nacht aus Danzig heimgekommen sei. Ich dachte, Sie hätten schon mit ihm gesprochen?«

Jetzt verstand Sasza gar nichts mehr.

Und plötzlich gellte ein Schrei zu ihr herüber.

Karolina lag rücklings unter dem Baum.

Aus ihrem Mundwinkel sickerte Blut.

Sasza stürzte auf sie zu und nahm sie in die Arme. Sie musste sich wegducken, damit der auf- und abschwingende Autoreifen sie nicht noch mal traf.

Tagsüber war es zwar deutlich über null Grad, doch die Wettervorhersage hatte Nachtfrost angekündigt. Feiner Schnee fiel, löste sich jedoch sofort wieder auf, sowie er auf dem Boden aufkam. Robert Duchnowski bog in die ulica Obrońców Wybrzeża ein und kam leicht ins Schleudern, doch Bullys Rover hatte definitiv mehr Grip als sein alter Honda.

Er parkte vor dem Eingang des Hochhauses und betrat die vietnamesische Bar im Erdgeschoss. Er war ein paar Minuten zu früh dran, wollte aber nicht vor der Tür rumlungern. Hier hatte Płoska sich mit ihm verabredet. Zwar glaubte der Kommissar nicht daran, dass der Typ relevante Informationen für ihn hatte. Trotzdem hatte er sich mit dem Treffen einverstanden erklärt. Er hatte einfach Lust auf ungesunden Asiafraß gehabt. Endlich was anderes als Burger.

Er sah sich um. Der Laden war quasi leer, nur zwei Asiaten standen hinterm Tresen und lächelten ihm entgegen. Duchno nahm am Fenster Platz und griff zur Speisekarte. Die Bar hatte keinen besonders guten Ruf. Trotzdem traf er sich hin und wieder hier mit seinen Informanten. Dass keine anderen Gäste da waren, geschah zum ersten Mal. Einer der Vietnamesen kam an seinen Tisch und harrte mit einem kleinen Block in der Hand seiner Bestellung. Der Kommissar war überrascht. Seit wann gab es hier Kellner, die an den Tisch kamen? Sonst hatte er sein Essen immer am Tresen bestellt. Aus den gefühlt hundert Gerichten entschied er sich für Nudeln mit Kalbfleisch.

»Aber scharf«, brummte er. »Und ohne Kraut.«

Robert sah auf die Uhr. Es war Punkt fünf. Durch das kleine Fenster zur Küche konnte er den Koch sehen, der am Wok stand und die nächste Mahlzeit zauberte. Über die Schulter hinweg sprach er mit dem Kellner. Es sah aus, als würden die beiden sich streiten, vielleicht handelte es sich aber auch nur um eine heitere Konversation. Minuten später stand ein dampfender Teller mit einer undefinierbaren Masse vor dem Kommissar.

Erst als ein hagerer Typ mit Schiebermütze in Begleitung eines Bodyguards die Bar betrat, dämmerte Duchnowski, dass Płoska nicht mehr kommen würde. Es war kein Zufall, dass die Bar leer war. Ob er wohl Zeit haben würde, fertig zu essen, ehe sie ihn sich schnappten und in den Kofferraum von Bullys Rover packten? Zum ersten Mal seit Jahren bereute er es, keine Waffe mitgenommen zu haben. Bis die Kollegen dahinterkämen, dass Duchno schon zu lange weggeblieben war, würde er längst unter irgendeinem Baum im Wald verscharrt werden.

»Na endlich, Duchno!«

Der Mann lachte und kam an seinen Tisch. Er strahlt weit mehr Autorität als damals aus, schoss es dem Kommissar durch den Kopf. Sein Bodyguard, ein Jüngling mit Steroidkörper und dumpfem Gesichtsausdruck, war an der Tür stehen geblieben. Seine enorme Armmuskulatur sprengte beinahe die schwarze Sportjacke mit den drei Streifen.

»Majami, Schätzchen – bist du so tief gefallen, dass du mich hierherlocken musst?«, murmelte der Polizist.

Der Mann mit der Schiebermütze machte es sich am Tisch bequem.

Majami hatte anscheinend ordentlich einen getankt. Sofort fühlte sich Duchnowski sicherer. Er hatte offenbar nichts zu befürchten. Er kannte Majami zu gut – sie hatten damals gemeinsam mit Bully bei der Polizei angefangen. Majami war wie ein Welpe seinem Chef hinterhergerannt, hatte ihn förmlich angehimmelt. Als Bławicki die Polizei verließ, hatte auch Majami gekündigt. Dann aber hatte er die Kündigung zurückgezogen, sodass sie noch ein paar Jahre zusammen in der Kommandantur gearbeitet hatten. Nur dass Majami heimlich Deals für den Elefanten, Nikos, Tygrys und andere Mafiabosse gedreht hatte. Damals hielten ihn alle in der Kommandantur für einen Versager. Ständig erzählte er schlechte Witze und war selbst der Einzige, der darüber lachte. Tagsüber arbeitete er in der Kommandantur, nachts als Türsteher im Maxim.

Nicht wenige Polizisten verdienten sich damals nebenbei als Türsteher ein kleines Zubrot. Auch Duchno hatte solche Phasen, warf aber bald hin. Er wollte sich nicht ins Milieu hineinziehen lassen. Anständigkeit war ihm schon immer wichtiger gewesen. Und wohin hatte es ihn gebracht? Wie man sehen konnte, ging es solch einem Trottel wie Majami ganz hervorragend. Er konnte sich sogar einen eigenen Bodyguard leisten.

»Ich hab ehrlich gesagt nicht geglaubt, dass es klappen würde. Aber Edyta meinte, dass ihr keine Wahl habt und auf jede Information angewiesen seid.«

»Edyta …« Duchno zögerte. »Soweit ich weiß, hat *sie* mittlerweile keine Wahl mehr. Aber das ist nicht mein Problem.« Er warf Majami einen wachsamen Blick zu. »Seid ihr befreundet?«

»Ihr Mann hat mich mal verteidigt. Ich wurde zwar nicht freigesprochen, aber zumindest hab ich nur eine Bewährungsstrafe gekriegt.« Majami zuckte mit den Schultern.

»Aha.«

»Ja. Gute Prognose. Allerdings musste ich eine gewisse Summe für gemeinnützige Zwecke zahlen.«

»Sicher.«

Eine Weile saßen sie sich gegenüber und starrten einander stumm an.

»Also, was gibt's?«, fragte Duchnowski schließlich. »Ich hab nicht vor, Ratespiele zu veranstalten.«

»Ich hab da was für dich«, antwortete Majami. »Bully war ein guter Mann. Und seinen Tod können wir nicht einfach so hinnehmen. Erst muss er dran glauben, dann nehmen sie sich alle anderen vor. Das passt mir nicht. Ich kann euch helfen. Denn wenn man danach geht, was in der Stadt erzählt wird, steckt ihr ziemlich tief in der Scheiße.«

»Meine Scheiße geht dich gar nichts an«, knurrte Duchno.

»Ach, Robert, ich bin inzwischen ein anständiger Mensch. Ein guter Ehemann und so weiter.«

Duchnowski konnte sich ein Grinsen nicht verkneifen. Das erste Mal hatte er Majamis Ehefrau im Paradiso getroffen, einem fast schon kultigen Puff am Stadtrand von Gdingen. Nur die besten Kunden, wohlhabende Geschäftsmänner, Seeleute mit Devisen: Norweger, Schweden, Engländer, Asiaten. In dem Club hatten nur die feinsten Nutten gearbeitet. Damals war Majami noch mit einer anderen verheiratet gewesen, Agata, die allerdings gerade die Scheidung eingereicht hatte. Er erinnerte sich noch gut daran, dass damals viel über die Trennung von Agata spekuliert worden war. Quasi über Nacht war sie verschwunden, und irgendwann stellte sich heraus, dass sie in Berlin wieder aufgetaucht war. Duchno hatte gehört, dass sie in der Nähe des Hauptbahnhofs einen Imbiss aufgemacht hatte, der sich zu einem Treffpunkt für die Ostmafia entwickelt hatte. Es hieß sogar, dass der Laden eines der Drehkreuze für Kontakte des polnischen Geheimdiensts war.

Irgendwann jedoch war Agata erneut spurlos verschwunden. »Das war Waldemar«, sagte Majami. »Er hat sich Agata gekrallt. Die Affäre ging schon los, als er gerade begonnen hatte, für den Elefanten zu arbeiten. Du erinnerst dich bestimmt noch gut an ihn – ein Lackaffe im italienischen Anzug. Er war dabei, als wir damals den Lamborghini mit den zwei Kids eingesackt haben, den Neffen von Popławski – den Pfarrer ... oder seinen Bruder. Die beiden konnt ich noch nie auseinanderhalten.«

Duchno schob den leeren Teller zur Seite und wischte sich den Mund mit einer Serviette ab.

»Du hast das nicht von mir«, fuhr Majami fort. »Aber ich will, dass du den Typen drankriegst. Er war Verdeckter. Arbeitete mit uns zusammen, trank mit uns, kokste mit uns. War einer von uns. Verdammter Donnie Brasco! Am Ende hat er Popławskis Gang auffliegen lassen, kurz bevor sie eine riesige Ladung Drogen umschlagen konnten. Wäre diese Sache mit den Kindern und dem Auto nicht gewesen, hätten sie uns alle einfahren lassen. Einschließlich Waligóra. Wär es damals anders gelaufen, wär heute hier nicht Nikos, sondern der Elefant der Boss. Wie auch immer. Der Typ hieß Jacek Waldemar. Zumindest war das sein Undercovername. Er hat diesen Sänger erschossen.«

»Woher willst du das wissen?«

»Weil Nadel durchgedreht ist und aus dem Geschäft aussteigen wollte. Er wollte Popławski erpressen – obwohl alle wussten, dass er für den Geheimdienst gearbeitet hat.«

Duchnowski schnaubte.

»Jan Wiśniewski war Spitzel für den Geheimdienst? Das kann nicht sein. Er war doch viel zu nah an den Ganoven dran. Bei den Geheimen ist Vertrauen Ehrensache.«

Er wollte Majami nicht glauben. Der Exkollege wollte doch nur Staub aufwirbeln und ihn auf eine falsche Fährte locken. Oder aber er war so besoffen, dass er seinen Hirngespinsten freien Lauf ließ.

»Von Mai bis September 1993 gab es in Polen keinen Sejm und keinen Senat. Was glaubst du, wovon die Wahlkampagnen finanziert wurden?«, fragte Majami. »Wer hatte damals Geld für Politik übrig? Und wer hat den ersten Präsidenten des freien Polens aufgestellt? Und den heutigen Premier? Bist du wirklich so naiv?«

Duchnowski wurde blass.

»Was willst du wirklich?«

»Finde Jacek Waldemar und wirf ihn in den Knast.«

»Wir haben schon jemanden. Hundertprozentig sicher.«

»Ach, von wegen«, schnaubte Majami. »Ihr habt die Staroń-Brüder. Wenn einer von denen geschossen haben soll, dann war's ein Auftrag. Von Waldemar.«

»Majami, entscheide dich. Oder bist du so betrunken? Wer hat denn nun geschossen: der Pfarrer, der Fischer oder dein Waldemar? Oder du selbst?«

Majami stand auf.

»Du hast wirklich nichts gelernt.«

»Von wem hätte ich denn lernen sollen?«

»Soll ich dir noch andere Namen nennen?«

»Wenn du schon hergekommen bist, um Leute zu verpfeifen, dann bitte.«

Majami zögerte.

»Warum sollte Jacek Waldemar heute so was riskieren, wenn er damals nicht aufgeflogen ist?«, wollte Duchno wissen.

»Er hat einen Fehler gemacht. Er hat damals das Mädchen mitgenommen. Er hat die ganze Aktion für ein Paar süßer kleiner Titten riskiert«, sagte Majami nüchtern.

Duchnowski schüttelte den Kopf. Er hatte genug. Er wollte, dass Majami wieder verschwand. Offenbar war er inzwischen völlig durchgedreht. Vielleicht war ihm mit seinen ganzen Immobilien doch zu langweilig geworden.

»Der Mann, der damals Jacek Waldemar hieß, nennt sich heute Inspektor Adam Wiech … vom Zentralen Ermittlungsbüro«, ließ Majami zu guter Letzt die Bombe platzen. »Er ist der Chef der Abteilung, die sich mit dem Elefanten und der SEIF befasst. In Wahrheit soll er sich nur um das Geld kümmern. Davon soll die nächste Wahl finanziert werden. Die SEIF ist bankrott, die Kohle wurde gewissen Politikern zugeschustert ... Verdammt, du weißt doch, wie das läuft.«

»Wenn wir das nicht beweisen können, ist es für die Katz«, gab Duchnowski zurück.

»Ja, womöglich wirst du es nicht beweisen können. Vielleicht reicht dein Arm ja nicht so lang. Aber jetzt weißt du, was du wissen solltest.«

»Sehr witzig!«

»Ich rate dir eins: Ordne die Exhumierung von Monika Mazurkiewicz an. Das Mädchen, das im Roza tot aufgefunden wurde. Ihr Bruder war damals beim Elefanten, hatte aber schon bei seiner allerersten Aktion ein Riesenpech. Dann sieh dir Wiechs Ehefrau genauer an ... und seine Karriere. Mit siebenunddreißig Unterinspektor! Noch Fragen?«

Er legte einen Zettel auf den Tisch. Im Augenwinkel konnte Duchno den Ortsnamen Teremiski lesen.

»Wenn du ihn nicht allemachst, werd ich mich darum kümmern«, verkündete Majami.

Wie durch dichten Nebel sah Duchno den Mann vor sich, der eine Zeit lang Jerzy Popławskis Fahrer gewesen war. Er war damals überall gewesen – man war ihm im Maxim begegnet, im Roza, im Marina. Und in der Tat – er war ungefähr 1994 von der Bildfläche verschwunden. Damals machte das Gerücht die Runde, er wäre von einem eifersüchtigen Gangster abgestochen worden, dem er das Mädchen ausgespannt hatte. Womöglich aber war das eine gezielt gestreute Falschinformation gewesen. Kontrollierter Abzug eines Undercoveragenten. Doch derlei Details ließen sich – im Gegensatz zu diversen anderen sensationellen Infos von Majami – mit einem einzigen Anruf überprüfen.

»Du bist eingeladen«, sagte Majami zum Abschied. »Erzähl es niemandem, aber der Laden gehört mir. Es ist mir fast schon peinlich, dass diese Jungs derart beschissen kochen. Das hat mit anständiger Asiaküche nichts zu tun. Na ja, vergiften werden sie dich schon nicht. Im schlimmsten Fall kriegst du Blähungen.«

Sichtlich mit sich zufrieden, verließ er die Bar.

Sławomir Staroń begann den Tag wie immer mit einer Schüssel Milchreis. Erst dann kochte er sich einen Kaffee. Anschließend putzte er sich die Zähne, zog den Anzug an, den er sich schon am Vortag herausgelegt hatte, setzte die Brille auf und machte sich auf den Weg zur Arbeit.

Draußen lief er an Zygmunt Gabryś vorbei. Staroń tippte sich an die Hutkrempe und marschierte schnurstracks an dem Mann vorüber, um sich nicht auch noch mit ihm unterhalten zu müssen.

Es war wärmer, als er gedacht hatte. Er lockerte den Schal. Sein Autosalon lief auch ohne ihn hervorragend, trotzdem hatte er es sich zur Routine gemacht, tagtäglich im Büro vorbeizuschauen. Manchmal ließ er sich sogar bei den Mechanikern blicken und half bei ein paar Reparaturen aus, auch wenn heutzutage bei der Elektronik eher IT-Fachleute gefragt waren. Er wusste, dass seine Mechaniker ihn für einen Verrückten hielten. Der Chef persönlich sollte sich keinen Blaumann überstreifen und in die Grube runtersteigen müssen. Doch Sławomir Staroń vermisste die gute alte Handarbeit. Er liebte es, wenn ein kaputter Wagen wieder zum Leben erwachte. Nur dass diese modernen Kisten keine Seele mehr hatten – die Arbeit war ganz einfach nicht mehr dieselbe.

Direkt am Eingang wurde er von seiner Sekretärin abgefangen. Sie sah erschrocken zu ihm auf und flüsterte: »Chef, die Polizei ist da. Sind Sie zu sprechen?«

»Selbstverständlich.« Mit einem Blick gab er ihr zu verstehen, wie unangemessen er ihre Frage fand.

Die Sekretärin nahm ihm Mantel und Hut ab und lief auf klappernden Absätzen davon. Staroń steuerte sein verglastes Büro an. Ein großer, schlanker Mann mit grauem Pferdeschwanz wartete vor der Tür auf ihn. Er kannte Robert Duchnowski nicht persönlich, wusste aber, wer er war. Um etwas Schlimmes würde es sich schon nicht handeln, sonst hätte er nicht so geduldig auf ihn gewartet.

Er winkte den Polizisten in sein Büro und wies ihm einen Stuhl zu.

»Wie kann ich Ihnen behilflich sein?«

Der Kommissar setzte sich und schwieg. Staroń spürte, wie ihm die Zehen einschliefen. Er hätte nicht schlecht Lust gehabt, die Schuhe auszuziehen, wie er es sonst gern tat. Seit er in den Neunzigern im Gefängnis gesessen hatte, hatte er Probleme mit dem Kreislauf. Warum hatte er ausgerechnet heute seine neuen Schuhe angezogen? Als die Sekretärin zur Tür hereinschaute, schüttelte er den Kopf.

»Lassen Sie uns alleine. Keine Anrufe durchstellen. Aber wie wär's mit einem Tee? Zitrone?«, fragte er seinen Gast.

Duchnowski nickte.

»Danke«, sagte Staroń zu der Frau. Lautlos zog sie die Tür hinter sich zu.

»Es geht um Ihren Sohn«, eröffnete der Kommissar das Gespräch.

»Was hat Wojtek denn nun schon wieder ausgefressen?«

Duchnowski sah ihn misstrauisch an.

»Soweit ich weiß, haben Sie zwei Söhne. Alle beide sitzen in Untersuchungshaft.«

»Beide?« Staroń war aufrichtig erstaunt.

Der Kommissar fasste die Lage kurz zusammen.

»Sie müssen allmählich anfangen zu reden. Die Sache ist

ernst. Wenn Sie wenigstens einen von ihnen retten wollen, überzeugen Sie Marcin und Wojtek davon auszusagen. Zu ihrem eigenen Wohl.«

Statt zu antworten, nahm Sławomir Staroń langsam die Brille ab. Er hatte ein verformtes Augenlid. Der Mann konnte zwar sehen, hatte aber ohne die getönte Brille Ähnlichkeit mit Frankensteins Monster. Allerdings schien er an neugierige Blicke gewöhnt zu sein. Über das Staunen des Kommissars ging er geflissentlich hinweg. Dann beugte er sich vor und zog sich die Schuhe von den geschwollenen Füßen.

Noch ehe die Sekretärin den Tee bringen konnte, waren sie auch schon aufgestanden und hatten sich auf den Weg in die Kommandantur gemacht. Starońs Schuhe standen immer noch unter dem Schreibtisch.

Marcin lief nervös auf und ab, während Wojtek einfach nur dasaß und seine Nägel betrachtete. Sie sahen einander nicht ein einziges Mal an, sprachen kein Wort, als wären sie sich völlig fremd. Erst als Kommissar Duchnowski den Vater der beiden in den Raum führte, warf Wojtek seinem Bruder einen verstohlenen Blick zu. Der Pfarrer stellte sich hinten ans Fenster, während der Vater sich auf den freien Stuhl setzte. Seine feuchten Socken hinterließen Spuren auf dem Fußboden.

Jetzt waren sie zu dritt. Der Vater und seine zwei Söhne.

»Papa, mach dir keine Sorgen«, sagte Wojtek und klopfte ihm verlegen auf die Schulter. »Du weißt doch, wie er ist.«

Sławomir antwortete nicht. Eine Weile sagte niemand ein Wort.

»Warum deckst du ihn, Junge?«, fragte der Vater schließlich. »Wenn er schuldig ist, muss er seine gerechte Strafe erhalten.«

»Es ist leicht, andere zu belehren«, sagte der Pfarrer. »All die Jahre hast du den Kopf in den Sand gesteckt, und jetzt spielst du den Helden, was? Warum bist du hier? Von alleine wärst du niemals hergekommen. Wer hat dich geschickt? Der Elefant?«

»Hör auf!« Wojtek stellte sich vor den Vater und zischte: »Bestimmt hören sie uns ab.«

»Mir egal.« Marcin nickte zu Sławomir hinüber. »Wenn er nicht gewesen wäre, wäre alles anders gekommen. Mama wäre noch am Leben.«

»Was hätte er denn ausrichten können?«, fragte Wojtek, doch es wollte ihm niemand darauf eine Antwort geben.

Sławomir Staroń reagierte lediglich, indem er das Kinn auf die Brust sinken ließ und begann, leicht zu zittern. Trotzdem ließ er sich nicht provozieren. Er wartete, bis sein Sohn sich wieder halbwegs beruhigt hatte, und fuhr dann fort: »Ich will nur sagen ... Ich muss mich entschuldigen. Und obwohl das hier wirklich kein passender Ort dafür ist, will ich euch doch sagen, wie froh ich bin, dass wir wieder zusammen sind. Aber die Dinge sind nicht so, wie sie aussehen ...«

Marcin brach in unkontrolliertes Gelächter aus. Dann wandte er sich zur Tür und klopfte.

»Der Besuch ist vorbei«, verkündete er.

Doch niemand machte auf. Er stand eine Weile an der Tür, dann schlug er noch mal mit der Faust dagegen und gab schließlich resigniert auf.

»Komm schon, lass Papa zu Ende sprechen«, sagte Wojtek versöhnlich. Er schien fast schon bewegt zu sein. Seine Augen waren leicht gerötet.

»Er hatte seine fünf Minuten«, brummte Marcin und rieb sich über die Handgelenke, an denen die Handschellen Schrammen hinterlassen hatten.

Sławomir stand auf und nahm Wojtek in die Arme.

»Denk nur, was dir richtig erscheint. Lass dich nicht von ihm beeinflussen«, flüsterte er. »Ich weiß natürlich nicht, wer von euch beiden den Mann erschossen hat, aber eins bleibt unbenommen: Ich werde euch immer lieb haben, egal was passiert.«

»Uh, uh, hehre Worte!«, spottete der Pfarrer. »Genau das haben wir von dir erwartet, Vater. ›Kommt alleine klar, Jungs.‹ Wie immer.«

Er lehnte die Stirn gegen die Fensterscheibe.

»So, und jetzt Klartext!« Abrupt drehte er sich wieder um.

»Was mich betrifft – ja, ich geb es zu. Ich hab geschossen. Ich baller gerne mal an Ostern rum, um mich nach der Messe abzureagieren.«

Sofort betraten zwei Polizisten den Raum. Marcin ließ sich resigniert auf einen der Stühle sinken.

»Holt Małgorzata Piłat«, flüsterte er. »Ich sage ohne meine Anwältin kein Wort mehr.«

Und auch sein Bruder sagte vorerst kein Wort mehr. Als die Beamten den Raum wieder verließen, rief er ihnen lediglich nach: »Der lügt doch wie gedruckt!«

»Das war kein Scherz«, sagte der Pfarrer ernst. »Ich gebe alles zu. Aber ich werde nicht aussagen. Die Aussage zu verweigern steht mir schließlich zu. Sollt ihr doch von selbst dahinterkommen, was wirklich passiert ist.«

Robert Duchnowski saß mit Sławomir Staroń in seinem Büro. Beiden war bewusst, dass die Intervention des Vaters die Lage nur verschlimmert hatte. Trotz eines stundenlangen Verhörs hatte der Pfarrer kein Wort mehr gesagt. Der Bruder indes hatte Marcin in Schutz genommen und behauptet, dass nichts von all dem stimme.

»Marcin ist unschuldig. Das war nur der Druck«, versuchte Staroń senior sich an einer Erklärung.

Der Kommissar ahnte, dass beiden Verdächtigen bewusst war, dass ein derartiges Jonglieren in ihrem Fall die beste Verteidigungsstrategie war. Denn jetzt war er an der Reihe – er würde die Schuld des Pfarrers lückenlos beweisen müssen, und das, obwohl es unmöglich war zu bestimmen, wessen Blut nun an dem Handschuh gehaftet hatte.

»Jetzt fragen Sie mich schon!«, forderte Staroń Duchnowski auf.

Der Polizist zögerte. Sicherlich würde der Vater der Zwillinge auf bestimmte heikle Fragen ohnehin nicht antworten.

»Glauben Sie, dass einer Ihrer Söhne schuldig ist?«

»Gott sei mein Zeuge – ich möchte Ihnen wirklich helfen. Und wenigstens einen von ihnen retten. Aber ich habe keine Ahnung, wie ich sie davon überzeugen soll, die Wahrheit zu sagen. Der Logik nach müsste ich auf Wojtek tippen. Aber Marcin ist definitiv in der schlimmeren Verfassung. So hat er sich das letzte Mal nach Monikas Tod aufgeführt. Aber …

Nein, das ergibt alles keinen Sinn. Und Sie werden meine Jungs nicht zwingen können ...«

»Warum also? Warum hat er die Schuld auf sich genommen?«

»Das war immer schon so. Sie stritten sich und verprügelten einander – aber wenn es hart auf hart kam, hielten sie zusammen.«

»Immer?«

»Oder ... anders gesagt: Normalerweise war es Wojtek, der Marcin aus irgendwelchen Problemen wieder rausboxte. Er war stärker, klarer im Kopf, besser organisiert. Marcin ist immer schon wesentlich emotionaler gewesen und war eher empfänglich für fremde Einflüsse. Sie sind sich nicht so ähnlich, wie man annehmen könnte. Nur Marysia hat sie immer sofort durchschaut. Uns leuchtete die Allianz der beiden nicht immer ein, vor allem dann nicht, wenn sie die Rollen tauschten und versuchten, uns gegeneinander auszuspielen. Der eine machte blau, und der andere schrieb für ihn Klausuren. Der eine wurde von einem Kumpel vermöbelt, der andere rächte ihn dafür. Sie tauschten sogar die Mädchen untereinander aus. Wenn einer von ihnen irgendetwas ausgefressen hatte, beschützten sie einander. Wir wussten nie, wer tatsächlich schuld gewesen war. Und anstatt einfach zuzugeben, dass irgendetwas dumm gelaufen war ... Am Ende wurden dann eben alle beide bestraft.«

»Diesmal wird es nicht so laufen«, murmelte Duchnowski.

Staroń blickte hinab auf seine geschwollenen Füße.

»Das hab ich aus der Haft zurückbehalten. Ich hasse es, Schuhe zu tragen. Ich spüre lieber festen Grund unter den Füßen«, meinte er. »Hätte mein Schwager Jerzy mich damals nicht rausgeholt, wär ich draufgegangen ... und wir würden nicht hier sitzen und uns unterhalten.«

Duchnowski antwortete nicht. Er kannte Sławomir Starońs Lebensgeschichte.

»Wir haben alle dafür bezahlt«, fuhr der Mann fort. »Damals hab ich noch gedacht, dass ich alles richtig gemacht hätte. Ich wollte meiner Familie ein schönes Leben bieten. Aber wie sich herausstellte, ist Geld nicht das Wichtigste. Sondern die Familie. Ich hab mich geirrt ...«

»Warum hat Marcin damals versucht, Selbstmord zu begehen?«, wollte der Kommissar wissen.

»Er war am Ende. Er fühlte sich schuldig an Monikas Tod. Und ich war damals nicht da. Marysia hat sich alle Mühe gegeben, die Familie zusammenzuhalten, und doch fiel alles auseinander. Wie Wojtek es danach geschafft hat klarzukommen, ist mir ein Rätsel, aber er war immer schon stark. Wie ein Bison.« Staroń seufzte schwer. »Ich bin lange davon ausgegangen, dass Marcin irgendwann ganz unten landen würde ... und Wojtek Karriere macht und ein gutes Leben führt. Und dann ist alles ganz anders gekommen. Fragen Sie mich nicht, warum. Wojtek war ein hochbegabtes Kind ... Keine Frage, auch Marcin war überaus klug, aber Wojtek begeisterte sich für Mathematik, Physik, technische Fragen. Exakte Wissenschaften – das war sein Leben. Er sprach schon als Teenager von Dingen, die erst später aufkamen – beispielsweise fabulierte er gern über Mobiltelefonie. Nachdem wir ihn nach Deutschland geschickt hatten, hat sich Marias Schwager gar nicht eingekriegt vor Begeisterung. Wojtek übernahm für ihn derart gekonnt die Buchhaltung, dass er plötzlich nur noch halb so viele Steuern zahlen musste. Nur dass dann irgendwann das Finanzamt vor der Tür stand und mein Schwager eine ordentliche Nachzahlung leisten musste ... Bis heute ist mir nicht ganz klar, was Wojtek da gemacht hat, aber eindeutig handelte es sich um ein Finanzvergehen. Da war die Begeisterung natürlich vorbei, und Wojtek fing an, Probleme zu machen. Im Jahr darauf erfuhr ich, dass mein Sohn in einer Jugendvollzugsanstalt gelandet war. Danach war nichts mehr zu retten, die Tante und der Onkel schafften es einfach nicht mehr. Der Junge schmiss die Schule noch vor dem Abitur. Nach Polen wollte er nicht wieder zurückkommen. Womöglich schämte er sich. Danach gingen immer wieder Aufrufe aus aller Welt bei der Danziger Polizei ein, wie Sie ja selbst wissen. Er wurde überall gesucht. Seine Steckbriefe liefen auf unterschiedliche Namen. Am Ende hat er den Namen seiner sogenannten Ehefrau angenommen ... Frischke. Und unter diesem Namen kam er wieder nach Danzig zurück. Ich durfte niemandem etwas verraten. Wir trafen uns in irgendwelchen Lokalen, zu Hause schaute er nur selten vorbei. Er argwöhnte, dass er unter Beobachtung stünde. Ich wusste nicht, wo er wohnte, und er hatte mir verboten, nachzuhaken oder ihm gar zu folgen. Dafür bat er mich um Geld. Um Computerpapier. Um einen Computer mit einer speziellen Software. Ich hab ihm geliefert, was er sich wünschte, und gehofft, dass es damit ein Ende hätte. Ich weiß wirklich nicht, wann dieser kluge, begabte Junge auf den falschen Weg geraten ist. Er hatte so gute Anlagen, er hätte alles werden können ... Stattdessen wurde er ein Ganove. Oder ... Vielleicht waren es nur wir Eltern, die ihn für genial gehalten hatten? Und Marcin? Na ja, Sie kennen ihn. Er ist ein guter Mensch geworden. Ich war immer wieder bei ihm in der Kirche, um ihm zuzuhören, und ich war wirklich gerührt ... als würde da nicht mein Junge sprechen, sondern ein Heiliger ... der uns als seinen Eltern Ehre machte ... Sonderbares Gefühl. Es ist wirklich nicht einfach für mich zu sehen, was aus den beiden nun geworden ist.«

»Ihre Söhne haben Sie jahrelang nicht kontaktiert. Warum, was glauben Sie?«

Staroń zuckte mit den Schultern.

»Ich weiß es nicht. Aber es tut mir leid um die verlorene Zeit.«

»Warum ist Wojtek abgerutscht? Er hätte doch bei Ihnen in der Firma anfangen können.«

»Vielleicht wollte er mir was beweisen. Und sich selbst.«

»Haben Sie ihm denn keine Anstellung angeboten?«

»Selbstverständlich. Aber er hat abgelehnt. Er meinte, mein Geld sei dreckig. Außerdem kam es mir so vor, als wäre er dort im Ausland ohnehin gut im Geschäft. Wann immer er von seinen Erfolgen erzählte, platzte ich beinahe vor Stolz. Was er alles gemacht hatte, wo er überall gewesen war! Er hatte die halbe Welt bereist. Was konnte ich ihm da schon bieten? Büroarbeit bei einem Autohändler? Ich hab an ihn geglaubt, wirklich ... Und Marcin? Tja, anfangs war ich nicht begeistert, dass er Priester werden wollte. Aber zumindest konnte ich ihn so regelmäßig sehen. Natürlich hatten wir nicht die beste Vater-Sohn-Beziehung. Zuletzt haben wir nach seiner Priesterweihe miteinander gesprochen. Er blieb die ganze Nacht bei mir, wir haben geredet, geweint ...«

»Worüber haben Sie gesprochen?«

Sławomir Staroń dachte einen Augenblick darüber nach.

»Über Marysias Tod. Über Vergebung. Über Monika und Przemek. Er wollte, dass ich meine Firma verkaufte und das Geld für wohltätige Zwecke spendete. Er stellte sich allen Ernstes vor, ich sollte wie der heilige Alexius leben! Ich sollte der Familie Mazurkiewicz helfen, quasi als eine Art Buße. Es sei schließlich unsere Schuld, die Schuld unserer Familie, dass die beiden tot waren. Wir hätten Blut an unseren Händen ...« Staroń verstummte kurz und atmete tief durch. »Ich habe Nein gesagt. Ich konnte doch nicht ahnen, dass er das alles ernst meinte. Wie hatte er sich das denn vorgestellt? Dass ich von heute auf morgen meine Firma zumachte? Das wäre so einfach nicht gewesen – ich war immerhin gerade dabei, mein Filialnetz zu erweitern, ich hatte Kredite aufgenommen. So was darf man sich doch nicht verbauen. Über Jahre hab ich diese Firma groß gemacht. Sie ist mein Lebenswerk. Gut, Marcin hatte sich entschlossen, Gott zu dienen – von seiner Seite konnte ich also nicht auf Enkel hoffen. Aber Wojtek war ja auch noch da. Ich hab gehofft, er würde eines Tages eine Frau kennenlernen und Kinder haben ... Ich hätte Enkel haben können ... Ich will das alles doch an jemanden weitergeben. Was soll ich damit, wenn ich tot bin?«

Er rieb sich das kranke Auge.

»Und? Wie hat Marcin reagiert, als Sie abgelehnt haben?«

»Er ist Priester. Jemand, der mitfühlt und verzeiht. Allerdings ging er mir seit jener Nacht aus dem Weg. Schickte Karten an Weihnachten und Ostern, aber er kam nicht mehr vorbei. Hin und wieder ging ich noch zu ihm in die Kirche, um ihn zu sehen, aber nach der Messe hab ich ihn nie wieder angesprochen. Vielleicht war ich insgeheim ja doch enttäuscht, ich weiß es nicht.«

Staroń ließ den Kopf hängen.

»Kannten Sie diesen Sänger? Jan Wiśniewski? Gehörte er damals zum Freundeskreis Ihrer Söhne?«

Der Mann schüttelte den Kopf.

»Ich weiß es nicht. Zumindest hab ich ihn nie zu Gesicht bekommen. Marcins bester Freund war Przemek. An einen Jan kann ich mich nicht erinnern. Sehen Sie, das alles will mir nicht in den Kopf. Warum hätte einer meiner Jungs auf einen Menschen schießen sollen? Ich hab wirklich gedacht, dass ich alles getan hätte, um gute Menschen aus ihnen zu machen ...«

»Wie unterscheiden Sie die beiden eigentlich?«

Staroń zögerte.

»Als sie klein waren, war es tatsächlich leichter ... Da waren sie wie Feuer und Wasser. Aber mittlerweile sehen sie sich so ähnlich, dass selbst ich Probleme habe. Marcin war damals sanfter, zarter, emotionaler – aber auch viel sturer. Wojtek war immer schon jemand gewesen, den man mit Argumenten überzeugen konnte. Er versteckt sich regelrecht hinter dieser rationalen Maske. Wenn Sie einen von ihnen überzeugen wollen, endlich zu reden, würde ich Ihnen empfehlen, sich an Wojtek zu wenden. Ich kann Ihnen da nicht helfen. Wissen Sie, er hat mir nie verziehen, dass ich ihn weggeschickt und Marcin bei uns behalten habe. Damals dachten wir, wenn es einer von den beiden ohne uns schaffen würde, dann wäre es Wojtek. Aber die Zeit hat gezeigt, dass wir damit falschgelegen hatten. Marcin ist wesentlich stabiler, stärker – und Wojtek ein ewiger Kindskopf. Denken Sie nur an die Szene im Vernehmungsraum: Da stand er aufgebracht am Fenster und wollte mich nicht mal ansehen …«

»Wojtek stand vorhin am Fenster?«, fragte Duchnowski verwirrt. »Ich dachte, das sei Marcin gewesen.«

»Nein, nein. Marcin saß bei mir und versuchte, die Situation zu entschärfen. Er war schon immer ein guter Vermittler. Wojtek hat erst stur wie ein Bock geschwiegen und ist dann plötzlich explodiert.«

Duchnowski sah Staroń aufmerksam an. Dann brachte er ihn zur Tür und bat einen Kollegen, den Mann nach Hause zu fahren. Es hatte angefangen zu regnen, und schließlich hatte Staroń nur Strümpfe an den Füßen.

Nachdem der Mann verschwunden war, rief Duchnowski Jacek Buchwic zu sich. Sowie Jekyll auftauchte, bat er ihn, erneut Fingerabdrücke der Brüder zu nehmen.

»Aber stellt zuerst die Personalien fest!«

»Warum denn das?«, wunderte sich Jekyll. »Am Tatort waren doch gar keine Abdrücke – weder von Wojciech noch von Marcin. Das haben wir doch überprüft. Und sie sind beide nicht in unserer Datenbank.«

»Tu einfach, was ich dir sage.«

Dann setzte Duchnowski sich bequem hin, griff zu einem

der übrig gebliebenen belegten Brötchen und biss gierig hinein. Das Telefon auf seinem Schreibtisch klingelte, und mit vollem Mund nahm er den Hörer ab, lauschte eine Weile, runzelte die Stirn, legte das Brötchen beiseite und griff stattdessen zu einer Zigarette. Jacek konnte ihm ansehen, dass er nur mit Mühe seine Wut beherrschen konnte.

»Wir müssen sie finden«, zischte er schließlich. »Verdammte Scheiße!«

Er warf den Hörer zurück auf die Gabel. Stumm starrte Jekyll Duchno an.

»Bullys Papiere sind verschwunden. Was für ein Zufall!«

Das ist doch alles Schnee von gestern«, sagte die junge Frau.

»O nein.« Sasza tippte auf das Foto von Jan Wiśniewski. »Die Sache ist aktueller denn je.« Sie senkte die Stimme. »Er wurde an Ostern erschossen. Aber er hatte ein Lied geschrieben, in dem Sie vorkommen.«

»Ich?«

Sie lächelte.

Die junge Frau war nicht diejenige, mit der Sasza gerechnet hatte. Die Schwägerin hatte angerufen und sich entschuldigt. Sie müsse Überstunden machen. Und auch dieser Inspektor war nicht mehr erschienen. Stattdessen war diese junge Frau aufgetaucht. Ania schien sie gut zu kennen. Sie war sofort auf sie zugerannt und hatte sich ihr in die Arme geworfen. Sasza hatte den leisen Verdacht, dass sie mit Waldemar verwandt war.

Und jetzt erkannte sie auch, dass die Frau vor ihr unmöglich »Das Mädchen aus dem Norden« sein konnte. Sie war viel zu jung, vielleicht zwanzig, groß gewachsen und sehr schlank, hatte kurze Haare und in den Ohren winzige Perlenstecker. Die Frisur betonte ihre hohen Wangenknochen und die vollen Lippen. An einer Hand trug sie einen Ring, an den Füßen schwere Stiefel. Sie hatte ihren olivgrünen Parka anbehalten, fing aber nun an, sich den langen Schal vom Hals zu wickeln.

»Über mich hat nie jemand ein Lied geschrieben«, erwiderte sie. »*Noch* nicht«, fügte sie hinzu und grinste schelmisch.

»Da haben Sie was durcheinandergebracht. Jacek, bringst du die Dame bitte zu ihrem Auto?«

»Jacek?«, hakte die Profilerin nach.

»Ja, mein Vorname lautet Jacek. Waldemar war der Rufname meines verstorbenen Bruders – und auch unser Vater hieß so. Mittlerweile sind wir nur noch zu dritt: ich, Andrzej und seine Krysia, die in England leben.«

»Und derjenige Bruder, der keine Lust hatte, mit mir zu reden?«

»Versuchen Sie es noch einmal. Aber ich will damit nichts zu tun haben. Wir wollen hier einfach nur in Ruhe gelassen werden.«

Sasza war den passiven Widerstand dieses Mannes langsam leid. Sie wollte nur noch heimfahren, ausschlafen, sich erholen und endlich das Bewerbungsgespräch bei der Bank wahrnehmen. Ihre Arbeit war erledigt, das Gutachten abgesegnet worden. Trotzdem hatte sie das Gefühl, dass sie die Einzige war, der aufrichtig an der Lösung des Rätsels gelegen war. Irgendwas war da noch, was sie beunruhigte. Sie konnte nicht einfach so zur Tagesordnung übergehen.

Sie trat an das Bett, in dem Karolina neben Ania eingeschlummert war, nahm ihre Tochter hoch und trug sie ohne ein weiteres Wort hinaus zu ihrem Wagen. Waldemar lief ihr nach, und hinter ihm drückte die junge Frau die Haustür zu und schob den Riegel vor.

»Zum Glück ist vorhin nichts weiter passiert. Nur ein kleiner Schreck«, sagte er versöhnlich.

»Ein kleiner Schreck?«, zischte Sasza ihn an. »Ich hatte noch nie im Leben so viel Angst. Und auch für Karo war es furchtbar! Sie dürfen die Kinder doch nicht unbeaufsichtigt mit dem Reifen spielen lassen!«

»Wer hier aufwächst, würde niemals von der Schaukel fallen. Ihre kleine Prinzessin ist mit der Schaukel einfach nicht gut klargekommen. Nur so konnte dieser Unfall passieren.«

»Wie auch immer«, murmelte Sasza. Sie hatte genug von seinen Ausführungen. »Vielleicht war es eine Verletzung der Aufsichtspflicht meinerseits, vielleicht ein Verschulden Ihrerseits. Auf jeden Fall hätte es vermieden werden können.«

»So ist es immer mit Unfällen«, gab er zurück. »Sie könnten vermieden werden, und doch passieren sie.«

Sasza schaltete die Standheizung ein, schob die Wagentür leise ins Schloss und wandte sich erneut zu Waldemar um.

»Es sind über zwanzig Jahre vergangen. Ich habe nicht vor, die damaligen Ermittlungen wieder aufzunehmen. Ich will lediglich wissen, was damals passiert ist. Was ist mit den Kindern geschehen? Und dass es noch einen Bruder geben soll, glaube ich Ihnen nicht. Der wär doch längst gekommen und hätte mit mir gesprochen.«

»Doch, ich habe noch einen Bruder«, versicherte der Mann. »Na ja ... obwohl wir nicht verwandt sind. Trotzdem verbinden uns Blutsbande.«

»Wie soll das gehen?«

»Ich will nicht darüber reden.«

»Bitte, verraten Sie mir zumindest seinen Namen, dann lasse ich Sie auch in Ruhe.«

»Sein Name ist Adam Wiech. Er arbeitet als Inspektor beim Zentralen Ermittlungsbüro in Białystok. Sie werden ihn problemlos finden. Wenn er gekonnt hätte, wäre er hergekommen, um Sie zu treffen. Nur ziehen Sie bitte die Kleine nicht mit in diese Sache rein«, bat er und wies zurück in Richtung Haus. »Waldemar und Wiech haben damals zusammen bei der Polizei gearbeitet«, fuhr er leise fort.

Sasza starrte ihn an.

»Nur dass dieser Waldemar, nach dem Sie suchen, nicht mehr am Leben ist.«

»Ich dachte, Sie wären Waldemar!« Inzwischen war sie das Verwirrspiel leid. »Das haben die mir bei der Polizei gesagt. Was glauben Sie – wäre ich wirklich einen ganzen Tag von der Küste in den Süden gefahren, hätte ich wirklich mein Kind hergeschleppt, nur um mit Ihnen über Blutsbrüderschaft zu plaudern?«

»Jacek Waldemar ist tot«, sagte der Mann mit Nachdruck. »Er wurde 1993 getötet. Mit drei Stichen – in Herz, Lunge und Halsschlagader. So steht es in den Unterlagen, das ist die offizielle Version. Nur hieß er in Wahrheit Krzysztof Różycki. Der Name steht sogar auf einem Grabstein auf dem hiesigen Friedhof. Sie können es gerne überprüfen. Mein Taufname ist Jacek Różycki, aber wie gesagt, nach unserem Vater werde ich Waldemar gerufen. Ich bin ein einfacher Imker und habe mit der ganzen Sache nichts zu tun. Adam hat Krzysztof damals für die Sache angeworben. Als Undercoveragent. Krzysztof brauchte also einen Decknamen. Er setzte ihn aus meinem und dem Vornamen unseres Vaters zusammen und nannte sich Jacek Waldemar. Der Name stand dann auch in sämtlichen Dokumenten. Adam Wiech kümmerte sich damals um die Danziger Mafia, vom Zentralen Ermittlungsbüro aus. Jacek Waldemar war einer seiner Leute, lieferte ihm Informationen über die Gangster. Adam kennt den Fall der Geschwister Mazurkiewicz. Wenn er will, wird er Ihre Fragen beantworten. Ich denke mal, Sie werden miteinander klarkommen. Er ist ganz ähnlich wie Sie, verbeißt sich auch in Dinge und lässt sie nicht mehr los.«

Sasza sah den Mann unverwandt an. Ihr schien fast, als wollte er noch mehr sagen. Vielleicht durfte er aber auch nicht mehr verraten.

»Wie ist das passiert?«

Sie wies auf die Augenklappe.

»Ein Arbeitsunfall«, murmelte er. »Eine Biene hat mich gestochen. Auch die Arbeit eines Imkers ist nicht ganz ungefährlich.«

»Im Text eines Liedes hab ich den Namen Waldemar entdeckt. Am Ende hat das aber gar nichts zu bedeuten ... oder, *Krzysztof?* Denn wenn Sie Jacek sein wollen – woher wollen Sie dann so viel über die verdeckte Arbeit Ihres Bruders wissen? Oder wie soll ich Sie gleich wieder nennen? Etwa doch Waldemar?«

Er starrte sie wortlos an.

»Ich will endlich wissen, wie Monika und Przemek gestorben sind«, sagte sie. »Ich gehe nicht eher von hier weg, bis ich es weiß.«

»Ich kann Ihnen auch nicht mehr sagen als das, was in der Akte steht.«

»Die Akte ist mir bekannt. Und ich gehe erst zu Wiech, wenn ich Ihre Version kenne. Wenn wir hier endlich durch sind, lasse ich Sie für alle Zeiten in Ruhe, versprochen.«

»Ich hab angenommen«, murmelte er, »dass Sie genau wissen, was damals passiert ist, nachdem Sie bis zu mir vorgedrungen sind.«

»Was ich weiß oder nicht weiß, kann Ihnen egal sein. Ihre alten Chefs haben mir Ihre Adresse gegeben. Weiter haben sie nichts gesagt – nur dass Sie Jacek Waldemar wären.«

»Hier hab ich keine Chefs. Nur die Natur gibt mir vor, wie ich zu leben habe.«

Sasza sah in die Ferne und rief sich zur Ruhe.

»Verstehen Sie es wirklich immer noch nicht? Es passiert gerade wieder. Die Sache von damals ist noch längst nicht ausgestanden. Und jetzt sind nur noch Sie da, der die ganze Wahrheit kennt. Marcin Staroń und sein Bruder sind inhaftiert worden. Paweł Bławicki ist bei einer Explosion ums Leben gekommen. Ich will diesen Fall lösen und die Zusammenhänge aufdecken. Was mich persönlich angeht, können Sie noch so viel von Brüdern, Bienen und sonst was erzählen, darauf falle ich nicht rein. Ich weiß, was mit Ihrem Auge passiert ist – und wer das getan hat. Ich will nur wissen, wer den Befehl gegeben hat, Monika und Przemek zu ermorden, und wie das alles zusammenhängt.«

»Ich kann Ihnen nicht helfen«, sagte er und drehte sich um.

»Wissen Sie, ich glaube nicht an all die Unfälle. Warum das alles? Und wer ist die junge Frau in Ihrer Küche?«

Waldemar hielt inne.

»Ist sie Ihre Frau?«

Er drehte sich erschrocken zu ihr um.

»Lassen Sie Aneta in Ruhe!«

»Aneta heißt sie also …«

»Sie weiß von nichts. Nur das, was sie unbedingt erfahren musste. Und ich wäre Ihnen dankbar, wenn das so bliebe.«

Sasza nickte.

»Monika Mazurkiewicz war keine Jungfrau mehr, als sie tot aufgefunden wurde«, fuhr er fort, »obwohl es bestimmt so in der Fallakte steht. Sie wurde weder geschlagen noch vergewaltigt – keine Spur von Fremdeinwirkung. Sie hatte schlicht und einfach eine Überdosis genommen. Der Pathologe hat allerdings festgestellt, dass sie kurz zuvor ein Kind zur Welt gebracht hatte. Doch das Baby war nirgends auffindbar.«

Die Profilerin sah ihn erstaunt an.

»Ihren Eltern war es wichtiger, den Namen der Familie reinzuwaschen, als nach dem Kind zu suchen. Es hätte schließlich genauso gut bei der Geburt gestorben sein können. Die Mazurkiewicz flehten die Polizei an, die Sache ruhen zu lassen. Ihre Tochter sollte nicht als eine liederliche Frau dastehen. Aber das war noch nicht alles. Ein paar Monate zuvor war Przemek bei mir gewesen. Spielte sich auf, wollte beim Elefanten einsteigen. Er wollte, dass ich ihn dort reinschleuse. Von der Schwangerschaft seiner Schwester hat er nichts gewusst.«

»Wessen Kind war es? Das von Marcin Staroń?«

»Soweit ich weiß, ja.« Er nickte. »Ihre Eltern wussten zwar von nichts, die Starońs allerdings schon. Und die sollten sich darum kümmern. Das Kind sollte nie geboren werden. Jedenfalls hat Przemek gleich seinen ersten Einsatz verpatzt und war wütend auf mich, dass er vom Elefanten wieder rausgeschmissen wurde. Später hat Marcin mich beschuldigt, Monika vergewaltigt zu haben. Ich hab das nicht mal ernst genommen. Diese Kinder hatten einfach enormes Pech. Die Sache war ein paar Nummern zu groß für sie gewesen. An dem Tag hätte eine riesige Ladung Drogen umgeschlagen werden sollen. Ich wusste davon und hatte es rechtzeitig gemeldet. Es sollte mein letzter verdeckter Einsatz sein. Danach wollte ich aussteigen. Allerdings wollte ich auch weiterhin ein Auge auf Monika haben. Sie war so ein liebes Mädchen ... Immer wenn ich unterwegs war, hab ich Jan Wiśniewski aufgetragen, auf sie aufzupassen. Nadel war sozusagen unser Mädchen für alles, erledigte hier und da kleinere Aufträge. Und Monika kannte und mochte ihn. Auf den Jungen war Verlass, er hätte sie nie aus den Augen gelassen. Kurz nach Weihnachten 1993, bevor die Razzia steigen sollte, platzten Marcin und Przemek dann plötzlich bei mir rein. Damals wohnte ich im Roza. Sie fielen regelrecht über mich her. Ich glaube, sie hatten ernsthaft vor, mich umzubringen. Monika hätte alles zugegeben, behaupteten sie, und ihnen erzählt, dass ich sie vergewaltigt hätte. Ich schmiss sie raus, und in dem Handgemenge muss sich einer von ihnen meine Waffe geschnappt haben. Ich meldete es meinen Vorgesetzten. Falls daraus geschossen werden sollte, würde man sie ansonsten sofort zu mir zurückverfolgen können. Und wäre sie Bullys Leuten in die Hände gefallen, wäre ich als Verdeckter sofort aufgeflogen. Zum Glück musste ich nur noch wenige Tage aushalten, dann wäre ich weg gewesen. Die Waffe hab ich nie zurückbekommen.

Danach wurde es für eine Weile ruhig. Bis zu dem Moment, als sich herausstellte, dass Monika entgegen der Vereinbarung nicht abgetrieben hatte, sondern kurz vor der Niederkunft stand. Marcin wurde zu Angehörigen aufs Land befördert, und Nadel brachte die Kleine zu mir ins Roza. Dort ließ er das Mädchen alleine – ich war nicht da – und gab ihr ein paar Pillen, angeblich Beruhigungstabletten. Dann rannte er zur Polizei, sprach mit Bully und erzählte ihm alles. Als ich wieder ins Hotel zurückkehrte, war Monika tot. Die Dosis, die sie eingenommen hatte, hätte einen kleinen Junkie wie Nadel oder Marcin gewiss nicht umgehauen, aber bei ihr war es das erste Mal gewesen. Ihr Organismus war so was nicht gewohnt. Przemek hatte in der Zwischenzeit Reißaus genommen. Die Polizei lokalisierte ihn an der Ausfallstraße hinter Warschau. Bei der Verfolgung ist er dann ums Leben gekommen. Niemand hatte vor, ihm etwas anzutun – er war sturzbetrunken und ist den Kollegen schlicht vor die Kühlerhaube gerannt. Er war auf der Stelle tot. Die beiden Fälle wurden als Unfälle gewertet und ad acta gelegt. Inzwischen wird niemand mehr was anderes nachweisen können.«

»Ich will es gar nicht zwingend nachweisen. Es genügt mir, wenn ich es verstehe. Wenn ich Ihnen denn glauben soll«, sagte die Profilerin.

»Sie müssen mir nicht glauben.« Er zuckte mit den Schultern. »Das waren dumme Kids, die Gangster spielen wollten. Und ›Das Mädchen aus dem Norden‹ – was für ein Quatsch!« Er lachte bitter auf.

»Ich hab mit dem Pfarrer gesprochen«, entgegnete sie. »Er ist davon überzeugt, dass Sie Monika vergewaltigt haben. Es soll Ihre Schuld gewesen sein, dass sie gestorben ist. Angeblich haben Sie sie damals im Lamborghini mitgenommen und sich an ihr vergangen.«

Waldemar lachte erneut.

»Genau das meine ich ja. Man kann heute nichts mehr nachweisen. Weder Schuld noch Unschuld. Es steht sein Wort gegen meins.«

»War sie von Ihnen schwanger? Was ist mit dem Kind passiert?«

»Ich habe nicht die geringste Ahnung. Edward Mazurkiewicz versprach, über die Angelegenheit zu schweigen, sofern die Schwangerschaft nicht an die Öffentlichkeit käme. Die Familie hauste damals in einer Plattenbauwohnung. Heute gehört den Mazurkiewicz die alte Villa von Staroń. Warum, glauben Sie wohl?«

Sasza starrte ihn an.

»Sławomir Staroń hat ihnen sein Haus geschenkt?«

»Ja. Als eine Art Wiedergutmachung, weil sein Sohn ihre Tochter geschwängert hatte. Allerdings war das sehr viel später, als Marcin bereits Pfarrer war. Der Junge hat das seinem Vater sozusagen als Buße auferlegt. Sie können gerne überprüfen, wer im Grundbuch steht. Soweit ich weiß, vermieten sie das Haus im Augenblick. Für Elżbieta und Edward Mazurkiewicz wäre die Villa viel zu groß, die Kinder sind inzwischen ja in alle Winde verstreut. Die Geschichte hat die Familie auseinandergerissen. Interessant ist bloß, dass Herr Mazurkiewicz seit jener Zeit aktiver Schütze ist. Er war sogar mal hier, und ich hab ihm eine Abschusslizenz beim Forstamt beschafft.«

»Hat Monika die Pillen selbst geschluckt? Oder hat Nadel sie ihr verabreicht?«

»Wie gesagt« – er schüttelte den Kopf – »ich war nicht dabei. Vor Ort wurde eine ordentliche Menge sichergestellt … Ware, die dem Elefanten zugeschrieben wurde. Damals ist im Roza in Zimmer 102 die halbe Kommandantur rumgetrampelt. Das ließe sich inzwischen sicher per DNA nachweisen. Aber fragen Sie den Pfarrer. Er weiß über die Sache Bescheid. Vielleicht will er Ihnen ja meine Version bestätigen.«

»Den Pfarrer?«, schnaubte Sasza. »Ich frage aber jetzt Sie. Marcin Staroń knüpfe ich mir später vor, darauf können Sie sich verlassen. Aber jetzt bin ich hier. Also?«

Sie konnte Waldemar ansehen, dass auch er allmählich genug hatte. Doch offensichtlich hatte er auch das Bedürfnis, sein Gewissen zu erleichtern.

»Ich hab einen Fehler gemacht, das stimmt. Ich hätte Monika damals in Ruhe lassen sollen. Aber sie war so ein nettes Ding ... und so verloren. Sie kam mir vor wie ein Vogel, der in einem Käfig herumflattert. Ich weiß wirklich nicht, was genau los war – jedenfalls wurde sie mit gerade einmal sechzehn schwanger. Aber ich hab sie nicht vergewaltigt! Weder damals in dem Lamborghini noch sonst wo. Der kleine Staroń und sie waren ein Paar. Nur dass es irgendwann schiefging. Nein, nicht ich war der Vater dieses Kindes. Ich habe sie nie angerührt. Ich wollte sie beschützen ...«

»Warum? Vor wem?«

»Kapieren Sie das wirklich immer noch nicht? Monika war ein Risiko für den Elefanten. Sie wusste zu viel. Beinahe alle, die mit diesem Fall zu tun hatten, sind heute tot. Diese Pappnase Nadel, der große Bully ... Sogar ich bin von der Bildfläche verschwunden.« Er verzog das Gesicht.

Mittlerweile bedauerte Sasza es zutiefst, dass sie ihre Tochter an diesen Ort mitgenommen hatte. Hoffentlich schlief Karolina tief und fest und hörte nichts von alledem.

»Nadel spielte keine Rolle. Er war ein Niemand, das war schon immer so gewesen. Und das war auch schon immer sein Problem gewesen. Er wollte so dringend jemand sein, zu dem die Leute aufsahen, dass er sich sogar als Marcin Staroń verkleidete. Die Frisur, der Stil ... Bully hat ihm dabei geholfen, sich neu zu erfinden, und hat ihn zum Star gemacht. Der große Bully – auch er wollte hoch hinaus und irgendwann Jerzy Popławskis Platz einnehmen. Er träumte davon – aber so hart und gnadenlos wie der Elefant war er nun mal nicht. Der Pfarrer weiß genau, dass er Schuld auf sich geladen hat. Wäre Monika nicht schwanger geworden, wäre das alles nicht passiert. Marcin Staroń steht ganz am Anfang dieser Geschichte. Der Elefant hat mir damals befohlen, die Sache zu bereinigen. Für den Fall war damals Konrad Waligóra zuständig, der heutige Kommandant. Und so war der Fall des ›Mädchens aus dem Norden‹ bald Geschichte …«

»Wer hat das Lied geschrieben? Und wer hat Jan Wiśniewski erschossen? Was meinen Sie?«

»Ich weiß es nicht.«

»Und die gestohlene Waffe?«

»Ich hab sie nie wiederbekommen. Angeblich hat Nadel sie Bully übergeben. Womöglich stimmt das sogar.« Er zuckte mit den Schultern, dann holte er einen Zettel aus der Hosentasche. »Drei Jahre nach der ganzen Geschichte war es den Mazurkiewicz gelungen, eine Exhumierungserlaubnis zu erwirken. Monikas Eltern wollten nie an die Unfallversion glauben. Wiech und ich sind damals zum Grab der Geschwister gefahren, haben uns sogar eine Weile mit dem Vater unterhalten. Irgendwann lenkte er ein und versprach, die alte Sache ruhen zu lassen … Ein wenig später hab ich dann Aneta, Monikas jüngere Schwester, kennengelernt. Sie war Monika wie aus dem Gesicht geschnitten. Und auch mit ihr hatten die Eltern Probleme: Sie rebellierte, war schwierig … Wir verliebten uns ineinander, und als sie volljährig wurde, heirateten wir. Als ich von meiner ›Schwägerin‹ gesprochen habe, hab ich meine Frau gemeint. Ich will nicht, dass diese Geschichte uns noch einmal einholt. Aneta wollte sogar herkommen und mit Ihnen sprechen, aber dann hat sie Angst bekommen. Sie hat keine Kraft, um sich alldem wieder zu stellen. Sie konnte ja nicht wissen, dass Sie mich austricksen werden.«

Zum ersten Mal lächelte er, dann wies er hinüber zum Haus.

»Die junge Frau ist unsere Tochter. Wir haben sie Monika genannt. Sie will Grundschullehrerin werden – ein großartiges Mädchen!«

Sasza erinnerte sich an die Fotos der Familie, die ihr Elżbieta Mazurkiewicz gezeigt hatte: an den Mann hinter Aneta, an das kleine Kind. Jacek und Aneta mussten damals mit Monika bei der Familie in Danzig zu Besuch gewesen sein.

»Aber ...« Sasza überlegte. »Ihre Tochter muss doch mittlerweile an die zwanzig sein? Aneta war achtzehn, als Sie geheiratet haben. Als ihre Schwester starb, war sie zwölf ...«

Waldemar antwortete nicht, lächelte nur und senkte den Kopf.

»Sie haben Monikas Baby mitgenommen!«, flüsterte Sasza. »Warum haben Sie mir das nicht gleich gesagt?«

Eine Weile standen sie schweigend da.

»Ich wollte es Ihnen nicht sagen, und jetzt erzähle ich es doch«, seufzte er. »Adam hatte mir geholfen, das Baby mitzunehmen und zu verschwinden. Er ist ein alter Freund der Familie. Er ist wie ein Bruder für mich. Wäre er nicht gewesen, weiß ich nicht, was aus uns geworden wäre. Diese ganze Sache damals – die hat mich beinahe zerstört. Ich war vollkommen fertig. Heute arbeitet kein Undercoveragent mehr so. Damals war das alles ein großes Experiment, ein einziges *Trial and Error*. Niemand hat mich ausgebildet, ich bin einfach ins kalte Wasser gestoßen worden. Heutzutage werden Verdeckte viel schneller abgezogen. Und sie werden psychologisch betreut.«

»Ich verstehe.«

»Sie verstehen gar nichts!«, brauste er auf. »Ich habe Ihnen alles erzählt, obwohl man seine Dämonen nicht freilassen darf. Es war einfacher für mich, als noch niemand von der

Geschichte wusste. Und sicherer für uns alle. Wenn irgendjemand aus dem Dunstkreis des Elefanten erfährt, dass ich Jacek Waldemar gewesen bin ... Das will ich mir gar nicht erst vorstellen!«

»Wenn ich es erfahren konnte, dann können die das auch«, flüsterte die Profilerin. »Sie haben eine Tochter, eine Frau, und die Tochter Ihres Bruders lebt bei Ihnen ...«

»Der Elefant hat keine Ahnung«, widersprach er vehement.

»Sind Sie sich da völlig sicher?«

»Ja. Außerdem kann ich jederzeit verschwinden.«

Sasza spürte, wie es ihr eiskalt den Rücken runterlief. Das war auch immer ihre Lebenseinstellung gewesen. Und auch Waldemar lief vor seinen Dämonen weg. Nur wer genau waren diese Dämonen?

»Wer ist schuld an Przemeks Tod?«, fragte sie. »Wer von den Einsatzkräften hat ihn überfahren?«

»Es ist besser für Sie, wenn Sie das nicht erfahren«, erwiderte er knapp.

»Warum nicht – wenn ich alles andere schon weiß?«

»Wozu? Auch Sie haben ein Kind. Denken Sie an Ihre Tochter.«

»War es Robert Duchnowski?«

Entschieden schüttelte er den Kopf, und Sasza atmete erleichtert aus.

»Paweł Bławicki?«, fragte sie weiter.

»Bully hat wesentlich schlimmere Sachen gemacht. Aber mit Przemeks Tod hatte er nichts zu tun.«

»Konrad Waligóra«, versuchte sie es weiter, konnte ihm allerdings ansehen, dass sie erneut falschlag. »Wer war es? Inspektor Wiech?«

»Ich werde es Ihnen nicht sagen.«

»Und warum nicht?«

Waldemar zögerte.

»Fahren Sie. Und passen Sie unterwegs gut auf sich auf. Die Straßen sind teilweise nicht geräumt.«

Sasza konnte die Furcht in Waldemars Worten regelrecht hören. Er hatte ihr alles erzählt, und jetzt hatte er Angst – womöglich nicht so sehr um sich, sondern um seine Familie. Trotz Frau und Kind trug er die Last von damals nach wie vor allein. Er hatte sich nicht hinter Kirchenmauern zurückgezogen wie Marcin Staroń, aber auch er war in Klausur gegangen – hier in die Einöde. Nach der Aktion damals war er nicht mehr er selbst gewesen. Was er dafür bekommen hatte, hatte gerade einmal ausgereicht, um sich ein altes Bauernhaus und ein paar Bienenstöcke zu kaufen.

Der Mann war mutig, dachte Sasza bei sich. Er war in die Ferne gegangen, weil er mit der Gewalt, die um ihn herum geherrscht hatte, nichts mehr hatte zu tun haben wollen. Und er hatte etwas wirklich Edles vollbracht – er hatte ein Kind gerettet. Unwillkürlich musste sie wieder daran denken, was der Pfarrer während der Messe gesagt hatte: Wer nur einen einzigen Menschen rette, rette die ganze Welt. Zwar hätte sie nicht mit Gewissheit sagen können, ob alles, was dieser Waldemar ihr erzählt hatte, bis ins letzte Detail stimmte, aber sie würde es überprüfen. Auf jeden Fall hatte sie großen Respekt vor dem Mann.

»Von mir wird niemand etwas erfahren«, versicherte sie ihm.

Als er das Tor öffnete, damit sie fahren konnte, lächelte er sie an und streckte ihr die Hand entgegen. Als sie darauf hinabblickte, lag ein Glas Honig darin.

»Heidekrauthonig«, sagte er. »Das letzte Glas der Saison.«

Der Routine-Check hatte ergeben, dass Marcin Starońs Fingerabdrücke identisch mit denen von Wojciech Frischke waren.

»Das ist unmöglich!«, rief Jekyll. »Es gibt keine zwei Menschen mit ein und denselben Fingerabdrücken! Die Linien verlaufen *immer* unterschiedlich. Selbst bei eineiigen Zwillingen!«

»Also haben sie nicht gelogen«, sagte Duchnowski mit einem Stirnrunzeln.

»Was willst du damit sagen?«

»Dass sie wieder mal die Rollen getauscht haben. Wir sind auf den ältesten aller Zwillingstricks hereingefallen! Wojtek ist auf der Fähre nach Schweden aufgegriffen worden ... und Sasza hat uns den Pfarrer gebracht. Jeder von ihnen hatte einen Ausweis bei sich. Frischkes Pass war sogar echt. Selbst das Geld, das er dabeihatte, stammte von seinem Konto.«

»Worum geht es bei dem ganzen Scheiß, Duchno?«

Duchnowski zuckte mit den Schultern.

»Ich würde ja fluchen, aber was soll das jetzt noch bringen?«

»Was machen wir denn jetzt?«

»Ich für meinen Teil gehe nach Hause und gebe meinem schielenden Kater endlich was zu fressen. Was du machst? Keine Ahnung.«

Jekyll neigte den Kopf zur Seite.

»Du weißt genau, was ich machen werde«, sagte er langsam.

»O nein! Das hat Wali ausdrücklich verboten.«

»Und wenn er Gott der Herr wäre, könnte er mir nicht verbieten, ein kleines Experiment durchzuführen. Wir dürfen doch als Polizisten alle Möglichkeiten ausschöpfen, um einen Verbrecher zu fangen, oder?«

»Aber Wali bewilligt die Ausgaben des Kriminallabors, schon vergessen? Oder willst du deine Osmologen bitten, dass sie umsonst tätig werden?«

»Es wäre nicht das erste Mal, dass Polizeiexperten für lau arbeiten«, gab Jacek zurück.

»Und wenn das Ergebnis positiv ausfallen sollte? Wie sollen wir den Bericht des Labors dann in die Akte schmuggeln?«

»Sprich mit der Ziółkowska. Vielleicht lässt sie sich überreden.«

Duchnowski dachte kurz darüber nach, doch seine Miene verriet, dass er von der Idee des Kollegen keineswegs begeistert war.

»Wenn die Untersuchung positiv ausfällt, wird Edyta sich schon etwas einfallen lassen«, meinte Jacek. »Ich zieh es durch. Ich lasse beide Brüder auf die Geruchsprobe testen. Zwillinge mögen ja dieselbe DNA haben, aber sie haben nicht denselben Körpergeruch. Das wär zwar nur ein wackliger und kein schlagender Beweis, aber wir hätten endlich Klarheit darüber, welcher von den beiden wer ist. Wenn du dich entschieden hast, sag mir Bescheid. Dann ruf ich meine Jungs zusammen.«

Sasza war auf direktem Wege mit Karolina zum Arzt gefahren, um sie durchchecken zu lassen.

»Kinder fallen nun mal von der Schaukel«, beschwichtigte er sie und sah sie dabei an, als wäre sie eine übertrieben vorsichtige Glucke. Doch er musste ihr das schlechte Gewissen am Gesicht abgelesen haben, weil er beruhigend hinzufügte: »Karolina fehlt nichts. Es ist alles in Ordnung. Sie soll beim nächsten Mal einfach ein bisschen besser aufpassen. Aber denken Sie daran: Sie können Ihre Tochter nicht vor jeder Gefahr beschützen. Es ist immer noch ihr Leben.«

»Aber ... sie ist doch erst sechs!«, stammelte Sasza. »Ich hätte es verhindern müssen. Ich hab nicht aufgepasst ...«

»Jeder stürzt mal, Frau Załuska. Sie hat sich sicherlich erst mal erschreckt, aber sie hat es sehr gut weggesteckt. So lernt der kleine Mensch, Situationen einzuschätzen. Das nächste Mal hältst du dich besser fest, einverstanden?«

Er gab Karolina einen Lolli, und sie nickte.

»Tschüs, Herr Doktor«, rief sie fröhlich zum Abschied, packte die Süßigkeit in ihren Rucksack und verließ an Saszas Hand beschwingt die Praxis. Der kleine Kratzer an ihrer Stirn war – eher aus symbolischen denn medizinischen Gründen – mit einem bunten Pflaster überklebt.

Wieder daheim, brachte sie Karo zur Oma und fuhr weiter ins Gefängnis, um mit Lucja Lange zu sprechen.

Sie blieb zwei geschlagene Stunden. Am Ende waren Dutzende Seiten in ihrem Notizbuch voll mit Namen und Daten, die sie noch am selben Tag überprüfen wollte. Am interessantesten fand sie einen gewissen Witalij Rusow, der ursprünglich wohl aus Kaliningrad stammte und dessen Name auf sämtlichen Dokumenten über die Nadel und den Heuhaufen prangte. Lucja Lange hatte behauptet, den Mann nicht ein einziges Mal zu Gesicht bekommen zu haben. Ihm sollten überdies ein Hotel und ein paar Restaurants gehören. Außerdem saß er im Vorstand der SEIF.

Lucja hatte nur gelacht, als die Profilerin ihr erzählte, dass die Unterlagen von Bully verschwunden seien.

»Das war doch zu erwarten ... Aber keine Sorge, ich hatte sie zuvor kopiert.«

Sasza starrte auf die Unterlagen hinab. Buchhalterische Dokumente, Steuergeschichten, Verträge. Alles, was Lucja Lange ihr erzählt hatte, stimmte bis ins letzte Detail. Sie würde die Daten samt und sonders an Białystok weiterleiten. Sie selbst interessierte sich vor allem für die Dokumente, die Lucja aus dem Büro des Pfarrers hatte mitgehen lassen. Auf einem Blatt, das anscheinend aus einem Schulheft herausgerissen worden war, fand sie einen handgeschriebenen Entwurf des »Mädchens aus dem Norden«, an dem diverse Korrekturen vorgenommen worden waren. Das meiste war letztlich identisch mit dem Text, den Sasza bereits kannte – mit Ausnahme des Refrains.

Monika
Arglist
Romantik
Chaos
Ironie
Nadel

Marcin! Der Pfarrer hatte sich selbst in dem Lied entlarvt! Und es stimmte, was Tamara Socha behauptet hatte: Sie und Bully hatten den Text umgeschrieben. Um Waldemar zu belasten?

Aus den Unterlagen ging außerdem hervor, dass Witalij Rusow einen Monat vor Ostern den deutschen Staatsbürger Wojciech Frischke – Marcins Zwilling – bei der SEIF eingestellt hatte. Allmählich fielen die Puzzleteile an ihren Platz.

Als sie diesmal das Gefängnis betrat, steuerte sie nicht den Frauentrakt an, sondern bat darum, mit Marcin Staroń sprechen zu dürfen. Doch ehe sie durchgelassen wurde, beorderte der Gefängnisgeistliche Waszke sie in sein Büro.

»Ich wusste, dass es irgendwann so enden würde! Er hatte schon immer den Teufel in sich. Das hab ich schon immer gespürt«, eröffnete er das Gespräch.

Dann erzählte er der Profilerin fast eine Stunde lang von den Machenschaften des störrischen Pfarrers: von Messen, die er in Zivil und unrasiert gehalten hatte, von Zigarettenrauch und Flüchen und von seinen Besuchen in Gefängnissen. Allmählich dämmerte es Sasza: Marcin hatte fast sämtliche Justizvollzugsanstalten Polens besucht – und zwar weil er dort seinen Bruder gesucht hatte! Womöglich hatte er ihn schließlich gefunden, und gemeinsam hatten sie einen Plan ausgeheckt. Das würde sie so bald wie möglich Duchnowski erzählen. Allmählich hatte sie genug von Waszkes Ausführungen und war erleichtert, als endlich ein Vollzugsbeamter kam und ihr mitteilte: »Pfarrer Marcin ist jetzt bereit, Sie zu empfangen. Ich weiß allerdings nicht, ob er mit Ihnen reden wird. Es geht ihm nicht besonders gut.«

»Ach, der tut nur so«, warf Waszke ein.

»Und sein Bruder?«, wollte Sasza wissen. »Geht es Herrn Frischke vielleicht besser?«

»Ganz entschieden«, gab der Beamte zu.

Sasza stand auf und gab dem Geistlichen die Hand. Mit einem Tätscheln seiner weichen Hand verabschiedete er sich von ihr.

Die Polizisten hatten den Eingang zu der Wohnung im Dachgeschoss der ulica Sobieskiego 2 mit Absperrband gekennzeichnet. Die gut hundertsiebzig Quadratmeter waren auf drei riesige Zimmer sowie Küche und Bad aufgeteilt, doch bereits auf den allerersten Blick konnte man sehen, dass dort niemand gewohnt hatte. Die Wohnung hatte einem anderen Zweck gedient. Die Ermittler waren davon überzeugt, dass sich hier der Schütze aus der Nadel nach der Tat versteckt hatte, um die Polizeikontrollen auszusitzen. Von hier waren es bloß knappe vier Minuten bis zum Club, wenn man langsam lief. Und man konnte die ulica Pułaskiego vom Fenster aus überblicken. Jekyll meinte sogar, sich daran zu erinnern, dass er genau vor diesem Haus seinen Wagen geparkt hatte, als er zum Tatort gerufen worden war. Womöglich hatte ihn sein sechster Sinn herdirigiert.

»Konzentrier dich auf die Beweise«, brummte Duchnowski. »Dein sechster Sinn interessiert mich nicht.«

Die Spurensicherung war inzwischen dabei, jeden Zentimeter der Wohnung zu untersuchen. Jeglicher Beweis, den sie hier finden würden, könnte den Besitzer mit dem Mord in Verbindung bringen. Die Wohnung war vor drei Monaten verkauft worden – von Jan Wiśniewski an Wojciech Frischke. Mit der Transaktion hatten die Schulden des Sängers bei Witalij Rusow beglichen werden sollen, dem Eigentümer des Clubs.

Duchnowski stand auf dem Balkon, kaute Kaugummi und langweilte sich entsetzlich. Seine letzte Zigarette hatte er schon vor einer Weile geraucht, wollte aber nicht lostiefeln, um sich neue zu kaufen, ehe die Durchsuchung der Wohnung abgeschlossen war.

Als Buchwic neben ihm auftauchte, trat Duchnowski ein Stückchen zur Seite – und im selben Augenblick rutschte Schnee vom Dach und landete in seinem Nacken.

»Verdammt!«

»Tja, das hat man davon, wenn man auf Balkonen rumsteht, während andere schwer schuften«, witzelte Jekyll und hielt einen Asservatenbeutel hoch. Darin steckte ein verdrecktes Handtuch, das um eine Plastiktüte gewickelt worden war. Als Jekyll das Bündel auseinanderrollte, kam darin ein altmodischer Schalldämpfer zum Vorschein.

»Seit Jahren nicht benutzt. Und leider keine Fingerabdrücke«, teilte Jacek dem Kommissar enttäuscht mit. »Bin ich diplomierter Ballistiker? Ich vermute mal, dass dieser Schalldämpfer zu der Waffe passen wird, mit der Jan Wiśniewski erschossen wurde.«

Duchnowski betrachtete den Gegenstand aufmerksam.

»Mach deinen Leuten Feuer unterm Hintern. Wir machen die Geruchsuntersuchung. Und ich kümmere mich darum, dass wir für dieses Schätzchen hier zurückdatierte Papiere kriegen.«

B*ang-bang-bang.* Wiktor Bocheński schleuderte den Gummiball gegen die Wand, und Errata wieselte begeistert los, um ihn zu fangen. Auf das Signal der Kollegen leinte er die Hündin wieder an.

Sowie sie die Schleuse betraten, wurde Errata sofort ruhig. Sie hechelte nur ganz leicht, um sich abzukühlen. Sie mussten einen Augenblick lang warten, bis die Osmologen den neuerlichen Durchlauf des Experiments zu Ende vorbereitet hatten. Als dann die Lampe über dem Eingang aufleuchtete, betraten sie den Untersuchungsraum. Diesmal standen hinter dem Spionspiegel keine Ermittler, sondern lediglich ein einziger Osmologie-Experte namens Niżyński.

Alles lief wie am Schnürchen, und Errata markierte, ohne zu zögern, die Nummer drei. Nach weiteren zwei Wiederholungen füllte Niżyński die Formulare aus. In Minikleid und Turnschuhen gesellte sich die Chefin des Osmologie-Teams zu ihnen.

»Und?«

»Wir haben eine Übereinstimmung«, sagte der Kollege ohne jede Regung.

»Welcher von den beiden ist es?«

Niżyński reichte ihr das Blatt, Świętochowicz blickte auf den Namen hinab und nickte.

»Hoffen wir nur, dass es von jetzt an ohne Pannen läuft«, seufzte sie. »Wir haben kein Material mehr.«

»Nur noch eine halbe Probe«, meinte Niżyński. »Aber das auch nur für den äußersten Notfall.«

»Bei diesem Fall würde mich nichts mehr wundern«, murmelte Świętochowicz und zog sich wieder zurück.

Niżyński spähte diskret auf ihre Beine.

Verlangen ... und eine Illusion von Nähe. Mehr war zwischen ihnen nie gewesen. Was ihr jedoch in letzter Zeit zusehends schwerfiel, war, nichts weiter zu erwarten. Sie hatten sich ein-, zweimal die Woche getroffen, manchmal auch nur einmal im Monat. Iza hatte zwar Sehnsucht nach ihm, aber sie hatten auch beide proppenvolle Terminkalender gehabt. Irgendwann hatte sie sich damit abgefunden, dass sie gewisse Dinge, die sie nicht ändern konnte, akzeptieren musste. Sie gab sich alle Mühe, die raren Stunden der Freude in vollen Zügen zu genießen. Feiertage dauern nicht ewig, deswegen sind sie etwas Besonderes, hatte sie ihm erklärt, und er hatte ihr recht gegeben.

Es war gelegentlich vorgekommen, dass er im Überschwang von Liebe gesprochen hatte. Sie hatte ihm kein Wort geglaubt. Damals, nachdem sie sich gerade erst kennengelernt hatten, hatte sie sich hässlich gefühlt und viel zu dick, doch das schien ihm nichts auszumachen. Und mit der Zeit spürte sie, dass auch ihr was an ihm lag. Eine tausendfach wiederholte Lüge wird irgendwann zur Wahrheit. Er lachte darüber, dass sich die Eiskönigin von einem Halunken hätte blenden lassen. Sie war entrüstet. O nein, ich verdien was Besseres, erwiderte sie, denn du kannst gar kein Halunke sein, wenn ich Königin bin. Ich bin ein Niemand, antwortete er und nahm sie auf dem Küchentisch. So kann ich zumindest für einen kurzen Augenblick ein König sein, sagte er anschließend. Zumindest in der Art. Sie lachte, stand auf, machte Tee. Sie tranken ihn nackt, sie goss einen Schuss Rum hinein, obwohl sie sich eigentlich geschworen hatte, nie in Gesellschaft Alkohol zu trinken.

Manchmal schluckte sie irgendeine Pille, die er ihr wie eine Hostie darreichte. Schamlos musterte er sie, wenn sie nackt war. Behauptete, es gebe auf Erden keine Frau, deren Brüste auch nur annähernd so schön seien wie ihre. Sie fing an, Kleider mit tiefem Ausschnitt zu tragen. Ihren Hintern liebte er ebenso sehr und legte ihr gern seine Hände auf die üppigen Pobacken. Lachte über seinen Bruder, der spindeldürre Frauen bevorzugte. Er sei auch mal so dumm gewesen, spottete er. Zum Glück sei er dann doch erwachsen geworden. Nur so hatte sie überhaupt erfahren, dass er einen Zwillingsbruder hatte, der Priester geworden und mittlerweile sogar eine Berühmtheit war. Das gefiel ihr. Das könne ihnen vielleicht nützlich werden, sagte sie.

Abgesehen von gewissen anatomischen Details und von den wenigen Informationen, die er selbst über sich preisgegeben hatte, wusste Iza so gut wie nichts von ihm. Doch sie ahnte, dass für ihn nur das Geld und die Geschäfte zählten. Er glaubte nicht an einen Liebesrausch, nicht an romantischen Unsinn. Und trotzdem gab er ihr das Gefühl, geliebt zu werden. Zu viel zu wissen schade, pflegte er zu sagen – obwohl er von ihr alles wusste. Was sie im Kühlschrank hatte, welche Bücher sie las, wann sie zuletzt Staub gesaugt hatte und wie viel Wäsche auf sie wartete. Welche Kosmetika ihr Ehemann benutzte, um seine vom Alkohol verursachten Hautprobleme zu kaschieren, was er zu Mittag essen würde und um wie viel Uhr Iza das gemeinsame Kind zur Schwiegermutter brachte.

Das war bereits zu dem Zeitpunkt, als sie sich nur noch bei ihr trafen. Sie bezog jedes Mal frisch das Bett, bevor er kam, und dann gleich wieder, sobald er zur Tür raus war. Sie hinterließen keine Spuren. Manchmal lief die Waschmaschine mehrmals am Tag. Und trotzdem hatte Jeremi sie zweimal erwischt. Einmal auf der Straße, das andere Mal in einem Café. Iza hatte daraufhin behauptet, er sei ein Kollege aus der Nadel. Obwohl Jeremi daraufhin eine Woche lang nicht mehr mit ihr gesprochen hatte, hatte sie den Eindruck gehabt, er hätte es tatsächlich nicht begriffen. Stattdessen nutzte er die nächstbeste Gelegenheit, um sich bei einer Firmenfeier heillos zu betrinken, kam über Nacht nicht heim, und das war ihr nur recht. Tags darauf bot sie ihm selbst Drinks an, damit er schneller einschlief. Sie musste ungestört telefonieren. Und sie wollte nicht, dass er sich ihr körperlich näherte. Allein schon sein Geruch widerte sie an.

Jede SMS ihres Liebhabers löschte sie sofort. Sie rief ihn nur an, wenn niemand zu Hause war. Ihr Sohn war noch zu klein, um etwas mitzubekommen. Ein paar Mal hatten sie sogar Sex, während Michałek oben schlief. Irgendwann nahm Iza davon Abstand. Sie hatte den Verdacht, der Kleine könnte irgendwie spüren, was los war. Er wachte immer wieder weinend auf, und tagelang hatte sie Schuldgefühle. Abgesehen davon mochte sie es nicht, wenn sie sich beeilen mussten. Sie trafen sich nach einem festen Zeitplan. Die Routine störte sie nicht, Ordnung mochten sie beide. Mittwochs und freitags kam ihr Mann wegen diverser Konferenzen nicht vor Mitternacht nach Hause. Später dann, nach ein paar handfesten Auseinandersetzungen wegen seiner Trinkerei, nahm er sich lieber ein Hotelzimmer und kam erst morgens heim, wenn Iza sich auf den Weg zur Arbeit machte. Sie fragte nicht mal, ob ihr Mann in einem Einzelzimmer übernachtet hatte, sondern hielt Jeremi nur noch die Wange für einen flüchtigen Kuss hin. Für sie zählte lediglich, dass er ihr ein paar zusätzliche sturmfreie Stunden bescherte.

Sie hatten einander in der Nadel kennengelernt, als er allein an der Bar gesessen hatte. Iza war auf ihn zugegangen und hatte gefragt, ob alles in Ordnung sei.

Er hatte bloß gelächelt und kein Wort gesagt, woraufhin sie ihn den ganzen Abend nicht aus den Augen gelassen hatte. Er hatte sich die ganze Zeit über mit niemandem unterhalten. Später, nachdem sie sich von allen verabschiedet hatte, war er ihr nach draußen gefolgt und hatte vorgeschlagen, sie nach Hause zu begleiten. Iza lehnte ab. Sie glaubte, er sei betrunken, doch er versicherte ihr, in seinem Glas sei lediglich Tonic Water gewesen. Er habe nur darauf gewartet, dass sie Feierabend hatte. Eine Frau wie sie dürfe um diese Zeit nicht mehr allein unterwegs sein. Iza war sprachlos. Noch in derselben Nacht knöpfte er ihr auf der Rückbank seines Wagens die Bluse auf. Seit Jahren hatte sie sich in den Armen eines Mannes nicht mehr so sicher gefühlt. Sie hatte sich schon lange nichts mehr gewünscht, nichts Aufregendes mehr erwartet.

Irgendwann hatte er sie schließlich um den Finger gewickelt. Am Ende, wenn sie mal keinen Sex hatten, hatten sie immer mehr miteinander geredet. Sie hatte ihm von dem Geld im Safe erzählt und einen Lageplan gezeichnet. Er hatte über alles Bescheid gewusst: von Lucjas geplanter Entlassung, vom Auftragsmord an diesem Musikus. So hatten sie Wiśniewski insgeheim genannt; er hatte darüber immer wieder lachen können und vor ihr ausgebreitet, wie sie den Schatz heben und miteinander fliehen würden – und er hatte ihr versprochen, dass niemand sie je wiederfinden würde.

Vor allem deshalb fiel es ihr so schwer, der Wahrheit ins Gesicht zu blicken. Dass ausgerechnet er auf sie geschossen hatte, nachdem der Auftrag ausgeführt gewesen war. Sie erinnerte sich noch immer an jeden Zentimeter seines Gesichts, obwohl sie damals in der Nadel nichts gesehen hatte. Es war stockfinster gewesen – aber er musste es einfach gewesen sein. Wojtek Frischke, der Zwillingsbruder des berühmten Pfarrers, ihr Liebster. Niemals hatte sie ihn anders genannt.

Jeder der Schüsse hatte ihr das Herz zerrissen, auch wenn sie alle danebengegangen waren.

Sie war felsenfest davon überzeugt, dass er die Wahrheit gesagt hatte. Dass Wojtek sie geliebt und sie nur deshalb hatte leben lassen. Er wäre niemals imstande gewesen, sie umzubringen, obwohl er leicht das ganze Magazin hätte verschießen können. Iza wusste genau, wie viele Kugeln darin gesteckt hatten. Sie hatte die Waffe selbst geladen.

»Ich bin und bleibe ein Ganove«, hatte er noch im Herausgehen gesagt. »Verzeih mir, Königin.«

Sie hatte sich nicht mehr daran erinnern mögen, doch allmählich war das Erinnerungsvermögen zurückkehrt und dann geblieben. Ihr war klar, dass sie von nun an damit leben müsste.

Sie könnte ihn verpfeifen. Sie würde ihn an der Beschaffenheit der Haut, am geringsten Dufthauch wiedererkennen, mit geschlossenen Augen würde sie ihn von seinem Zwillingsbruder unterscheiden können. Doch selbst wenn sie gefoltert würde, würde sie das niemals tun. Denn dann müsste sie auch zugeben, dass nicht die Mafia, sondern sie selbst bei Nadels Exekution für Bully eingesprungen war. Wer mit dem Schwert kämpft, wird durch das Schwert umkommen. Ein grässliches Sprichwort.

Iza stemmte sich vom Bett hoch, faltete sorgfältig das Krankenhaushemd zusammen und legte ihre Sachen in die Reisetasche. Sie schlüpfte in die viel zu hohen Pumps. Sie hatte Jeremi gebeten, ihr genau diese mitzubringen. Darin fühlte sie sich schlanker, attraktiver. Dann lockerte sie die Armschlinge. Sah gar nicht schlecht aus in Kombination mit dem kleinen Schwarzen mit dem tiefen Ausschnitt. Iza wollte sich in Szene setzen, wenn die Fotografen gleich über sie herfielen.

Sie war kaum auf den Flur hinausgetreten, als ein stämmig

gebauter, seltsam gekleideter Mann mit Brille auf sie zutrat und sie bat, kurz eine Kompresse in der Hand zu halten. Es sei notwendig für die Ermittlungen. Mit einem stillen Lächeln tat Iza wie geheißen. Der Mann stoppte die Zeit, exakt eine Viertelstunde, dann packte er die Kompresse in ein Schraubglas und verschwand.

Es dauerte noch eine ganze Weile, ehe sie sie gehen ließen. Der Polizist, der am ersten Tag zu ihr gekommen war, als sie gerade erst wieder aus der Bewusstlosigkeit erwacht war, erkundigte sich mehrmals nach ihrem Zustand. Ob sie allein laufen könne, ob sie nicht vielleicht doch noch ein wenig länger im Krankenhaus bleiben wolle. Iza wusste genau, wovor Kommandant Waligóra Angst hatte, aber sie hatte nicht vor, seine Rolle in dieser Geschichte genauer zu beleuchten. Und die anderen, die noch etwas dazu zu sagen gehabt hätten, waren tot.

»Ich möchte mich selbst aus dem Krankenhaus entlassen«, teilte sie ihm mit einem Lächeln mit. »Ich fühle mich inzwischen wieder gut. Und ich kann mich bestens an alles erinnern.«

Waligóra erstarrte.

»Ich habe meine Aussage gemacht«, fuhr sie fort. »Und dieser Aussage habe ich nichts mehr hinzuzufügen.«

Sie hatte fast den Eindruck, als würde er erleichtert aufatmen.

Vor der Tür wartete Jeremi mit dem Kind im Arm und einer kitschigen Rose in der Hand. Früher hatte er ihr nie Blumen mitgebracht. Das sollten sie sich zur Gewohnheit machen, dachte sie. Er lächelte, war nur ein klein wenig verkatert. Sie werde das ganze Theater aushalten, versicherte sie sich selbst. Sie werde alles aushalten. Denn Wojtek hatte recht gehabt. Die alte Iza war nicht länger da. Von den Toten auferstanden war die Königin. Nur die wusste, wo die Goldbarren versteckt lagen, die der Mafia gehörten – dieselben Goldbarren, die von Bully nun doch nicht mehr in eine Pension in den Bergen verfrachtet worden waren. Niemand wird je erfahren, wo sie sind, dachte Iza. Der Pfarrer wird schweigen, obwohl er alles weiß.

Sie hatte es ihm gebeichtet, doch er würde sein Beichtgeheimnis nicht verletzen, er war immer schon ein aufrechter Mensch gewesen. Und Tamara hatte schließlich die Tantiemen. Sie würde zurechtkommen oder sich endlich umbringen. Die Übrigen würden stumm zusehen. Das alles ging sie nichts mehr an. Aber ich lebe, dachte Iza, und nur das zählt. Zur Hölle mit euch allen.

Der Schnee war geschmolzen, und die Bürgersteige trugen nur mehr an den Rändern Spuren vom Salz. Die Frühlingssonne wärmte schon behaglich. Vor dem Eingang zur Klinik wurde Iza von Kamerablitzen geblendet. Sie lächelte verlegen. Ein paar Reporter riefen ihr irgendwas zu, aber sie antwortete nicht. Arm in Arm mit ihrem Mann marschierte sie direkt zum Auto. Doch kurz bevor sie einstieg, schnappte sie sich den Sohn und strahlte in die Kameras. Einen Moment lang fühlte sie sich wie ein Star. Ihr Mann setzte Michałek in den Kindersitz – als plötzlich die Profilerin auf sie zurannte und sie beiseitezog.

»Ich habe keine Geheimnisse vor meinem Mann«, sagte Iza eine Spur zu laut.

Sasza blieb ernst. Jeremi nickte ihr knapp zu und wandte sich wieder dem Kind zu, das aufgewacht war und begonnen hatte zu weinen. Iza wollte schon Anstalten machen, Jeremi zu helfen, aber die Profilerin hielt sie zurück. Hinter ihr erschien Duchnowski und packte Iza am Arm. Der Streit mit Lucja hatte ganz ähnlich ausgesehen ... bloß dass sie damals die überlegene Rolle gespielt hatte.

»Sie konnten das Gesicht des Täters gar nicht sehen«, hielt

die Profilerin ihr vor. »Weder die Waffe noch eine Hand. Dafür war es viel zu dunkel. Nicht mal der Lichtkegel einer Taschenlampe hätte da geholfen. Aber Sie hatten ja auch keine Taschenlampe dabei. Der Täter wusste, dass Sie dort sein würden. Sonst hätte er Sie nie am Leben gelassen. Ja, *er* – denn der Schütze war mitnichten eine Frau. Und Sie mussten auch nicht fliehen – es reichte, dass Sie still am Mischpult im Tonstudio sitzen blieben. Er wäre nie dort reingegangen. Und er hätte auch nicht geschossen, wenn Sie nicht zuerst gezielt hätten. Daneben, durch die Tür. Erst da ist Nadel aufgekreuzt. Wenn Sie das nächste Mal einen Überfall planen, rechnen Sie damit, dass immer etwas schiefgehen kann.«

Wortlos wandte Iza sich ihrem Mann zu – und erneut schossen die Fotografen Bilder. Diesmal hatte sie Tränen in den Augen. Nicht einmal jetzt und hier versuchte er, um sie zu kämpfen, wich stattdessen zurück, ließ zu, dass man sie vor laufenden Kameras in einen Streifenwagen beförderte.

»Ja, es ist schiefgegangen«, seufzte sie, als sie im Revier angekommen waren. Dann brach sie in Tränen aus. »Alles war vorbereitet – doch dann ist Wojtek ausgestiegen. Nein, schlimmer: Er kam, um Nadel zu warnen. Er hat gekniffen. Nur seinetwegen gab es diesen Schusswechsel. Den Diebstahl hätte nie jemand gemeldet.«

Es hat nicht funktioniert, Herr Pfarrer.« Sasza musterte Marcin Staroń. Statt zu antworten, stellte er lediglich den Kragen seiner Lederjacke hoch. »Oder sollte ich eher sagen: Beinahe-Pfarrer? Schließlich sind auch Sie, wie Ihr Bruder, im Priesterseminar gewesen. Nur haben sie Sie dort nicht gewollt. Ihnen war das Geld zu wichtig. Mit einer solchen Lebenslust kann man nur Rockstar oder Betrüger werden. Obwohl Sie beide meiner Meinung nach Betrüger sind.«

Der Mann in der Lederjacke reckte trotzig das Kinn vor.

Hinter Sasza stand sein Bruder. Er trug Soutane inklusive Beffchen am Hals. Gewaschene Haare, frisch rasiert, als wäre er gerade aus dem Badezimmer gekommen.

»Es ist an der Zeit, das Affentheater zu beenden«, knurrte die Profilerin, setzte sich und sah die Zwillinge abwechselnd an. »Sie sehen einander wirklich sehr, sehr ähnlich. Was ist das für ein Gefühl? Verzeihung, aber das konnte ich mir nicht verkneifen. Vermutlich hören Sie das ständig.«

»Man gewöhnt sich dran.« Der Mann in der Soutane lächelte und wandte sich an seinen Bruder: »Sie wissen alles. Ich konnte nicht mehr anders.«

»Idiot«, zischte der Mann in der Lederjacke.

Der Pfarrer winkte beschwichtigend in Saszas Richtung.

»Er beruhigt sich gleich wieder.«

»Langsam entwickle ich ein Gespür für Sie beide. Sie sind definitiv Marcin. Der *echte* Marcin, obwohl in Ihren Papieren Wojciech steht«, sagte Sasza bestimmt.

Der Zwilling in der Lederjacke sagte kein Wort mehr. Als sie fragte, ob er eine Aussage machen wolle, erwiderte er nur, dass sein Bruderherz wohl schon hinreichend gesungen habe.

»Er hat uns nicht alles erzählt«, meinte sie.

»Schade. Aber Wojtek hat noch nie gern geplaudert«, gab er mürrisch zurück.

Eine Weile saßen sie schweigend da. Irgendwann stand Sasza auf, trat auf den schlecht gelaunten Zwilling zu und legte ein paar Briefe vor ihm auf den Tisch. Eine schwarze Schleife hielt sie zusammen. Alte Briefumschläge, eng gesetzte Buchstaben.

»Die hab ich im alten Heizofen in Ihrem Elternhaus gefunden«, erklärte sie. »Zusammen mit einer Uhr und einem ölbeschmutzten Lappen. Die Briefe lagen in einer Metalldose. Die Waffe war leider nicht mehr da.«

Der Pfarrer wurde blass. Sein Bruder betrachtete die Profilerin aufmerksam.

»Oder vielleicht machen wir es anders«, setzte Sasza neu an. »Eine Verständnisfrage zuerst, weil wir wohl irgendwie durcheinandergekommen sind ... Wer von Ihnen war Monikas Freund?«

Sie schwiegen.

Monika
Arglist
Romantik
Chaos
Ironie
Nadel

»Marcin«, trug sie vor.

Daraufhin herrschte erst mal Stille.

»Waren Sie das?« Sasza zeigte mit dem Finger auf den Mann

in der Lederjacke. »Oder doch der Pfarrer?« Sie legte eine kleine Kunstpause ein. »Zum Glück gibt es nicht noch einen Dritten im Bunde.«

Sie ließ sich auf einen Stuhl fallen und sah von einem Bruder zum anderen. Der Pfarrer kniff resigniert die Augen zusammen, während der andere erwartungsvoll in die Runde blickte.

»Wir wissen, dass Sie Ihre Rollen getauscht haben. Nur hat es nicht geholfen«, fuhr sie nach einer Weile fort. »Am Ende hat Sie ein Hilfsbeweis belastet. Eine Bagatelle eigentlich. Den Versuch haben wir fast schon ins Blaue hinein unternommen – aber unser Plan ist aufgegangen. Manchmal heiligt der Zweck dann eben doch die Mittel, nicht wahr?«

Keiner antwortete.

»Ihr Rollentausch hat schon vor Jahren stattgefunden«, fuhr die Profilerin fort. »Ich hab mich hundertmal gefragt, wann aus Wojtek Marcin wurde und umgekehrt. Und wissen Sie, zu welchem Ergebnis ich gekommen bin?« Sie hielt kurz inne. »Es muss am Silvestermorgen 1993 passiert sein. Damals, auf der Treppe, als die Leute des Elefanten bei Ihnen daheim aufmarschiert sind. Als Ihr Vater zusammengeschlagen und dann festgenommen wurde. Während alle mit Ihrem Vater beschäftigt waren, haben Sie sich eilig umgezogen. Keiner von Ihnen konnte damals ahnen, für wie viele Jahre Sie in Ihrer falschen Haut stecken würden. Marcin folgte dem Elefanten, und Wojtek ging ins Priesterseminar – auch wenn Ihre Gemeinde Sie den ›heiligen Marcin‹ nennt. Marcin wiederum wurde zu Wojtek Frischke, der wegen Betrügereien und diversen anderen Vergehen mehrfach vorbestraft ist. Allerdings wäre Ihnen ohne die Hilfe Ihres Bruders nicht einer dieser Schwindel geglückt – erst recht nicht der SEIF-Deal.«

»Blödsinn«, knurrte der Ganove, während der Pfarrer Sasza erschrocken ansah.

Sie wies hinüber auf die Briefe.

»Erkennen Sie sie wieder, Wojtek? Ich werde ab sofort Ihre richtigen Namen benutzen. Es wird allmählich Zeit, Ihre Lebensläufe richtigzustellen.«

Wojtek reagierte nicht. Er rückte nur sein Beffchen zurecht und wartete darauf, was die Psychologin als Nächstes sagen würde.

Sie nickte dem Betrüger zu.

»Monika war Ihre Freundin, Wojtek. Marcin hatte ebenfalls ein Auge auf sie geworfen, hab ich recht? Aber Marcin, Sie Ärmster, wussten bis heute nichts von der Beziehung ...« Die Profilerin verzog theatralisch das Gesicht. »Sie haben sich selbst beschuldigt, dabei haben Sie gar nichts verstanden. Sie dachten, dass dieses Drama Ihre Familie vernichten würde. Aber Monika und Wojtek haben einander aufrichtig geliebt. Dort liegt der Beweis – es steht alles in den Briefen. Monika wurde schwanger, dabei war sie beinahe selber noch ein Kind. Sie wollte noch keine Familie gründen. Sie wurde depressiv, kam sich zusehends verloren vor. Wojtek sprach zwar wenig, konnte aber schreiben. Ihre Briefe an die Kleine lesen sich wirklich beeindruckend! Ja, wir haben das Postgeheimnis verletzt, aber wie ich schon gesagt habe, der Zweck heiligt die Mittel. Deswegen hatte Wojtek um diesen Tausch gebeten. Er hat Ihnen eingeflüstert, dass er Sie beschützen wollte, Marcin. Sie sollten seine Rolle übernehmen, um die Familie zu retten. Er selbst wollte in der Zwischenzeit Monika warnen. Wie immer ist er dabei überaus präzise vorgegangen. Sie war ihm damals wichtiger als irgendein anderer auf der Welt, wichtiger als Sie, Ihr Vater oder Ihre Mutter. Monika trug sein Kind unter dem Herzen. Und er wollte sie gewiss nicht umbringen.« Sasza hielt kurz inne, um sich zu sammeln. »Trotzdem ist sie durch sein Verschulden gestorben. Er hat sie alleingelassen, sie war verzweifelt, hilflos, mit dem Baby allein, und sie wusste nicht mehr, wie es weitergehen sollte. Sie hatte nie Drogen genommen. Die Dosis, die Nadel ihr dagelassen hat und die sie auf seinen Rat hin oder aus eigenem Impuls einnahm, sorgte dafür, dass ihr Kreislauf versagte. Monika hat nicht gelitten. Sie ist quasi beim Baden eingeschlafen.«

Als Sasza zu Wojtek hinüberblickte, flossen Tränen über sein Gesicht.

»Sie haben vergebens gelogen. Alle wussten, dass Sie abgehauen waren. Monikas Eltern im Übrigen auch – obwohl sie Angst vor einem Skandal hatten. Was hätten die Leute denn gesagt – die Tochter war noch nicht mal sechzehn und sollte bald ihr Kind bekommen. Damals, an Silvester, ging sie mit Ihnen weg, Wojtek, und sollte ihre Familie nie wiedersehen. Für Monika haben Sie Ihre eigene Familie verleugnet, Sie haben sie bei Ihrem Onkel im Roza versteckt. Sie lebte dort wie eine Gefangene, wurde womöglich missbraucht, Genaueres werden wir wohl nie erfahren. Wie ein Feigling haben Sie sie dort zurückgelassen. Waldemar, der Fahrer des Elefanten, nahm sich ihrer an. Er wiederum ahnte zunächst nichts; Monika wusste ihren Babybauch anfangs gut zu verstecken. Und irgendwann fehlte von dem Kind dann jede Spur. Ihre Eltern wollten nichts mehr von Ihnen wissen. Und Ihre Mutter hat Marcin zu Ihrem Onkel nach Deutschland geschickt, damit niemand ihn mit Ihnen verwechselte.« Erneut hielt Sasza inne. »Sie haben ›Das Mädchen aus dem Norden‹ nicht geschrieben. Ihr Song hatte einen anderen Titel. Welchen?«

»›Ostermesse‹«, erwiderte Wojtek leise.

»Tja, mit diesem Titel wäre es wohl kaum ein Hit geworden«, murmelte die Profilerin und fügte dann hinzu: »Sie müssen den Ereignissen ins Auge sehen. Selbst wenn ich wollte, könnte ich das Verfahren nicht wieder aufnehmen lassen.«

Der Pfarrer stand auf und glättete die Falten seiner Soutane, woraufhin Sasza der Aufsicht ein Zeichen gab.

»Wir zwei reden noch unter vier Augen«, sagte sie zu Marcin. »In Ihrem Fall geht es um dreißig Jahre – bis Ihre Taten vollends verjährt sind.«

Als man seinen Bruder hinausbrachte, drehte sich der Pfarrer um, als wollte er noch etwas sagen. Sasza hielt ihn zurück.

»Sie werden noch ausreichend Zeit haben, sich über die alte Geschichte zu unterhalten. Ab sofort dürfen Sie jedoch nicht mehr miteinander reden. Es besteht Verdunkelungsgefahr. Ihr Bruder wird wegen Mordes an Jan ›Nadel‹ Wiśniewski und wegen der versuchten Tötung von Izabela Kozak angeklagt.«

Der Pfarrer blickte zu Boden.

»Ich wünschte, ich könnte verschwinden. Nicht mehr da sein. Mich einfach nur noch in Luft auflösen.«

Sasza nickte. Sie konnte ihn sogar verstehen.

»Das ist die Angst«, erwiderte sie ruhig. »Am schwierigsten ist es, keine Angst mehr zu haben.«

»Wie meinen Sie das?«

»Muss ich Ihnen das wirklich erklären? Dabei hängen Tausende an Ihren Lippen, wenn Sie die Welt erklären.«

Er schwieg.

»Hören Sie auf zu flüchten. Verlassen Sie Ihr Versteck, setzen Sie sich der Welt dort draußen aus. Leben Sie!« Unwillkürlich hatte sie die Stimme erhoben. Sie war selbst ein wenig erschrocken. »Und halten Sie endlich die Messe ab, die Sie mir versprochen haben.«

Er hob den Blick. Knöpfte den Priesterkragen ab.

»Ich bin kein Priester mehr. Ich kann nicht mehr glauben. An nichts mehr.«

Sie schnaubte.

»Sie sind der beste Priester, den ich je gehört habe. Meinetwegen geht es auch hier – ich hab im Leben schon an merkwürdigeren Orten gebetet. Wenn es einen Gott gibt, dann sieht und hört er alles.«

Dann bedeutete sie dem Aufseher, sie beide allein zu lassen. Bedächtig drehte Wojtek sich zum Fenster um und stimmte ein seltsames Lied an. Sasza verstand kein Wort, lauschte bloß Starońs Stimme, dem rauen Klang. Sie konzentrierte sich auf die Melodie, auf die unverständlichen Worte, die in ihren Ohren Zaubersprüchen ähnelten. Zögerlich stellte sie sich neben ihn. Wäre sie mutiger gewesen, hätte sie in sein Lied mit eingestimmt. Sie bemerkte nicht einmal, dass ein paar neugierige Beamte ins Zimmer spähten.

Ruhe sanft, Łukasz, dachte sie. Ich verzeihe dir, verzeih du mir auch. Danke für alles, was ich habe. Für Karolina – denn ohne dich hätte ich meine Tochter nicht und wäre nicht dort, wo ich jetzt bin. Vielleicht konntest du mich nur so retten. Und jetzt leb wohl. Geh in Frieden und lass uns ein für alle Mal in Ruhe.

Als der Pfarrer fertig war, hatte Sasza Tränen in den Augen, aber sie fühlte sich leicht, fast schon euphorisch. Wojtek indes war wie versteinert. Sie warf ihm einen verunsicherten Blick zu. Er war blass im Gesicht, und in seinem Blick lag eine entsetzliche Trauer. Staroń, dachte sie, trägt für andere unendlich schwere Lasten. Das ist seine Buße für Monikas Tod.

Sasza hatte die Akten gelesen. Ihr Tod war gegen Mitternacht eingetreten. Das Mädchen aus dem Norden. Ein Mitternachtsmädchen.

»Wenn der Mensch endlich weiß, was er will und was nicht, dann ist alles gut«, raunte Staroń nach einer Weile. »Dann reicht es, einfach seinem Weg zu folgen. Man darf weder die Schritte zählen noch sich umdrehen. Muss das überflüssige Gepäck in den nächsten Straßengraben werfen und es auf der Stelle vergessen. Man braucht nur wenig unterwegs, alles, was unverzichtbar ist, wird sich ganz von selbst einstellen, weil Wanderwege voller Wunder sind. Und die Menschen, denen wir begegnen, sind genau die richtigen. Leben ist Atmen.

Wir verfügen nur über ein begrenztes Quantum an Herzschlägen. Völlig unnötig vergeuden wir sie auf Zögern, Angst oder auf Zorn. Es wird immer jene geben, die versuchen, uns zu verlocken, zu verführen und zu überzeugen, dass sie wüssten, was für uns das Beste wäre. Dabei muss man sich doch einfach nur vorwärtsbewegen und die Reinheit der Luft einatmen.«

»Warum machen Sie es dann nicht?«, flüsterte sie.

»Vielleicht könnte ich«, erwiderte er zaghaft. »Aber ich will es nicht. Noch nicht.«

Die ulica Zbyszka z Bogdańca war menschenleer. Konrad Waligóra hatte das Schlagloch in der Straße nicht gesehen. Das Rad seines Toyota Tundra rammte mit voller Wucht hinein. Er fuhr an einer Werkstatt für Jachten vorbei und an einer gut zwei Meter hohen Mauer entlang, die ein paar modernere Luxusvillen vor neugierigen Blicken schützte. Vor der Nummer siebzehn parkte er.

Rundherum standen schon mehrere Streifenwagen. In der Ferne konnte er den Einäugigen aus Białystok auf und ab laufen sehen. Vor dem Eingang auf dem Bordstein saß Sasza Załuska und telefonierte. Er winkte ihr zur Begrüßung zu. Sie winkte zurück, drehte sich dann aber weg. Als er an ihr vorbeiging, hörte er aus ihrem Handy leises Zwitschern. Vermutlich redete sie mit ihrer Tochter. Über den Pflastersteinweg lief er langsam auf das Anwesen zu. Es war mit Absperrband gesichert.

Die Staatsanwältin war ebenfalls gekommen und hielt Unterlagen in der Hand. Statt ihres sonst so eleganten Outfits trug sie Jeans, Wanderstiefel und einen leichten Trenchcoat. Ihr Haar war zerzaust, das Gesicht verquollen. Neben ihr stand einer der Zwillinge.

Waligóra marschierte an den Technikern vorbei. Sie trugen präparierte Hirschköpfe aus der Garage, in denen der aus Kaliningrad geschmuggelte Bernstein steckte, wie sie inzwischen wussten. Kommissar Robert Duchnowski stellte sich ihm in den Weg. Hinter seinem Rücken überwachte Jacek

Buchwic den Wanddurchbruch im Wohnzimmer. So leicht, wie es ihnen von der Hand ging, schien die Wand aus Karton zu bestehen. Durch die Öffnung konnte man die Kacheln eines altmodischen Ofens sehen.

»Was soll das? Wie sollen wir das dem Eigentümer erklären?«

»Die Wand kann er ja einfach wieder hochziehen. Die Möbel rühren wir schon nicht an«, rief Duchno fröhlich, schüttelte energisch eine Bonbondose und fügte beschwingt hinzu: »Wir sind auf der Suche nach einem Schatz.«

»Was?«

»Hier schlummert so einiges.« Duchno machte einen Schritt zur Seite, und Waligóras Blick fiel auf eine Reihe säuberlich angeordneter schmaler Goldbarren. Sie füllten die gesamte Wohnzimmerecke aus.

»Ach du Scheiße! War das eine Art Safe?«

»SEIF, Boss«, kalauerte Duchnowski und brach in schallendes Gelächter aus. »Die meisten Barren lagen in den Kachelöfen. Andere waren dort hinter der Gipskartonwand versteckt. Wir haben gerade erst ein Zehntel dessen gefunden, wonach die Finanzaufsichtsbehörde bis heute erfolglos gefahndet hat. Die Jungs aus Białystok sind begeistert.« Duchno nahm einen Goldbarren und wog ihn in der Hand. »Pures Gold, Wali. Stell dir mal vor, ein ganzes Zimmer davon! Ein kleines Goldmeer – quasi unsere Version des Bernsteinzimmers! Und das ausgerechnet in der Garage der Mazurkiewicz. Nach ihm wird schon gefahndet.«

Ein Beamter führte eine junge Frau herein. Es war die Freundin des toten Sängers.

»Nicht so fest!« Klara Chałupik riss sich los. Hinter ihr standen die Staatsanwältin Ziółkowska sowie ein Techniker mit Kamera.

»Also dann, erzählen Sie mal. Und niemanden vergessen!

Wer hat wann wie viel hier reingebracht? Jetzt haben Sie endlich Ihre fünf Minuten Ruhm. Sie wollten doch immer ins Fernsehen? Das ist Ihre Chance. Kamera ab!«

Klara schielte zu Waligóra hinüber, der prompt auf dem Absatz kehrtmachte und nach draußen ging. Duchnowski gesellte sich zu ihm und bot ihm eine Zigarette an.

»Und hier hab ich den Rest«, sagte er und hielt ihm auf der flachen Hand die Bonbondose hin.

Waligóra sah den Kommissar an, als hätte er den Verstand verloren.

»Was soll das?«

Duchno nahm den Deckel ab und schob die Dose dem Kommandanten unter die Nase.

»Bist du noch ganz dicht?« Der Kommandant rückte ein Stück von ihm ab, sah dann aber doch hinein – in eine leere Dose.

»Tja, verflogen.« Duchno machte ein Gesicht, als täte es ihm leid. »Aber Jekyll hat alles sichergestellt. Bis auf das letzte Molekül.«

»Was war das?« Waligóra verstand immer noch kein Wort.

Duchnowski zuckte mit den Schultern.

»Der Duft von Wojtek Frischke«, erklärte er ernst. »Beziehungsweise seine Uhr. Sie hatte zwanzig Jahre lang in dieser Dose gelegen. Der Geruch ist erhalten geblieben. Sasza kam hinter den Tausch und brachte die Zwillinge dazu, endlich auszusagen. Es ist alles da, was wir brauchen. Staroń bekommt eine mustergültige Verhandlung, selbst die Kurie wird zufrieden sein. Ich erwarte eine Prämie.«

»Schnapp dir einen Goldbarren von diesem Haufen, und du hast deine Prämie.«

»Ist das ein Befehl?«

»Es gibt Momente, da bereue ich, auf der richtigen Seite zu stehen«, meinte Waligóra.

»Wir stehen also auf derselben Seite?«

»Was hast du denn gedacht?«

»Das ist gut. Weil wir uns diesen Trümmerhaufen doch illegal erlaubt haben. Sasza hat mich davon überzeugt. Allerdings müssen wir den Einbruch irgendwie erklären – Mazurkiewicz hat schon Einspruch eingelegt und will die Beute nicht rausrücken. Wenn er aus Weißrussland zurück ist, wird die Finanzaufsichtsbehörde wohl ein bisschen nachhelfen müssen.«

Waligóra schüttelte resigniert den Kopf.

»Warum habt ihr mich nicht dazugerufen? Das eine oder andere Schätzchen hätte ich mir gerne in die Tasche gesteckt. Jetzt ist es dafür zu spät.«

»Machst du Witze?«

Waligóra lachte befreit auf.

»Weißt du, Duchno, ich dachte wirklich, dass aus dir noch etwas hätte werden können. Wozu all die Fortbildungen?«

Der Kommissar zögerte einen Augenblick lang, doch seine Augen lachten.

»Um nicht bei der Prävention zu landen?«

Er musste wieder an Jekylls Stück Mull denken, an die Kompresse – weicher weißer Stoff, der für ihn bis dato nichts bedeutet hatte. Auf diesem kleinen Baumwolllappen befand sich nun ihr Hauptbeweisstück: die Duftmoleküle von Marcin Staroń – unsichtbar und für die menschliche Nase nicht zu erkennen. Einmalig und einzigartig wie ein Fingerabdruck. Ohne dieses Beweisstück hätten sie niemals herausfinden können, welcher der beiden Brüder im Club gewesen war.

Einzig und allein der Geruch hatte Marcin belastet, und die List, mit der Sasza gegen seinen Priesterbruder vorgegangen war, hatte ihn letztlich dazu gebracht auszusagen. Von selbst wären sie nie darauf gekommen, dass Izabela kein Opfer, sondern die Mittäterin gewesen war. Auch ihr Duft war auf Lucjas

Handschuh gewesen. Wer ihn letztendlich in den Club mitgebracht hatte – sie oder ihr Liebhaber –, würden sie womöglich nie erfahren. Doch zum Glück hatte Buchwic noch ein letztes Stück Kompresse gehabt. Die Osmologen waren das Risiko eingegangen, den Duft zu strecken. Es war kaum mehr etwas übrig gewesen, doch der Spürhund hatte angeschlagen. Die Sache war wasserdicht. Die DNA des Zwillings, sein Geruch, ihr Duft und die Patronenhülse.

Iza verweigerte jede Aussage. Marcin sage die Wahrheit, behauptete sie. Er sei damals in der Nadel gewesen, habe sich das Gold holen wollen, aber als er das Versteck geöffnet habe, sei es leer gewesen.

Marcin hatte Iza ohne große Mühe die Waffe abgenommen, und sie war ins Tonstudio geflüchtet. Im selben Augenblick war Nadel in den Club gekommen. Marcin war auf der Stelle klar gewesen, dass Nadel sich die Wertsachen geholt und weggebracht hatte und nur wegen Iza zurückgekommen war. Marcin war in Panik geraten, hatte wild um sich geschossen. Danach war er abgehauen und Tamara Socha vors Auto gelaufen. Anschließend hatte er sich bei seinem Bruder in der Garnisonskirche versteckt. Marcin hatte Wojtek alles gebeichtet – und der Pfarrer hatte ihn gedeckt. Wegen Mittäterschaft würde auch gegen ihn ein Verfahren eingeleitet werden. Für den Moment stand er lediglich unter Polizeiaufsicht.

Über die Schuld der Zwillinge sollte das Gericht entscheiden. Richter Szymański persönlich hatte den Fall übernommen, Mierzewski würde die Anklage erheben. Lucja Lange war freigelassen worden und hatte sich auf Arbeitssuche gemacht, und ihre Tante Krystyna erzählte überall herum, wie stolz sie auf sie sei.

Endlich würde Robert wieder ruhig schlafen können. Auf seinem Schreibtisch stapelten sich inzwischen nur noch kleinere Vergehen. Der Papierkram würde sich zwar noch mächtig in die Länge ziehen, doch heute wollte er früher Feierabend machen und seine Kinder besuchen. Er hatte sogar Geschenke für sie dabei, und bei seiner derzeitigen Laune würde er selbst den neuen Typen seiner Frau ertragen. Er würde einfach so tun, als könnte er kein Englisch, und nachdem der Mann kein Polnisch sprach, würde es schon gehen.

Zuvor allerdings musste er noch eine letzte Besprechung über sich ergehen lassen. Den Mord in der Nadel hatten sie aufgeklärt – blieben noch die SEIF, der Mordanschlag auf Bully und ein paar unsaubere Machenschaften im Club. Insgeheim rechnete er nicht damit, dass es diesbezüglich zufriedenstellende Ergebnisse geben würde. Der Elefant war nicht zur Anhörung erschienen, wie immer war er gerade noch rechtzeitig krank geworden, und sein Anwalt hatte eine Erklärung verlesen, derzufolge Jerzy Popławski aufgrund seines Gesundheitszustands im Krankenhaus verbleiben müsse. Duchno sehnte regelrecht den Befehl herbei, den Juwelier noch auf dem Sterbebett vernehmen zu dürfen.

Als es an der Tür klopfte, nahm Duchno eilig die Füße vom Schreibtisch. Sasza steckte den Kopf zur Tür herein. Der Blick des Kommissars fiel auf die abgewetzten Spitzen ihrer Bikerstiefel und wanderte dann höher zu ihren hübschen Waden. Er hatte sie noch nie in einem Rock gesehen. Fast schon verlegen fing er an, den Schreibtisch zu sortieren. Er warf das restliche Mittagessen samt Styroporbehälter in den Müll und angelte hektisch leere Coladosen unter dem Schreibtisch hervor.

»Nur ganz kurz«, sagte Sasza. »Oder störe ich?«

»Absolut nicht.«

»In einer Stunde hab ich ein Vorstellungsgespräch bei einer Bank. Deshalb auch dieses Outfit«, sagte sie entschuldigend. »Aber ehrlich gestanden weiß ich nicht, ob ich wirklich hingehen soll. Vielleicht sollte ich einfach wieder zurück nach England ziehen?

»Du bist doch gerade erst hergezogen?« Er hob den Kopf. Sie sah ihn konzentriert an. Er schluckte und lächelte sie schief an. »Vielleicht könnten wir ja wieder mal zusammenarbeiten?«

»Das bezweifle ich.« Sie starrte hinüber auf die Pinnwand, wo Duchno seine Urkunden und Auszeichnungen sammelte. Eine neue Medaille sowie ein Dankesschreiben des Bürgermeisters von Zoppot waren hinzugekommen. »Wirst du befördert?«

»Könnte sein. Schade, dass sie mir zur Abwechslung nicht mal ein halbes Kilo Gold oder zumindest einen kleinen Bernstein ausgehändigt haben. So komme ich doch nie auf einen grünen Zweig.«

Sie musste lachen.

»Du hättest dir was nehmen sollen, solange es möglich war. Ich hab's dir angeboten.«

»Du bist wirklich eine Hexe, Sasza. Wenn das alles nicht geklappt hätte …« Er zögerte. »Irgendwann war ich kurz davor, dich zu erwürgen, aber dann … Respekt, du bist echt gar nicht übel.«

»Ich weiß.« Sie schmunzelte. Dann legte sie ein kleines Päckchen auf seinen Schreibtisch.

»Was ist das?«

»Leider kein Gold …«

»Schade. Ich dachte, zumindest du wärst schlau genug gewesen. Immerhin bist du nicht mehr im öffentlichen Dienst. Wir hätten es untereinander aufteilen können.«

»Willst du es gar nicht aufmachen?«

Er nahm die Schachtel in die Hand. Sie war eingewickelt in schmuckloses Packpapier und nachlässig verschnürt. Als er sie schüttelte, rasselte es.

»Keine Sorge, es ist keine Bombe«, sagte sie. »Nur ein Geschenk.«

»Aus welchem Anlass?«

»Ich hätte da ein Anliegen ...«

Er sah sie durchdringend an.

»Ich hab gehört, dass du heute vierundvierzig wirst. Ein schönes Alter.« Sie strahlte ihn breit an. »Mach's einfach später auf. Erst muss ich dich noch etwas fragen. Und ich will eine ehrliche Antwort, hörst du?«

»Schieß los.«

Duchnowski konnte seine Neugierde nicht länger zügeln. Vorsichtig löste er die Kordel. Sasza sah ihm stumm dabei zu.

»Wer hat damals den Wagen gefahren?«, fragte sie schließlich.

»Welchen Wagen?«

»Danzig-Warschau, auf der Höhe von Elbing. Przemek – wem ist er bei der Verfolgungsjagd vor den Kühler gelaufen?«

Duchnowski saß eine Weile reglos da. Dann nahm er eine Schere in die Hand.

»Ich weiß, dass du es nicht warst. Aber es war jemand, den wir kennen. Arbeitet er noch hier?«, wollte sie wissen.

»Was interessiert dich das?«

»Ich will Klarheit.«

Duchno machte es sich auf seinem Schreibtischstuhl bequem.

»Es hat ihn niemand angefahren«, sagte er schließlich. »Er ist selbst aus dem fahrenden Wagen gesprungen. Er war vollkommen zugedröhnt.«

»Aus wessen Wagen?«

»Nadel hatte Bully die Pistole gebracht – mit Mazurkiewicz im Schlepptau. Die beiden sind zusammen gefahren, Jekyll und ich hinterher. Urplötzlich hechtete Przemek aus der Tür – bei diesem Höllentempo! Jekyll konnte nicht mehr rechtzeitig bremsen.«

»Es war Jacek?«

Sie war sprachlos. Allerdings dämmerte ihr jetzt, woher der Spitzname des Technikers stammte. Das Gute und das Böse in einer Person.

»Ich war dabei. Es war nicht seine Schuld. Die Geschwindigkeit, Schicksal, Leben und Tod ...«

Die Tür ging auf, und Kollegen stürmten das Büro. Die Sekretärin trug eine kleine Waffeltorte auf einem Tablett herein. In der Mitte steckte eine Geburtstagskerze. Sasza trat zur Seite, um den Kollegen Platz zu machen. Nacheinander gratulierten die Beamten dem sichtlich gerührten Duchnowski zum Geburtstag. Ungefragt griff Jekyll nach dem Päckchen auf dem Schreibtisch, faltete das halb geöffnete Packpapier auseinander und legte einen kleinen Würfel in Form eines Häuschens frei; Leitungsdrähte, die mit zwei roten LED-Lämpchen verbunden waren, ragten daraus hervor. Im Handumdrehen hatte er die Batterie verkabelt. Die Lämpchen blinkten, und es folgten Geräusche wie aus einem Gruselfilm, was mit begeistertem Applaus quittiert wurde.

»Ein Geisterhaus!«

»Für den gruseligsten Kollegen aller Zeiten!«

Die Kollegen brachen in schallendes Gelächter aus.

»Von so was hab ich immer schon geträumt, Sasza!«, lachte Duchnowski.

Doch Sasza war nicht mehr zu sehen. Er lief auf den Flur hinaus, aber sie war verschwunden.

Einer nach dem anderen nahm sich das Spielzeug vor, das immer neue Geräusche von sich hab.

»Und was wird jetzt aus meinem Wunsch?«, schmollte Duchno. »Ich hab noch einen frei. Sie hat unsere Wette verloren.«

Als das Schloss zurückklappte, stand Wojciech Staroń bereits am Gefängnistor. Er trat über die Schwelle und atmete tief ein. Vögel zwitscherten. Die Sonne war so stark, dass er die Jacke öffnen musste. Er umklammerte die kleine Reisetasche. Auf der gegenüberliegenden Straßenseite standen drei Autos: die schwarze Limousine des Generalvikariats, ein silberner Lexus und ein alter Alfa Romeo 156, einst dunkelblau, inzwischen nur noch fürchterlich verdreckt. Der Fahrer der Limousine stieg aus und zog die Tür zur Rückbank auf. Drinnen saß ein Mann in Soutane. Vor dem Lexus stand Wojteks Vater in zu großen Turnschuhen, die nicht zur restlichen Kleidung passten. Ihre Blicke begegneten sich, und Wojtek nickte ihm zu. Aus dem dritten Wagen stieg niemand aus, doch ausgerechnet auf dieses Fahrzeug steuerte Staroń nun zu. Er warf die Tasche in den Kofferraum und wandte sich dann seinem Vater zu. Eine Weile standen sie einander reglos gegenüber. Schließlich reichten sie sich die Hände.

»Es tut mir aufrichtig leid«, sagte der Sohn.

»Weswegen?«

»Wegen allem. Für immer. Und mach dir keine Sorgen, Papa. Er kommt schon zurecht. Ich werde ihn besuchen.«

Sławomir nahm die Brille ab und wischte sich mit einem Taschentuch über das gesunde Auge.

»Mit Marcin gab's immer schon Probleme ...«

Wojtek hob den Kopf und lächelte zaghaft.

»Du hast es gemerkt?«

Der Vater atmete geräuschvoll ein, zögerte, sagte aber nichts. Nickte nur kaum merklich.

»Und ich dachte, nur Mama hätte uns auseinanderhalten können«, meinte Wojtek.

»Früher war das auch so«, gab Sławomir zu. »Aber irgendwann hab ich begriffen, was ihr zwei ausgeheckt habt. Ich hab euch nie verraten …«

»Ich weiß, Papa.«

»Wann sehen wir uns wieder?«

Der Pfarrer zuckte mit den Schultern und deutete dann zu dem schmutzigen Alfa hinüber.

»Ich will für eine Weile verreisen.«

Sławomir lächelte. Er folgte dem Sohn mit dem Blick, als der zum Alfa zurückschlenderte und auf dem Beifahrersitz Platz nahm. Er wusste, dass sie irgendwann über alles reden würden. Er hatte sie zurückgewonnen.

»Bereit?« Lucja lächelte ihn an.

Er nickte.

»Aber sie darf nichts erfahren«, sagte er zu Lucja.

»Ich weiß. Das war auch Waldemars Bedingung.«

»Sag ihm, ich werde sie nicht belästigen«, beteuerte er. »Ich will sie nur sehen. Sie ist doch meine Familie.«

»Sie sieht aus wie Monika. Ich hab Bilder gesehen.«

»Genau das hab ich vermutet …«

»Dir sieht sie auch ein wenig ähnlich.«

»Hoffentlich nicht nur äußerlich«, brummte er. »Denn dann würde sie ebenso sehr Marcin ähneln. Ich musste immer alles mit ihm teilen. Meine Mutter hat mir mal erzählt, er hätte selbst in ihrem Bauch von meinem Blut stibitzt.«

»Du warst ein Vorbild für ihn. Er hat dich als Bruder geliebt, aber auch wie ein Fan … Als wir uns das erste Mal im Pfarrhaus begegnet sind, war ich entsetzt. Ich wusste, dass da irgendetwas nicht stimmte. Marcin war immer anders, lustiger, ein Verführer.«

»Danke«, seufzte Wojtek.

»Du bist viel zuverlässiger. Du strahlst Stärke aus. Dir hätte ich wohl nie den Schlüssel für den Club ausgehändigt. Aber ich hätte dich ins Bett gezerrt«, fügte sie schelmisch hinzu und wurde rot. »Und du schreibst tolle Lieder. Schade, dass du Pfarrer bist ...«

»Bin ich nicht mehr«, sagte er.

Wojtek musterte sie eine Weile, dann hielt er ihr die Hand entgegen.

»Wojtek. So heiße ich wirklich. Lass uns noch mal ganz von vorne anfangen.«

»Lucja«, sagte sie und drückte ihm die Hand. »Warum hast du eigentlich gerade mich angerufen? Warum sollte ich dich aus dem Gefängnis abholen?«

»Ich hab dich gleich gemocht. Es hat Spaß gemacht, dich im Pfarrhaus zu haben. Ich denke, wir sind uns sehr ähnlich. Und das mit der Berufung ...«

Sie lächelte.

»Für den Fall der Fälle hab ich zwei Tickets nach Marokko. Lust auf Urlaub, sobald wir unsere Angelegenheiten geklärt haben? Erzähl's nicht weiter, aber ein paar von diesen Goldbarren sind damals in Bullys Radio liegen geblieben. Ich hab sie mitgenommen. Wär doch schade gewesen, sie verkommen zu lassen.«

Er sah sie entsetzt an.

»War ein Scherz.« Sie lachte.

Trotzdem war Wojtek sich nicht sicher. Er hätte ihr alles zugetraut.

»Ich hab einen neuen Job bei einer ziemlich soliden Firma«, fuhr sie ernst fort. »Und zwar bei der Polizei. Als verdeckte Ermittlerin. Die Profilerin hat mich mit den richtigen Leuten zusammengebracht. Sie wollen, dass ich undercover für sie arbeite. Mit meinen Fähigkeiten würde ich Karriere machen, meinten sie. Aber jetzt sag schon, fährst du mit mir nach Marokko?«

»Und deine Tante?«

»Wer nichts riskiert, trinkt nie Champagner«, entgegnete Lucja mit einem Grinsen im Gesicht. Dann gab sie »Teremiski« in das Navi ein und fädelte sich in den laufenden Verkehr ein.

Zwei Wochen später

Draußen schien die Sonne. Die letzten Eiszapfen schmolzen an der Dachrinne. Die Madonnenfigur wurde für den Frühjahrsputz aus der Wandnische genommen. Sie war mit Taubendreck besudelt, weiße Streifen liefen ihr übers Gesicht. Irgendwo in dem Mietshaus erklang Stöhnen. Die Nachbarin arbeitete sich eindeutig einmal mehr auf einen Höhepunkt zu. Heute hatte sie noch früher angefangen als sonst und war dem Stöhnen zufolge richtig gut in Form.

Später hätte niemand mehr sagen können, ob das erregte Juchzen dazu beigetragen hatte, dass der Bauarbeiter einen Fehler beging, oder ob die Ursache doch eine andere gewesen war: dass beispielsweise beim Herausnehmen der Madonna irgendjemand zu heftig am Seil gezogen hatte und einen der Eiszapfen vom Dachfirst riss. Erst fiel der Halter für die Votivkerzen hinunter und zerschellte vor Zygmunt Gabryś' Füßen, der die Arbeiter beaufsichtigt hatte. Die elektrische Kerze selbst brannte zwar weiter, leuchtete sogar ein wenig heller auf, doch gleich darauf fiel eine Eislanze herunter, unmittelbar gefolgt von der Madonnenfigur.

Mehrere Dutzend Kilo bunter Gips landeten nur wenige Zentimeter von Gabryś entfernt am Boden. Eine Weile stand er reglos da und starrte schockiert auf die zerschlagene Muttergottes hinab. Dann beugte er sich vor, hob eins der größeren Stücke auf, vermutlich ein Stück der Madonnenhand, und schloss die Faust darum. Die Nachbarin fuhr derweil mit ihrem Konzert fort. Mit der freien Hand griff Gabryś nach dem Eiszapfen und hob ihn wie einen Speer in Richtung Himmel.

»Wofür bestrafst du mich, Herr? Mich, deinen treuesten Diener!«, klagte er. Doch Gott gedachte offenbar nicht, ihm zu antworten. Sogar die Nachbarin verstummte kurz. Gabryś warf die Gipsfinger der Madonna sowie den Zapfen in hohem Boden von sich und stampfte durch das Tor.

Von ihrem Fenster aus hatte Sasza die Szene mit einem verstohlenen Schmunzeln beobachtet. Sie ahnte nicht, dass sie Gabryś soeben zum letzten Mal gesehen hatte. Später sollte gemunkelt werden, dass in derselben Sekunde, da die Madonna abgestürzt war, seine Tante gestorben sei, doch die Ärzte wollten das nicht bestätigen. Sicher war nur, dass Gabryś seine alte Wohnung an der ulica Pułaskiego verkaufte. Angeblich hatte er eine winzige Bude in der Militärsiedlung erstanden und trieb sich seither eher in der Stadt herum. Trank gelegentlich. Und war hin und wieder mit Frauen zusammen, die zu kurze Röcke trugen. Einer meinte noch, ihn dabei beobachtet zu haben, wie er vor der verrammelten Nadel Votivkerzen anzündete.

Sasza ordnete gerade ihre Unterlagen, als das Telefon klingelte. Es war ein alter, schlichter Klingelton, wie sie ihn noch aus der Kindheit kannte. Sie drehte sich um. Sie hätte schwören können, dass sie das Telefon ausgestöpselt hatte.

Sie hob den Hörer ab. Doch sofort war die Leitung tot. Sie starrte eine Weile zu der Stelle hin, wo früher die Gipsmadonna gestanden hatte, und wartete. Sie ahnte, dass es gleich wieder klingeln würde. Und genauso war es.

»Gute Arbeit.« Die Stimme aus dem Hörer war seltsam verzerrt.

»Wo bist du?«

»Mach auf.«

Einen kurzen Moment später hörte sie Schritte im Treppenhaus, gleich darauf ein Klopfen an der Tür. Sie legte auf. Durch den Türspion sah sie einen schmächtigen Mann in den Vierzigern mit einer Hornbrille auf der Nase. Er trug ein leichtes, orangefarbenes Tweedjackett und um den Hals ein Seidentuch. Sie erkannte ihn augenblicklich wieder. Es war der Typ, der sich für Bully ausgegeben und sie in diese Sache mit hineingezogen hatte. Ohne lange zu überlegen, riss sie die Tür auf. Er lächelte sie an und holte aus einer Mappe einen grauen Umschlag hervor.

»Die zweite Rate des Honorars«, sagte er nur und wollte bereits wieder kehrtmachen.

»He!« Sie griff nach seinem Jackett, ließ aber sofort wieder los.

Mit leicht irritiertem Gesichtsausdruck klopfte er das Sakko ab.

»Tut mir leid, dass es so kommen musste«, murmelte er. »Wir hatten keinen Einfluss darauf. Manchmal sind eben gewisse Opfer vonnöten. Aber das weißt du selbst. Perfekte Pläne gibt es nur auf dem Papier.«

Sasza sah ihn eine Weile an. Dann gab sie sich einen Ruck.

»Warst du das? Jetzt und damals?«

Er nickte leicht.

»War nett, dich kennenzulernen.«

Er wollte gehen.

»Jetzt da ich dich gesehen habe ...«, flüsterte sie, hielt dann aber wieder inne. »Du bist aufgeflogen. Was bedeutet das für mich?«

»Deine Freiheit«, erwiderte er. »Natürlich unterliegst du nach wie vor der Schweigepflicht. Wir haben ein neues Däumelinchen gefunden. Mal sehen, wie sie sich macht. Hier hast du übrigens ein glaubwürdiges Dokument, falls du eines Tages deine Tochter mit ihrem Vater bekannt machen möchtest. Betrachte es als Abschiedsgeschenk von der Firma. Es ist echt. Łukasz ist am Leben, aber er wird dich nie wieder belästigen. Die Bank stellt dich mit Handkuss ein, sofern du möchtest. Aber du wirst tun, was du für richtig hältst. Wie gesagt, du hast dich gut bewährt. Wir werden uns nicht wiedersehen.«

Sasza antwortete nicht.

Erst als er verschwunden war, machte sie den Umschlag auf. Darin befand sich Bargeld sowie ein Bündel vergilbter Papiere. Sie musste schlucken, spürte, wie ihre Hände zitterten. Das Protokoll über den Einsatz »Rote Spinne« in Schreibmaschinenschrift. Eine Notiz zur Einstellung der Ermittlungen gegen Łukasz Polak. Ihr eigener Antrag auf Dienstentlassung, datiert vom selben Tag, da der Mann festgenommen und in eine psychiatrische Klinik eingeliefert worden war, mitsamt seiner Adresse und Telefonnummer. Sie lief sofort zurück zum Telefon, doch die Nummer existierte nicht mehr. Also suchte sie im Internet die Nummer der psychiatrischen Klinik heraus und bat um ein Gespräch mit dem Direktor. Die Sekretärin verband sie nur widerwillig.

»Guten Tag«, stotterte Sasza, als sie den kühlen Bariton hörte. »Finde ich bei Ihnen vielleicht einen Herrn Łukasz Polak?«

»In welchem Verhältnis stehen Sie zu ihm?«

»Ich möchte eigentlich nur wissen, wie es ihm geht ... Ich heiße ...« Sie zögerte kurz. »Milena Rudnicka. Aber das wird Ihnen vermutlich nichts sagen.«

»Ach, Sie sind das!« Schlagartig wurde die Stimme milder und verlor etwas von ihrer Förmlichkeit. »Wir versuchen schon seit einer Ewigkeit, Sie ausfindig zu machen. Łukasz ist zurzeit verhältnismäßig gut in Form. Er malt wieder. Möglicherweise hat er sogar bald erstmals wieder Ausgang.«

»Er wird ... freigelassen?«

»Dies ist ein Krankenhaus, gute Frau, und kein Gefängnis. Abgesehen davon wurde er nie verurteilt.« Der Direktor klang erstaunt. »Er war fast von der ersten Stunde an bei uns. Er war nie im Gefängnis – lediglich in Untersuchungshaft. Und er macht wirklich große Fortschritte. Wenn Sie ihn besuchen möchten, könnten wir das möglich machen ... Ich weiß, wie wichtig Sie für ihn sind. Man könnte fast sagen, dass er einzig und allein in der Hoffnung lebt, Sie endlich wiederzutreffen. Er hat in den Therapiestunden viel von Ihnen gesprochen. Ich weiß, dass Sie beide Ihre Beziehung nie legalisiert haben, aber die Zeiten haben sich geändert. Als eine so nahestehende Person haben Sie natürlich jederzeit das Recht zu kommen. Ich würde Ihnen allerdings davon abraten, beim ersten Treffen Ihr Kind mitzubringen. Obwohl Łukasz darauf brennt, seine Tochter kennenzulernen.«

Sasza legte augenblicklich wieder auf. Sie sah hinüber zu der Klagemauer, war aber unfähig, auch nur eine einzige Träne zu vergießen. Sie war völlig erstarrt.

Der Sockel der Madonna war weggeräumt worden. Nur ein kleiner roter Wachsfleck war übrig geblieben. Von oben sah er aus wie Blut. Sasza ging in die Hocke, krümmte sich zusammen und starrte auf ihre Hände hinab, während sie wieder das Feuer von damals vor sich sah. Sie betete, dass es verschwände, konnte den Gedanken daran aber nicht verscheuchen. Die Albträume hatten bereits vor Jahren nachgelassen – und sie hatte geglaubt, sie wäre für immer darüber hinweg. »Es geht, solange man die Augen nicht schließt«, hatte sie sich immer eingeredet.

Sie rutschte an der Wand hinab und zog die Knie an die Brust.

Sie wusste nicht mehr, wie lange sie so dagekauert hatte. Irgendwann spürte sie Nässe auf den Wangen. Sie weinte – erst stumm, doch nach einer Weile heulte sie wie ein Tier. Das war die Angst, aber es waren auch die Ohnmacht, die Verzweiflung – und noch andere Gefühle, die sie allesamt hätte benennen können. In der Therapie hatte sie sie schließlich lange genug durchexerziert. Nur beherrschen konnte sie die Emotionen selbst nach all dieser Zeit noch nicht. Dabei war sie schon so lange auf der Flucht – und jetzt stellte sich heraus, dass sie in all den Jahren keine Handbreit vom Fleck weggekommen war. Sie steckte immer noch bis zum Hals in den Erinnerungen, rein gar nichts hatte sich verändert.

Sasza fühlte sich vollkommen leer, war nicht imstande aufzustehen. Wenn sich irgendwo in ihrer Reichweite Alkohol befunden hätte, hätte sie sich unter Garantie betrunken. Stattdessen machte sie unter Tränen ihrem Ärger Luft und schrie, bis sie heiser war.

Reglos wartete sie darauf, dass ein Wunder geschähe, auch

wenn sie wusste, dass das nicht passieren würde. Wunder gab es nicht, es gab nur das, wozu der Mensch selbst bereit war beizutragen.

Fieberhaft dachte sie darüber nach, wohin sie fliehen könnte. Doch sie hatte nicht mehr die Kraft wie früher, um auf der Stelle ihre Sachen packen zu können. Sieben Umzugskisten. Und das Kind brauchte doch ein Zuhause! Wozu auch weglaufen? Egal wohin sie gehen würde, er würde sie finden, sobald er freigelassen würde. Und er würde freigelassen werden. Sein Arzt hielt ihn für geheilt. Man hatte ihn nicht mal verurteilt.

Jahrelang hatte sie unter der Schuld an seinem Tod gelitten, dabei hatte er die ganze Zeit in der Psychiatrie gesessen. Keine sechshundert Kilometer entfernt. Die konnte man in ein paar Stunden überwinden. Er war gar nicht ums Leben gekommen – geschweige denn im Knast gelandet. Er war nie in irgendeiner Datenbank gelandet, damit sie ihn nicht auffinden konnte. Sie hatten sie belogen, damit sie keinen Ärger machte. Doch wozu ausgerechnet jetzt das Geheimnis lüften? Warum? Und wer hatte ihm von seinem Kind erzählt?

Kurz entschlossen stand sie auf, überflog erneut die Unterlagen, und als sie sich jedes Detail aus dem psychiatrischen Gutachten sowie die Adresse der Klinik eingeprägt hatte, nahm sie ein Feuerzeug, zündete eine Kerze an und führte das erste Blatt Papier an die Flamme. Binnen weniger Minuten hatte das Feuer sämtliche Dokumente verzehrt. Beim letzten verbrannte sie sich leicht die Finger. Augenblicklich war die Erinnerung an den wohlbekannten Schmerz wieder da: der brennende Vorhang auf ihrem Körper, der Sprung, die Bewusstlosigkeit … Sie ging in die Hocke und zog ihr Lieblingsbuch aus dem Regal, einen Bildband über Brücken. Gedankenverloren blätterte sie darin herum. Im Kerzenlicht konnte sie kaum etwas erkennen, aber sie kannte die Bilder in- und auswendig. Sie betrachtete das schimmernde Wasser auf den Fotos der Hell Gate, die den East River in New York überspannte.

Als ihre Mutter Stunden später mit Karolina in die Wohnung kam, sprang Sasza erschrocken auf.

»Warum sitzt du denn im Dunkeln?«, fragte Laura und rümpfte leicht die Nase. »Hier riecht's verbrannt.«

Statt zu antworten, riss Sasza ihre Tochter an sich. Sie würde für alle Zeiten alles tun, um die Kleine zu beschützen. Gleichzeitig war ihr mehr denn je bewusst, dass sie das ganz allein würde stemmen müssen. Sie durfte niemanden mit ihrem Wissen belasten. Wenn sie den richtigen Ort fände, würde sie mit Karo bis ans Ende der Welt fliehen. Doch wenn es nötig wäre, würde sie sich auch dem Kampf stellen, das schwor sie sich. Nur das war jetzt noch wichtig.

Was auch immer sie täte, Karolina würde in Sicherheit sein.

Danksagung

Dieses Buch wäre nie zustande gekommen ohne die Hilfe zahlreicher Personen.

In die Geheimnisse der Osmologie haben mich Oberkommissar Artur Dębski vom Zentralen Kriminallabor der Polizei sowie Bożena Lorek, Agnieszka Konopka, Unterkommissar Waldemar Kamiński, Tomasz Szymajda und Andrzej Więsek vom Labor der Polizeidirektion Lublin eingeführt, indem sie in einer Art kriminalistischen Zaubershow eine Duftuntersuchung für mich simuliert haben. Den Schleier über ermittlungstechnischen Methoden, vor allem jenen der Tatortuntersuchung, Spurensicherung sowie diversen Einsatzmethoden der Polizei, lüfteten für mich Inspektor Robert Duchnowski, Kriminalistikexperte der Warschauer Polizeikommandantur im Ruhestand, Oberkommissar Leszek Koźmiński, Experte für kriminalistische Dokumentenanalyse bei der Polnischen Gesellschaft für Kriminalistik, sowie Stabsanwärter Paweł Leśniewski, Kriminaltechniker und genau wie Koźmiński Dozent am Institut für Kriminalistik der Polizeischule in Piła.

Dr. Agnieszka Wainaina-Woźna vom International Research Centre for Investigative Psychology in Huddersfield half mir, die Figur der Profilerin zum (professionellen) Leben zu erwecken.

Die Neurologin Ałbena Grabowska-Grzyb erklärte mir, was mit dem menschlichen Gehirn nach dem Erwachen aus einem posttraumatischen Koma passiert und wie sich das Wiedererlangen des Erinnerungsvermögens gestaltet.

Die Kenntnisse der Rechtsanwältin Anna Gaj und die von Marta Dmowska waren für die Entstehung der Gerichtsszenen von unschätzbarem Wert. Bei Vincent Severski habe ich mir ein paar Tricks aus der Welt der Spionage geborgt, und Professor Waldemar Woźniak von der Kardinal-Stefan-Wyszyński-Universität Warschau half mir, die Figur des achtbaren Geistlichen zu kreieren.

Während der Recherche im Großraum Danzig-Gdingen-Zoppot wurde ich herzlich empfangen, herumgeführt und mit Geschichten versorgt von Magdalena und Tomasz Witkiewicz, Joanna Krajewska, Monika und Rafał Chojnacki, Jolanta und Kazimierz Świetlikowski, Wojciech Fułek sowie Dagny Kurdwanowska, die zudem einen erstklassigen »Lokaltermin« organisiert hat.

Tomasz Gawiński vom Wochenmagazin *Angora* hat sein Wissen über die Mafia an der polnischen Ostseeküste mit mir geteilt, während Joanna Klugmann mir einiges über Bernstein, seinen illegalen Abbau und die Verarbeitung verraten hat.

Ein besonderer Dank gilt Mariusz Czubaj, der für dieses Buch den Song »Das Mädchen aus dem Norden« geschrieben hat und während der Arbeit an diesem Roman eine große Stütze war. An dieser Stelle soll auch den anderen neunzehn Personen gedankt werden, die mir Songvorschläge zugeschickt haben. Besonders bemerkenswert war dabei der Text von Ryszard Ćwirlej. Der Grund, warum ich mich für Mariusz' Song entschieden habe, war alles andere als objektiv …

Joanna Jodełka danke ich für die fast schon zwillingshaften Eigenschaften und die Krisenhilfe, Łucja Lange für ihre Personalien und die Fliegenpilzidee. Dank an Małgosia Krajewska für die Gastfreundschaft in Wrocław sowie für einen Koffer voller Lektüre und an Bertold Kittel für das Buch »Mafia auf Polnisch«. Dem Staatsanwalt Jerzy Mierzewski danke ich dafür, dass er so ist, wie er ist – genial in jeglicher Hinsicht.

Ich fühle mich nicht imstande, hier sämtliche Personen aufzuzählen, die mir überdies bei der Arbeit an diesem Roman geholfen haben. Vor euch allen verneige ich mich noch persönlich.

Danke!
Katarzyna Bonda

Personenverzeichnis

ABRAMS TOM, → Sasza Załuskas Doktorvater, Psychologe und Sparringspartner mit polnischen Wurzeln
ADRIANNA, → Sasza Załuskas Tante, die sich nicht mit einer alkoholabhängigen Nichte abgeben will
ALBERT, Dominikaner und Pater im Kinderheim, das → Janek Wiśniewski als Kind besuchte

BŁAWICKI PAWEŁ »BULLY«, verheiratet mit → Tamara Socha, Expolizist, SEIF-Anteilseigner, Musikproduzent, Entdecker und Förderer von → Nadel
BOCHEŃSKI WIKTOR, Hundeführer von Spurhündin Errata
BUCHWIC »JEKYLL« (JACEK), Leiter der Kriminaltechnik der Danziger Kommandantur, verheiratet mit Aniela und langjähriger Freund von → Robert Duchnowski

CANTER DAVID, → Sasza Załuskas zweiter Doktorvater und Profiling-Guru
CHAŁUPIK KLARA, → Nadel-Groupie

DAREK, → Edi Mazurkiewicz' Fernfahrerkollege mit Ambitionen
DUCHNOWSKI ROBERT »DUCHNO«, Ermittlungsleiter im Nadel-Doppelmord, Exkollege von → Sasza Załuska und langjähriger Freund von → Jacek Buchwic
DUNSKA KSENIA, verheiratet mit → Martin Dunski und wahre SEIF-Strippenzieherin

DUNSKI MARTIN, Schweizer mit polnischen Wurzeln, SEIF-Geschäftsführer und -Marionette

FRISCHKE WOJTEK (WOJCIECH), SEIF-Superhirn, Zahlenjongleur und mehrfach u. a. wegen Betrugs verurteilt

GABRYŚ ZYGMUNT, bigotter Nachbar des Musikclubs Nadel und Vorsitzender der Wohnungsgenossenschaft

GOŁOWIEC AGNIESZKA, Polizeischülerin mit schwarzem Gürtel in Karate

JABŁOŃSKA ANNA, Tierärztin und Osmologieexpertin, die die osmologische Untersuchung von → Lucja Langes Spuren durchführt

JADZIA (JADWIGA), Sekretärin im Kinderheim, das → Janek Wiśniewski als Kind besuchte

JASIA (JANINA), → Sasza Załuskas altes Kindermädchen und Ersatzoma

KITTEL BERTOLD, Investigativreporter, den die Recherchen zum Finanzkonzern SEIF die Karriere kosteten

KOZAK IZA (IZABELA), Managerin und Überlebende aus dem Musikclub Nadel, verheiratet mit Jeremi, Mutter von Michałek, Vertraute von → Nadel

LANGE KRYSTYNA (TANTE KRYSIA), → Lucja Langes Ersatzmutter, Witwe von Jarek und Haushaltshilfe von Pater → Marcin Staroń

LANGE LUCJA, vorbestrafte Mitarbeiterin im Musikclub Nadel und Mordverdächtige

LATA LESZEK, Oberkommissar des Zentralen Ermittlungsbüros

LJUBA, ukrainische Physiklehrerin und Reinigungskraft bei SEIF, Mutter von Natasza

MAJAMI, eigentlich MARGIELSKI, Expolizist und alter → Bławicki-Zögling, Geschäftsmann mit Mafiaverbindungen und einer persönlichen Beziehung zu Staatsanwältin → Edyta Ziółkowska, geschieden von Agata

MARCINIAK STEFAN, Pflichtverteidiger von → Lucja Lange, wird abgelöst von Anwältin → Małgorzata Piłat

MASALSKI GRZEGORZ, neugieriger Vikar, der mit → Marcin Staroń im Pfarrhaus lebt

MAZURKIEWICZ AREK (ARKADIUSZ), → Przemek und → Monika Mazurkiewicz' kleiner Bruder, → Sasza Załuskas Helfer im 7. Revier

MAZURKIEWICZ MONIKA, junge Turnerin und → Marcin Starońs große Liebe

MAZURKIEWICZ PRZEMEK (PRZEMYSŁAW), Marcins bester Freund und Bruder von → Monika, Aneta, Iwona, Ola, Lilka und → Arek, Sohn von Ela (Elżbieta) und Edi (Edward), Fernfahrer

MIERZEWSKI JERZY, Oberstaatsanwalt und Vorgesetzter von Staatsanwältin → Edyta Ziółkowska

MIKRUTA TEDI, Beamter der Terrorabwehr, Exkollege von → Jekyll Buchwic und → Bully Bławicki

NADEL, Spitz- und Künstlername von → Janek Wiśniewski

NAFALSKI RYSZARD, Unterinspektor im 7. Revier, das mit dem Mazurkiewicz-Fall betraut war

NIKOS, Danziger Unterweltgröße und Rivale des Elefanten

NIŻYŃSKI, Osmologieexperte

PAKUŁA ZBIGNIEW, notorischer Querulant und vorgeblicher Zeuge

PIŁAT MAŁGORZATA, Anwältin, die Pfarrer Staroń noch einen Gefallen schuldet

PŁOSKA, Kleinkrimineller und → Robert Duchnowskis Informant

POLAK ŁUKASZ, → Sasza Załuskas Ex, charismatischer Künstler mit psychopathischen Zügen und Vater von → Sasza Załuskas Tochter

POPŁAWSKI JERZY, alternder Juwelier im Rollstuhl und »der Elefant«, Danziger Unterweltgröße und Teilhaber der Finanzgesellschaft SEIF, → Marcin und → Wojtek Staroń's Onkel, Marysia Staroń's Bruder

RÓŻYCKI JACEK, einäugiger Imker, der nach dem Vater »Waldemar« gerufen wird und → Sasza Załuska von seinem Bruder → Jacek Waldemar erzählt; verheiratet mit Aneta Mazurkiewicz, Vater der kleinen Monika, Onkel von Ania

RUDNICKA MILENA, → Sasza Załuskas Deckname bei einer früheren verdeckten Ermittlung

RUSOW WITJA (WITALIJ), Berufsverbrecher und Geschäftsmann aus Kaliningrad, SEIF-Vorstandsmitglied

RYBAK, »der Fischer«, SEIF-Superhirn und Berufskrimineller mit einer verblüffend ähnlichen Laufbahn wie → Wojtek (Wojciech) Frischke

SOCHA TAMARA, verheiratet mit → Paweł Bławicki

SPLONKA PATRYK, Polizeibeamter und unaufmerksame Aufsicht bei der osmologischen Untersuchung

STAROŃ MARCIN UND WOJTEK (WOJCIECH), eineiige Zwillinge, die unterschiedlicher nicht sein könnten: Der eine wird Priester, der andere Berufsverbrecher. Söhne von

STAROŃ SŁAWEK (SŁAWOMIR), Automechaniker und Mitarbeiter des Elefanten, und

STAROŃ MARYSIA (MARIA), geb. Popławska, mit Schwester Hanka (Hanna)

STROIŃSKI, Kommissar, der → Robert Duchnowskis Ermittlungen zugeteilt wird

ŚWIĘTOCHOWICZ MARTYNA, Oberkommissarin und Leiterin der osmologischen Untersuchung von → Lucja Langes Spuren

SZYMAŃSKI FILIP, Oberrichter am Kreisgericht Danzig

WALDEMAR JACEK, Deckname eines Streifenpolizisten aus dem polnischen Hinterland, der in den Dunstkreis des Elefanten eingeschleust wurde und im Einsatz ein Auge verlor

WALIGÓRA KONRAD »WALI«, früher → Robert Duchnowskis Vorgesetzter und inzwischen Leiter der Danziger Kommandantur

WASZKE, Gefängnisgeistlicher

WIECH ADAM, einäugiger Inspektor und Mafiajäger, der sich in → Robert Duchnowskis Ermittlungen einklinkt

WIŚNIEWSKI JANEK (JAN), früheres Heimkind und Sänger, Sohn von Klaudia Wiśniewska und Bullys Geschäftspartner, lose liiert mit → Klara Chałupik

ZAŁUSKA SASZA (ALEKSANDRA), einstige verdeckte Ermittlerin, jetzt Doktorandin und selbstständige Profilerin, Mutter von Karo (Karolina), Tochter von Laura und Lech Załuski, Schwester von Karol

ZIELIŃSKI ANDRZEJ, Dominikaner, war mit Pfarrer → Marcin Staroń im Priesterseminar

ZIÓŁKOWSKA EDYTA, Danziger Staatsanwältin, verheiratet mit einem SEIF-Anwalt